本书得到重庆工商大学出版资助

A LIBRARY OF
DOCTORAL
DISSERTATIONS
IN SOCIAL SCIENCES IN CHINA

中国
社会科学
博士论文
文库

美国文学经典的
建构与修正

——1979-2003年《诺顿美国文学选集》研究

季　峥　著

导师　王晓路

中国社会科学出版社

图书在版编目（CIP）数据

美国文学经典的建构与修正：1979—2003 年《诺顿美国文学选集》研究 /
季峥著 . —北京：中国社会科学出版社，2014.2

（中国社会科学院博士论文文库）

ISBN 978 - 7 - 5161 - 3986 - 8

Ⅰ.①美…　Ⅱ.①季…　Ⅲ.①文学研究—美国—1979～2003　Ⅳ.①I712.065

中国版本图书馆 CIP 数据核字（2014）第 036909 号

出 版 人	赵剑英
责任编辑	罗　莉
责任校对	石春梅
责任印制	王　超

出　　　版	中国社会科学出版社
社　　　址	北京鼓楼西大街甲 158 号（邮编 100720）
网　　　址	http://www.csspw.cn
	中文域名:中国社科网　　　010 - 64070619
发 行 部	010 - 84083685
门 市 部	010 - 84029450
经　　　销	新华书店及其他书店

印　　　刷	北京君升印刷有限公司
装　　　订	廊坊市广阳区广增装订厂
版　　　次	2014 年 2 月第 1 版
印　　　次	2014 年 2 月第 1 次印刷

开　　　本	710×1000　1/16
印　　　张	23.25
插　　　页	2
字　　　数	392 千字
定　　　价	59.00 元

总　序

　　在胡绳同志倡导和主持下，中国社会科学院组成编委会，从全国每年毕业并通过答辩的社会科学博士论文中遴选优秀者纳入《中国社会科学博士论文文库》，由中国社会科学出版社正式出版，这项工作已持续了12年。这12年所出版的论文，代表了这一时期中国社会科学各学科博士学位论文水平，较好地实现了本文库编辑出版的初衷。

　　编辑出版博士文库，既是培养社会科学各学科学术带头人的有效举措，又是一种重要的文化积累，很有意义。在到中国社会科学院之前，我就曾饶有兴趣地看过文库中的部分论文，到社科院以后，也一直关注和支持文库的出版。新旧世纪之交，原编委会主任胡绳同志仙逝，社科院希望我主持文库编委会的工作，我同意了。社会科学博士都是青年社会科学研究人员，青年是国家的未来，青年社科学者是我们社会科学的未来，我们有责任支持他们更快地成长。

　　每一个时代总有属于它们自己的问题，"问题就是时代的声音"（马克思语）。坚持理论联系实际，注意研究带全局性的战略问题，是我们党的优良传统。我希望包括博士在内的青年社会科学工作者继承和发扬这一优良传统，密切关注、深入研究21世纪初中国面临的重大时代问题。离开了时代性，脱离了社会潮流，社会科学研究的价值就要受到影响。我是鼓励青年人成名成家的，这是党的需要，国家的需要，人民的需要。但问题在于，什么是名呢？名，就是他的价值得到了社会的承认。如果没有得到社会、人民的承认，他的价值又表现在哪里呢？所以说，价值就在于对社会重大问题的回答和解决。一旦回答了时代性的重大问题，就必然会对社会产生巨大而深刻的影响，你也因此而实现了你的价值。在这方面年轻的博士有很大的优势：精力旺盛，思想敏捷，勤于学习，勇于创新。但青年学者要多向老一辈学者学习，博士尤其要很好地向导师学习，在导师的指导下，发挥自己的优势，研究重大问题，就有可能出好的成果，实现自己的价值。过去 12 年入选文库的论文，也说明了这一点。

什么是当前时代的重大问题呢？纵观当今世界，无外乎两种社会制度，一种是资本主义制度，一种是社会主义制度。所有的世界观问题、政治问题、理论问题都离不开对这两大制度的基本看法。对于社会主义，马克思主义者和资本主义世界的学者都有很多的研究和论述；对于资本主义，马克思主义者和资本主义世界的学者也有过很多研究和论述。面对这些众说纷纭的思潮和学说，我们应该如何认识？从基本倾向看，资本主义国家的学者、政治家论证的是资本主义的合理性和长期存在的"必然性"；中国的马克思主义者，中国的社会科学工作者，当然要向世界、向社会讲清楚，中国坚持走自己的路一定能实现现代化，中华民族一定能通过社会主义来实现全面的振兴。中国的问题只能由中国人用自己的理论来解决，让外国人来解决中国的问题，是行不通的。也许有的同志会说，马克思主义也是外来的。但是，要知道，马克思主义只是在中国化了以后才解决中国的问题的。如果没有马克思主义的普遍原理与中国革命和建设的实际相结合而形成的毛泽东思想、邓小平理论，马克思主义同样不能解决中国的问题。教条主义是不行的，东教条不行，西教条也不行，什么教条都不行。把学问、理论当教条，本身就是反科学的。

在 21 世纪，人类所面对的最重大的问题仍然是两大制度问题：这两大制度的前途、命运如何？资本主义会如何变化？社会主义怎么发展？中国特色的社会主义怎么发展？中国学者无论是研究资本主义，还是研究社会主义，最终总是要落脚到解决中国的现实与未来问题。我看中国的未来就是如何保持长期的稳定和发展。只要能长期稳定，就能长期发展；只要能长期发展，中国的社会主义现代化就能实现。

什么是 21 世纪的重大理论问题？我看还是马克思主义的发展问

题。我们的理论是为中国的发展服务的，决不是相反。解决中国问题的关键，取决于我们能否更好地坚持和发展马克思主义，特别是发展马克思主义。不能发展马克思主义也就不能坚持马克思主义。一切不发展的、僵化的东西都是坚持不住的，也不可能坚持住。坚持马克思主义，就是要随着实践，随着社会、经济各方面的发展，不断地发展马克思主义。马克思主义没有穷尽真理，也没有包揽一切答案。它所提供给我们的，更多的是认识世界、改造世界的世界观、方法论、价值观，是立场，是方法。我们必须学会运用科学的世界观来认识社会的发展，在实践中不断地丰富和发展马克思主义，只有发展马克思主义才能真正坚持马克思主义。我们年轻的社会科学博士们要以坚持和发展马克思主义为己任，在这方面多出精品力作。我们将优先出版这种成果。

2001 年 8 月 8 日于北戴河

目 录

Contents

中 文 摘 要

  本书以《诺顿美国文学选集》为研究对象，以 1979 年至 2003 年选集不同版本呈现出来的改革和变化为切入口，比较研究不同历史时期的各个版本呈现出来的差异和变化，考察和研究美国文学经典的建构与修正。20世纪六、七十年代的政治、社会和文化运动激发了人们对传统文学经典的质疑，并纷纷要求开放传统经典，扩充和修正原有的经典。在经典的论争中，汇集了众多优秀作家作品的文学选集成了经典被建构或被解构的一个重要阵地。学术性的选集构成了文学学习、研究丰富而庞大的资源，但对选集本身的研究却成了一个容易被人忽视的问题。《诺顿美国文学选集》是由美国最老最大的，一直以在商业和大学课本领域出色的出版项目而闻名的出版社诺顿公司出版发行的，且自出版以来，一直是美国大学英语专业本科学生的课本用书或是参考用书，也是国内许多高校英语专业本科生和研究生的必读书。作为一本大众熟悉的教学用书，自 1979 年第一次出版以来，本身经历了许多变化，但是它却没有纳入研究者的视野。所以这是论文选取《诺顿美国文学选集》作为研究对象的第一个原因。第二，《诺顿美国文学选集》在美国高等学校教育中，尤其是文科最重要的文学领域发挥着重要作用。第三，《诺顿美国文学选集》的再版和使用情况，体现了文本自身的生命力和活力。第四，《诺顿美国文学选集》本身的变化和发展，实际上体现了美国文学经典的建构与修正，这也值得我们去关注、研究。1979 年诺顿公司出版了选集的第一版，历经 1985 年，1989年，1994 年，1998 年时至 2003 年，共出版了六版，以平均每五年就更新出版一次的速度给学习者提供更新更好的用书。每一次更新，我们都能发现一些具体变化：如历史时段的划分；女作家数量的增加和选文的录入；少数族裔作家的出现和增加；同一个作家的不同作品的入选、增删；某些作家的落选……选集的这些变化都成了我们思考的起点和研究的切入口。

本书以《诺顿美国文学选集》的变革为切入点，梳理和挖掘参与美国文学经典这一知识建构的各种权力以及相互之间的关系。对知识建构的检索与清理，使得论文在本质上成为一种对美国文学知识的考古。而选集在不同年代和历史背景下的不同版本提供了一种差异，为知识的考古学研究提供了可能性和基础。通过对差异的比较分析，使我们对美国文学有一个更深的了解和领悟。

在研究过程，本论文主要关注的是以下这些问题：传统的文学经典是在什么样的语境下形成的？它展现了什么？又遮蔽了什么？20 世纪 70 年代以来，《诺顿美国文学选集》在对美国文学经典的建构与修正过程中，性别研究在这当中起了什么作用？社会阶级的差异在这其中又是如何运作的？种族地位等级是否在起作用？是如何起作用的？族裔研究又是如何批判和颠覆以往文学中的种族主义思想的？选集中存在或者允许哪些社会法规、准则或异常因素？选集中的作品有没有传播社会和政治的抵抗与颠覆因素？这些作家作品的读者是谁？选集中的作品是如何生产与分配的？等等。

女权主义批评、族裔研究以及各种新的思想和理论成为解构和重建经典的工具和方式。这几种文学理论引领的研究构成了一种平行的关系，在不同的历史时期，其中有的方面得到强调和突出，并在当时学界占据了主导地位。占领学术界的不同的社会力量、文学理论相互作用产生的合力作用于美国文学经典的建构和修正。对美国文学经典的研究可以揭示美国学界在这个领域的立场、观点和态度，对我们国内美国文学的教学与研究在甄别和批判这一知识建构的基础上，有很大的影响和借鉴意义。第五章内容是前面几章内容的延伸，文学选集、文学史和课程设置共同联系、作用建构着美国文学。

因本书涉及对选集作家作品的数量、份额、比例的统计，所以就本书的微观方法论而言，笔者将借鉴社会学数据统计策略，以数据为基础，以数据为依据，使本书的论述有理有据，有的放矢。在论文的附录中，笔者附上了统计过的基本数据表。

本书由绪论、第一章至第五章和结论这几个部分组成。

绪论"美国文学经典的建构与修正"部分主要对本论文的选题意义和学术价值进行论证，通过对《诺顿美国文学选集》不同版本的文本研究，理清和分析美国学界对经典的建构与修正，使我们对美国文学有一个全面且全新的认识，从而更好地进行美国文学的教学实践。此外，绪论对本论文展开的研究思路和运用的理论方法进行了说明。绪论涉及的内容还有对经典论争背景的简要介绍，对经典的概念和范畴进行了必要的界定。

第一章"经典的确立：《诺顿美国文学选集》"是对《诺顿美国文学选集》这部经典的确立，经典建构以及重构问题进行论述。第一节主要是对第一版《诺顿美国文学选集》进行解析和研究，并指出在选集产生的时代背景下，它反映了英美学界的主流意识形态。第二节"经典建构"从文学的外部因素和内部因素两方面就经典建构的因素和条件进行分析论述，从而分析理清各种权力对经典的建构作用。第三节"理论发展与版本更新"，探讨了经典重构的起因，以及因为社会、政治、文化运动而引起的理论发展而导致选集随社会、时代的变化而产生了不同的版本。这一章为整个论文的展开提供了研究的入口和论述的基础。

第二章"经典的扩充：女权主义对美国文学的影响"考察女权主义运动和女权主义文论对美国文学经典的扩充。不同的选集版本对女作家作品的收录情况，使我们对经典中女作家作品遭受排斥和遮蔽的情况有较清楚的认识。其次认识到不同的历史时段对女作家作品的收录情况也应合了、反映了女权主义运动不同发展阶段的重点和要求。在父权制观念的主宰之下，女性作家的写作面临着类似的困境和制约，为了反抗和发出自己的声音，女作家采取了不同的抵抗策略。不同风格的作家体现共同建构着美国文学的集合。

第三章"族裔文学的经典化：文学的一元中心到多元文化共存"主要探讨族裔研究的兴起对美国文学的解构和重构。论文的第一节至第四节主要讨论了当今美国比较突出的犹太裔、非洲裔、亚洲裔和拉丁裔少数族裔文学在选集中的收录情况。美国一直以来就是一个多民族构成的移民国家，各民族对美国的建立和发展都作出了自己的贡献，但是在以往的历史发展过程中，占人口大部的欧洲白人移民及后裔一直处于社会中的宰制地位。对美国的政治、经济、社会、文化、语言等诸方面的发展产生了深远而长久的影响。欧洲中心主义的种族观念以及美国实施的"大熔炉"的文化政策使得少数族裔的影响和作用一直被排斥在美国主流社会之外。二战以后，少数族裔文学的兴起和繁荣，20世纪中期的民权运动以及族裔研究理论的形成，促使主流社会正视和重视少数族裔文学的存在和要求。少数族裔文学在《诺顿美国文学选集》出现和分量的不断增大，反映美国由多元文化共存的趋势正逐步取代曾占统治地位的一元文化中心主义。族裔文学的入选使美国文学呈现出多姿多彩的面貌，使美国文学更接近真实的现实。

第四章"文本的价值重估"主要讨论学界新的思想、理论对许多伟大的、重要的、经典作家作品所进行的全新的阐释和评论。第一节以惠特曼的同性恋组诗《带苔的活橡树》的研究为例，说明新的思想、理论对文学经典的影响。第二节则在全球化的语境下，讨论诺顿选集对印第安少数族裔文学的收录情况。对印第安口头文学传统的录入和对作为少数族裔文学的现代印第安作家作品的收录，改变了以往对以英国为首的欧洲文学、文化是美国文学、文化唯一起源的认识和定论。选集最终体现了各种文化力量斗争和平衡的结果。

第五章"美国文学的重建"主要讨论与文学选集密切关联的文学史和文学课程教学。作为一个整体的文学领域，文学选集、文学批评、文学史的撰写和改写以及作家作品在学校的教授情况基本上是交织在一起发展的，这几方面的内容共同构成美国文学整体。第一节"经典与文学史的写作"讨论了文学理论的发展和史学观念的变化导致了文学史的改写和重写。文章以20世纪规模较大，影响重大的《哥伦比亚美国文学史》和新《剑桥美国文学史》为例说明"经典论争"以来，美国文学史观、文学概念、文学体裁、文学起源、文学时段的划分方面都发生了较大的变化，甚至革命。而性别意识和族裔研究介入文学研究使文学史由一元中心走向多元文化的趋势不断得到加强。第二节"经典与美国文学的教学"讨论选集对文学经典的定位和修正影响和改变着文学教学的实践。经典的重要意义及教化作用决定了文学教学必定是以经典为核心的教学，在课本里和学堂上真正公平地体现美国文学的实貌。而课堂教学的情况和反馈，则为经典的重构与修正提供了第一手的资料。文学史的写作和课堂教学的实践对经典的建构与修正相互关联，且意义重大。

在本书梳理美国文学经典的建构与修正的起因、方式的基础上，结论部分指出理清和重新认识美国文学经典建构与修正的意义。《诺顿美国文学选集》自诞生至今的不同版本呈现出来的差异，体现和反映了西方学界对于经典的建构与修正，我们国内在透视和把握这些知识的时候要结合国内实际情况，搞好美国文学的教学与研究。

关键词：文学研究；美国文学经典；文化批评；女权主义批评；族裔研究；

Abstract

This book focuses on the different editions of *The Norton Anthology of American Literature*, published from 1979 to 2003. The book concentrates on the construction and revision of the canon of American literature by studying the reforms and changes of the different editions published in different time periods. The political, social and cultural movements happened in the 60s and 70s of the 20th century caused people to doubt and question the traditional literary canon, and they called on to open up, enlarge and revise the traditional canon——thus a "canon war" happened. During the canon debate, the anthology which contains many excellent writers and works became an important position to be constructed and deconstructed. Academic anthologies compose rich and huge resources for literature studies and researches, but the researches on these anthologies are often neglected by the researchers. The study of *The Norton Anthology of American Literature* combined with the study of canon forms a rather new subject. *The Norton Anthology of American Literature* is published by the oldest and largest publishing house W. W. Norton & Company, which also has been known for its distinguished publishing programs in both trade and the college textbook areas. Since its publication, the anthology has always been the textbook or reference book for college students who major in English and literature in the United States, and on the top of the reading list for graduates and postgraduates of English majors in colleges in China. Being a textbook familiar to the public, it has undergone a lot of changes since its publication in 1979, but it has been kept out the sight of the researchers. That is the first reason why I take *The Norton Anthology of American Literature* as the research object. Secondly, the anthology plays a very important role in the American college education, especially in literature, the most important area of the liberal arts. Thirdly, the reprint and use of the anthology presents the vitality and vigor of the text. Fourthly, the change and development of the anthology, in fact embody the construction and revision of American literary canon, is worth of concern and research. The W. W. Norton & Company published the first edition of *The Norton Anthology of American Literature* in 1979; from then on, the company published a new edition every five years or so averagely, that is, individually in 1985, 1989, 1994, 1998 and 2003, to provide learners with a newer and better textbook. We can find some concrete reforms and changes in each edition: e. g. the division of historical period; the increase of women writers and their works; the emergence and increase of multiethnic writers; the inclusion of different works, or the addition and deletion of works by the same author; the exclusion of a particular author⋯ the changes of the anthology are the start point of our thinking and the place to cut in to begin the research.

This book combs and digs out various powers, which participate in the construction of the knowledge of the American literary canon, as well as their relationship, by beginning research with the reforms and changes of the anthology. The search and sorting out the construction of the knowledge is essentially a kind of archaeological research done to American literary canon. The different editions of the anthology published in different years and different contexts provide a difference, as well as possibility and base for the archaeological research of the knowledge. We will have a deeper understanding and perception about the American literature through the study of contrast and analysis.

During the research, the book concerns mainly about the following questions: What is the context of the construction of the traditional canon? What does it reveal, and what does it conceal? What role does the gender studies play in the constructing and revising process of the canon which presented by *The Norton Anthology of American Literature* since the 1970s? How does the difference of social class act in the construction and revision? Does racial status operate in the process and how does it work? How do ethnic studies criticize and overthrow the racism hidden in the traditional literary canon? What kind of social rules of law, principle or abnormal factor are existing or allowed to exist in the canon? Do the works in the anthology spread about social and political resistance or subversion? Who are the readers of the anthology? How were the works produced and allotted in the anthology?

Feminist criticism, ethnic studies and various new thoughts and theories became the tools and modes to deconstruct and reconstruct the literary canon. The research led by feminism, ethnic research and new theories composed a paralleled relationship, while these theories, or some aspects of a certain theory, were stressed and given prominence to in different historical periods. The resultant force produced by different social powers and literary theories that both dominate the academe, acts on the construction and revision of American literary canon. The research and analysis of American literary canon will reveal the standpoint, viewpoint and attitude of the American academe in this area, which will have a great effect and function on the teaching of American literature in China, while a critical consciousness is necessary. Chapter Five is an extension of the former chapters: anthology, literary history and curriculum design are related with each other and work together to construct American literature.

The article is involved in the numbers, portion and proportion of writers and works presented in the anthology, so the statistical tactics of sociology are applied in the book to work out these data to support the discussion of the paper, so that it is well based and reasoned. And some appendices which provide a clear data of those changes happened in the anthology are attached at the end of the book.

The book consists of Preface, Chapter 1 – 5, and Conclusion.

Preface is a general introduction of the background, the reasons for choosing this project and its academic value. The author will sort out the American literary canon and its canonization by studying the different editions of *The Norton Anthology of American Literature*, in that way, we will have an all-round and brand-new view about American literature, which will help us to do a better practice in American literature teaching. Moreover, it maps out the basic modes of thinking, research methods and original ideas of the whole book.

Chapter One, "The Establishment of the Canon: *The Norton Anthology of*

American Literature", is mainly about the establishment, the construction and reconstruction of *The Norton Anthology of American Literature*. The first section is an analysis of the first edition of *The Norton Anthology of American Literature*; as a result, it turns out to be a representative of the mainstream ideology of British and American academe in its context. The second section is a discussion on the factors of canonization which is composed of the exterior and interior factors, so that the powers involved in the construction of the canon are revealed. The third section, "Theory Development and Edition Update", focuses on the cause of the reconstruction of the canon, and a general introduction about different editions of the anthology urged by the development of the literary theories, published in the different times and contexts. This chapter puts forward the entry of the research and the base of the discussion of the book.

Chapter Two, "The Expansion of the Canon: the Influence of Feminism on American Literary Canon", studies the impact of the feminism and the feminist theories on the expansion of American literary canon. The inclusion of women writers in different editions illustrates the fact that women writers were excluded and hidden from view. What's more, we will find the inclusion of women writers in different historical periods approximately interlock with and reflect the emphases and requirement of feminism in different times. Women writers almost faced and experienced the similar difficulties and restrictions in their writing in the patriarchal society. In order to resist these restrictions and gave out their own voice, they took different strategies. Women writers of different style made their own contribution to the whole collection of American literature.

Chapter Three, "The Canonization of Multiethnic Literature: From One Center to Pluralism", probes into the destruction and reconstruction of American canon by the ethnic studies. The first to the fourth section of this chapter focus on the outstanding multiethnic literatures, that is, Jewish American literature, African American literature, Asian American literature and Latino American literature in present America, and their inclusion in the anthology. The United States of America is always an immigrant country of different nations, and people from different nations made their own contribution to the establishment and development of America. But during the past historical development, Euro-

pean whites dominated the society, and they had far-reaching and long influ-
ence on American politics, economy, society, culture, and language. Europe-
centered racism and "melting-pot" cultural policy always exclude the influence
and function of minority people in America. Multiethnic literature sprang up and
became prosperous after the Second World War, later the Human Right Move-
ment of the middle of 20th century, together with the emergency and develop-
ment of the ethnic studies, urged the mainstream of the society to take seriously
of and recognize the existence of literature of minority people and their re-
quests. The appearance and quantity of multiethnic literature in the anthology
has been increased gradually. These changes reflect the tendency that pluralism
is taking place of European-centrism. The inclusion and increase of multiethnic
literature make American literature more colorful and closer to the true situation
of American literary reality.

Chapter Four, "Revaluation of Texts", mainly discusses the reinterpreta-
tion and critique of some great, important and classic texts in the light of some
new theories and new thoughts. The first section is an illustration of Walt
Whitman's poem-sequence *Live Oak, With Moss*, by applying the theory of gen-
der studies. The publishing history of the sequence and its newly admission of
The Norton Anthology of American Literature both show critics' new opinion and
action and the great influence gender studies brings to the literature re-
search. The second section is a discussion of the native Indian literature in the
context of globalization. The inclusion of traditional oral literature and the inclu-
sion of modern native Indian writers have changed the cognition and verdict that
European literature and culture, especially represented by the British literature
and culture, are the unique origin of American literature. The anthology is the
result of the balance and compromise of various cultural powers in the "canon
war".

Chapter Five, "Reconstruction of American Literature", is mainly about
the history of American literature, and the teaching and curriculum of American
literature in the US colleges. As a complete literary unit, the development of an-
thology, literary criticism, the writing and rewriting of literary history and the
teaching of literature interweave with each other, in substance; and these com-

bine to make a whole of American literature. First Section, "Canon and the Writing of Literary History", is a discussion of the writing and rewriting of literary history caused by the development of literary theories and the change of historiographic conception. The book takes *Columbia Literary History of the United States* and *The Cambridge History of American Literature* as examples to illustrate the changes, or even the revolutionary reforms of historiographic conception, the concept of literature, literary genre, the origin of literature, and historical period. The tendency of from one center to pluralism has been strengthened for the intervention of gender consciousness and ethnic studies. Second Section, "Canon and the Teaching of American Literature", studies American literature teaching influenced by the reconstruction and revision of literary canon. The important significance of literary canon and its educational function determined that literary teaching is focused on the teaching of canon, and tries to reflect the true visage of American literature justly and really in textbooks and in classrooms. At the same time, the teaching of canon and its feedback afford the first hand materials for canon reconstruction. The writing of literary history and the teaching of literature are closely connected with literary canon, and also very important.

Conclusion stresses the significant of sorting out and getting to know the construction and revision of American literary canon by working out the cause and manner of reconstruction of the canon. The differences between each edition exhibit and reflect the construction and revision of canon in western academe. We should make good use of this knowledge in the teaching of American literature according to the real situation of our country.

Key Words: Literature study; American Literary Canon; Culture Critique; Feminist Criticism; Ethnic Studies

绪 论

美国文学经典的建构与修正

20 世纪已离我们而去，盘点它在人们心中留下的最令人深刻的记忆，我们发现前所未有的全球性的两次大战，此后的军事对峙产生的"冷战"以及无数次区域性战争使 20 世纪成为战争与和平交织的世纪；高新科学技术的持续发展，交通方式的多样快速，资讯交流的高效便捷使 20 世纪成为有史以来人类交往最为频繁的世纪；大规模的人口流动打破了过去以种族划分的地理概念，却也造成许多新的问题和冲突，其中最主要的方面就是文化和意识形态方面的冲突，并由此产生了新的战争形态和模式——"文化战争"；知识爆炸使 20 世纪成为政治、经济、科技和社会高度发达的世纪，文化、艺术、文学最为繁荣的世纪，哲学、美学、艺术理论、文学批评理论空前活跃的世纪。

而知识爆炸使更多的人能接受知识，并质疑与检讨各学科的发展和研究，以继承、弘扬、反思、自审、批判和超越的精神，对原有的知识体系的形成过程和定论进行置疑，借以对学术进行全方位的推进。就文学研究领域而言，经典文本形成的合法性构成了文学研究的核心，并因此引发了一场"经典战争"。

一 "经典战争"

20 世纪 70 年代，学术界爆发了一场所谓的"经典战争"（"canon wars"），即在对西方传统文学经典的各种质疑声中，众多学者就经典问题展开了一场颇有声势的学术论争。1970 年，西蒙菲沙大学（Simon Fraser University）的希拉·狄兰妮（Sheila Delany）为大学一年级学生编选了一部题为《反传统》（*Counter-Tradition*）的文集，目的是要以完全另类风格的文字与文体来对抗乃至取代以"官方经典"为代表的"官方文化"。① 1972 年，路易斯·坎普（Louis Kampf）和保罗·劳特（Paul Lauter）合编并出版了《文学的政治：英文教学的异议论文集》（*The Politics of Literature：Dissenting Essays on the Teaching of English*）一书，对传统的文学研究与教学以及白人男性作家大张挞伐，向主流文化势力发起了挑战。② 这两本书的问世，对当时美国大学英文系中暗暗涌动的那股反传统潮流起到了推波助澜的作用。1973 年劳特在其主持的芝加哥召开的现代语言协会（Modern Language Association，简称 MLA）年会上，开始质疑经典。1979 年，一些学者聚集在哈佛研讨"经典"问题，使质疑传统经典的潮流达到高峰。1981 年，著名学者莱斯利·菲德勒（Leslie Fiedler）与休斯敦·贝克尔（Houston Baker）将哈佛会议研讨经典问题的学术会议论文编辑成书，题名为《英语文学：打开经典》（*English Literature：Opening up the Canon*, ed. Leslie Fiedler and Houston Baker, Baltimore：The Johns Hopkins University Press, 1981），系统收录了一些质疑、挑战、呼吁拓宽西方传统文学经典的论文，"打开经典"的影响迅速扩大。1983 年 9 月，《批评探索》（*Critical Inquiry*）杂志出版了讨论"经典"的专刊。③ 从此，关于经典问题的争论正式进入美国和西方学术界的主流。1973 年至 1982 年这段时期内的大型论坛都聚焦这个主题，学术年会中至少有半打会议直接或间接地关系到经典及其改写。1986 年学术性期刊《杂录》（*Salmagundi*）出版经典专辑，④《南大西洋季刊》（*The South Atlantic Quarterly*）于 1990 年也开辟了专刊讨论经典。20 世纪八九十年代以来，文学经典研究持续成为西方文学研究领域的"显学"。

---

① Sheila Delany, *Counter-Tradition：The Literature of Dissent and Alternatives*. 1st ed. New York：Basic Books, 1970.

② Louis Kampf and Paul Lauter, eds. *The Politics of Literature：Dissenting Essays on the Teaching of English*. 1st ed. New York：Pantheon Books, 1972.

③ 1983 年 9 月，《批评探索》杂志（*Critical Inquiry*）的经典专辑，后由罗伯特·凡·霍伯格（Robert von Hallberg）编成《经典》（*Canon*, Chicago：University of Chicago Press, 1984）出版。

④《杂录》（*Salmagundi*）是一份面向普通读者的人文社会科学季刊杂志。成立于 1965 年，自 1969 年始由斯基德莫尔大学（Skidmore College）出版发行。法语 Salmagundi，指一种大杂烩沙拉或炖菜。

　　文学经典研究是因文化研究而直接引发的。20 世纪五六十年代以前，西方文学理论界对于"文学经典"有着大体一致的看法，即认为文学经典是具有内在审美本质和特殊语言构造的优秀、典范、权威的作品，这个观点也是唯美主义批评、实证主义批评、象征主义批评、俄国形式主义批评、英美新批评和法国结构主义批评的共识。文化研究和文化批评，虽然国内外对此都存在着各种争论，但在客观上促使文学理论走出了封闭的象牙之塔和审美城堡，使得我们的文学理论研究更加关注文化现实。文化研究和文化批评移动了文学研究的边界，扩大了文学学科领域，很多文化现象都被当成泛文学或者大文学文本来进行研究，批评家开始关注"日常生活的审美化"等一些新的审美现象和文化现象，这无疑提高了文学理论的言说能力。然而，当文学的家族成员扩大和丰富之后，"何谓好的、优秀的文学，何谓一般的、平庸的文学"这个问题就顺理成章地被提上了议事日程，文学经典问题的研究便应运而生。

　　产生于 20 世纪 70 年代的当代西方学界挑战文学经典的潮流不是孤立的文学理论现象，它是 20 世纪六七十年代学生运动、民权运动、妇女解放运动、少数族群权利运动等多元思想、文化和政治运动的一个分支，体现了原先被压抑的社会和边缘群体的文化利益，反映了那些被传统文化经典所压抑的非主流社会成员的呼声，其政治意识形态味道相当强烈。从历史语境来看，西方学术界的这场反传统、反权威、反经典的激进思潮，受到西方 1968 年激进文化革命的影响。1968 年法国爆发了大规模的学生和工人运动，美国的学生运动也是如火如荼，反对"越战"的呼声极其高涨，整个社会弥漫着浓重的怀疑一切和反抗传统的气氛。从哲学渊源来看，这种激进文学观念深受解构主义、西方马克思主义、女权主义、后殖民主义和新历史主义等各种后现代思潮的影响，属于正在兴起的后现代文艺思潮的一个组成部分。在解构主义大潮裹挟下躁动不安的年青一代开始用怀疑和叛逆的眼光看待一切传统的东西，"经典"作为传统的一个有机部分，自然首当其冲。

　　在这场关于文学经典问题的论战中，出现了"挑战经典"与"捍卫经典"两种截然对立的意见。许多激进的经典论者提出，传统的"经典"绝大多数出自那些已经过世的、欧洲的、男性的、白人作家之手（Dead White European Man，常常缩写为 DWEM），而许多非欧洲的、非男性的、非白人的作家作品却常常被排除在这个范围之外。他们认为，经典的形成离不开选择，而这样一个选择显然含有性别歧视、种族歧视以及欧洲中心主义的偏见。因此，这些学者和批评家提出了"打开经典"的要求，主张拓宽经典，重估经典。他们还要求开放大学文学课程设置，以拓展西方文学经典的范围，吸纳那些素来为正统文学批评所不屑的边缘文本，包容更多的非欧洲的、女作家和少数族裔作家的作品，促使经典真正能够代表多元文化。到 20 世纪 80 年代末，英美等西方大学的开放文学经典的运动取得了长足的发展，带来了大学文学教材的许多相应变化。更有甚者，一些文化研究论者主张以文化研究取代文学研究，认为文学研究应当关注影视节目、通俗歌曲和畅销读物等通俗文化。这后一种要求比"打开经典"更为激进，它彻底颠覆了传统经典的美学标准，取消传统文学经典的等级意识，表现出"去经典化"的倾向。

与此相反，也有一些保守的英美批评家对这种所谓"打开经典"的主张提出了尖锐的批评。他们认为，伟大的文学经典具有普遍公认的超越阶级、性别和种族的美学标准，文学作品优秀与否是一个不争的客观事实。在捍卫传统经典的队伍中，最具有代表性的批评家当数被人们称为文学百科全书式的著名学者哈罗德·布鲁姆（Harold Bloom）。1994 年布鲁姆出版了一部反响很大的专著《西方正典：伟大作家和不朽作品》（*The Western Canon*），系统阐明了自己反对这股流行的"打开经典"的文化潮流的坚决态度。在此书中，他非常明确地把西方女权主义批评、新马克思主义批评、拉康的心理分析、新历史主义批评、解构主义以及符号学等都视为憎恨传统经典的"憎恨学派"（school of resentment），明确反对他们关于开放经典的要求。在《西方正典》一书中，布鲁姆开列了一个从古埃及文明和两河流域文明开始直到当代美国文学的西方文学经典作品目录，包括约 340 多位作家和 1200 多部代表作品，重点论述了他认为最杰出的 26 位经典作家，并以莎士比亚作为一系列文学经典的核心，详细讨论了后来的伟大作家与莎士比亚之间的传承与创新问题。布鲁姆认为，伟大的莎士比亚是博大精深和不可动摇的。所有经典作家的创作过程都处在受其影响的焦虑之中。一部西方近代文学史，就是后来者企图摆脱和超越莎士比亚的艺术创新史。布鲁姆认为，文学作品入典基本上是个文学现象，其标准是美学的，决非政治功利可以左右。布鲁姆把文学经典的入选尺度概括为：赋予熟悉的内容和形式以一种艺术审美上的神奇的"陌生化力量"。他指出，经典之所以成为经典，首先必须有艺术独创性，这种艺术独创性是对前辈大师的继承和超越。正是这种艺术创新产生了无限的艺术魅力，体现了文学经典的艺术贡献。布鲁姆明确反对大众文化对文学经典的侵蚀，其文学批评被称为"对抗性批评"（antithetical criticism）。①经典捍卫者的力量也非单薄或是少数，美国伯克利出版集团（Berkley Publishing Group）重金邀约布鲁姆写作《西方正典》一书，也可见其社会代表力量的实力和态度。

二　何谓经典

　　经典的论争，首先涉及的问题就是：什么是经典？

　　中文语境中的"经典"是由表示"川在地下"之象的"巠"与"系"结合，变成"织物的纵线"的"经"，并引申出"规范"、"标准"等义，最后与表示"册在架上"的"典"组合成现代意义上的"经典"一词，其间经历了数千年复杂的演化过程。②首先关于究竟什么是"经"，历来也有各种不同的解说。有人说经为官书，不同于私人著述，有人说经乃圣人所作，为万世法程。近人章炳麟的解释似乎比较切实一些，他说："经者，编丝连缀之称，犹印度梵语之称'修多罗'也。"③中国古代用丝把竹简连缀起来，编为书卷，所以"经"本来指编织书简的丝带，后来就用以代称书卷。佛教的书梵文称修多罗（sutra），也是用丝把贝叶编缀成书，译为汉语也称经。所以蒋伯潜在《十三经概论》中认为，章炳麟此说"最为明通"，"经"本来只是"书籍之通称；后世尊经，乃特成一专门部类之名称也"。④可见"无论经字本来的含义如何，古代的文字著述一旦成为经典，就立即归入一个'专门部类'，具有特殊的意义和价值"。⑤探究汉语"经"字的起源，我们发现"经"，指织物的纵线，与"纬"相对。如"经丝"，引申为直行。《后梁书·梁冀传》："又起菀苑

---

　　①　参见［美］哈罗德·布鲁姆《西方正典》，江宁康译，南京：译林出版社2005年版。

　　②　参见黄怀军《经典/典律（Canon）》，载王晓路等著《文化批评关键词研究》，北京：北京大学出版社2007年版，第217页。又参见刘象愚《总序（二）》，载［美］哈罗德·布鲁姆《影响的焦虑：一种诗歌理论》，徐文博译，南京：江苏教育出版社2005年版，第5页。

　　③　张隆溪：《中西文化研究十论》，上海：复旦大学出版社2005年版，第179页。

　　④　蒋伯潜：《十三经概论》，上海：上海古籍出版社1983年版，第3页。

　　⑤　张隆溪：《中西文化研究十论》，第179页。

于河南城西，经互数十里"。后引申出"常道"、"规范"等义。《礼记·中庸》："凡为天下国有九经。"《孟子·尽心下》："君子反经而已矣；经正则庶民兴。"后来"指历来被尊崇为（各显学派别）典范的著作或宗教典籍。亦指记载一事一艺的专书"。① 如十三经、《道德经》、《古兰经》、《茶经》、《五木经》等。《荀子·劝学》："学恶乎始，恶乎终？其数则始乎诵经，终乎读礼。"南朝梁刘勰《文心雕龙·宗经》说："经也者，恒久之至道，不刊之鸿教也。""典"本是记载帝王言行的史书，由于在形制上大于一般的书，故有人称之为"大册"。《说文解字》就说："典，五帝之书也。……庄都说：典，大册也。""典"后来引申为"常道"、"常法"，如《尔雅·释诂》云："典，常也"；"制度"、"法则"，如《周礼·天官·大宰》云："掌建邦之六典。""典"最后用以指传输常道、法则和规范的书籍，以及"可以作为典范的重要书籍"。② 如经典；《书·五子之歌》："有典有则。"孔传："典，谓经籍。"《后汉书·蔡邕传》："伯喈旷世遗才，多识汉事，当续成后史，为一代大典。""经"和"典"最终殊途同归，都指的是以儒家著述为核心的重要著作。现代汉语中的"经典"指"传统的具有权威性的著作"，或"泛指各宗教宣扬教义的根本性著作"。③ 又见《辞海》对"经典"的解释是指"一定的时代、一定的阶级认为最重要的、有指导作用的著作"，或"古代儒家的经籍"，"也泛指宗教的经书"。④ 前者显然秉承古代汉语传统，后者则吸纳了西方的用法。

　　西方"经典"概念的形成同样经历了漫长的演化过程。在英文里，与汉语中的"经典"语义相当的词有三个："classic"，"sutra"和"can-on"。（1）classic 源自 17 世纪法文的 classique，或者拉丁文的 classicus，意思是"属于一个等级或者部门"，是古罗马税务官用来区别税收等级的

　　① 辞海编辑委员会编：《辞海》（缩印本），上海：上海辞书出版社 1979 年版，1988 年第 9 次印刷，第 1163 页。又参见广东、广西、湖南、河南辞源修订组、商务印书馆编辑部编《辞源》（第三册），北京：商务印书馆 1982 年版，第 2434 页。

　　② 辞海编辑委员会编《辞海》（缩印本），第 291 页。又参见广东、广西、湖南、河南辞源修订组，商务印书馆编辑部编《辞源》（第一册），北京：商务印书馆 1979 年版，第 278 页。

　　③ 中国社会科学院语言研究所词典编辑室：《现代汉语词典》，北京：商务印书馆 1986 年版，第 598 页。

　　④ 辞海编辑委员会编：《辞海》（缩印本），第 1164 页。

一个术语，后来表示"最高的等级"（"belonging to a class or division"，later "of the highest class", from *classis*）。公元 2 世纪罗马作家奥·格列乌斯用它来区分作家的等级，到文艺复兴时期人们才开始较多地采用它来说明作家，并引申为"出色的"、"杰出的"、"标准的"等义，成为"model"（典范）、"standard"（标准）的同义词，再后来人们又把它与"古代"联系起来，出现了"classical antiquity"（经典的古代）的说法，于是古希腊罗马作家们也就成了"classical authors"（经典作家）。文艺复兴之后的"古典主义"（classicism）正是以推崇古希腊罗马经典作家作品而得名的。"classic"指"获得承认和确定价值的艺术作品"（"a work of art of recognized and established value"），是具有典范性、权威性的著作，抑或指"学校或学院的关于古希腊或拉丁作家和哲学家的研究"（"a subject at school or university which involves the study of ancient Greek or Latin writers and philosophers"），故一般译为"经典"。① 但要说明的是，它不仅包含价值之维，而且包含时间之维——有时包含着"古典"的意味，指古希腊和古罗马的文学作品。（2）sutra 是指"梵语文学中的规则或格言；或者是关于文法或印度教法规或哲学的一整套规则"（"a rule or aphorism in Sanskrist literature; or a set of these on grammar or Hindu law or philosophy"）。后来专用于指宗教文本，如印度教中公元前 500 年至公元前 200 年之间结集而成的箴言性教义集，再如佛教中的经文，尤指传统上认为是释迦牟尼用以讲道的文本（"a Buddist or Jainist scripture"）。该词源自梵语 s ū tra，是指"思路"、"规则"的意思（origin from sanskrit *s ū tra* "thread, rule", from *siv* "sew"）。② （3）canon 也与宗教有关，但与之相关的宗教却是基督教。canon 最早出现在古英语中，源自拉丁语，古希腊语的 kanōn。从古希腊语的 kanōn（意为"棍子"或"芦苇"）逐渐变成度量的工具，引申出"规则"、"律条"等义，在中古英语中因古法语 canon 而得到巩固（Origin Old English, from Latin, from Greek *kanōn* "rule", reinforced in Middle English by Old French *canon*）。然后指被官方视为圣经或与圣经相关的各种正统的、记录了神圣真理的文本，即"真

---

① Judy Pearsall, et al. , eds. *The New Oxford Dictionary of English*. Shanghai: Shanghai Foreign Language Education Press, 2001. p. 338.

② Judy Pearsall, et al. , eds. *The New Oxford Dictionary of English*. Ibid. p. 1870.

经、正经"（"a collection or list of sacred books accepted as genuine"）；后来引申为教规（由教会确定的法律或法典，"a Church decree or law"）；再引申为典范、法规、准绳、标准，指"评判某样东西的综合的法律、规则、原则，或标准"（"a general law, rule, principle, or criterion by which something is judged"），大约到 18 世纪以后才超越了圣经的经典（Biblical canon）的范围，扩大到文化领域中，于是才有了文学的经典（literary canon）。① 《新牛津英语词典》（*The New Oxford Dictionary of English*）中就将 canon 定义为"特定作家或艺术家的真作"（"the works of a particular author or artist that are recognized as genuine"），如莎士比亚经典（the Shakespeare canon）；以及"被认为是永恒地确立了最高典范的文学作品"，即经典（"A list of literary works considered to be permanently established as being of the highest quality"）。② 在对此文学术语的解释中，现代英语 canon 与宗教及其《圣经》的密切关系都得到了强调："此术语（即 canon——作者注）产生于基督教各教派关于希伯来圣经和新约书的真实性的论争之中。……在基督教的使用中，canon 指涉起源和价值两个方面。通过扩展，这个术语用在文学批评领域指：能够被毫无争议地归为某个特定作家创作的作品；凭借自身的文学特质和价值而优于或区别于其他文学作品的一系列作品。"③ 又有学者将经典定义为"被权威承认的作品整体。那些被宗教领袖视为真品的神圣经书是经典，学者们认为是某个作家原创的作品也是如此。"④ 可见，canon 经典分两种，一种属于"神圣经典"，是 Bible 或 Holy Bible 这类的东西，强调其神圣性；一种是"世俗经典"，是 classics 这类的事物，强调其久远性。在这三个词语中，与本书讨论的"经典"关系最为密切的是"canon"。"canon"，主要就是指文学经典（西方学术界在"经典论争"中多使用 canon 一词），在经典论争的

---

① Judy Pearsall, et al., eds. *The New Oxford Dictionary of English*. Ibid. p. 267；参见 M. H. Abrams, *A Glossary of Literary Terms*. Beijing: Foreign Language Teaching and Research Press, 2004. pp. 28–29；刘象愚《总序（二）》，载［美］哈罗德·布鲁姆《影响的焦虑》，徐文博译，第 4—5 页。

② Judy Pearsall, et al., eds. *The New Oxford Dictionary of English*. Ibid. p. 267.

③ Jeremy Hawthorn, *A Glossary of Contemporary Literary Theory* (2nd ed.) London and New York: Routledge, Chapman and Hall, Inc., 1994. p. 27.

④ Chris Baldick, *Oxford Concise Dictionary of Literary Terms*. Shanghai: Shanghai Foreign Language Education Press, 2000. p. 30.

各种著作或文章中出现时又因不同的情况、语境而被翻译为"典律"、"正典"等。

经典论争以来，涌现了许多关于经典的学术文章，从其中的一些著作或文章来看，中外学者对文学经典及其基本含义的阐释至少包括以下几个方面的内容：

第一，文学经典是被权威遴选并为世人常用的名著。佛克马指出："所有的经典都由一组知名的文本构成——一些在一个机构或者一群有影响的个人支持下而选出的文本。……这些文本被认为是有价值的并被应用于教育，它们还一起构成文学批评的参考框架。"[①] 经典能给普遍性的事物以正确的表现，反映了普遍的人性，展现了人类的普遍情感，所以经典可以成为文学批评的参照系，可以成为"一种不受某段时间和某个国家局限的普遍标准"。[②] 于是，文学经典即名著，可为创作与批评作指南等似乎成了不言而喻的基本观念。

第二，经典是具有百读不厌且常读常新之艺术魅力的优秀作品。为未来一千年写过文学备忘录的卡尔维诺（Italo Calvino），在其《为什么读经典》一书中一口气给文学经典下了 14 条定义。他说：

　　一、经典是那些你经常听人家说"我正在重读……"而不是"我正在读……"的书。

　　二、经典作品是这样一些书，它们对读过并喜爱它们的人构成一种宝贵的经验；但是对那些保留这个机会，等到享受它们的最佳状态来临才阅读它们的人，它们也仍然是一种丰富的经验。

　　三、经典作品是一些产生某种特殊影响的书，它们要么本身以遗忘的方式给我们的想象力打下印记，要么乔装成个人或集体的无意识隐藏在深层记忆中。

　　四、一部经典作品是一本每次重读都好像初读那样带来发现的书。

---

① ［荷兰］杜卫·佛克马：《所有的经典都是平等的，但有一些比其他更平等》，李会芳译，载童庆炳、陶东风主编《文学经典的建构、解构和重构》，北京：北京大学出版社 2007 年版，第 18 页。

② 张隆溪选编：《比较文学论文集》，北京：北京大学出版社 1982 年版，第 146 页。

五、一部经典作品是一本即使我们初读也好像是在重温的书。

六、一部经典作品是一本永不会耗尽它要向读者说的一切东西的书。

七、经典作品是这样一些书，它们带着先前解释的气息走向我们，背后拖着它们经过文化或多种文化（或只是多种语言和风格）时留下的足迹。

八、一部经典作品是这样一部作品，它不断在它周围制造批评话语的尘云，却也总是把那些微粒抖掉。

九、经典作品是这样一些书，我们越是道听途说，以为我们懂了，当我们实际读它们，我们就越觉得它们独特、意想不到和新颖。

十、一部经典作品是这样一个名称，它用于形容任何一本表现整个宇宙的书，一本与古代护身符不相上下的书。

十一、"你的"经典作品是这样一本书，它使你不能对它保持不闻不问，它帮助你在与它的关系中甚至在反对它的过程中确立你自己。

十二、一部经典作品是一部早于其他经典作品的作品；但是那些先读过其他经典作品的人，一下子就认出它在众多经典作品的谱系中的位置。

十三、一部经典作品是这样一部作品，它把现在的噪音调成一种背景轻音，而这种背景轻音对经典作品的存在是不可或缺的。

十四、一部经典作品是这样一部作品，哪怕与它格格不入的现在占统治地位，它也坚持至少成为一种背景噪音。①

　　不难看出卡尔维诺的这些所谓的"定义"，其实都指向同一个问题——"为什么读经典？"因此，也有人说卡尔维诺只不过是罗列了14种阅读经典的理由而已。但卡尔维诺于20世纪80年代发表的这些观点，其中涉及和突出了经典的特征：如其中的第二和第十条，类似佛克马所说的，经典是"提供指导的思想宝库"，它"提供了一个引发可能的问题和

---

① ［意］伊塔洛·卡尔维诺：《为什么读经典》，黄灿然、李桂蜜译，南京：译林出版社2006年版，第1—9页。

可能的答案的发源地"。① 而经典引发批评,但同时又在批评中取得稳定地位;经典联系历史与现在;经典具有原创性、陌生化力量等特征,都通过卡尔维诺新颖、深刻、风趣、有力的语言表述出来了。

第三,文学经典可以超越民族与国界而产生世界性影响。比较文学的研究早已揭示了这一点。

第四,文学经典是指那种能经得住时间考验的作品。经典体现一种规范性和基本价值,而且这种规范和价值总是超越时间的限制。伽达默尔(H. G. Gadamer)说:"所谓古典型(德文原文为 klassisch,即英文的 classic,经典——引者注),乃是某种从交替变迁时代以及变迁的趣味的差别中取回的东西。"② 即经典是超乎不断变化的时代及其趣味之变迁的。

第五,文学经典因阐释与再阐释的循环而得以不朽。经典是将过去和现在连接起来的东西,经典的不朽正是由于不断的阐释赋予了它们新的意义。现代阐释学重申了经典意义的恒久性。在伽达默尔的阐释学理论中,历史和文化传统都不是与理解者隔绝的纯粹过去,而对现在仍然有积极意义,对我们现在各种观念意识的形成起着塑造作用。他又反复强调这一点,说明经典一方面超越时间的局限,另一方面又不断地处在历史理解之中,这两者之间显然有一种张力,形成一种辩证关系。他说:

> 历史存在的某种普遍特质在"古典型"里达到顶点,这就是在时间的废墟中的保存(Bewahrung im Ruin der Zeit zu sein)。虽然流传物的一般本质就是,只有过去当中作为不过去的东西而保存下来的东西才使得历史认识成为可能,但正如黑格尔所说的,古典型乃是"那种指称自身并因此也解释自身的东西"——不过这归根结底就是说,古典型之所以是被保存的东西,正是因为它意指自身并解释自身,也就是以这种方式所说的东西,即它不是关于某个过去东西的陈述,不是某种单纯的、本身仍需要解释证明的东西,而是那种对某个现代这样说的东西,好像它是特别说给它的东西。我们所谓"古典

---

① [荷兰] D. 佛克马、E. 蚁布思:《文学研究与文化参与》,俞国强译,北京:北京大学出版社 1996 年版,第 39 页。

② [德] 汉斯—格奥尔格·伽达默尔:《真理与方法——哲学诠释学的基本特征》,洪汉鼎译,上海:上海译文出版社 2004 年版(2005 年重印),第 371 页。

型"的东西首先并不需要克服历史距离——因为它在其经常不断的中介中就实现了这种克服。因此,古典型的东西确实是"无时间性的",不过这种无时间性乃是历史存在的一种方式。[①]

正如学者张隆溪指出:"在最一般的意义上,经典之所以是经典,就在于它不仅属于某一特定的时间和空间,而且能克服历史距离,对不同时代甚至不同地点的人说话,因此经典'没有时间性'。"[②] 在中国相当长的历史时期内,严格意义上的经典曾在文化和社会生活中发生重要作用,尤其通过科举考试制度,成为读书人入仕的基本途径,因而在文化和政治生活中影响极大。然而就是较宽泛意义上的经典,即儒家四书五经之外的经典,无论是道家的《道德经》、《南华真经》或各种佛教的经书,也同样有持久的生命力。更广义的文艺作品中的经典,无论汉魏乐府、唐宋诗词,还是元明以来的戏曲和小说,都一直有许多读者,对无数代人产生影响。这些都体现了经典的"无时间性"。但张隆溪同时又强调:"经典并不是静态不变的,并非存在于纯粹的过去,不是与解释者无关的外在客体。因此,经典的所谓'无时间性'不意味着它超脱历史而永恒,而是说它超越特定时间空间的局限,在长期的历史理解中几乎随时存在于当前,即随时作为当前有意义的事物而存在。当我们阅读一部经典著作时,我们不是去接触一个来自过去、属于过去的东西,而是把我们自己与经典所能给予我们的东西融合在一起。"[③]

根据各种权威辞书和论述对"经典"所下的定义,我们看出经典差不多就是传统与权威的代名词,具有"普遍性"、"超时空性"与"永恒性"等普遍突出的特征。西方学界近年来关于所谓经典(canon)和经典地位问题(canonicity)的争论,使得那些所谓超越时代及其趣味之变迁的、"无时间性"的经典,在许多激进的后现代主义批评家眼里,显得保守落后了。他们从性别、种族、阶级等角度出发,对传统经典提出质疑和批判,或者希望以另一些作品取代传统的经典。可见"经典战争"中的

---

① [德]汉斯—格奥尔格·伽达默尔《真理与方法——哲学诠释学的基本特征》,洪汉鼎译,第374页。

② 张隆溪:《中西文化研究十论》,第179页。

③ 同上书,第184—185页。

所谓经典主要是指文学作品，而这一争论是在文学研究领域里展开的。

三　文学经典研究的意义

文学经典问题构成文学研究的一个核心问题。韦勒克（René Wellek）指出："文学研究不同于历史研究，它必须研究的不是文献，而是具有永久价值的文学作品。"① 文学经典作为典范的文学文本，在历代阅读和阐释的传承过程中，其具体内容可能发生各种历史变化，但隐藏于其中的结构模式、思维方式和审美范式等的作用却会逐步确立、增强和丰富，并在后代的接受活动中，形成文学认知的心理范式和文化图式。而且，这种心理范式和文化图式的重要价值会愈来愈明显。文学经典的这种范式意义对后代读者、作者和批评家会产生深远影响。②

文学经典研究涉及的范围广泛，内容丰富而复杂，因而对于整个文学学科都具有极其重要的意义。韦勒克和沃伦（Austin Warren）在他们合著的《文学理论》（*Theory of Literature*）一书中，将文学自身本体的研究范围，分为文学理论、文学批评和文学史三个相互联系的基本领域。③ 文学经典的研究关联着文学理论、文学批评和文学史等全部文学研究诸领域。不仅如此，文学经典研究还直接关系到文学教育、比较文学和文化研究等诸多领域。因此，文学经典研究对于我们的文学研究具有关键性的理论意义。

第一，文学经典研究对于文学理论的重要意义。文学理论是对文学的原理、范畴、价值判断等基本理论问题的研究，显然文学理论研究离不开文学经典。这是因为，文学经典作为第一流的、公认的、堪称楷模的优秀文学作品，具有两个基本层面：作为文本的经典与作为审美价值的经典。作为典范文学文本的文学经典，包括文学语言层、文学形象层与文学底蕴层；作为人类文化信念及价值标准的文学经典，包括人类普遍共识的审美

---

① ［美］雷奈·韦勒克：《文学理论、文学批评与文学史》，载赵毅衡编《新批评文集》，中国社会科学出版社 1998 年版，第 509 页。

② 参见陶水平《当下文学经典研究的文化逻辑》，载童庆炳、陶东风主编《文学经典的建构、解构和重构》，第 269—274 页。

③ 参见 ［美］勒内·韦勒克、奥斯汀·沃伦《文学理论》，刘象愚、邢培明、陈圣生、李哲明译，南京：江苏教育出版社 2005 年版，第 32 页。

法则、审美价值、审美精神或审美理想。文学经典一方面是一定社会、时代、民族、历史的产物；另一方面，文学经典之所以成为经典，就在于它具有超越时代、民族和历史的超越性、普遍性、永恒性、伟大性、典范性与理想性等经典性品质。文学理论将文学经典所物态化或话语化的文学审美经验，理性地概括为文学理论的基本内容。文学理论所涉及的文学趣味、文学标准和文学技巧等一系列问题，直接表现为文学经典研究的系统展开。文艺理论家在依据文学经典而提出普遍而开放的审美观念、文学观念和艺术标准方面起了重大作用。

第二，文学经典研究对于文学批评具有重要意义。文学经典是个别与一般的完美统一。"文学经典是精选出来的一些著名作品，很有价值，用于教育，而且起到了为文学批评提供参照系的作用。"[①] 文学批评必须以既有文学经典为批评尺度。批评家在发现和指认新的经典作品时，往往都要依据以往经典作品为参照系。具有普遍审美理想或艺术理想价值的文学经典，具有独创艺术风格或美学风格价值的文学经典，为文学批评提供了一个标尺。当然文学经典确立的批评标准并不意味着经典的一元或独断，也不意味着既有经典可以简单裁决新的文学现象。当以往经典文本与当下非经典文本出现巨大鸿沟时，需要对文学经典的范围和观念作出适当调整。20世纪60年代以来的"经典论争"就是一个例子。

第三，文学经典研究对于文学史具有重要意义。文学史是依据年代序列对一系列具体文学作品加以排列的内在次序或内在进程。文学史涉及对历史时段的划分，对文学事实材料的取舍、对不同作家作品所占份额的具体安排、对不同作家作品的历史地位的具体评价等。显然，文学史研究有赖于文学经典研究，必须以突出文学经典为基本旨归。文学史的编写，需要对作家作品的经典性做出选择和规定性研究，并反映在文学史著作中。这些都离不开文学史家的文学经典意识。尧斯（Hans Robert Jauss）的读者接受论文学史观就体现了对"文学经典"的独到认识。文学史家在遴选、诠释、评价甚至"发现"既往文学作品经典时承担着更主要的职责。一般地说，文学作品的遴选应该被削减到有限人生的阅读所能应付的水平。在某种意义上说，一部优秀的文学史著作，就是一部对文学经典不断进行创新阐释的诠释学著作。"经典包含了一个文化传统最基本的宗教信

---

① ［荷兰］D. 佛克马、E. 蚁布思：《文学研究与文化参与》，俞国强译，第50页。

条、哲学思想、伦理观念、价值标准和行为准则，对经典的评注和阐释则是文化传统得以保存和发展的重要手段。"① 既有文学经典是在历代读者和批评家的不断诠释中确立和绵延的。文学经典作为意义世界集合的艺术审美价值，是在不断的阐释和对话中生成和叠加的。对经典的发现丰富了文学史的内容。即使是对文学史上传统经典的激烈争论，也可以构成文学史著作的一个重要组成部分。从长远来看，能够成为争议和重估的对象将有利于其作家作品在文学史上经典地位的巩固。

第四，文学经典研究对于文学教育具有重要意义。文学教育是通过优秀的文学作品的教学，来对学生进行规范标准的语言文字教育与优秀文化传统教育。文学语篇的长期研读与熏陶有助于培养学生的优良品质、儒雅风格、高雅气质，提高鉴赏能力、思维能力、想象能力和创新能力。文学教育是各级学校人文教育的一个重要方面，它不仅能培养学生的语言能力和文学欣赏能力，更重要的是能帮助学生塑造独特个性、培养文化宽容精神。显然，文学教育离不开文学经典。由于教学课时的限制，教师在遴选文学教学课本时，总是倾向于选择各类经典文学作品。而且在选择和讲授文学经典作品时，既要考虑经典作品的文字、文采和写作技巧，又要考虑经典作品的美学价值、思想意义和文化作用。文学教学的实质就是教授经典。

第五，文学经典研究对比较文学研究具有意义。"比较文学是以世界性眼光和胸怀来从事不同国家、不同文明和不同学科之间的跨越式文学比较研究。它主要研究各种跨越中文学的同源性、类同性、异质性和互补性，以影响研究、平行研究、跨学科研究和跨文明研究为基本方法论，其目的在于以世界性眼光来总结文学规律和文学特性，加强世界文学的相互了解与整合，推动世界文学的发展。"② 对文学进行"跨国、跨学科、跨文明"的研究需要认真遴选比较文学研究所涉及的文学作品，因为一个民族、一个国家、一个文化传统内部的文学作品浩如烟海需要精选，经典的建构和确立也就是对文学作品的挑选。因此，文学经典的比较研究，是开展比较文学研究的必由之路与核心课题。

第六，文学经典研究对时下的文化研究具有重要意义。文化研究的基

---

① 张隆溪：《中西文化研究十论》，第 178 页。
② 曹顺庆等著：《比较文学论》，成都：四川教育出版社 2002 年版，第 47 页。

本要义有二：一是挑战传统的文学观念；二是挑战传统的经典观念。就挑
战传统经典而言，实质就是要质疑、调整、扩大、颠覆乃至取消经典。由
于文化研究的兴起，对文学研究造成了很大的冲击，大有以文化研究取代
文学研究的趋势，使文学研究陷入了学科危机之中。文学研究究竟是要取
消"学科范式"，还是要重建"学科范式"？这样的问题被提上了议事日
程。文化研究作为一个新生事物，还不具有传统学科那样成熟的学科规
范，不像经典研究那样范式明确界限分明，甚至没有固定的理论资源和研
究方法。文化研究冲破了学科界限和经典束缚，把目光转向了更为鲜活的
日常性，转向直接的生活情趣。文化研究因而形成对学术制度化和经典化
的反动。正如有学者指出的那样，文化研究具有明显的"去经典化"倾
向，这种"去经典化"所造成的经典蜕变"在西方学术界已渐成气候，
越来越多的英文系课程不再拘泥于希腊史诗、悲剧、莎士比亚、密尔
顿……而是研究大众媒介、电影、女性主义、时尚、视觉文化等"。① 文
化研究或文化批评为文学研究提供了新鲜的视角。从性别、族群、阶级等
文化视角去解读传统的文学经典，人们读出了新鲜的文化意义，对于充满
性别、族群、阶级矛盾的现实起到了针砭作用。

　　总之，文学经典构成文学研究的一个核心话题，文学经典对于整个文
学研究具有十分重要的理论意义。当代对经典问题的讨论，可以催发对文
学史的重新检查和理性反思，可以促使人们发现更全面的社会和更真实的
历史。

四　选题意义与学术价值

　　20 世纪 60 年代的政治运动，使当时许多文学学者逐渐觉察到美国文
学的狭隘、排他，发现既存的美国文学史、文学经典或文学教学中，女性
作家与少数族裔作家的地位低下，其文学数量屈指可数。对于接受民权运
动与女性主义运动洗礼的人士而言，这种文学现象是难以接受而且亟待改
进的。其实，对整个美国文学的反省及重新思考，一言蔽之，就是美国文
学经典的问题。保罗·劳特，《希斯美国文学选集》（*The Heath Anthology
of American Literature*）的总编，在其著作《经典和背景》　（*Canon and*

---

　　① 　周宪：《文化研究的"去经典化"》，载《博览群书》2002 年第 2 期。

Context）中将美国文学经典定义为"通常收录在基本美国文学大学课程和课本里的作家和作品集合，那些在标准文学历史卷册中、书目中、或者批评中时常被讨论的作家和作品"。[①] 可见，一组知名的文本构成了经典，"不同版本的诺顿选集自然而然地把英美文学知识典化了"。[②] 毫无疑问，成型的美国文学选本将为好几代人所广泛使用。其内容的内在秩序，各个部分之间的安排，选文的选择，似乎天衣无缝，从来没有泄露其秘密；人们得到的印象是，选文的选择或者根据其重要性，或者根据其时代顺序，或者根据其审美价值，它们一定体现着美国文学的某种自然特性，或必然性。当然选集是不会明确地告诉读者文学知识是如何被经典化的。就像《诺顿美国文学选集》在序言中简单地声称它所做的一切都是为了学生，让他们不必费神购买（或阅读）数量庞大的各种文学资料。其结果是，读者忘记了各种力量在其建构中所起的作用，将被选集重新构建起来的美国文学视为美国文学的全部。客观的结构（美国文学之实际所指）和主观的再结构（选集编撰对美国文学的表述）被混为一谈。对《诺顿美国文学选集》的不同版本研究和解析有助于我们更好地认识美国文学的本质和特征。

本书的研究对象是《诺顿美国文学选集》（*The Norton Anthology of American Literature*）。《诺顿美国文学选集》共有三种版本：一种为上下册的两卷版；一种为分 A、B、C 等卷的多卷版；一种为一卷本的简缩本（shorter edition）。上下册版本与多卷版本内容、排版完全一样，只是上下册版本为硬皮精装本，多卷选本为纸质简装本，是因为选集扩容，为方便读者携带和阅读而设计；简缩本虽精但不全。所以本书以两卷版或多卷版选集为研究对象。《诺顿美国文学选集》在 1979 年出版了第一版，到 2003 年出版了第六版，本书主要研究和讨论的是这一起止时间段内的六个不同版本的文学选集。

学术性的选集成为文学学习和研究丰富而庞大的资源，但对选集本身的研究却是一个容易被人忽视的问题。各种选集记载和反映了文学界不断

---

① Paul Lauter, *Canon and Context.* New York：Oxford University Press，1991. p. 23. 本书译文除列出译者姓名外，一律为笔者所译。

② ［荷兰］杜卫·佛克马：《所有的经典都是平等的，但有一些比其他更平等》，李会芳译，载童庆炳、陶东风主编《文学经典的建构、解构和重构》，第 18—19 页。

变化的文学观念和趣味，这些变化很值得我们去探寻、研究。其中《诺顿美国文学选集》就是这样一本书。19 世纪末期，美国文学走进了大学的课堂，为了课程教授和学术研究的需要，业界学者开始了美国文学选集的编撰工作。而文学教学的职业化使得作为教材的美国文学选集在 20 世纪 20 年代以后大量涌现。历年来，美国文学选集有很多种。① 在经典论争中，文学选集成为许多批评家关注的焦点，他们对以往的文学选集进行了重新省视，指出在经典构成的过程中，传统的文学选集起到了排斥作为他者的文学传统或使其边缘化的作用。在 20 世纪五六十年代社会政治运动背景下，在各种后现代思潮影响下诞生的美国文学选集有克林斯·布鲁克斯（Cleanth Brooks）等合编的《美国文学：缔造者和缔造过程》（*American Literature: The Makers and the Making*, 1ˢᵗ ed., 1973），乔治·麦克迈克尔（George McMicheal）等合编的《美国文学选集》（*Anthology of American Literature*, 1ˢᵗ ed., 1974），罗纳德·戈特斯曼（Ronald Gottesman，第一任主编）等编撰的《诺顿美国文学选集》（*The Norton Anthology of American Literature*, 1ˢᵗ ed., 1979），唐纳德·麦奎德（Donald McQuade）等合编的《哈珀美国文学》（*The Harper American Literature*, 1ˢᵗ ed., 1987），以及酝酿于 20 世纪 60 年代末，保罗·劳特等合编的《希斯美国文学选集》（*The Heath Anthology of American Literature*, 1ˢᵗ ed., 1990）等。而迄今为止，最为经典的、最为广泛地运用于美国本土或国外的美国文学教学的教材是诺顿公司出版的《诺顿美国文学选集》。

诺顿公司的全称是 W. W. Norton & Company，是美国最大最老的出版社。② 公司自创立以来，一直以在商业和大学课本领域出色的出版项目而闻名。公司出版的哲学、音乐、心理学、历史、文学、经济学、社会学等各类书籍都产生了很大的影响。在文学方面，公司不仅出版欧美主流文学的经典作品，如对世界各国名著经典地位的确立、稳固和传播起着不可估量作用的《诺顿世界名著选集》（*The Norton Anthology of World Masterpieces: The Western Tradition*）、《诺顿莎士比亚作品选集》（*The Norton Shakespeare*）、《诺顿英国文学选集》（*The Norton Anthology of English Literature*）、《诺顿美国文学选集》、《诺顿儿童文学选集》（*The Norton Antholo-*

---

① 参见本书附录一"美国文学选集"。
② 参见本书附录二"诺顿公司简介"。

gy of Children's Literature：*The Traditions in English*）等，而且还出版了各种畅销书和获奖书籍。随着文学理论和观念的变化，出现了许多曾很是边缘化的、他者的文学作品选集，如《诺顿非裔美国作家选集》（*The Norton Anthology of African American Literature*）、《诺顿妇女文学选集》（*The Norton Anthology of Literature by Women*：*The Tradition in English*）、《诺顿中国文学选集》（*An Anthology of Chinese Literature*：*Beginnings to* 1911）等。①诺顿文学类丛书的发行超过了 2000 万册。诺顿以强大的发行量和优质的出版书目对文学教学产生着重大影响。因而通过对《诺顿美国文学选集》的研究，来研究和探讨美国文学经典的建构具有一定的说服力和权威性。

《诺顿美国文学选集》是美国大学学习英语专业本科学生的教学用书或是参考用书，也是中国许多高校英语专业本科生和研究生的必读书。作为一本大众熟悉的教学用书，自 1979 年第一次出版以来，本身经历了许多变化，但是它却没有纳入研究者的视野。②所以这是本书选取《诺顿美国文学选集》作为研究对象的第一个原因。

第二个原因，《诺顿美国文学选集》在美国高等学校教育中，尤其是文科最重要的文学领域发挥着重要作用。《诺顿美国文学选集》对于美国本土和国外英语专业的学生来讲都是一本很重要的学习用书。可以

---

① 参见本书参考文献"诺顿系列文学丛书"。

② 诺顿文学选集系列经典丛书，也吸引了研究者的目光，但这方面的工作刚刚起步。在 ProQuest Dissertation & theses（ProQuest 国外博、硕论文文摘数据库）中，找到一篇以《诺顿女性文学选集》为研究对象，论述女性主义内容的博士论文。在 EBSCOhost Academic Source Premier（EBSCOhost 系统全文网络数据库学术资源数据库），找到一篇研究《诺顿英国文学选集》的文章，论文认为选集是学习英国文学最好的议程。其他还有研究《诺顿美国现代诗歌选》的文章，评论《诺顿儿童文学选集》的文章，关于《诺顿文学理论与批评选集》的文章。在涉及经典的讨论中出现过其他的一些美国文选，但都不是一个很具体的研究对象。但到目前为止，通过 CASHL（中国高校人文社会科学文献中心）、GALE（Gale 集团数据库系列）、Proquest、CNKI（中国期刊全文数据库）、Google（谷歌）等搜索，没有找到国外以《诺顿美国文学选集》为研究对象的论文。在许多文章中，《诺顿美国文学选集》只是作为参考用书而出现，所以《诺顿美国文学选集》，目前还是美国文学研究方面的盲点，很值得我们系统地进行研究。在中国，通过检索中国期刊全文数据库、中国优秀硕博学位论文全文数据库、中国重要会议论文全文数据库、中国重要报纸文章全文数据库，以及新浪、百度中文网等多个搜索引擎，发现《诺顿美国文学选集》作为文学研究参考书出现的频率是很高的，但是目前没有发现一篇以《诺顿美国文学选集》为具体研究对象的论文。几所著名大学的论文库：北京大学、南京大学、四川大学、北京外国语大学、上海外国语大学等，亦是如此。对以上各数据库的搜索时间为 2007 年 12 月。

从以下几点来说明：美国上千所大学，以一些知名大学为例，网站中显示英语专业或文学院学生的学生教学用书或参考用书，都列出了《诺顿美国文学选集》。在中国，《诺顿美国文学选集》也一直是各类高校中外语系或外国语学院美国文学课程教学的教学用书或是参考用书，尤其是研究生学习阶段的必读书目之一。文学记录了人类的生活经验，传承着民族的传统，传播着人类伟大思想的精华。一本优秀的教科书无疑对培养学生的文学鉴赏能力、文学品位与健全人格起着举足轻重的作用。

　　第三个原因，《诺顿美国文学选集》没有像某些曾经出现过的选集，昙花一现，消失不再，而是随时代的变化，不断地更新再版，体现了文本自身的生命力和活力。从1979年到2003年共出版了六个版本，并根据需要出版了与选集配套的教师用书，建设了教学网站；这些举措受到越来越多的学校、教师和学生的欢迎。诺顿公司与美国高校密切合作，在深度和广度，以及选材使用灵活方面都有得天独厚的优势。诺顿公司与美国1640多所大学和学院合作，在成书和修订的过程中得到全美许多大学知名教授的建议和指点。① 这些举措与诺顿的出版《诺顿美国文学选集》的宗旨非常吻合：《诺顿美国文学选集》作为美国许多大学本科生的教材，旨在向学生全面介绍美国文学。它主要和始终关注这样三大目标：（1）呈现各种丰富而充实的材料，使教师能根据自己的教学需要构建课程；（2）使文选是一个自足的整体，提供完整和较长的选文使学生能更深入地了解作者；（3）在传统的兴趣和不断发展的批评关注之间取得平衡。而且这些互动使得《诺顿美国文学选集》在国内该领域处于领先地位。② 以这样一个先进的文本作为研究对象，对我们的英语教学和文学研究都有很重要的实际意义。

　　第四个原因，《诺顿美国文学选集》本身的变化和发展也值得我们去关注、研究。1979年诺顿公司出版了选集的第一版，历经1985年、1989年、1994年、1998年，时至2003年，共出版了六版，以平均每五年就更新出版一次的速度给学习者提供更新更好的用书。每一次更新，我们都能

---

① 参见 "诺顿公司网页" http：//W. W. Norton & Company. XHTML, CSS, 508. 搜索时间2007年9月20日。另，各版《诺顿美国文学选集》的 "前言"。

② 参见各版《诺顿美国文学选集》的 "前言"。

发现一些具体变化：如历史时段的划分；女作家数量的增加和选文的录入；少数族裔作家的出现和增加；同一个作家的不同作品的入选、增删；某些作家的落选……选集的这些变化都成为我们思考的起点和研究的切入口。

在经典论争的背景下产生、发展和变化的文学选集不仅仅是《诺顿美国文学选集》一部，其中富有特色，同样在美国高校被广泛使用，并且和《诺顿美国文学选集》充满了竞争的是《希斯美国文学选集》。本书将《诺顿美国文学选集》，而不是《希斯美国文学选集》作为研究对象主要是基于以下几个原因：首先，不同的出版时间，显示了《诺顿美国文学选集》与经典论争的密切联系。《诺顿美国文学选集》第一版诞生于1979年，是西方质疑传统文学经典背景下的产物，此后《诺顿美国文学选集》的不同版本与文学研究各个时期的变化密切相关，反映了经典论争的起因、发展和变化。而1990年《希斯美国文学选集》第一版才出版，是时对经典的论争，已经达到了比较热烈的程度，而且从一个历史发展的过程来看，《希斯美国文学选集》已经是经典论争的结果了。其次，在文本的可得性方面，《诺顿美国文学选集》也优于《希斯美国文学选集》。《诺顿美国文学选集》是美国亚洲基金会向中国教育机构的赠书，通过上海外国语学院向相关的院校发散赠送，所以国内许多高校图书馆都有此书，而且版本比较齐全，在国内就很容易收集全套的资料。而《希斯美国文学选集》的资料则不够全面。《诺顿美国文学选集》出版后不久就进入了中国，1981年学者周珏良就在《外国文学》期刊上撰文向读者介绍，并将此书称赞为学习美国文学的"一本入门的好书"。① 笔者也在本科、研究生的不同学习阶段接触和研读过此书，对此书有一定的认识。

《诺顿美国文学选集》的确定、变化反映了西方学术界对传统经典的争论、质疑和修正。文学选集收录的多是公认的经典作品或者是非常具有代表性的作品。《诺顿美国文学选集》作为美国1640所高校的通用教材，具有一定的权威性，并经过一定的时间考验成为了经典。按照经典的定义，"所有重要的专业著作，以及那些被大学纳入课程的精品教材都被称

---

① 周珏良：《〈一本入门的好书〉——评诺顿美国文学选》，载《外国文学》1981年第1期，第77—80页。

作经典"。① 所以 "经典一般来说也是被用来作为教材的作品的同义词"。② 那么，作为众多美国本土和国外大学美国文学课程教学采用的课本（textbook），可以被称之为经典或经典之中的"经典"。

《诺顿美国文学选集》六个不同版本确定下来的美国文学经典形成了一个关于美国文学知识、历史和规范的文本。"专业知识被赋予其中。研究院、学术机构和政府的权威可以令其身价倍增。……这样的文本不仅能创造知识，而且能创造它们似乎想描写的那种现实。久而久之，这一知识和现实就会形成一种传统，或者如米歇尔·福柯所言，一种话语，对从这一传统或话语中产生的文本真正起控制作用的是这一传统或话语的物质在场或力量，而不是某一特定作者的创造性。"③ 米歇尔·福柯（Michel Foucault）认为知识是可见性（the visible）和可陈述性（the articulable）的综合产物。④ 可见性是指可接受的形式，可陈述性指可言说的，如"性"的概念。知识是属于历史性，属于每个时代的。知识并不等同于唯心的、形而上的、价值性的知识论，而属实证性（positivities）、经验性（empiricities）。知识是一种言说的实践，读者在意义的开采过程中必须挖掘、开采、凸显历史矿层（strata）中所隐藏的部分，并以有秩序的规则将此说呈现出来，所以称之为实证性的、经验的。如果有所谓的先验存在，历史就是先验，即福柯所谓的"历史的先验知识"。人的存在是展现在时间之中，且历史乃是时间的记录。如何开采知识，福柯的考古学（archaeology）和谱系学（genealogy）为我们提供了工具。知识考古学的目的就是要理清话语（discourse）如何实践出来。而且更进一步地透过话语实践去揭示知识类型（episteme）出现的条件。因为话语分析的基础在于陈述（statement）的探讨，所以福柯先界定陈述：陈述寻求外在的关系，与经济、政治、社会、文化结构有关。此外，陈述也与历史、时间化（temporalization）有关（陈述拒绝统合历史观）。

---

① 刘意青：《经典》，载赵一凡等主编《西方文论关键词》，北京：外语教学与研究出版社2006 年版，第 280 页。

② 金莉：《经典修正》，载赵一凡等主编《西方文论关键词》，第 295 页。

③ ［美］爱德华·W. 萨义德：《东方学》，王宇根译，北京：生活·读书·新知三联书店1999 年版（2007 年重印），第 122 页。

④ Gilles Deleuze, *Foucault*. Trans. by Sean Hand. Minneapolis: University of Minnesota Press, 1988. pp. 47 – 69.

本书以福柯的考古学（archaeology）和谱系学（genealogy）作为研究的核心方法，通过研究《诺顿美国文学选集》的六个不同版本，回溯"美国文学经典"这个知识的形成过程和影响它成为"这个"知识的社会历史语境，以及与这种语境相联系的主导意识形态和权力关系。对这种知识建构中的话语以及建构对象进行研究，其实质就成为一种知识考古学的探查。在福柯那里，他使用"历史的先验知识"来阐释知识存在的历史性：

> 先验的知识不是指那些可能从未说出的，或者从未真正地经过试验的真实性的先验的知识；而是指某个既定的历史，因为这是确实已说出的事物的先验的知识。使用这个有点不妥帖的词的理由是这种先验的知识应该在陈述的扩散中，在所有由它们的不协调性产生的裂缝中，在它们的交叉和它们的相互替代中，在它们的不可统一的同时性和在它们的不可演绎的连续性中阐述陈述；简言之，它要阐述话语不仅具有某种意义，或者某种真实性，而且还具有某部历史，即一部特殊的，不把话语归结于某种与他无关的变化规律的历史。……它包含一种历史类型，——在时间中扩散的形式，连续的、稳定的和重新具有活力的方式，展开或运转的速度——这种历史类型专属于语法的历史，尽管它与历史的其他类型无不关联。再者，这种先验的知识脱离不了历史性，因为它不能在事件之上并在静止的天空中构成超越时间的结构；它被确定为标志着某种话语实践的规则的整体。①

在这样的基础上，福柯最终将考古学定义为一种以知识为对象的实证性研究。这一研究的基础就是话语和陈述，同时也在一定程度上包含了福柯所谓的"非话语范围"。由此福柯总结道：

> 考古学是话语形成与非话语范围（机构、政治事件、经济实践和经济过程）之间的关系显示出来。做这些比较的目的，不是要揭示文化的长期的连续性或者区分出因果机械论。面对陈述事实的整体，考古学不自问什么是推动它的理由（这便是对表达语境的研

---

① ［法］米歇尔·福柯：《知识考古学》，谢强、马月译，北京：生活·读书·新知三联书店2003年版，第141—142页。

究）；它也不设法发现那种在陈述事实中表现出来的东西（这是解释学的任务）；它试图确定这个整体所隶属的形成规律——而且这些规律标志着这个整体所述的实证性——怎样能同非话语系统联系起来，即考古学力图确定连续的特殊形式。

……

换句话说，话语的考古学描述是在通史的范围内展开的；它力图发现机构的、经济过程的以及话语形成可在其基础上相互连接的社会关系的整个范围；考古学描述试图指出话语的自律性和它的特殊性怎么没有赋予它以某种纯理想性的和历史的完全独立性的地位；它所要揭示的是这样一个特殊的层次，即历史能产生的某些话语确定的类型，这些类型本身具有自己的历史性的类型，并且同各种历史性的整体保持关系。①

在经典漫长的发展过程中，在不同的历史时期形成了不同的关于文学经典的知识。这些知识差异可以从它们所选择的内容上表现出来。如在西方中世纪、文艺复兴时期，古典主义、浪漫主义等历史阶段都产生了不同的文学经典。美国文学经典的发展也同样如此。在某一个时期被强调的作家作品，到了另一个时期可能就会被忽略或遗忘。在 20 世纪初，詹姆斯·拉塞尔·洛厄尔（James Russell Lowell，1819－1891）、奥利弗·温德尔·霍姆斯（Oliver Wendell Holmes，1809－1894）和亨利·沃兹沃思·朗费罗（Henry Wadsworth Longfellow，1807－1882）等作家因为作品中浓郁的英国风格和温文尔雅的文体被评论家和教师视为伟大的作家，而在现代只会被当作逝去时光中的一段略显怪异品位的历史而被提及。那么我们就要考察在具体历史语境中是什么因素造成了各种不同的叙述策略。其次，表述这些知识的话语方式是体现差异的另一个重要因素。话语方式将对象赋予意义。由于所使用的话语方式不同，即使是选定同一个内容，其言说出来的意义也会不同。例如，惠特曼（Walt Whitman，1819—1892）的有些诗歌在传统的话语方式下和性属研究（gender study）的话语方式下所被赋予的意义是截然不同的。最后，对制约不同话语方式的核心要素的探察，最终将归结到与之相对应的权力关系。"权力制造知识；权力和

---

① ［法］米歇尔·福柯：《知识考古学》，谢强、马月译，第 180—183 页。

知识是直接相互连带的；不相应地建构一种知识领域就不可能有权力关系，不同时预设和建立权力关系就不会有任何知识。"① 与此同时，"知识并不空洞地运作。它是通过各种特定技术和应用策略在特殊的境遇、历史语境以及体制化秩序中加以运作的"。② 这种特殊的境遇、历史话语以及体制化秩序共同构成了某种权力。经典反映出来的文学与文化中的主流/非主流、中心/边缘的关系，体现了各种势力的竞争和斗争，即权力斗争。"边缘化的作品大多是拥有政治、经济、社会资源相对较少的团体的产品。换言之，在一个文化中通常被认为是中心、主流的作品和作家，都是由此文化中掌权的人所撰写或提倡的。"③ 在各种文化运动中，虽然"地方、杂志、出版社、文选"等都扮演了重要的角色，但是其中的关键因素却是"权力：定义文化形式和价值的权力"。④ "在这个意义下，文化是具有不同利益的团体争取优先权的角斗场（a contested ground）。文化的边缘化……代表了社会斗争和政治斗争，虽然不能以抽象的方式来说明文化被政治定义或文化重新定义政治，而必须落实在特定的时间框架中来观察特定的团体。"⑤《诺顿美国文学选集》对美国文学知识的建构体现了一种权力关系，本书希望通过对《诺顿美国文学选集》六个版本不同的选择内容、话语表述方式等进行分析研究，从而回溯重现构成这个知识的权力关系。这是本书研究的一个核心和重点。

　　如前所述，"经典包含了一个文化传统最基本的宗教信条、哲学思想、伦理观念、价值标准和行为准则"，⑥ "一个文化拥有的我们可以从中进行选择的全部精神宝藏"。⑦ 经典在构建一个社会的信仰、观念和价值方面，起着举足轻重的作用。它构成一个社会特定的文化要素，并为整个社会成员共享、合作和交流。经典既作为文学批评的一个参照系，用来确定文学史的内容，并在教育机构中被用于教学，同时经典也是一种教育机

---

　　① ［法］米歇尔·福柯：《规训与惩罚》，刘北成、杨远婴译，北京：生活·读书·新知三联书店 2003 年版，第 29—30 页。

　　② ［英］斯图尔特·霍尔编：《表征：文化表象与意指实践》，许亮、陆兴华译，北京：商务印书馆 2003 年版，第 50 页。

　　③ Paul Lauter, *Canon and Context*. New York：Oxford University Press, 1991. p. 49.

　　④ Ibid. , p. 53.

　　⑤ Ibid. , p. 49.

　　⑥ 张隆溪：《中西文化研究十论》，第 178 页。

　　⑦ ［荷兰］D. 佛克马、E. 蚁布思《文学研究与文化参与》，俞国强译，前引书，第 36 页。

构决定的结果。这种决定是根据学界所认定的统一标准，也就是一种关于文学价值的一致意见做出的。文选的制定和变化，与美国文学的教学与传授相互影响。

研究《诺顿美国文学选集》亦是职业需要。笔者是外国语学院的教师，硕士学习阶段的研究方向是英美文学。自己在学习和教学中常有感于英语教学中重语言、轻人文状况，也遇到一些问题和困惑，希望通过对选集的研究，更好地提高自己的科研能力和促进教学。所以研究选集既为原因，也是目的。通过分析《诺顿美国文学选集》这部经典的建构、修正的过程，我们对构成美国文学经典的各种历史、政治、文化等条件将有更清楚的认识，对选集的内部结构和内容也有更加透彻的了解，有利于我们在使用和教学中作更好的筛选和甄别。

综上所述，研究《诺顿美国文学选集》不仅具有一定的学术意义，而且具有现实意义。

五　研究思路与理论实践

将文学选集与经典研究结合起来，是一个比较新颖而且合乎逻辑的题目。米歇尔·玛丽·巴妮（Michelle Marie Pagni）指出：

> 利用文学选集来决定美国文学典律的地位，这看来完全合乎逻辑：因为选集是从数量多得多的美国文学文本中挑选出来的选文，所以呈现了一种典律。文选与典律研究直到晚近才连接起来，这现象部分是选集演化的结果。其实，直到 60 和 70 年代学者才能以选集来探究有关典律性（canonicity）的议题，因为拣选来自不同族裔、种族、性别的作者的作品，当前这种拣选多样化的选文倾向，是相当新的做法。一直到女性主义和族裔批评家开始痛斥文选没有选纳内容更宽广的作者和文本之前，以往的选集经常包括的少数集中的目录，丝毫不考虑这种方式传达出的美国文学的偏颇描述。①

---

① Michelle Marie Pagni, *The Anatomy of an Anthology*：*How Society*，*Institution and Politics Empower the Canon*. Diss. University of California，Riverside，1994. pp. 1 - 2. 转引自单德兴《重建美国文学史》，北京：北京大学出版社 2006 年版，第 308 页。

　　由此可见，研究《诺顿美国文学选集》具有特殊意义。首先，诺顿
选集收录的作家作品具有代表性，是经典；而且诺顿文选本身也是一个经
典。其次，诺顿选集是 20 世纪 70 年代后期出现的，反映了当时的社会、
政治和文化场景，它的发展和变化体现了美国主流文学经典的脉络及
演化。

　　作为教学课本或参考用书的文学选集"是出于学校教育目的的相对
严格意义上的选本"，① 无疑具有一定的权威性。文学选集（anthology）
按照字典上的定义，是"一部出版了的诗歌和其他作品的集合"（"a pub-
lished collection of poems or other pieces of writing"）。② 作为一部作品的集
合，为文学研究提供了较为集中的材料。研究文学选集，可以研究这部选
集本身历史性的变化；可以研究作家、作品的定位；可以研究文学历史的
形成、发展、演变；可以研究文学理论对它的影响，以及理论与选集之间
的互动；当然，也可以通过研究选集，强调文学和思想之间的关系，
等等。

　　从 1979 年至 2003 年《诺顿美国文学选集》共发行了六版，共 15 卷。
面对这样一个比较庞大复杂的研究对象，一种方法是对它做一个面面俱到
的整体研究，将研究的内容分成几个方面，分门别类地进行平行式的论
述，但这样的做法，不仅工作量大，难以统筹兼顾，而且重点不突出，易
被人诟病"语焉不详"；且这种方式容易变成现象的罗列，不利于我们透
过现象，看到在不同的历史阶段和变换的语境中美国文学经典建构的运作
力量和机制。第二种方法是从一个方面或视角切入，针对选集的某个问题
或方面进行纵向式的挖掘与分析，以此深入辐散其他。这样一种模式从小
切口入手，目标集中，更易挖掘出深层的问题，具有很强的针对性和问题
意识。所以，本书将采用第二种研究方式，从《诺顿美国文学选集》历
年版本的变化入手，层层深入、展开。

　　荷兰学者杜卫·佛克马（Douwe Fokkema）就指出：

　　　　在经典问题的研究上有两种不同的途径：一方面，从历史的和社

---

　　① ［荷兰］杜卫·佛克马：《所有的经典都是平等的，但有一些比其他更平等》，李会芳
译，载童庆炳、陶东风主编《文学经典的建构、解构和重构》，第 18 页。
　　② Judy Pearsall，ed. *The New Oxford Dictionary of English*. Ibid. p. 70.

会学的角度对以前的经典的形成进行研究，另一方面，从批评的角度
出发研究新的经典如何形成或现存的经典如何被修订，以便为我们的
现状提供一个更为充分的答案。①

本书将沿袭佛克马经典研究的途径，首先从历史的、文化的和社会学
的角度出发讨论经典作品《诺顿美国文学选集》的形成和确立，即选集
第一版是在什么样的历史条件下形成的，哪些外部和内部因素参与了选集
经典的建构，从而研究和分析当时历史语境下美国文学的来源，美国文学
的内涵与核心等问题；然后从批评的角度出发研究诺顿选集自诞生以来是
如何被修订的，新版本的选集是如何形成的，新版本的内容与经典论争的
文学运动是如何互动、影响的，从而探讨分析美国文学的特征与变迁等。
这也是本书第一章的主要内容，在书中起着提纲挈领的作用。

《诺顿美国文学选集》本身的变化，首先体现了文学选集与文学理
论、文学批评、文学史的密切联系，其次反映了文学理论的相关发展，对
选集的产生、发展和更新有着指导意义或潜在的影响。本书从对《诺顿
美国文学选集》产生重大作用和影响的女权主义、性属研究、族裔研究、
后殖民主义等几种文学理论或思潮入手，分析和论述文学经典选集的制
定、变化以及产生的原因，以及它对美国文学的教学和研究的影响与互
动。而选集引发的这一系列变化体现了文学观念的变化，并引发人们重新
编写或审视文学历史。第二、三章，分别从女权主义批评、族裔研究的角
度出发，分析研究这两种理论对传统经典的冲击和解构，并论述在此理论
框架下，建构的新的文学经典的过程。第四章仍然讨论文学理论对经典的
建构作用，但是涉及的内容有所不同，主要论述新思想、新理论对原有的
经典文本的重估，或者对原来存在的文本进行重新审视，并在新观念下，
文本呈现出不同于以往被阐释或被接受的观念。本书的第二、三、四章平
行地构成了对传统经典的解构和经典的重构内容。

第五章的内容是前面四章内容的延伸与扩展。对选集研究的现实意义
主要体现在以下两个方面：首先，文学史的重新编写和文学教学课程设
置，二者与文学选集一起从理论上和实践上共同建构与重建美国文学。选

---

① ［荷兰］杜卫·佛克马：《所有的经典都是平等的，但有一些比其他更平等》，李会芳
译，载童庆炳、陶东风主编《文学经典的建构、解构和重构》，第 17 页。

集的一系列变化实质上反映了美国文学经典的建构和修正，文学经典的建构与重构，不仅通过对文学文本的遴选来表现，文学史对作家作品的定位或评论也成为建构经典的主要力量；而经典文本的筛选，促使文学史反省和自观，从而达到重写文学史的目的和结果。文学理论的发展对传统美国文学经典的开放与修正，使得许多非经典和边缘文学被重新发现和解读，并由非经典成为了经典，从边缘走向了中心；新的文体、新的概念、范畴，以及新的文学准则，这些将直接影响和改变美国文学史的编写。例如，比较著名的《哥伦比亚美国文学史》（*Columbia Literary History of the United States*，1988）、新《剑桥美国文学史》（*The Cambridge History of American Literature*，1994）以及 2000 年上海外语教育出版社出版的《新编美国文学史》，毫无疑问地重新编写和定位了许多女性作家、作品，少数族裔文学作家、作品以及他们在文学发展历史中的地位、作用、影响。其次，新的文学研究理论为解决文学的交往问题提供了新的思路。20 世纪以前，关于文学史的各种解释，更多的是依赖于美学理论、社会学的理论，但随着理论的爆炸，美学的、社会学的、心理学的、认识论的、交往理论的、政治学的、经济学的理论、生物学的等理论纷纷进入了文学研究的领域，使得文学研究成了一门跨学科的知识。

　　经典为教学而存在，经典的问题也就是课程设置问题，通过课程教授将作品树为经典，为更多的人学习接受。经典的建构与修正最后影响和落实到文学研究在高校院系的定位和教学改革，从而从理论上和实践上分析和研究了美国文学的基本概念及经典的形成、发展和变化。克利斯朵夫·克劳斯认为"文学作品对于造就它们的时代、文化、阶级、性别和种族就具有价值和意义"。① 通过对《诺顿美国文学选集》的研究，我们无疑会发现他的观点是正确的；而且反过来，我们发现文学作品进一步反映了造就它们的时代、文化、阶级、性别和种族的价值观、道德标准和审美意识。也就是这些决定了经典存在的意义和价值。所以迄今为止，在"经典战争"中，在"去经典化"的呼吁声中，人们对经典的需要并没有消失，尤其是教学、教学理论方面对经典的需要并没有因为经典遭遇的危机

---

① 　Virgil Nemoianu and Robert Royal, eds. *The Hospitable Canon*：*Essays on Literary Play*，*Scholarly Choice*，*and Popular Pressures.* Philadelphia and Amsterdam：Benjamins，1991. 转引自［荷兰］D. 佛克马、E. 蚁布思《文学研究与文化参与》，俞国强译，第 52 页。

或产生的论争而减少。而且"经典书目的问题直接关系到大学存在的核心",评论家霍华德·费尔普林（Howard Felperin）指出：

> 正如被称之为文学的写作没有作者是不可想象的，这种写作的制度化研究没有一个经典书目也是不可想象的。没有一个经典书目、一个作为样本的文本，就没有诠释的群体。所以无论我们正确的标准是道德的、政治的、历史的或是修辞的，构建经典书目的必要性不是来自我们阅读合适的文本的重要性，而是来自我们阅读同样文本、或是有足够的同样文本的需要，唯有如此才能使这个诠释的群体的话语得以继续。[①]

文学史、作家、作品选读是高等学校外国文学教授的主要内容，对经典作品的重新定义和文学史的改写直接影响到学校外国文学教学的内容和课程设置。美国宣布独立后，美国大学里的文学课程教学，主要以教授曾经是宗主国的英国文学为主，偶尔教授一些 19 世纪末美国作家的作品。其原因主要是年轻的共和国在文学的审美艺术方面无法与旧大陆相媲美。与大学设置的其他课程相比，比如历史等课程，当时文学课程的发展非常缓慢。根据柯米特·万达比尔特（Kermit Vanderbilt）里程碑式的研究显示，到 1900 年为止，美国 150 多所高校只有不到十分之一的学校发展了稚嫩的美国文学本科课程。而且"该领域只出现了四个博士"。与此相对照的是历史课程的情况，美国历史学研究的学者报道，"十八、十九世纪美国大学中的历史论文几乎十分之九的都是关于本土的主题"。到 19 世纪 90 年代末，大多数的大学公平地提供的可供选择的课程，有古代的欧洲史和美洲史。甚至在有限的几所教授美国诗歌和散文的大学里，英国和其他现代欧洲语言的课程，更能得到广泛的重视。随后学者组织起来，成立了美国现代语言协会（the Modern Language Association of America），使美国文学的教学得以专门化和组织化。但在教学中，常被提及的只有二三十位主要白人男性作家。[②] 经典论争以来，高校的文学课程，不仅有主流

① 金莉：《经典修正》，载赵一凡等主编《西方文论关键词》，第 294 页。

② Joseph Csicsila, *Canons by Consensus: Critical Trends and American Literature Anthologies.* Tuscaloosa, Alabama: The University of Alabama Press, 2004. pp. 1 - 2.

文学作家、作品的教学，更出现了女性文学课程、少数族裔文学课程等分支学科。[①] 文学课程的设置与变化和文学选集的变化、文学史的变化紧密相连，相互影响。

本书除了主要运用比较文学、文化批评的研究方法外，由于选集是由许多作家、作品构成，在对作家、作品进行分析时，笔者还将借鉴社会学数据统计策略，例如，对入选女作家数量和文本份额的统计，对入选少数族裔作家的统计，力争以数据为基础，以数据为依据，分析、论述选集的发展、变化，做到有据有理，有的放矢。

通过研究《诺顿美国文学选集》，揭示出制约美国文学经典的权力系统，可以使学习美国文学的人们更好地了解美国文学经典的确立与变化，重新认识美国文学的历史，并透过这些变化弄清楚造成变化之后的文学观念。从而进一步在实践上更好地指导美国文学课程在中国的教学。例如，在美国体制下建立起来的文学经典读本，运用于中国教学时该如何进行筛选和甄别；在当今文学成为了商业消费品的情况下找到一些解决文学自身危机的方法。随时代的进步，科学的发展，使人们对文明传统本身产生了许多悲观的看法。文学也面临着一些严酷的局面。1992 年，希尔顿·克雷默在一篇文章中谈到美国文学的"严酷局面"时说，学生修文学课只肯看电影和漫画书，而不肯读经典著作。[②] 大众文化的发展，都市文化的流行使"人们不再看书，不再有时间。精神高度分散，稍纵即逝。这种不允许延续或深思的加速运动……将会彻底毁掉人类的理性"。[③] 文学作品被拍成电视剧、电影进入千家万户，思想家像小说作家或诗人那样成为人们的偶像。当代社会以前所未有的数量和速度消费着文化。青年由于缺乏经典的熏陶，"思想"匮乏，在这样的环境下，他们自杀、癫痫、吸毒、犯罪，在"精神恍惚"的状态下生活。怎样面对和应付当下沉沦的时代，寻访前人的言论和思想也许可以让我们更好地生存下去。

---

① 参看美国、中国一些大学的网站中的"课程安排"。

② 参见［美］罗兰·斯特龙伯格《西方现代思想史》，刘北成，赵国新译，北京：中央编译出版社 2004 年版，第 625 页。

③ 同上。

第一章

经典的确立:《诺顿美国文学选集》

像所有的文学选集一样,《诺顿美国文学选集》收录的多是公认的经典作品或者是非常具有代表性的作品,是"教育机构所遴选的书",[①] 是美国1640所高校的通用课本（textbook）,以及国外大学美国文学课程教学采用的教材或参考书,《诺顿美国文学选集》可以被称之为经典或经典之中的"经典"。

西语经典canon,源于希腊词kanōn,本意原是一根笔直的树干或棍子,后来表示衡量事物的"量杆或标尺",然后又引申为"表格或目录"。后来"逐渐用来指为教会权威们定为真正的圣文的希伯来圣经和新约之类的书卷或作品";再后来,经典"被用于文学领域,意指被专家认定归某个特定作家创作的世俗性作品";而文学领域里的"经典"又有两层含义:一指"文学经典"（canon of literature）,即伟大的作品、杰作;二指"作家经典"（literary canon）,指"那些根据批评家、学者和教师累积的共识而被广泛承认为'主要的'和创作了经常被视为经典作品的作家"。[②]

经后人引申,经典就变成了"带有标准、权威意义的书或文本"。[③] 劳特把经典定义为"在一个社会中,普遍被赋予文化分量的一套文学作品,重要的哲学、政治、宗教文本的组合,对历史的特别说法"。[④] 此处

---

① ［美］哈罗德·布鲁姆:《西方正典》,江宁康译,第11页。

② M. H. Abrams, *A Glossary of Literary Terms*. Beijing: Foreign Language Teaching and Research Press, 2004. pp. 28 – 29.

③ Victoria Neufeldt, et al., *Webster's New World Dictionary of American English*, Third College Edition, 1988. p. 205.

④ Paul Lauter, *Canon and Context*. Ibid. p. ix.

对于经典所采取的是广义的定义,包含了文学、哲学、政治、宗教、历史等方面,换言之,即为文化经典。在西方,从这个意义上说最古老,也最为公认的经典就是《圣经》了。而在当代,特别是当人们探讨文学经典时,它一般包括以下几层含义:首先,它必须是最优秀的文学作品;其次,必须是经受住了时间考验、在问世之后引起强烈反响的作品;第三,经典还应该具有"标准"和典范的意义;第四,一部分文学作品要想成为经典,还必须首先得到出版发行上的成功,引起读者和批评家广泛的注意,然后再逐步引起文学研究者的关注,被收入文学选集和文学教材,进入大学课堂,直至最后被载入文学史,被后人代代相传。在现今,现代化信息技术与电影、电视、VCR、VCD、DVD,与网络等传媒技术高度发达的时代,一部文学作品是否成为经典还应该按照两个新的标准来衡量,一是它是否被改编成电影、电视等艺术作品,是否被搬上过有影响力的舞台,在更为广泛的观众中引起强烈反响;二是它是否获得过有影响的主流文学大奖。①

经典的定义及其演变显示出经典本身具有稳定性和权威性,但同时也具有开放性,它的含义和指涉的对象随时代的变化而有所改变。"一部经典像它在每一个文学传统中的所起作用一样,作为我们共享文化中最平凡的一本书为我们提供服务。"②《诺顿美国文学选集》提供了美国民族文学的一组文本,构成了美国文学学习和研究的学术权威。萨义德指出:"权威既不神秘也非自然形成。它被认为构成,被辐射,被传播;它有工具性,有说服力;它有地位,它确立趣味和价值的标准;它实际上与它奉为真理的某些观念,与它所形成、传递和再生的传统、感知和判断无法区分。最重要的是,权威能够,实际上必须加以分析。"③ 权威的所有特征既适用于经典,也适用于《诺顿美国文学选集》,通过分析《诺顿美国文学选集》的基础文本,至关重要的作家,以及那些我们理解传统的形态和修正时感到必不可少的作家,历史时段的划分,等等,我们发现《诺顿美国文学选集》的确定、变化反映了西方学术界对传统经典的争论、

---

① 参见陆薇《走向文化研究的华裔美国文学》,北京:中华书局 2007 年版,第 240—242页。

② Henry Louis Gates, *Loose Canons: Notes on the Culture Wars.* New York and Oxford: Oxford University Press, 1992. p. 21.

③ [美] 爱德华·W. 萨义德:《东方学》,王宇根译,前引书,第 26 页。

质疑和修正；同时也反映了美国自身对本民族文学概念的认识和变化。本章将论述《诺顿美国文学选集》这部经典是如何确立的，哪些力量参与了选集的构建，选集随时代变化发生了什么样的调整，甚至革命。

第一节　美国主流文学的经典

如前文所述，保罗·劳特将美国文学经典定义为"通常收录在基本美国文学大学课程和课本里的作家和作品集合，那些在标准文学历史卷册中、书目中、或者批评中时常被讨论的作家和作品"。[①] 要弄清美国文学经典的建构和确立，我们首先需要了解经典（选集）构成的社会和文化背景。

众所周知，正如美国这个国家是在摆脱了英国殖民统治的基础之上建立起来的一样，美国文学也是在脱离了英国文学的影响之后才获得了其独立的身份和地位。20 世纪之前，美国文学并无系统而完整的文学史和文学选集，不仅如此，就连最初美国文学的课程也是在 19 世纪最后的十年中才走入大学课堂的。美国文学选集的真正开端是在 19 世纪的末期，许多高校学者期望用正规的学术方法来研究本民族文学和艺术家，由此开始了文学选集的编撰和出版发行。20 世纪 20 年代，美国学界开始酝酿将美国文学研究学术化、规范化，这些不可避免地对美国文学选集的出现产生影响。区别分明的中学和大学课本仅仅是在 20 世纪 20 年代才开始出现的。在这之前，选集的编辑们倾向于将课本编撰成对所有水平的学习美国文学的学生都适合的通用指南。1925 年，学者开始特意为连续一年的大学课程编辑文集。学者和编辑们摒弃了以往强调历史背景和传记的做法，开始扩展课本文学内容的覆盖率，收录了分散的历史背景故事，以及诗歌和散文，形成了现在人人熟悉的卷册形式，并在内容和方法上与现在保持着相当程度上的相似性。

第一次世界大战使美国政治经济获得飞速发展，文化艺术也繁荣兴盛。这一切使得美国文学在第一次世界大战之后成为了学术研究的合法题目，而教授文学的职业化也使得美国文学选集作为教材在 20 世纪 20 年代以后大量涌现。例如，弗瑞德·刘易斯·佩蒂编撰的《美国文学课程世

---

① Paul Lauter, *Canon and Context*. New York: Oxford University Press, 1991, p. 23.

纪读物》（1919），诺曼·福尔斯特编撰的《美国诗歌和散文》（1925），霍华德·缪福德·琼斯和欧内斯特·E.李斯合著的《主要美国作家》（1935），乔治·麦克迈克尔等合编的《美国文学选集》（1974），罗纳德·戈特斯曼（第一任主编）等编撰的《诺顿美国文学选集》（1979），唐纳德·麦奎德等合编的《哈珀美国文学》（1987），以及保罗·劳特等合编的《希斯美国文学选集》（1990）等。迄今为止，最为经典、最为广泛地运用于美国本土或国外的美国文学教学的《诺顿美国文学选集》第一版出版发行于1979年，而20世纪70年代是美国和西方学术界对"经典"展开激烈争论的时代。当时的西方社会正处于十分激进和动荡不安的状态中，1968年法国爆发了大规模的学生和工人运动，美国的学生运动也是如火如荼，反对"越战"的呼声极其高涨，整个社会弥漫着浓重的怀疑一切和反抗传统的气氛。理论界各种后现代思潮盛行，在解构主义大潮裹挟下，躁动不安的年青一代开始用怀疑和叛逆的眼光看待一切传统的东西，"经典"作为传统的一个有机部分，自然首当其冲。

面向大学课堂而设计的美国文学选集自1920年以来经历了三个历史性的发展阶段，每一个阶段都和当时在美国学术界占统治地位的批评潮流相互呼应。第一阶段的大学水平程度的美国文学选集始于1919年，以弗瑞德·刘易斯·佩蒂的《美国文学课程世纪读物》为标志，结束于1946年左右。① 在这个阶段，文学编年史的做法对美国学术界产生着重大的影响。第二阶段，美国文学选集以1947年诺曼·福尔斯特的第三版《美国诗歌和散文》的出版为标志，一直延续到20世纪60年代中期，与学术界新批评理论的兴衰相对应。第三阶段，开始于1967年，以至今仍然非常成功的第三版《美国文学中的传统》出版为标志。在这个阶段，我们看到了对文学批评的多元化兴趣的不断增长的意识和关注。美国文学选集在20世纪所经历的三个阶段中的每个阶段都是由当时的批评界的领导潮流所决定的。②

---

① 1925年出版的诺曼·福尔斯特的第一版《美国诗歌和散文》是为大学课堂设计的第一部文学选集，并成为课本形式的原型，在随后的七十多年中，在大学的文学课程教学中占据统治地位。但是第一阶段的文学选集却是开始于1919年佩蒂的《美国文学课程世纪读物》。参见 Joseph Csicsila, *Canons by Consensus*：*Critical Trends and American Literature Anthologies*. Ibid. pp. 8 – 9.

② Joseph Csicsila, *Canons by Consensus*：*Critical Trends and American Literature Anthologies*. Ibid. p. xx.

1979 年第一次出版的《诺顿美国文学选集》，是属于第三阶段的美国文学选集。它是在怀疑一切、质疑传统的大背景下形成的。20 世纪 60 年代和 70 年代，各种政治运动和思潮的涌现使学界意识到作为学术和教学领域的"美国文学"的狭隘，原来广泛使用的经典是等级的、家长制的，在政治上是令人怀疑的。作为一部新文集，编辑们在前言中，力陈选集的"创新"和"革命"。但是通过对选集的历史分段，材料的编选，入选作家的性别比例，种族等因素进行分析，我们发现其形成的过程以及最终的确立与当时的流行思潮相比，既有合理的成分，又有一定的滞后性。

第一版《诺顿美国文学选集》将美国文学划分为："1620—1820 年的早期美国文学"、"1820—1865 年的美国文学"、"1865—1914 年的美国文学"、"1914—1945 年两次大战之间的美国文学"、"当代美国散文 1945 年—"和"当代美国诗歌 1945 年—"五大部分。选集以 1620 年"五月花"号在普利茅斯靠港，移民成功地度过了冬天为美国历史和文学史的开端。这样的历史编纂存在着很大的问题，给人以很大的错觉，似乎在英国移民到来之前，美洲大陆是一块无人居住的蛮荒之地，是欧洲的移民创造了美国，创造了历史、文学……以及这个大陆的一切。这一点，毫无疑问突出了欧洲中心主义的思想。当然选集第一版存在的问题在随后的几个版本中得到了不同程度的修正，并且日趋客观、公正。

在"1620—1820 年的早期美国文学"部分，主要是日记、历史记载、报纸杂志、书信、一般的书籍、布道词等，简而言之，各种形式的私人文字，构成了早期美国文学。在形式上，主要是忠实地模仿和移植英国的文学传统。从 19 世纪以后对文学的概念来看，选集中收录的许多早期的作品还不能称之为文学。它们有的是一些信息的报道，有的是宗教的或政治的宣传。如约翰·温斯诺普的布道词《一个基督博爱的模范》，乔纳森·爱德华兹的题为《神圣和超自然的光》、《愤怒的上帝手中的罪人》等布道词都是关于清教主义思想的宣传。这样一些非文学性的东西作为早期美国文学的代表作品进入了《诺顿美国文学选集》以及其他各种美国文学的选集，除了作品本身具有一定的文学性外，最主要的原因是它们所代表的思想性。这些作品所宣扬的清教思想对美国的文学产生过持久的影响。正如有的学者指出的那样："殖民地时期许多作品尽管文学性不强，但它们都为十九世纪的美国文学奠定了基础。美国文学的主题、美国文学的形式都有从那时起的历史渊源。例如爱默生的自立自强哲学可以追溯到殖民地时期的司多达牧师的某些著作。梭罗的个人主义也不能说与殖民地时代的约翰·吴勒门没有联系。新英格兰的后代,一条线从爱默生、梭罗一直到弗罗斯特,另一条从霍桑、麦尔维尔到詹姆斯等;所有这两条线上各个时期的人都不同地在个人性格中再现出清教心理。"①

宗教是塑造品格和文化的主要因素,美国清教主义思想在文化中普遍而深入,在美国建国以及美国品格和文化塑造方面起着基础性和决定性的作用。16 世纪,马丁·路德发起的宗教改革运动席卷了整个欧洲大陆,形成了反对罗马教会并与之相抗衡的基督新教。法国的让·加尔文受到路德的影响,先后在瑞士、法国等地创立了加尔文教派。远离大陆的岛国——英国也受到了很大的影响,16 世纪中叶确立了属于新教范畴的英国国教——安立甘宗,而且国教内部的宗教群体也进一步分化,因为"虽然在同一面新教旗帜下,但一些人满足有限的改革,另一些人则要求彻底的改革"。② 后者认为国教保留了太多天主教的痕迹,他们越来越多地吸收了加尔文有关神学和教会制度的理论,"要求'清洗'一切不符合《新约圣经》的旧教礼仪,宣扬加尔文宗'绝对预定论',自称是上帝预定的选民,反对骄奢淫逸,提倡勤俭清洁,一切行为都必须合乎宗教伦理。这些人被称为'清教徒'。③ 于是 16 世纪末和 17 世纪初,产生了英国清教主义运动。在清教徒运动的冲击下,为了维护国教会的权威,伊丽莎白女王遂对清教徒采取迫害政策。1620 年第一批逃往荷兰的英国分离派清教徒乘坐"五月花"号轮船到达北美新大陆,早期的英国移民将这片土地视为"希望之地"、"允诺之地"、"牛奶之地",是上帝提供给他们实现理想和抱负的舞台。他们在与自然斗争的生存过程中,发现了日夜辛苦劳作的意义,悟出了特殊选民和上帝选民的含义。他们立志建立"一座建立在山巅之上的城市",从那时候开始,清教主义就"在北美扎根生长,对北美的历史和文化产生了重大而深刻的影响",④ 并形成了影响深远的具有美国特色的清教主义神学思想和清教伦理观。

马克斯·韦伯在《新教伦理与资本主义精神》中指出,"艰苦劳动精

---

① 吴岗恒:《序》,常耀信《美国文学简史》:(第二版),天津:南开大学出版社 2003 年版,第 v—vi 页。

② 柴惠庭:《英国清教》,上海:上海社会科学院出版社 1994 年版,第 56 页。

③ 王美秀等:《基督教史》,南京:江苏人民出版社 2006 年版,第 197 页。

④ 柴惠庭:《英国清教》,第 124 页。

神，积极进取精神……的觉醒之往往被归功于新教"。① 新教伦理产生的勤奋、忠诚、敬业、视获取财富为上帝使命的新教伦理精神不仅促进了美国经济，而且经过数百年时间的酝酿形成了资本主义的生活秩序，成为制度背后的巨大精神力量。② 一些社会学者在马克斯·韦伯和 R. H. 托尼的训练下，已经注意到这个有魄力的精神与资本主义品格和文化之间的联系。"清教徒模式的最后要素存续于后来的美国文化和品格中，但其踪迹和影响并非无时无刻、无所不在，而是在那些精心挑选的和战略性的时刻出现。……公众学校也会被用于推广清教的主流价值观。"③ 本杰明·富兰克林和乔纳森·爱德华兹为清教主义的代表人物，其著作在殖民地时期的文学中占据主要地位。

第二时段"1820—1865 年的美国文学"，又被称为浪漫主义时期的美国文学，为整个美国文学开辟了丰富的资源。爱默生和梭罗为民族美国文学的诞生奠定了思想基础。欧文首创了近代的短篇小说文体，埃德加·爱伦·坡丰富了它的理论和技巧，霍桑则寓教诲于故事之中。短篇小说乃是美国民族文化发展中产生的特定形式。梅尔维尔从当初的默默无闻到当今其《大白鲸》（1851）被视为美国最伟大的作品，艾米莉·狄金森和惠特曼的诗作被称为 19 世纪最好的诗歌，惠特曼也被定位为"美国经典的核心"，④ 他与狄金森的影响力在过去的一个半世纪里没有一个西方诗人能够超越。

"1865—1914 年的美国文学"这个时段主要记录和反映了美国内战以后和第一次世界大战以前的这段时期的文学情况。这是美国经济由农业经济向工业经济的转型时期，高速的横跨大陆的移民运动和新型城市工业化的环境促进了民族文学发展的丰富性和多样性。新的主题、新的形式、新的题目、新的地区、新的作家和新的读者都在这半个世纪的文学中涌现。到第一次世界大战爆发之前，美国文学的精神和物质都得到了极大地发展。马克·吐温、威廉·迪安·豪威尔斯和亨利·詹姆斯是这个时期散

---

① ［德］马克斯·韦伯：《新教伦理与资本主义精神》，于晓、陈维纲等译，西安：陕西师范大学出版社 2005 年版，第 9 页。

② 同上。

③ ［美］卢瑟·S. 路德克主编：《构建美国：美国的社会与文化》，王波等译，南京：江苏人民出版社 2006 年版，第 369 页。

④ ［美］哈罗德·布鲁姆：《西方正典》，第 2 页。

文、小说领域占据统治性地位的人物,他们在用现实主义手法描写自然风光和社会层面时具有了本土化倾向,使本土风格更加完美,探索和开发用文学来表现人们内在生活的可能性。他们记录了东部大陆三分之一人们的基本生活,以及19世纪后半叶生活在不断消失的边疆、村庄、小城镇或吵闹的都市,以及欧洲的农村和首都的人们的生活,并使之成为永恒。他们确立了与众不同的美国文学主人公的文学身份,尤其是本国的英雄和"美国女孩",困惑而做作的中产阶级家庭,商人和在一种新的国际文化中心理复杂的市民们。简而言之,他们为被我们称之为现代小说的主体、主题、技巧和风格树立了榜样,制定了未来方向。由于他们为美国文学形成和发展所作出的巨大贡献,他们当之无愧占据了选集此阶段的大幅版面。

"1914—1945年两次大战之间的美国文学",自20世纪开始,美国文学进入了一个新的发展时期。首先在诗歌领域进行了现代主义文学试验,出现了桑德堡、庞德、弗罗斯特、肯明斯、威廉斯等代表性诗人。小说创作流派纷呈,出现了安德森、海明威、菲茨杰拉德等。20年代出现了"哈莱姆文艺复兴"美国黑人文学运动。20年代的种族危机和30年代的经济萧条,使得美国作家重新检查和重新定义自己的美国传统,在小说和诗歌以及文学报章杂志中更明确地表现社会问题。他们同时转向欧洲,寻求能够指导他们的思想、理论和形式。南方文学在20世纪40年代占据了地方力量的统治地位,并涌现了大量优秀的妇女作家。

1945年以后的美国文学经过55年的发展变化,已成为真正意义上独立的、具有强大生命力的民族文学。战后美国作家创作了大量思想内容深刻、艺术手法新颖的优秀作品,斯坦贝克、贝娄、辛格、海明威、福克纳、莫里森等作家先后荣获诺贝尔文学奖,标志着国际社会对美国文学成就的承认,也反映了美国文学对世界的影响力。战后美国文学经历了一个复杂多变的发展过程。在这个过程中,文学内部遵循自身规律,文学本体以外的各种现实的、历史的、政治的、文化的力量对文学发生着影响。历经50年代的新旧交替、60年代的试验主义精神浸润、70年代至世纪末的多元化发展等阶段,形成了不同于以往历史时期的鲜明特色和特征。

19世纪和20世纪前期是美国文学作为独立民族文学形成和发展的阶段。《诺顿美国文学选集》录入了110多位作家近4500页的选文。章节的安排基本符合美国文学发展实际:从天真纯朴的浪漫主义到富有喜剧精神的现实主义和具有悲剧精神的自然主义；然后到成熟老练的讽刺、幽默精神。美国文学，当前又趋向于返回更高阶段超验主义思想，出现了超验主义文学。

在作家、作品的收录方面，第一版诺顿选集共收录了 130 多位作家及其作品，近 5000 页的选文。典籍主要精选了富兰克林、爱默生、梭罗、霍桑、爱伦·坡、梅尔维尔、海明威、菲茨杰拉德和福克纳等体现欧美主流传统的男性作家及其作品。这些作家更多的是继承和发扬了欧洲的文学传统，尤其是一些沿袭英国文学传统的作家及作品往往能在英、美两地都获得较好的评论，并成为经典定格下来。而且如果没有了这些作家，对于美国的民族文化和美国文学的教学都是不可想象的。从性别比例来看，其中男性占据了绝大多数的数量和版面。女性入选的只有 29 位，700 多页选文。从族裔角度来看，收录了黑人作家 14 位和主要用英语创作的犹太作家，如斯坦因、纳撒尼尔·韦斯特、索尔·贝娄、诺曼·梅勒、菲利普·罗思、艾伦·金斯伯格等几位作家；没有其他族裔的作家。就犹太作家而言，选集并没有突出他们的族裔特征。推究原因，可能是因为犹太美国人的美国属性经过足够的发展和巩固，不再被视为是弱势族裔。

60 年代末期以前的许多美国文学课程以及教材仅限于几个"主要"作家，而人们越来越清楚地看到，对于美国文化遗产的更加连贯和准确的描述所包含的绝不仅仅限于这么几个作家。70 年代涌现出大批对于性别、种族、阶级的文化含义的学术研究，但是美国文学课程以及教授和学习这些课程所依赖的课本的出版，却显然滞后于学术成果的出现。文学选集对于学界的新动向反应就更慢，它们仍然仅仅汇集少数经典书目，与半个世纪前没有太大的区别。1979 年出版的第一版《诺顿美国文学选集》就是这样一本教材。选集从其历史时段的划分、录选的作家、作品等方面看都反映了英美主流文学的特征：即欧洲的、过世的、男性的、白人的（Dead White European Man，常常缩写为 DWEM）。

当然经典不是凭空形成的，不是从天上掉下来的，作家在创作之前总有前辈作家的文学文本存在，总要在思想和艺术两方面同他们产生关系，在旧的选集的影响下，产生互文性、影响的焦虑。《诺顿美国文学选集》作为一个经典的文本，也像作家创作的文学经典作品一样，对以前的文学选集有着一定的继承，吸收前辈积累下来的一切有价值的精华；其次，经典一旦形成之后，具有一定的权威性，它很难被对立的批评理论和变化的文学偏爱所撼动。劳特指出:"朝向某些'杰作'的潮流一旦成立,就很难逆转,除非借着文学行业以外的力量介入。"[1] 所以,1979 年,第一版《诺顿美国文学选集》整体框架仍然受传统文学思想和意识的较强控制和影响,入选的作家、作品都具有 DWEM 特征。

美国文学的欧洲特色也与它的源泉之一关系密切。美国的形成与诞生、美国文学特性的最终形成,以及文学地位在世界上的确立都与英国有着千丝万缕的联系和极深的渊源。美国文学在其自身的发展过程中不断地受到和接受欧洲各种文学潮流的影响,而且在面对国内各种危机时,自觉地转向欧洲寻求解决问题的思想资源,达尔文的进化论、马克思主义、弗洛伊德的心理学理论等都为美国作家所吸纳,并运用于写作实践,对美国文学的发展起到了促进作用。以豪威尔斯、吐温、詹姆斯为主要代表的具有美国特色的现实主义和以德莱塞、诺里斯、克莱恩为代表的具有美国特色的自然主义毫无疑问都受到欧洲文学思潮的影响。美国现代主义的文学也是在引进和吸收欧洲现代派艺术,继承与发扬美国本土文学精神的基础上发展起来的,是外来文化与本土文化、新潮派与传统派交互作用、碰撞而形成的。美国文学的欧洲特征是明显而不可避免的,而且在 20 世纪以前,被列为经典的作家作品多体现和迎合英国的文学传统。如洛厄尔、霍姆斯和朗费罗一度被评论家和教师视为伟大的、重要的作家,随着美国本土文学的崛起、发展和繁荣兴盛,这些作家逐渐失去了经典的重要地位,而只是作为文学史上的一个存在或过程被人提及。

经典形成牵涉的范围很广,劳特在《经典和背景》中从体制、理论、历史观三方面讨论 DWEM 经典形成的原因。就体制而言,"文学教学的职业化"使得少数人士——尤其在大学任教的白人男性教授或批评家——掌握了大多数资源,甚至造成垄断的现象。这些人士就阶级、教育、族裔、肤色、性别而言,主要是中产阶级、"受过大学教育的盎格鲁－撒逊或北欧后裔的白种男人"。[2] 他们有意无意间,将自己的价值观透过各种方式加诸"异质化的、都市化的工人阶级人口"。[3] 就理论而言,20 世纪二三十年代的两大美学主张中,重视国家文学传统者强调本土及阳刚之

---

① Paul Lauter, *Canon and Context*. Ibid. p. 35.

② Paul Lauter, *Canon and Context*. Ibid. p. 27, 28 .

③ Paul Lauter, *Canon and Context*. Ibid. p. 29.

气，新批评则重视形式。两者强调的重点虽有不同，但共同的结果则是造成不同或不合于此二强势文学理念的作品被排除在外。就历史观而言，非但不同的分期与断代方式提供了不同的框架来诠释历史，而且"女人和男人，白人和有色人种（也各自）以不同的方式来体验历史时代"。① 更进一步说，以往美国文学的分期与断代，大都根据历史或政治事件，而这些事件一般来说与白人男性关系密切。以男性为中心的文化几乎在每个领域都反映出男性特有的否定性。男性主义的思想偏见在语言、艺术、文学、运动、教育、政府机构以及宗教中都留下了较深的痕迹。这种情形一直到 20 世纪 60 年代末期，由于社会、政治力量等的大量介入文学行业，才得到转变的契机。

持有不同观点的学者在经典这块阵地展开角逐，通过分析第一版诺顿选集，我们发现在文学历史分段和材料的编排上该选集体现了文学经典的保守派学者和温和派学者的观点，并通过选集将自己的意志体现出来。保守派的学者认为过去的经典选取基本上是公正的，没有受到什么政治因素的影响，而目前那些冲击经典的潮流反而是由政治和意识形态目的来支配的。许多温和的经典支持者认为，无论现有的经典在形成过程中曾如何受到种族、阶级和性别因素的影响，经典毕竟经过了长期的历史考验，它的确代表了西方高度的文化、艺术和智慧成果，并受到广泛的欢迎。如果我们废除过去的一切文本，那么我们可能出现理解错误，不认可现在的价值，就没有什么作品能幸存下来。温和派同意拓宽现有的经典，在学校里试用一些有代表性但未能入典的作品，但是这种尝试的动作不能太大。他们强调现有的经典对西方文明的形成功不可没，它一直体现了鼓励开放、提倡思想自由和质疑现存状态的思维方式及精神，就连目前挑战它的这些学者和理论家都应该感谢这些经典，他们也都是在传统经典影响下成长的，因此决不可对它大砍大杀。所以第一版《诺顿美国文学选集》主要按照欧美文学的传统划分五个时段；典籍主要精选了富兰克林、爱默生、梭罗、霍桑、爱伦·坡、梅尔维尔、海明威、菲茨杰拉德和福克纳等体现欧美主流传统的男性作家及其作品。这些作家在创作具有美国特色的文学作品时，更多的是继承和发扬欧洲的文学传统，尤其是沿袭英国文学传统，这样他们往往能在英、美两地都获得较好的评论，并成为经典定格

---

① Paul Lauter, *Canon and Context*. Ibid. p. 37.

下来。

　　70 年代末出版的第一版《诺顿美国文学选集》顺应时代的需求而诞生,在某种程度和方面体现了女性和少数族裔争取性别、种族和阶级平等的诉求,但就实质而言,仍然是一部体现英美主流文学传统的作品,并没有真实地反映美国文学的历史和现实,没有体现美国文学多元化特色,经典本身需要进一步地修正。而对这些不足之处的改进与修正,在随后出版的几版选集中都有一定程度的体现和反映。对经典建构因素的解析有助于我们对经典的认识和更好地对传统经典进行修正。

第二节　经典建构

　　20 世纪 70 年代的文化与政治斗争使学界和社会人士开始质疑和挑战原来的经典,经典成为文学界热衷讨论的话题。《诺顿美国文学选集》的建构因素或者过程是经典建构的典型代表。经典建构或者经典化是一个动态过程,实际上包括经典建构和经典重构两个方面。①

　　在这一节主要讨论经典建构问题。艾布拉姆斯将“经典建构”定义为“一个作家或者一部文学作品被心照不宣地认可为规范的这样一个社会过程”。② 关于经典建构问题,讨论最多的是两个议题:一是经典构成的因素或条件,二是经典建构的动力。③ 参与经典建构的各种因素是复杂的,而且是有争议的。然而在这个过程中,艾布拉姆斯认为“拥有不同观点和感情的批评家、学者和作家达成广泛的共识,这是很清楚的;一个作家对其他作家的作品的持久影响和他们对该作家的持久参照;在一个文化共同体的话语中对一个作家或作品频繁参考引用;作家和文本在学校和大学的课程中被广泛地采用”。④ 这些因素相互作用,而且它们会持续一段时间。塞缪尔·约翰逊博士将这个时间定义为一百年,他说一个世纪“是测试文学价值的普遍固定的期限”。⑤ 美国学者希尔斯则认为,至少需要得到三代人的两次延传的东西,才可谓之传统,持续的短暂性则很可能

---

　　① 参见黄怀军《经典/典律 (Canon)》,载王晓路等《文化批评关键词研究》,第 221 页。

　　② M. H. Abrams, *A Glossary of Literary Terms.* Ibid. p. 29.

　　③ 参见黄怀军《经典/典律 (Canon)》,载王晓路等《文化批评关键词研究》,第 221 页。

　　④ M. H. Abrams, *A Glossary of Literary Terms.* Ibid. , p. 29.

　　⑤ 转引自 M. H. Abrams, *A Glossary of Literary Terms.* Ibid. p. 29.

是时尚。①

佛克马将经典构成的因素或条件归结为三个方面，即作品的"主要内容"、"形式特点"和"文本的可得性"（accessibility）。②

中国学者童庆炳则提出了文学经典构建的六要素：

> （1）文学作品的艺术价值；（2）文学作品的可阐释空间；（3）意识形态和文化权力的变动；（4）文学理论和批评的价值取向；（5）特定历史时期读者的期待视野；（6）发现人（又可称为"赞助人"）。就这六个要素看，前两项属于文学作品内部，这里蕴含"自律"问题；第3、4项属于影响文学作品的外部因素，这里蕴含"他律"问题；最后两项"读者"和"发现人"，处于"自律"和"他律"之间，它是内部和外部的中介因素和连接者，没有这二项，任何文学经典的建构也是不可能的。③

从上述学者提出的观点可以看出，这些建构经典的因素或条件有的可以称之为文学内部因素，而有的则可以被称之为文学外部因素。韦勒克和沃伦在《文学理论》中提出文学研究分为"外部研究"和"内部研究"两个方面，指出所谓文学的"外部研究"侧重的是文学与时代、社会、历史的关系；而把对文学自身的种种因素诸如作品的存在方式、叙述性作品的性质与存在方式、类型、文体以及韵律、节奏、意象、隐喻、象征、神化等形式因素的研究划入"文学内部"研究。④ 这一理论框架适用于经典文学作品的建构研究。本节将从文学外部因素，包括时代、体制、政治、历史、文化、社会等诸多因素，以及文学内部因素两个方面来讨论决定和影响《诺顿美国文学选集》这一经典的建构。

---

① ［美］爱德华·希尔斯：《论传统》，傅铿、吕乐译，上海：上海人民出版社 2009 年版，第 16 页。

② ［荷兰］D. 佛克马、E. 蚁布思：《文学研究与文化参与》，俞国强译，第 49、53 页。

③ 童庆炳：《文学经典建构诸因素及其关系》，载童庆炳、陶东风主编《文学经典的建构、解构和重构》，第 80 页。

④ 参见［美］勒内·韦勒克、奥斯汀·沃伦《文学理论》，刘象愚、邢培明、陈圣生、李哲明译，南京：江苏教育出版社 2003 年版。

一　文学外部因素

经典形成的方式与时代、体制有着密切的关系。时代不同、体制不同，经典化的方式自然不同，但是经典总是与权力紧密相连，权力即形成了经典建构的动力。

建构经典的权力并不等同于政治权力，它类似于意识形态和霸权:

> 建构经典的"权力"与通常意义上的政治权力并不等同，它包括上层（官方，统治者）、中层（精英，知识分子）和下层（民间，普通大众）三个维度的"权力"。首先，经典建构当然离不开上层权力。上层权力由政治机构或宗教组织掌控，通过意识形态宣传、舆论导向甚至强力手段来实施。统治集团常常通过经典的建构和推行来确保自己的话语权和价值取向对社会的支配地位。上层权力建构经典的手段主要有:（1）将某一或某些作品作为建立思想准则和社会规范的资源。……（2）将某些作品作为学校教育和御用学术研究的对象。……（3）将某些作品作为评估和选拔人才的依据。[1]

为了达到这些目的，统治阶级会不惜代价地开动所有的意识形态或霸权机器（ideology and hegemonical apparatuses），包括政治制度、官僚体制、学校教育、教会灌输等。例如，西方基督社会的《圣经》和中国的《诗经》，就是葛兰西的所谓的"霸权"（hegemony）发挥积极作用的结果。

经典可能来自统治阶级或强权人物自上而下的强制推行，也可能来自普通百姓自下而上的自发推崇，即下层或民间权力。若是前者，经典是国家意志的体现；若是后者，经典是社会心理的满足。在后一种情况下，经典之所以为经典，是因为它满足了社会隐藏在无意识深处的欲望，而这种欲望决定了权利的构成和社会的走向。而且，即使强权人物也会动用各种文化手段将之与社会隐藏在无意识深处的欲望联系在一起，再加上政治力量推动，使普通百姓心甘情愿地把它们当作经典来接受。

艾伦·金斯伯格的《嚎》（*Howl and Other Poems*，1956）就是如此，

---

[1]　黄怀军:《经典/典律（Canon）》，载王晓路等《文化批评关键词研究》，第222页。

它从叛逆的边缘摇身一变，被册封为美国文学的经典。这部诗描写的癫狂和堕落，一度是"垮掉的一代"的颓废标志，是反叛主流社会的超级能指，曾被指控为淫秽作品，后来却成了美国文化的"角斗士"，从边缘进入了主流。这个时候，经典与否，并不取决于作家的创作态度，也不取决于文本某个或某些先验的特质，而是取决于它是否在冥冥之中满足了一个时代的无意识欲望，把握了时代的精神走向。因为金斯伯格在文学史上第一次以诗的方式展现了"垮掉的一代"的整体形象、他们内心长久压抑的情感、他们以毒攻毒的生活方式以及他们命中注定要面临的痛苦和彻底绝望。同时，在美学风格上，金斯伯格一反"新批评"派的"非个性化"理论，以极度张扬的方式抒写自我，用赤裸、粗暴、狂野、激烈的语言，密集、繁复、重叠、混杂的联想与意象，建立在呼吸频率基础之上的行吟或朗诵节奏以及裹杂着各种情绪的肆无忌惮的长诗行彻底结束了"新批评"派一统美国诗坛的局面。

除了自上而下地推行经典，以及下层或民间权力自发推崇经典以外，经典也要倚重中层权力，即知识分子阶层来建构。而"当今世界更充满了专业人士、专家、顾问，总之，更充满了知识分子，而这些人的主要角色就是以其心力提供权威"。[1] 当今法国引领潮流的社会科学家皮埃尔·布尔迪厄，也在其系列著作中力图说明此观点：知识分子——专业化的文化生产者与传播者——在建构这些舞台以及机构化的等级中发挥了核心作用。[2] 知识分子往往在建构经典的过程中发挥着至关重要，有时甚至是决定性的作用。

> 一个社会或文化体系的经典还必须依靠那些被称为社会精英或学术权威的知识分子来建构。他们控制着相当分量的知识资源与学术话语，有能力充当一个民族或国家的知识引路人和灵魂工程师。他们完成这一崇高使命的途径往往是将自己心仪的作品捧成"经典"，然后引导这个社会去咀嚼、吸收和顺从。知识分子将普通作品"提拔"

---

① ［美］爱德华·W.萨义德：《知识分子论》，单德兴译，北京：三联书店2002年版（2007年重印），第6页。

② 参见［美］戴维·斯沃茨《文化和权力：布尔迪厄的社会学》，陶东风译，上海：上海译文出版社2006年版，第1页。

为经典的方式主要有：对作品施以密集的关注与阐释、将其频频选入某些选本、将其编入教材或引向课堂等。①

亨利·路易斯·盖茨也曾说："当代批评的平常之处就是学者制定经典。"② 在民族意识、商品化意识和消费主义观念与日俱增的现代社会里，每一个阶层的知识分子和文化精英，在文化霸权中都试图输入更多合乎自己利益的价值、观念、道德、知识，从而改变文化霸权的结构。《诺顿美国文学选集》的编辑们就是由一群来自美国各大高校的学者、专业人士和相关领域的专家构成的。诺顿选集自第一版出版发行始就强调编辑者与使用者的意见和建议，并以此来作为判断的依据。"编辑们和编辑顾问们对大量的教师进行了问卷调查，并运用这些调查结果来补充他们的判断……来缩小不断扩大的当今观念与美国文学传统的评估，与美国文学在现存选集中的方式之间的距离"。③ 以后各版更新的选集都是使用者和编辑们继续合作的产物。第四版选集的前言，更是突出了"一个不断变化的使用选集的老师和学生，以及编辑们之间的合作关系"，并强调指出"这版选集的主要变化是根据近150位对以前版本的评论者的详细的建议而做出的"。④ 在随后的每一个后续版本中，编辑们都根据许多教师详细的建议调整选文。第五版选集指出，该版本"吸取了118位评论家仔细的注解"。⑤ 第六版则"吸取了111位评论家的评价"。⑥

文选的编辑们如何行使自己在工作中的话语权，是一个值得关注的问题。人们在世界中的经历是完全不同的，生活的物质条件，所接受的正规的和非正规的教育都是不同的，他们的传统也是不同的——尤其是人们对自身生活中的运气和机遇，他们的"位置"的理解都是不同的——这样

---

① 黄怀军：《经典/典律（Canon）》，载王晓路等《文化批评关键词研究》，第222页。

② Henry Louis Gates, *Loose Canons: Notes on the Culture Wars.* Ibid. p. 31.

③ Ronald Gottesman, et al., eds. "Preface", in *The Norton Anthology of American Literature.* 1st ed. 2 vols. Vol. 1. New York: W·W·Norton& Company, 1979. p. xxiii.

④ Nina Baym, et al., eds. "Preface", in *The Norton Anthology of American Literature.* 4th ed. 2 vols. Vol. 2. New York: W·W·Norton& Company, 1994. p. xxvii.

⑤ Nina Baym, et al., eds. "Preface", in *The Norton Anthology of American Literature.* 5th ed. 2 vols. Vol. 1. New York: W·W·Norton& Company, 1998. p. xxiii.

⑥ Nina Baym, et al., eds. "Preface", in *The Norton Anthology of American Literature.* 6th ed. 5 vols. Vol. A. New York: W·W·Norton& Company, 2003. p. xvii.

他们思考问题，谈论事物，至少在评价某些事物方面，用不同的方法对不同的人表述自己和自己不同的经历，在某种范围内，就有很大的不同。

如第一版选集的主编，罗纳德·戈特斯曼，印第安纳大学博士，南加利福尼亚大学英语教授，他主编和参编了多部学术性课本，并创作了电影剧本、描写流行文化、文体以及美国文学的作品。他亦是《美国暴力：一部百科全书》的总编。除了主持编写第一版《诺顿美国文学选集》外，他还参与了以后几版诺顿选集的编辑工作，主要负责编辑，"1865—1914年的美国文学"部分。①

再看《诺顿美国文学选集》第一版的其他几位编辑：

弗兰西斯·墨菲，做过临时排字工人，巡回教师和报纸编辑，是史密斯大学英语语言和文学荣誉退休教授。惠特曼著作《诗歌全集》（*The Complete Poems*）的编辑。②

劳伦斯·B. 霍兰德，约翰·霍普金斯大学英语系教授，代表著作《幻想的代价：论亨利·詹姆斯的技艺的散文集》。③

赫舍尔·帕克，南加州大学英语系教授，主要著作有《有瑕疵的文本和口头的圣像》和《阅读〈比利·巴德〉》，并和哈里森·赫福德（Harrison Hayford）共同编辑了里程碑似的作品——1967 年诺顿评论版《大白鲸》一书，该书于 2001 年得到全面地修订出版。他还是诺思韦斯顿—纽贝里出版的《赫尔曼·梅尔维尔的写作》一书的联合总编。④

大卫·卡尔斯通，美国新泽西州立大学罗格斯学院英语系教授，主要著作有《西德尼的诗歌：背景和阐释》（1967），《五种气质的诗人》（1977），《成为诗人》（1989）等。⑤

威廉·H. 普里查德，艾姆赫斯特学院英语系教授，主要著作有《阿

①　参见网页 http：//alumni. usc. edu/travel/prof_ bio. php？prof_ id ＝12 搜索日期 2008 年 9 月 21 日。

②　参见网页 http：//www. smith. edu/english/faculty. php；http：//www. penguinclassics. co. uk/nf/.../0，1000064990，00. html；http：//www. amazon. com/exec/obidos/search-handle-url/ref ＝ntt_ athr_ dp_ sr_ 2？%5Fencoding ＝ UTF8&sort ＝ relevancerank&search-type ＝ ss&index ＝ books&field-author ＝ Francis%20Murphy 搜索时间 2008 年 10 月 20 日。

③　参见网页 http：//www. henryjames. org. uk/bibliog. htm 搜索日期 2008 年 10 月 20 日

④　参见网页 http：//search. barnesandnoble. com/Herman-Melville/Hershel-Parker/e/9780801868924 搜索日期 2008 年 10 月 21 日。

⑤　参见网页 http：//www. citizendia. org/David_ Kalstone 搜索日期 2008 年 10 月 22 日。

普代克：美国文学家》（2005）、《英语论文：教学生涯》（1995）、《兰德尔·贾雷尔的文学生涯》（1990）、《重定义弗罗斯特的文学生涯》（1993）等。①

　　戈特斯曼作为一名男性主编，以及他带领的清一色的男性团队，他们不可避免地将自己的意识形态、道德观点或者政治立场带入工作之中。这些白人男性曾是大学的主要受众，他们主要接受是以白人男性作家为主的传统文学经典知识为核心的文学教育，深受占据社会统治地位的男性意识的影响；他们文学研究的主要对象和成果也多以白人男性作家为主；作为一个团队，也充分地体现了男性意识和传统占领统治地位的特征，并在工作中不可避免地将自己所受的影响进一步传承下去。所以，第一版的《诺顿美国文学选集》不可避免地成为了 DWEM 似的经典（即 Dead White European Man "过世的、白人的、欧洲的、男性的"缩写）。

　　随着时间的转移，一群人生活中的文化的功能发生了巨大的变化，与此同时，和其相关的社会现实和意识也将发生变化。从第二版开始，出现在《诺顿美国文学选集》的主编位置的姓名是一个简短而美丽的名字——尼娜·贝姆（Nina Baym）。而且这个名字一直出现在 2003 年最新版第六版的选集上。显而易见这是一位女性。看看她的简介，我们对她的出现将有更深的了解。尼娜·贝姆，《诺顿美国文学选集》总编，"1914—1945 年两次大战之间的美国文学"部分的分段编辑：哈佛大学博士，斯万朗德捐赠席位教授，高级英语学习中心荣誉退休教授，伊利诺伊大学文理学院周年纪念教授等。她的许多文章都被收入《女性主义和美国文学史》（1992）。代表著作有《霍桑事业的类型》、《妇女小说：美国女性和女性写作小说导读》、《小说，选读和评论：对内战以前的小说的反应》、《美国女性作家和历史作品，1790—1860》，以及《文学和十九世纪科学著作的女性作家》等。她编辑和介绍了许多早期美国妇女作家的作品，并使之重新出版发行。2000 年她获得现代语言协会哈贝尔奖章，以表彰她终生为美国文学研究所作出的贡献。② 其研究领域和著作显示出

---

　　① 参见网页 https：//www. amherst. edu/aboutamherst/magazine/issues/2007_ summer/my_ life 搜索日期 2008 年 10 月 23 日。

　　② 资料出自"Report of the Hubbell Committee"http：//als-mla. org/HMBaym. htm 搜索时间 2007 年 5 月 12 日。另，http：//books. wwnorton. com/books/Author. aspx？id = 4640 搜索日期 2007 年 12 月 23 日。

她是一个具有女权主义思想的女学者，是一个致力于女性作家的挖掘、重新发现，并作了许多实际工作的女编辑，她对经典的重新塑造和建构，带来了一些与过去极为不同的东西（在后面的章节中将详细分析）。

在上述意识形态和权力对经典的建构中，以知识分子为中坚力量的中层力量和下层民众力量，其实也就是童庆炳所提出的建构经典两类读者——文学经典的"发现人"（赞助人）和文学经典的一般普通读者，他们在经典的建构中也起着重要，甚至有时是决定的作用。童庆炳认为读者（包括发现人和一般阅读者）是联系文学经典的内部和外部的力量。一方面，外部的意识形态力量，文学理论和批评观念的力量，并不能简单地以命令的方式，强令读者接受某个经典。它们必须与读者商兑，得到读者的认同，文学经典才可能流行起来。另一方面，读者是理解并再度创造作品的力量。一部文学作品经过读者的阅读和理解，当文学作品所描绘和抒发的一切，真正符合读者的期待视野，真正为读者感受到，并在他们内心幻化为审美视像的情况下，文学经典才会成为活生生的美的现实。① 正如姚斯所言："在作家、作品和读者的三角关系中，后者并不是被动的因素，不是单纯的作出反应的环节，它本身就是一种创造历史的力量。文学作品的历史生命没有接受者能动的参与是不可想象的。"② 韦勒克也曾说过："一件艺术作品的意义，决不仅仅止于、也不等同于其创作意图；作为体现种种价值的系统，一件艺术品有它独特的生命。……它是一个累积过程的结果，亦即历代的无数读者对此批评过程的结果。"③ 所以"读者在文学经典建构中也绝不是被动因素，它无疑是连接文学经典外部要素和内部要素的纽带，它一方面承接着外部意识形态和诗学的影响，另一方面它又成为文学所展现的世界的知音、欣赏者和赞助人"。④

从使用选集的客户的情况来看，众多大学的学生是白人男性，这些读

---

① 童庆炳：《文学经典建构诸因素及其关系》，载童庆炳、陶东风主编《文学经典的建构、解构和重构》，第87—88页。

② ［德］姚斯：《文学史作为向文学理论的挑战》，载［德］H. R. 姚斯、［美］R. C. 霍拉勃《接受美学与接受理论》，周宁，金元浦译，沈阳：辽宁人民出版社1987年版，第24页。

③ ［美］勒内·韦勒克、奥斯汀·沃伦：《文学理论》，刘象愚、邢培明、陈圣生、李哲明译，第36页。

④ 童庆炳：《文学经典建构诸因素及其关系》，载童庆炳、陶东风主编《文学经典的建构、解构和重构》，第88页。

者的兴趣和品位极可能影响文集的本质。当然，这些在很大的程度上是属于市场和经济的因素，编者们也不一定非得选择那些反映读者需求的内容。"经典的构成，每个人都要牢记，并不是为了看见资本主义猛狮和马克思主义羔羊一起嬉戏而唯一可作出的努力。"①

文学评论家对作者、作品地位的提升也产生一定的影响。著名的例子就是约翰·迪恩，自 18 世纪以来，他一直被认为是一个怪异得有趣的诗人，经过 T. S. 艾略特、克林斯·布鲁克斯和 20 世纪 30 年代其他一些新批评家的评论，迪恩的诗作成为这些评论家最崇拜的自我反讽和荒谬的范例，迪恩也被提升到英国文学经典的一个很高的位置。自那以后，虽然迪恩的声誉有所下降，但是始终在经典中保持着一个卓越的地位。另外，如哈里特·比切·斯托夫人和凯特·肖班等好几位作家因为获得著名评论家爱德蒙·威尔森的好评而获益匪浅。再如，盖茨在确定黑人文学经典的时候就偏向于黑人文学传统中通过文本获得的正式关系——修改、回声、呼唤和回应、唱和，以及所有的关系——强调传统的本国的根基。因为本国的，或者口头文学，在黑人的传统中已经形成了自己的经典。批评家罗伯特·斯代普托在《哥伦比亚美国文学史》中抗议第二版《诺顿美国文学选集》将里查德·赖特归入到"自 1945 年以来的散文"作家这一部分，并指出"这种做法就把编辑的意见和历史的评价完全等同起来了。而这样的安排所产生的一个严重结果是，无论新老读者，他们一方面不能理直气壮地将赖特同休斯和赫斯顿相提并论，另一方面又不敢把赖特看成是和厄内斯特·海明威与威廉·福克纳同样重要的作家"。② 选集的编辑们认为其建议很正确，所以后来将赖特回归到了早一点的"1914—1945 年两次世界大战期间的美国文学"阶段。③

在美国文学史上，由于评论家的努力使作家从文学边缘走向经典中心著名的例子就是赫尔曼·梅尔维尔。《大白鲸》出版后不久（1851 年年底出版），1852 年一月份的期刊，如《南方季刊评论》（*Southern Quar-*

---

① Tom Quirk, "Forward" in Joseph Csicsila *Canons by Consensus: Critical Trends and American Literature Anthologies.* Ibid. p. x.

② Robert Stepto, "Black Literary" in Emory Elliott, et al. , eds. *Columbia Literary History of the United States.* New York: Columbia University Press, 1988. p. 790.

③ Nina Baym, et al. , eds. "Preface" in *The Norton Anthology of American Literature.* 3rd ed. 2 vols. Vol. 1. New York: W · W · Norton & Company, 1989. p. xxx.

terly Review），说《大白鲸》是梅尔维尔及其书中角色的"精神病鉴定书"（"writ de lunatico"）。① 美国内战后，《大白鲸》很快被文学界遗忘。1891 年，梅尔维尔去世前，他的名望开始渐渐复苏，尤其是在英国。而他在美国文学选集中取得确凿的地位，首先应该归功于批评家卡尔·范·多伦在《剑桥美国文学史》上所做的评论。接着许多研究梅尔维尔的学者，如威拉德·索普、F. O. 马西森、赫舍尔·帕克（前文提到的诺顿文选第一版的编辑之一）做了大量杰出的后续工作，使梅尔维尔的长篇、短篇小说以及诗歌——诗集《战争片断》，描写美国内战的诗集，当时被轻慢地、随意地评论，并很快被人遗忘，但是今天，它与惠特曼的《鼓槌集》并驾齐驱，被誉为描写战争最佳的百卷诗集之一——都持续受到读者的广泛欢迎。梅尔维尔的名字也常常与爱默森、梭罗、霍桑与惠特曼等相提并论。②

　　"证据显示，选集编辑选择作者和文学材料的时候，无论是过去还是现在，更多的是受学术批评潮流的支配，而不是个人的偏好。"③ 文学理论与批评的观念主要是一种学理，它与意识形态的变更有关，但又有一定的距离，两者不能混为一谈。文学理论和批评观念的变化主要体现为：是强调作品内部的语言文字意义，还是强调作品外部的社会意义；是强调作品形式的意义，还是强调作品内容的意义；是强调作品的结构意义，还是强调作品的心理意义，等等。"文学理论和批评的观念的变更是文学经典建构的先导。"④ 由于文学理论和批评观念的差异，在选择文学经典的时候，必然要产生影响。尤其是 20 世纪六七十年代以来，新文学理论的出现和增长，对经典的建构和重建都产生了重大的影响和作用。在后面的章节"经典的重构"部分将详细论述。

　　图书出版的因素，书本制作的实际需要，如纸张的重量决定了选集的

---

　　① Nina Baym, et al., eds. *The Norton Anthology of American Literature.* 6th ed. 5 vols. Vol. B. Ibid. p. 2290.

　　② Joseph Csicsila, *Canons by Consensus*：*Critical Trends and American Literature Anthologies.* Ibid. pp. 48 – 53.

　　③ Joseph Csicsila. "Introduction" in *Canons by Consensus*：*Critical Trends and American Literature Anthologies.* Ibid. pp xix – xx.

　　④ 童庆炳：《文学经典建构诸因素及其关系》，载童庆炳、陶东风主编《文学经典的建构、解构和重构》，第 87 页。

长度等，最后决定了入选文集的作家和文本的数量。现代科学技术使纸张制造技术和印刷术都有很大的发展和进步。所以诺顿选集使用"特制的纸张使每一卷书的大小和重量易于携带"。① 《诺顿美国文学选集》区别于之前的其他选集的另一大特点就是印刷了许多美国文学著名长篇巨作的全本：如富兰克林的《自传》（按照其手稿最新编辑的版本）、霍桑的《红字》（附有名为"海关"的前言）、梭罗的《瓦尔登湖》、梅尔维尔的《贝尼托·西兰诺》和《水手——比利·巴德》、马克·吐温的《哈克贝利·费恩历险记》、詹姆斯的《黛茜·米勒》、斯蒂芬·克莱恩的《红色英勇勋章：美国内战的插曲》（源自手稿的最新版本），以及贝娄的《时不我待》（Seize the Day），等等。此外，选集还增选了罗兰德森的全本《囚禁与重生》，富勒的《伟大的诉讼事件》（美国女权主义运动的早期重要文件），肖班的小说《觉醒》，沃顿的中篇小说《邦纳姐妹》（Bunner Sisters），以及福克纳的《老人》。还全篇印了一些长诗，范围从库克的《烟草商》和巴娄的《着急的布丁》到庞德的《休·塞尔温·莫伯利》，艾略特的《荒原》，哈特·克莱恩的《航行》和《桥》，以及金斯伯格的挽歌《卡帝什》等。② 当然，选录完整而全面的长篇文学作品，可以让使用者节省不少额外的开支。

　　著作权的问题既是一个恼人而复杂的问题，也是选集构成过程中的重要因素，所以很值得关注。诺顿选集前言中就不止一次指出版权问题。如"我们得以重印《进入黑夜的漫漫旅程》和《欲望号街车》，得到了出版这些戏剧的出版商的特许，特别允许这些作品在诺顿选集中使用"。③ "……福克纳的《在我弥留之际》（印刷《在我弥留之际》的版权属诺顿文学选集专有）。"④ 美国没有职业记者，甚至是特定的机构发布一份特定人员的名单来制定教学用书。虽然如此，当一个作家写了什么引发当今读

---

① Ronald Gottesman, et al., eds. "Preface" in *The Norton Anthology of American Literature*. 1st ed. 2 vols. Vol. 1. Ibid. p. xxv.

② Ronald Gottesman, et al., eds. "Preface", in *The Norton Anthology of American Literature*. 1st ed. 2 vols. Vol. 1. Ibid. pp. xxiv – xxv.

③ Nina Baym, et al., eds. "Preface" in *The Norton Anthology of American Literature*. 2nd ed. 2 vols. Vol. 1. New York：W·W·Norton & Company, 1985. p. xxviii.

④ Nina Baym, et al., eds. "Preface" in *The Norton Anthology of American Literature*. 3rd ed. 2 vols. Vol. 2. Part 1. Ibid. p. xxv.

者的兴趣，而没有被发现触犯国家的所允许的上下浮动的界线时，编辑们便立刻一拥而上前来迎合读者的需要。编辑们在选集允许的费用范围内，与其他的出版商讨价还价，就像在很大的旧货出售现场的摊点上像做小生意那般讨价还价，在那儿人与人之间好像没有什么联系，也没有什么审美、教育学的感觉，或者考虑其他的价值。尽管允许的费用在经典形成的过程中是一个极关键的因素，讨论这些虽然有用，但是它只能算是经典建构这一中心议题的外围因素，应该被排除文章的讨论在外。我们应该集中注意并讨论编辑的判断是如何影响和形成美国文学经典的概念的。

　　电脑排版现在也会影响出版，电脑技术影响经典的重新安排和生产。许多出版商都鼓励高校教师根据选文在教学中重新构成自己的文学选集，并将简缩版投放到教师们的门口。"网上的电子文本"（online e-text），光盘驱动器（CD-ROM）和超文本解决方案也为教师们提供了新的选择和构建经典的方式。这些方法，不可能不对经典建构产生影响。

二　文学的内部因素

　　上述讨论的无非都是经典形成的外在原因，经典之所以成为经典有没有它自身内在的更为本质性的根据呢？尽管有种种复杂的外在因素参与了经典的形成，但一定有某种更为重要的本质性特征决定了经典的存在，我们也许可以把经典这种本质性的特征称之为"经典性"（canonicity）。对于文学艺术来说，审美性或者说艺术性的强弱，必然是一部作品能否成为经典的一个重要标准。哈罗德·布鲁姆在《西方正典》中强调了文学艺术中的审美创造性，将其称为西方文学经典之所以成立的一个重要因素。他反对新历史主义、女性主义、西方马克思主义等各派所作的道德批评、哲学和意识形态批评，大力倡导审美批评。但是究竟何为"审美创造性"？布鲁姆并没有明确说明。学者刘象愚则指出经典应该具有内涵的丰富性，实质的创造性，时空的跨越性和可读的无限性。[①]

　　虽然最好的文学作品总是超越任何特别表现，也不需要特殊的辩论或请求。但是根据众多批论家的论述，我们可以肯定，首先，文学作品本身的艺术价值是建构文学经典的基础。但究竟是哪些品质特征使一部文学作

---

　　① 刘象愚：《总序（二）》，载［美］勒内·韦勒克、奥斯汀·沃伦《文学理论》，刘象愚、邢培明、陈圣生、李哲明译，第5—6页。

品成为经典并没有具体的规定。参考以往一些评论家的论述可以窥探到其中的一些线索。

毫无疑问，一部作品具有艺术价值的话，它一定写出了人类共通的普遍人性。这种普遍人性反映了人性错综复杂的真实状态，以真切的体验描写了属于人的感情，并能引起人的共鸣。塞缪尔·约翰逊对莎士比亚人物普遍人性的评价，对当时和后世产生了很大影响。约翰逊称赞莎士比亚"是一位向他的读者举起风俗习惯和生活的真实的镜子的诗人。他们（莎士比亚的人物）是共同人性的真正儿女，是我们的世界永远会供给，我们的观察永远会发现的一些人物。他的剧中角色行动和说话都是受了那些具有普遍性的感情和原则影响的结果，这些感情和原则能够震动各式各样人们的心灵，使生活的整个有机体继续不停地运动。在其他诗人们的作品里，一个人物往往不过是一个人；在莎士比亚的作品里，他通常代表一个类型"。① 这些与意识形态和文化权力无关，超越了阶级性的人性和超越功利的审美因素，是文学作品成为经典的基础，如果回避或者否认艺术价值，强调或过分夸大文化权力的操控，讨论经典的建构就成了无水之源，无本之木了。

文学作品的言说空间的大小，也是文学经典建构的必要条件。一部文学作品描写的世界宽阔，蕴含的意味深厚而多义，可挖掘的东西很多很深厚，这样的文学作品才有可能成为经典。经典之所以成为经典就是因为对它的阐释不可穷尽。美国著名批评家弗兰克·克默德认为，关于经典作品总是有更多的和新的东西要说，甚至允许有截然相反的解释；事实上，"这就是一本书被称作经典的意义所在"。② 阐释是经典形成过程中整合性的一个部分。文本能否被保存下来取决于一个不变的文本和不断变化着的评论之间的结合。③

文学作品内部的规律和规定性构成了经典的基础和条件，如果忽略这些因素，片面强调外在因素，那是不符合文学自身发展规律的。

在经典形成的过程中也不乏有一些令人永远难以理解的、神秘的因

---

① ［英］塞缪尔·约翰逊：《莎士比亚戏剧集序言》，转引自阎景娟《试论文学经典的永恒性》，载童庆炳、陶东风主编《文学经典的建构、解构和重构》，第 51 页。

② Frank Kermode, *Forms of Attention*. Chicago：The University of Chicago, 1985. p. 62.

③ 参见［荷兰］D. 佛克马、E. 蚁布思《文学研究与文化参与》，俞国强译，第 22 页。

素。为什么一些确实有才能的或者社会影响重大的白人男性作家，如欧·亨利、厄普顿·辛克莱尔、美国第一位诺贝尔文学奖获得者辛克莱尔·刘易斯等作家会漂移出人们的视线。为什么第二位诺贝尔文学奖得主赛珍珠也几乎遭到了完全的忽视，这也是一个难解的谜。也许赛珍珠的宗教信仰是其名誉的障碍，但是宗教信仰似乎又没有削弱斯托夫人和莉迪娅·玛丽·蔡尔德的声誉。我们只能这样推断，如果存在一些当代经典的概念应该包容什么因素的话，也存在一些可能没有经过检验的应该被排除在作品之外的法则。

在经典的建构过程中，文学的内部因素和外部因素共同作用，内因构成了基础和条件，而众多的外因在建构过程中由于时代、社会、体制、意识形态等不同，暂时会居于统治地位，起到关键或决定作用。但毫无疑问，权力与经典密切相关。在当今民主和消费社会中，研究机构的学术权威和专家、具有广泛影响力的批评家以及广大的读者大众对经典的建构都起着重要作用。由于这些人士来自不同的阶级、阶层，从自身的利益角度出发，都反对原来的占统治地位的经典，企图建立自己的价值体系和权力体系，所以就在经典建构的历史过程中经常会解构和颠覆原来的经典，重构经典。

第三节 理论发展与版本更新

从前文经典的形成和确定过程来看，"文学经典毕竟不是来自主要的批评家；其本身便是社会建构（social construct）。相应于社会的发展，我们对'什么是琐碎的'、'什么是重要的'之理解随着改变，我们对经典的观念也会改变"。[①] 经典与时代、社会、政治、历史、未来、权力之间有着密切关系。以往的主流文学史家、学者、批评家只是集中讨论少数符合主流社会价值观的作家和作品。但是由于时代环境的变迁，文学经典也随着改变。文学经典并不像宗教经典那样有着不可更改、删减和增添的权威性。"文学经典……是不稳定的和非官方共识的产物，它是人们默许的，而不是清晰的，在疆界上很松散的，总是随着变化而发生改变。"[②]

---

① Paul Lauter, *Canon and Context*. Ibid. p. 36.

② M. H. Abrams, *A Glossary of Literary Terms*. Ibid. p. 29.

经典的变化呈现出来的即是经典的重构问题，而且经典重构实际上也是经典建构的一个方面。《诺顿美国文学选集》自诞生以来，其版本随时间的改变而一再发生着更新和变化，这实际上体现了一个经典重构的现象和问题。

讨论经典的重构问题，首先要探讨一下它的起因。

经典的重构起因于它的生存危机，而经典的生存危机主要源于时代主题的变迁与知识体系的膨胀。一方面，时代更替会改变社会的价值观和思想主题，导致昔日经典与当下社会的不适和龃龉，从而引发新一轮的经典调整与更新。①

正如佛克马所言:"如果在经典流传下来的知识和所需知识及非经典性文本中可得知识之间存在着巨大的差异，那么对经典的调整必然就会发生。不能满足社会和个人需要的经典一方和迎合了这些需要的非经典性文本一方之间的鸿沟从长远来看不可避免地导致对经典的变革和调整，以达到把那些讨论相关主题的文本包容到新的经典中去的目的。"② 他认为历史意识的每次变化都会引发出新的问题和答案，都会形成新的经典，因此经典的构成史就是经典的危机史。西方由中世纪向文艺复兴过渡时期、由古典主义向浪漫主义过渡时期，中国由儒家中国向现代中国过渡时期等，都发生过此类危机，都不约而同引发过经典的调整与更新。③

从建国开始就进入民主社会的美国并未经历过中古、文艺复兴、古典主义等历史时期，在本国文学经典遭遇危机方面有着其自身独特的原因。那就是 20 世纪 60 年代和 70 年代兴起的政治运动和人权运动使人们开始质疑传统的文学经典。20 世纪 60 年代之后兴起的解构主义、女权主义、新马克思主义、后殖民理论和新历史主义纷纷责难"标准经典"（the standard canon）是"根据意识形态、政治利益，和以白人、男性、欧洲人为代表的精英阶层的价值观来建构的"，认为它们"传达和维护种族主义、父权制和殖民主义的观念"，将黑人、西班牙裔美洲人和其他少数族

---

① 黄怀军:《经典/典律（Canon）》，载王晓路等著《文化批评关键词研究》，第 223 页。

② ［荷兰］D. 佛克马、E. 蚁布思:《文学研究与文化参与》，俞国强译，第 49 页。

③ 同上书，第 39 页。

群如妇女、工人阶级和同性恋者的利益以及大众文化（popular culture）、非欧洲文明的成果边缘化或者干脆排除在外，因此极力主张"开放经典"，使那些"代表妇女的、种族的、非异性恋的和其他群体的关注"的作品，以及"好莱坞电影、电视连续剧、流行歌曲和为大众读者而写的畅销小说这类的文化产品"也有机会跻身经典之列。① 非裔美国批评家韦斯特则认为：当第三世界的非殖民化和白人男性特权文化的瓦解变成现实时，有色美国人（Americans of color）、美国妇女和新左派的白人男子对"男性欧美文化精英"表示了"激进而彻底的质疑"，他们不满"文明、礼貌和忠诚的流行形式以及与之密切相关的文化和合乎经典（canonicity）的观念的局限性、盲视性和排他性"，因而强烈要求重构经典。② 英国学者科尔巴斯说："自由多元主义者"不满西方传统的经典"暗示着精英主义、父权制和种族中心主义"，因而主张修改和调整经典，以便使它能真正"代表社会真实的多样性及其文化遗产的丰富性"。③

经典重构的另外一个原因：

> 另一方面，知识的膨胀与刷新、学科门类的细化与增多，也会导致经典的拓展与扩充。不同的知识领域、不同的学科门类，都会希望拥有自己的"代表作"和"领头羊"，经典就充当了这一角色。与之而来的，便是"经典"成倍地增长，各式"经典"如雨后春笋般不断涌现。④

佛克马形象地描绘了西方文学经典随着知识膨胀而扩张的历程：中世纪行将结束时，喷涌而出的民族语言的作品挑战由拉丁语作家所构成的经典，并成功确立了文学经典的地位；文艺复兴时期，当时"低级"的文

---

① M. H. Abrams, *A Glossary of Literary Terms.* Ibid. pp. 30 – 31.

② C. West, "Minority Discourse and the Pitfalls of Canon Formation" in Jessica Munns and Gita Rajan, eds. *A Cultural Studies Reader*：*History*，*Theory*，*Practice.* London and New York：Longman Group Ltd., 1995. p. 415. 中译文参见［美］科内尔·韦斯特《少数者话语和经典构成中的陷阱》，马海良、赵万鹏译，载罗纲、刘象愚主编《文化研究读本》，北京：中国社会科学出版社2000年版，第201页。

③ E. Dean Kolbas, "The Contemporary Canon Debate"，载王晓路等编著《当代西方文化批评读本》，成都：四川大学出版社2004年版，第72页。

④ 黄怀军：《经典/典律（Canon）》，载王晓路等著《文化批评关键词研究》，第224页。

学形式小说改变了昔日戏剧经典雄霸天下的局面,推动了小说经典的兴起;古典主义向浪漫主义的演变又推动浪漫主义诗歌步入经典行列。[①]

劳特指出,"朝向某些'杰作'的潮流一旦成立,就很难逆转,除非借着文学行业以外的力量介入"。[②] 20 世纪六七十年代的社会运动产生了多种社会思潮和理论,成了文学经典变迁的原因和力量。

> 挑战经典的力量主要来自三种观念:(1) 民主化意识。当下社会里与日俱增的民主化、多元化意识将矛头直指权威、中心和等级制,因而径直挑战以权威自居的经典。所以佛克马就感叹:"世俗化进程的完成(或近于完成)和民主协商对君权的取代使得文学经典有可能成为一种遗物……在实行民主政治的国家中再也不存在能够进行强行颁定一部经典的宗教或政治势力了。"(2) 商品化意识和消费主义心态。商品化意识将使人们急切关注对象的"使用价值",消费主义观念将导向享乐和游戏心态,它们共有的功能就是去神圣化,就是消解神圣与权威。……(3) 解构主义和后现代思潮。解构主义和后现代理论的拿手好戏就是质疑"元叙事"与"中心论",就是崇尚差异与断裂,就是去中心化。这就等于挖掉了经典的根基,因为经典的建构和推广无法离开中心机制和中心信仰这个基础。解构主义和后现代思潮似乎想为经典唱一曲挽歌。此外,随着现代社会或后工业社会的到来,"当代文化正在变成一种视觉文化"。当电影、电视、时尚杂志、画册、影集等媒介使视觉文化愈来愈流行时,以语言文字为载体的传统经典必然会受到冲击。[③]

文森特·雷奇也曾指出:"20 世纪 70 年代后期开始,关于解构主义的争论给文学理论领域增添了活力,动员了无数的反对者和产生了大量的二元文学(secondary literature)。"[④]

---

① 参见〔荷兰〕D. 佛克马、E. 蚁布思《文学研究与文化参与》,俞国强译,第 48 页。

② Paul Lauter, *Canon and Context*. Ibid. p. 35.

③ 黄怀军:《经典/典律(Canon)》,载王晓路等著《文化批评关键词研究》,第 225—226 页。

④ Vincent B. Leitch, *American Literary Criticism from the Thirties to the Eighties*. New York:Columbia University Press, 1988. p. 269.

在我们讨论《诺顿美国文学选集》这部经典的版本变化之前，首先有必要了解一下美国文学自第一次世界大战之后成为一个合法研究题目之后，所历经的经典的修订与重建情况。美国文学经典的产生和修订与美国文学发展的历史相关，不同的历史时期呼唤和产生了不同的经典。

20 世纪 20 年代是美国文学经典发展史上的一个分水岭。劳特以历史化的方式进行考察，指出美国文学经典并非一直以男性为中心，"比起 20 世纪 20 年代及其后，20 世纪初以男性为主的学院派对美国经典的影响力要低得多"；经典的权威通过一些其他文化机构、大量地覆盖广泛的妇女文学俱乐部和主要为妇女说话的杂志而保持平衡或抵消。第一次世界大战后，美国文学发展成为一门独立的学科，早在一战以前不同版本的美国文学经典就开始为在文学史上的显著地位和力量展开争斗，结果"一个本质上新的、学术的经典出现，并在美国文化内日益发挥更大的霸权力量"。[1] 五十多年下来，美国文学经典由此明显地窄化、僵化，不同于主流的种族、性别、阶级的作家、作品遭到排斥、贬抑，甚至销声匿迹。

20 世纪 20 年代期间，美国学校中所教授的经典开始大幅度修订。虽然洛厄尔、霍姆斯、惠蒂埃和朗费罗被排除在经典之外，但是新英格兰的共识依旧被保留了下来——其中引入了梭罗、狄金森，以及具有爱默生式理想的惠特曼，并将默默无闻的梅尔维尔提升至与爱伦·坡、霍桑齐名的位置上，把他们视为物质领域内精神意义的探求者。因为现代悲观思想的影响，人们愈发感受到人性的阴暗之处，而这可追溯到早期清教徒对原罪的感受，因此对清教文学的研究成为大学英语学院的新的热门。

重新修订文学经典这项工作变得必要，因为在 20 世纪 20 年代开始的文学选集编撰进程中，其实质就是将黑人、白人女作家和所有的工人阶级作家排除在经典之外。

众所周知，20 世纪 20 年代，黑人的文学创作和白人的同样繁荣。非洲裔美国人早就创作了丰富的文学艺术作品，形式主要有诗歌、传说和奴隶自述，以及其他更"正式"一些的文体。为了争取民主和政治权利，黑人作家和歌唱家在 20 年代制造了一场引人注目的文艺复兴运动。大量的黑人作品的文学选集开始出现，并持续到 30 年代。但是在美国文学的教学方面，在普遍的文学选集方面，在大多数白人所写的有关美国文学的

---

① Paul Lauter, *Canon and Context*. Ibid. p. 23.

评论里面，黑人文学创作的真实情况并没有得到反映,[①] 甚至遭到"毁誉"（denigrated）。[②]

白人女性作家在当时的入典情况就更加复杂。一些早期美国文学教授出版了包括著名女作家及作品的选集，但是到 1948 年为止，根据国家英语教师委员会（the National Council of Teachers of English）对大学美国文学课程的调查，只有三个女性作家出现在 90 个概况课程的教学大纲上。[③]"正如全国英语教师委员会的调查报告所准确地显示，到了 20 世纪 50 年代末期，一个人可以研究美国文学而不读黑人作家的作品，女作家只读狄金森，也许还有摩尔或波特，而不读任何关于工人阶级的生活或经验的作品。"[④] 这种狭隘的典籍出现在一个一向标榜平等、多元、多种族的美国，无疑是值得探究的现象。

劳特指出三个重要的因素在这场排斥活动中起着作用:"文学教学的职业化；美学理论的发展赋予某些文本优先权；历史编纂以传统的'时段'和'主题'方式组织文学主体。"[⑤] "文学教学的职业化"使得少数人士——尤其在大学任教的白人男性教授或批评家——掌握了大多数资源，甚至造成垄断的现象。他们有意无意间，将自己的价值观透过各种方式加诸其他阶级、其他种族。就理论而言，在 19 世纪二三十年代的两大美学主张中，重视国家文学传统者强调本土及阳刚之气（masculinity），新批评则重视形式。两者强调的重点虽有不同，但共同的结果则是造成不同或不合于这两种强势文学理念的作品被排除在外。就历史观而言，不同的分期与断代方式提供了不同的框架来诠释历史，而且不同性别、不同种族的人也各自以不同的方式来体验历史时代。更进一步说，以往美国文学的分期与断代，大都根据历史或政治事件，而这些事件一般来说与白人男性关系密切。以男性为中心的文化几乎在每个领域都反映出男性特有的否

---

① 有关这部分内容的详细论述参见 Paul Lauter. *Canon and Context*. Ibid. pp. 24 – 25. 劳特列举了 20 多部 20 年代至 40 年代出版的文学选集来证明黑人作家、作品受排斥的情况。又，参见 Eric J. Sundquist, *To Wake the Nations*: *Race in the Making of American Literature*. Cambridge, Massachusetts: The Belknap Press of Harvard University Press, 1993. pp. 3 – 5.

② Eric J. Sundquist, *To Wake the Nations*: *Race in the Making of American Literature*. Ibid. p. 2.

③ 参见 Paul Lauter, *Canon and Context*. Ibid. pp. 26 – 27.

④ Paul Lauter, *Canon and Context*. Ibid. p. 27.

⑤ Ibid. p. 27.

定性。男性主义的思想偏见在语言、艺术、文学、运动、教育、政府机构以及宗教中都留下了较深的痕迹。这种情形一直到 20 世纪 60 年代末期，由于社会、政治力量等大量介入文学行业，才得到转变的契机。对于一部文学选集而言，学术思潮对选集的作家和作品的选择起着支配作用。①

基于这样的出发点，我们下面讨论一下 1979—2003 年间（在此期间诺顿公司出版了六版美国文学选集）主要文学理论对《诺顿美国文学选集》产生的影响和变化，以及选集与理论之间的互动。

20 世纪 30 年代和 80 年代之间美国文学批评界出现了两大阵营：阵线的一边是新批评、芝加哥学派、现象学批评、阐释学、结构主义和解构主义等，这些派别是精神上致力于语言学、本体论和认识论习惯的各种"形式主义"批评流派；另一边是马克思主义批评、纽约知识分子、神话批评、存在主义批评、读者反映批评、女权主义批评和黑色审美运动等，其中涉及的理论在思想上忠实于社会学的、心理学的和政治模式的某些"文化"运动。两大阵营展开了持续的斗争。②

20 世纪 20 年代和 30 年代，两套截然冲突的美学系统占据了统治地位。一套批评理论将文学视为重新塑造"合用的过去"（"usable past"）的重要工具，与美国作为一种宰制世界力量的新角色而协调一致。另一个批评学派强调"审美"或文学的形式质量——文学是纯文学——超越它所可能有的任何历史兴趣，或甚至其传达的意义。贬抑和排斥女性文学或具有"女性气质"的文学。③ 此后，40 年代、50 年代和 60 年代，传统的美国文学和知识的发展历史对文学经典和能够被察觉到的美国文学的主题、神话和元叙述都产生了深刻的影响。这一阶段的文学历史都在创造具有美国特色的强大神话，宣扬与众不同的美国主题和多年来经过讨论和争论的宏大叙事。④ 造成的结果就是不同或不合于这些强势文学理念的作品被排除在外。然而，70 年代，美国文学界受到解构主义、女权主义、少

---

① Joseph Csicsila, "Introduction", *Canons by Consensus*: *Critical Trends and American Literature Anthologies*. Ibid. pp. xix - xx.

② 参见 Vincent B. Leitch, "Preface." *American Literary Criticism from the Thirties to the Eighties*. Ibid. p. xi.

③ 参见 Paul Lauter, *Canon and Context*. Ibid. pp. 31 - 32.

④ 参见 Emory Elliott & Craig Svonkin, *New Direction in American Literary Scholarship* 1980 - 2002. California: University of California, Riverside, 2004. p. 7.

数民族话语的影响，这些早期文学历史的单一主题和元叙述开始受到置疑。

20 世纪六七十年代社会运动产生了不同的学术派别，之后 15 年持续的经典的变迁活动成了女性研究、黑人研究和其他"族裔"研究在文学实践中的主要目标。正如劳特所说的那样，以前"在这个国家内产生的所有文学都必须透过检视'主流'的文化——也就是说，主要是白人和黑人男性的文化——的批评眼光"，然而一旦采用比较的、多元的视角，便会发现"盎格鲁—欧洲男性书写只不过是'美国'文化的合唱中的一个声音，虽然这个声音宏亮而多变"。① 不同的弱势团体由于不同的读者、成规、作用、历史、题材，也会产生多样的文本。换而言之，"经典不再是单数，而是复数；经典不再是唯我独尊的唯一，而是各行其是的多元。不同的社群可以确立属于自己的经典，并可以随时修正自己的经典名单"。②

由 20 世纪五六十年代妇女运动发展产生的批评话语——女权主义处在了"文学"解构的最前沿。女权主义者从知识上和文化上抛弃了传统意义上的文学观念，首先将攻击的对象瞄准了"DWEM"经典中的置于末尾指代"文学"和"文学研究"（Literary Studies）中记录的男性霸权的"M"，他们指出"DWEM"实质上意味着"典范"，一个由男性作家（及极少数女性作家）组成的男性构造物，经过男性批评家和授课者的传递——至少在英国高等教育中——传授给予女性为主体的学生对象。③ 虽然已故的、白人的、欧洲的或男性的没有任何本质错误，但是被接受的典范过分渗透着这些特征的事实却表明，这既不是"自然的"，也不是"给定的"，而是被建构的、意识形态的和不公正的。基于这种认识，20 世纪六七十年代的女权主义批评刻不容缓的目标是，在历史的禁锢中代表妇女重新发现女性作家和女性文学传统。

在妇女运动的推动和促进下，20 世纪 50 年代中期至 70 年代早期，美国展开了轰轰烈烈的黑人解放运动。该时段的运动包括了两个主要阶段：（1）1954—1964 年的民权运动；（2）1964—1973 年的黑色权力运

---

① Paul Lauter, *Canon and Context*. Ibid. pp. 50 – 51.

② 季广茂:《经典的由来与命运》，载童庆炳、陶东风主编《文学经典的建构、解构和重构》，第 126 页。

③ 参见［英］彼得·威德森《现代西方文学观念简史》（*Literature*），钱竞、张欣译，北京：北京大学出版社 2006 年版，第 65 页。

动。运动催生了 60 年代的黑色艺术运动，许多黑人学者，如盖茨、韦斯特、麦克道尔和贝克等，探讨了黑人文学的功能和意义，拒绝和抵制主流英语文学的同化，使"非洲裔美国文学成了一种民粹主义的艺术形式"。[①]同时，他们对自身种族意识的觉醒关注使人们注意到种族身份、种族的文化身份在整体社会文化观念中发生了严重的错位，少数族裔的文化精神、差异和社会地位是被建构而成的。为此，他们要求在文学领域确立自己的经典作品，建立起非洲裔美国文学批评范式，抵制和抗议主流文学中的种族主义特征。在黑人解放运动的影响下，其他少数族裔的族群意识纷纷觉醒，要求人们以不同的方式看待不同文化的文学文本。

在妇女解放运动和黑人解放运动进行得如火如荼的同时，学术界对于历史观念的认识也发生着悄悄的变化：酝酿于 20 世纪 70 年代末的新历史主义理论，到 80 年代后期，已成为英美文学与文化批评领域内颇有影响的跨学科、多方向的重要理论流派和批评思潮。

新历史主义的中坚人物海登·怀特看来，史学家对历史事件的叙述，是一种语言学规则的建构，是一种诗意的修辞行为，而他所要做的是对历史想象的深层结构的分析，所以，他的理论也就是一种有关历史作品的形式理论。他说：

> 在该理论中，我将历史作品视为叙事性散文话语形式中的一种言辞结构，这就如同它自身非常明白地表现的那样。各种历史著述（还有各种历史哲学）将一定数量的"材料"和用来"解释"这些材料的理论概念，以及作为假定在过去时代发生的各组事件之标志，用来表述这些史料的一种叙述结构性的内容，一般而言它是诗学的，具体而言在本质上是语言学的，并且充当了一种未经批判便被接受的范式。[②]

正如美国学者詹明信所言："历史本身在任何意义上不是一个本文，

---

① Julian Wolfreys, Ruth Robbins & Kenneth Womack, *Key Concepts in Literary Theory* (Second Editon). Qingdao: China Ocean University Press, 2006. p. 108.

② ［美］海登·怀特：《元史学：19 世纪欧洲的历史想象》，陈新译，南京：译林出版社 2004 年版，第 1 页。

也不是主导本文或主导叙事,但我们只能了解以本文形式或叙事模式体现出来的历史,换句话说,我们只能通过预先的本文或叙事建构才能接触历史。"①

那么我们可以将《诺顿美国文学选集》看成一个被建构出来的叙事文本,分析其六个版本文本呈现出来的内容,我们可以发现反映在诺顿选集中的历史观念及其变化,发现版本的变化与当时的主要文学理论和批评思潮是相互呼应的。历史观念的变化、女权主义运动、黑人解放运动改变了社会的权力结构,引起了观念的变化,最终导致了经典文学选集的变化。

1979年出版的第一版《诺顿美国文学选集》在其"前言"中开门见山地指出,策划和出版这部文学选集的目的就是"缩小当今人们对美国文学传统的认识和评价与美国文学在现存文学选集中的呈现方式之间不断增大的距离"。作为结果,"现在的这本选集,不仅是美国文学传统名著的重印,而且囊括了许多组织系统和内容上的革新,以便使选集与当代的价值和观点合拍"。②

首先,诺顿选集在历史观方面发生的重大变化体现在分卷设计和文学时间段的划分方面。虽然诺顿选集仍沿袭传统的方式将文选分为两卷,但是将惠特曼和狄金森移至选集的第一卷,为第二卷美国的近代文学腾出更多的空间。选集第一卷包括了两个文学时段的内容,即"1620—1820年的早期美国文学"和"1820—1865年的美国文学"。将惠特曼和狄金森移至第一卷的"1820—1865年的美国文学"时段部分,说明这两位诗人是处于美国文学形成和发展时期的作家,而不是其繁荣发展时期的作家,虽然惠特曼的作品在其有生之年不断地进行着修改和重版,但其主要创作时期和内容因属于美国文学发展时期。这一点完全有别于以前选集的安排。当第一批得到公认的美国选集在《诺顿美国文学选集》之前60年前或者更早些的时候出版,这些选集都将已惠特曼作为选集第二卷的开头。这种分卷方式,造成的结果就是要么不断压缩近代美国文学作品,要么就是造

① 〔美〕詹明信:《马克思主义与历史主义》,张京媛译,载詹明信《晚期资本主义的文化逻辑》,张旭东、陈清侨等译,北京:三联书店1997年版,第148页。

② Ronald Gottesman, et al. , eds. "Preface" in *The Norton Anthology of American Literature*. 1st ed. 2 vols. Vol. 1. Ibid. p. xxiii.

成其在选集中的呈现不够。这样做是不利于或不能够真实地体现大量重要的美国作品在这 60 年中不断生成、繁荣、扩散的景象的。而诺顿选集的重新安排使 20 世纪的美国文学第一次在美国文学选集中得到充分的再现。

此外，选集诺顿将 20 世纪美国文学进行了分段；选集在文学时段的安排方面舍弃了传统的文学阶段名称，也没有继续将作家按照"影响"和"派别"进行安排。而是按简单的方式，将选集的两卷六个部分按时间顺序标题（例如，"1620—1820 年的早期美国文学"），也没有遵循什么观念，而是将所有的作家以他们出生的时间为序进行排列。① 不同的分期与断代方式提供了不同的框架来诠释历史，以往美国文学的分期与断代，大都根据历史或政治事件，而这些事件一般来说与白人男性关系密切。以男性为中心的文化几乎在每个领域都反映出男性特有的否定性。诺顿选集的这些变化，使学生消除了因文学阶段的标签、派别的标签和主题的标签而形成的文学先见、偏见和成见，也让老师有最大限度的自由组织他们的教学。

此后的第二版（1985）和第三版（1989）选集延续了第一版选集的分卷方式和对文学时段的划分方式，而 1994 年第四版选集在对文学时段的历史划分方面却出现了一个重大改革。选集呈现了"一个完全崭新的部分，'到 1620 年的文学'"部分，取代了以前选集的开头部分"1620—1820 年早期的美国文学"。这个时段名称的出现和资料的呈现意味着美国对自身文学起源的重新思考和定位，即美国文学的开端不再是以殖民者在新大陆的定居为起点，在此之前有关新大陆的各种日记、信件、游记等叙述文本都属于美国文学，都为美国文学的形成和发展作出了贡献。同时，此部分还体现了第二项重要改革，即通过介绍土著印第安人的创世故事来展现其口头的和书写的传统。这也是将以前一直排斥在美国主流文学之外，甚至遭到抹杀和消灭的土著人的文学传统引入美国民族文学的开端。这些举措的确是非常重大的改革。

1998 年的第五版选集延续了第四版选集对时间段的划分。2003 年第六版选集的开始部分出现了一个新的章节标题"到 1700 年的文学"。与此相对应，紧接其后的时段标题变成了"1700—1820 年的美国文学"。新

---

① 参见 Ronald Gottesman, et al., eds. "Preface" in *The Norton Anthology of American Literature*. 1st ed. 2 vols. Vol. 1. Ibid. pp. xxiii – xxiv.

的时段章节标题说明，学界一致认为到 1700 年，以各殖民地的宣布独立为标志，美国文学初步确立起来，而随后的 1700 年至 1820 年的时段是美国文学的发展成熟阶段。

作为开始部分，在"到 1700 年的文学"的新标题下，土著美国人与欧洲探险家的材料和定居者的文学合并在一起，一直到"塞勒姆驱巫"事件。这样的安排是对早期沿大西洋地带和早期殖民地多族裔性的真实呈现和强调，也进一步说明了清教新英格兰在早期美国文学创作中的重要性，但并不具有唯一宰制地位。另外，对这一时段的介绍，以及在这一时段中新收录的作家、作品都强调和凸显了殖民地文学的多语言性和多族裔性，进一步说明美国文学从其一开始就是多语言、多种族、多元化的，以前主流文化对其实质的遮蔽、扭曲和错误描述正在逐步得到修正。

历史时段方面的这些变化还不是新诺顿选集的重点所在，第一版诺顿选集指出，"任何一部新文选的主要任务就是重新包装长期以来被忽略的美国女作家。……一部新选集的另一个任务就是公正评价黑人作家对美国文学和文化所作的贡献"。[①] 在 20 世纪六七十年代的政治运动和民权运动的推动下，文学经典首先对女性作家和黑人作家开放。第一版诺顿选集收录了 29 位女作家大约 700 页的选文。其中的一些人是大家广为熟悉的，如女权主义者玛格丽特·富勒（Margaret Fuller）、三个有地方主义色彩的主要女作家、无政府主义女权主义者爱玛·戈德曼（Emma Goldman）、富有影响的改良主义者格特鲁德·斯坦因（Gertrude Stein）等女作家及其作品。同时还再现了 14 位黑人作家。

在接下来 80 年代出版的两个新版本，即第二版（1985）和第三版（1989）中，选集仍将对女性作家与黑人作家的挖掘与定位作为首要任务。

第二版选集继续宣称：

诺顿选集的一个主要任务就是重新包装在美国长期以来被人忽视的女作家。此版选集，选入了 35 位女作家的 800 多页选文（比第一版多了 6 位），从戴维斯到沃克。另一项重要任务是公正地对待黑人

---

① Ronald Gottesman, et al., eds. "Preface" in *The Norton Anthology of American Literature.* 1st ed. 2 vols. Vol. 1. Ibid. p. xxv.

作家对美国文学和文化所作出的贡献；我们选入了 16 位黑人作家，他们的作品为读者追踪独特的黑人生活经历提供了机会，无论是在有争论的，还是在充满想象的文字中。①

第三版选集也这样写道：

> 很清楚，我们将继续扩大女性作家和黑人文学传统的代表作品为己任。第三版两卷本的选集中，现在有 50 位女性作家，其中 16 位是新增的，21 位非裔美国作家（Afro-American writers）（注意这是诺顿选集第一次改变了对黑人作家的称呼——作者注），其中 5 位是新增加的。②

在随后的第四版（1994）、第五版（1998）、第六版（2003）中，选集在对女性作家和黑人作家的收录和调整方面都有所动作，而且其他族裔作家的作品也陆续被收录到这部代表美国主流意识的文学选集之中。第三版第一次收录了华裔美国诗人凯茜·宋及其作品；第四版增选了华裔美国诗人李立扬及其作品；第五版增选了马克西姆·洪·金斯敦（汤亭亭）及其作品；第六版增选了具有中国血统的水仙花及其作品。另外，拉丁裔美国作家及作品也在此后的版本中有所体现：第五版新收录了拉丁裔女性作家桑德拉·西斯内罗斯及其作品；第六版，E 卷强调了对拉丁裔作家的重视：

> "自 1945 年始的美国散文"这一部分因新入选的拉丁裔男、女作家和作品得到了加强。新入选的有：鲁道夫·A. 阿那亚的短篇小说《圣诞戏剧》，出自格洛丽亚·安札尔杜的富有影响的理论作品《边疆》的选文，以及朱迪丝·奥尔蒂茨·科弗的短篇小说。③

---

① Nina Baym, et al., eds. "Preface." *The Norton Anthology of American Literature.* 2nd ed. 2 vols. Vol. 1. Ibid. p. xxx.

② Nina Baym, et al., eds. "Preface" in *The Norton Anthology of American Literature.* 3rd ed. 2 vols. Vol. 2. Ibid. p. xxxi.

③ Nina Baym, et al., eds. "Preface to the Xixth Edition" in *The Norton Anthology of American Literature.* 6th ed. 5 vols. Vol. A. Ibid. p. xix.

从诺顿选集不同版本的变化我们可以看出诺顿文选一直在根据读者的需求和反映增选作品，但是在第四、五、六版的"序言"中，不像前三版那样强调对女性作家和黑人作家的特别重视和关注。考察其原因，我们发现 1998 年对女性文学的研究出现了新动向，批评界认为女性研究"不再是单独的领域"，而应该采取一种更加混杂的方式对其文学进行研究。同年，凯茜·N. 戴维森编辑了题为《不再是单独的领域》的《美国文学》特刊号（2002 年同名著作出版）。在这本很有影响的期刊中，戴维森呼吁对过去女性写作置于一个单独的领域进行研究的二元对立和界限划分进行重新评估。因为过去通过"二元性别划分"来组织批评讨论，可以以此避免"单独领域的范式"的复杂因素，"尤其是关于种族、性特征、阶级、地域、宗教、职业等问题，和其他变量。"[①]

戴维森呼吁在美国文学性属问题的研究上使用混合的方式，与早些时候保罗·吉尔罗伊提倡用混合方式研究种族问题遥相呼应。1993 年，保罗·吉尔罗伊出版了《黑色大西洋：现代性和双重意识》一书，其著作建立在对 W. E. B. 杜波伊斯和 C. L. R. 詹姆斯作品研究的基础之上，尤其是借用了杜波伊斯的双重意识的概念，并以此在修辞上反对原有的固定的种族和种族划分。吉尔罗伊抵制"种族绝对主义"和"文化的完整性和纯粹性"等概念，在他看来，这些概念出自一种有缺陷的国家主义的观点，而忽视文化交叉，他呼吁在"克里奥尔化理论、混血儿理论、双重意识和混合理论"（"the theories of creolization, mestizaje, double consciousness, and hybridity"）的基础上用一种更广泛的角度来研究种族和文化。吉尔罗伊试图用文化突变过程和超越话语的永不休止的（非）连续性过程来研究种族和文化问题，并避免被它的媒介所俘虏。玛丽·刘易斯·卜纳特在《帝国主义的眼睛：游记和跨文化化》（1992）这本书中也表达了同样的信息。[②] 20 世纪 90 年代美国文学研究学界开始提倡取消种族概念和种族划分，建议用混合方式研究种族问题。所以选集继续增选了不同历史时期具有不同风格的不同族裔的作家及作品，不再强调选集以前

---

① 参见 Emory Elliott & Craig Svonkin, *New Direction in American Literary Scholarship 1980 – 2002*. Ibid. p. 16.

② Ibid. p. 17.

要专门突出的性别色彩和种族色彩。

90 年代末期关于亚裔美国文学和文化混杂的重要理论作品有丽萨·刘的《移民行为：关于亚裔美国文化政治》（1997）。丽萨·刘宣称亚裔美国移民往往被视作永久的"居住期间的外国人"（"foreigner-within"），所以"呈现出这样一种局面，即他们推延和转移暂时的同化"。作为这种永久差异的后果，亚裔美国文化提供了一种审美上和哲学上可供选择的场所，这正与普遍的国家身份的神话相抵触。丽萨·刘在结论中这样说："理解亚洲人移民到美国的情况就是理解美国，作为一种文化和一个国家，是建立在被种族化了的政治和经济基础之上的关键"。①

另一部用跨民族和性属研究方法研究亚裔美国文学的著作是雷切尔·C. 李的《美洲亚裔美国文学：民族和跨民族的性别小说》（1999）。雷切尔·C. 李指出，在对亚裔美国文学进行研究时人们总是将焦点集中在种族主题上，将那些在她看来比较中心的主题，如家庭、性别作用、性特征和血亲关系等边缘化。所以，她呼吁用一种新的方法来研究亚裔美国文学，聚焦于其性属和性特征，用后民族主义的方式，即跨太平洋和跨半球的方式来重新思考究竟什么是"美国人"。

20 世纪 80 年代和 90 年代早期的经典重构主要集中在收括以前被排斥的女性作家和黑人作家，后来扩大到少数族裔的族群，逐步提倡或采取行动将非洲裔美国人、西班牙裔美国人、土著美国人和华裔美国人的作品收录进经典中。新增的和扩充的经典作品，主要是涉及种族和性别方面的作品。同时，经典重构工程的另一方面还集中于曾被忽略的文学体裁，诸如，哥特式文学、自传、情感文学、期刊文章、游记叙述、罗曼司、儿童文学和歌曲等。② 所以文学研究的另"一个重要倾向就是聚焦于重新复兴曾被忽视的或被边缘化的文学体裁，包括口头文学，修辞学、哲学和法律文件"。③ 而这些文学体裁主要集中出现在殖民探险、殖民定居时期，以

---

① Emory Elliott & Craig Svonkin, *New Direction in American Literary Scholarship 1980 – 2002*. Ibid. p. 21.

② 参见 Emory Elliott & Craig Svonkin, *New Direction in American Literary Scholarship 1980 – 2002*. Ibid. p. 32.

③ Emory Elliott & Craig Svonkin, *New Direction in American Literary Scholarship 1980 – 2002*. Ibid. p. 14.

及土著印第安人的文化传统之中。以往的美国文学史或者文学选集给读者的主要印象是,美国文学的肇始是清教徒的书写,其余的只是点缀,甚至不值一顾。但是以研究美国殖民及革命时期闻名的历史学家葛林指出,美国的清教思想在殖民和革命时期的影响仅限于少数几个地方,绝不像后人所认定的在美国文学史上占了独一无二的地位。[①]

所以选集的第二版出现的一些新的变革和特征也不能不引起我们的重视,即选集对早期美国文学的重视和调整:

> 1620—1820 年早期文学的部分增加了近一百页的新材料。约翰·史密斯描写了我们在弗吉尼亚的开端,与第一版中关于新英格兰的报道相平衡。在这部分中其他重要的新增加的作家有:托马斯·马顿、罗杰·威廉姆斯和迈克尔·威格华兹。塞缪尔·西沃(我们的第五十个新作家)的日记选文,以及温思诺普和伯德现有和我们新增选的日记,使得日记传统能在更深的层面上得到研究。我们还增加了布拉德福特、布拉德斯特里特、泰勒、弗兰克林和克雷夫科尔的作品(包括一些需求很大的轻松的文章)。[②]

在第二版对早期文学增加的基础上,第三版选集对 1620—1820 年这一时段进行了改革,这部分选文重新调整了大多数选集对新英格兰的强调,介绍了罗伯特·贝弗利的《弗吉尼亚……历史》;另外还有有关清教传统对人们的迫害,如伊丽莎白·阿希布里奇的关于自己皈依贵格会和因此而受到的迫害的《报道》以及关于早期奴隶的叙述,如大篇幅的出自奥劳达·伊奎阿诺自述的选文真实地反映了当时的历史原貌。选集收录了第一部美国自产的喜剧罗尔·泰勒的《对比》,进一步强调了美国文学的本土性。

出于对本土性的强调,第三版选集也第一次收录了土著印第安作家及作品。

在第二卷的开头部分"1865—1914 年的美国文学",收录了土著印第

---

① 参见单德兴《重建美国文学史》,第 140 页。

② Nina Baym, et al. , eds. "Preface" in *The Norton Anthology of American Literature.* 2nd ed. 2 vols. Vol. 1. Ibid. p. xxvii.

安作家格特鲁德·西蒙斯·邦宁及作品，其内容心酸的自传性散文，勾起了印第安人的回忆，也预示了当今许多印第安作家的写作。接下来，关于土著印第安人研究的代表作品《黑麋鹿说》，揭开了两次世界大战之间的美国文学的篇章。当代散文部分收录了著名印第安作家莱斯利·马蒙·西尔科（Leslie Marmon Silko）和路易丝·厄德里奇（Louise Erdrich）及作品。

第四版（1994）选集在上述版本的基础上，进行了两项重大改革：

一个完全崭新的部分——"到 1620 年的文学"，收集了记录人们各种各样遭遇的作品——第一批欧洲探险者的日记和信件。这方面的文本，诸如哥伦布的《给路易·圣坦戈的信》和阿瑟·巴娄的《到达美国海岸的第一次航行》，描绘了在新大陆见到的神奇自然景观，并自此以后形成强大的传统在美国文学中保留了下来。与此同时，也告诉了我们曾经的暴行和毁坏，诸如，伯纳尔·迪亚茨·德尔·卡斯蒂洛的《征服新西班牙的真实的历史》，详细而真实地描写了西班牙使用严酷的暴力征服墨西哥的暴行；士兵企业家约翰·史密斯（和其他的探险作品的作家一起被移到了这个部分）、贵族乔治·珀西描写了早期定居地詹姆斯镇生活的艰苦。

"到 1620 年的文学"部分还介绍了第二个重要的改革——对土著印第安人口头和书写传统的急剧增长的兴趣。新增加的三部分口头材料的第一项——世界之初的故事，包括了来自易洛魁族（Iroquois）和比马族（Pima）的创世故事。选集采用了标注头注的方式，用以说明印第安文学在政治、文化、语言抄录和翻译方面的特殊性和复杂性。①

20 世纪八九十年代，学界关于美国土著印第安人文学的研究著作急剧增长。② 选集依据学界的研究成果和学术观念，在选材方面体现了这些

---

① Nina Baym, et al. , eds. *The Norton Anthology of American Literature.* 4th ed. 2 vols. Vol. 2. Ibid. p. xxvii.

② 参见 Emory Elliott & Craig Svonkin, *New Direction in American Literary Scholarship 1980 - 2002.* Ibid. p. 23. 从 1985 年至 2000 年，出版了 13 部研究土著印第安人文学的重要著作。

变化。从第四版选集开始，各种体裁、主题的土著印第安文学作品急剧增加：如"1820—1865 年的美国文学"部分增选了一篇强有力的关于切罗基族自治的辩护词，《切罗基族的请愿书》将土著印第安的口头传统和欧美政治抗议书写的传统联系了起来。选自威廉·埃普斯的传记作品《皮廓特部落五个印第安基督徒的经历》，宣扬传教的人必须有种族平等的观念。在土著美国作品的基础上，"1865—1914 年的美国文学"部分收录了两名新的土著美国印第安作家：一位是在达特茅斯受教育的苏族（Sioux）医生查尔斯·亚历山大·伊斯特曼，选文出自他的自传《从密林到文明社会》；另一位是约翰·M. 奥斯基森，其短篇小说《老哈乔的问题》讽刺了用基督传教运动"提升"土著美国人的做法。选集继续关注土著美国口头传统，增加了两个新的部分——土著美国修辞术、演讲术或雄辩术（Oratory），以及土著美国祝词（Chants）、诗歌（Songs）。入选的有《夜晚祝词》以及齐佩瓦族（Chippewa）的诗歌和鬼魂舞的歌谣。在"1945 年以来的美国散文"部分，土著印第安复兴运动的重要人物司各特·莫马迪新增入选，显示他创作"顶峰"的作品《通向雨山的路》被录为选文。

第四版选集体现了印第安土著文学的多样性、现实性。第五版则进一步增加了印第安不同部落的文学作品：在"到 1620 年的文学"部分增加了来自纳瓦霍族（Navajo）、克来特索普·切努克族（Clatsop Chinook）、寇萨提族（Koasati）、温尼贝戈（Winnebago）和奥肯诺干族（Okanogan）的土著印第安人恶作剧者的故事。"1914—1945 年两次大战之间的美国文学"部分所新增的内容有出自《黑麋鹿说》"伟大的先见能力"（"The Great Vision"）。在第六版中印第安人的文学作品继续得到增加：在"到 1700 年的文学"部分，增加了一个苏族的土著印第安人恶作剧者的传统故事；在"1914—1945 年两次大战之间的美国文学"部分新增选了土著美国作家达西·麦克尼科尔及其作品。

从上述介绍可以看出，《诺顿美国文学选集》在经典重构的过程中，随着文学研究、文学观念的变化而发生改变，同时也与变化的观念理论相呼应和互动。诺顿选集的变化也为如何重构经典提供了一个具体的思路，即采用经常补充的方法。这也是保罗·劳特在其著作《重建美国文学》（1983）中建议的方法。教师们和编辑们对此建议颇感兴趣并付诸实践。《诺顿美国文学选集》的编辑们同样认识到其选集在为通识课程提供标准作品的同时，也提供了其他一些基础的文本。①

　　接下来讨论如何对经典进行扩充，毫无疑问，我们将从女权主义运动和女性文学开始。经历民权运动、妇女解放运动等政治运动的洗礼，觉醒了的美国女权主义评论家率先对西方文学传统进行了再审视。她们的活动揭示了西方文学经典作品中的男权中心主义的实质，并因此树立女权意识，为女作家的入典从实践方面和理论方面做了大量有益的工作。

---

　　① Nina Baym, et al., eds. "Preface" in *The Norton Anthology of American Literature*. 2nd ed. 2 vols. Vol. 1. New York：W·W·Norton & Company, 1985. p. xxvii.

第二章

经典的扩充:女权主义对
美国文学的影响

在多元氛围下，20 世纪的许多理论家和批评家却强调文学精品的"经典化"过程与基督教认定经文入典过程的类似之处及可比性，即在"文学经典形成"的过程中权威意见实际上起了决定性作用。[①] 人们发现在看起来似乎是很公正的选择原则之下实际存在着政治因素的干扰，由于做出选择的机构和成员本身的偏见和局限，使得某些群体和个人的作品没被收入经典。通观西方的文学史，我们无法否认，虽然有一些偏激，但文学"经典化"的过程在总体上的确体现了男性，尤其是男性白种人的优势，来自下层的作家也相对稀少。

从第一章论述经典建构的因素和过程来看，其实任何作品入典和成为经典的过程都难免有偏见，它受到决策集团大部分成员社会地位及意识形态等因素的影响，并带有某些群体的功利目的。20 世纪 70 年代经典的形成成为文学界争论的焦点议题，各种观点的评论家，特别是女权主义（Feminism）、[②] 马克思主义、后殖民主义和新历史主义的学者，对经典展

---

① 参见 Robert Alter, *Canon and Creativity.* New Heaven and London： Yale University Press, 2000。书中圣经研究专家奥尔特指出，《圣经·旧约》与文学经典在成典过程中存在一定的相似之处。

② "Feminism"的中文翻译通常有两种，"女权主义"和"女性主义"。根据妇女解放运动的不同阶段和不同诉求，两个术语的侧重点有所不同。前者是较早的译法，已约定俗成，并且妇女运动走到今天，虽然已不再如初期那样仅关注政治、经济、文化等方面的权利问题，而是更注重进行文化方面的批判活动，她们的努力已不再是一个"权"字所能囊括的，但为突出其政治特色，笔者倾向于使用"女权主义"。鉴于国内出版的有关著作和译著对此术语的译法不统一，在引用相关作品的原文时，为尊重译者，仍采用原译者的说法。

开了激烈的讨论，拓宽经典（the opening-up of the canon）的呼声成为对西方传统文学经典的挑战。在扩充经典的过程中最有代表性的是女权运动及相关的女权主义批评对传统文学经典的冲击。

对经典的扩充涉及一个学科研究范式的问题。在经典论争中，对原有的传统经典进行扩充是一种比较科学的文学研究范式，它符合自然科学、哲学理论"认识论的决裂"。科学哲学家巴什拉认为，科学的事实是赢得的、建构的、被证实的，科学建构永远不可能一劳永逸地得以完成。科学发现的逻辑通过认识论的断裂或者范式的转换而运行，这些断裂与转换是认知的不连续性或逻辑关系的破裂，在其中，原先的理论阐述被更大的、更具有包容性的结构所接替。这意味着，科学并不是不断地拓宽其基础，不断地建造一个越来越高的发现大厦的积累的知识。科学的进步是以不连贯的转换而不是以积累知识为标志的。早期的理论阐述和建构被新的、更具有包容性的理解所代替。原先的知识不是被拒绝而是通过一种重新的排列而被改变。在这种重新排列中，新的知识领域被开启出来，迫使对原先不假反思地接受的东西进行重新评价。①

保罗·劳特就在其极具煽动性的著作《重建美国文学》中为"打开"传统经典提供了思路，即经常用扩充的方法（by supplementing），在第一版选集的基础上增加其他文本。同仁们对他建议的方法很感兴趣，《诺顿美国文学选集》的编辑们也颇认同此思路，并根据劳特在《重建美国文学》书后列出的针对 67 个教学大纲的建议，以及那些被研究者忽视的美国作家的建议，将一些作家收录进了选集，他们之中有朗斯特里特、道格拉斯、斯托达德、戴维斯，以及 19 世纪的其他妇女作家，如赫斯顿和沃克等。②

女权主义运动在不同的历史阶段有着不同的斗争目的和诉求。当代女权主义者托里·莫伊把女权主义的斗争分为三个阶段或者三种并存或交错的态度：第一阶段，妇女要求平等地进入象征秩序。第二阶段为激进的女权主义，在此阶段妇女强调差异，摒弃男性的象征秩序，颂扬女性特征，始于 20 世纪 60 年代。第三阶段展现为妇女反对男性气质和女性气质的形

---

① 参见［美］戴维·斯沃茨《文化和权力：布尔迪厄的社会学》，陶东风译，第 37 页。

② Nina Baym, et al., eds. "Preface" in *The Norton Anthology of American Literature*. 2nd ed. 2 vols. Vol. 1. Ibid. p. xxix.

而上的二分法。① 第一阶段又被称为自由主义的女权主义,始于 18 世纪末期,并一直持续到 20 世纪初期。在这个阶段,女性主要通过斗争力争其在政治社会各方面取得与男性同样的权利和地位,尤其是获得选举权,所以国内学界在翻译 feminism 时为了强调突出女性争取权利的斗争,将其翻译为"女权主义"。相应的国内学界翻译第二阶段的许多女权主义作品时,为了突出其强调女性特征的特点,且因通过第一阶段的斗争,女性获得了部分权利之故,又将 feminism 翻译成了"女性主义"。在第三阶段,女权主义者对既定性别观念的质疑,以及对既成思想观念形态展开的清理,使人们认识到,实际上并不存在纯生理学意义上的男女观念,男女性别的社会文化特征,及其相关联的男性气质和女性气质,并非是自然的,而是由社会文化所建构的。第三阶段的女权主义运动与性属研究(gender studies)联系在了一起,扩大了女权主义固有的研究范围。② 国内学界依据女权运动的发展阶段,对其称谓的翻译从"女权主义"过渡到"女性主义"及"社会性别"(gender)的过程。本书在论述的过程中,根据需要将对 feminism 采用不同的提法。

20 世纪六七十年代爆发了女权主义运动的第二次浪潮。女权运动深入到文化领域,特别是文学领域产生了一种政治性的文学理论,即女权主义批评。在韦恩·C. 布思看来,最有活力、最富于挑战性的批评模式是女权主义。他说:"每一个从事文学的人,无论他从事哪一个时期或哪一种文化的任何文学,都面临着女权主义的直接挑战。"③ 他还说:"在当前,女权主义者构成了最具原创性、最重要的运动,甚至具有比解构主义者更大的改造作用。"④ 女权主义批评一直是经典讨论的生力军,这方面的著述不胜枚举。从理论上来说,所有的女权主义研究都对现行的经典构成冲击。在实践方面,女权主义批评,不同学派有着不同的理论方法:尤其是其中的英美学派,特别注重对文学进行社会历史分析,致力于从文学文本中揭示出性别压迫的真相;而法国学派更注重对文学创作的语言本体

① 康正果:《女权主义与文学》,北京:中国社会科学出版社 1994 年版,第 130 页。又参见 [美] 约瑟芬·多诺万《女权主义的知识分子传统》,南京:江苏人民出版社 2002 年版。

② 王晓路:《性属/社会性别(gender)》,载王晓路等著《文化批评关键词研究》,第 251—259 页。

③ Wayne C. Booth, *Rhetoric of Fiction*. Middlesex:Penguin Books, 1983. p. 387.

④ Wayne C. Booth, *Rhetoric of Fiction*. Ibid. p. 388.

进行研究，将女性写作当作一种颠覆性的、抗拒旧有文化和政治秩序的力量来看待。

在文学范畴内，女权主义批评从社会学、符号学、心理学、马克思主义、存在主义、解构主义、语篇分析、后殖民主义等理论入手重新阐释和评价文学经典。根据肖瓦尔特的划分，西方女权主义文学批评经历了三个发展阶段：在初期阶段，女权主义文学批评主要集中在批判西方文学传统中的"厌女症"。父权制的文化传统歧视妇女，歪曲和诋毁妇女的形象，并把众多的女作家排除在文学史之外。凯特·米利特的《性政治》（1970年）就是这一阶段的代表著作。女权主义批评家凯特·米利特可以说是重新评价西方经典的带头人，她在《性政治》一书中，率先对四位男性作家 D. H. 劳伦斯、亨利·米勒、诺曼·梅勒和让·热内进行了再评估，重点批判了他们的作品中所表现的男性优势和性暴力等问题。她的这部著作不仅为后来的女权主义文学批评提供了模式，而且率先从女权主义视角和立场对传统上以男性为主的西方文学经典提出了质疑和挑战。在第二阶段，女权主义文学批评主要集中在发掘被父权制文学传统湮没的妇女作家和作品，同时重新评价传统文学史中的妇女作家和作品。在第三阶段，女权主义文学批评对文学研究的理论基础进行了反思，对建立在男性文学体验基础之上关于阅读和写作的传统进行了反思。这三个阶段并非截然分明的历史时期，这三个阶段女权主义文学批评的活动和成果往往是交错并存的。①

性别差异作为美国历史进程中的一个重要因素引起人们一定程度的重视。我们首先从历史进程来了解欧洲及美国等西方国家男女差异观念的形成，及其对女性作家进入经典过程的障碍与阻挠。在接下来的第二节将分析男权统治下女性在写作方面的书写策略及创作差异；在第三节中我们通过分析女权运动的不同阶段揭示女性作家的发现、肯定和入典的过程，进一步说明经典扩充的必要性和意义，比较多元文化语境下，不同风格的美国女作家的作品，使我们对女作家丰富多彩的创作有更深刻的认识。

---

① 参见程锡麟、王晓路《当代美国小说理论》，北京：外语教学与研究出版社 2001 年版，第 153—154 页；Vincent B. Leitch, *American Literary Criticism from the Thirties to the Eighties*. Ibid. p. 307.

第一节　美国女作家经典化的历史回顾

　　女性作者能够进入文学经典和文学史无疑得益于女权主义运动和女权主义文学理论的发展。从20世纪60年代的妇女解放运动到90年代女性学术的兴起，人们清晰地看到社会人文领域版图不断被修订、被重写的诉求和实践。女权主义为思想和学术生活引进了一种新的视野，为人们重新观察和思考提供了新的角度。"女权主义及女权主义知识，对于我们重新思考并重新排列原有对社会和思想世界的理解和分析，提供了丰富的可能性。"① 女权主义最大的贡献在于说明了人类社会是由两种性别构成的，其活力也在于这两种性别的交互活动，这一点极大地改变了人们固有的思维惯性。从历史上看，文学与文化领域的整体推进在很大程度上无疑都是由于视角和观念的更迭。崭新的文艺批评理论——女权主义文论为清算男性文学文本中的性别歧视，研究女性文学传统和创作困境提供了强有力的思想理论武器，为女作家的重新发现和正名，以及优秀的女性作家走进经典行列作出了巨大贡献。

　　朱迪丝·菲特勒曾说过，将19世纪女作家排斥在经典之外，并不是起于20世纪20年代，要远远早于这个时间，实际上在19世纪就开始了。② 不光是美国女作家在美国文学史上遭受不公正的待遇，女作家在不同国家都遭到排斥。在美国文学史中，女作家长期被排除在经典之外的原因，有着历史、文化、政治、社会、教育等方面的因素。

　　最主要的原因是性别歧视观念深植于文化之中，西方文化传统中男性优越、女性低劣的观点由来已久，这一文化已有数千年的历史。

　　回溯历史我们发现，西方社会最早的经典之一《圣经·创世纪》是这样写男人和女人的："耶和华上帝就用那人（亚当）身上所取的肋骨造成一个女人，把她领到那人跟前。那人说：这是我的骨中的骨，肉中的肉，可以称她为'女人'，因为她是从'男人'身上取出来的。"（2：

---

① Mary Evans, *Introducing Contemporary Feminist Thought*. Cambridge: Polity Press, 1997. p. 123.

② Paul Lauter, *Canon and Context*. Ibid. p. 22.

22—23）① 女人的从属地位从其诞生之时就被确定下来了。由于女人犯了偷吃智慧之果的原罪，上帝对女人说："我必多多加增你怀胎的苦楚；你生产儿女必多受苦楚；你必恋慕你丈夫；你丈夫必管辖你。"（3：16）② 就这样，"上帝"让一个性别"管辖"另一个性别，这样的不公平，既没有像样的理由，也没有什么事实的依据，显得如此蛮横霸道。

亚里士多德的生理学更是从生理的角度强调男性优越，女性低劣的观点。该观点认为：男性高于女性，女性是男性有缺陷的、发展不完备的形态。他说："男人天生高贵，女人天生低贱；男人统治，女人被统治。""男人是主动的，他很活跃，在政治、商业和文化中有创造性。男性塑造社会和世界。在另一方面，女人是被动的。她的天性就是待在家中的。她是等待着活跃的男性原则塑造的物质。当然，在任何尺度上，活跃的成分总是地位更高、更神圣。因此男人在生殖中起主要作用，而女人只是他的种子的被动孵化器。"③ 叔本华关于男权制的观念和论述是他所有那些充满智慧的言论中的一大败笔。他说："女人本身是幼稚而不成熟的，她们轻佻琐碎、缺乏远见；简言之，她们永远不会成熟，只能是大孩子——是介于儿童与成年人之间的一种中间体。"④ 圣·托马斯则干脆明确地把女性界定为"不完美的人"。尼采说：所有衰退的、病态的、腐败的文化都会有一种"女性"的味道。⑤ 毫无疑问，这是一种菲勒斯中心主义文化的论点，极其不公正。

根深蒂固的性别差异观念使女性的活动范围被禁锢在家庭和私人领域，当时代变化，女性进入公共领域参与社会活动的时候，她们只能进入某些行业，而且所获得的工资总是基于性别，而非工作本身的价值或是工人的生产能力。

性别差异不仅在经济关系中存在，法律中也存在。被英国殖民者带到美国的法律传统中，丈夫被认为是家庭的首领，在家与外界的联系中代表家庭。结婚后，妇女则失去了她的公民身份；被认为是自动放弃了做出任何违背丈夫意愿的选择的权利。结婚后，妇女不再拥有她的财产，不能签

---

① 中国基督教协会《圣经》，南京：爱德印刷有限公司 1995 年版，第 3—4 页。
② 同上书，第 5 页。
③ 转引自李银河《女性主义》，济南：山东人民出版社 2005 年版，第 8 页。
④ 同上书，第 8 页。
⑤ 同上书，第 9 页。

署任何相关的法律契约，只是成了寡妇后可以留下遗嘱。

性别也体现在政治关系中。英美传统中，参与政治活动——选举、官员、陪审——的条件是拥有多少财产。因为妇女婚后不能直接支配自己的财产，那么她们就不能做陪审员，不能投票，也不能成为政府官员。政治被认为是属于男人的领域，妇女不是政治动物，这是西方文明有史以来的观点。

总而言之，当所有的男权思想家、理论家为男性统治女性的历史、现实、制度和思想辩护时，他们说：是上帝或是自然迫使女性服从男性的。他们通过赋予男性某些品质（理性、逻辑、智力、灵魂等），赋予女性另外一些品质（混乱的情感、无法控制的性欲等），将女性边缘化。数千年来，女性无论在社会生活还是在家庭生活中都处于从属与次要的边缘地位，而男性则为中心，处于控制和主导的地位。可见，女性只不过是"第二性"，其生活条件和教育状况是无法与男性相提并论的。这就涉及经典形成中的一个社会因素问题。

根据约翰·吉约里在《文化资本：文学经典化问题》中的观点，文学是离不开社会因素的一个范畴，文学作家与作品的入典与否并不能由纯美学或纯艺术因素决定。吉约里认为我们不应该把经典形成的核心看作是少数社会群体要用经典来代表自身，它的实质是文化资本在学校中的分配问题，这牵涉到谁有权受教育，谁能够学会读写并最后掌握文化。[①] 女性在社会中的政治、经济、社会地位决定了她们不能拥有文化资源，不能接受教育。18 世纪女性写作的人数很少，因为她们被剥夺了写作和出版的权利，她们读书识字的机会比男人少得多，整个社会要培养的精英是男性而不是女性，主流意识形态不仅不鼓励而且还限制女性接受良好的高等教育，像伍尔夫这样出自名门的杰出女性都曾经在家庭和教育方面受到过不公正的待遇，更不要说一般人了。能够投入文学创作的也只有中产阶级女性，即便投入创作，她们也只敢创作大众化的文类：日记、游记、小说等，而很少问津诗歌和悲剧这些需要受过高等教育才能涉足的文类。

女性的第二性地位在社会结构当中是如此普遍，如此持久。女性在政

---

①　John Guillory, *Cultural Capital: The Problem of Literary Canon Formation.* Chicago and London: The University of Chicago Press, 1993. pp. 3—19.

治、经济、文化、思想、认知、观念、伦理、教育等各个领域与男性相比都处于不平等的地位，即使在家庭这样的私人领域中，女性也处于与男性不平等的地位。男女之间的各种不平等，归根结底都是由男女之间的性别差异引起的，而且女性与男性的差别之处就意味着女性的劣势。女权主义反对这种以男尊女卑作为性别秩序的男权制思想，认为女性第二性的性别秩序既不是普遍存在的，也不是永不改变的，因为它并不是"自然形成"的，而是由社会和文化人为地构建起来的。

人们常常把性别（sex）和社会性别（gender）混为一谈。性别指的是固定不变的生理差异；社会性别则与特定社会和文化赋予不同性别的不同意义相关。因为这种意义随着时间和各自的文化而有不同，所以社会性别差异是社会建构起来的，也是不断变化的。男性气质和女性气质的概念是后天学来的，从婴儿时期一直到成年，每个社会都教育他们的成员什么样的行为和品格对于他们所处的时代、阶级和社会群体的男性和女性是适宜的。沃斯通克拉夫特在其《女权辩护》中从实际生活出发，以自己的切身感受指出，女人之所以被奴役，根源在于腐败的社会化过程，它不仅使女性心智的成长受阻，而且还教导她们将为男人服务作为她们人生的崇高目标。[①] 而约翰·穆勒则明确提出："规范两性之间的社会关系的原则——一个性别法定从属于另一个性别——其本身是错误的，而且现在成了人类进步的重要障碍之一。"[②]

女权运动就是要打破这种人为构建的不合理的男女秩序，构建新的公正、平等的男女秩序。所谓"女权主义"（feminism）来自法语 *feminisme*，由 19 世纪空想社会主义哲学家查尔斯·傅立叶创制。它第一次以英文形式使用是在 19 世纪 90 年代，意指针对女性自始以来的不平等地位和两性伦理问题所发起的政治运动。[③]"女权主义"的萌芽，最早出现在贵族社会与中古女修道士的著作中，她们企图借由女性和圣母所象征的慈悲与爱欲精神，来强调女性也有其精神性的层面，而不只是男性欲求

---

① ［英］玛丽·沃斯通克拉夫特：《女权辩护》，［英］约翰·斯图尔特·穆勒：《妇女的屈从地位》（合订本），北京：商务印书馆 2007 年版。

② ［英］约翰·斯图尔特·穆勒：《妇女的屈从地位》（合订本），北京：商务印书馆 2007 年版，第 285 页。

③ 参见［英］丹尼·卡瓦拉罗《文化理论关键词》，张卫东等译，南京：江苏人民出版社 2005 年版，第 118 页。

下的客体。① 1789 年 10 月，以梅力葛为首的一群妇女向国民议会提出建议，要求男女享有平等的政治权利。这是历史上妇女解放运动的起点。这一时期最具代表性的理论著作是奥兰普·德古热 1789 年提出的《女权宣言》和玛丽·沃斯通克拉夫 1792 年发表的《女权辩护》。《女权宣言》同当时法国的人权宣言相抗衡，要求废除一切男性特权。《女权辩护》反思了女性的屈从地位，呼吁女性应享有与男性同等的权益。② 在 19 世纪女权运动第一波时，女权主义认为：男女在本质上没有不同，由于教育等后天原因才分出了等级。因为男女原本无差异，所以男女才应当平等。波伏瓦就是从理性角度否认差异的。在这一阶段，女权主义者在争取选举权、教育权和就业权等几个主要方面进行了斗争，并取得了重大的胜利。

　　女权主义运动的第二次浪潮发生在 20 世纪六七十年代。这次运动认为当时女性虽然有了选举的权利、受教育的权利和工作的权利，但是表面上的平等掩盖了实际上的不平等，因此必须继续批判性别主义、性别歧视和男性中心主义，反省传统文化定义的"女性气质"对女性的束缚，认为所谓"男性气质"和"女性气质"不是自然本质特征，而是后天文化教养的结果。此外，此次运动还要求各种公众领域都应该打破门禁，向女性敞开。男女应进一步缩小两性差别。

　　自 1963 年贝蒂·弗里丹发表《女性的奥秘》一书以来，女权运动在西方逐步发展成为一股不容忽视的政治、社会和文化的力量。③ 除涌现出许多女权运动组织，发表了不少火药味十足的宣言以外，女作家和文人们还撰写了类似《妇女问题思考》（1968）、《姐妹团结就是力量：妇女解放运动文集》（1970）等一批战斗性很强的著作。④ 进入 70 年代后期，西方女权运动更加深入，形成了所谓"文化女性主义"。"文化女性主义"者

---

　　① 廖炳惠编著：《关键词 200：文学与批评研究的通用词汇编》，南京：江苏教育出版社 2006 年版，第 100 页。

　　② 参见徐艳蕊《女性主义（Feminism）》，载汪民安主编《文化研究关键词》，南京：江苏人民出版社 2007 年版，第 222 页。

　　③ 参见［美］贝蒂·弗里丹《女性的奥秘》，程锡麟、朱徽、王晓路译，哈尔滨：北方文艺出版社 1999 年版。

　　④ Vincent B. Leitch, *American Literary Criticism from the Thirties to the Eighties.* Ibid. pp. 307 – 308.

认为女人应该以不同于男人的思考框架和文化诉求来达成女性的解放。"文化女性主义"者关心的是如何在"差异"与"阴性书写"的再三强调中，不断凝塑女性在文化再现中的地位，使女性得以借由文本中挑战父权机制的书写再现，探索女性认同与主体性的多元可能。"文化女性主义"强调父权是书写和再现机制长期巩固的权力框架，女性若想寻求解放的空间，就不能只是在既定的结构和机制中争取平等，也要在教育和文化的建构中争取其自我书写与再现的地位。① 在文学范畴内，女权主义批评一方面从社会学、符号学、心理学、马克思主义、存在主义、解构主义、语篇分析、后殖民主义等理论入手重新阐释和评价文学经典；另一方面则支持和宣扬少数民族和异端群体的文学，比如黑人文学和同性恋文学，为它们呐喊，争取它们与传统经典的平等地位。女权主义批评家凯特·米利特可以说是重新评价西方经典的带头人，她在《性政治》一书中率先对四位男性作家 D. H. 劳伦斯、亨利·米勒、诺曼·梅勒和让·热内进行了再评估，率先从女权主义视角和立场对传统上以男性为主的西方文学经典提出了质疑和挑战，并且为后来的女权主义文学批评提供了模式。

在米利特之后，女权主义修正和重建经典的努力主要表现为挖掘历史上被埋没的女作家并为之正名。1975 年著名的文学教授和评论家斯拜克司发表了《女性的想象：对女作家作品的文学和心理学探究》，接着，埃伦·默尔斯出版了《文学妇女》（1976），伊莲·肖瓦尔特②撰写了《她们自己的文学：从勃朗特到莱辛的不列颠女性作家》，尼娜·贝姆也编写了《女人的小说：1820—1870 年美国女作家和关于女性的小说导读》（1978）。由此，一个发掘和颂扬长期被忽略的女性文学的潮流益发壮大，选读本和评论专著层出不穷，其中广为流传并获得普遍认可的有：桑德拉·吉尔伯特和苏珊·古芭合著的《阁楼上的疯女人：女性小说家和 19 世纪的文学想象》（1979）和她们主编的《诺顿女性文学选集》（1985），以及玛格丽特·霍曼（Margaret Homan）编写《女作家和文学身份：多萝

---

① 参见廖炳惠编著《关键词 200：文学与批评研究的通用词汇编》，第 101 页。
② 肖瓦尔特，英文名字 Elaine Showalter，国内对 Showalter 姓氏的翻译不尽相同，有的译作"肖华尔特"、"肖瓦尔特"、"舒沃尔特"等。本书采用肖瓦尔特，但为尊重原译者，一般书名或引文中均引用原译。

西·华兹华斯、艾米莉·勃朗特和艾米莉·狄金森》（1980），等等。值得注意的是，默尔斯的书后面附有一个 50 页的"文学妇女词典目录"，其中列举了从萨福到安娜·阿赫马托娃等 250 名女作家和她们的作品。默尔斯反对男性占绝对优势的传统文学经典的姿态十分鲜明，推崇女作家们的"（女）英雄主义"（heroinism），但是她不同意强调女作家们集体具备自成体系的、可以识别的、一致的女性意识，或有自己独特的文体风格和传统。无独有偶，肖瓦尔特在《她们自己的文学》后面也加上了一个 30 页的"传记附录"，里面包括数十位过去不见经传的女作家。在书中，她为不列颠文学编织了一个由女性作家构成的亚文化，并划分了三个发展阶段。① 虽然肖瓦尔特采用了性别批评视角，但她对"女性美学"和"女性意识"等提法却十分谨慎。吉尔伯特和古芭的名著《阁楼上的疯女人：女性小说家和 19 世纪的文学想象》是她们从 1974 年起一起教授 19 世纪英美女作家课程的结晶。在书中她们支持默尔斯、肖瓦尔特、斯拜克司的努力，并赞成存在一个女性文学的提法。虽然她们在关于女性文学的许多具体问题上很难达成统一，但是这些学者、教授和批评家一致挑战男性垄断的传统经典。她们明确地要求打开经典，来包容更多的、被忽略和遗忘的女作家及作品。从她们的呐喊声中，我们可以推论黑人作家、亚裔和西、葡裔作家等少数族群对现存经典的看法和打开经典的要求，并认识到打开经典的文学运动实为整个 20 世纪争取性别、阶级和种族平等的多元政治和文化潮流的一个组成部分。

20 世纪 80 年代末至 90 年代初，则有"第三世界的女性主义"，莫汉蒂、周蕾（Rey Chow）、斯皮瓦克、郑明河都是其中重要的理论代表人物。90 年代中期，"文化女性主义"的重要代表人物肖尔瓦特、吉尔伯特、古芭等人在报刊上撰写专文，响应以白种中产阶级女性为批判对象的"第三世界的女性主义"，引发不同"女性主义"阵营间的辩论。在这场大型的辩论之后，一种新的思潮在女权主义运动中崛起，它从根本上反对两分的思维模式，认为两性的界限其实是模糊不清的，并且主张进一步混淆两性之间的界限。对性别问题的这种看法受到后现代思潮和多元文化论

---

① Elaine Showalter, *A Literature of Their Own: British Women Novelists from Brontë to Lessing.* Beijing: Foreign Language Teaching and Researching Press, 2004, p. xix. 另，此版本并没有将"附录"印出。

的影响。

社会运动催生了思想文化方面的新成果——女权主义批评。美国的女权主义批评从 20 世纪 60 年代开始兴起，大致经历了三个阶段。孙绍先将其划分为："妇女形象批评"（women's image criticism）、"妇女中心批评"（women-centered criticism）和"身份批评"（identity criticism）。[①] 程锡麟和王晓路在其合著的《当代美国小说理论》中，对女权主义批评三个阶段划分的名称提法有所不同，[②] 虽然各种划分名称不同，但就内容而言，都认为女性主义批评在这三个阶段的活动大致是一样的。这三个阶段并非界限分明，而是交错并存的。

"妇女形象批评"阶段主要剖析传统男性作家作品对女性形象的失真刻画，以及男性评论家对女性作品的批评方式。妇女形象在男作家那里往往表现出两极分化的倾向，要么是天真、美丽、可爱、善良的"仙女"，要么是恶毒、刁钻、淫荡、自私、蛮横的"恶魔"。肖瓦尔特将这种现象称之为"文学实践的厌女症"和"对妇女的文学虐待或文本骚扰"。[③] 这种文学传统歧视妇女，歪曲和诋毁妇女的形象，并把众多的女作家排斥在文学史之外。女性角色如何在历史进程里产生微妙的变化，女性生活经验如何在创作中转化呈现，女性的审美特质如何在创作过程中运作，等等，男性中心主义的批评者自然无法掌握，他们悉以"男性中心意识"作为评价原则，使许多女性作品或描写女性生活的作品难以得到公正的评价。

"妇女中心批评"着重挑战父权秩序传统下的经典文学书目标准。父权文化权威对经典文学书目价值尺度的垄断，使绝大多数女性作家作品遭受被排斥被放逐的厄运。为使长期蒙尘的女作家作品得以重见天日，女权主义者从性别差异的角度将女性作品与男性作品分离开来加以系统地评说，旨在创建"她们自己的文学"，夺回重建经典文学书目的权利并付诸实践。"妇女中心批评"重新挖掘了大批被传统文学批评标准遗弃的女作家及作品。

在"身份批评"阶段，许多女性主义者对以往不证自明的"女性身

---

① 孙绍先：《女权主义》，载赵一凡等主编《西方文论关键词》，第 370 页。

② 程锡麟、王晓路：《当代美国小说理论》，第 153—154 页。

③ Elaine Showalter, *New Feminist Criticism*: *Essays on Women*, *Literature*, *Theory*. New York: Pantheon, 1985. p. 5.

份"展开反思。在她们看来,任何读者、作家和批评家无不带着特定的社会"身份标记",他们都是从特定的文化、种族、社会性别、阶级、时代以及各种个人因素所铸成的立场出发,从事各式各样的文学活动。女权主义批评在前两个阶段取得的成果的基础上,对建立在男性文学体验基础之上关于阅读和写作的传统理论进行了反思和修正,并努力建立和完善女性主义文学批评的理论。

女权主义文论按照地域被分为英美学派和法国学派,英美女权主义者比较注重在已有的理论框架内进行女性形象、女性文学传统等较理性的研究,较多地对文学进行社会历史分析,而法国女权主义者则迥异于英美学派,她们主要从后弗洛伊德的代表雅克·拉康的精神分析理论和解构主义者雅克·德里达、罗兰·巴特的理论中汲取营养,注重对语言的象征系统的质疑,提出了"女性写作"的问题。她们认为,女性写作能够在语言和句法上破坏西方式的叙述传统,这种毁坏性便是妇女作品的真正力量。

法国女权主义者注重理论建设。1970年埃莱娜·西苏提出了"女性写作"的概念,这是当代西方女权主义批评理论中的一个重要概念。"女性写作"这一概念看起来有将女性意识本质化之嫌,其实不然,它并不是字面意义上的与"男性写作"相对立的概念,为此西苏曾多次强调"女性写作"的不可定义性。"女性写作"不受逻各斯和任何"中心主义思想"的制约。西苏一直致力于消解"二元对立"的思维模式。这种模式其实是以男性/女性的二元对立为出发点推导出来的。在二元对立的标题下,女性总是被赋予负面或缺乏力量的一方,以至于推到最后,女性往往被推向了危机与死亡的境地,男性则永远是胜利者。故西苏的整个理论计划主要放在"解放这种语言中心的意识形态:确立女性为生命之源、权力以及力量的地位,及呼唤新女性话语的出现,颠覆父权语言中心主义(phallocentrism,或译作菲勒斯中心主义)的压迫及令女性失声的父权制二元系统"。"女性写作"创作的是"另类两性化",即是多元化、可变动及永远变化的,意在说明"写作是双性的,因而是中性的",进而寻求真正的双性(bisexuality)起点,写出隐匿在男性历史深处的"他者"的历史。

露丝·伊瑞格瑞也致力于解构男女的二元对立,提倡建立一种"女性谱系",改变女性客体和他者的地位。她设计了一种反抗父权制的策略,这种策略就是钻进父权制话语内部,通过一种非理性方式对男性话语拟态模仿，对之进行颠覆，即所谓的"女人腔"。她指出女性的生理特征影响了她的话语方式：

> "她"容易激动、不可理喻、心浮气躁、变幻莫测。当然，"她"的语言东拉西扯，让"他"摸不着头脑，对于理性逻辑而言，言辞矛盾似乎是疯话，使用预制好的符码的人是听不进这种语言的……她几乎从不把自己与闲话分开，感叹、小秘密、吞吞吐吐；她返回来，恰恰是为了以另一快感或痛感点重新开始。只有以不同的方式去倾听她，才能听见处于不断的编织过程中的"另一意义"，既能不停地拥抱词语，同时也能抛开它们，使之避免成为固定的东西。当"她"说出什么时，那已经不再是她想说的意思了。①

露丝·伊瑞格瑞认为女性将自己的视角和故事融入文学创作和研究领域时，强调性别特征，并突出这种特征的差异性，是天经地义的事情。

英美女权主义者注重实践，其代表人物肖瓦尔特认为，女性批评才是女权主义文学批评的重点所在。她在一系列著作中，如《她们自己的文学》（1977）、《论女权主义诗学》（1979）、《新女性主义批评》（1990）等，仔细区分了建构女权主义批评策略的两种不同类型：一种侧重于女性读者，一种侧重于女性作家。

> 女权主义批评可以分为两种不同的类型。第一种涉及作为读者的女性——即作为男性创造的文学的消费者。这一方法中含有的女性读者这一假设，改变了我们对一个给定文本的理解，提醒我们去纪念它的性符码的意义。我把这种分析称为女权主义批评，和其他类型的批评一样，这种批评也是以历史研究为基础的，致力于发掘文学现象的意识形态假定（或前提），文学批评中对女性的忽略和误解，以及男性构造的文学史的缺陷。这种批评还要探讨通俗文化和电影中的女性观众，分析在符号系统中作为符号的女性。女权主义批评的第二种类型涉及作为作家的女性，即作为文本意义的创作者的考察，涉及出自女性之手的文学作品的历史、主题、类型和结构。它的课题包括女性

---

① 转引自孙绍先《女权主义》，载赵一凡等主编《西方文论关键词》，第 373 页。

创造力的心理动力学、语言学以及女性语言问题、女性个体或群体文学生涯的发展轨迹、文学史以及具体作家和作品的研究。在英语中还没有一个现成的词可以标志这种特殊的学科,所以我采用了一个法语词 la gynocritique,即女性批评 (gynocrics)。①

肖瓦尔特对"女性批评"还作了这样的阐释:

> 和女权主义批判不同,女性批评旨在建构一种分析女性文学的女性模式,在研究女性体验的基础上建立新的模式,而不是采用男性的模式和理论。女性批评的起点在于我们使自己摆脱了男性文学的束缚,不再强迫使女性适应男性的传统,而是专注于新的可见的女性文化世界。……女性批评同历史学、人类学、心理学和社会学中的女权主义研究相联系……②

以往的"DWEM"经典汇成了男性文学的历史,这些经典将男性文本和男性经验作为典范和中心,处处显露出对女性的歧视和扭曲,甚至是憎恨。这些文学经典虽然有时也会"屈尊"将一些诸如简·奥斯汀、乔治·爱略特、勃朗特姐妹、艾米莉·狄金森等"著名"女性作家作品纳入其中,但对她们的作品也是采用一种男性的视角来阅读阐释,并用男性的标准对之加以衡量。这种阐释和衡量的结果,就是使男性文学经典标准得到进一步的确立,男性文学的中心地位也更加牢固,女性作品被排斥到边缘。也就是说,传统的文学史,按照男性中心的批评标准决定哪些作家作品可以被纳入文学史成为经典,成为"传统"的一部分。这种批评的结果就是大批妇女作品被排斥于文学史之外。传统男性中心批评又反过来以此为证据说明妇女文学没有价值或者根本就不存在。所以,要谱写女性文学传统,颠覆男权中心主义的批评标准,首先要从女性文学的重新发现开始。

对妇女文学创作的研究,对妇女文学传统的寻找和发现并不是近期才有的,在 19 世纪末、20 世纪初女权运动的第一次高潮中,虽然没有独立

---

① Elaine Showalter, *New Feminist Criticism*: *Essays on Women*, *Literature*, *Theory*. Ibid. p. 128.
② Ibid.

的女权主义文论出现，但西蒙·波伏娃的女权主义宝典《第二性》和弗吉尼亚·伍尔夫的《一间自己的屋子》的出版，使得清算男性文学文本中的性别歧视，以及研究女性文学传统和创作困境的女权主义文学研究初具规模。20 世纪 60 年代女权运动的第二个高潮使得女权主义文学理论正式诞生。60 年代与法国学生运动、美国公民权利运动和反对越战的抗议活动相伴而生的是第二次女权运动的高涨，在这场运动中，女权主义者越来越发现，男女的不平等不仅存在于选举权、就业权、受教育权等社会政治领域，而且在文化中也有深深的烙印。在文学创作中，特别是在被认为是主流文学的男性文学作品中，有大量的性别歧视现象存在。在这种情况下，以男性文学文本为依据的，旨在清算文学中性政治的凯特·米利特的《性政治》应运而生，展示了文学批评的一个新视角，标志着女权主义文学理论作为一种新的、独立的批评方式出现在文学批评中。此书使她蜚声国际。《性政治》象征着女权主义批评的开始，因为在美国"它是女权主义批评的第一本重要的著作"。[①] 这项运动在以下五个方面创造了和重新创造了批评的版图：（1）绘制了妇女作为作家的轨迹，她们是什么样的人，她们怎样写作和为什么要写作，她们的接受和名誉——此项工作被伊莲·肖瓦尔特命名为"女性批评"（"gynocritics"）；（2）绘制了性属的文化表现，男性和女性的模式，这项补充工作被爱丽丝·A. 贾丁尼称之为"女性行为" 批评（"gynesis"）；（3）揭示了男性宰制的表现和模式之间错综复杂的关系，并寻求如何消除这些模式（女权主义批评家像不断消亡的热带雨林的地图绘制者一样，同时"看见"和"阻止"了破坏的发生）；（4）建立了一些不可靠的其他版图，因为她们忽视了或者误解了妇女或者性属问题；（5）她们这样做的时候，激发出这样一种警觉，制图的过程同时也是在构造她们自己。[②]

　　在美国文学经典建构过程中，白人女性作家的位置相对复杂一些。作为美国文学史上最早的教授之一，弗雷德·刘易斯·佩蒂在 1930 年出版的《新美国文学》中，特别赞扬了威拉·凯瑟、伊迪丝·沃顿、埃伦·

---

① Elaine Showalter, ed. *The New Feminist Criticism*：*Essays on Women*，*Literature*，*and Theory*. Ibid. p. 5.

② Stephen Greenblatt & Giles Gunn. *Redrawing the Boundaries*：*The Transformation of English and American Literary Studies*. Beijing：Foreign Language Teaching and Research Press，2007. p. 251.

格拉斯哥和佐娜·盖尔。"这些妇女的作品，标志着美国我们这个时代小说在人物塑造和风格方面所能达到的最高水平。也许在我们的历史上，没有任何一种文学现象比女性承担起领袖角色这一事件更引人注目了。小说创作其大多数领域的成就已经证明，这一艺术形式尤其适宜女性才能的发挥。然而，女性的成功也源自另一个特别的事实：女性在创作技巧、艺术才能，以及经过艰苦写作而完成的作品质量方面，已经超过了其男性竞争者——她也是被迫这样做的，因为日积久深的观念或偏见。她们的成功已经把小说创作，在这段时期，提升为女性的一种新的正式职业。"① 但是，就上述被提到名字的女作家而言，她们也一直没有进入主流的经典。

60年代的一些女学者发现，许多女性文学作品不是因为其质量不高而被排斥于主流文学之外，而是"因其对现实和现有文学原则的抗拒性而被有意埋没的"。② 一些女作家则在自己的创作中发现，她们需要一种女性的传统作为精神的和语言的支撑，而这种支撑在男性文学作品中是找不到的。于是，女权主义者一方面挖掘被埋没的女作家，一方面开始重新解释和评价一些被曲解和被贬低的女性作品。

在重新发现的活动中，大量的女性文学作品出版了：起先这些被重新发现的还是一些白人中产阶级女作家的作品，特别是像凯特·肖班的《觉醒》（1899）和 C. P. 吉尔曼的《黄色墙纸》（1892）这样的具有强烈批判意识的作品。随着研究的深入，那些远离主流的、非白人的、非中产阶级的、非异性恋的、长期以来鲜为人知的作家作品也被发现和重新出版。桑德拉·吉尔伯特和苏珊·古芭编撰的《诺顿女性文学选集》（1985）等的出版，向人们介绍了丰富多彩的女性文学作品，不仅使女性诗人、短篇故事作家、散文家的著作在教学中具有了应有的价值，而且使女性文学传统的寻找工作和理论建构有了相当的基础。

《诺顿美国文学选集》在20世纪70年代、80年代、90年代和21世纪出版的不同版本中对女性作家作品进行了扩充，反映了女权运动不同发展阶段的相应成果。③

20世纪70年代最后一年出版的第一版《诺顿美国文学选集》，在以

---

① Paul Lauter, *Canon and Context*. Ibid. p. 26.

② 张岩冰:《女权主义文论》，济南：山东教育出版社1998年版，第70页。

③ 女作家的收录情况，详见本书附录三。

往多种美国文学选集的基础上，采纳了许多女教师和女学者的有益建议，根据女权主义批评家们的研究成果，扩大了对女作家及作品的收录。在文选中收录了 29 位女作家大约 700 页的选文。其中的一些人是大家广为熟悉的，如诗人菲利斯·惠特利、艾米莉·狄金森，小说家斯托夫人、朱厄特、伊迪丝·沃顿、尤多拉·韦尔蒂和弗兰纳里·奥康纳等。当然，在女权运动的推动下，女权主义者玛格丽特·富勒及其著名的作品《伟大的诉讼》当仁不让地入选了。无政府主义女权主义者爱玛·戈德曼及其自传《我的一生》（1931）的节选文章，玛丽·麦卡锡和苏珊·桑塔格等女性社会活动家和女权主义者都被优先选入了诺顿文选。此外入选的还有富有影响的改良主义者格特鲁德·斯坦因及其作品，以及 20 世纪的其他一些女诗人和作家的作品。第一版诺顿文选中收录的被重新发现的主要是一些白人中产阶级女作家的作品，特别是像凯特·肖班的《觉醒》和 C. P. 吉尔曼的《黄色墙纸》这样反映女性意识觉醒，反对父权统治，具有强烈批判意识的作品。第一版《诺顿美国文学选集》主要反映和体现了女权主义文学批评的早期成果。20 世纪 60 年代末到 70 年代中期的女权主义文学批评表现出很强的政治意味，批评家愤怒批评社会的不公，致力于增强女性受男性压迫的政治意识。

第一版《诺顿美国文学选集》两卷本共精选了 132 位作家，选文正文共 4954 页。入选的女作家有 29 位，占所选作家的 4.5% 弱。入选女作家的作品选文有 700 页，约占全部选文的 3.7%。就是这样弱势的地位，也是当时女权主义所起到的重大作用和影响的结果。第一版《诺顿美国文学选集》录入的 18 世纪以前，包括 18 世纪的女作家虽然只有四位，而且都是白人女性，她们分别是：安妮·布拉德斯特里特（1612—1672）、玛丽·罗兰森（1636—1705）、莎拉·肯伯·奈特（1666—1727）和菲利斯·惠特利（1753—1784），这比起几乎家喻户晓的第一版《诺顿英国文学选集》（1962）没有入选一位 18 世纪中叶以前的女作家，无疑有了巨大的进步。

随着女权主义文论对独立的妇女文学史和女性文学经典建构的展开，女性文学的审美性和艺术性更受到重视。出版于 1985 年的第二版《诺顿美国文学选集》精选了 35 位女作家的 800 多页的选文；新增加的女作家有：丽贝卡·哈丁·戴维斯（1831—1910）、佐拉·尼尔·赫斯顿（1891—1960）、多萝西·帕克（1893—1967）、爱丽丝·沃克（b. 1944）、奥德·罗德（1934—1992）、路易丝·格卢克（b.1943）。此外还增加了一些重要的女性作家的著名小说:如格特鲁德（1874—1946）的《好安娜》,凯瑟琳·安妮·波特（1890—1980）的《无花果树》。19世纪的女作家,散载在上下两卷本中,共有9位。这些反映了学界对曾被忽视、遭排斥的女作家的最新成果的重视,而且对赫斯顿、沃克的研究持续成为学界的热点。①

1989年第三版选集继续扩展了女性作家的录入。两卷本的选集中共录入180位作家,女性作家有50位,其中16位是新增的。从入选女作家的名单来看,少数族裔女作家的入选成为一大特色和亮点。入选的有土著印第安作家兹特卡拉—萨（Zitkala Ša,英文名字 Gertrude Simmons Bonnin,1876—1938）、莱斯利·马蒙·西尔科（b.1948）、路易丝·厄德里奇（b.1954）;犹太裔作家安齐娅·叶捷斯卡（1880?—1970）;非洲裔美国作家丽塔·达夫（b.1952）、阿德里安娜·肯尼迪（b.1931）;拉丁裔作家罗娜·蒂·塞万提斯（b.1954）、丹妮斯·查韦斯（b.1948）;亚裔作家凯茜·宋（b.1955）等。

1994年的第四版选集共收录女作家63位,其中新收录进选集的吉尔曼和肖班的作品得到进一步的增选和增强。增录的选文有夏洛特·伯金斯·吉尔曼的《我为什么写〈黄色的墙纸〉》,为这部经久不衰的小说提供了参考和说明。凯特·肖班的发人深省的短篇小说《在凯典舞会上》和《暴风雨》与《觉醒》全本一起被收入了选集。玛丽·奥斯汀,一个原创的,而且非常独立、完全体现了自我风格的作家,她的《走路的女人》。

在"1914—1945年两次大战之间的美国文学"部分,妇女和非洲裔美国诗人在两次世界大战期间创作了大量的政治诗歌,却被统治学术界的现代主义批评理论遮蔽了,随着这些作家作品被收录进选集,如穆丽尔·鲁凯泽（1913—1980）、安吉丽娜·韦尔德·格里姆克（1880—1958）、吉纳维夫·塔格德（1894—1948）等都重新获得了新生。著名的意象派

①　赫斯顿、沃克属于20世纪七八十年代美国女权批评中被引用最多的女作家。国内对她们的研究也不少。如,石磊的《离开男人的世界——谈〈紫色〉》,载《外国文学研究》1988年第7期;王成宇的《〈紫色〉的空白语言艺术》,载《外国文学研究》2000年第4期;王成宇的《〈紫色〉与艾丽丝·沃克的非洲中心主义》,载《外国文学研究》2001年第4期;王平的《试析〈紫色〉的语言策略》,载《外国文学研究》2002年第3期。

女诗人艾米·洛厄尔（Amy Lowell，1874—1925）也被收录，还有安齐娅·叶捷斯卡（1880？—1970）的受到尖锐评论的描写下东地区移民生活的《失落的"美丽"》被收录进第四版。玛丽安娜·穆尔（1887—1972）、埃德娜·圣·文森特·米莱（1892—1950）等的诗歌经过重新的筛选，能更好地表现这些诗人的区域性和多样性。另外，还增加了一些少数族裔女作家，如黑人作家哈丽特·雅各布斯（c.1813—1897）等人的作品。

1998 年的第五版选集共收录女作家 77 位。这次选集的重点是对新英格兰文艺复兴时期女作家进行重新评价和定位，如梅茜·奥蒂茨·沃伦（1728—1814）的戏剧《帮派》，莎拉·温特华兹·莫顿（1759—1846）的诗歌，朱迪丝·萨金特·默里（1751—1820）的第一篇女权主义文章《性别平等》，以及莎拉·肯布尔·奈特（1666—1727）的期刊文章，并将苏珊娜·罗森（c.1762—1824）及小说《夏洛特：一个真实的故事》完整地收录进选集。而在"1820—1865 年的美国文学"部分，介绍的女性作家有：莉迪娅·玛丽亚·蔡尔德（1802—1880），凯瑟琳·玛丽亚·塞奇威克（1789—1867）、芬妮·费恩（1811—1872）、卡罗琳·斯坦斯伯里·柯克兰（1801—1864）、路易莎·梅·奥尔科特（1832—1888）、和哈丽特·普利斯科特·斯堡伏特（1835—1921），马格丽特·富勒的声音通过入选的《伟大的诉讼》的完整版和《未完成的青春素描》能清晰地被人听到。

在"1914—1945 年两次大战之间的美国文学"中，包括了威拉·凯瑟（1873—1947）的《我的安东尼奥》完整本。新增的赫斯顿的《六个镀金小碎片》，以及安吉丽娜·韦尔德·格里姆克的短篇小说加强了哈莱姆复兴的代表作品。

二战以后的女性作家层出不穷。在黑人文学方面更是成绩卓著。《诺顿非裔美国作家选集》收录的 120 位作家中女作家就有 52 位，几乎和男作家平分秋色。"非裔美国女作家一直以来都是缺场的，直到在 20 世纪后半期被黑人姐妹的文学活动所拯救。"[①] 其实不仅是非裔美国女作家的创作如此，二战以后，美国妇女作家的创作出现了自 19 世纪高峰创作后的又一次高峰。当代作家格蕾丝·佩利（b.1922）、乔安娜·拉斯（b.1937）、黛安娜·格兰西（b.1941）、厄休拉·K. 勒吉恩（b.1929）

---

① Mari Evans, *Black Women Writers 1950 – 1980*. London：Pluto, 1985. p. 4.

女性科幻小说家托尼·莫里森（b. 1931）、安妮·狄拉德（b. 1945），拉丁裔女性作家桑德拉·西斯内罗斯（b. 1954），华裔作家马克西姆·洪·金斯敦（b. 1940），土著诗人乔伊·哈霍（b. 1951）、玛丽·奥利弗（b. 1935）、路易丝·格卢克等纷纷入选主流文学经典《诺顿美国文学选集》。此外艾德丽安·里奇的《困难世界的地图》有丰富的节选，还重新筛选了安妮·塞克斯顿的诗歌和丽塔·达夫的新作。这些选文显示了女作家，尤其是少数族裔女作家在小说、诗歌领域取得的突出成就。

　　2003 年出版的第六版，为进入 21 世纪后的第一部文选，入选的女作家猛增到 80 位，是第一版女作家人数的两倍多，但较第五版而言，呈现出一种比较平稳的发展趋势。第六版在早期美国文学部分增录了诗人安妮丝·布迪诺特·司多克顿（1736—1801），她是美国最早出版作品的女诗人之一，一生作品超过了 120 部。1995 年卡拉·穆尔福特将其作品编辑成集子《只是为了朋友的眼睛：安妮丝·布迪诺特·司多克顿的诗歌》出版发行。此举为司多克顿进入主流文集作出了重大贡献。第六版"1820—1865 年的美国文学"部分开阔了我们的地理视野，新入选了两位加利福尼亚作家：一位是路易丝·阿梅莉亚·史密斯·克拉普（1819—1906）和受人尊敬的诗人爱玛·拉扎勒斯（1849—1887）以及她最著名的诗《新巨人》（The New Colossus）一块新入选，这是一位受过高等教育的女士为寻求犹太美国人身份认同发出的声音。另外，莎拉·摩根·布莱恩·派亚特（1836—1919），也逐渐获得认同，被认为是那个时代的主要女诗人，她和小说家康丝坦斯·费尼摩尔·吴尔森（1840—1894）、水仙花（1865—1914）一起成为新入选的作家。后两位代表性作家拓展了当时的地域和种族文化的写作，在展现美国现实主义的容量方面要比以往巨大得多。在"1914—1945 年两次大战之间的美国文学"部分，有两位女作家的小说全文入选：一个是内拉·拉森（1891—1964）的长篇小说《流沙》，讲述的是一个非裔美国人身份认同的悲剧；凯瑟琳·安妮·波特（1890—1980）文笔优美的中篇战争罗曼司《苍白的骏马，苍白的骑士》。短篇小说部分也得到了加强：新入选的有威拉·凯瑟的两篇小说《雕塑家的葬礼》、《邻居罗斯基》，苏珊·格拉斯佩尔（1876—1948）具有说教性的小说《琐事》，以及朱迪·奥尔蒂茨·科弗（b. 1952）的短篇小说。现代美国戏剧部分，选录了普利茨奖获得者苏珊—洛丽·帕克斯（b. 1964）的《美国戏剧》。这些女性作家作品的入选大大丰富了诺顿选集的内容，也使美国文学呈现出女性视角和声音。

纵观第一版至第六版《诺顿美国文学选集》我们发现，"20 世纪以前的女作家不止安妮·布雷兹特里特和艾米莉·狄金森两人，17 世纪以来出现过许多重要的女作家，其中有的人甚至在一定的时期中占据过文学史上的统治地位"。① 通过第六版收录的女性作家，我们发现，17 世纪以来不同族裔的女作家用诗歌、小说、自传、政论文章等各种文学形式反映了当时的美国社会、生活状况，在公共领域发出了自己的声音。

在 19 世纪 20 年代，莉迪娅·玛丽亚·蔡尔德和凯瑟琳·玛丽亚·塞奇维克创作了描述新英格兰与印第安人的战争和美国解放战争的小说，对历史题材的创作作出了贡献。玛格丽特·富勒则从哲学文章和学术翻译开始了她的文学生涯，后来她离开新英格兰为 H. 格里利的《纽约论坛》撰稿，继续把新英格兰风格带到报刊界，并在 1845 年撰写了女权主义论文《十九世纪的女性》。此后，路易莎·梅·奥尔科特、哈丽特·普利斯科特·斯堡伏特等女作家创作的关于女性生活的作品也非常引人注目。H. B. 斯托成功地创作了反奴小说《汤姆叔叔的小屋》（1852），同样表述了新英格兰理想主义。她还以加尔文神学对新英格兰日常生活的影响为背景创作了历史作品——《牧师求婚记》（1859）和《古城居民》（1869年）。

在美国内战以后到一战以前的美国文学部分，女作家参与了西部开发，描写了美国工业化进程、女权意识的觉醒，表达了对移民同化进程的关心。卡罗琳·斯坦斯伯里·柯克兰和路易丝·阿梅莉亚·史密斯·克拉普给读者带来了关于西部边疆的讯息；丽贝卡·哈丁·戴维斯的《钢铁厂的生活》从女性视角描写了美国工业化的进程；爱玛·拉扎勒斯的诗歌则反映了移民同化进程的心声。这一阶段女作家及其优秀作品大量涌现，连"霍桑和麦尔维尔也感觉到来自像哈里叶特·比彻·斯托这样的女作家强有力的竞争"。后来由于文学教学的体制化，男性中心主义的思想占据了主流地位，女作家的命运如某些评论家所说的那样，"这些女作家当时的受欢迎却意味着她们日后注定要湮没无闻"。只是随着女权主义运动和思潮的兴起，"斯托夫人作为一位重要和有影响的作家的地位才得

---

① ［美］埃默里·埃利奥特主编《哥伦比亚美国文学史》"总序"（1988），朱通伯等译，成都：四川辞书出版社 1994 年版，第 13 页。

到承认"。①

　　一战以后，女作家们纷纷采用具有地方色彩的现实主义创作手法反映战后的思想和生活。伊迪丝·沃顿在作品中描述了纽约人的富有和强大，并集中关注——尤其在《欢乐之家》（1905 年）中——空虚的浮躁风气和残酷的商业环境对美国女性生活的压抑。"因为女性从未完全具有个人主义的气质，所以当许多男性作家放弃新英格兰观念的时候，许多女性作家仍然支持和重新创作它"。② 女性采用具有地方色彩的地域风格，是为了"反对十九世纪晚期的均质化倾向。它为了抵制现代性对不同地域文化的描述，发出了当时最为强劲的文学陈述：美国身份是压制性的虚构，它否认美国的多元化。因为它的特征与世纪末占主导地位的城市化和技术格格不入，而且因为它们的乡村背景，这个运动也很快地消退下去。个人主义仅仅成为日渐稀少的想过美国田园生活的美国人的选择。他们小心地模仿地方方言——这些方言主要集中于田纳西州的山区和缅因州的东部沿海地区——而不是波兰和那不勒斯"。③ 地域风格的写作，既有对女性友情的黄金时代的怀旧性再现，如莎拉·奥恩·朱厄特的《尖尖的枞树乡》（1896），又有对低矮、狭窄世界的粗俗表达，如玛丽·威金斯·弗里曼的短篇故事集《谦卑的浪漫史》 （1887）和《一位新英格兰修女》（1891）等，各个不同。凯特·肖班将地方主义色彩与对女性发展的约束融合在了一起，她的作品《觉醒》成为女权主义的经典。

　　第一次世界大战之后，美国文化呈现出新的复杂态势。美国文学转向现代化、城市化和国际化。女诗人艾米·洛厄尔（1874—1925）和希尔达·杜利特尔（H. D.，1886—1961）用自己的创作支持庞德（1885—1972）等倡导的"现代主义诗歌运动"和意象派诗歌的创作原则。玛丽安娜·穆尔没有像同时代的其他诗人一样，公开谴责冷酷无情的世界，她对创作诗歌很感兴趣，她在诗歌中试图把现实主义的方法运用于对美国、现状和历史的描述上，运用诗歌从美学实践而不是文化注释的角度来陈述并阐释现代主义。格特鲁德·斯坦因发出了她的时代最激进的言论，以不

---

① ［美］埃默里·埃利奥特主编《哥伦比亚美国文学史》（*Columbia Literary History of the U-nited States*）"总序"（1988），第 14 页。

② ［美］尼娜·贝姆：《构建民族文学》，载［美］卢瑟·S. 路德克主编：《构建美国：美国的社会与文化》，王波等译，第 195 页。

③ 同上书，第 196 页。

同方式加入后现代主义话语。她在诗作《父权制诗歌》中首次提出对文学进行体系化重建。她指出，男性为了达到主宰及压迫的目的，设计了诗歌语言和语法句式；而她的愿望就是解除和消灭父权制统治模式的语言、诗歌和文化。斯坦因是在此前提下提出重建文学文化体系的第一位作家。① 因此尼娜·贝姆指出，斯坦因的"实验性的写作源于她的女权思想，也源于她无法重建的美国个人主义思想"。② 斯坦因将其长篇著作命名为《美国人的塑造》（1925）也就不足为奇了。

两次世界大战期间，许多小说家尝试将现代主义美学运用到散文创作中去。威拉·凯瑟随着福克纳发起的"南方复兴"之风，以地域风格扬名，她的作品关注内布拉斯加州草原和美国的西南部，关注女性和艺术（其中包括 1913 年的《啊，拓荒者》和 1926 年的《总主教之死》，体现了现代主义在美国的历史和现实中对稳定和价值的追求）。威拉·凯瑟与菲茨杰拉德、海明威、福克纳等一起成为了当时的代表性作家。

同样在这个时段，美国黑人也行动起来确定自己在美国文学文化中的地位。尤其是其中的女作家，内拉·拉森和佐拉·尼尔·赫斯特，不仅在作品中表达自己的"双重意识"，更刻画了作为少数族裔女性的生活体验。

当代美国文学部分的一个重要的声音来自女性作家。活跃在文坛并取得突出成绩的有莫里森、奥茨（b. 1938）、贝蒂（b. 1947）、梅森（b. 1940）、狄拉德、沃克、汤亭亭、厄德里奇（b. 1954）等，这些作者都被《诺顿美国文学选集》收录。当代女性作家表现不俗，佳作迭出，说她们撑起当代小说"半边天"并不过分。就小说题材而言，当代女性作家既有表现强烈的女性主义意识的作品，也有展现重大社会与现实意义的小说。不过大多数人从女性立场出发，将视角投向婚姻、家庭、爱情、母女关系等方面。这类题材特别适合现实主义表现手法，因此，女性作家

---

① 参见［美］尼娜·贝姆：《构建民族文学》，载［美］卢瑟·S. 路德克主编：《构建美国：美国的社会与文化》，王波等译，第 198 页。又，Krzysztof Ziarek, et al. "On 'Patriarchal Poetry'", on http：//www. english. illinois. edu/MAPS/poets/s_ z/stein/patriarchal. htm 搜索时间 2009 年 11 月 25 日。

② ［美］尼娜·贝姆：《构建民族文学》，载［美］卢瑟·S. 路德克主编《构建美国：美国的社会与文化》，王波等译，第 198 页。

成为现实主义小说的主力军。她们以细腻的笔触描写多姿多彩的现实生活，充分展示了自己的聪明才智。①

女权主义批评作为经典讨论的生力军，促使主流文学经典《诺顿美国文学选集》对女作家开放。女权主义不仅影响了《诺顿美国文学选集》，还使得诺顿公司诞生了一本新文集——《诺顿女性文学选集》(1985)，由桑德拉·吉尔伯特和苏珊·古芭合著，这也是女权主义批评取得成功的一大标志。该选集使以前被埋没的女性作家逐渐被发现并得到重新认识和较为公正的评价。不光是女性作家的人数迅速增加，而且女作家创作的文体和内容，与男作家几乎没有什么区别。女作家的创作涉及小说、诗歌、戏剧、散文等文体，只不过在戏剧创作方面没有一个类似托尼·莫里森的角色；表达的内容有政治、文化、生活、家庭、自然、亲情、爱情、友情等社会生活的方方面面。一些拥有少数族裔身份的女作家，她们表述的内容更多的表达方式和内容引起人们更广泛的兴趣。关于这一点，将在后面关于少数族裔文学的章节部分详细论述。

第二节　男权统治下女作家的书写

一　"书写"与"写作"

"书写"与"写作"在英文中均可用"writing"一词，指"写作的行为或技能 (the activity or skill of making coherent words on paper and composing text)；写出的成品 (written work, especially with regard to its style or quality)；标志在纸上或其他表面的序列字母、词语或符号 (a sequence of letters, words or symbols marked on paper or some other surface)"等，② 这种界定既包括写作行为也包括形式和成品。然而这些定义仍然都是字面上的说明。实际上，在当代文学研究中，"书写"与"写作"已经成为了各有具体内涵的批评术语。

依据索绪尔有关意义是由差异产生的界定，从 20 世纪 60 年代起，德里达、罗兰·巴特尔等人就开始注意"writing"一词中所内含的差异性实

---

① 参见刘海平、王守仁主编《新编美国文学史》第四卷，王守仁主撰，上海：上海外语教育出版社 2000 年版，第 244 页。

② Judy Pearsall, et al., eds. *The New Oxford Dictionary of English*. Ibid. p. 2133.

践。德里达更是将 writing 视为对西方形而上学原理建构重新评价的工程。① 西方世界以语言描述世界的一系列固有的、等级似的二元对立方式，如灵/肉、好/坏、上/下、黑/白、男/女、在场/缺席等都受到置疑，因为前者总是先于并优于后者。传统经典男性的在场与女性的缺席，女性的生理及意识形态差异等被忽略的问题，在人们对菲勒斯中心主义批判的同时也得到了凸显。人们看到，那种传统男性权威的写作不仅将女性进行"他者"编码，将其遮蔽，而且将非西方也加以"他者"编码和遮蔽。于是，女性作家的写作，既要采纳男性语言表述，又要力图超越，形成自己的书写。国内学界翻译为西方女权主义的"书写"，其早期含义是突出女性的性别特征，而随着内涵和外延的扩展，"书写"已经内含了文本写作和理论批评二者的含义。"写作"一词依然保持着较为具体的含义，指具体的文本写作。②

二　女作家写作的困境

女权主义在发现和挖掘被埋没的女性作家及其作品，寻找女性文学传统的时候，发现妇女创作受到来自各方面的阻挠和压抑，这些压抑不仅影响了她们的艺术创作，也成为了影响她们及其作品入典的客观因素。

"讲真理，但以倾斜的方式来讲。"③ 艾米莉·狄金森的这句广为流传的名言，说出了女性进行创作的困境和妇女创作的抵抗策略。从这句话中，我们可以读出这样两层含义：（1）有一种阻碍妇女"讲真理"的势力存在；（2）妇女在以一种不同的方式写作。经过对妇女文学传统的寻找和妇女文学史的研究，人们发现，长期以来，妇女的确以自己的方式进行了大量的创作，尽管她们所处的经济、政治、社会、文化地位使她们无法像男人一样进行创作，男性文本中性别歧视的话语形式，也无法为她们所用，但她们的确没有放下自己的笔，而是通过写作，将自己深深铭刻在了她们自己的文学史上。

---

① Frank Lentricchia and Thomas Mclaughlin eds. *Critical Terms for Literary Study*. Chicago and London: The University of Chicago Press, 1990. pp. 39 – 49.

② 参见肖薇《异质文化语境下的女性书写——海外华人女性写作比较研究》，成都：巴蜀书社 2005 年版，第 15—17 页。

③ Emily Dickinson, "Tell all the Truth but tell it slant" in Nina Baym, et al., eds. *The Norton Anthology of American Literature*. 6th ed. vol. B. Ibid. p. 2532.

妇女想要写作，进行"艺术作品的创造需要些什么条件?"① 答案就是"一定要有钱，还要有一间自己的屋子"。② 要有一间自己的屋子和一些维持日常生活的钱，这就是弗吉尼亚·伍尔夫所说的保障妇女进行创作的基本条件。只有这样，女人才能平静而客观地思考，才能不怀胆怯和怨恨地进行创作，从而使被历史埋没了的诗情得以复活。然而，广大妇女实际上在很长一段时间里，无法得到这"一间屋子"所象征的写作环境和那些金钱所象征的经济独立。长期以来，女性"第二性"的社会地位决定了她婚前受父亲的监护，婚后受丈夫的控制，完全彻底地被排斥在公共事务以外，而只被囿于家庭的小天地里，操持家务及养育子女成了她生活的全部内容，专心致志的写作根本不可能进行。蒂莉·奥尔森发现，"我们这个世纪与上一个世纪一样，一直到最近，几乎所有的卓越成就都是由无子女的妇女取得的"。③ 这样的事实从一个侧面说明，养育子女事实上阻碍了妇女的写作。但养育子女这个因素，并没有影响到男性作家的写作。这样一个事实必然联系着这样一个结论：家庭内部的不平等，客观上阻碍了妇女的写作。而这种不平等归根结底还是由于妇女在经济上依附于男性。

经济的不独立，社会地位的不平等，也使女性被排斥在知识生活之外，很难得到男人们所受的教育，而文学创作的成就，是与一个人受教育的程度有着密切关系的。在《一间自己的屋子》里，伍尔夫历数英国百年以来的伟大诗人，柯勒律治、华兹华斯、拜伦、雪莱、兰德、济慈、丁尼生、勃朗宁、阿诺德、莫里斯、罗塞蒂、斯温伯恩等 12 个人，其中有 9 个是大学毕业，他们受益于英国所能提供的最好的教育这一点是不容置疑的。④ 18 世纪及以前女性写作的人数很少，因为她们被剥夺了写作和出版的权利，她们读书识字的机会比男人少得多，整个社会要培养的精英是男性而不是女性，主流意识形态不仅不鼓励而且还限制女性接受良好的高等教育。伍尔夫在《一间自己的屋子》里记述的叙述者玛丽被驱逐出了

---

① ［英］弗吉尼亚·伍尔夫：《一间自己的屋子》，王还译，上海：上海人民出版社 2008 年版，第 34 页。

② 同上书，第 2 页。

③ 蒂莉·奥尔森：《沉默》，见［英］玛丽·伊格尔顿编《女权主义文学理论》，胡敏等译，长沙：湖南文艺出版社 1989 年版，第 98 页。

④ 参见弗吉尼亚·伍尔夫《一间自己的屋子》，王还译，第 149 页。

男性学院的图书馆的经历有着极强的隐喻和象征意义。当然，受教育的问题不仅仅是一个经济的问题。18 世纪末期，美国开启了女性教育运动，提倡像教育男人那样让妇女接受教育，中产阶级以上的妇女基本上还是可以受到一般的教育的，并且随着社会的发展，在 20 世纪 "妇女作家们跟她们前几个世纪的姐妹们不一样，在脆弱的少女时代，她们上了大学"，可她们受的教育又是怎样的呢？"一年级课本里要么根本没有妇女，要么只占有一点可怜的位置；语言本身、所有成就、任何与人有关的事物都是阳性……她们学校 313 个男作家，却只有 17 个女作家……在学过的主要文学作品中，大多数，不是全部，都是男人写的，他们的理解没有普遍性，不过是片面的男性观点。"① 这样的充斥着父权制文化观点的教育，使女人们既无法找到可以借鉴的生活和文学经验，也无法找到进入文学创作领域的信心，从知识和心理上都不利于妇女创作的发展。伍尔夫在《一间自己的屋子》中写道，大英博物馆的图书绝大部分都是男性写的，而且关于女性的书也是男性写的，当然其中充满着男性将女性作为对象进行的歪曲性的描写。没有女性作家给她提供可资骄傲的历史，这些现实让女性在感到愤怒的同时，也几乎对自己失去了信心。

随着女性接受教育机会的不断增加，越来越多的女性以写作为职业，作为生活来源并赡养家庭，实际上女性在家庭以外也没有什么其他的职业可供选择。但是由于缺乏系统全面的教育，再加上写作必须经过多年学徒似的练习和磨炼，以及在传统的核心家庭内部为了独立需要进行各种各样微妙而复杂的斗争，与男性相比较，写作对女性来讲，仍然是一项十分困难、十分耗时的工作。所以许多很早表现出文学天赋的女性从未著过书。"从日记和书信到三夹板似厚度的小说是意识上的一个飞跃，许多女性永远不会感到她们已足够强壮或独立，而对此进行尝试（写作小说）。"②

社会对文学的偏见曾经给作家们造成巨大的心理压力，对女作家尤甚。在严厉的新教会的圈子里，所有想象性的文学都令人怀疑，孩子一直接受着这样的教育，讲故事能将人引向说假话和犯罪。相当数量的曾是牧

---

① 蒂莉·奥尔森：《沉默》，载［英］玛丽·伊格尔顿编《女权主义文学理论》，胡敏等译，第 95—96 页。

② Elaine Showalter, *A Literature of Their Own: British Women Novelists from Brontë to Lessing.* Ibid. pp. 53 - 54.

师的女儿、姐妹，或者妻子的女性作家也指出，女性作家对这些话题更为
敏感。从大量传记中我们得知，许多女性作家在试图进行写作时，从来没
有完全克服童年时的罪恶感和压抑感。埃德蒙·戈斯在《父与子》一书
中描写了母亲是怎样被迫放弃她的幻想生活的。戈斯夫人回忆道，当她还
是个孩子的时候:

> 我常常惯于创造各种故事娱乐自己和我的兄弟们，像我读过的故
> 事那样。我自认为自己自然地拥有一个不知疲倦的大脑和驰骋的想象
> 力，讲故事很快成为我生活中的主要的乐趣……我从来不知道这里面
> 存在着伤害，直到肖尔小姐（一个卡尔文主义者家庭教师）发现这
> 个事情，她很严厉地给我上了一课，告诉我讲故事是邪恶的。从那以
> 后，我认为无论创造何种故事都是一种罪过。[①]

19 世纪初的美国，人们也都小心翼翼地不让妇女接触到先前的英国
小说，害怕这些作品污染了年轻妇女的头脑。事实上，妇女接受教育的运
动也是强调对严肃知识的学习，让年轻妇女远离小说。

经济危机有时候将女性从罪恶的重负中解脱出来，证明她们的工作是
正当的，或者将那些秘密的涂鸦者从涂涂画画的边缘推进到了印刷出版的
行列。如凯特·肖班、奥尔科特、芬妮·费恩、哈丽特·斯堡伏特等作
家，要么有一个破产的丈夫，要么有一个不会挣钱养家的父亲。还有一些
因素释放了女性的精力:医生或丈夫的建议（一种来自男性权威的允许）
等，夏洛特·伯金斯·吉尔曼的《我为什么写〈黄色墙纸〉?》是对此情
况的最好说明;一个清晰的说教目的或有意义的事业，如苏珊娜·罗森的
《夏洛特·坦普尔》，用训诫式的语气、直截了当的文字告诫年轻女性要
警惕男性的求爱;或一种需要女性挣钱的处境，如丧夫、独身，或家庭经
济破产，等等。只有在这些情况下，女性才能从事写作。在一些女作家的
传记中，我们发现她们是进行了真诚的、令人心碎的努力才战胜了种种困
难从事写作这个行当的。夏洛特·勃朗特就是其中的一个代表。玛格丽
特·富勒也是在霍桑等男作家的讥讽和嘲笑中坚持自己的文学生涯的。

---

① Edmund Gosse, *Father and Son*. London, 1930. ch. Ⅱ, p. 22. 转引自 Elaine Showalter, *A Literature of Their Own*: *British Women Novelists from Brontë to Lessing*. Ibid. p. 54.

　　除了来自社会的偏见和压力，家庭内部成员也对从事写作的女性持有敌视和偏见，尤其是男性成员更是如此。[①] 女性为了抵抗或者消解来自内部的压力，发明了种种策略来对付男性的仇视、嫉妒和抵抗。例如，有的则女作家遮遮掩掩地追求个人兴趣，表面上装成驯服顺从；有的则采用更为直接的奉承和贿赂；当这些措施都不起作用，不能使她们与男性达成和解时，她们就只能秘密地出版自己的作品。最为引人注目的现象就是女性作家为了实现自己写作出版的梦想只好采用男性的名字为笔名。这样一方面能保护女性免受来自亲朋好友的"正当的义愤"的伤害，更重要的是通过这种方式能获得更好的发表机会和批评家比较严肃、公正的对待。[②]美国南北战争以前就出现了诸如阿比盖尔·亚当斯这样的女性作家。战后性别歧视依然十分严重，美国女作家往往不愿意使用真实姓名，如朱厄特早期写作就使用笔名；波琳·霍普金斯（1859—1930）有时以母亲未婚前的姓名署名，朱迪丝·萨金特·默里在成名前一直使用男性笔名"维吉吕先生"（Mr. Vigilius）。

　　肖瓦尔特认为，女性采用男性的化名使我们"有很好的理由推想，扮演一个男性的角色是许多女性自孩提时代就梦想的白日梦般的生活的一部分；即，她们可以用一个具有男子气概的名字来象征她们人格中的一切，超越那些受束缚的女性理想的性格"。[③] 女性作家使用笔名的情况随着维多利亚时代的结束而逐渐消失，尽管那个时代的女作家可以随心所欲地采用男性或者女性的名字作为笔名，并常常是将名字的中间部分或者第一个部分用来作笔名。在英国采用男性名字作笔名要比美国普遍得多，而美国的女作家一般采用具有田园特征的女性老套笔名，像格蕾丝·格林伍德（Grace Greenwood）、芬妮·弗里斯特（Fanny Forrester）、和芬妮·费恩（Fanny Fern）等。当然，其中也有一些特例，19 世纪 80 年代田纳西作家玛丽·N. 墨菲（Mary N. Murfee）采用"查尔斯·伊格伯特·克勒道克"（Charles Egbert Craddock）做笔名，并瞒骗了她的出版商达六年

[①] Elaine Showalter, *A Literature of Their Own*: *British Women Novelists from Brontë to Lessing*. Ibid. pp. 55 – 57.

[②] Elaine Showalter, *A Literature of Their Own*: *British Women Novelists from Brontë to Lessing*. Ibid. pp. 57 – 58.

[③] Elaine Showalter, *A Literature of Their Own*: *British Women Novelists from Brontë to Lessing*. Ibid. p. 58.

之久。

家庭成员，尤其是男性成员对女作家的成功起着极其重要的作用。通过对 20 世纪美国女性的调查研究，朱迪丝·巴德维克（Judith Bardwick）将女性们取得高度成就的内在动力与女孩对父亲的认同联系起来："如果女儿拒绝母性角色，或者她的母亲对她的拒绝态度远远超过支持，或者她与父亲之间的关系是她唯一的爱和支持的来源，她就很容易认同父亲的角色。"① 的确如此，许多女作家在开始写作前都受到父亲或兄弟的鼓励，学习各种知识，在写作的过程中也得到他们的帮助，经济援助或精神鼓励，或同时得到这两种帮助，以继续她们的写作。

女性写作的欲望不可避免地引发了某些敌意的反应，当女性想方设法解决顺从与反抗、女人与职业之间的矛盾时，她们发现还面临着一种否定她们女性气质和艺术的批评标准。

19 世纪 50 年代和 60 年代，不仅在英国，在欧洲和美国，女作家的人数和作品数迅速增加。玛格丽特·奥利芬特（Margaret Oliphant）将这一现象与其他社会进步的征兆联系起来："这是出现许多事物的时代——启蒙运动时代、科学时代、进步时代——同时显然是一个女性小说家的时代。"② 然而，男性占据统治地位的评论界对女作家的崛起和佳作视而不见，认为女作家并非以质而是以量取胜。同时，女作家首先被贴上了"女作家"的标签（如 woman writer，authoress，female pen，lady novelist，and lady fictionist），将她们置身于女性作家的圈子中相互比较。

随着女性作家的不断增加，争取到的读者越来越多，在市场上所占的份额也越来越大，出版界、新闻媒体也不失时机地发表关于女性文学的文章，并同时承认女性在小说创作方面比男性更胜一筹，男性批评家再也不能装作对这个群体视而不见，纷纷表达自己对女性文学内在品质的看法，由此对女作家的理论和批评也迅速增长。但是有些时期的批评，尤其是 1847 年至 1875 年间的批评，对男作家和女作家采取了截然不同的双重

---

① Judith Bardwick，*Psychology of Women*，New York，1971. p. 138. 转引自 Elaine Showalter，*A Literature of Their Own*：*British Women Novelists from Brontë to Lessing*. Ibid. p. 64.

② Margaret Oliphant，"Modern Novelists —— Great and Small"，*Blackwoods* LXXVII（1855）：555. 转引自 Elaine Showalter，*A Literature of Their Own*：*British Women Novelists from Brontë to Lessing*. Ibid. p. 75.

标准：

> 大多数否定的批评试图证明女性写的小说比男性写的公认的低劣。维多利亚时代的人们一想到女性作家，立刻想到的是女性的身体和由此联想到的苦难和义务。之所这样，是因为，首先他们将女性写作的艺术性创作活动与女性生育孩子的生物性创造活动直接相匹配。……
>
> 其次，他们坚信女性的身体本身是次一等的器具，矮小、瘦弱……"随时要崩溃、衰弱、没有力气……不能胜任稳定的常年连续的工作。"维多利亚时代的医生和人类学家通过分析大脑及其功能来证明和支持这种对女性的偏见。[1]
>
> ……
>
> 判定女性文学低劣的另一个理由就是女性的经历有限。男性生活的大量的领地——学校、大学、俱乐部、运动场、商场、政府和军队——对妇女是关闭的。研究和勤奋也不能弥补这些排斥带来的损害。……当女性参与公共生活被拒绝，她们只好被迫培养她们的感情，并高估传奇罗曼史。[2]

肖瓦尔特在《她们自己的文学》中继续写道：

> 如果我们将维多利亚时代期刊评论的主要观点进行分类，我们发现女性作家被公认为情感丰富、言谈文雅、机智老练、观察细致、长于家庭事务，具有很高的道德观念，其女性角色或特征得到肯定；但是她们被认为缺乏原创性、智力训练、抽象思维、幽默感、自我控制能力，以及缺乏对男性角色的了解。男性作家具有大多数令人想要的品质：力量、宽度、特色、清晰、学识、抽象思维、机灵、经验、幽默、对每个人品质的了解和开放的头脑。
>
> 这种双重标准大约在 19 世纪 70 年代被广泛地接受，批评家和读

---

① Elaine Showalter, *A Literature of Their Own*: *British Women Novelists from Brontë to Lessing*. Ibid. pp. 76 – 77.

② Ibid. p. 79.

者自动将它运用在文学侦察的游戏中。①

　　当采用这种双重标准时，批评家有时会搞错作家的性别，闹出尴尬的笑话。女作家对批评家的双重标准和否定性批评感到震惊和懊恼，有时候，因为某些女作家并不符合批评家给出的固定模式，一些批评家，比较著名的有，G. H. 路易斯、乔治·艾略特和 R. H. 哈顿等开始考虑女作家作为一个群体能对小说艺术做些什么贡献。

　　女性的生活地位以及男性的文本和批评标准直到 20 世纪仍然是女性创作的主要障碍。艾德丽安·里奇以自己的创作经历说明了妇女文学创作的艰难:"我的诗是在孩子们午睡时、或在图书馆的零碎时间里、或在凌晨 3 点钟被孩子吵醒后草草写成的。那时我因不能连续工作而感到绝望。但我开始觉得我那支离破碎的诗篇里有一种共同的意识和共同的主题，早些时候我会很不情愿将它写下来，因为我所学到的是诗歌必须具有'大众性'，这当然意味着不能有女性色彩。"② 一方面，家庭主妇的生活使里奇无法专心创作，另一方面那种要求"大众性"的菲勒斯文学原则压抑着她的创作冲动，尽管她发现她的生活和经历中，有一些共同的、难以为男性文本所描写的东西。里奇在这里提到了一个"大众化"的问题，所谓"大众化"就是弗吉尼亚·伍尔夫提倡的"双性同体诗学"（Androgyny），以期使男性气质和女性气质达到平衡，但实际上是陷入了单性的菲勒斯的诗学的陷阱，即以男性的文学标准作为普遍的标准来衡量妇女创作的作法。菲勒斯批评善于用一种两分法来判定文学，玛格丽特·阿特伍德称之为"奎勒–库奇症状"，"这一短语来自奎勒—库奇在两个世纪交替时写的文章，解释创作中的'男''女'两种风格。'男性'风格当然是勇敢、有力、明晰、充满活力，等等;'女性'风格是模糊、脆弱、过分敏感、柔和，等等"。③ 将文学分成男性和女性两种风格之后，再规定男性的就是好的、大众的、普遍的，成为衡量一切的标准;而女性的就成了

---

　　① Elaine Showalter, *A Literature of Their Own: British Women Novelists from Brontë to Lessing.* Ibid. pp. 90 – 91.

　　② ［美］艾德里安娜·里奇:《当我们彻底觉醒的时候:回顾之作》，载张京媛主编《当代女性主义文学批评》，北京:北京大学出版社 1992 年版，第 134 页。

　　③ ［加拿大］玛格丽特·阿特伍德:《自相矛盾和进退两难:妇女作为作家》，载玛丽·伊格尔顿编《女权主义文学理论》，第 133 页。

"低下的"代名词。这样的批评标准，运用到文学史中，使得妇女作品难以进入传统，而妇女要进行创作，一方面无传统可依，另一方面也因惧怕成为"女性的"而无法表达自己真切的感受。与此同时，由于"普遍的"都是男性的话语，女性的独特体验无法与这普遍的话语形式相对应。弗吉尼亚·伍尔夫描述了女作家把思想写到纸上去的时候所遇到的困难："这个困难就是她们背后没有传统，或是仅有一个这样短、这样局部的传统，以至于毫无用处。我们既是女人，就回想我们的母亲祖母那些前辈。去找伟大的男作家从他们那里得到一点帮助是绝无结果的……虽然她可以由他们学得一点技巧留为己用。男人思想的重量、步伐，进行都太不像她自己的了，所以她不能由他很成功地取得任何实在的东西。"① 没有现成的文法、句式、修辞、表达、句子结构适合女人用；传统的缺乏、工具的稀少和不合用，对女性写作有极大的影响。造成的结果就是，女性被迫保持沉默，或者以沉默表示反抗，女性的创作因而也便没有男性创作那么丰富。这也是那些标举妇女文学传统大旗的女权主义者不得不对以往的妇女创作表示失望的原因。

菲勒斯批评还经常持一种"因人废言"的态度对待妇女的创作。在这种批评模式里有一种先入为主的观念，即凡是女性创作的都是不好的，一旦他们知道一篇作品出自女作家之手，便会想当然地以"女人气"对之进行贬低。这样的先见使男性作家在进行批评时更关心女作家的性别而不是她们的作品。弗吉尼亚·伍尔夫在一篇题为《轻率》的散文里，以一种轻松的笔调，谈及男性评论家对乔治·艾略特的态度："据说她的声誉正在衰退。她的声誉又怎能不衰退呢？她那长鼻子，她那小眼镜以及她笨重的马脸从印刷的书页后浮现，令男性批评家们心神不爽。他不得不称赞，可实在没法去爱。不论他怎样地绝对地信奉艺术与作者个人无关的原则，当他分析她的才华、揭露她的意图和说辞时，在他的话音里，在教科书和文章里，仍不知不觉流露出他的感受：他可不希望给自己倒茶的是乔治·艾略特。"② 尽管乔治·艾略特、简·奥斯汀、勃朗特姐妹、弗吉尼亚·伍尔夫这样的女作家取得了举世瞩目的文学成就，但她们的性别使得

---

① ［英］弗吉尼亚·伍尔夫：《一间自己的屋子》，王还译，第106—107页。
② ［英］弗吉尼亚·伍尔夫：《伍尔芙随笔集》，孔小炯等译，深圳：海天出版社1995年版，第125—126页。

她们在男性评论家那里，更多地被当作一个女人，而不是作家来被谈论，换言之，这些女作家只是作为有些与众不同的女人，而不是和男性作家平等的作家被评论。当性别差异再加上种族差异时，女作家面临的境况就更为糟糕。美国 18 世纪著名黑人女诗人菲利斯·惠特利在当时就引起了人们广泛的注意，但多数人只是当作"猎奇"来讨论，在随后的历史长河里，她有意无意地被评论界遮蔽或遗忘，直到 20 世纪才被人们重新认识，确定其经典作家的地位。由此可以看出，一向标榜客观和普遍的菲勒斯批评对于女性作家的评价是多么不"真实"、不"客观"，多么依赖于作家的性别。

　　男性中心批评对于妇女创作的限制，把进行创作的妇女置于僭越的地位。"钢笔是阴茎的隐喻吗?"[1] 这样的疑问之所以发出，就是因为在菲勒斯批评中，男人手中的笔如同他们的阳物，不仅是他独有的，而且是创造力的体现。"这种阴茎之笔在处女膜之纸上书写的模式参与了源远流长的传统的创造。这个传统规定了男性作为作家在创作中是主体，是基本的一方；而女性作为他的被动的创造物——一种缺乏自主能力的次等客体，常常被强加以相互矛盾的含义，却从没有意义。很明显，这种传统把女性从文化中驱逐出去，虽然它把她'异化'为文化之内的人工制品。"[2] 妇女因为性别的差异而变成了被动的被创造物，逐渐使女性主义对自身创造力的恐惧。这种对自身创造力的恐惧被伍尔夫称作"反面本能"，是妇女将菲勒斯批评标准内化的结果。"反面本能"的另一个名字是"家中的天使"，妇女要进行创作，除经济上的独立之外，还要杀死家中的天使。

　　由于男性中心批评原则长期以来一直是一种唯一的、普遍的原则，在这一原则衡量之下，妇女作品很难得到好评，加之妇女本身经济地位较之男性低下，不能形成一种独立的经济势力，因而她们也没有自己的出版机构，作品也就难以出版，这又反过来为菲勒斯批评提供了"妇女不具备创造力、无法像男性那样进行创作"的口实。尽管这种恶性循环业已形成，但伴随着妇女运动的发展，女性地位的提高，加之女权理论家的努

---

　　[1]　Sandra M. Gilbert & Susan Gubar, *The Madwoman in the Attic*: *The Woman Writer and the Nineteenth Century Literary Imagination*. New Haven: Yale University Press, 1979. p. 3.

　　[2]　[美] 苏珊·格巴:《"空白之页"与女性创造力问题》，载张京媛主编《当代女性主义文学批评》，第 165 页。

力，许多被强行抹去的女作家得以重回文学史中，大量的女作家打破沉默，以笔来书写自己的真切感受，妇女创作已形成一股强大的势力，证明创作力不是专属男性的东西，妇女一样在创造着自己的文学史，并将创作进行下去。

三　女作家的书写策略

长期以来，广大妇女在压力下坚持不懈地以各种形式进行着文学创作，以她们的笔描写着她们的生活和喜怒哀乐。在父权制社会里，女性受到传统的束缚、压抑，但是女性发挥了自己的创造力，采取各种反抗策略，以自己的方式将女性的视角和故事融入这一领域，打破了固有的疆界。她们的创作不仅检验了以往文学作品中的女性模式化形象的刻板不真实，而且使人们可以重新审视已经形成的文学遗产。

女性书写抵抗男权制中心文化的策略之一，体现在对文学体裁的选择上。在父权制的社会中女性不具备拥有创造力的基本要求，是因为她们在经济上、社会上和心理上没有地位；女性也不具有充满自信地讲述自己的故事的权利、技巧和接受教育的条件。所以她们只有很有限的选择，选择男作家不太感兴趣的、大众化的文学体裁和类型，诸如儿童文学、游记、日记等，或者写只供女性阅读消遣的作品——乔治·艾略特所说的那类"女小说家写的愚蠢的小说"，而很少问津诗歌和悲剧这些需要受过高等教育才能涉足的文类。① 女性从现实地位出发选择日记、书信、自传等自白性的体裁，关注的是日常生活中的琐碎小事，很难去关注大事件和大题材。这些都与女性在现实中和艺术中所处的地位有关。对于文体的选择，并不能说明女性有一种现成的对文体进行选择的本质，而是她们的政治、经济、文化地位使她们不自觉地做了相同的选择。

在西方，女权主义理论家就认为，女性更趋向于写作那种不太需要受太多教育就能进行写作的又被文学界认为是较低级的文学体裁——小说；同时，小说较之诗歌更不需要作者以"我"这个抒情主体的面目出现，更容易使女性的书写行为变得不那么剑拔弩张，因

---

① Sandra M. Gilbert & Susan Gubar, *The Madwoman in the Attic*: *The Woman Writer and the Nineteenth Century Literary Imagination*. Ibid. p. 72.

而也就不那么容易被男性中心社会所排斥。①

　　女性之所以选择小说，与小说在文学中的"低下"地位相关。西方文学中的小说（novel），是一个18世纪后期才正式定名的文学形式，此前的准小说形式是用"散文虚构故事"（fiction）来加以称谓的。从其诞生到成熟的长期艰难的发展演变过程中，它一直作为一种低下的文学形式发展着，甚至不被当作文学来看，更不用说作为主流文学成为经典了。这种低下的文学样式，正好同地位低下的女性相对应。②

　　女性之所以选择小说，还与她们所受的教育程度有关，归根到底，也还是一个经济问题。小说写作依赖于记者似的观察，而诗歌写作在传统上要求贵族似的教育。美国"殖民地时期的第一位诗人"③ 安妮·布拉德斯特里特（1612—1672），是一位女性，她的成功得益于其开明的父亲，"他尽最大的努力务必使他的女儿接受比当时大多数年轻女性要好得多的教育"。④ 布拉德斯特里特有机会阅读了大量的古典和当代作品，这些都明显地反映在她后来的诗作之中。

　　这种贵族似的教育是女子很少能够得到的，即使有少数女性得到了这样的教育，又因为这种教育本不属于女性，这些女子被置于僭越的地位而备受嘲弄，作为饱学之士的"蓝袜子"们常常以一种面目可憎的神态出现于各种文本。想进行诗歌等经典文学式样创作的妇女，面临着三重困境："一方面，那种学习对《荷马史诗》的'应得敬重'的妇女诗人，例如像18世纪的女才子们，要么被忽视要么被嘲笑；另一方面，不研习荷马史的妇女诗人（因她们未被允许）又受到歧视；第三方面，妇女诗人力图用代替'古老的规则'的任何其他可选择的传统也被微妙地贬低。"⑤由此可见，女性要么无法受到古典文学的教育和熏陶（也许她是本能地

　　① 张岩冰：《女权主义文论》，第211页。

　　② 参见［美］伊恩·P. 瓦特《小说的兴起》，高原、董红钧译，北京：三联书店1992年版。

　　③ 刘海平、王守仁主编：《新编美国文学史》，第一卷，张冲主撰，上海：上海外语教育出版社2000年版，第99页。

　　④ Baym, Nina, et al., eds. *The Norton Anthology of American Literature.* 6th ed. 5 vols. Vol. I. New York：W·W· Norton & Company, 2003. p. 238.

　　⑤ ［美］吉尔伯特和格巴：《莎士比亚的姐妹们》，载玛丽·伊格尔顿编《女权主义文学理论》，第196—197页。

抵抗这种不属于她的文化的熏陶），要么在她拿起笔来与男性一样写作诗歌时，会受到来自各方面的嘲笑。对于那些不愿遵从已有的文学传统的女性诗人，她的创作则无法为这个父权中心的社会所接受。

　　除了受教育的原因之外，还有一个创作环境的问题。和诗歌相比，小说的创作虽然也需要激情和灵感，但较之诗歌，更适合于在嘈杂的客厅、在家务劳动的短暂的间隙零零散散地写成。妇女长期被家务缠身，没法得到"一间自己的屋子"，在这样的困境中，小说这种对时间、空间和灵感不甚依赖的文学形式，就成了妇女尽力摆脱环境的束缚而表达自己激情的、最佳而又是无可奈何的选择。

　　弗吉尼亚·伍尔夫这样论述女性选择小说的原因，她认为，史诗、诗剧、戏剧等形式是男人因自己的需要而发明出来专为自己用的。而且"文学中比较旧的各种形式已经都早就固定而不可变了。只有小说还幼稚得在她手里够软的——这也许是她写小说的另一个理由"。①

　　吉尔伯特和古芭还认为，妇女选择小说的最关键原因也许是因为"小说允许甚至鼓励社会传统在妇女身上所形成的那种避免抛头露面的撤退，而抒情诗从某种意义上来说则是一种强大的、肯定'我'的话语"。②妇女长期以来被异化为文化创造物，诗歌的作者却常常将自己变为抒情的主体，社会是绝对不会允许这些"对象"变成"主体"的，如果进行这种直抒胸臆的创作，社会施加在她身上的压力会使她无法喘息，而躲在小说文本之后，却可以通过塑造叛逆的"疯女人"形象，抗拒父权制文化施加于她的压抑。

　　妇女选择小说这一文体还与小说的读者因素有关。伊恩·瓦特在《小说的兴起》一书中认为，当社会历史进入17、18世纪，随着经济的发展和重大变化，妇女的闲暇时间有了大量的增加，使得她们有了阅读时间。小说作为一种必不可少的消费品出现在这些中产阶级的生活中，并逐渐变成一种主要的女性消遣物，这点也刺激了小说的创作和出版发行。被屏蔽在男人各种活动之外的妇女有了更充分的闲暇时间，而这些闲暇通常都被博览群书占用了。另外，当时非常有影响的宗教人物也鼓励他所保护

---

　　①　［美］弗吉尼亚·伍尔夫：《一间自己的屋子》，王还译，第108页。
　　②　［美］吉尔伯特和格巴：《莎士比亚的姐妹们》，载玛丽·伊格尔顿编《女权主义文学理论》，第198页。

的人，主要是女性，用阅读和讨论文学的方式度过闲暇时间。① 有了余暇的妇女在阅读小说，特别是浪漫小说的过程中，一方面暂时摆脱生活中的不快，一方面在阅读中认同那些妇女作者平和的想象模式，妇女在阅读浪漫小说中获得一种欢娱，这种欢娱其实就是对社会现实的抗辩和幻想似的颠覆。通过阅读小说，在作家和读者之间建立起了亲密的关系，这也有利于妇女之间的相互理解和团结。这是妇女进行小说创作的又一重大意义。

妇女对文体有一定的选择性，这种选择与她们的地位有关，是一种不得不如此的选择，但是这种选择也不是绝对的，比如艾米莉·狄金森就选择进行诗歌创作，而且她的诗作一直是美国文学的经典甚至是西方文学的"正典"。随着妇女运动的发展，女性受教育的普及和水平的不断提高，以及女性就业的自由，使得女性参与公共事务的活动越来越多，范围越来越广，越来越多的妇女在进行小说之外的各种文体的创作，但小说本身，虽然已不再被贬为非主流的文学样式，仍然是妇女创作的一种重要形式。

现代女性作家不仅仅写小说了，也有诗集、剧本和批评文章，历史、传记、旅行游记以及各种学问研究的精湛之作，甚至还有基本哲学和科学、经济学的书。阅读与批评给了她们较大的涉猎范围和更深刻的洞察力。女作家开始将写作当一种艺术而不是自我表现的方法。

妇女在书写着自己的文学史，这是一部不同于以往主流文学的文学史。女作家们在创作中感受到格特鲁德·斯坦因所说的"父权制诗学"（"patriarchal poetry"）的压制和禁锢，力图逃避父权制文化传统对她们的限制，她们采用"替身"的策略来表达她们的痛苦和愤怒。替身策略首先表现为女作家纷纷隐瞒自己的身份，特别是性别身份，否定自己，采用男性的笔名发表作品；其次是消除和否定自己的性别特征和女性气质，模仿男作家写作。这些策略都体现了妇女的创造力，它与男性的创造力是不同的，这种不同并不表明其低下，而是使其具有了革命性和颠覆性。西蒙·波伏娃在论述妇女的创造力时指出，创造力不是天生的，而是社会环境使然，妇女之所以被视作不具备创造力，是因为社会把她们驱逐到边缘，无法像居于政治、经济、文化中心的男性那样进行创作，但这种边缘地位，却为妇女观察社会提供了便利，她们出自于边缘地带的观察结果又显然不同于男性。

---

① 参见［美］伊恩·P. 瓦特《小说的兴起》，高原、董红钧译，第41—48 页。

　　吉尔伯特和古芭进一步指出，从奥斯汀到狄金森，这些伟大的艺术家都是通过对男性体裁的修正，采用伪装，利用它们来记录自己的梦想和故事。这些女作家通过投身于男性文学史的中心序列之中，同时又突然转向，来实施女性特有的对男性文学传统的修正和重新界定。她们的这种斗争方式是隐秘而巧妙的，极具策略性。她们既遵从又颠覆父权制文学标准，以取得真正女性文学的权威。

　　美国女性作家在文学创作上，更是独辟蹊径。莎拉·奥恩·朱厄特、玛丽·威尔金斯·弗里曼、凯特·肖班、芬妮·费恩等人，避开男性主流文学，采用了"地方色彩"文学的叙事策略和题材，"因为它并不是着力描写历史上的伟大人物或伟大运动，而是在复杂生活取代简单生活方式之际描述过去记载不多的事物"，① 它不受各种成规的限制，能更好地体现和表达女性特色和气质，同时也避免了男性主流社会的非难。

　　随着女权主义运动的发展，女性对自己的性别和性特征有了全新的认识和理解，不再认同父权制文化对女性的定义，她们问道："如果笔是隐喻性的阴茎，那么女性能用什么器官来生产文本呢？"② 当女性进入自我觉醒的阶段，当她们试图颠覆父权制的统治地位时，当她试图采用语言符号表达这种觉醒时，她必须利用现成的文本形式对有缺陷的语言进行改写，在改写的过程中突出自己可以依赖的语言符号。这一符号乃是自己的身体符号。在整个男性传统的文化中，女性的身体是最易受蹂躏、最受歪曲的。以此作为解构男性世界的工具，为许多女性主义理论家所致力推崇。因而西方女权主义批评家、法国著名学者埃莱娜·西苏就提出了"描写躯体"，并认为女性用自己的肉体可以表达自己的思想。

　　　　通过写她自己，妇女将返回到自己的身体，这身体曾经被从她身上收缴去，而且更糟的是这身体曾经被变成供陈列的神秘怪异的病态或死亡的陌生形象，这身体常常成了她讨厌的同伴，成了她被压制的原因和场所。……只有通过写作，通过出自妇女并且面向妇女的写

① ［美］埃默里·埃利奥特主编《哥伦比亚美国文学史》（1988），朱通伯等译，第417页。

② Sandra M. Gilbert & Susan Gubar, *The Madwoman in the Attic: The Woman Writer and the Nineteenth Century Literary Imagination.* Ibid. p. 7.

作，通过接受一直由男性崇拜统治的言论的挑战，妇女才能确立自己的地位。①

实际上，这种借用身体符号对历史和文化加以言说的方式是一种话语方式，它力图回避现存的话语系统，并"超越那种调节阳物中心体系的话语"，②使女性写作尽量地回到女性本身，使其有别于男性而合法化。与此同时，女性应有自己的文学语言的倡导，在各个区域产生广泛的影响并不断地被异化或被商业化。然而"躯体写作"或"身体语言"并非是简单展示身体或体验，而是包含了形象重塑等在内的多种意义，即在西方，它的运用是如何突破传统的限制，或在这种观念限制中如何表述女性的内心世界并保持女性最大的想象自由。历史本身是复杂多变的，男性笔下的女性也并不是没有"身体"，没有女性想象，但多数不是真实的女性形象，也不是从女性自身的角度去想象的。"躯体写作"这种女性写作策略具有强烈的女性意识，对女性以自身的体验和思考进入历史，进入学术领域并进行可能性探索而言，确实有积极的作用。

通过对女性写作的困境、创作方式、题材内容、书写策略的考察，我们发现女性在写作中面临的种种障碍和困难也是造成女作家难以进入文学经典行列的原因，随着女作家的写作，她们不断冲击着男权文化（拿起笔来进行创作这件事本身就是对大一统的男性文化的冲击），在父权中心文化内部进行颠覆性的写作，越来越多的女性意识为人们所认可，并为其进入主流经典创造了条件。

第三节 美国女权主义运动与女作家

一 美国女权主义运动

美国的女权运动并非发端于19世纪，但人们只有了解美国女权主义

---

① ［法］埃莱娜·西苏:《美杜沙的笑声》，载张京媛主编《当代女性主义文学批评》，第195页。

② ［法］埃莱娜·西苏:《美杜沙的笑声》，载［英］拉曼·塞尔登编《文学批评理论——从柏拉图到现在》，刘象愚、陈永国等译，北京:北京大学出版社2000年版，第556页。

的历史渊源，才能充分理解这场运动的丰富内涵。美国殖民时期的女性地位由清教主义殖民者的等级制度世界观决定。清教徒们认为女性卑微的地位是原罪的标示，具体表现在她们体能的弱势、身材矮小、智力的局限以及情感冲动诸方面。女性因而被局限于家庭领域之中，相夫教子、操持家务。在 18 世纪 70 年代的独立战争时期，美国女性已经开始反抗这种不平等的待遇，她们把家庭暴君和君主暴君等同起来，要求把女性的天赋人权也一同写进新建共和国的基本文件中去。但她们政治平等的要求在很大程度上被忽视，女权主义观点在立宪大会上也未得到体现。因而，19 世纪的美国女性没有选举权，婚后无权控制自己或子女的财产，不能立遗嘱，在未经丈夫许可的情况下也不能签署法律文件或提出诉讼，她的地位只相当于一个未成年人或是奴隶。而正是女性与奴隶地位的这种内在联系激发了美国妇女在 19 世纪的废奴运动中有组织地争取权利。

美国女权运动的第一次浪潮以 1848 年在塞尼卡福尔斯举办的妇女权利大会为标志，组织者是伊丽莎白·凯蒂·斯坦顿和其他被拒之于 1840 年在伦敦召开的国际废奴大会门外的女性。塞尼卡福尔斯大会吹响了妇女争取平等权利政治斗争的号角，而斯坦顿起草的《观点宣言》，具有讽刺意味地套用了杰斐逊执笔的《独立宣言》："我们以为以下的真理是不证自明的：男人和女人生来平等……人类的历史就是一部充满了男人对于女人的非正义和侵占的历史，是以建立对女性的绝对专制为目标的。"[1] 男人从不允许她行使她的有效选举权，并且在婚后从法律上剥夺了她的公民权利。斯坦顿与另一位杰出女性苏珊·B. 安东尼一起，于 1869 年建立了全国妇女选举权协会，而这个协会与露西·斯通后来成立的美国妇女选举权协会于 1890 年合并，成为美国全国妇女选举权协会，更名为妇女投票者联盟。经过女权主义者多年的不懈斗争，关于女性选举权的第十九条宪法修正案终于在 1920 年得到国会的批准。与此同时，美国妇女也参与了各种有组织的改革运动和要求平等权利的斗争，并在其中发挥了积极作用，取得了若干重大成果。

美国女权运动的第二次浪潮涌现于 20 世纪 60 年代初期。参与这场运动的女权主义者关注的主要内容是社会上盛行的各种形式的性别歧视。贝

---

① ［美］约瑟芬·多诺万：《女权主义的知识分子传统》，赵育春译，第 9—10 页。

蒂·弗里丹①出版于 1963 年的《女性的奥秘》一书，被视为 20 世纪妇女解放运动的开山之作。弗里丹在书中描绘了女性面临的"无名的困扰"，呼吁女性走出家门，摆脱失去自我的生活，追求自我实现。她亲自领导成立了"全国妇女组织"，上街举行抗议活动，要求结束一切歧视妇女的做法，实现男女平等。提高妇女对于性别压迫的觉悟，以及把个人经历视为政治问题的观点成为第二次浪潮中女权主义早期的奋斗目标，而性暴力、色情表演、色情作品等都遭到女权主义者强烈的谴责。

　　文学、政治学、哲学和历史等领域的女权主义理论也兴起于女权运动的第二次浪潮，这股浪潮导致了美国（其第一个妇女研究项目设立于 1971 年）及全球范围内的妇女研究项目的设立。女权主义文学理论以改变传统教育和社会实践的性别偏见为奋斗目标，致力于揭露普遍存在的父权权利结构的运作，呼吁重新挖掘女性文学创作，并建立理论上的女权主义视角。在文学批评界，传统的文学批评因为倾向于以男性经验为基础进行普遍性的阐述而受到攻击。传统批评方式认为文学经典表达永恒不变的真理，而这种真理不受性别等世俗问题的影响。女权主义者则认为，这种批评方法拒绝承认经典文学作品常常推崇男性价值观和利益，从而使得男性偏见制度化和机构化，女权主义者因此认为必须提高女性对于性压迫这一事实的觉悟。这一时期开拓性的文学批评作品是凯特·米利特的《性政治》。米利特选用男性经典文学作品作为性政治分析的依据，揭露了经典文学作品中被贬损的女性角色塑造。女权主义者力图通过提倡对于文学中女性形象的重新评价来唤醒人们对于女性价值的再认识。第二次浪潮中早期女权主义者在揭露文学作品中父权偏见的同时，还努力挖掘和定义女性自己的文学传统，包括寻找和再版那些被湮没被遗忘的女性作家及作品，以及对于女性生活、创作力、风格、体裁、主题、形象等性质的重新定义。这方面的著名美国文学评论家包括埃伦·莫尔斯、伊莱恩·肖瓦尔特、帕特里夏·迈耶·斯帕克斯、桑德拉·吉尔伯特、苏珊·古芭、尼娜·贝姆等。随着性别意识的不断加深，女权主义者大力提倡一种抵抗性阅读，其目的在于揭露女性是如何被迫去认同文本中压迫女性的性别偏见的，并且培养一种真正从女性视角进行阅读、拒绝与自己的压迫者合作的

──────────

① Betty Friendan，中文对 Friendan 姓氏的翻译，有的译为"弗里登"，有的译为"弗里丹"、"弗利丹"等，本书选用"弗里丹"，但为尊重原译者，一般书名或引文中均采用原译。

女性读者。这种观点在朱迪丝·菲特利的作品《抗拒性读者》（1976）中得到了极为充分的表达。当然这种批评模式的危险在于它把女性视为同一类型，其结果只能是重新建立基于性别"本质"上具有局限性的原型。

美国女权主义与法国女权主义的主要区别反映在对于性别"本质"的认识上。美国女权主义关注妇女在现实中的状况与女性受压迫的历史，着眼于文化与历史分析，强调文学批评的宗旨在于改善妇女的社会地位与处境。而在 20 世纪 80 年代影响力日益强大的法国女权主义则更加注重文本的特点分析，专注于女性创作研究。在法国女权主义者看来，"女性"是一种话语类型，一种表达方式，与政治活动和压迫性的日常经历毫无关系。"女性"因而不是女性个人的性别，而是他者、无意识等的象征。著名法国女权主义者埃莱娜·西苏、朱莉娅·克里斯蒂娃和露丝·伊瑞格瑞努力构建一种被定义为女性的写作，并以此来颠覆传统西方话语中的等级制度和二元对立的父权思想。法国女权主义理论的影响在很大程度上造成了美国女权主义斗争的多样化。

美国女权主义自身的不断发展也带来了有色人种女权主义对于主流"白人"女权主义的批评，而主流女权主义因为未能反对作为父权权力结构重要组成部分的强制性异性恋还受到来自同性恋女权主义者的抨击。随后著名评论家朱迪斯·巴特勒发表于 1990 年的《性别麻烦：女权主义与身份的颠覆》成为文化女权主义和后现代女权主义的代表性作品。对于文化女权主义和后现代女权主义来说，性别身份观念是一种文化表演，它使一个文化群体的成员既可以读到性别的符号，也可以作为一个性别的主体被阅读。巴特勒认为，性别话语应该被视为一系列的相关术语，在一个社会关系的网络之外没有任何意义。① 后现代女权主义对于只有一种内在的女性经历的挑战是基于这种观点之上的，即寻找统一性的观点实际上否认了女性之间由于阶级、种族、文化和族群不同所存在的差别，它也会把女性局限于一种作为女性的性别身份范围之中。虽然如此，过于强调女性之间的差别和多样性也会动摇女权主义者把女性从整体上视为一个受压迫阶级的基础，因而，女权主义者所面临的挑战在于既要认识到女性之间的差异，又要把女权主义的观点置于女性的普遍经历之中。

---

① 参见［美］朱迪斯·巴特勒《性别麻烦：女性主义与身份的颠覆》，宋素芬译，上海：三联书店 2009 年版。

20世纪90年代女权主义呈现出各自为战的倾向,出现了所谓后女权主义论战。在苏珊·法吕迪那部颇有影响力的著述《反击:向美国妇女没有宣战的战争》(1992)中,她把当代盛行的反动倾向置于一种在妇女取得了有限的权利之后随之而来的反女权主义活动的历史大背景之中,而她所提到的这种反动就是许多人所认定的后女权主义。"后女权主义"一词有诸多含义,总的来说,它是对于女权主义进行的反思和批判,代表了对于妇女运动既得利益进行反击的一种政治气候,也显示了某些女权主义者对激进女权主义所作出的反应。后女权主义者认为女权运动不应该要求团体的、立法的或社会的变化,而是强调女性个人的责任,而这些活动家们之间由于目标各自不同,相互之间也常常持批评态度。"法吕迪认为,妇女运动的极端化没有对女性产生不利影响,相反是男性蒙受了很多。她指出,各种文化指标表明妇女权利斗争没有取得完全成功,这是女性不满的真正原因。"①

二 女权文学批评对入选《诺顿美国文学选集》女作家的解析

女作家入选《诺顿美国文学选集》改变了美国文学的经典,构建了一种具有新特征的民族文学。使用女权主义理论分析入选《诺顿美国文学选集》代表性女性作家创作的女性文学作品,提供了在美国重要女性文本解读的框架内对美国写作的不同流派的可行性解释,目的在于显示美国历史发展过程中女作家是如何反映、支持,甚至挑战女权主义议题的。并不是所有的女性写作都是女权主义的,但许多女性主义文本反映了女权主义所关注的问题。

入选《诺顿美国文学选集》的女性作家,毫无疑问,她们与整个美国文学发展的历史密切关联,而且她们的入典更是女权主义运动推动的结果。下面我们历时性地、纵向地阐述一下美国女作家与女权主义运动的联系和相互影响。

(一)早期的女性作家

入选《诺顿美国文学选集》的女作家从第一版到第六版,由29位增加到80位,而且在不同的历史时段都出现了女性作家的代表及其作品。

---

① Deborah L. Madsen. *Feminist Theory and Literary Practice*. Beijing: Foreign Language Teaching and Research Press, 2006. p. 27.

早期美国文学，主要是指 17 世纪的美国文学部分（这里不讨论印第安文学，因为当时土著人还没有文字文学），女性作家主要有五位：安妮·布拉德斯特里特（1612—1672）、康威女勋爵（1631—1679）、玛丽·罗兰森（1636—1711）、伊丽莎白·汉森（1684—1737）和萨拉·肯布尔·奈特（1666—1727）。《诺顿美国文学选集》的第一版（1979）、第二版（1985）、第三版（1989）、第四版（1994）和第五版（1998）收录了其中的三位：安妮·布拉德斯特里特、玛丽·罗兰森和萨拉·肯布尔·奈特。由于第六版《诺顿美国文学选集》在文学历史时段的划分上做了调整，"至 1700 年的美国文学"部分收录的 17 世纪女性作家是安妮·布拉德斯特里特和玛丽·罗兰森，奈特被安排至"1700—1820 年的美国文学"部分。从美国女权主义运动的历史阶段划分来看，她们不属于其中的任何一个阶段，① 所以她们都不能看作为女权主义者，但是她们作品中的描写反映了当时女性的生活状况和思想感情。所以，我们用女权主义理论来分析解读其作品时，往往能发现新的内容。

　　17 世纪的美国女性文学既体现了当时美国文学的共性，显示了美国清教主义无处不在的影响力，同时又体现了美国文学的个性自由与自我克制的特点。

　　安妮·布拉德斯特里特是美国第一位女诗人，她的散文《沉思录》和诗集《美国新崛起的第十位缪斯女神》于 1650 年第一次在伦敦出版，比英国第一位女诗人奥琳达·凯瑟琳·菲利普斯（1631—1664）还要早一年。安妮·布拉德斯特里特诗歌的题材广泛而复杂，基本上可分为两类，第一类是体现当时盛行的清教主义的宗教沉思，代表作有《灵与肉》、《沉思录》、《世物之虚妄》等，在这些诗作中，诗人表达了对清教上帝的信仰和在上帝面前的谦恭虔诚，以顽强的毅力和决心，向自己的精神深处探索，努力使自己的思绪言行情感与清教原则达到一致，充分体现了布拉德斯特里特的精神和理智追求。但她的诗歌字里行间依然透露出她对上帝的不满和她在上帝教条的重压下表达自我的一

---

① 一般认为 19 世纪 40 年代至 1920 年为美国女权运动的第一次浪潮，以 1848 年在塞尼卡福尔斯召开的第一次妇女权利大会为标志；第二次浪潮兴起于 20 世纪 60 年代早期，主要控诉男性性别主义和男性在家庭中对妇女的压迫。参见［美］洛伊斯·班纳《现代美国妇女》，侯文蕙译，北京：东方出版社 1987 年版，第 1—4 页。

面。有学者指出:

　　她所生活的时期正是清教主义大行其道的时代，该教义提倡人们
在这个世界生活却不属于这个世界。布拉兹特里特①深受清教思想的
影响，因此在她诗歌中的这个世界和那个世界经常处于一种对立状
态。这两个世界的对立反映了她的思想状态，即作为清教徒的布拉兹
特里特和作为一个人特别是女人的布拉兹特里特，始终处于冲突和交
战之中，从而使她的自我与超我处于被迫分裂的状态，这种分裂无不
流露在她诗歌的字里行间。两个世界的冲突也显示了她对于以及她所
处的父权社会的质疑，正是这种质疑使她在一定程度上成为女性主义
的先驱。②

　　她的第二类作品则向人们展示了这位女诗人完全不同的另一面：对丈
夫、孩子、家庭、生活真诚炽热的爱，在《致我亲爱的丈夫》、《写在孩
子出生之前》、《家居被焚之后所作》等诗篇中，流露出诗人对丈夫的深
沉感情；对将要降生的孩子的由衷喜悦；对家居意外被火烧毁万分心痛，
面对眼前的一堆灰烬，脑子里念念不忘的是自己熟悉的家具和用具，"在
这些诗中的布拉德斯特里特，完全是一个世俗的人，她有感情，有欲望，
爱生活，爱家庭，爱亲友"。③ 后者来自家庭的爱，关怀和快乐是她生命
中最重要的东西。她是一个雄心勃勃的诗人，她的想象牢牢地植根于英国
的宗教、政治和文化历史，她的诗作《新旧英格兰的对话》证明她是一
个清教在美国的坚定不移的信仰者。她曾引以为豪的关于人类发展变化和
季节更替的沉思作品，已随着时间的流逝淹没在历史的长河中，但是她以
女性独特的视角和感受描写的关于家庭和亲情的诗作却仍然吸引着今天的
读者；并且她的诗歌主题和风格在相当程度上影响了后世作家，如艾米
莉·狄金森等。

　　玛丽·罗兰森在北美殖民地时期文学中的地位，几乎完全建立在她创

---

　　①　Anne Bradstreet，中文译名有所不同，有的译为"布拉德斯特里特"，有的译为"布拉兹
特里特"，本书用"布拉德斯特里特"，但为尊重原译者，一般书名或引文中均采用原译。

　　②　王庆勇：《十七世纪美国女性文学评述》，载《社会科学家》2007 年 9 月第 5 期，第 46
页。

　　③　刘海平、王守仁主编：《新编美国文学史》第一卷，张冲主撰，第 99—100 页。

作的唯一一部，同时又是极受当时读者欢迎的作品上，那就是《遇劫记》（1682）。该书是美国第一本正式出版的女性文学作品，同时也开创了被俘文学的先河。

根据玛丽·罗兰森的叙述，清教徒妇女处于一个极其特殊的地位：作为清教徒，她们是社会中的精英分子，但是作为妇女，她们是一个无权阶级。神权政权合一的男性社会体系，规定了男性在精神上对上帝的依靠，妇女对男性的依靠，妇女在社会内部毫无价值（通过对被劫妇女的赎金可以清楚看到），同样反映了在清教文化疆域以外，男人如果远离了上帝赋予的价值，他们同样是一无是处。妇女的经历体现了妇女将自己看作是一个阶级的一员是很重要的，并戏剧化地表现了个人主义的危害。个人是没有价值的，用父权制的术语来看：只有作为阶级的意愿，个人才能享受父权社会愿意提供的舒适和利益。曾脱离清教社会束缚，又重新回归的被劫妇女的遭遇，是通过高度传统的语言来表述的，以至于它们表达了父权制的意识形态，甚至当他们受到警告这样做会导致不同意见。

马德森认为从自由女权主义的角度来看，这个文本首先集中揭示了在启蒙运动以前男性对待女性的家长制态度，尤其是在父权制和自由社会理论之间逐步出现的矛盾冲突。在文学修辞方面，当时的清教徒妇女被禁止发表公共演讲，所以在罗兰森的文本中，我们可以看见一个特殊的女性"声音"或修辞表达的风格，从占宰制地位的男性的和父权制的话语形式中逐步脱离出来，那就是在殖民新英格兰时期的清教象征论。①

玛丽·罗兰森的《遇劫记》首先反映了在清教父权制度下美国殖民地妇女的地位。根据父权制理论，妇女在家庭、国家和社会中处于卑劣的地位，这是由神圣的教条所认可的：《圣经》（创世记1：28）指出，上帝将亚当的权力置于所有创造物之首，包括妇女和儿童。作为上帝的代理人，男人作为一个性别阶级拥有绝对的权力；这在传统上体现为君主对他所有的臣民拥有绝对的统治；接下来，依次为丈夫对他的妻子拥有完全的权力，父亲对他的孩子以及主人对他的仆役都拥有绝对的权力。作为上帝

---

① Deborah L. Madsen, *Feminist Theory and Literary Practice*. Ibid. p. 47. 根据马德森本人的定义，"象征论"就是用父权制的语言表述来描写曾经被劫又重新回归清教社会的妇女经历。因为只有象征论才会让被排斥在社会公共事务以外的清教妇女有在公众场合发言的机会，但是这种表达父权偏见的象征论严重地限制了妇女想要表达的东西。

意志的代理人，只有男人拥有财产权，也只有有财产的阶级才有选举权。所以，根据父权社会的理论，那些最有能力掌握法律的人，代表了整个社会。根据清教思想，每个阶级都有自己特定的责任、义务和职责，每一项的完成将导致一个和谐的、神圣的社会。逃避责任或者不履行职责将触怒上帝，受到惩罚，并给全社会成员带来苦难。这些可怕的惩罚包括饥饿、瘟疫和印第安人的袭击，等等，都被看成是违反"联邦契约"或者是新英格兰全体清教社会成员与上帝缔结的协议的后果。联邦契约是上帝和马塞诸塞湾定居者之间签订的协议，协议指出作为建立一个完美的神圣社会和完美的经过改革的教会的奖励是全体的社会成员将获得拯救。所以，清教徒将自己看成是社会中"看得见的圣徒"；每一个成员在死后将集体获得拯救。但是这个协议的关键是依赖社会每个成员之间高度一致的行为规范。

从整体看，玛丽·罗兰森将自己的经历看成是基督徒经受魔鬼考验的经历，《遇劫记》中到处可见的《圣经》语录，以及将全书分为20 "步"（step）的结构，都说明了作者典型的清教态度。作者的这20步劫难之旅，终于使她在"谎言"中领悟了"宁静"，从魔鬼化身的力量中领悟了上帝的神圣。玛丽·罗兰森在她的命运和清教社会命运之间构建了一种象征上的平行，通过创立一种圣经参考，来将她的经历的意义普遍化。在叙述的结尾，她强调了她的被劫对于整个清教社会的意义。她谴责了殖民地与印第安部落之间的冲突是因为新迦南不能保持自己的圣经教义、象征意义和潜在的力量。

萨拉·肯布尔·奈特是一位日记体作家。她创作的日记（journal）并非像此前的或其他的日记（diary）作家那样重视对外部世界的描述，而是十分重视内心世界的刻画。她的日记写于一次旅行事件之后不久，写作时间可能持续不长，描写的内容比较统一和连贯，有特定的读者。由清教徒用日记文学形式所创作的这种旅行记事受到17、18世纪英格兰读者的热爱，许多妇女起而效仿这种创作形式。奈特通过自己的努力，特别是对自己和周围事物富于幽默感的描写，极大地推动了这一文学体裁的发展。她的日记作品不仅大大改变了清教徒在人们心目中严厉、忧郁、不苟言笑和过度虔诚的固定模式，而且影响到后来美国内战时期那些以日记体写成的奴隶叙事的风格。

"十七世纪的美国女性作家们通过自己的努力和开创性的工作为美国

文学的创建、发展和繁荣做出了自己独特的贡献。她们或者做诗、或者叙事、或者研究哲学、或者创作日记，历经辛苦和磨难，付出了相当大的代价，美洲这块新大陆上，这座荒原的锡安城发出了女性的声音。"①

（二）自由女权主义与女作家

自由女权主义运动，即西方社会早期的女权主义浪潮发生在 15 世纪、16 世纪和 17 世纪，并于 17 世纪末期和 18 世纪初期达至顶峰，但在 18 世纪的大部分时间里却遭到一致反对，女权主义者的各种要求受到嘲笑，最终被镇压了下去。② 在此阶段，美国由于其特殊的社会历史实践，没有形成具有规模的女权运动浪潮。

18 世纪清教主义宗教思想的影响开始减退，马瑟和许多牧师作家努力建造起来的想象世界受到了多方的质疑和挑战。首先，在经济、社会、哲学和科学方面发生了巨大的变化，这些变化对宗教势力建立的权威产生了影响，改变了人们理解世界的方式。许多知识分子相信人类的头脑拥有巨大的力量，能够用前所未有的智力了解宇宙，尤其是通过伟大的牛顿描述出来的物理定律。于是，《圣经》成了婢女，不再是带领人们走向玄学的导师。其次，受英国形而上学者约翰·洛克的影响，心理学上出现了一种新的范式，传播人类同情心，而不是传播超自然的慈悲，并以此作为道德生活的基础。经过亚当·史密斯和其他思想家的共同努力，以人类同情心或"情感"为道德选择和行动催化剂产生了一种信仰，即每一个个体都有力量控制他或她的精神命运。历史学家们描写启蒙运动使西方思想发生改变的一个方面，就是殖民地神权社会的神职人员受到了质疑和挑战。非洲裔美国女诗人菲利斯·惠特利在为巡回演讲的卫理公会教派牧师乔治·怀特菲尔德（1714—1770）去世而写的诗中写到怀特菲尔德祈祷，"慈悲驻扎于每个人的心中"，并期望看见"美国超越"。这首诗也让惠特利一举成名。18 世纪英国出生的贵格派传教士（Quaker minister）伊丽莎白·阿希布里奇（1713—1755）（《诺顿美国文学选集》第三、四版收录）也在其最具可读性和最有趣的贵格会员日志和最早出版的美国妇女自传之

① 王庆勇：《十七世纪美国女性文学评述》，载《社会科学家》2007 年 9 月第 5 期，第 48 页。

② ［美］约瑟芬·多诺万：《女权主义的知识分子传统》，"2000 年第三版前言"赵育春译，第 1—2 页。

一的《伊丽莎白·阿希布里奇前半生》(1774) 中表示,作为一个被任命的贵格派传教士,她可以使自己逃离男性的权威,并依靠自己的能力直接接受上帝的权威。此自传也是阿希布里奇最著名的作品,她花了七年(1746—1753) 的时间才完成,二十多年以后才得以出版。作品生动地记述了她的生活,尤其是其精神发展。

18 世纪上半叶美国面对的主要问题是宗教问题,下半叶面对的是政治问题、独立问题。革命宣传和动员使印刷业高度发展,当时大约有 50种报纸和 40 种杂志。这些媒体呼唤反英的 "民族文学"。① 妇女也采取行动开始写作,朱迪丝·萨金特·默里和莎拉·温特华斯·莫顿是其中的佼佼者。这些女作家发现在以赛亚·托马斯的杂志《马塞诸塞杂志》上有殷切地等待她们作品的读者。虽然当时的习俗是要求匿名发表文章,但是美国妇女使用女性笔名发表文章,这样,宣布了所有想对公共活动发表意见的妇女的权利和能力。事实上,这些女性作家的身份是广为人知的,她们为实现真正平等原则所作出的文学努力值得人们永记和赞赏。但是她们的历史作用以及文学才能到 20 世纪末期才为人们所认识或重新发现。朱迪丝·萨金特·默里和莎拉·温特华斯·莫顿这两位女作家直到 1998 年才被收录进第五版的《诺顿美国文学选集》。18 世纪另一位入选诺顿文选的女作家苏珊娜·罗森也是在 1998 年被收录进第五版选集的。作为当时的流行作家,其作品《夏洛特:一个真实的故事》,超越了阶级、地区、种族、年龄和政治的关系,夏洛特的命运引起了读者的同情和同感。作品一度非常流行,直到斯托夫人的《汤姆叔叔的小屋》才超越了它。

美国的独立战争为美国妇女地位的改变带来了契机,使妇女从狭隘的家庭领域转向广阔的公共领域。妇女们不仅对美国独立这一重大历史事件表示关注,并在爱国主义激情的感召下积极投入其中。一系列的社会实践活动使妇女们看到了自己的能力,也逐渐认识到了自己的潜力。自我意识的提高增加了妇女们的自信心,她们中的一些具有先进思想的人开始思考争取妇女政治权利的问题。

梅茜·奥蒂斯·沃伦 (1728—1814)(第五版收录) 是美国第一位女剧作家,1772 年至 1775 年写了许多反英和反皇室的宣传剧,是第一个以

---

① Baym, Nina, et al., eds. *The Norton Anthology of American Literature.* 6th ed. 5 vols. Vol. A. New York: W·W· Norton & Company, 2003. p. 430.

杰斐逊观念阐释美国革命的女作家，其三卷本的《美国革命兴起、发展和终止的历史》发表于 1805 年。她领导了反对保守派的斗争，她以讽刺剧《谄媚者》（1773）和攻击托利党人的《帮派》（1775）而闻名。沃伦关心妇女的政治社会权利，在与朋友的通信中明确表示，对于公共利益的事务（即政治），妇女的心愿和思想与男性没有多大区别，她们也能敏锐而又精确地作出反应。①

安妮丝·布迪诺特·司多克顿（1736—1801）（第六版收录）以《独立宣言》签署人理查德·司多克顿（Richard Stockton）的妻子而闻名，但是她是美国最早发表作品的女诗人之一，写了 120 多首诗。1995 年卡拉·穆福德将司多克顿的诗作收集整理，以《只为朋友的眼睛：安妮丝·布迪诺特·司多克顿的诗》为名出版。在自身权利方面，司多克顿是一个爱国者，她是美国辉格社会中唯一因在独立战争期间的贡献而获得荣誉的女性。她不光写诗，而且还写信给乔治·华盛顿。"安妮丝·布迪诺特·司多克顿的作品全面地展示了殖民地人际网中女性作家们所关心的话题。我们可以从中找到对社会愉悦的表达、彬彬有礼的世界、致家人和朋友的书信以及大量以政治为主体的纯文学作品，如为华盛顿写的颂歌，以及对当时一些革命事件所作的深入思考。最后，还可以发现一些代表女性能力的辩论性诗歌，如《致访问者，一个女性社团阅读他的〈宾夕法尼亚纪事〉中第三篇文章有感》（1768）"。② 司多克顿的创作活动反映了美国革命前夕"文学"观念的主流——纯文学主义。18 世纪在美国殖民地产生了相当数量的纯文学的口头陈述或手稿，在朋友圈中和趣味相投的熟人之间流传。在那些以纯文学运动而闻名的省份里，人们以著名的英国社会俱乐部为榜样，在俱乐部里政治和文学紧密结合在一起构成了最猛烈的混合物（headiest concoctions）。1745 年至 1756 年马里兰州的安纳波利斯的"星期二俱乐部"就是美国俱乐部文化的代表，在亚历山大·汉密尔顿博士的手稿中就有对"星期二俱乐部"历史的详细描述，男人和女人在其中享有同等的盛情、对话和写作。同样重要的是，在这些圈子中游走的作家经常要为远道而来参加聚会的文人准备好优秀的诗作。在这些文

---

① 参见王恩铭《20 世纪美国妇女研究》，上海：上海外语教育出版社 2002 年版，第 8 页。
② ［美］萨克文·伯科维奇主编：《剑桥美国文学史》（第一卷 1590—1820 年），康学坤、朱士兰、吴莎译，北京：中央编译出版社 2008 年版，第 325 页。

学类型中,手稿和印刷品是一样的。① 这种文学文化在大西洋沿岸都存在,在大的港口城市或内省的一些高等学府附近尤其繁荣。普林斯顿、新泽西是其中一个中心,安妮丝·布迪诺特·司多克顿开放了丈夫家族的庄园莫文,接待这个地区的知识分子和政治家。在 18 世纪 80 年代,她以"A. S. 夫人"或"S. 夫人"为名在一些月刊或周刊报纸上发表了 21 首诗。"作为一种感情和伤感为主要特征的文化遗留物,她的诗作,以及在她的圈子里获得的赏识,提醒我们尽管 18 世纪的妇女不可否认地受到限制,但有一些女作家仍能找到珍视她们技能和才智的观众。"②

阿比盖尔·亚当斯(1744—1818)(第三版至第六版收录)是美国第二任总统约翰·亚当斯的夫人,独立战争之初就在与其丈夫的通信中对男性中心主义的统治结构表示抱怨,并提醒丈夫,如果酝酿筹建中的共和国在制定方针政策时不顾及妇女的利益,那么妇女就会掀起一场反叛,而且这场反叛"决不受任何既没有代表参加、又没有给予机会发表意见的法律条文的约束"。③ 阿比盖尔向丈夫建议,在当时正在起草的美国"新法规"中应让妇女拥有一定的"发言权,或代表权"。④ 她和丈夫之间的通信不仅向世人展示了一段长期而幸福的婚姻,而且提供了一个国家追求独立身份的生动描述。

朱迪丝·萨金特·默里(第五版至第六版收录),是较早倡导妇女权利的女性,同时还是一个散文家、剧作家、诗人和书信作家。她是最早倡导两性平等的美国人之一。她认为妇女,像男人一样,拥有智力,应该能够实现经济独立。她于 1790 年在《马塞诸塞杂志》上发表了一篇题为《论两性的平等》的里程碑似的文章,比历史上第一部重要的女权主义理论著作《女权辩护》还要早两年。尽管她用笔名(常见的有康斯坦莎、收割者、霍诺拉·马蒂莎,以及最著名的男性笔名"维吉

---

① 参见 Nina Baym, et al. , eds. *The Norton Anthology of American Literature.* 6th ed. 5 vols. Vol. A. Ibid. p. 699. [美]萨克文·伯科维奇主编:《剑桥美国文学史》(第一卷 1590—1820 年),康学坤、朱士兰、吴莎译,第 309—343 页。

② Nina Baym, et al. , eds. *The Norton Anthology of American Literature.* 6th ed. 5 vols. Vol. A. Ibid. p. 700.

③ 转引自王恩铭:《20 世纪美国妇女研究》,第 8 页。

④ [美]约瑟芬·多诺万《女权主义的知识分子传统》"2000 年第三版前言",赵育春译,第 2 页。

琉斯先生"和"拾穗者")发表作品,但是她不赞同当时歧视妇女的传统观点,坚持认为妇女智力并不低下,能有自己的主见。促使她发表作品的动力就是"一种不可抑止的向大众展示自己的欲望",以求获得读者的欣赏和掌声。① 她大胆地追求声誉,倡导自我实现是女性的特权,这些行为甚至在那些 19 世纪的女作家们看来都难以理解,在 19 世纪即便是最畅销小说的本土作家们都依然回避这种毫不谦卑的个人主义。默里创建女子学校,创作儿童文学,是美国具有世界主义情怀妇女创作的最早的儿童文学。默里涉及的领域广,成就多,但现在对她的深入研究才刚刚开始。

莎拉·温特华斯·莫顿(第五、六版收录)的作品是美国革命后特别希望建立一个民族的美国文学的新英格兰妇女中的一个重要的声音。她在社会上的声誉比其他女性要高,她在作品的前言中强调,写作是她在生活中所处"位置"应该承担的责任。1792 年莫顿写的一首反对奴隶制的诗歌《非洲酋长》被多次印刷,诗歌揭示了受到不公正待遇的人们充满泪水的抗争。尽管她的短篇诗作最为著名,但是她还雄心勃勃地创作了三首长诗,其中一首叙事诗题为《魁比》,又名《自然的美德》(1790),表达了对土著印第安人的同情。另一首长诗《贝肯山》(1797),阐发了莫顿作为一个民族主义者的愿望——"在全世界呼唤自由进步",但是公众对此诗反应不强烈,使得莫顿没有完成此诗。1823 年莫顿将其短诗和冥思散文收集起来,以《我的精神和思想》为题出版。此后,她基本上停止了文学创作。

苏珊娜·罗森(第五、六版收录)以这个时期最畅销的小说《夏洛特·坦普尔》(1791)和《一个真实的故事》(1794)而著称。她还著有六部戏剧、两本诗歌,另外有九部小说、一本拼字教材,还编写了一版《圣经》对答,以及其他有关地理和历史方面的书籍。她的《诗歌集锦》(1804)在公用性、激励性的诗歌和把感伤小说转化成带有"女性"关注的诗歌之间摇摆不定。这本书一个明显的特点就是写作风格多样,观点鲜明:一些作品表达爱国主义,带有罗森联邦主义政治的色彩,而另一些作品则歌颂情感,支持一些模糊不清但是真实的女权主

---

① 〔美〕萨克文·伯科维奇主编:《剑桥美国文学史》(第一卷 1590—1820 年),康学坤、朱士兰、吴莎译,第 539 页。

义。《玛丽亚,非小说》(*Maria*, *Not a Fiction*) 是一部诗化的小说,其真实性与其他任何一部叙事诗一样,它恳求读者为女主人公的命运悄悄地流泪。另外两首诗《妇女的权利》和《她们一样的女性》在提倡女性独立和屈服于正统性别思想之间摇摆波动。在第二首诗中她呼吁改良妇女的教育状况,但这两首诗最终得出中庸的结论,认为妇女合适的归宿还是家庭。

凯瑟琳·玛丽亚·塞奇威克(第五、六版收录),其《新英格兰的故事》(1822) 开始时描写的是一神论教方面的内容,后来受到詹姆斯·费尼摩尔·库柏和司各特的启发,在创作中加入了"稀疏的土著美国文学原料"。[①] 在使其成名的第二部小说《红木》(1824) 中,塞奇威克开始用"现在时间和地点的方式来表示逝去的人物"。[②] 因模仿库柏和司各特,她开始转向写作历史小说。《霍普·莱斯利》(1827) 以康涅狄格(Connecticut) 的皮廓兹(Pequods) 印第安人遭受屠杀为背景,塑造了一个品格高尚、具有牺牲精神的印第安妇女。在《林伍兹一家》(1835) 中,她描写了革命英雄,包括真实的英雄华盛顿和马奎斯·德·拉法耶特,与小说中的人物交织在一起。作为女性言情小说家,她故事的背景既有过去的又有现在的,同时,塞奇威克又是一个风格主义的小说家,记录了社会生活方方面面的细微之处。在这方面只有斯托夫人可以和她相提并论。塞奇威克还和斯托夫人一样,用写作来反对奴隶制度,提倡教育和监狱改革,倡导妇女权利。

18 世纪女作家富有创造力的写作成为女性吐露心声的喉舌,也使她们能远离公共场合的辩论,实现自我。

(三) 19 世纪女权运动与女作家

种族矛盾、南北战争,以及其后对黑奴的解放和美国资本主义经济的高速发展,给美国的社会生活和美国人的思想观念带来极大的冲击,由此产生的一个明显变化,就是越来越多的女性走出家门抛头露面,在社会和政治生活里占有越来越重要的地位。[③] 1848 年妇女权利大会(Seneca Falls

---

① Nina Baym, et al. , eds. *The Norton Anthology of American Literature*. 6th ed. 5 vols. Vol. B. Ibid. p. 1039.

② Ibid. p. 1039.

③ 刘海平、王守仁主编:《新编美国文学史》第二卷,朱刚主撰,上海:上海外语教育出版社 2000 年版,第 430—431 页。

Women's Rights Convention）在塞尼卡福尔斯召开①，这标志着美国女权运动的开始。内战期间女权运动暂时平息，战后又重新恢复，而且越来越高涨。1848 年至 1920 年是第一次美国女权主义运动，亦称文化女权主义运动时期。② 女权主义的不同运动阶段，都有不同的女作家的代表。相对应于这一时期，《诺顿美国文学选集》收录的女作家展现了不同的风貌。

1. 女性意识初步觉醒：富勒、高曼、吉尔曼、亚当斯

在塞尼卡福尔斯妇女权利大会以前，玛格丽特·富勒于 1845 年发表的《十九世纪的女性》③ 一书，"开始了又一个重要的弱势话语：女权主义，它同时也对美国文学的多元化发展产生了深远的影响，在美国文学特征之外，又增加了性别特征的考虑"。④ 富勒的作品基本上是政论文和包括一些游记和文学评论在内的散文。富勒对后世影响最大的是她那在当时看来十分激进的、关于女性应享有政治、社会、经济、教育，乃至性平等的观点，这些观点无疑对日后提高女性受教育的机会，激励女性进行独立思考、参与包括文学创作在内的社会活动，起到了重要的作用。

夏洛特·帕金斯·吉尔曼（1860—1935）从第二版（1985）开始进入选集，并牢牢占据着稳定的地位。第二版只选录了她的《黄色墙纸》（*The Yellow Paper*），从第四版开始，以后各版本都录入了《我为什么写"黄色墙纸"？》（*Why I Wrote "The Yellow Paper"*?）。吉尔曼的中篇小说《黄色墙纸》和其他一些短篇小说充满了吉尔曼似的女权主义思想。作为第一次世界大战前几十年里最重要的女权主义作家，吉尔曼的作品呈现出结合了性属和物质主义的 19 世纪妇女的生活状况，为我们对她的作品及主题进行马克思女权主义分析提供了素材：她的作品通常体现了这样一些主题，资本主义与父权制度，或者是经济独立与妇女性别身份的关系；男

① Seneca Falls，中文译名有所不同，有的译为"塞尼卡弗尔斯"，有的译为"塞尼卡瀑布"，本书采用"塞尼卡福尔斯"，但为了尊重原译者，在引用文本的时候，一律采用原译。

② ［美］约瑟芬·多诺万：《女权主义的知识分子传统》"2000 年第三版前言"，赵育春译，第 46 页。

③ 1845 年，贺瑞斯·格里雷（Horace Greeley）出版了富勒的《十九世纪的妇女》，标题文章是由其中发表在《日晷》（*Dial*）上的引起广泛争议的文章"伟大的诉讼"（"The Great Lawsuit"）扩展而成。但是富勒本人更倾向于原来的标题《伟大的诉讼》（*The Great Lawsuit*：*Man versus Men. Woman versus Women*）。所以各版《诺顿美国文学选集》收录该文时均使用的是原标题《伟大的诉讼》。

④ 刘海平、王守仁主编：《新编美国文学史》第一卷，张冲主撰，第 319 页。

性对女性工作和经济独立的排斥对经验的结构因素和妇女个人的毁灭进行政治分析；劳动的性别分工等。

在《黄色墙纸》中，吉尔曼探讨了写作与接受的关系。文本构建的风格是按照其生产和消费的关系进行讨论的。作品刚发表时，并不受欢迎，因为这种表达妇女敏感脆弱情感的具有哥特式风格的文章，与当时占据统治地位的深受同时代人（尤其是 19 世纪后期文学品位的仲裁者，如威廉·迪安·豪威尔斯等人）欢迎的现实主义风格的作品，是针锋相对的。历经挫折《黄色墙纸》才得以发表，但是作品在 20 世纪的绝大部分时间里并没有引起重视。吉尔曼作为一个小说作家的成就被人们所充分认识，要归功于致力恢复女性作家写作传统的女权主义文学理论的一系列措施，是这些措施拯救了与《黄色墙纸》有着类似命运的文本，使它们避免被湮没。最初人们将《黄色墙纸》归结为恐怖故事。例如，它曾被收录到 1971 年出版的文集《恐怖的女士：女性两个世纪以来创作的超自然小说》（1971）。就像人们忽略故事中并没有超自然因素那样，女主角的发疯和作为性别牺牲品之间的联系被人们所忽略。故事的文体的确应该归为因爱伦·坡而流行的哥特式小说，但是吉尔曼的叙述表达了一种在与男性正统的矛盾冲突中女性所特有的敏感。叙述的风格和某种巧妙使用的心理现实主义的方式，将她带入与一些极有影响的批评家，如威廉·迪安·豪威尔斯所倡导的正统的现实主义形式的矛盾冲突之中。

性别角色构成了吉尔曼社会批评的焦点。用马克思女权主义方法分析阐释吉尔曼的作品，有助于我们理解吉尔曼所揭示的在父权制下自我意识形态的构建和造成妇女受压迫的性别角色的必要条件（社会强制）。吉尔曼揭示了妇女作为一个被动的消费阶层是如何被构建的，以及对女性个性的毁灭是阶级意识创造的一部分，他们通过定义女性的含义，通过诸如责任、社会规则等概念压缩女性的潜能。男性拒绝女性外出工作和经济独立是吉尔曼作品中经常出现的主题。诸如责任和义务等概念与传统的父权制下的女性角色一起共同限制了男人和女人，但是绝大多数的妇女感受到对她们的个性所进行的毁灭性攻击。这个主题在吉尔曼著名的作品《黄色墙纸》中体现得尤为突出。

在《黄色墙纸》中，叙述者因为产后忧郁，听从医生的建议什么也不做，尤其是要远离写作，到乡村疗养。在他们租住的房子里，她发现了卧室里黄色墙纸的秘密，但是她却不能告诉她的丈夫。最后，她发现她自己就是被关在黄色墙纸图案后面的女人，整天蜷缩着身子，在地上爬行。叙述者疯了。吉尔曼"用最激进的方式……要求我们考虑性别角色的规定是否是一种疯狂，我们父权制的社会是否是建立在一种受控制的疯狂的基础上的"。[①]

吉尔曼指出 19 世纪美国文化中妇女的角色是与当时占统治地位的关于世界意识形态的构建紧密相连的。当一个妇女不能履行社会赞许的妻子和母亲角色的任务时，她的整个社会关系网络就会出现问题，她对现实的感觉就会根本性地发生倾斜。女性的心理和生理健康，以及她们所在社会的经济健康都依赖于在所有社会关系上实现普遍正义。

爱玛·高曼（1869—1940）只在第一版《诺顿美国文学选集》中出现过，在此后的版本中便消失了。作为一个马克思主义女权主义者，她的作品在 20 世纪 70 年代重新得到了广泛的关注，1979 年出版的第一版《诺顿美国文学选集》在"1865—1914 年的美国文学"时段，收录其自传《过我的生活》（Living My Life，1931）。爱玛·高曼写于 20 世纪初的关于卖淫、婚姻和妇女解放运动的文章充满了受马克思主义影响的无政府主义的思想。她将妇女的从属地位与阶级和性别关系联系在一起加以讨论，指出，造成女性卖淫的根源不是环境、道德、个人或特殊的社会原因，而是妇女在经济和社会上的从属地位。性别关系由阶级关系决定；单个妇女的地位由她们所在的整个阶级的地位所决定，但是当女性作为一个性别阶级时，其经济地位是一种共享的对男性的依赖关系。所以在资本主义制度下妇女的商品地位和在父权制下女性的依赖地位，产生了一系列的社会关系，并将所有的性关系转化为了卖淫。当然，这种思想有唤醒妇女意识的先进一面，但不乏偏激和片面。爱玛·高曼指出，只有消灭一切剥削关系才能消除分配给女性的性别阶级（女性因为性别而成为了一个特殊阶级），以及将女性劳动作为商品出售的卖淫制度。爱玛·高曼关于卖淫制度的分析，反映了其马克思女权主义思想的本质。她在散文中，以资本主义父权制下劳动的性别划分为语境，用其独特的革命的激进主义话语，讨论关于阶级和性别压迫。

简·亚当斯（1860—1935）（第四版收录）是主张社会改良的女权主义者，"住宅运动"（Settle House Movement）的创立者，于 1931 年获得诺

---

① Deborah L. Madsen, *Feminist Theory and Literary Practice*. Ibid. p. 90.

贝尔和平奖,是第二位获此奖女性。她在一系列文章中系统地阐述了她的女权理论,其中最重要的文章是《妇女为什么要有选举权》(1909)、《妇女运动的主要方面》(1914)、《妇女、战争和选举权》(1915)、《妇女和国际主义》(1915),并且为妇女学习技能和实践理想创建了"赫尔之家"(Hull House)。作品《赫尔之家二十年》(1910)就记述了她为妇女和社会所作的贡献。在 20 世纪的头 10 年里,简·亚当斯成为了这个国家的女英雄,她的永久的、圣徒般的同情心和充满力量的个性,使她得到了整整一代有人道主义感情的美国人的爱戴。

2. 女性意识高涨:肖班、沃顿、奥尔科特

"十九世纪上半叶的女作家更多的是张扬女性的品德,如忍辱负重,关爱合作以及道德责任感。"[①] 到了 19 世纪下半叶,美国女性作家的女性意识空前高涨,女作家肖班、沃顿和奥尔科特成为女性意识的代表[②],其中表现得最突出、文学成就最大的是凯特·肖班(Kate Chopin),原名凯瑟琳·奥弗莱厄蒂(Katherine O' Flaherty)。肖班的代表作是中篇小说《觉醒》(1899),小说题目的重大意义在于指出了一个简单的事实:一个年轻的妻子埃德娜·彭特里尔的醒悟了自身的性需求,但是却被禁锢在传统的婚姻中无法得到满足。然而,我们仔细阅读一下,就会发现作家想要告诉我们的不仅仅是这些,埃德娜·彭特里尔觉醒还包括对自由的向往,以及一种对过去的自我关系的觉醒,即对自我的认识。但是觉醒之后,她发现她的追求是个美丽的梦幻,只有彻底摆脱男权社会,投入无拘无束的大自然才能真正实现她所追求的自由。所以埃德娜的觉醒既是开始,又是结束,埃德娜的结局反映了当时社会对妇女的禁锢和压抑。《觉醒》"明确地表现了世纪之交许多妇女面临的问题,它是地区现实主义潜在的宣言",对那些试图贬低地区现实主义,认为其不是一种文学体裁的潜在认识而言,其作品作出了肯定的回答。[③]

和所有女性作家一样,沃顿的小说描写的也是女性在以男性为主导的传统社会中所经历的遭遇。沃顿描写的女性是一个独特的群体,即 19 世

① 刘海平、王守仁主编:《新编美国文学史》第二卷,朱刚主撰,第 431—432 页。

② 同上书,第 433 页。

③ Nina Baym, et al. , eds. *The Norton Anthology of American Literature*. 6th ed. 5 vols. Vol. C. Ibid. p. 13.

纪后期美国纽约的上流社会。沃顿着力描写的是上流社会已婚妇女的感情生活，描写她们在丈夫、情人和家庭之间所做的选择；着力反映的是女性在婚姻中的不幸以及她们反抗这种不幸的种种努力，其中涉及"一切社会定义过的发生在美国土地上的男女之间的私下来往"，包括感情宣泄和婚外恋这些当时被认为是比较出格的内容。沃顿希望通过家庭生活题材的"女性小说"，反映重大变化，并在美国这片新土地上，"在荒野里建立一个新的社会"。① 沃顿的小说以及她本人的行为对传统的男权社会都具有一定的颠覆性。她与格特鲁德·斯坦因和威拉·凯瑟一道被认为是 20 世纪初美国最重要的女作家。

奥尔科特不仅作品数量多，而且与社会的接触更为广泛，对女性问题的关注更为直接。在奥尔科特 270 余部作品里，相当数量的是惊险离奇的故事，里面充满欲望、仇恨、忌妒、暴力、疯狂、复仇、欺骗、吸毒。这些作品主要面对的是普通读者，是出于盈利的目的，因为奥尔科特一直担负着养家的重任。中产阶级的奥尔科特面对的是超验主义和女性读者。"她把女性的力量放在家里，以贤妻良母的品德作为最高的道德，这和后期的斯托夫人把中产阶级妇女的家庭地位理想化，把生活的权力中心从政府和市场转到厨房有相似之处。"② 奥尔科特的一些作品如《医院记事》（1863）、《有色人士兵来信》（1860）和《工作》（1873）中流露出来的种族观和性别观受到当代批评家的关注，尤其是小说《工作》涉及了妇女的工作权、职业女性在社会上的地位、离婚等问题，是了解奥尔科特思想的最佳作品。③ 由于主流批评界把奥尔科特看作儿童文学作家（《小妇人》（1867）为其儿童文学的代表作品），所以并没有对她进行过严肃的讨论。在 70 年代女权主义高涨的时候，《小妇人》遭到尖刻的批评，女权主义者们认为《小妇人》其实是在贬低妇女，宣扬婚姻是女人的唯一出路，服从是女性的唯一美德，其推崇的自我牺牲和服从其实是中产阶级男权社会的理想。但是近年来，越来越多的读者开始欣赏她的不同风格的作品，包括儿童文学作品。

---

① 刘海平、王守仁主编：《新编美国文学史》第二卷，朱刚主撰，第 456 页。

② 同上书，第 466 页。

③ Denise D. Knight, ed. *Nineteenth-Century American Women Writers*；*A Bio-Bibliographical Critical Sourcebook*. Westport & London：Greenwood Press，1997. p. 5.

3. 地方色彩女作家:朱厄特、范妮、弗里曼、乌尔森

对 20 世纪的美国批评界来说,朱厄特(1849—1909)在创作风格、创作形式和创作内容上都是 19 世纪末为数不多的最有影响的女作家之一。《白色苍鹭及其它故事》(1886)是朱厄特最常被收录在文学选集里的作品,在《诺顿美国文学选集》中亦是如此。作品中的乡村小镇生活充满地方色彩,近来女性批评家十分注重小说中的对立因素,乡村、大自然、女性、少女和与之对应的城市、科学、男性、成年形成反差,并以前者的胜利而告终。生态女性主义批评家也注意到了其中的生态意识,鸟类学家的枪代表了主宰、统治和帝国主义,是男权的象征;而森林则是避难所,象征着女性的遮护和生命力。[①] 朱厄特的女性主义思想在长篇小说《乡村医生》(1884)里表现得淋漓尽致,小说赞颂了女主角的能力和独立。而其代表作《尖尖的枞树乡》(1896)用一种更加宽广深厚的女性群体观取代了十几年前《乡村医生》所体现的女性个人追求。这部长篇小说是由一个个松散的故事情节构成,但主题和结构连贯,由第一人称叙事者串联在一起。在 20 世纪上半叶,批评界对此的评价是情节淡化结构松散,认为她展示的是小范围、浪漫化、情感化的世界,缺乏真实感和普遍性,把朱厄特和玛丽·威尔金斯·弗里曼等女性地方色彩作家看成是"没落的新英格兰的代表"。这种批评的确情有可原,因为地方色彩本身就是浪漫主义文学的衍生物,是对工业革命、商品经济的反抗,想保留一些过去的珍贵特色,免遭工业化的同化。但是到了 20 世纪 80 年代,主要文学选集在收录她们的作品时仍然重复之前的评论,认为《尖尖的枞树乡》是朱厄特"美丽但微不足道的成就"。其实这些地方主义色彩作家用他们高超的艺术创作早已使这些作品的主题超越了地方性。朱厄特的作品对女性在内战中积极勇敢地面对困扰,以及他们孤独生活的描写就是一个很好的例子。当代女性主义批评家则认为,朱厄特的写作是有意与男权文学创作和出版传统相对抗的。朱厄特在 1873 年写给《大西洋月刊》一位编辑的信中说:"我写不出您和豪威尔斯先生在上一封信里所要求的那种长篇小说……我的小说不会有什么情节。"[②] 这表明她对当时高雅的白人男性传统小说形式的不满,而喜欢采用与线性发展不同的情节安排。

[①] 　参见刘海平、王守仁主编《新编美国文学史》第二卷,朱刚主撰,第 480 页。

[②] 　同上书,第 483 页。

　　19 世纪美国作家里，只有朱厄特不相信文学史家关于新英格兰
没落的神话。美国内战后的岁月里，男性天堂明显地从美国文学里的
男性想象中消失了，这和朱厄特和她的女性同代人想象的丰富和深刻
形成了鲜明的对照。……在朱厄特展示的世界里，男人不是走了，死
了，就是无声无息；但她还展示了一个女性的世界，这个世界和自足
的老渔民的世界一样古老永恒，只是人们不那么记得它了。《长有尖
尖的冷杉树的乡村》提醒我们，那里仍然有一片天地，一个世界，
女性的视角不仅至关重要，而且我们可以共享。[①]

　　从女性主义文学来说，朱厄特连接起两代女性作家，即以斯托夫人为
代表的新英格兰女性小说和世纪之交的一大批女性地方色彩作家，如罗
斯·库克（Rose Terry Cooke）、玛丽·弗里曼、爱丽丝·布朗（Alice
Brown）、西莉亚·赛斯特（Celia Thaster）、肖班、凯瑟、邓巴—纳尔逊
（Dunbar-Nelson）等。

　　令当代女性主义感兴趣的，不仅是朱厄特让读者关注女性和男性的关
系，而且触及的女性之间的关系，尤其是她和安妮的（安妮的丈夫出版
商詹姆斯·菲尔兹是波士顿文学出版界重要人物，曾是《大西洋月刊》
的老板兼主编）关系。她和安妮长达 30 年的关系是她一生中最重要的人
际关系，被后人称之为"波士顿婚姻"。由于朱厄特一生未嫁，也没有亲
密的男性朋友，所以当代评论家认为她有同性恋之嫌，但是没有确凿的证
据。当时类似的"波士顿婚姻"还有一些，涉及的都是文化女性；而且
当时的社会对此现象并没有大惊小怪，甚至习以为常，只是到了 20 世纪
有类似经历的凯瑟才变得小心翼翼，所以"波士顿婚姻"不一定就是现
在的女同性恋。

　　范妮·费恩（Fanny Fern，1811—1872），原名萨拉·帕顿（Sara Pay-
son Willis Parton）是 19 世纪最直言不讳、争议最大的作家之一。她是最
早在美国报纸上拥有自己的专栏的女性之一；以范妮·费恩为笔名，有段
时间是美国稿酬最高的作家之一。她公开讨论性病、卖淫、节育、离婚等
敏感话题，批评男性中心和传统婚姻模式，始终把关心的重点放在妇女问

①　刘海平、王守仁主编：《新编美国文学史》第二卷，朱刚主撰，第 483 页。

题之上，是美国女性主义的先驱。在美国文学史上，评论家将她与爱默生相媲美:"在 19 世纪 40 年代拉尔夫·沃尔多·爱默生将依靠自我的意识植入美国的血脉中;一个世纪以后，范妮·费恩在她的专栏中，在她的小说《露丝·霍尔》(1854) 中，非常强劲有力地将她对妇女所受到的不平等待遇的抗议更加深深地埋入了血脉之中，乔伊斯·W. 沃伦 (Joyce W. Warren) 宣称这部小说在当时刻画'妇女作为自我依靠的美国个人主义者'方面是'几乎独一无二的'。"① 作为第二代女权主义者，费恩不是一个像 L. 玛丽·蔡尔德或卡罗琳·柯克兰那样的组织者或工匠。她忍受了比她之前的女作家更多更难的处境，她首先起来抗议她所面临的阻挠。只是到了后期，她才开始评论例如诗歌和人性缺点之间的关系等更普遍的题目，不像塞奇威克喜欢展现宏大广阔的社会背景，范妮·费恩只是将她的观点建立在她个人的经历之上。

玛丽·E. 威尔金斯·弗里曼 (1852—1930) 以描写新英格兰的乡村生活而闻名。出生于东正教公理会教的家庭，从小受到严格管教。宗教信仰的约束，以及这些约束对性格和行为形成的作用成了她之后写作的主要内容。《一个新英格兰修女》(1891) 中包括了几个最好的故事，故事主要内容都是父权社会对女性的精神压迫和妇女的反抗。与此同时，她对场景、地方对话和性格特征的描绘都很生动。在她最好的故事中，弗里曼展现了其对个人心理和内心生活的洞察，虽然作品只局限于描写乡村生活，但是却表现了人们长期在快速变换的城市生活中所感受到的压力。在这个世界中，妇女开始或单独，或集体地表达她们的观点和力量，反抗行至末路的清教父权社会。②

康斯坦斯·费尼摩尔·乌尔森 (1840—1894)，当今人们对她的认识是将她作为一个美国地域写作的重要贡献者，有才能的女性，敏锐的观察者，主要描写女性通过奋斗获得重视的这样一位女作家。她创作了 50 多篇短篇小说和 5 部长篇小说。20 世纪 80 年代后期，学者和批评家才开始认真研究乌尔森及其作品，并认为其对美国文学作出了贡献，2003 年第

---

① Nina Baym, et al., eds. *The Norton Anthology of American Literature*. 6th ed. 5 vols. Vol. B. Ibid. p. 1746.

② Nina Baym, et al., eds. *The Norton Anthology of American Literature*. 6th ed. 5 vols. Vol. C. Ibid. p. 724.

六版《诺顿美国文学选集》将其收录。乌尔森首先在《无处城堡：湖国素描》（1875）中探索了五大湖区不同的亚地区和亚文化，后来又开始了解英国和西欧的人民、文化和地理。同时她观察、聚焦的是重建规划在南方不同团体产生的效果，尤其是弗罗里达人的战后重建，并将其记录进作品《看守人罗德曼：南方素描》（1886）。她与哈特（Francis Brett Harte，1836—1902）、朱厄特、弗里曼和肖班等地方色彩作家最大的不同，就是她是一个"多地方色彩"（multiregionalist）作家，而且她在所涉及的所有地区都获得认可，她获得的第一手资料增加了作品的异质化，于是对其作品就需要跨文化的理解力。沙伦·L.迪恩曾说乌尔森在她的小说和所有作品中建设性地展示了社会疾病和文化偏见的各个方面，尤其是"那些追求教育或艺术的妇女遭受排斥的状况"。① 选集收录的短篇小说《格里夫小姐》② 描写了一个富有天才、追求艺术，但作品始终不能得到发表的女作家，以及一个有才能但没有天才，在回应女作家及其作品方面很失败的男作家。作品描写了文学市场的性别本质，以及对男女作家及读者造成的后果。乌尔森通过多视角的叙述熟练地制造了多种反讽效果，故事套故事的象征性回响效果，使一些批评家推断出来其是关于女权主义的争论，或简单的道德故事。乌尔森传达微妙心理过程的能力——尤其是角色由抗争，发展到后来拒绝真实的感情和认可的满足感——在故事中得到了有力地呈现。这个故事并不能代表这位多产作家的全部，但是却让我们认识到乌尔森作为一个小说家在刻画19世纪后期美国社会时所展示的力量。

　　4. 废奴运动与女作家：斯托夫人、蔡尔德夫人

　　女性和黑人因为相似的社会处境，在社会运动中经常相互支持。斯托夫人（1811—1896）支持废奴运动，认为必须立刻采取行动解决黑人问题。1850年《逃奴法案》生效，第二年斯托夫人完成了《汤姆叔叔的小屋》，并且大获成功。此后，斯托夫人还创作了许多作品，如纪实作品、小说、传记、报刊文章、儿童读物、宗教文章、游记、赞美诗等。《拜伦夫人的真实故事》（1870）揭露了家庭暴力对妇女的奴役，并获得了伊丽莎白·凯蒂·斯坦顿和苏珊·安东尼等女权主义者的支持。她众多作品中

① Nina Baym, et al., eds. *The Norton Anthology of American Literature*. 6th ed. 5 vols. Vol. C. Ibid. p. 439.

② 《格里夫小姐》（*Miss Grief*）英文"grief"有"不幸"、"悲痛"的意思。

的女性形象引起了当代西方女性主义批评家的关注。

莉迪娅·玛丽亚·蔡尔德夫人（1802—1880），早期女性作家，废奴主义者，发表各种废奴作品，呼吁给予黑人选举权，鼓励黑人树立起信心。她年轻时发表过描写早期清教移民和印第安人关系的小说，反响较好，因此她得以享用由男性统治的波士顿图书馆；开设过女子学校，创办过美国第一份儿童杂志。19世纪30年代她打算出版一套"女性家庭图书"系列，写出过四本，以《妇女境况史》（1835）最著名。因投身废奴运动，主张立即无条件解放黑奴而遭白人文学界的抵制和反对。

5. 无产阶级女性代表：戴维斯、斯堡伏特

19世纪经济发展，物质丰富，人们失去了美国曾宣扬的个人主义精神，社会各阶层存在着巨大的差异，但并不是所有的作家都觉察到这些，只有少数作家：如蔡尔德夫人、斯托夫人、费恩、梭罗、道格拉斯、梅尔维尔、惠特曼和戴维斯等作家敏锐感知了这些问题，并在作品中反映出来。其中戴维斯和斯堡伏特成为女性无产阶级的代表作家。

丽贝卡·哈丁·戴维斯（1831—1910）是描写新女性的先驱，对战后如何处理黑人问题也同样表现出极大的关注。1861年处女作《钢铁厂的生活》发表，立刻被认为是"一个开创性的成就"，因为"它把现实主义和自然主义的新成分带进美国小说"，该小说"第一次广泛深刻"地控诉了资本主义工业的黑暗，所以被认为是美国无产阶级文学的先驱。[①] 丽贝卡一生著作有500多部，写作生涯长达50年，体裁包括现实主义小说、儿童传奇、游记、札记。她最关注的是女性问题。《黎明的希望》（1863）触及雏妓问题，十分大胆地反映了贫困和道德沦丧；《南方面面观》（1887）、《新英格兰的灰色小屋》（1895）等反映了女性在婚姻和教育上的困境；《妻子的故事》（1864）表现女性的艺术抱负和家庭责任之间的冲突。她70年代的小说却反映出美国八九十年代"新女性"的形象，涉及女性职业、投票权、离婚等有争议的议题，描写新女性在生活和奋斗中遇受到的痛苦、挫折、迷惘和羞辱。小说《克莱门特·摩尔的职业》（1870）是其中的代表。

哈丽特·普利斯科特·斯堡伏特（1835—1921），短篇小说最佳，其《境况》（Circumstance）被狄金森称为"我一生中读过的唯一一部自己想

---

① 刘海平、王守仁主编：《新编美国文学史》第二卷，朱刚主撰，第507页。

象不出的作品"。① 该作品对女性角色的处理值得一提。19 世纪文学传统把女性不是描写为天使，就是描写成荡妇。哈丽特则认为女性也是各不相同的，男性要学会发现女性人物的鲜明个体特征。她在最后一篇短篇小说《乡村女裁缝》（1920）中，以衣着和色彩勾勒女性的不同，歌颂女性的容忍体谅、自我牺牲精神。因此"这位女作家把或贤妇或恶妇的矛盾程式转变成对姐妹情谊的肯定，学会把浪漫色彩和新英格兰传统和环境的现实相结合，忽视她实在有违我们的文学史"。②

　　19 世纪上半叶的女作家大都出身中上层家庭，她们中的大多数因为性别原因而被剥夺了受高等教育的机会，她们的作品反映了女性为达到男性的教育水平而付出的巨大努力。实际上，19 世纪的女性除了写作之外没有多少其他职业可供选择。只有十分坚强或者独立的女性才敢于尝试从书写日记和信笺到创作小说这样的跨越。正因为她们所从事的职业是与传统文化指定的女性角色相违背的，女作家应对社会阻力的标志性作法就是使用笔名，尤其是男性化的笔名，以此表现自己性格中超越令人压抑的理想化女性的一面。在这个阶段里，女性作家模仿主流文学模式并力求达到男性文化的标准，虽然她们也以隐晦的形式从社会角度对家庭和社区内女性的生活和价值观进行了探索，但是随着女权运动的发生发展，女性小说便进入了所谓女权阶段。在此期间，具有反抗意识的女权小说家坚持探索和定义了女性身份，抵制了自我牺牲的信条，公开表达了对男性文化的敌意，某些作品甚至表现出带有乌托邦色彩的分离主义倾向。女权作家虽然没有在艺术上取得很大成就，但她们勇敢而且富有创新的精神，为后来的作家开辟了题材的新天地。正如《新编美国文学史》中所指出的那样：

　　　　十九世纪后半叶，越来越多的女性成为职业作家，越来越多的女性读者依赖于女性作家的作品，因此形成了女性作品特有的市场和女性作家特有的创作风格。战后，女作家继续采用所谓的"家庭现实主义"（domestic realism）手法，其内容大都集中在女性的日常生活，故事大多反映社会巨变年代里女性的自立与自我发展。她们共同的特点是，发现女性的声音，让女性开口说话，寻找女性的自我意识。这

① 刘海平、王守仁主编：《新编美国文学史》第二卷，朱刚主撰，第 497 页。
② 同上。

些女作家在和男性世界和传统观念的抗争中，逐渐形成了一种适合于女性读者和女性作家的表现形式。①

（四）20 世纪女权运动与女作家

20 世纪 20 年代以后，女作家的作品超越了此前的"模仿"和"反抗"模式，进入一个勇敢自我探索的阶段。这个阶段的小说追求女性的自我和艺术的自主，把以前强调对女权主义小说的文化分析转向对文学形式和技巧的分析，而逐渐远离对于女性生理经验的探索。而这一阶段的女性意识在 20 世纪 60 年代又取得了新的进展。②

自安妮·布拉德斯特里特开始，文学女性开始活跃于美国的生活场景，在某种程度上，男性现代主义者在定义其活动的时候，总是把女性排斥在外。但是女性拒绝站在局外，而是投身于所有重要的时代文学潮流：希尔达·杜利特（1886—1961）、艾米·洛厄尔（1874—1925）和玛丽安娜·穆尔（1887—1972）都属于"高级现代主义"（high modernism），③威拉·凯瑟神话般的地方主义，佐拉·尼尔·赫斯顿（1891—1960）、内拉·拉森（1891—1964）与哈莱姆文艺复兴紧密相连，凯瑟琳·安妮·波特（1890—1980）的心理小说；埃德娜·圣·文森特·米莱（1892—1950）和多萝西·帕克（1893—1967）投身社会和性革命；诗人吉纳维夫·塔格德（1894—1948）和穆丽尔·鲁凯泽（Muriel Rukeyser，1913—1980）投身无产阶级和激进文学，等等。虽然许多作家都集中描写女性人物或女性的思想和经历，但很少有人认为自己是女权主义者。紧接着，第一次世界大战之后，是妇女组织起来追求法律、种族和文化利益的妇女解放运动（Suffrage movement），现在被定义为女权主义运动（Feminism）。20 世纪 20 年代，选举权修正案通过，女权运动因此缺少了一些动力，直到 20 世纪 60 年代才重新获得活力。一些女作家发现女权主义是

---

①　刘海平、王守仁主编:《新编美国文学史》第二卷，朱刚主撰，第 432—433 页。

②　Elaine Showalter, *A Literature of Their Own*: *British Women Novelists from Brontë to Lessing*. Ibid. p. 13.

③　高级现代主义"high modernism"，指美国"纯"现代主义代表者领袖所主张的理念，如格特鲁德·斯坦因、埃兹拉·庞德、H. D.、和 T. S. 艾略特等自我流放欧洲的艺术家们，他们认为美国缺乏高级文化的传统，漠视艺术成就。他们坚信一个国家的文化不应该是大范围的。参见 Nina Baym, et al., eds. *The Norton Anthology of American Literature*. 6th ed. 5 vols. Vol. D. Ibid. p. 1081.

对个人艺术表达的限制，然而另一些人发现社会活动，如劳工和种族主义比女性权利更重要。无论如何，这些文学女性正在推倒许可的界线，要求一种对女性来讲新的文化自由。同样重要的是，她们在公共活动中表明着立场和态度，作为公众人物发挥着作用。女作家还发现了次要文学体裁，如科幻小说，能够用来颠覆长久以来刻板的文学体裁。具有女权主义思想观念的女性，如厄休拉·K. 勒吉恩（b. 1929）转向了以前男性的领域，科幻小说可以创造乌托邦社会，那里的每一样东西都按照字面意义重新命名，名字就代表了所见的东西，所指和能指达到和谐统一。另外，女作家发现，可以用一种全新的率直和扩张的知觉来描绘当今生活，而且这种全新的率直和扩张的知觉与女性在社会中发挥着更广泛的、更平等的作用十分相称。①

　　凯瑟琳·安妮·波特（1890—1980）将土著得克萨斯州描写为拓荒者、种植园和拉丁文化的异质混合物。尤多拉·韦尔蒂（1909—2001）和弗兰纳里·奥康纳（1925—1964）或独特或怪异地描绘南方的问题。女权主义运动使诗人感觉到可以用诗歌般的语言，探究在文学中迄今仍保持沉默的或被表征的妇女的经历。安妮·赛克斯顿（1928—1974）在《不安于室和部分归路》（1960）、《我所有漂亮的》（1962）中公开涉及堕胎、妇女的性欲，以及诗人自己在精神病院的生活。艾德丽安·里奇在其著名的文集《到沉船中潜水》（1973）和《共同语言的梦想》（1978）中，指出了探索被埋藏在表面下的东西的必要性，锻造出一种共享经验的语言。格温多琳·布鲁克斯（1917—2000）为美国诗歌带来了形式和语言方面爱的榜样，她用敏锐的感觉将非裔美国人的历史和生活经历结合起来，作为第一位获得普利策奖的女诗人，对女性面临的困境给予了深切的同情，虽然她将种族问题看得比妇女问题更为重要。艾德丽安·里奇和丽塔·达夫的创作同政治和历史联系紧密，将诗歌与现实世界联系起来，完全意识到自我和世界都有虚构的结构。丽塔·达夫的《和罗莎·帕克斯在公共汽车上》，将诗人对私生活的沉思和对人权运动历史的思考联系在一起。与此同时，在诗作各卷之间的转换和风格的安排上也力求避免简单的和谐，反映了当代的斗争，使自我和社会发生联系。伊丽莎白·毕肖普

---

　　① Nina Baym, et al., eds. *The Norton Anthology of American Literature*. 6th ed. 5 vols. Vol. E. Ibid, 2003. p. 1960.

（1911—1979）、西尔维亚·普拉斯（1932—1963）、黛妮丝·莱福托夫（1923—1997）和奥德·罗德（1934—1992）等作家都充分表达了"女人是什么，我自己是谁？"这一主题。

当代美国女作家在作品中所表露出来的见解生动有力，在多样性上给人留下了深刻的印象，揭示了当代妇女所具有的新权威。20世纪后期的女作家否认她们是梅·萨尔顿（May Sarton）《我的姐妹，哦，我的姐妹》中的"不可思议的怪物"。她们已经"达到诗人变为女性的深刻境界"，并拥有"健全的心智、才能和女性的权力"。[①]

1. 生态女权批评主义和威拉·凯瑟

威拉·凯瑟（Willa Cather，1873—1947）作为19世纪末20世纪初出现的女作家，与舍伍德·安德森（Sherwood Anderson，1876—1941）并称为"美国社会转型时期的两位旗手"。[②] 他们用手中的笔反映了美国社会的变迁，表现了对过去美好事物的怀念和捍卫，并且在写作方面有了改变和创新。他们虽然遵循当时豪威尔斯等人提倡的"写实"原则，但是他们对真实的认识和感受与传统现实主义作家有了明显的差别。他们并没有囿于对外部世界和生活表象的描写，而是把创作视线逐步从外部的客观世界（转型时期美国中西部社会）转向内部的精神世界（遭受商业文化冲击的失落感或精神失常），因而他们的描写更加贴近生活，更富有时代气息。

尽管凯瑟的小说总是赞颂不同于物质主义和传统的价值，但是她的作品，尤其是小说《哦，先锋！》（1913）和《我的安东尼娅》（1918）中英雄似的女性人物使许多人称她为女权主义者。她的平原小说更加引起生态女权主义者的关注，在这些作品中女主角象征着荒野和文明的融合，文明是驯服的自然，以致毫无力量，或者被女性化了。通过对主要叙述性角色性别化的刻画，呈现了女性化的自然和男性化的社会之间的斗争。

2. 有色人种的女权主义理论与少数族裔女作家

性别与种族的结合产生了有色人种的女权主义理论，其代表人物和相

---

① 孙筱珍：《女性的自我确定——当代美国妇女文学简述》，载《山东外语教学》1994年第3—4期，第151页。

② 刘海平、王守仁主编：《新编美国文学史》第三卷，杨金才主撰，上海：上海外语教育出版社2000年版，第229页。

关理论有安吉拉·戴维斯及其著作《妇女、种族和阶级》（1981），贝尔·胡克斯及其著作《女权主义者理论：从边缘到中心》（1984），保拉·耿·艾伦及其著作《神圣的指环》（1986），格洛丽娅·安札尔杜及其著作《边界》（1987）和《制造面容，锻造心灵》（1990）。在这些著作中，有色女权主义理论家从白人女权主义和种族主义出发，对主流女权主义理论提出了批评，理论的焦点主要集中在以有色妇女为代表的激进主义与白人中产阶级女权主义者为代表的自我扩张之间的争斗，激进主义者追求的目标是公正地分配文化权利，而不是像白人妇女那样争取不断进入现存的权力层次的高级阶段。主流的妇女运动在主流女权主义话语中往往将有色妇女称之为"他者"，这是引起有色女权主义者批评的主要切入点。有色女权主义者指出，黑色女权主义、奇卡纳/西班牙女权主义、土著女权主义和亚洲女权主义是在被种族主义化了的性别特征之上对妇女的压迫而兴起的一种独特的理论观点。被种族主义化的女权主义观点意识到女权主义的事物是一种"双重意识"：即她们意识到自我是什么与被他者种族主义强加在自己身上的文化想象之间的矛盾，这个矛盾阻碍了有色人种妇女实现完整的主体性或自我。在文学术语上，这些事情催发了另一个急迫的问题，即有色人种女性该如何讲述她们的文学经历和理论话语。①

　　有色女权主义将人们的注意力直接导向了白人女权主义和种族主义之间的关系。美国第一次女权主义运动浪潮支持反对奴隶制度的事业，但是后来却威胁要取消对废奴运动的支持，如果黑人男性先于白人女性而获得选举权的话。像伊丽莎白·凯蒂·斯坦顿那样的领导者没有觉察到种族歧视和性别歧视之间的关系。第二次女权主义浪潮中，人们也没有认识到作为文化压迫征兆的种族主义和性别主义之间相互依赖的关系。有色人种妇女无论是在黑人男性主宰的人权运动中，还是在白人女性领导的妇女解放运动中都被排斥在公共影响之外。有色女权主义运动兴起后，非裔、亚裔、西班牙裔以及土著印第安等各少数族裔女作家都在文学中展现了她们各自独特的因种族身份而引起的性别特征方面的经历。词组"双重意识"或"双重耻辱"描绘了作为女性和作为少数族裔一员而遭受的双重压迫；换言之，展示了自我和具有种族主义思想的他人强加的文化形象之间的分

----

① 参见 Deborah L. Madsen, *Feminist Theory and Literary Practice*. Ibid. p. 213.

歧。① 爱丽丝·沃克、托尼·莫里森、桑德拉·西斯内罗斯、丹妮丝·查
韦斯、汤亭亭、莱斯利·马蒙·西尔科等少数族裔女作家，使用不同的叙
事策略描写和反映了她们所遭受的种族和性别的双重压迫。这些将在少数
族裔作家部分详细论述。

　　女权主义批评对女作家的挖掘、重新发现和评估，使得我们对她们在
民族文学建构中的作用和地位有了较为清晰的认识。上述对美国女作家粗
线条的划分和描述并不能充分全面地反映其整体面貌。但是女权运动对经
典的批判、质疑，到最后改写、重写美国文学经典的力量，由此也可见
一斑。

---

① 　Deborah L. Madsen, *Feminist Theory and Literary Practice.* Ibid. p. 218.

第三章

族裔文学的经典化：文学的一元中心
到多元文化共存

　　对女作家的认同、重新发现，以及她们在国际上取得应有的文学地位，并最终录入选集，曾经一度是美国文学选集改革的重要方面之一。随着美国社会有色人种愈来愈具有影响力，特别是相当一部分第三世界的知识分子来到美国，在大学占据一席之地，他们开始推动多元文化，开始重新审视帝国主义文化霸权和欧洲中心主义建构的思想意识。另外各种后现代理论的兴起，理论家们开始注意曾经处于美国社会和文化边缘的人们。"姑且考虑一下这种知识暴力所标识的封闭地区的边缘（人们也可以说是沉默的、被压抑而不出声的中心），处于文盲的农民、部族、城市亚无产阶级的最底层的男男女女们。据福柯、赫德鲁兹所说（在第一世界，在社会化资本的标准化和统治下，尽管他们似乎没有认识到这一点），被压迫阶级一旦有机会（这里不能规避再现的问题），并通过同盟政治而趋于团结之时（这里起作用的是一个马克思主义的问题），就能够表达和了解他们的条件。我们现在必须面对下面的问题：在由社会化资本所导致的国际劳动分工的另一面，在补充先前经济文本的帝国主义法律化教育的知识暴力的封闭圈内外，属下能说话吗？"①面对边缘人在社会生活中声音的缺失，人们发出了"属下能说话吗？"的质疑和反问。与此同时，非裔、亚裔、拉丁裔、本土印第安人等少数族裔作家纷纷试探性地发出了自己的声音，从开始的低吟浅唱；到后来的放声

---

　　① ［美］斯皮瓦克：《属下能说话吗？》，载罗钢等编《后殖民主义文化理论》，北京：中国社会科学出版社 1999 年版，第 118 页。

高歌，各种优秀的作品，不断涌现，而且从美国文学、文化的边缘走向中心，改变、修正原来的主流文化，并同时从某种程度上修正着原来的经典。

美国独立以来的 200 多年间，来自世界各地的人们形成了一股股浩浩荡荡的移民潮，构成了人类历史上的一大奇观。他们用智慧和力量开拓了北美荒地，发展了那里的农业，创造了美国工业文明。同时，他们还以各自独特的文化习俗和千差万别的民族多样性，演化和创造了五彩缤纷的美国多元文化。

美国是一个多民族的国家，在美国建国后的 200 年时间里，人口的种族多样性越来越明显。根据美国人口普查局 2000 年的统计，美国人口和种族分布大致如下：有西班牙血统的拉丁裔美国人（Hispanic-Americans）3530 万人，占全国人口总数的 12.5%；亚裔美国人（Asian-Americans）1020 万人，占人口总数的 3.6%；非裔美国人（Afro-Americans）3460 万人，占总人口的 12.3%；印第安人和阿拉斯加土著人（Indians and Alaska Natives）240 万人，占总人口的 0.9%；白人（Whites）2.1 亿人，占人口总数的 75.1%。由于白人在美国占大多数，非白人种族和族裔的人，包括有西班牙血统的拉丁裔人，都被列入少数民族之列。少数民族中，黑人（非裔美国人）直至近几年仍是最大的一个群体。[1]

美国白人是欧洲移民的后裔，在美国占大多数，他们对美国的政治、经济、社会、文化、语言等诸方面的发展产生了深远而长久的影响。而且很久以来，建立在生物学概念基础上的人种（race）划分，所产生的种族主义观念（racism）在西方长期占据主导地位。[2] 在欧美的民族志和文学作品中，充斥着一种"种族中心主义"，它将欧洲视为单一的核心，以贬抑的眼光来看待其他种族的"他者"。进化论式的时间推展，也视其他种族为停留在古老时间里的落后蛮荒族类，无法与"现代化"时间存在同时性的关系。在文化等级上，"他者"处于一个未开发的低劣阶段，不仅在价值观上分属野蛮范畴，其思维方式也停留在"前现代"时期，欧洲

---

① 参见王恩铭等编著《当代美国社会与文化》，上海：上海外语教育出版社 2007 年版，第 6—7 页。

② 参见廖炳惠编著《关键词 200：文学与批评研究的通用词汇编》，第 231—215 页。王晓路等《文化批评关键词研究》，第 239—250 页。

人可以借由这样的异文化观看与想象，以满足其回溯早期文化模式的恋旧感与怀乡癖。① 在欧洲中心主义的影响下，美国的文学和文化形成了一元中心主义。其主要表现为，欧洲文化和本土的白人文化、文学传统是本国文化的"中心和主流"，而各少数民族族裔的传统和文化、文学都被认为是"边缘"，这无形中强化了文化发展的逻辑和现有的社会秩序。

"作为一个历史转折点，20 世纪中期的民权运动（Civil Rights Movement）带来了大批西方少数族裔对自身族群意识的觉醒。少数族裔学者和主流学界的一些学者均注意到，种族身份、种族的文化身份在整体社会文化观念中发生了严重的错位，少数族裔的文化精神、差异和社会地位是被建构而成的。为此，他们一面在政治领域发起抗争，争取平等权利，要求主流社会正视种族问题；另一面又在学术领域展开持续的反思、批判与创新，以破除主流社会对有色人种和少数族裔智力低下的偏见。应当说，他们的抗争精神和不懈努力，开创了一个围绕种族问题与民族文学的再认识阶段，同时也开创了人们必须以不同的批评方式看待不同的文本方式的理论阶段。"② 后结构批评思潮与左派批判理论无疑成为两股重要的学术推动力量。它们凭借精细的语言分析、先进的意识形态与文化批评方法，对原本属于"自然"范畴的种族概念实施卓有成效的破译与解构。德里达的解构理论与反逻各斯中心论、福柯的知识考古与话语分析方法，以及萨义德在《东方主义》中所展示的范例研究等，普遍受到原来边缘化族裔和民族学者的欢迎和追随。20 世纪中叶，"族裔的"（"ethnics"）一词在美国被使用，其含义正如 1961 年所描述的："一种礼貌性的词汇，用来指涉犹太人、意大利人与其他的人种。"③ "族裔"（ethnicity）一词与"种族"（race）有很多相似的地方，但理论上它们之间最大的区别就是族裔是"不同的族群、种族、民族以及团体，在实践规范、文化形式和宗教信仰上都有其独特之处，在这样的情境下，他们可以形成某种单一的认同，来陈述与再现他们在主流文化之外被建构出的弱势地位"。④ 由此

---

① 参见廖炳惠编著《关键词 200：文学与批评研究的通用词汇编》，第 96—97 页。

② 王晓路等：《文化批评关键词研究》，第 242 页。

③ ［英］雷蒙·威廉斯：《关键词：文化与社会的词汇》，刘建基译，北京：三联书店 2005 年版，第 155 页。

④ 廖炳惠编著：《关键词 200：文学与批评研究的通用词汇编》，第 96 页。

可见,"族裔不是建立在生物性、物质性和科学性的基础之上的,而是建立在文化性和象征性上的,是由许多社会特征相互结合而成的。除了共同的出生地、语言、宗教这些基本因素之外,族裔更是由一个群体共同的价值观念、行为准则以及共同意识、经历、语言、记忆、品位和效忠的对象等抽象的因素决定的"。因此族裔的一个简单定义就是"一个由文化或民族性格与他者区分开来的社会群族"。①

如果说种族一词从理论上讲是欧洲白人按照生物学意义上的等级排列次序将其他种族所做的固定排列,那么族裔一词出现的意义就恰恰在于它除去了生物学意义上的等级制,提倡各种族、族群之间的文化共生、共存和相互平等的主张。由此来看,种族是一元化、制度化的策略,是以二元对立的方式将一方强加给另一方,具有破坏性的等级划分;而族裔则是建立在多元共生、共存的思想基础上,具有一定积极的建设性意义的自我认定。它的积极意义和建设性体现在它承认历史、语言、文化在建构主体性与身份上的作用,承认一切话语都是有自身的发音位置、时间和语境的,并在很大程度上依赖于所有社会成员的赞同和积极配合,这就是族裔与种族之间最大的不同。②

对于种族/族裔问题的思考,显然会增强文学批评的力度与深度。对于批评家而言,种族和族裔问题所特有的非主流挑战性质,无疑能拓宽他们的视野,激励他们反思,从而促使他们针对文学文本中那些习以为常的"差异"进行更深入的探究。批评家可以依据新的观点方法对以往的主流文学进行梳理,对其文本中隐含的种族歧视与偏见实行批判,或对少数边缘文本进行挖掘整理,使之成为新的研究范畴。事实上,对主流和主流之外的创作,均可以借鉴此新方法进行研究,其主题、叙述策略和文化编码都可以在新的层面得到考察。

19世纪出现了以科学话语编织的现代种族观念,以及与之密切相关的系统技术与操作规范。近代西方科学家一面依据科学进行种族研究,一面又相信种族主义有其正确性。当他们指认一个种族的本质(essence)时,往往将其生理特征与文化伦理特征结合起来。时至19世纪末,欧美普遍存在着这种针对种族的臆断,由此生成的观念影响着人们对于文学的

---

① 陆薇:《族裔(Ethnicity)》,载汪民安主编《文化研究关键词》,第520页。

② 参见廖炳惠编著《关键词200:文学与批评研究的通用词汇编》,第96、213—215页。

理解。在文学研究中，19 世纪是一个重要时期。"其中的一个特征是：那时对于边缘种族最令人惊讶的攻击，是以'科学'名义进行的。另一个特征是那个时期文学文本中比比皆是的种族等级制（race hierarchy），渗透于文本结构、故事情节和道德教诲之中。"[①]

19 世纪美国社会的主流意识形态和文学文本中充满了种族主义思想和种族问题。对印第安人近乎种族灭绝似的大屠杀；黑人奴隶制度；奴隶制度的副产品，对墨西哥的战争——这些构成了一个国家或民族深重的罪恶。"当奴隶制的罪恶变得不单纯是某种遥远的、一般性的社会病态时"，梭罗发表了言辞激烈的演讲，并于 1854 年发表了一篇题为《马塞诸塞州的奴隶制》（Slavery in Massachusetts）的演说，抨击了 1850 年国令通过的《逃亡奴隶法》，批评了美国奴隶制度。梅尔维尔在作品《贝尼托·塞莱诺》（Benito Cereno）中采用了比梭罗更间接的方式，探究了黑人奴隶制度，并将其视为一个新兴的国家特征。他痛苦地意识到，19 世纪 50 年代中期，"自由美国"是"勇猛的、不道德的、不计后果的、掠夺性的，拥有无边的野心，外表文明内心野蛮"。[②]

1924 年，国会颁布了美国历史上的第一部排除移民法案《种族法案》，期望以此控制美国人口的种族成分。在这个年代，非裔美国人和白人女性与战前相比，被剥夺了公民权利，成为了相对沉默的两大族群，但随后它们在艺术上和政治上成为了美国社会生活的中心。[③] 20 世纪初是美国倡导的"大熔炉"时代，"大熔炉"的理念就是：在大熔炉中，所有文化都会按照理想化的模式自动地融合在一起。各民族不再保持自己的民族文化特色，大熔炉里锻造出的是同一模式的美国国家民族文化。该理论主张将少数民族视为应当被同化的对象。

"同化"是与"熔炉"相联系的一个概念。同化包括了一个支配的群体和一个服从的群体。把被征服的文化变成支配的文化就是同化。一般来说，征服某种文化含有强迫的因素。在这种强迫中，支配文化需要采取某种行为规范和与之适应的实践方式。美国的北欧移民一般都经过了美国支

---

① 王晓路等：《文化批评关键词研究》，第 245 页。

② Nina Baym, et al., eds. *The Norton Anthology of American Literature.* 6th ed. 5 vols. Vol. B. Ibid. p. 973.

③ Ibid. p. 1073.

配文化相当完整的同化过程，而少数民族只是走了一下被同化的过场，他们表面上一致了，但从未被真正同化过。尽管斯堪的纳维亚移民、密苏里和威斯康星的德国移民、波士顿的爱尔兰移民保留了他们的许多特性，但确有不少文化传统融入了美国主体文化。由种族特征所决定的少数民族却没有与主体文化融合在一起。犹太教、东欧人和许多南欧移民都保留了自己的许多特点，更不用说从中东和亚洲来的移民了。可以说，"大熔炉"对那些在文化、种族、宗教和其他特征方面与主体的盎格鲁—美国社会相类似的人是起作用的，但对非洲裔美国人、墨西哥裔美国人、土著美国人和亚洲裔美国人却并不成功。

在 20 世纪初的"大熔炉"时代，美国的绝大多数移民都来自欧洲，所以同化和融合自然成为美国建立国家民族性和团结、吸引移民的基本国策；与此同时，第二次世界大战前后美国经济的快速发展也为同化与融合提供了经济上、物质上的保证。

文化上的同质性是 20 世纪 50 年代美国社会的一个理想，从"爱国主义的角度"来讲，美国希望以此建立美国社会的基础来抵抗和包容共产主义；从唯物质主义的角度来讲，它开始享受消费至上社会的大众市场带来的好处。在这种倾向影响下，作家假设一个故事、一部小说，或一部戏剧能代表整个民族的经历，在性别、种族、宗教或地区的差异下存在着一种普遍的民族本质。[1] 1945 年至 60 年代的文学都是为了让读者相信这种民族本质的存在。

60 年代的社会革命，欢迎美国人民中的华裔美国人、日裔美国人、墨西哥裔美国人，以及曾被排斥在文学经典之外的其他族群的人民，用艺术表达来反映文化多样性。[2] 1965 年移民政策改变，大量移民的涌入使得美国再也无力同化来自各种不同文化的移民，而且，当时的经济发展速度也无法满足大量移民就业、发展的要求，因此，强调不同文化之间共生、共存的"文化马赛克"、"色拉碗"的多元文化模式就应运而生，成了美国在新形势下的新国策。而人们同时发现，"大熔炉"的提法带有白人文化优越论的色彩，也不符合事实。"大熔炉"论正在或者已经被多元文化

---

[1]　Nina Baym, et al., eds. *The Norton Anthology of American Literature.* 6th ed. 5 vols. Vol. E. Ibid. p. 1957.

[2]　Ibid. p. 1960.

说所取代。因为尽管背景极具差异性的美国人走到了一起，但并不等于他们已经融入了白人的文化当中，事实上他们各自仍然保留了自己的文化，而且即使是同一民族或同一种族的居民也并不一定在政治上完全一致，他们常常有着不同的社会与经济利益，对政治的看法也不大一致。曾经占据主导地位的白人群体他们通过各种途径，尤其是学校教育，来获得文化霸权。但是美国教育家克雷明（Lawrence Arthur Cremin）[①] 认为："有一个观点是很普遍的：通过教育，人们可以超越风俗与宗教的界限成为完全的美国人，但是却无法超越种族的界限。"[②] 所以各种少数族裔纷纷用自己民族的传统文化对抗当时占据统治地位的白人主流文化。正如马歇尔·伯曼（Marshall Berman）所指出："20 世纪 70 年代的文化中心主题之一，是恢复种族的记忆或历史，将这种名誉恢复看作个人身份的一个重要组成部分。这在现代性的历史中是一个令人瞩目的发展。尽管昨天的现代主义者常常坚持，但今天的现代主义者已经不再坚持，为了成为现代人，我们必须不做犹太人、黑人、意大利人或别的什么人。如果可以说整个社会学到了某种东西，那么 20 世纪 70 年代的现代社会看来学会了，种族的身份——不仅是一个人自己的种族身份而且是每一个人的种族身份——对于现代生活所开辟的并且向所有的人承诺的自我的底蕴和充分性来说，是不可缺少的东西。"[③]

族裔及由此带来的在西方国家种族政策上的改变无疑代表了某种社会进步，过去的几十年里，美国的文化和文学尤其珍视多元性、多样化。人们对多元文化主义的兴趣随着人们对美国不同族群文学的热情而高涨起来，首先是非洲裔美国人，其他少数族群像西班牙裔美国人、亚洲裔美国人紧随其后。这种意识立刻得到了即时的文学表述。结果，美国文学现在不再是一整块盎格鲁—撒克逊作品的集合。人们需要重新思考。重新定义

---

① 克雷明（Lawrence Arthur Cremin, 1925—1990），美国教育家和教育史学家。从 1957 年至去世，为哥伦比亚大学师范学院教授，并担任该学院院长长达十年之久（1974—1984）。主要著作有《学校的变革》（ The Transformation of the School: Progressive in American Education, 1876—1957）、《美国教育》（American Education）三卷本，其中第二卷获普利策历史奖。

② Lawrence Arthur Cremin, American Education: The National Experience, 1783—1876. New York: Harper Collins Publishers, 1980. p. 245.

③ ［美］马歇尔·伯曼：《一切坚固的都烟消云散了——现代性体验》，徐大建、张辑译，北京：商务印书馆 2003 年版，第 444 页。

美国文学拉近了所谓"主流"和"支流"之间的距离,美国文学容纳了更多的不同种族的作家。近期的美国文学景观已经令人惊奇地多姿多彩。非裔美国作家,如拉尔夫·艾利森、托尼·莫里森和爱丽丝·沃克等获得了承认,成为美国文学的一个有机部分,其他少数族群,如美国印第安人(American Indians)或被定义为土著美国人(Native Americans)、亚裔美国人和奇卡诺美国人(Chicanos)的文学也被书写,并得到读者的欢迎和批评家的评论。下面各节分别讨论各少数族裔文学在《诺顿美国文学选集》中收录的情况,以此来反映少数族裔文学是如何进入主流文学经典,如何对传统美国文学经典做出扩充与修正,以及对美国文学的发展和变化产生影响的。[①]

第一节　犹太裔文学

犹太美国文学是美国文学的重要一支,它同非裔美国文学、亚裔美国文学、拉丁裔美国文学和其他美国少数族裔文学一样,是整体的美国文学的组成部分。美国文学的历史并不悠久,但却造就了一大批犹太作家。从最初的纳撒尼尔·韦斯特(Nathanael West, 1903—1940)、克利福德·奥德茨(Clifford Odets, 1906—1963)、爱德温·罗尔夫(Edwin Rolfe, 1909—1954)、亨利·罗斯(Henry Roth, 1905—1995)、亚伯拉罕·卡恩(Abraham Cahan, 1860—1951)、安齐娅·叶捷斯卡(Anzia Yezierska, 1880?—1970)、辛西亚·奥齐克(Cynthia Ozick, 1928—)、爱玛·拉扎勒斯(Emma Lazarus, 1849—1887)、欧文·肖(Irwin Shaw, 1913—1984)等早期犹太作家的默默耕耘,处于边缘地位,到索尔·贝娄(Saul Bellow, 1915)的《奥吉·马奇历险记》(*Adventures of Augie March*, 1953)获国家图书奖,直到1976年和1978年索尔·贝娄和艾萨克·巴什尔维斯·辛格(Isaac Bashvis Singer, 1904—1991)分别被授予诺贝尔文学奖,最后获得公众最大程度的认可。此外还有伯纳德·马拉默德(Bernard Malamud, 1914—1986)、菲利普·罗思(Philip Roth, 1933—)、杰罗姆·塞林格(J. D. Salinger, 1919—)、约瑟夫·海勒(Joseph Heller, 1923—)、艾伦·金斯堡(Allen Ginsberg, 1926—1997)、诺曼·梅勒

---

① 参见本书附录四"少数族裔作家收录情况"。

（Norman Mailer，1923—）、阿瑟·米勒（Arthur Miller，1915—）等著名作家。在过去的一百多年中，这些犹太作家为美国文学的繁荣与发展作出了不可磨灭的贡献。

　　要将犹太裔人及其文学作为一个弱势族裔和弱势族裔的文学来加以讨论研究似乎有些困难，因为《诺顿美国文学选集》不论从哪一方面都没有突出介绍和强调犹太作家的种族特征和文化特征，究其原因，大概是主流文学早已认为他们融入了美国文化，他们身上的美国特性发展得充分完善而不再被视为弱势族裔。犹太移民来自欧洲诸国，主要是德国、俄国以及东欧诸国。但是犹太人时刻记着自己的根在中东以色列。虽然他们和大部分欧洲白人移民有着一些共同之处，但是他们的语言、历史和宗教等特点又让白人主流将他们列为另一个族裔，归到少数族裔之中。而且在美国历史上也发生过几次反犹和排犹运动。① 在美国历史中，人们发现犹太人介于占统治地位的多数白人和处于边缘地位的有色人种之间，他们在美国多元文化的版图中并没有一个明晰的位置来确认他们的与众不同。

　　犹太裔人在美国多元文化版图中的这种特殊位置，使我们在定义犹太美国文学时困难重重：美国著名犹太研究专家欧文·豪（Irving Howe）在1977 年出版的《犹太美国故事》（*Jewish American Stories*）中，将犹太美国文学定义为对特定的背景"缺乏一些记忆或者印象的读者难以理解的区域性的文学"。② 欧文·豪在其定义中内在地暗含了犹太美国小说衰落的预言。按照欧文·豪对犹太美国文学的地点和时间详细而精确的规定来

---

　　① 19 世纪后半期，征服领土的墨西哥战争中，使新的盎格鲁—撒克逊主义抬头，并且直接影响到以后对移民，特别是对涌入纽约的东欧犹太人的态度。第一次世界大战后，美国本土主义对移民产生了恐惧，并尝试以已经进入美国的移民设限。当犹太狂热主义分子，在苏联的指导下，试图将平等主义风气引进美国时，他们在思想和精神方面受到越来越多的限制。大萧条时期美国反犹组织的活动愈演愈烈。1921 年的移民限制令和 1924 年的"约翰逊法"（Johnson Act）等移民限制法阻止了南欧和东欧犹太人向美国移民。这些措施使说意第绪语的犹太人大大减少，而且致使当时滞留在欧洲法西斯集中营的成千上万的犹太人不能摆脱牢狱之苦，更不能进入美国。

　　② Irving Howe，"Introduction，" in *Jewish American Stories*. New York：New American Liberary/Penguin，1977. p. 5. 转引自 Tresa Grauer，"Identity matters：contemporary Jewish American writing" in Michael P. Kramer ＆ Hana Wirth-Nesher，eds. *The Cambridge Companion to Jewish American Literature*. Shanghai：Shanghai Foreign Language Education Press，2004. p. 269.

看，他所描绘的文学形式最终将消亡。

　　但是自从欧文·豪关于犹太美国文学必将衰落的预言发表以来，犹太美国文学持续繁荣，这不仅驳斥了其"'年轻的'美国犹太人"缺乏小说创作所需要的经验的深度的观点，而且，更重要的是证明了任何一个单一的有关犹太美国文学的定义的有限性。对欧文·豪来讲，犹太美国文学是基于犹太人的移民经历，其他批评家的论点却是包含了另外的标准，用各种诸如"血统"（作者是否有犹太母亲）、"语言"（文本是否使用希伯来语或意第绪语写成）、"宗教信仰"（作者或者书中人物是否按照犹太法律生活）和"主题"（文本是否反映了例如，大屠杀等传统主题）等范畴来定义犹太美国文学。每一个想给犹太美国文学定义的人都会产生更多的问题，引起更大的讨论。如汉娜·华斯—尼什（Hana Wirth-Nesher）在她的文集《什么是犹太文学》（*What is Jewish Literature?*）导言中所说的那样："没有一个共识的或者有可能……在不可能的情况下达成一个普遍接受的关于犹太人的定义。"① 迈克尔·P. 克莱默（Michael P. Kramer）和汉娜·华斯—尼什在其合著的《美国犹太文学》中，为了避免给犹太裔文学下一个单一而有限的定义则干脆说"犹太美国文学正在形成之中"。②

　　美国犹太作家"活跃在文学创作的每一个领域，诸如诗歌、小说、戏剧和批评"等③，在创作思想、题材内容、内涵倾向、艺术趣味、审美方式等方面，的确并未形成一种统一的文学特征，在美国文学中他们往往被分别"瓜分"到诸多不同的创作流派当中去。如 B. J. 弗里德曼和约瑟夫·海勒被认为是黑色幽默的主要代表，艾伦·金斯堡则被认为是"垮掉的一代"的重要作家。而且许多犹太裔作家，如索尔·贝娄、艾萨克·辛格等出于种种原因，反对被贴上"犹太裔作

---

① Hana Wirth-Nesher, "Defining the Indefinable. " Introduction to *What Is Jewish Literature?*, ed. by Hana Wirth-Nesher. Philadelphia: Jewish Publication Society, 1994. p. 3. 转引自 Tresa Grauer. "Indentity matters: contemporary Jewish American writing" in Michael P. Kramer & Hana Wirth-Nesher, eds. *The Cambridge Companion to Jewish American Literature*. Ibid. p. 270.

② Michael P. Kramer & Hana Wirth-Nesher, eds. *The Cambridge Companion to Jewish American Literature*. Ibid. p. 9.

③ Irving Malin, ed. *Contemporary American-Jewish Literature*, *Critical Eassays*. Bloomington: Indiana University Press, 1973. p. 37.

家"的标签。① 所以说:

> "美国犹太文学"与其说是美国文坛上的一种单纯的传统意义上的文学运动,不如说是一种以文学的形式出现而又蕴涵着更为深广意义的"社会文化运动",是古老的犹太文化经由欧洲犹太移民的负载而与美国社会发生诸种文化碰撞和文化变迁后产生的一种独特的历史文化现象以及这一历史文化现象在文学领域的复杂表现。……从历史文化的背景下把"美国犹太文学"作为一种"社会运动"来解读,让既有的"文学规则"服从于更具有形而上意义的文化规则,那么许多问题便可能迎刃而解了。②

"犹太裔文学"社会运动的产生有着其独特历史背景。犹太人与美国其他少数民族不同,其他少数民族都曾有过自己的祖国,但近两千年来,犹太人则一直没有。直到 1948 年以色列建国,犹太人才划时代地有了一个属于自己民族的国家。公元前 586 年犹太人遭到巴比伦"强迫放逐"(galut)。公元 70 年后,罗马帝国征服、占领耶路撒冷,将犹太人逐出圣城,从此他们离散居住在世界各国。相传,第一个到达美国的犹太人是艾阿利思·勒伽都(Elias Legardo),他于 1621 年到达现今的弗吉尼亚州。至于他到美国的原因则不详。有史记载的,最初一批到达荷兰殖民地新阿姆斯特丹的犹太人是在 1654 年,共有 23 人。③ 犹太人的两次大的移民浪潮分别发生在 19 世纪 20 年代至美国南北战争结束前、美国南北战争结束后至 20 世纪 20 年代初。"正是由于犹太人的不同经历或'犹太族的'建构产生了不同种类的文化,所以他们产生了关于犹太美国文学的不同故事,在这个过程中,不同的作家扮演了领军的角色,而且同一个作家也可

---

① 许多犹太裔美国作家并不把自己看成是美国"犹太作家"。他们认为,如果承认自己是"犹太作家"就等于承认自己仅仅是为美国犹太少数民族而写作的作家,就会被认为"狭隘"和不入主流;当然,更深层的原因是对"反犹"的戒备甚至恐惧已深深地植根于他们的"无意识"之中。他们唯恐以犹太作家自称会被打成"另类"——一旦"反犹主义"者兴风作浪,灾难便会殃及自身。见乔国强《美国犹太文学》,北京:商务印书馆 2008 年版,第 5 页。

② 朱振武等:《美国小说本土化的多元因素》,上海:上海外语教育出版社 2006 年版,第 171 页。

③ 乔国强:《美国犹太文学》,第 14—15 页。

能采用不同的艺术表现方式。"①

美国犹太文学并不是社会运动和民族斗争的产物,追溯犹太文学的起源,我们发现它是一种流放、散居和探寻家园文化的产物。美国犹太文学的发展由来已久,最早的意第绪语戏剧创作可以追溯到 19 世纪末。时至 20 世纪初,仍然有相当一部分作家用意第绪语创作。20 世纪初,美国犹太移民作家仍用本民族语意第绪语进行文学创作;另一批从东欧移民美国的犹太人采用希伯来语创作,并且在第一次世界大战前后逐渐繁荣起来。此外还有不少犹太人选择用英文创作,如斯坦因、卡恩、安婷 (Mary An-tin) 和叶捷斯卡等。

美国犹太裔文学经过一百多年的发展、演变,已经从边缘进入了主流。而犹太裔作家进入主流"正典"《诺顿美国文学选集》,更是表明了犹太裔作家在美国文学史上的地位和对美国文学作出的重大贡献。《诺顿美国文学选集》对犹太裔作家的收录情况,大致反映了犹太裔文学在美国发生、发展和演变的过程。

从 1979 年第一版选集起,至 2003 年第六版选集止,入选《诺顿美国文学选集》的犹太裔作家一共有 14 位:第一版有 7 位,格特鲁德·斯坦因、纳撒尼尔·韦斯特、索尔·贝娄、诺曼·梅勒、菲利普·罗思、苏珊·商塔格和艾伦·金斯堡。第二版入选 8 位,纳撒尼尔·韦斯特和苏珊·商塔格落选,新增加了克利福德·奥德茨、伯纳德·马拉默德和阿瑟·米勒。第三版克利福德·奥德茨落选,新增了 19 世纪著名女诗人安齐娅·叶捷斯卡。第四版增选了穆丽尔·鲁凯泽,第五版诺曼·梅勒落选了,第六版增选了爱玛·拉扎勒斯和亚伯拉罕·卡恩,其余作家保持不变。另外有一个重要现象就是获得诺贝尔文学奖的艾萨克·辛格没有被《诺顿美国文学选集》收录。原因是辛格主要是用意第绪语创作,然后再被翻译成英语,由此可见语言因素是确定作家能否进入"主流"的关键因素之一。再者,我们发现注重犹太本民族建构的作家,也没有入选,相反用一种文学共有视野进行创作的作家,更容易获得认可。

---

① Michael P. Kramer & Hana Wirth-Nesher, eds. *The Cambridge Companion to Jewish American Literature.* Ibid. p. 6.

下面我们以犹太裔作家的出生年份为序展开论述，并结合作家所处时段的历史背景，评论作家的创作，以及他们与整个美国文学的关系。

爱玛·拉扎勒斯是"第一个在美国文学史上留下痕迹的犹太作家"，[①]而且是一位女性犹太作家。但是她却是最迟一位入选《诺顿美国文学选集》的作家。2003 年第六版将其收录。几乎所有的美国人都知道一些拉扎勒斯的诗句，尤其是她的十四行诗"新巨人"。1903 年，此诗被刻在自由女神像底座的铜板上，诗的最后几行，尤其是"渴望呼吸自由的挤作一团的人们"这个短语进入了国家意识之中。[②]

1866 年，拉扎勒斯出版了她的第一部作品《诗和翻译⋯⋯写于 14 岁至 16 岁期间》（*Poems and Translation ⋯Written between the Ages of Fourteen and Sixteen*）。1871 年，她出版了另外一部诗集《阿德墨托斯及其他诗作》（*Admetus and Other Poems*）。爱默生对这部诗集颇有好评，特别是对其中一首名为"英雄"的诗，赞不绝口。爱玛一生为犹太人奔走呼号，她不仅用诗歌和戏剧诉说犹太人的苦难，驳斥反犹主义的言论，而且为了使犹太人能生活得更好，她几乎做到了竭尽所能。如为美国犹太移民组建希伯来技术学院和农业社团等而努力工作，特别是她为纽约自由女神像所写的那首脍炙人口的十四行诗"新巨人"，更是表达了她对移民的同情和作为一名美国犹太人的自豪。而且"拉扎勒斯的诗歌标志着美国文学史上一个清晰的转折点"，[③] 因为它通过一双西班牙—德国后裔美国人的眼睛凝视着被欧洲漫长的海岸拒绝的可怜的东欧新移民。而新来的移民也在凝视着美国，思考着美国会给他们带来些什么。19 世纪末至 20 世纪中期，大量犹太移民进入美国，他们所负载的犹太传统文化与美国文化发生着复杂而深刻的冲突和融合。

犹太移民所面对的首要问题和冲突就是美国化进程。而 19 世纪和 20 世纪之交美国文学的中心主题之一就是"美国化"进程或来自世界不同

①　Nina Baym, et al. , eds. *The Norton Anthology of American Literature*. 6th ed. 5 vols. Vol. B. Ibid. p. 2597.

②　Emma Lazarus, "The New Colossus". in Nina Baym, et al. , eds. *The Norton Anthology of American Literature*. 6th ed. 5 vols. Vol. B. Ibid. p. 2601.

③　Michael P. Kramer & Hana Wirth-Nesher, eds. *The Cambridge Companion to Jewish American Literature*. Ibid. p. 28.

角落的移民同化过程，这一主题在亚伯拉罕·卡恩①的创作中得到了充分的反映和体现。亚伯拉罕·卡恩是 2003 年入选第六版诺顿文选的，他一个多产的记者和数量虽少但很重要的小说的作者，其作品的主要核心就是同化。书写犹太人失落的情怀及归化进程中情感和精神变化是卡恩小说的主要特色。

　　1892 年至 1917 年，卡恩开始用英语写小说。受到 W. D. 豪威尔斯的鼓励，1896 年，他发表了第一部小说《耶考：一个纽约隔都的故事》（*Yekl: A Tale of the New York Ghetto*），1898 年出版了短篇小说集《进口新郎和有关纽约隔都的其他小说》（*The Imported Bridegroom and Other Stories of the New York Ghetto*）。而 1917 年的自传体小说《大卫·莱温斯基》（*The Rise of David Levinsky*）是其最著名的作品，小说让卡恩成为美国犹太作家，如迈克尔·戈登（Michael Gold）、亨利·罗斯、索尔·贝娄和阿尔弗雷德·卡津（Alfred Kazin）的前辈。《大卫·莱温斯基》这篇热情的关于世纪之交丰富多彩的现实报道，首先是一部犹太小说，一部关于艰难的美国化进程的小说，更广义地，是一部关于自我疏离和社会异化的小说。一般认为卡恩是"美国移民生活年代重要的记录者"。② 所以"虽然卡罕创作了不少反映纽约犹太人生活的小说作品，但在美国文学史上，他的名字始终与美国少数民族新闻学、移民文化和政治等学科联系在一起。"③ 而入选《诺顿美国文学选集》，在某种程度上纠正了这种错误定位或偏差，承认了卡恩对美国文学所作出的贡献及其影响。卡恩的文学创作忠实地记录了当时犹太人的真实生活状态，描写了犹太人在同化时，面临的严峻的文化冲突，即他们原先的生活习俗、价值观念、宗教信仰以及所使用的语言都受到了质疑和挑战。他们在血汗工厂劳作求生，经过艰难奋斗和痛苦挣扎，他们在成功地完成了对美国文化移入的同时，又不得不面对自身情感和精神迷失的双重痛苦。

　　格特鲁德·斯坦因，生于美国宾夕法尼亚州阿勒格尼，是德国犹太人

---

　　① 亚伯拉罕·卡恩（Abraham Cahan），又译为亚伯拉罕·卡汉、亚伯拉罕·卡罕。本书统一采用译名亚伯拉罕·卡恩。但对具体译著的引用，仍沿用原译者译名。

　　② Nina Baym, et al. , eds. *The Norton Anthology of American Literature.* 6th ed. 5 vols. Vol. C. Ibid. p. 822.

　　③ 刘海平、王守仁主编：《新编美国文学史》第三卷，杨金才主撰，第 646—647 页。

的后裔。她是美国两次世界大战期间文学时段出现的"文坛奇女"① 和
"文学怪人"。② 她不仅是个出色的小说家和诗人，而且还是个优秀的剧作
家。斯坦因一生致力于文学的试验和革新，为推动美国现代主义文学的发
展作出了积极的贡献。她"一直是美国文学界推崇的楷模，被誉为曾经
影响了一代作家的美国现代主义文学运动的先驱"。③ 斯坦因以她的个人
魅力和文学成就对文艺的各个领域都产生了不同程度的影响。④ 不同的文
学研究范畴都能在她身上发现和找到对应点，如她的代表作《美国人的
素质》（The Making of Americans，1925）使试验体小说创作进入了高潮；
她的具有性别和独特的个性以及关于女性的作品，如《三个女人》（Three
Lives，1909）让女性文学研究将其纳入研究领域；她的性取向以及作品中
（如 1903 年斯坦因完成的关于女同性恋的故事《Q. E. D》，在她去世后出
版，书名为《事情原本如此》（Things As They Are））对同性恋的描述，又
引起酷儿研究者的兴趣；她身上的民族属性，使她的作品被当作少数族裔
文学来解读。《剑桥美国文学史》中指出，"作为美国少数族裔散文文学
的现代主义开端的标志，或许没有比格特鲁德·斯坦因的《梅兰卡莎·
每个人都如她所愿》（Melanctha：Each One as She May）的结尾更好的
了。"⑤ "斯坦因在《三个女人的一生》（即 Three Lives）里为既是'民族
的'又是'现代主义的'文学树立了典范。"⑥ 但是我们"在欣赏斯坦因
作品的过程中，明显缺乏的是把斯坦因当作'少数族裔'作家来解读的
尝试"。⑦ 斯坦因是第二代德国移民，她又是一个移居国外的美国人，从
1903 年到 1946 年她去世的这段时间里，她只回过美国一次。对于美国来
说，她是一个局外人。她的创作风格决定了她在美国文学史上享有独特的
地位。

　　安齐娅·叶捷斯卡是 20 世纪 20 年代和 30 年代期间最为出名的第一

① 参见刘海平、王守仁主编：《新编美国文学史》第三卷，杨金才主撰，第 241 页。
② 乔国强：《美国犹太文学》，第 68 页。
③ 刘海平、王守仁主编：《新编美国文学史》第三卷，杨金才主撰，第 241 页。
④ 同上书，第 246 页。
⑤ ［美］萨克文·伯柯维奇（Sacvan Bercovitch）主编：《剑桥美国文学史》第六卷，张洪
杰、赵聪敏译，北京：中央编译出版社 2008 年版，第 375 页。
⑥ 同上书，第 390 页。
⑦ 同上书，第 389 页。

代移民作家之一。安齐娅·叶捷斯卡出生于靠近波兰华沙的一个名叫普林斯顿的隔都里。据她女儿的回忆，她母亲从来不知道自己确切的生日，总是将生日换来换去，结果是越换越年轻。此处的生卒年份出自《诺顿美国文学选集》。叶捷斯卡的作品主要反映了那些深受迫害，贫困潦倒的东欧犹太移民移居美国后的生存状况，描写他们在与美国社会"同化"的过程中，如何保持原有的传统方式，以及如何同那些土生的拒绝他们进入美国社会的人作斗争的。不像其他那些将新移民刻画成单一的受害群体的移民作家，叶捷斯卡探讨了移民群体中，尤其是家庭中的两代人之间和性别之间的冲突。她笔下的主人公多为女性，像她自己一样，"有罪地"反抗父辈那些期望女性顺从和自我放弃的愿望。在 20 世纪 70 年代，叶捷斯卡那些曾被忽略遗忘的作品被对种族特征感兴趣的历史学家重新发现，而女权主义者也在寻找被遗忘的女作家。"叶捷斯卡对其女主人公如何通过适当的媒介表达自我，从而得到幸福，更感兴趣。"① 从某个角度讲，叶捷斯卡对美国犹太文学的最大贡献，是她塑造出了一系列个性独立、勇于追求个人幸福的犹太女性形象，从更大程度上说，她是一个女权主义者。所以她更受女权主义批评家的欢迎，1989 年就进入了第三版《诺顿美国文学选集》。她的第一部短篇小说集《饥饿的心》　（*Hungry Hearts*,1920），也成为了犹太移民渴望爱、相信生活、渴望融入美国新世界的象征意象。

　　20 世纪 30 年代大萧条时期，美国国内、国际形势对犹太人更为不利。国际上，法西斯主义和纳粹势力在德国和意大利开始占据主导地位；在美国国内，法西斯主义和"红色"运动相继出现。这一时期，美国犹太文学创作总的趋势是向左转。作品反映中下层人民的艰苦生活。作家中的许多人或多或少与某个政治运动或政治派别相联系；他们开始从游离于主流的边缘逐渐走进"主流文学"；从原来被称之为专事写少数民族问题的作家，变为书写带有"普遍意义"的"主流文学"的作家。② 犹太作家中，剧作家克利福德·奥德茨就是一个典型的代表。在美国出生、受教育并在 20 世纪 30 年代成年的一代人，他们仍然和自己移民根源保持着紧

---

　　①　Michael P. Kramer & Hana Wirth-Nesher, eds. *The Cambridge Companion to Jewish American Literature*. Ibid. p. 64.

　　②　乔国强：《美国犹太文学》，第 66 页。

密的联系，知道欧洲犹太人的过去，而且没有背负任何责任要去保护这种过去。30 年代是一个酝酿作家和思想家的美好时代。

　　20 世纪 30 年代，集结在纽约的一群犹太作家，后来一些来自芝加哥的作家也加入进来，形成了美国第一个——也是迄今唯一的——欧洲风格的知识分子团体。他们认为来自欧洲的社会主义思想能够影响美国人民，并且相信思想的转化力量，他们以思想为武器，并将此广为传播。《游击队评论》（*Partisan Review*）和《解说词》（*Commentary*）是其传播思想的两大主要阵地，并且活跃到 21 世纪。"这两本杂志加强了不断涌现的犹太文化的这样一种感觉：即犹太文化不仅愿意使自身适应美国的主流文化，而且在自我适应的过程中改变着主流文化"。[①]

　　这种移民文化与美国本土文化发生碰撞和相互作用的情况，在早期犹太裔移民作家的作品中就有体现。来自俄国波洛茨克的早期犹太移民玛丽·安廷在其广受欢迎的自传《应许之地》（*The Promised Land*，1912）中，描绘了她是如何在内心接受她的美国公民身份的。"我的祖国"一章是她生活中种族认同的转折点，安廷叙述了她对美国公民身份的新理解，她写道："对于我们俄国犹太人来说，归化不仅仅只是意味着被美国接纳，成为移民，同时也意味着移民接纳美国。"[②] 20 世纪二三十年代的美国犹太人已很少使用，甚至不再使用意第绪语了，大多数犹太作家开始用英语进行创作，为其进入"主流社会"或"主流文化"创造了条件；另一方面，也使他们与犹太文化传统有了更大的距离和隔阂。1924 年到 1945 年，犹太文学的创作趋于多样化。

　　纳撒尼尔·韦斯特，20 世纪 30 年代美国著名的犹太作家，堪称"迷惘一代"的一位天才作家。他的创作体现了 30 年代犹太作家的特点。韦斯特生前并不出名，死后引起了评论家的广泛注意。但是他只是被收录进 1979 年第一版的《诺顿美国文学选集》，随后的文选便销声匿迹了。"总体上讲，韦斯特的小说致力于描写那些力图融入美国社会的人物及其奋力拼搏过程中表现的种种焦虑和挫败感。他们往往是一些对自己努力向往的那个社会并不完全信任，甚至根本不了解这个社会的价值原则的人物。这

　　① Ruth R. Wisse, "Jewish American renaissance" in Michael P. Kramer & Hana Wirth-Nesher, eds. *The Cambridge Companion to Jewish American Literature*. Ibid. p. 194.

　　② ［美］埃默里·埃利奥特主编：《哥伦比亚美国文学史》，朱通伯等译，第 470 页。

样的人在具体行动中采取的方式不是怀疑就是排斥。殊不知，他们的这种经历在很大程度上表现了 30 年代美国社会的异化现象。从侧面，韦斯特又写出了犹太人在美国都市化进程中的迁徙过程及其在社会上遭排斥的苦难经历。"①

在《巴尔索·斯奈儿的梦幻生活》（*The Dream Life of Balso Snell*，1930）和《孤心小姐》（*Miss Lonelyheart*，1933）中韦斯特用现代主义的手法，描写了荒诞的爱情和友情。《整整一百万》（*A Cool Million*，1934）揭穿了所谓靠艰苦奋斗发家致富的美国神话。1939 年创作了美国小说史上第一部"好莱坞小说"——《蝗虫日》（*The Day of the Locust*）。作为一个美国犹太作家，韦斯特在反映美国犹太人民生活的同时，更时刻注意把批判的锋芒指向整个美国社会。尤其是他在创作中使用的悲喜剧手法，成为同时代作家，如弗兰纳里·奥康纳等所效仿、学习的榜样。

克利福德·奥德茨是美国 30 年代崛起的杰出的现实主义剧作家，"左翼"戏剧创作的领军人物。他的早期作品敢于触及重大社会问题，针砭时弊，为美国"左翼"戏剧的繁荣与发展起到了积极的作用。他的独幕剧《等待莱福逊》（*Waiting for Lefty*），是反映工人斗争的一个十分成功的剧作，并获得了美国新戏剧协会颁发的最佳独幕剧奖。《诺顿美国文学选集》将其作为 30 年代抗议文学的代表收入第二版。但是此后他就再未出现在选集中。另外，他有的作品，如《醒来唱歌》（*Awake and Sing*，1935）生动地描绘了犹太人民的艰苦生活，但是更多是描写非犹太人生活的作品。

穆丽尔·鲁凯泽（Muriel Rukeyser，1913 – 1980）犹太裔女诗人、政治活动家，以反映平等、女权主义、社会公正和犹太教的作品而闻名。1994 年《诺顿美国文学选集》第四版将其收录，并在第五、六版中占据稳定位置。在 20 世纪 20 年代和 30 年代，她被激进运动所吸引，将自己视为贫穷的和受压迫的一类人，并和社会主义者、共产主义者、劳工运动积极分子和自由精神艺术家等广泛接触，他们在纽约形成了一个异类的亚文化圈。鲁凯泽对工厂里劳工的困境，危险的工作条件和低微的工资感到愤怒。她发现理想主义和工人运动的团结是将人民从个人主义的空虚和肤浅中解放的一个选择。她用超现实主义的富于想象的蒙太奇手法描绘了个

---

① 刘海平、王守仁主编:《新编美国文学史》，第三卷，杨金才主撰，第 625 页。

人主义的危害和绝望。

鲁凯泽用诗作积极地推进社会运动，同样也坚持艺术自由原则，并献身于一种诗学复杂性的审美主张。她与 30 年代的许多社会诗人不同，她并不用一种假定的风格来描写思想简单的工人阶级。她不认为用很高的技巧写出来的诗歌和复杂文本同为政治动机而写的诗歌之间存在冲突。对她来说，诗歌是一种看世界的方式，是一种可以写任何东西，所有主题的工具。作为一个艺术家，她用毕生精力说明，柔美和精细的诗歌既可以用来描绘自然、私人生活，又不可以用来表现大多数的公共事务。她的主要作品有《飞行的理论》（*Theory of Flight*，1935）、《美国一号》（*U. S. 1*，1938）、《转向的风》（*A Turning Wind*，1939），以及谴责战争的残暴的《看到的野兽》（*Beast in View*，1944）等。鲁凯泽 50 年代比较沉寂，随着 60 年代社会运动的兴起，她又回归了社会主题，在 70 年代创作了一些杰出的女权主义诗歌。1978 年出版了《诗集》（*Collected Poems*）。肯尼斯·力士罗斯（Kenneth Rexroth）称赞她的诗歌，并说鲁凯泽是她"那个时代最伟大的诗人"。①

伯纳德·马拉默德和索尔·贝娄是 20 世纪 50 年代涌现的犹太作家中的重要成员。《魔桶》（*The Magic Barrel*，1958）和《犹太鸟》（*The Jewbird*，1963）这两部悲喜剧式短篇小说堪称马拉默德最完美的作品，它们延伸扩展了移民小说的界限，成为魔幻现实主义的作品。与贝娄描写知识分子不同，马拉默德突出了劳动阶级和新近移民犹太人的语言和行为方式。似乎抓住了一种"真正的"犹太美国风格，将他的人物所遇到的危险和苦难置换到限定的场所和他童年时代抑扬顿挫的意第绪语中。他的作品充满着来自贫穷旧世界氛围和表现旧世界意识的人物的回响。马拉默德在前期创作中，提出了以下几个方面的问题，即坚持犹太性的问题，苦难与救赎的问题，道德与责任以及爱与性的问题。在坚持犹太性的问题上，马拉默德认为，美国犹太移民不管在何种境遇下，都不应该放弃自己的犹太身份，而是应该通过做好事和忍受痛苦、磨难来实现自己的犹太身份，并最终完成救赎自己和他人的责任。

索尔·贝娄，1976 年诺贝尔文学奖获得者，是第一位荣获诺贝尔文学奖的当代美国作家。他的获奖不仅是世界文坛对其个人创作成就的肯

---

① http：//www. answers. com/topic/muriel-rukeyser，搜索时间 2009 年 5 月 12 日。

定，而且还确立了美国犹太文学在世界文学中的地位。索尔·贝娄排除一切、极度热情地投身小说的创作，致力于描写和想象美国的都市生活，尤其是芝加哥和纽约等大城市的生活。"他作品中体现出来的对当下文化的人类理解和细微分析"使他获得了国际社会的承认和肯定。① 贝娄在作品中一直关注当下美国社会人民的生活状况。在代表作《奥吉·玛琪历险记》中，贝娄从多个层面向读者展示了主人公奥吉与社会之间的关系，告诉读者现代犹太美国人的生活处境和需要解决的问题。

瑞典皇家学院在授予索尔·贝娄诺贝尔文学奖的"声明"中说，随着贝娄的第一部长篇小说《晃来晃去的人》（*Dangling Man*，1944）问世，美国的叙事艺术开始摆脱了僵硬、雄浑的气息，预示着某种与众不同的创作风格的到来。② 贝娄在创作中经常尝试一些新的创作手法以服务于作品的主题。在 1965 年出版的一篇名为《从这儿出发去哪儿?:小说的未来》的文章里，贝娄指出，19 世纪美国文学——爱默生、梭罗、惠特曼、梅尔维尔——在"建造一个年轻和处于自然状态的国家方面"显得非常说教。贝娄将自己也归属于教育性的传统的一分子，属于国际"说教"，如托尔斯泰、D. H. 劳伦斯和约瑟夫·康拉德等作家集团中的成员。他同样相信"想象总是寻找新的方式表达美德……我们才刚刚开始了解人类"。③ 这种关切自 1959 年《雨王汉德森》（*Henderson the Rain King*）出版以后的几年中都体现在贝娄的小说创作中。

贝娄的获奖并不是因为作品体现出来的犹太性，实际上，他的作品很少直接讨论犹太问题，一般不提及人物的民族身份。但是，如果参照犹太民族的历史和文化来解读贝娄的作品，就会发现其人物的言谈举止、命运以及与此相关的外部世界却无不渗透着犹太民族文化的韵味。而且他的这种犹太性也如他的为人和作品一样不张扬地渗透进了美国文化和文学之中。

---

① 在 1976 年诺贝尔文学受奖仪式上被引用的话语。出自 Nina Baym，et al. ，eds. *The Norton Anthology of American Literature.* 6th ed. 5 vols. Vol. E. Ibid. p. 2093.

② "Press Release：The Nobel Prize for Literature 1976" by Swedish Academy The Permanent Secretary，in http：//nobelprize. org/nobel_ prizes/literature/laureates/1976/press. html，引用时间 2008 年 10 月 28 日。

③ Nina Baym，et al. ，eds. *The Norton Anthology of American Literature.* 6th ed. 5 vols. Vol. E. Ibid. p. 2094.

　　阿瑟·米勒是美国最重要的犹太戏剧家，也是 20 世纪世界最重要的戏剧家之一。像许多现代美国戏剧家，如奥尼尔、田纳西·威廉姆斯等一样，阿瑟·米勒的许多剧作也是以家庭为主题，他要么描写一个家庭，要么将一个理想的世界想象为一个大家庭。经常是剧作中的人物关于家庭的观念把他卷入了——也最终注定了其——与外面世界的冲突。米勒也意识到理想只有合理才行。在《都是我的儿子》（*All My Sons*，1947）里，乔·凯勒强调将毁坏的飞机零件卖给军方是为了赡养家庭，但是他取得经济成功的愿望只是其动机的一部分。在《推销员之死》（*Death of a Sales-man*，1949）中威利·洛曼（Willy Loman）也是一个家庭供养者，为了能给家庭留下一笔人寿保险而自杀身亡。"米勒对家庭的处理方式导致了他对个人理想，以及家庭所存在的社会的处理方式。"①

　　《推销员之死》"这部剧的意义不仅在于揭露了资本家对雇工的无情剥削，而且还揭露了当代美国社会悲剧的性质。另外，这部戏剧还充分展示了深厚的犹太文化底蕴。在美国犹太文学中，对父亲在犹太家庭中的角色的描写已经成为一种'母题'。父亲常常成为'背运'、被亲人误解以及忍辱负重的代名词。这在阿瑟·米勒的《推销员之死》中也有生动的表现"。② 在艺术创作上，米勒常常以马拉默德的"人人都是犹太人"的思维方式来述说犹太人的故事。③

　　诺曼·梅勒的长篇小说主要有：《裸者与死者》（*The Naked and the Dead*，1948）、《巴巴里海岸》（*Barbary Shore*，1951）、《鹿苑》（*Deer Park*，1955）、《美国梦》（*An American Dream*，1965）、《我们为什么到越南》（*Why are We in Vietnam*，1967）等。"在描写性、暴力、权力的表面主题下，表达了传统的道德价值观念、弘扬了民族文化气息，体现了对社会现实的批判精神。"④ 梅勒的创作特点较为明确，乔国强在《美国犹太文学》中作了如下归纳："其一，就创作风格而言……无论是在形式上，

---

　　① Nina Baym, et al., eds. *The Norton Anthology of American Literature*. 6th ed. 5 vols. Vol. E. Ibid. p. 2109.

　　② 乔国强：《美国犹太文学》，第 195 页。

　　③ Allen Guttmann, "All Men Are Jews" in Harold Bloom ed. *Modern Critical View*: *Bernard Mal-amud*. New York: Chelsea House Publisher, 1986. p. 156. 转引自乔国强：《美国犹太文学》，第 196 页。

　　④ 乔国强：《美国犹太文学》，第 508 页。

还是在内容上，梅勒的每一部作品都与前一部作品有很大的不同。其二，梅勒小说的中心问题主要是问'坏人如何生活？'其三，梅勒作品中的人物主要是美国社会中享有特权的白人。尽管小说中也不乏犹太人物和反映与犹太人相关的故事情节，但是，梅勒却故意避免让这些人物及故事情节在作品中占据中心地位。……换句话说，梅勒在形式上更喜欢场面宏大，人物众多，情节芜杂交错；在内容上则倾向于写具有普遍意义的社会问题，而不愿在写这些问题时过于彰显个人的民族文化身份。其四，梅勒喜欢对自己的作品进行解释和评价。"① 从梅勒的创作特点来看，他身上的犹太性既不明显也不突出。

菲利普·罗思是新一代犹太小说家的杰出代表。他是一个善于运用讽刺手法的幽默作家，他早期作品中表现的内容黑暗一些，不是那么有趣。小说集《再见，哥伦布》（*Goodbye, Columbus*）主要描写生活在美国大文化边缘或者已经被同化了的犹太人的故事，以及那些在困境中战斗的英雄的故事。其中"信念的护卫者"的故事，挑战犹太裔美国人社会实践的尺度。罗思最初的两部小说《放手》（*Letting Go*，1962）和《当她很好的时候》（*When She Was Good*，1967）清楚地表明他扩展了《再见，哥伦布》里所表现的疆域，表达了他想描写犹太人以外人们的急切愿望并为此做好了准备。在《波特诺的抱怨》（*Portnoy's Complaint*，1969）中，罗思表明生为犹太人，其实是一种文化宿命，你可以做与犹太人的关系若即若离的犹太美国人（Jewish Americans），或者做乐于认同他们的祖先的美国犹太人（American Jews），但是，你不可以诋毁自己的民族文化，更不能亵渎它。② 70 年代中期，罗思创作了一部政治讽刺长篇小说《我们一伙》（*Our Gang*，1971）。作品标志着其小说创作的一个重大转折：从早期讽刺、批判美国犹太个人及其家庭生活，转向了讽刺和批判美国社会的政治生活。《乳房》（*The Breast*，1971）以第一人称叙述方式，讲述了一个犹太文学教授如何在一夜之间变成一个巨大乳房以及变形后发生的种种故事。随后他又出版了两部长篇小说《伟大的美国小说》（*The Great American Novel*，1973）和《我作为一个男人的生活》（*My Life as a Man*，1974）。罗思从创作"朱克曼四部曲"的第一部《鬼作家》（*The*

---

① 乔国强：《美国犹太文学》，第 509—510 页，引文略有改动。

② 同上书，第 457 页。

Ghost Writer，1979）起，进入了一个新的创作时期。一般来说，罗思由先前探究性欲与犹太传统等问题转向思考艺术与人生的契合，即犹太艺术家如何将自己的写作与犹太民族文化以及利益相结合。进入 20 世纪 90 年代以后，罗思的创作进入了又一个高峰期。在这期间他连续创作了 10 部长篇小说，其中《遗产：一个真实的故事》 （*Patrimony*：*A True Story*，1991）获得国家图书批评奖，《夏洛克计划：忏悔》（*Operation Shylock*：*A Confession*，1993）和《人性的污点》（*The Human Stain*，2000）获得福克纳奖，《安息日剧场》（*Sabbath's Theatre*，1995）获得国家图书奖，《美国牧歌》（*American Pastoral*，1997）获得普利策奖。他这一时期的小说，部分地重复了以前的关于性欲与犹太传统、犹太人在现代社会的生存问题、美国政治与反犹主义、文学创作与犹太作家使命等主题。与此同时，他还以崭新、深厚的笔触写了对父辈的敬仰与爱戴。① 美国文学批评家阿哈荣·阿佩菲尔德（Aharon Appelfeld）曾评论说："在我看来，菲利普·罗思是一位犹太作家，不是因为他自认为是犹太作家，或者因为他人把他视为犹太作家，而是因为他用一种小说家讲述他感到亲切的事情那样，写出了一些名叫朱克曼、爱泼斯坦、凯佩史、他们的母亲、他们的生活、他们生活中的沟沟坎坎。"② 纵观罗思的创作生涯，他的确以自己独特的表现方式，述说了美国犹太人物质生活与精神生活的方方面面。可以说，他与辛格、贝娄和马拉默德一起成为支撑犹太美国文学这座殿堂的四根主要支柱。

　　苏珊·桑塔格（Susan Sontag，1933—2004），《诺顿美国文学选集》第一版收录，其后选集没有收录。以其关于当代文化的论文而著称，尤指那些包括在《反对阐释》（*Against Interpretation*，1966）一书之中者，在书中她指出，对艺术创作的正确反应应该是感觉和情感而不是智力。③ 在《论摄影》（*On Photography*）和《从照片看美国是黑暗的》（"American，Seen through Photographs，Darkly"）（选集收录的选文）中桑塔格深入地探讨了摄影的本质，包括摄影是不是艺术，摄影与绘画的互相影响，摄影

---

① 乔国强：《美国犹太文学》，第 479 页。

② Aharon Appelfeld，"The Artist as a Jewish Writer" in Asher Z. Milbauer and Donald G. Watson，ed. *Reading Philip Roth*. London：Macmillan Press，1988. p. 13. 转引自乔国强：《美国犹太文学》，第 441 页。

③ 苏珊·桑塔格：《反对阐释》，程巍译，上海：上海世纪出版集团 2003 年版。

与真实世界的关系，摄影的捕食性和侵略性。摄影表面上是反映现实，但实际上摄影影像自成一个世界，一个影像世界，企图取代真实世界。戏剧作品《床上的爱丽斯》（*Alice in Bed*，*A Play*，1993）展现了女人的痛苦和女人对自我的认识，反映了女权主义的观点。①

自 20 世纪 60 年代开始，桑塔格就一直是美国文坛一颗耀眼的明星，她在文学、文化、摄影、电影、政论等诸多领域思考、开拓和挖掘，所产生的批评都是第一流的，其偶像般的光芒长达 40 年；②以至于人们只能概括地说：她是一位深入诸多领域的独创性的思想家。②到了 20 世纪末 21 世纪初，当年以批评美国政府内外政策闻名的作家桑塔格，从激进转向保守，之后她的几部小说不再具有批判的锋芒，反而以积极的美国叙事来重申美国信念和美国梦的真实存在了。长篇小说《在美国》（*In America*，2000）（获 2000 年美国国家图书奖）是当代少数族裔作家的重要作品，其主题就是移民或移民后代在美洲广袤大地上的美国寻梦与身份转换。作者曾是美国制度和美国信念的激烈批评者，是当年反战运动的积极参与者，她的左翼立场在今天的转向，象征着美国文化思潮的转向。她的晚期小说似乎在回答 H. N. 史密斯在《处女地》中曾经提出的问题："什么是美国人？这个问题被一代代人一遍遍提起，诗人、小说家、历史学家、政治家等都在尝试回答这个问题。他们试图把握国家的自我意识，但却无法获得一个结论。"③《在美国》的出版和成功，证明了 H. N. 史密斯的困惑是有道理的，同时也证明了重新整合美国民族认同的必要。

艾伦·金斯伯格是美国"垮掉的一代"文化、文学思潮的主要代言人和最重要的诗人。他与杰克·克鲁亚克（Jack Kerouac，1922—1969）等人一起，发起了一场反对学院派诗人和高雅文化的运动。在这场运动中，他们所提出的通过满足感官欲望等来把握、张扬自我的文化及文学主张，给 20 世纪 50 年代、60 年代沉闷的美国社会带来了一股新风。他的作品《嚎》是当时最著名的、发行最广泛的诗集，随着《嚎》的出现，艾伦·金斯伯格也成为了"出版历史的一部分，同时也是诗歌历史的一

---

①　参见苏珊·桑塔格《床上的爱丽斯》（八幕剧），冯涛译，上海：上海译文出版社 2007 年版。

②　参见［美］卡尔·罗利森、莉萨·帕多克《铸就偶像：苏珊·桑塔格传》，姚君伟译，上海：上海文艺出版社 2009 年版。

③　Hengry Nash Smith，*Virgin Land*. Cambridge，MS：Harvard University Press，1978. p. 3.

个部分"。① 自 20 世纪 60 年代以来，许多批评家，尤其是国内的批评家没有注意到金斯伯格作品中所蕴含的犹太性，而仅是把他作为"垮掉的一代"的作家来谈，这不能不说是一大遗憾。事实上，金斯伯格的不少诗歌中都具有强烈的犹太色彩，特别是《祈祷》一诗几乎就是在回顾犹太人的历史。②

"犹太文学于第二次世界大战后崛起于美国，它从一个非常特殊的角度显示了美国当代文学的世界性意义。"③ 犹太裔美国文学作为异质文化接触的产物和表征，蕴藏着丰富的文化与审美内涵。对犹太人命运的追忆和反思，以及移民同化一直是犹太美国文学最为关注的主题。从上述入选《诺顿美国文学选集》的作家作品来看，我们发现学界"对于有能力传达一种美国生活经历，而且这些经历对于信念和思想来说是不可或缺的想象性的文学总能给予比较高的评价"。④ 即学界对犹太裔美国作家的"美国性"的重视远远超出对其"犹太性"的关注。"根据索尔·利普金的观点，美国犹太文学大致存在三个明显的倾向，即移民同化、文化适应和重新发现。这三个倾向的划分概括了犹太文学传统在美国逐渐发生的变化，而这些变化中所体现的就是美国犹太文学的美国性。"⑤ 犹太移民带来和保存下来的语言和文化对美国文化的发展作出了应有的贡献。

犹太裔美国作家一直默默耕耘，见证和参与了美国文学的起源、发展和演变。在当代犹太人的写作中，被流放的概念被强调美国就是犹太人的家乡所取代了，而祖国仍然是情感的中心。⑥ 纵览自 20 世纪 30 年代以来的犹太文学，从安廷、卡恩、马拉默德到贝娄，我们发现移民家乡和

---

① Nina Baym, et al. , eds. *The Norton Anthology of American Literature.* 6th ed. 5 vols. Vol. E. Ibid. p. 2863.

② 乔国强：《美国犹太文学》，第 487 页。

③ 曹顺庆主编：《世界文学发展比较史》，北京：北京师范大学出版社 2001 年版，第 425 页。

④ Ruth R. Wisse, "Jewish American renaissance" in Michael P. Kramer & Hana Wirth-Nesher, eds. *The Cambridge Companion to Jewish American Literature.* Ibid. p. 201.

⑤ 魏啸飞：《美国犹太文学语犹太特性》，桂林：广西师范大学出版社 2009 年版，第 17—18 页。

⑥ Tresa Grauer, "Indentity matters: contemporary Jewish American writing" in Michael P. Kramer & Hana Wirth-Nesher, eds. *The Cambridge Companion to Jewish American Literature.* Ibid. p. 278.

"宗主文化"之间的联系随着时间的推移减弱了。索尔·贝娄曾说过,当"欢笑和战栗好奇地混合在一起时,以至于我们无法轻易确定两者之间的关系时",这样的文学是犹太人的文学。① "贝娄是犹太知识界所希冀的可以和托尔斯泰和巴尔扎克相提并论的作家"。② 20 世纪最著名的美国作家索尔·贝娄曾拒绝在他事业的初期被认定为"犹太作家",但是他证明了怎样用一个犹太人的声音来替所有的整体的美国人说话。"和贝娄一起,犹太性也从移民的边缘地位走向中心,成为美国地方主义的一种新形式"。③ 他不必为写犹太人而写犹太人。"贝娄不仅影响了后来的美国犹太作家如菲利普·罗思、辛西亚·奥齐克等并为他们的创作铺平了道路,而且使移民的声音自然化:美国小说用一个清晰可辨的少数族裔的声音来述说也能成为有血有肉的真实作品。"④

　　20 世纪 60 年代的政治运动,使得一度融入主流文化的美国犹太人开始寻找特别具有犹太性的情节。犹太教团体和犹太复兴运动的广泛开展,使美国犹太人获得了可供选择的身份认同的宗教形式。美国犹太人不喜欢传统的犹太宗教形式,但是仍然寻求从犹太教的祈祷和仪式中找到精神表达。60 年代的社会运动让犹太裔美国作家从描写同化和身份的主题,转向个人化到元叙事的主题和技巧。随着犹太文化和文学逐渐成为美国大文化的一部分,美国学界认为不应片面强调犹太美国文化和文学的犹太性。⑤

　　鲁斯·R. 魏瑟(Ruth R. Wisse)曾用这样一段话很好地总结犹太裔美国人对美国社会、文化和文学所作出的贡献:

　　　　由于他们的数量、活力和成就,犹太知识分子和文学军团在 20世纪四五十年代将连字符号引入了美国文学界,创造了美国犹太文

　　①　Saul Bellow, "Introduction" in Saul Bellow, ed. *Great Jewish Short Stories*. New York: Dell, 1963. p. 12.

　　②　Ruth R. Wisse, "Jewish American renaissance" in Michael P. Kramer & Hana Wirth-Nesher, eds. *The Cambridge Companion to Jewish American Literature*. Ibid. p. 205.

　　③　Ibid.

　　④　Ibid.

　　⑤　参见 Stuart Hall, "Cultural Identity and Diaspora" in Jonathan Rutherford, ed. *Identity*, *Community*, *Culture*, *Difference*. London: Lawrence and Wishart, 1990. p. 222.

学和一种新的文化真实性标准。他们逐渐放弃了敌对知识分子的欧洲模式和犹太人永远受审判的看法，他们认为他们对美国负有责任，即那种犹太传统要求知识分子和文学精英一贯承担的责任。[①]

第二节　非裔文学

非洲裔美国文学（African American literature）在美国由来已久，它是一种独特的文学，因为它的发生、发展都和非裔美国人（African American）在美国独特的生活经历有关。[②] 他们当初被当作奴隶贩卖到美国，经过辛酸的漂泊而落地生根之后，在美国本土的历史文化环境中，渐渐形成了一种独特的、不同于盎格鲁—美国主流的文化形态和文学表达。长期以来，非裔美国文学被排斥在主流文学以外，在 20 世纪 70 年代以前，非裔美国作家在学术性的文学选集中是被省略、被遗忘的。对于这一点人们是没有疑义的。

探究产生此种现象的原因，毫无疑问，根深蒂固的种族主义歧视起着主要作用：20 世纪初的大多数白人学者都认为黑人作家没有能力达到伟大的文学作品所要求的流畅、深刻、美和想象力。当然也有学者持不同观点。肯尼斯·金纳蒙（Keneth Kinnamom）在对查尔斯·切斯纳特（Charles Chesnutt）、保罗·劳伦斯·邓巴（Paul Laurence Dunbar）和詹姆斯·威尔登·约翰逊（James Weldon Johnson）等黑人作家进入中学和大

---

① Ruth R. Wisse, "Jewish American renaissance" in Michael P. Kramer & Hana Wirth-Nesher, eds. *The Cambridge Companion to Jewish American Literature*. Ibid. p. 208.

② 非裔美国人或非裔美籍（African American），以前被称为"negro"，"black people"，"Afro-American"或"African-American"。在关于后殖民主义以及黑人研究的著作，已经逐渐将早期的蔑称或带连字符号的称法淘汰、排除。这个词的使用关键与诉求则在于：非裔美籍虽已身处美国文化当中，但希望通过扩大人类对美国文化形成的建制想象与意识形态，来进一步强化与丰富美国的文化内涵。这样的诉求，不仅可以打破美国是一个文化大熔炉的观念，而且也可以深入的讨论每一个不同文化族裔和美国文化遭遇之际所形成的互相纠缠与杂糅的关系带入。随着非裔美国人在文学、艺术、体育等领域的杰出表现，尤其是托尼·莫里森获得诺贝尔文学奖，非裔美国人的地位也随之提高，"非裔美籍"这个词，已经和"黑人英文"（Black English）一样，在白人的主流文化中形成了具有相当影响力的表达文化。参见廖炳惠编著《关键词200：文学与批评研究的通用词汇编》，第3—4 页。

学文选进行分析时指出，种族偏见是一个因素，但"也许无知和偏见"一样起着作用。① 金纳蒙猜测，20 世纪早期课本的编辑们如果不熟悉某个特别的小说家或诗人，那么他们就可能"不会对此进行细致透彻的研究来决定他们是否值得被收录"。②

其实"偏见"也好，"无知"也罢，都是因为非裔美国人在美国社会中的低下地位，才会造成学界，当时主要是白人掌握批评话语的学界，对此忽视。非裔美国人长期以来处于被压迫的地位，他们在历史上曾经是奴隶。作为奴隶的后裔，非裔美国人长期以来一直遭受种族压迫和歧视。他们常常被剥夺接受平等教育的机会，尤其是高等教育的机会，这样就使得黑人平均受教育程度低下。其后果之一是，作为群体的黑人，他们的政治意识发展迟缓，社会觉悟提高有限，经济竞争力十分微弱。这种情况恶性循环，导致黑人一直处于美国社会的最低层。20 世纪 50 年代起，黑人开始发出改变这种局面的强烈呐喊。在国内进步、开明力量的支持下，在国际上第三世界人民民族解放运动的浪潮鼓舞下，50 年代末美国黑人掀起了一场争取自由民主，打破种族隔离，消灭种族歧视的黑人民权运动（Civil Rights Movement）。经过十多年的艰苦斗争，终于使美国统治阶级通过了一系列关于黑人政治、社会权利的法案，从而在法律上确立了黑人平等享受自由公民权利的地位。非裔美国人的研究也于 20 世纪 60 年代末期诞生。

其实面对种族歧视和压迫，非裔美国人一直都在抗争。黑人文学（二战后普遍称"非洲裔美国文学"）就是其斗争的武器和产物。探讨种族关系，追求自由和文化就成了非裔美国文学的主要内容。黑人文学的几个发展阶段是：第一次世界大战前是黑人文学的早期阶段；20 世纪 20 年代到 30 年代初期是哈莱姆文艺复兴时期；从 30 年代美国经济危机一直延续到 40 年代中期为抗议文学时期；二战以后受存在主义和其他当代流派

---

① Keneth Kinnamon, "Three Black Writers and the Anthologized Canon" in Tom Quirk and Gary Scharnhorst, eds. *American Realism and the Canon.* Newark: University Delaware Press, 1994. p. 144. 转引自 Joseph Csicsila, *Canons by Consensus: Critical Trends and American Literature Anthologies.* Ibid. p. 167。

② 转引自 Joseph Csicsila, *Canons by Consensus: Critical Trends and American Literature Anthologies.* Ibid. p. 167.

影响，成为当代黑人文学阶段。① 非裔美国文学经过几次发展，日益繁荣。伴随着非裔文学的繁荣，非裔美国文学批评也有了相当的发展。西方批评传统，就如其文学传统一样有其自身的经典，盖茨等黑人文学研究者曾经一度认为掌握、模仿和使用这种批评的经典很重要，但是实践证明，"我们必须返回黑人传统本身来到达真正属于我们文学的批评理论"。② 70年代末 80 年代初，真正由黑人理论家提出的关于非裔美国黑人文学文化批评的话语开始出现。小亨利·路易斯·盖茨（Henry Louis Gates，Jr.）和小赫斯顿·A. 贝克（Hurston A. Baker，Jr.）对此作出了卓越的贡献，堪称当代美国最杰出的黑人美学家和批评家。盖茨在《黑色图示：词汇、符号及"种族"自我》（*Figures in Black*：*Words，Signs，and the "Racial" Self*，1987）、《表意的猴子：美国黑人文学批评理论》（*The Signifying Monkey*：*Towards a Theory of Afro-American Literary Criticism*，1987）等著作中，强调非裔美国文学的独特性，呼吁非裔美国批评家回归自己的文化和传统，以黑人文化为基础重新定位批评理论，最终整理出独特的非裔美国文学经典，并提出"表意"理论、"黑人性"理论以建构黑人自己的理论话语。贝克在其名著《历程的回顾：黑人文学与批评的问题》（*The Journey Back*：*Issues in Black Literature and Criticism*，1980）、《布鲁斯、意识形态和美国黑人文学：一种方言理论》（*Blues，Ideology，and Afro-American Literature*：*A Vernacular Theory*，1984）和《美国黑人诗学：重温哈莱姆文艺复兴与黑人美学》（*A Afro-American Poetics*：*Revisions of Harlem and the Black Aesthetic*，1990）等著作中，考察了黑人的语言运用及其与文化的关系，并形成了极有特色的"布鲁斯—方言"（Blues-vernacular）理论。③ "布鲁斯"理论和"表意"理论有机地结合在一起，共同支撑起黑人文学

---

① 参见［美］罗杰·罗森布拉特《美国黑人小说研究》，哈佛文学出版社 1974 年版，序言部分。罗杰·罗森布拉特在其《美国黑人小说研究》一书中，认为美国黑人小说史可划分为四个阶段：（1）第一次世界大战以前，是黑人文学的早期阶段；（2）哈莱姆文艺复兴，或称新黑人文化运动，由 20 年代持续到 30 年代初期；（3）抗议文学时期，从 30 年代美国经济危机一直延续到 40 年代中期；（4）当代黑人文学，指二战以来受存在主义和其他当代流派影响的黑人文学。本书参考了其对美国黑人小说的分段，将整体非裔美国文学的发展也划分为这样的四个阶段。

② Henry Louis Gates，*Loose Canons*：*Notes on the Culture Wars*. Ibid. p. 67.

③ 参见《盖茨与贝克——黑人美学与小说理论》，载程锡麟、王晓路《当代美国小说理论》，第 192—223 页。

批评理论的框架模式。黑人文学理论促进了非裔美国文学进入主流文学,也为世界其他文化圈的理论建构提供了借鉴。

20世纪七八十年代,学界要求重新评估和改写经典。劳特指出,20世纪20年代,黑人作家和白人作家共同创造了美国文学的繁荣。非裔美国作家创作了大量的文学艺术作品,其形式有歌曲、故事、奴隶叙述,以及其他更"正式"的艺术形式等,但是他们总是遭到遗忘。从为争取公民和政治权利的激进运动,以及顺从和满足白人对他们假想的"异国情调"的好奇心开始,黑人作家和歌手逐步创造了一个意义重大的文学复兴。20世纪20年代和30年代出版了大量的黑人作品集,至少有一些黑人作家能以此为职业谋生。这些事实完全没有在美国文学的教学中,在普遍的文学选集中,或者在大多数由白人把持的关于美国文学的批评讨论中得到反映。① 1917年至1950年期间出版的21部主要的教学文学选集(包括这些选集的众多的修订版)中,有的完全没有收录黑人作家或者作品,只有个别选集收录了一个,最多不超过三个黑人作家,以及一些灵歌或劳动歌曲。当然,就更谈不上黑人女作家了。②

在要求重新评估和改写经典潮流的影响下,1979年诺顿公司出版了号称与以往文学选集有很大区别的新选集《诺顿美国文学选集》。在"序言"中指出,将以"公正评价黑人作家(black writers)对美国文学和文化所作的贡献"为己任,③ 并在第一版选集中收录了14位黑人作家及作品。他们分别是:菲利斯·惠特利(Phillis Wheatley, c. 1753—1784)、弗雷德里克·道格拉斯(Frederick Douglass, 1817—1895)、布克·T. 华盛顿(Booker T. Washington, 1856?—1915)、查尔斯·W. 切斯纳特(Charles W. Chesnutt, 1858—1932)、W. E. B. 杜波伊斯(W. E. B. Dubois, 1868—1963)、吉恩·图默(Jean Toomer, 1894—1967)、兰斯顿·休斯(Langston Hughes, 1902—1967)、康蒂·卡伦(Countee Cullen, 1903—1946)、理查德·赖特(Richard Wright, 1908—1960)、拉尔夫·埃里森(Ralph Ellison, 1914—)、格温多琳·布鲁克斯(Gwendolyn Brooks,

---

① 参见 Paul Lauter, *Canons and Contexts*. Ibid. p. 24.

② Ibid. pp. 24 – 25.

③ Ronald Gottesman, et al. , eds, "Preface", in *The Norton Anthology of American Literature*. 1st ed. 2 vols. Vol. 1. Ibid. p. xxiii.

1917—2000)、詹姆斯·鲍德温（James Baldwin，1924—）、马尔科姆·X（Malcolm X，1925—）、艾玛姆·阿米里·巴拉克（Imamu Amiri Baraka，1934—，又名莱罗伊·琼斯（Leroi Jones））。从 18 世纪到第二次世界大战后的作家，跨度较大，收录了黑人文学各个发展时期的代表作家作品（二战以后的当代作家，因为时间问题，他们的作品还要经受更多的检验而没有被收录）。收录的作品有诗歌、奴隶叙事、自传、小说等。除了两名女性作家以外，其他的全是男性。

在女权主义运动的推动下，许多女作家被重新发现，佐拉·尼尔·赫斯顿（Zora Neale Hurston，1891—1960）和爱丽丝·沃克（Alice Walker，b. 1944）被增选进入 1985 年第二版的《诺顿美国文学选集》，至此非裔作家在选集中一共有了 16 位。佐拉·尼尔·赫斯顿是作品最多的美国黑人女作家，总共写了四部小说《约拿的葫芦藤》（*Jonah's Gourd Vine*，1934）、《他们眼望上苍》（*Their Eyes were Watching God*，1937）、《摩西，山的主宰》（*Moses，Man of the Mountain*，1939）和《苏旺尼的六翼天使》（*Seraph on the Suwanee*，1948）；两本黑人民间故事集，其中《骡与人》（*Mules and Man*，1935）是第一部由美国黑人收集整理出版的黑人民间故事集，另一本是《墨西哥湾沿岸各州的民间故事》（*Folktales from the Gulf States*）；自传《大路上的尘迹》（*Dust Tracks on a Road*，1942）以及 50 余篇短篇小说等。《诺顿美国文学选集》收录选文达二十多页，选取了《伊顿维里选集》（*The Eatonville Anthology*）里的短篇小说，以及小说《成为有色人的感受》（*How It Feels to Be Colored Men*）和《镀金的七角五分币》（*The Gilded Six-Bits*）。但是在作者介绍以及选文内容方面并没有突出和呈现赫斯顿的创作特色和艺术成就。在对作家的介绍中，只有两句话提到了当今已成为经典的作品《他们眼望上苍》："这部关于非裔美国妇女探寻自我的小说很受欢迎并成为了批评家的宠儿，既是一个女人的故事，也是对南方非裔美国民间社会的批评性的描述，显示了一种分界和多样性。从技巧上讲，这是一部结构松散，高度隐喻性的故事，书中植入了大量的黑人民间故事，极具艺术浓缩。"[1] 在哈莱姆文艺复兴时期，在赖特作品风靡的年代，赫斯顿的作品被认为缺乏种族抗议和种族斗争的内容而受到冷

---

[1] Nina Baym，et al.，eds. *The Norton Anthology of American Literature*. 6th ed. 5 vols. Vol. D. Ibid. p. 1507.

落。直到女权运动高涨的 20 世纪 70 年代才受到应有的重视。《他们眼望上苍》的核心是对生命价值和幸福的追求,特别是女性为实现生存价值的努力。《诺顿美国黑人文学选集》将这部作品列为"哈莱姆文艺复兴时期最伟大的作品之一"。① 研究赫斯顿的专著和文章有近 150 种,其中只有四种是 20 世纪 70 年代以前出版的,这充分反映了她的作品在 70 年代以后受重视的程度。赫斯顿的《他们眼望上苍》已成为美国大学中美国文学的经典作品之一,是研究黑人文学和妇女文学的必读书。

经过半个多世纪的风风雨雨,今天来重新审视 20 世纪三四十年代的美国黑人文学作品时,比较容易摆脱当时狭隘的文学题材和审美的束缚。特别是从女性文学的角度来分析,可以清楚地看到,今天黑人女作家所致力于探寻的黑人女性完整的生命价值问题,早在赫斯顿的作品里已经有了相当强烈的表现。《他们眼望上苍》是黑人文学中第一部充分展示黑人女子女性意识觉醒的作品,在黑人文学女性形象的塑造上具有里程碑的意义。当美国又一代新的黑人女性作家活跃于文坛的时候,她们从赫斯顿的作品中看到了黑人女性的觉醒,看到了黑人民族自己独特文化传统,以及鲜活多彩的黑人民间文化。她们奉赫斯顿为自己的文学之母,从佛罗里达的萋萋荒草中找到了她的安息之地,重新发现了她作品的意义,并把她的作品重新放到了黑人文学经典集合中。

爱丽丝·沃克是 20 世纪 70 年代崭露锋芒的黑人女作家中的佼佼者。她从 1968 年出版诗集《曾经》（*Once*）开始,迄今共出版六部小说:《格兰治·柯普兰的第三生》（*The Third Life of Grange Copeland*,1970）、《梅瑞狄安》（*Meridian*,1976）、《紫色》（*The Color Purple*,1982）、《神话宠物的圣殿》（*The Temple of My Familiar*,1989）、《拥有欢乐的秘密》（*Possessing the Secret of Joy*,1992）、《父亲的微笑之光下》（*By the Light of My Father's Smile*,1998）；短篇小说集《爱情与烦恼》（*In Love and Trouble*,1973）、《好女人压不住》（*You Can't Keep a Good Woman Down*,1981）和文集《寻找我们母亲的花园》（*In Search of Our Mothers' Gardens*,1983）。沃克的作品反映了她对黑人妇女遭遇的关切,着重表现她们受到的迫害、她们精神上的重负、她们的坚定忠贞和战胜逆境的勇气。沃克的所有作品都强调了

---

① Henry Louis Gates & Nellie Mckay, et al., eds, *The Norton Anthology of African American Literature.* NewYork: W. W. Norton &Company, 1997. p. 933.

女性从父权下争取情感、精神和性解放的必要。沃克继承和发扬了赫斯顿
作品的传统，在其代表作《紫色》中展示了黑人女性获取精神上的真正自
由的斗争过程，但同时超越了妇女解放的范畴，具有广泛的现实意义。赫
斯顿和沃克在作品中展现出来的非裔美国人独特的多姿多彩的民族文化传
统、黑人民间文化和语言风格也受到越来越多的评论家的关注。

　　1989 年的第三版《诺顿美国文学选集》从历史的、文化的角度重新
关注了美国黑人文学的发展历程。新增收录了黑人所写的第一部有力谴责
蓄奴制的自传作品《非洲人奥劳达·依奎阿诺，或古斯塔沃斯生平趣事
述》（*The Interesting Narrative of the Life of Olaudah Equiano*，*or Gustavus
Vassa*，*the African*，1789），这部自传记录了作者奥劳达·依奎阿诺
（Olaudah Equiano，1745？—1797）在贝宁的童年生活和 11 岁时被贩卖到
北美后传奇般的经历。1971 年此书在纽约重版，并在此后的五年中再版了
八次或者更多，是 18 世纪黑奴自述的代表作。"依奎阿诺融合了启蒙运动
的词汇和理想——尤其是那种情感联系着全人类的信念……——为数不尽
的被剥夺权利和遭受剥削的、其劳动促进了新商业主义的工人而说话。"①
但是直到 1967 年，依奎阿诺的叙事作品才得以重印。依据一些权威参考
书目，20 世纪 60 年代以前依奎阿诺并没有得到学术界的认真对待。②

　　不知是为了体现非裔艺术家的多才多艺，以及驾驭所有文学体裁的能
力，还是因为其拥有 80 年代艺术家的鼎盛声誉，第三版《诺顿美国文学
选集》新收录了非裔美国女剧作家阿德里安娜·肯尼迪（Adrienne Kenne-
dy，b. 1931）及其作品。肯尼迪是一个多次获得各种奖项的剧作家，③ 也

　　① Nina Baym，et al.，eds. *The Norton Anthology of American Literature*. 6th ed. 5 vols. Vol. A.
Ibid. p. 747.

　　② 参加 Joseph Csicsila，*Canons by Consensus：Critical Trends and American Literature
Anthologies*. Ibid. pp. 168 – 169.

　　③ Ms. Kennedy has won two Obie Awards；" Distinguished Play" in 1964 for *Funnyhouse of a Ne-
gro*，and " Best new American Play" in 1996 for *June and Jean in Concert* and *Sleep Deprivation Cham-
ber*. In 1994 she won both the Lila Wallace-Reader's Digest Writers´ Award and the American Academy of
Arts and Letters in Literature Award. She was also granted a Guggenheim Fellowship for Creative Writing
（1967），two Rockefeller Foundation Grants （1967 & 1970），a Fellowship from the National Endowment
for the Arts （1972），the Creative Artists Public Service grant in 1974，the 2003 Lifetime Achievement
Award from the Anisfield-Wolf Book Awards，and the Pierre Lecomte du Novy Award. 出自 http：//
en. wikipedia. org/wiki/Adrienne_ Kennedy 搜索时间 2009 年 6 月 15 日。

是六七十年代黑色艺术运动的主要人物之一。其作品主要反映种族问题、家庭亲情和美国社会的暴力。她的许多作品都带有自传的色彩,主要反映她的黑人父亲和浅肤色母亲在各自传统中的冲突,尤其以作品《一个黑奴的欢乐屋》(*Funny House of A Negro*, 1962)最为著名。剧中莎拉发现自己是维多利亚女王和一个有色犹太人的后裔,最终莎拉上吊了。肯尼迪在 60 年代主要创作了表现主义和超现实主义的剧作,但是 1976 年后又回归了原来的主题,写了《一个电影明星要在黑白间闪耀》(*A Movie Star Has To Star in Black and White*),《诺顿美国文学选集》收录此选文。她只出现在第三版《诺顿美国文学选集》中。

迈克尔·哈珀(Michael S. Harper, b. 1938),诗人,他的诗歌创作主要受到爵士乐和历史的影响。他对历史很感兴趣,他认为一个诗人就是一个好的历史学家;历史确定和记载了直到今天仍体现在我们身上的道德观念。像伟大的布鲁斯歌手和爵士乐音乐家一样,哈珀用诗歌来吟诵个人生活的苦难,如《临终看护》("Deathwatch")记录了他们夫妇失去刚出生的两个孩子的经历;整个家族历史的苦难,如《祖父》("Grandfather");以及更普遍的历史的苦难,家族遭受的残暴和压迫。[①] 除了音乐,黑人口头文学的传统也是哈珀创作的一个源泉。

丽塔·达夫(Rita Dove, b. 1952)是美国历史上迄今为止最年轻的第一位非裔美国人桂冠诗人,也是第一位获得此殊荣的非裔女作家。她在 1993 年至 1995 年一直占据这个位置。达夫也创作小说、剧本,但是其最拿手的是诗歌。黑色艺术运动高峰过后的十年里,达夫写作的诗歌与用松散和即兴的风格写作临时或灵感产生的抒情诗的前辈们明显不同。达夫被称为自格温多琳·布鲁克斯以来最为严谨和写作技巧完善的诗人。尽管她的诗作聚焦于非裔美国人,以及他们的过去和现在,但是她发现他们身上很多有趣的东西,而不仅仅对他们受种族歧视压迫的命运感兴趣。她扩展了视野,为了体现其观点的复杂性,描写了不同背景的人们。在《街角的黄房子》(*The Yellow House on the Corner*, 1980)中,她讲述了一个女奴隶是怎样帮助车夫重新获得了他的马,并阻挠了一伙奴隶逃跑的。达夫不像她的前辈那样,分化他们的立场,她阐明他们和女性的认同关系,指

---

① 参见 Nina Baym, et al. , eds. *The Norton Anthology of American Literature*. 6th ed. 5 vols. Vol. E. Ibid. p. 3006.

出女奴隶可能是车夫的亲戚。她的认识和产生的后果很好地体现了奴隶制度最深刻的恐怖之处。[1]

第三版《诺顿美国文学选集》在序言中指出，编辑在继续扩大黑人文学传统，并在涉及黑人作家时，使用了术语"非裔美国作家"（"Afro-American writers"），[2] 而不是"黑人作家"（"black writers"），但是其中连字符号的使用，体现了其种族色彩。这同时也说明当时的文学选集和批评著作中虽然包含了一些黑人作家，但是基本组织原则几乎没有发生改变以适应这样的事实：非裔美国作家的文学作品是"异质"的，不被视为"美国环境"中的"欧洲文化"的表达。20 世纪末，词语"非洲裔美国作家"（"African American"）取代了有连载符号的称谓，这是美国社会进步的又一标志。第四版的《诺顿美国文学选集》增收了两位黑人女作家哈丽特·雅各布斯（Harriet Jacobs，c. 1813—1897）和安吉丽娜·韦尔德·格里姆克（Angelina Weld Grimké，1880—1958），以及黑人男作家斯泰林·A. 布朗（Sterling A. Brown，1901—1989）。

19 世纪，哈丽特·雅各布斯以林达·布伦特（Linda Brent）为笔名写了《女奴生活纪实》（*Incident in the Life of a Slave Girl*，1861），该书以自传性的手法描写了 1820 年至 1840 年间南方黑奴的生活状况，详细叙述了作者如何为了逃避男主人的污辱，历尽艰辛万苦逃到北方的经历。这是一部集中记述蓄奴制度对黑人女性摧残的充满血泪的作品。1862 年作品在英国出版，颇受好评。然而内战爆发后她的作品渐渐不被人所注意。直到 20 世纪 80 年代，对非裔妇女的早期作品感兴趣的传记研究者吉恩·法津·叶林（Jean Fagin Yellin）发现了她，并确立了其在文学史上的地位。叶林指出，这是一部自传性质的叙事，不是小说。作品获得了迟到的赞美。[3]《女奴生活纪实》出版 30 年后，非裔女作家作为一股重要的力量出现在美国文坛，而且当年雅各布斯在书中揭示的许多主题也成为了这些女作家写作的主要内容。

---

[1]　参见 http：//www. answers. com/topic/rita-dove 搜索时间 2009 年 8 月 3 日。

[2]　Nina Baym, et al. , eds. *The Norton Anthology of American Literature*. 3rd ed. 2 vols. Vol. 2. New York：W·W· Norton & Company，1989. pxxxi.

[3]　参见 Nina Baym, et al. , eds. *The Norton Anthology of American Literature*. 6th ed. 5 vols. Vol. E. Ibid. p. 1758；又见 Joseph Csicsila, *Canons by Consensus：Critical Trends and American Literature Anthologies*. Ibid. pp. 168 – 169.

安吉丽娜·韦尔德·格里姆克是哈莱姆文艺复兴时期的诗人、剧作家、散文家和小说家。主要从事戏剧创作，她的剧本《雷切尔》（*Rachel*，1916）主要揭露了私刑的罪恶，被认为是"第一部黑人写的并由黑人出演的成功剧作"。① 短篇小说《关闭的门》（*The Closing Door*，1919）主要反映种族歧视问题。20 世纪 20 年代末，格里姆克停止了写作，此后一直默默无闻。她的作品在 20 世纪 80 和 90 年代被同性恋、双性恋学者重新发现。他们认为格里姆克同时被女性和男性所吸引，她虽然无法对这些愿望采取行动，但这些愿望曾鼓励她写作，也最终促使她放弃写作。② 格里姆克的入选与 20 世纪八九十年代学界同性恋理论研究的兴起和发展有关，她入选了第五版《诺顿美国文学选集》，但是第六版选集又将她删除了。由此可见，一个作家经典地位的确立与当时引领的文学批评潮流有着密切的关系。

斯泰林·A. 布朗在其杰出一生中大部分时间里是一个教师和研究非裔美国民间文化、书面文学的学者。但是在哈莱姆文艺复兴运动时期，他还是一位技巧娴熟、雄辩的诗人。20 世纪 60 年代末期，他被年青一代的非裔诗人重新发现，布朗从此被称为，"意识的保管人，国家的瑰宝"。③

布朗出生于华盛顿，从未在纽约居住过，他将自己定义为 20 年代普遍的"新黑人"运动（"New Negro" movement）的一分子，而不仅仅是独特的哈莱姆运动的一分子。1955 年，他写道："新黑人对我来说并不是一群在 20 年代后半期集中在哈莱姆的作家。多数作家并不是哈莱姆的人；许多最优秀的作品也不是关于哈莱姆的，哈莱姆不过是个展示的窗口，出纳员的钱柜，黑人的美国比纽约更像美国"。④ 布朗更多地将哈莱姆视为一个非裔美国人出版作品而不是产生作品的地方，他认为世界性的和世故的纽约作家并没有典型性地创作关于黑人，或者从普通黑人的角度出发来描写黑人的作品。虽然受过良好的教育，出身中产阶级家庭，但布朗却对

---

① 转引自 Henry Louis Gates & Nellie Mckay, et al., eds. *The Norton Anthology of African American Literature*. Ibid. p. 943.

② 参见 http://www.glbtq.com/literature/grimke_ aw. html 搜索时间 2009 年 9 月 23 日。

③ Nina Baym, et al., eds. *The Norton Anthology of American Literature*. 6th ed. 5 vols. Vol. D. Ibid. p. 1885.

④ Ibid.

非裔美国的流行表达形式，如爵士乐、布鲁斯、灵歌、劳动歌谣和民间故事等非常着迷，并沉浸于其中，这样也使他的写作超越了其自我经历。

1932 年，布朗将自己在杂志和报纸上发表过的诗歌结集成《南方的道路》（*Southern Road*）出版。诗集得到了当时富有影响的批评家的高度赞扬，布朗的艺术鉴赏力给许多人留下了深刻的印象。新黑人运动的重要理论家艾兰·洛克（Alain Locke）认为这部作品非常接近他的理想，即"黑人民间生活的诗意刻画……在文字方面采用人民表达思想的习惯用语，在精神方面真实地再现了他们的感情"。① 尽管获得很高评价，但书却并不畅销。是年，哈莱姆文艺复兴运动由于经济危机而突然终止，布朗准备在 1935 年出版的第二本书《无处可藏》（*No Hiding Place*）也由于经济原因被出版商拒绝。此后，布朗没有继续努力去出版诗作，而是将他的精力放到了学术和行政领域，但始终对非裔美国文学保持着兴趣，并发表了许多散文、笔记和注释性作品，内容涉及非裔美国文学、黑人在美国文学中的作用、黑人民间传说和黑人音乐。他在这些领域都是公认的专家。

布朗在 60 年代的民权运动中四处发表演讲和朗诵诗歌，使他本人及其诗歌又重新回到了国人的视野中。布朗通过朗诵，不仅赞美了黑人的民间传统——这也是其诗歌的主要目的，而且揭露和批判种族歧视。他的学术著作和诗歌都呼吁人们重视非裔美国人的贡献，谴责美国的种族歧视。布朗的入选，为读者认识和了解哈莱姆文艺复兴运动提供了新的视角。

20 世纪末的最后一版《诺顿美国文学选集》是其第五版，选集增加了哈莱姆文艺复兴时期的诗人作家克劳德·麦凯（Claude McKay，1889—1948），其作品最能表现 20 世纪 20 年代哈莱姆特色。1922 年，麦凯发表了诗集《哈莱姆阴影》（*Harlem Shadows*），一般认为此诗作的发表揭开了哈莱姆文艺复兴运动的序幕。洞察种族问题是麦凯诗歌的基础。小说《回到哈莱姆》（*Home to Harlem*，1928），是当时最畅销的非裔美国小说，表现了普通黑人身上的突出特性，希望在一个异化的世界中找到保持黑人精神和发挥他们创造性的途径，小说对哈莱姆的艺术、流行和知识生活起到了插画似导读的作用。麦凯是 20 世纪 20 年代最重要的黑人作家之一，

---

① Alain Locke，引自 Nina Baym, et al. , eds. *The Norton Anthology of American Literature*. 6th ed. 5 vols. Vol. D. Ibid. p. 1886.

他不仅影响了非裔美国文学，而且对西印度群岛和非洲人的写作也产生了深远的影响。

麦凯出生在牙买加，祖父是西非阿善堤地区的人（West African A-shanti），被卖到岛上做奴隶，父亲将自己记得的阿善堤价值观和礼节传递给了麦凯，所以麦凯充满了民族自豪感。他的一个哥哥是教师，曾鼓励他追求知识，对他影响很大。1909 年麦凯来到牙买加首都金斯敦，他习惯了主要居民为黑人的故乡生活，对金斯敦存在的严重的种族歧视极为反感。麦凯出版了两本用牙买加方言创作的作品——《牙买加之歌》（*Songs of Jamaica*，1912）和《警察之歌》（*Constab Ballads*，1912）。麦凯将自己对文学的雄心和对牙买加社会习俗的兴趣融入作品之中。作品获得了牙买加科学艺术学院奖，麦凯是获得此殊荣的第一个黑人。奖金使他有机会去美国学习农业，但是后来他决定继续写作。1919 年，他在麦克思·伊斯特曼（Max Eastman）编辑的左派刊物《解放者》（*Liberator*）上发表了最著名的诗歌《如果我们必须死去》（"If We Must Die"）。丘吉尔在第二次世界大战期间的一次反纳粹的讲话中背诵了该诗，起到了号召人民团结战斗的作用，也使这首诗歌在全世界不胫而走。麦凯的许多诗歌都是采用严格的十四行诗的格式，编织着种族主题和激进的政治情怀，他将诗歌技巧融入陈述之中，即使用传统的观点衡量也是好诗。[1] 诗集《哈莱姆阴影》中对种族题材的处理和表现成为许多年轻黑人作家的楷模，使他们看到，"黑人作家对种族问题的洞察是可以成为创作有些诗歌的基础的"。[2]

保拉·马歇尔（Paule Marshall，b. 1929）是公认的 20 世纪下半叶杰出的女作家之一。她的创作生涯开始于 50 年代末期，当时的黑人文坛上正是赖特、鲍德温和埃里森的作品风行的时代，他们的作品主要表现黑人男子在白人主宰、敌视黑人的社会中寻求作为人的自我实现的努力；同时，也正是以抨击美国社会、抗议种族歧视为主的具有强烈政治性和社会性的作品再度兴起之时。马歇尔的创作改变了这种"重男轻女"的现象。她的第一部小说《褐姑娘，褐砖房》（*Brown Girl，Brownstones*）出版于

---

① 参见 Nina Baym, et al. , eds. *The Norton Anthology of American Literature*. 6th ed. 5 vols. Vol. E. Ibid. p. 1457.

② 王家湘:《20 世纪美国黑人小说史》，南京：译林出版社 2006 年版，第 77 页。

1959 年。此后，又创作了《上帝的选地，永恒的人民》 （*The Chosen Place, the Timeless People*，1969）、《寡妇礼赞》（*Praisesong for the Widow*，1983）《女儿们》（*Daughters*，1991）三部长篇小说，以及四部中篇和三部短篇小说集。她的作品主要描写女性在社会中自我实现和自我满足的经历。

《褐姑娘，褐砖房》描写了黑人姑娘塞莉娜从童年到成人的心路历程。父亲戴顿·博伊斯憧憬回到西印度群岛巴巴多斯当农民，过一种浪漫自在的生活，而母亲西拉则受中产阶级价值观的影响，希望能够在布鲁克林区买下一座褐砖房，好在美国站住脚跟。塞莉娜在感情上更亲近父亲，但是最后意识到她更是西拉的女儿。《褐姑娘，褐砖房》写出了塞莉娜与母亲爱恨交织的复杂关系，而母女关系 70 年代才成为黑人文学的热门话题。《褐姑娘，褐砖房》在美国黑人文学中具有很重要的意义，它和赫斯特的《他们眼望上苍》、布鲁克斯的《莫德·玛莎》 （*Maud Martha*，1953） 一起被誉为黑人文学中率先成功地塑造了新型女性形象的杰作。因为它们展示了"黑人妇女在特定的黑人群体中探索自我、逐步成长的过程，集中表现了群体对个人觉醒的影响。它们肯定了丰富的黑人文化传统的存在和影响，并在女主人公寻求自我实现的过程中，既肯定同时又谴责了传统的价值观"。[①]

托尼·莫里森（Toni Morrison，1931—） 于 1993 年获得诺贝尔文学奖，是 20 世纪第一个获此殊荣的美国黑人女作家和第八位获得此奖的女作家。她从 1970 年出版第一部作品并蜚声美国文坛起，已创作了七部小说：《最蓝的眼睛》（*The Bluest Eye*，1970）、《苏拉》（*Sula*，1974）、《所罗门之歌》（*Song of Solomon*，1977）、《沥青娃娃》 （*Tar Baby*，1981）、《宠儿》（*Beloved*，1987）、《爵士乐》 （*Jazz*，1992） 和《天堂》（*Paradise*，1988）。除写小说外，莫里森还发表了不少文学评论，收入文集《在黑暗中游戏：白人性和文学想象》（*Playing in the Dark*：*Whiteness and the Literary Imagination*，1992），并且编辑了《黑人之书》 （*The Black Book*，1974）。莫里森的作品具有很高的艺术造诣和深刻的政治意义。瑞典学院在授予她诺贝尔文学奖的授奖辞中，称赞莫里森"在她的以具有丰富想象力和充满诗意为特征的小说中，生动地再现了美国现实中一个极为重要

---

① 　王家湘：《20 世纪美国黑人小说史》，第 327 页。

的方面"。① 她的作品反映了美国黑人在美国社会中，在他们各自生活的
环境和社群中，在被种族歧视扭曲了的价值观的影响下，对自己生存价值
及意义的探索。莫里森通过小说人物的命运表明，黑人只有保持自己的文
化传统和价值观念，才能有真正属于自己的生活。

综观莫里森的全部作品，我们可以看出，她是位对待创作极其认真严
肃的作家。她重视小说的社会政治作用，也重视以高超的艺术技巧使小说
发挥这个作用。根植于黑人文化传统，同时在创作技巧上广泛地运用现代
手法，讲究叙述角度的运用，使莫里森紧扣美国黑人历史和现实的作品具
有强烈的感染力。"人们喜欢她无与伦比的叙事技巧。她在每本书里都使
用不同的写作方法，形成了自己独特的叙事风格。"② 莫里森的作品正是
由于在内容上反映了美国社会中黑人自我意识的觉醒与发展，表现了对黑
人女子命运的关切，以及对黑人传统文化和独特的语言的传承，在艺术上
追求创新，因而具有强大的感染力。

伊什梅尔·里德（Ishmael Reed, 1938—）用文字颠覆了正统的美学
和文学观念。迄今为止出版的作品有五部诗集、四部文集和九部小说。小
说包括:《独立抬棺人》（The Freelance Pallbearers, 1967）、《黄皮收音机
城解体》（Yellow Back Radio Broke-Down, 1996）、《巫神》（Mumbo Jumbo,
1972）、《红色路易斯安那的末日》（The Last Days of Louisiana Red,
1974）、《逃往加拿大》（Flight to Canad, 1976）、《可怕的二》（The Terri-
ble Twos, 1982）、《公然大量》（Reckless Eyeballing, 1986）、《可怕的三》
（The Terrible Threes, 1989）和《春季掌握日语》（Japanese by Spring,
1993）等。除了写作外，里德还和友人共同开办了出版公司，建立了前
哥伦布基金，二者的宗旨都是倡导美国文化多元化，挑战传统的创作和批
评准则，使各种肤色的美国人能够以不同的声音在美国文学中占有一席
之地。

一般认为里德是一个后现代派的黑色幽默大师，作品艰涩难懂。他使
用讽刺和戏仿的手法，无视任何时空的关联，人物和情节荒诞不经，高度
超现实，往往使人感到难以找到可以和人物或情节交流或呼应的共同经

---

① Press Release, http://nobelprize. org/nobel_ prizes/literature/laureates/1993/press. html 搜
索时间 2009 年 9 月 20 日。

② 同上。

验。过去的事件和现实事件交叠，他的目的是打破顺时叙述的沉闷和常规，把握机会将历史事件和当前的事件进行并列比较。他的作品混合了现实和幻想的内容、真实和虚构的人物，摒弃传统的人物塑造方式，以后现代的创作手法，对美国社会的各种思潮和敏感问题明讽暗刺，在对各种社会问题的针砭中表现出他作为一个黑人的自豪感，以及对源自非洲传统的黑人文化的热爱。

托妮·凯德·邦芭拉（Toni Cade Bambara，1939—1995）是最早表现黑人意识和女性主义的作家之一。主要作品有短篇小说集《大猩猩，我的爱》（*Gorilla*，*My Love*，1972）、《海鸟仍然活着》（*The Sea Birds Are Still Alive*，1977）、《食盐者》（*The Salt Eaters*，1981）等。最著名的是她的短篇小说，尤其是女性讲故事者采用第一人称叙述她们在黑人社区的经历的故事。像作者本人一样，故事的女主人公是积极的社会活动家。"她的作品里交织着有意识的音乐性，以及波浪似的重重叠叠的戏剧性动作，以它自己的方式清晰呈现"，托尼·莫里森在编辑托妮·凯德·邦芭拉的作品时这样评论道："像磁铁一样吸取每一个细节，每一个细节对最后的效果来讲，都是必需的。"① 邦芭拉的故事情节总是移动的，呈现出一种"在路上"的状态，朝向一种命令式的规定的结论。她的作品反映了她一生的斗争，并且她把创作看成一种参与斗争的方式。在创作中使黑人口语成为作品的有机整体，创造了一种复杂而独特的语言表现形式，这是她对美国文学的突出贡献。

21 世纪的第一版《诺顿美国文学选集》，即第六版选集继续扩大了非裔美国文学的范围和内容。在早期美国文学部分增加了一篇题为《摩西·邦·萨姆的演讲》（"The Speech of Moses Bon Sáam"）的演讲稿。演讲稿的作者不详，摩西·邦·萨姆（Moses Bon Sáam，fl. 1735）是化名。加勒比海岸是早期美国文学的孵化器，但是，一直没有得到很好的研究。尽管《摩西·邦·萨姆的演讲》的作者不能得到确认，但是这个文本是非洲人在英属美国最早的陈述之一，它宣称英属西印度群岛在英国对新世界进行殖民和开发的总体计划中享有中心地位。最初只是冠以无名氏，并以《一个哥达洛普黑人的演讲》（"Speech Made by a Black of Guardal-

---

① Nina Baym, et al., eds. *The Norton Anthology of American Literature*. 6th ed. 5 vols. Vol. E. Ibid. p. 2388.

oupe"，1709）为标题发表。《摩西·邦·萨姆的演讲》像一个信号，不仅告知了众人英国对新世界产生兴趣的范围，而且表示英国绘制了其帝国的进程，即依靠非洲奴隶，在这种情况下依靠在牙买加的黑人，进行帝国构建。

演讲稿为研究加勒比海岸文学提供了新鲜的材料，也反映出早期奴隶是如何利用《圣经》和与宗教相关联的事物与白人奴隶主作斗争的。演讲者呼吁追随者采取中庸和忍耐的态度，不要像有些人鼓动的那样立即采取行动反抗种植园主，显示出他在对待逃亡黑奴问题上（Maroon's situation）[①] 有一定的策略。[②]

另外两位非裔女作家的入选更多地反映了学界在对待非裔美国人种族问题上的新思考。

内拉·拉森（Nella Larsen，1891—1964），一生只创作了两篇完整的小说《流沙》（*Quick Sand*，1928）和《越过种族线》（*Passing*，1929）。拉森的作品在哈莱姆文艺复兴运动中，也和赫斯特一样是属于另一种声音。运动的领导人提倡受过教育的、有才能的非裔美国艺术家应该通过赞颂非裔美国人的纯正性来提升他们的种族。这种观点引发了作家们截然相反的争论。一些作家认为种族纯正性就是其"原始性"，另一些作家则认为表现非裔美国人的原始性就是接受其低下的固定形象。而许多有思想的受过教育的世界主义者"新黑人"则认为应该描写像他们那样的人。

拉森作品中的主人公都是混血儿，她将对此问题的讨论带出了抽象的领域，并显示出对于纯正性问题的争论是如何使非裔美国人心碎痛苦的。她自己混血的出身使她能清楚地意识到在 20 世纪 20 年代，大多数被称为黑人的人实际上已经是混血族群了，这使她产生如果已经没有了"纯正"的种族，又怎么会有种族纯正性问题的疑虑。无论怎样，她发现，尽管种族是人为构建的产物，但它也具有强大的力量——这样的力量往往对黑人的自我意识有很大的破坏力。

拉森着重人物的心理刻画，使用了丰富的象征主义手法和复杂的叙述技巧，并获得了很大的成功。杜波伊斯在《危机》上评论拉森的书时，

---

① "Maroon"指 17、18 世纪受压迫而逃亡到西印度群岛等地的黑奴或其后代——作者注。

② 参见 Nina Baym，et al.，eds. *The Norton Anthology of American Literature*. 6th ed. 5 vols. Vol. A. pp. 652 – 653.

称其为"切斯纳特以来美国黑人所创作的最好作品"。[①] 不同时代对拉森作品产生了不同解读，这也说明了其作品的复杂性和经典性。

　　苏珊—罗里·帕克斯（Suzan-Lori Parks，1964—），剧作家。"我们不是非洲人，而是非裔美国人"，苏珊—罗里·帕克斯在她事业的早期就这样说道："我们应该从我们坚守的东西中创造出美来。"[②] 为了实现这个目标，她改变了传统的戏剧性的动作模式，使用人们可以接受的方式转录英语。例如，在作品《美国戏剧》（The America Play，1993）中，她以歌舞杂耍穿插表演的方式重现了林肯总统的遇刺，与此同时，她写角色台词时也不使用传统的标点和拼写。帕克斯抵抗这些传统不仅仅是要表达本土的东西，也是要用自己的语言取代书面语和口头语。她在早期作品《世界上最后一个黑人之死》（The Death of the Last Black Man in the Whole Entire World，1990）中，扔掉了她认为的欧洲中心主义词语的最后一个单词"round"，而用"roun"代替，表示她的人物也许会拒绝让"事务结束"，而要让世界变得"roun"（重新完整）。帕克斯用自己的方式处理传统的戏剧结构。《美国戏剧》像她所有的戏剧一样，拒绝惯例的上升和降落的戏剧性的动作，而是采用了重复和修正式的循环结构。作者在一篇序文中曾这样说："重复和修正"，"在检验比一个时刻更大的东西的时候是重要的"，在传统的戏剧中，它们时刻引导着观众。相反在"单一的爆炸时刻"，帕克斯要实现一种伟大的超越。[③]

　　帕克斯之所以采用开放性的多角度叙事和剧本结构，其原因也许部分来自于童年时在军队的生活。帕克斯出生于1964年，当时她的父亲驻扎在肯塔基州的诺克斯要塞（Fort Knox）。在去德国上高中前，帕克斯在六个州的军事基地待过。评论家金伯利·D. 迪克森曾这样评论帕克斯，说帕克斯是一个"游牧主体性"的受益者，可以随意地在后现代、女权主义和后殖民主义的边界探索。正是由于这种新的自由使帕克斯的戏剧艺术得以流行。

---

　　① 杜波伊斯：《两部小说》，《危机》1928年6月号，第202页；转引自王家湘《20世纪美国黑人文学史》，第114页。

　　② Nina Baym, et al., eds. The Norton Anthology of American Literature. 6th ed. 5 vols. Vol. E. Ibid. p. 2606.

　　③ 参见 Nina Baym, et al., eds. The Norton Anthology of American Literature. 6th ed. 5 vols. Vol. E. Ibid. p. 2606.

第一版至第六版《诺顿美国文学选集》对非裔美国作家作品的收录有以下几个特点：

第一，纠正了 19 世纪以来大多数文学批评对非裔美国文学的简单化倾向。长期以来在文学分析上存在着这样一个简单而持续的事实，即在非裔文学教学内容方面主要是非裔人民的历史和社会科学，而不是其语言、文学和文化。①《诺顿美国文学选集》在编选文本的时候注意了那些兼顾社会，凸显意识形态的文本，但同时更加注意从审美和修辞的角度挑选和收录作家作品。

第二，入选文本的体裁很全面，有讲演稿、奴隶叙事、自传、小说、戏剧和诗歌等，较充分全面地反映了非裔美国人在反对奴隶制度和种族歧视，争取黑人在美国社会中做一个平等的人的权利而奋斗的历程。进入 20 世纪，尤其是 60 年代黑人民权运动之后，美国黑人文学得到了极大发展，涌现出一大批优秀作品，其中以黑人小说最具有代表性——小说是最适于表达族裔心声的文学载体。

第三，选集在选材时更注重倾听不同声音。以往的作品更多地体现了黑人文学的政治性和斗争性，而新入选的作家，体现了当时社会环境下不同的观点和艺术形式。如哈莱姆文艺复兴时期增选的作家就很好地展现了这种面貌。

第四，入选黑人女作家这一做法客观真实地体现了"非裔美国女作家一直以来都是缺场的，直到她被黑人姐妹在 20 世纪后半期的文学活动所拯救"这一历史事实。②

第五，非裔美国作家作品的各个小文本体现了蕴含于其中的一种不同于以往主流文学的传统及其延续，和整个美国文学的大文本，各部分相互联系，相互依赖，共同建构着一种新的美国文学传统。

托尼·莫里森在《在黑暗中游戏：白色性和文学想象》中提出了一种新的范式，以此来重新考虑美国文学。她提出将非洲性的或黑色性的文

---

① Robert B. Stepto, "Teaching Afro-American Literature: Survey or Tradition——The Reconstruction of Instruction" in Dexter Fisher & Robert B. Stepto, eds. *Afro-American Literature: The Reconstruction of Intruction.* New York: The Modern Language Association of America, 1979. p. 9.

② Mari Evans. *Black Women Writers 1950–1980.* Ibid. p. 4.

化置于美国文学和文化的中心。① 莫里森声称，美国文学一直依靠一种
"真实或虚构的泛非洲主义者的在场"，通过对比，来创造出"一种美国
性"。② 她进一步表示对白人作家及文化剥夺黑人发言权以及他们的文化
的手法感到担忧，他们将"冲突归咎于'空白的黑暗'，归咎于被随意限
制和肆意禁言的黑色躯体"。③ 这不仅仅是因为她把"黑色躯体"的隐喻
手法看成是一种盗用，还因为她认为使用这种手法的结果就成了"主人
替非洲人叙述"而不是允许他们为自己说话。

　　哪里有压迫，哪里就有反抗。黑人在深受奴隶制度压迫的时期就开始
反抗斗争，勇敢地发出了自己的声音。奥劳达·依奎阿诺、哈丽特·雅各
布斯和弗雷德里克·道格拉斯（Frederick Douglass）以自传、奴隶叙事等
形式显示了黑人族裔身份。而"惠特利则开启了两大传统——黑人美国
文学传统和黑人妇女文学传统"。④ 战后切斯纳特等第二代黑人作家已经
致力于建设非裔美国人的文学身份和小说传统。⑤ 杜波伊斯和华盛顿对黑
人的未来道路发表了不同的见解，并对后人产生了影响。

　　20 世纪 20 年代，美国黑人开始尝试一致行动，确立自己在美国文学
文化中的地位。哈莱姆文艺复兴的代表作家有：康蒂·卡伦、兰斯顿·休
斯、内拉·拉森、吉恩·图默、斯泰林·布朗、詹姆斯·威尔顿·约翰
逊、克劳德·麦凯和佐拉·尼尔·赫斯顿。在调和美国身份的共识、个人
主义的理想和宣扬自己文化遗产的时候，他们要比美国其他种族面临更多
的挑战。因为读者几乎都是白人，哈莱姆作家的创作目的也随之复杂化
了。他们希望有一天能出现黑人读者群，并希望这个读者群的出现可部分
归功于他们的努力。一些哈莱姆作家关注美国黑人在白人世界的现实经
历；另一些则是把黑人的民族主题用文学的形式表达出来。休斯把忧郁的
风格引入诗歌，布朗的诗歌体现了黑人流行音乐爵士乐的韵律，而赫斯顿

---

　　① 参见 Toni Morrison, *Playing in the Dark: Whiteness and the Literary Imagination.* New York: Vintage, 1992.

　　② Emory Elliott & Craig Svonkin, *New Direction in American Literary Scholarship 1980 - 2002.* Ibid. p. 9.

　　③ Ibid.

　　④ Ronald Gottesman, et al., eds. *The Norton Anthology of American Literature.* 6th ed. 5 vols. Vol. A., Ibid. pp. 809 - 810.

　　⑤ 刘海平、王守仁主编《新编美国文学史》（4 卷本），第二卷，朱刚主撰，前引书，第 355 页。

把民间传说用作情节次序,他们都是将民族主题文学化非常成功的例子。图默则成为了第一个在小说形式上进行创新试验的黑人作家。当 1923 年《蔗》(cane)出版时,与图默同时代的作家阿纳·邦当(Arna Bontemps,1902—1973)说哈莱姆进入了"无声的疯狂"。① 《蔗》是一部长篇作品,却融合了短篇小说、随笔、诗歌和戏剧等形式,作品由三个部分构成。作品对一个异化的、思想复杂的当代美国黑人能否通过他不曾知道的黑人民间传统而发现自己进行了探讨。作品描写的是非裔美国人的现实生活,但是在发掘、回归、发现,甚至创造一个人的根的主题时所采用的,却是典型的现代艺术手法。天才诗人康蒂·卡伦,被誉为哈莱姆文艺复兴时期的"黑人济慈",其受过的良好教育使他创作出优秀的英国浪漫派诗作似的作品。他存在着做一个纯粹的诗人和做一个黑人诗人的矛盾。正是这种对种族纯正性的困惑让内拉·拉森最终放弃了写作。"哈莱姆复兴运动实际上可以视为通过黑人艺术和文学成果与种族主义进行持续斗争的努力"。②

经济萧条,谋生的艰难使黑人文学中对生存意义的探索代替了对哈莱姆亚文化的宣传。社会中左翼思想的发展使美国共产党和其他进步力量在黑人作家中产生了深刻的影响。人们认为黑人文学应该反映底层黑人的不满和抗议,以使白人认识到黑人生活中的问题。在各种经济社会文化力量的作用和影响下,以赖特为首的一批黑人作家写出了具有鲜明时代气息的充满抗议精神的作品。理查德·赖特是 20 世纪美国最有影响的作家之一。他最著名的作品《土生子》(Native Son,1940)对第二次世界大战之后美国黑人文学的发展产生了巨大的影响。《土生子》似的抗议小说在美国黑人文学中独占鳌头十多年,广为流行。他在担任《新挑战》(The New Challenge)的副主编时,在创刊号上发表的《黑人创作之蓝图》("The Blueprint for Negro Writing")成为了黑人文学创作的新宣言。他在文章中说,过去许多黑人作家在作品中企图表明黑人并不低人一等,以此乞求白人的公正对待;他们很少面对自身的需求、苦难和愿望。他认为黑人作家的社会道德和责任是确立黑人为之奋斗、为之生、为之死的价值观,应全面地、多层次地、深刻地反映黑人生活的各个方面。他强调黑人民间传

---

① Henry Louis Gates & Nellie Mckay, et al., eds. *The Norton Anthology of African American Literature.* Ibid. p. 1089.

② Henry Louis Gates, *Loose Canons: Notes on the Culture Wars.* Ibid. p. 27.

说、黑人民族主义、马克思主义和文学艺术作为改变社会的武器所具有的价值和作用。① 他的写作自始至终肯定了被社会抛弃者的尊严和人性，而没有浪漫化他们，指出是谁将他们驱逐。如拉尔夫·埃里森所说，赖特，"使美国黑人的自我灭绝和'走入地下'的冲动变成了对抗世界的愿望"，并"将他的发现泰然自若地扔进了美国犯罪的良心之中。"② 赖特拒绝迎合读者的口味，坚持展现非裔美国人自己的声音，深深影响了后来的作家，如托尼·莫里森，使他们可以按自己的愿望写作。

战后当代的非裔文学由于政治经济气候的变化出现了异彩纷呈的局面。拉尔夫·埃里森（Ralph Ellison, 1914—）在《看不见的人》（Invisible Man, 1952）中进一步扩展了图默在《蔗》中初次尝试的现代主义的表现手法。并且他认为存在着生气勃勃的黑人文化，正是通过美国黑人文化——民间故事、艺术、音乐、舞蹈——年轻的黑人男女找到了作为美国黑人、美国人和人的内在的价值。埃里森认为，美国文化包含了各种文化的交融，因此他不同意黑人民族主义者和回归非洲运动的主张。③ 詹姆斯·鲍德温（James Baldwin, 1924—）进一步探索黑人的自我身份和自我价值，并尝试用自己的方式建立非裔美国文学传统。在他去世前不久接受昆西·特洛普访问时说的一段话，是对他自己种族和文学观念的最后总结：

> 美国的词汇无法反映、无法包含对真正的黑人生活的表述。因此，唯一的应对办法是以暴力来摧毁这一词汇赖以存在的设定观念。我试图去做的，或者说我试图去解释说明的是，没有哪个社会能够打碎社会契约而不承受其后果，而那后果就是社会上所有的人无一能够幸免的大混乱。④

---

① 参见王家湘《20 世纪美国黑人小说史》，前引书，第 138 页。

② Nina Baym, et al., eds. *The Norton Anthology of American Literature*. 6th ed. 5 vols. Vol. D. Ibid. p. 1926.

③ Mark Busby, *United States Authours Series——Ralph Ellison*. Woodbridge: Twayne Publishers, 1991. pp. 120 – 121.

④ Henry Louis Gates & Nellie Mckay, et al., eds. *The Norton Anthology of African American Literature*. Ibid. p. 1653.

经过几代作家的努力，非裔美国文学在过去的几十年中，已经进入美国的主流文学，成为各种美国文学选集必不可少的一部分。非裔美国作家着眼于黑人群众和黑人文化传统的黑人美学观念，对其他少数族裔，如印第安裔、亚裔作家等的文学创作有相当的启发和影响，大大丰富了美国的文学园地。美国文学中的"非洲性"和"黑色性"已逐步得到了正视和肯定。

第三节　亚裔美国文学

在 20 世纪 60 年代的美国政治、社会运动中，种族平等和性别平等是两项重大的诉求。黑人民权运动的发展和所取得的成果在一定程度上促进了亚裔少数民族为争取自己的权利和确定自己的身份而斗争，并通过文学这一特殊的形式表现出来。亚洲移民的文学创作在 60 年代之后凸显了出来，并呈现出繁荣景象。然而，我们并不能说亚裔美国文学是 20 个世纪 60 年代才出现的，因为作为一股潜流，亚裔美国文学在被美国主流社会广泛关注和认可之前就一直存在着，只是对它的挖掘、整理和理论化是 20 世纪 60 年代末以后的事。亚裔美国文学的繁荣发展，使其成为学界研究的课题之一，自 1982 年始，学者开始对亚裔美国文学进行学术性的研究。[①]

"亚裔美国文学"，按照金惠经（Elaine H. Kim）给出的定义，指的是美籍华人、美籍日本人、美籍菲律宾人、美籍朝鲜人和美籍东南亚人（包括缅甸人和越南人）用英文写作和发表的，反映他们在美国生活经历的文学作品。[②] 暂时不将亚裔用自身母语写作的作品列在这个题目之下讨论。而按照文森特·雷奇的观点，美籍亚裔文学的观念，正如美国土著文学的概念一样，需要扩展。而且据雷奇统计，"亚美"这一指代涵盖了几

---

① ［美］罗杰·丹尼尔斯"前言"，载［美］尹晓煌《美国华裔文学史》，徐颖果主译，天津：南开大学出版社 2006 年版。罗杰·丹尼尔斯（Roger Daniels），伊利诺斯大学出版社"美国亚裔"丛书的主编，同时也是一位美国亚裔移民研究之开拓者。

② Elaine H. Kim, *Asian American Literature: An Introduction to the Writing and Their Social Context.* Beijing: Foreign Language Teaching and Research Press, 2006. p. iii. 又，艾兰·H·金（即金惠经）"亚裔美国人文学"，见［美］埃默里·埃利奥特主编：《哥伦比亚美国文学史》，朱通伯等译，第 676 页。

194 美国文学经典的建构与修正

十个民族传统和语言，不仅包括中文、菲律宾文、日文和韩文这四大语言，还包括从南亚至东南亚的巴基斯坦语、印度语、柬埔寨语和越南语。① 本书将采用金惠经的定义进行讨论。

了解亚裔美国人将有助于我们更全面深刻地了解亚裔美国文学。亚裔美籍（Asian American）：泛指 19 世纪中叶以降迁居美国的亚洲移民，他们主要来自中国、日本、韩国、菲律宾、越南、泰国、柬埔寨、印度、马来西亚、印度尼西亚等地。他们早期（1840—1880 年）因环境或经济诱因，志愿前往或被拐骗到加州或夏威夷，从事铺设铁轨、淘金、洗衣、烹饪或者甘蔗种植等工作，被视为下层的苦力，备受歧视。中期（1850—1930）则因逃避原属国的战乱、灾难或恶劣的生活条件，开始进行较大规模的移民，且移入美国的亚洲人各自在经济能力、教育程度、居留情况上，有较大的差异。二战时美国因为珍珠港事件宣布参战（1941），对境内的日裔美国移民及其家族予以监控，形成一种新的移民歧视与笼络政治，华裔移民的地位顿时居于日裔之上；而各种移民法规的变化及国际冷战局势的新发展，也使得"越战"、"朝鲜战争"的难民与移民，以及来自菲律宾、中国台湾和香港地区以及印度的移民逐渐增加。第三阶段因留学、经商、新移民或再移民（先由中国移到南亚再移至加州）等不同动机、途径而造成地位阶层、教育成就、移民谱系、政治经济资源、社群聚结等方面的差异，他们与当地的其他移民团体或非裔族群，形成或互助或敌对的关系。由于亚洲移民族裔这种不同阶段的发展及其文化经济网络，"亚裔美籍"已逐渐成为美国多元文学与文化表达的重要主题。1960 年以来，反映亚裔移民所经历的压迫、社群记忆、认同重建，以及新旧移民之间的差异，男性与女性亚裔美籍的不同处境及其家族叙事层出不穷，亚裔美籍文学、电影、视觉艺术大放异彩，如黎锦扬的小说《花鼓歌》（*Flower Drum Song*，1957）、赵健秀的戏剧《鸡屋华人》（*Chickencoop Chinaman*，1972）、汤亭亭的代表作《女勇士》（*Woman Warrior*，1976）、王颖的电影《寻人》（*Chan Is Missing*，1981）、史蒂文·冈崎的电影《未尽之事》（*Unfinished Business*，1984）、黄哲伦的剧作《蝴蝶君》（*M. Butterfly*，1988）、郑明河的《姓越名南》（*Surname Viet Given Name Nam.* 1989）、

① ［美］文森特·雷奇：《文学的全球化》，王顺珠译，载童庆炳、陶东风主编《文学经典的建构、解构和重构》，第 178 页。

车学敬的《听写》（*Dictee*，1993）、李安的《喜宴》（*The Wedding Banquet*，1993）、谭恩美的《喜福会》（*The Joy Luck Club*，1994）、包东尼的《恋恋三季》（*Three Seasons*，1999）以及各种移民家族传记等，在文坛上影响很大。亚裔美国人在经济、科技、音乐、视觉文化方面的出色表现，使得里根、布什乃至克林顿将其标示为"模范少数族裔"（model minority），其地位几乎与犹太裔的地位类似，当然其权益上升也常常会遇到无形障碍（glass ceiling）。在文学与文化研究方面，出现了相关文本和理论阐释来抗争歧视亚裔的移民法规，来表达弱势群体的抗争。[①]

1972年许芥昱（Kai-yu Hsu）等编辑出版了第一部亚裔美国文学选集。[②]一般的美国文学选集直到20世纪70年代中期也大都未包括黑人、西班牙裔或印第安土著作家。也没有多少女作家，亚裔文学根本就没有进入人们的视野或者意识。主流的美国文学史直到1998年的《哥伦比亚美国文学史》才有亚裔美国文学专章出现，主流文学选集则是1989年版《诺顿美国文学选集》和1990年的《希斯美国文学选集》才有亚裔美国文学的正式登场。

纵观1979年至2003年出版的六版《诺顿美国文学选集》，我们发现，从1989年第三版第一位亚裔作家首次入选到2003年第六版选集对此扩容，一共只收录了五位亚裔作家：凯茜·宋、李立扬、汤亭亭、水仙花和卡罗斯·布洛森。其中四位是华裔美国作家，一位菲律宾美国作家。[③]相对于一部收录了230多位作家的选集而言，数量是极其少的。但这也是亚裔移民一个多世纪以来奋斗抗争的结果。

金惠经曾这样分析亚裔美国作家、作品难以进入主流文学经典的原因：

> 正如美国各少数民族的作家早已经指出的那样，就一个美国人而言，如果他不是一个白人，不是一个英格兰人后裔，甚至如果他不是

---

① 参看廖炳惠编著《关键词200：文学与批评研究的通用词汇编》，第14—16页。

② Kai-yu Hsu（许芥昱）& Helen Palubinskas, eds. *Asian-American Authors*. Boston: Houghton Mifflin, 1972.

③ 汤亭亭和李立扬毫无疑问是华裔美国作家，水仙花也因选择和坚持自己华裔美国的身份和立场往往被看作华裔作家，凯茜·宋的母亲是中国人，父亲是韩国人，所以既可以称她为华裔美国人，也可以将她视为韩裔美国人。本书中，笔者将凯茜·宋算成华裔美国作家加以讨论。

一个新教徒，要出版发表自己的作品是困难的。而对于一个亚裔美国人来说，这方面的困难更为突出、更加尖锐了。——部分的原因自然是由于美国同亚洲各国之间隔着大洋，相距十分遥远。但是，更主要的原因，还在于亚裔美国人作家同他们的读者，同那些对于亚洲和亚洲文化尚无真切的了解的美国读者之间存在着一条巨大的文化上的鸿沟。在亚裔美国人作家面前，一个大难题就是，他们的读者总是倾向于把他们的作品看作是某种社会学或人类学方面的文献资料，而不把他们看作文学作品。不仅如此，他们还常常把亚裔美国人作家的作品看作是他们所属的某个少数民族的整体生活经验或思想感情的体现，而不把它们看作是作家个人生活经验或思想感情的一种表现。像这样的情形实在是太司空见惯了。如果说政治上和军事上的争论、冲突曾在亚洲各民族同美国之间的关系上产生过很大的作用，那么，大多数有关亚裔美国人文学的论述与评价也都曾深受各种政治利害关系的影响和干扰。①

种族因素、宗教因素、地理因素以及文化差异使美国读者或排斥或歪曲亚裔美国作家的作品，使其难以为读者所接受，更不要谈入流了。

1989年第三版《诺顿美国文学选集》收录的第一个亚裔作家是凯茜·宋；1994年第四版《诺顿美国文学选集》增加了诗人李立扬及作品；1998年第五版收录了汤亭亭、凯茜·宋、李立扬三位当代亚裔作家及作品；2003年又增加了前期的两名作家，即19世纪的女作家水仙花和二战以后的菲律宾裔作家卡洛斯·布洛森。从被收录作家及作品来看，作为诗人的亚裔作家最先获得主流文学和文化的认同，这与他们使用诗歌这种体裁有一定的关系。而作为小说家的水仙花、布洛森和汤亭亭则以其作品引起的广泛的影响而入选。从亚裔作家入选诺顿选集的时间上看，呈倒推的趋势，即有近及远，反映了美国学界对亚裔美国文学研究工作的展开和重视，以及对亚裔文学的历史和传统的追溯取得的新进展和成果。另外，选集收录作家、作品的情况也反映了美国华裔文学的兴盛和繁荣，以及它对主流文学产生的巨大影响和冲击。

---

① ［美］艾兰·H. 金（即金惠经）《亚裔美国人文学》，载［美］埃默里·埃利奥特主编《哥伦比亚美国文学史》（1988），朱通伯等译，第676页。

　　我们从亚裔文学的实际发展情况出发，对《诺顿美国文学选集》收录的作家、作品进行一下简单的分析和讨论。在讨论相关作家的时候，因为他们的族裔问题，将联系华裔美国文学和菲律宾美国文学的历史进行分析。

　　2003 年第六版《诺顿美国文学选集》C 卷"1865—1914 年的美国文学"时段，收录了美国华裔文学作家水仙花。水仙花本名伊迪丝·莫德·伊顿（Edith Maud Eaton，1865—1914）。[①] 母亲是中国人，父亲是英国人，他们的家庭最后在魁北克定居下来。水仙花 1898 年移居美国。她勇敢地选择自己的身份为亚裔美国人，许多当代文学研究者也将她视作亚裔美国作家，然而也有些学者引证她在文本中讨论的种族偏见等综合性问题，认为她持有的观点是欧亚混血儿的观点。她被称为"可能是最早一位具有中国血统的美国小说家"，"第一位用笔来捍卫美国华人的华裔作家"，她的创作表明在 18 世纪末和 19 世纪初的世纪之交，华裔美国人也终于发出了自己的文学声音，并加入了美国民族文学的大合唱。[②]

　　水仙花是美国第一位具有中国血统并致力于描写美国华人社区和华裔经历的作家。她于 1888 年至 1913 年之间创作了大量的短篇小说，其中不少优秀作品收入了她的作品集《春香夫人》　（Mrs. Spring Fragrance，1912）。由于水仙花备受歧视的华裔身份，孱弱的身体和窘迫的经济状况，她发表作品并不容易，这些作品在当时也没有引起文学研究者的重视。从 1914 年她去世，到 1974 年的《唉咿——亚裔美国作家文学选集》（Frank　Chin，et al.，eds. Aiiieeee! An Anthology of Asian-American Writers. Washington，D. C.：Howard University Press.）确定她在美国华裔文学史上的先驱地位之前，61 年间水仙花的名字几乎无人提及。但是由于她打破了华人群体在长期种族压迫下形成的沉默，首次以内部知情人的

---

　　① 　水仙花是一位得到了美国主流文学社会和亚裔作家广泛认同的华裔美国作家。1990 年版《希斯美国文学选集》收录了其作品，2006 年版《诺顿美国文学选集》选了其代表作，赵健秀等华裔作家编辑的文选 1974 年版《唉咿——！亚裔美国作家文学选集》也收录了水仙花。

　　② 　伊顿的"身份"比较复杂，因为她"有双重种族，触及五个国家（加、英、美、法、中国）"，而且她本人曾说过："我没有国籍，也不急着找一个国籍"（Annette White-Parks，Sui Sin Far/ Edith Maude Eaton：A Literary Biography，Urbana & Chicago：U of Illinois P，1995，p. 4）。这里把她作为美国华裔作家，主要因为她具有中国血统，对华人身份比较认同，并且在美国发表描写华人社会的小说。见刘海平、王守仁主编《新编美国文学史》第二卷，朱刚主撰，第 539 页。

身份描写了美国华裔的复杂性，20 世纪 70 年代以后她的创作被称为美国文学在世纪之交的一个亮点。①

水仙花是将 19 世纪末期中国移民在北美的生活经历转化为不朽的艺术作品的第一个欧亚混血作家。在早期美国华人移民作家中，水仙花是唯一从事纯文学创作而非社会人类学写作的作家，并以其过人的才华与敏锐的洞察力获得了巨大的成功。在当时美国文学界对华裔作家怀有偏见的情况下，她的作品却得以在《世纪报》（The Century）、《独立报》（The Independent）、《新英格兰报》（New England Courant）、《大陆月刊》（The Continent Monthly）和《纽约晚邮报》（New York Evening Post）等重要刊物上发表，由此可见水仙花的艺术成功和广泛的社会影响力。学者伊丽莎白·安蒙斯（Elizabeth Ammons）、林英敏（Amy Ling）和安妮特·怀特—派克斯（Annette White-Parks），还有其他一些人也都认为水仙花之所以值得我们重视，不仅仅是因为她第一个记录了北美的中国移民所遭受的种种不公正的待遇，更因为她的作品——尤其在她唯一的一本书《春香夫人》中充满了想象力。

《春香夫人》由许多短篇小说和故事构成，书中的许多故事的背景都很相似，像一本结构松散的长篇小说。小说集讲述了一个特殊社团和群体的故事，作者所关心的是普通美国华裔的生活，向美国读者介绍的一些事物，诸如美国华裔的文化认同、华裔社会的自我保护、欧亚裔混血儿的精神痛苦、不同种族之间的通婚及其后果，等等，也是许多其他当代美籍华裔作家如汤亭亭、谭恩美和黄哲伦等继续关注和向读者呈现的。"她的作品之所以受到当时美国评论界的关注，更是因为在她所有的作品中，都始终贯穿着一个重要的主题，即文化障碍造成的冲突及其后果。"② 在十分传统的华人移民和业已美国化的华裔之间始终存在着这种文化障碍。水仙花身体力行地考察了在文化移入压力之下的美国华人社会之转型，成为第一位在小说中描写东西方文化影响下的美国华裔情感的作家。

水仙花描写了自己在美国亲眼所见的华人生活，为塑造客观真实的美国华裔形象作出了不懈的努力。她对唐人街及其居民们繁杂的日常生活的深入了解和真实再现，打破了美国人关于华人社区是一个充满暴力未开化

---

① 刘海平、王守仁主编：《新编美国文学史》第二卷，朱刚主撰，第 539 页。
② ［美］尹晓煌：《美国华裔文学史》，徐颖果主译，第 98 页。

的满是单身汉社会的成见,真实地展示了一个被美国主流作家忽略并歪曲了的世界。但是在当时的社会历史背景下,她的声音无疑是孤独的。

水仙花作品的主题丰富多彩,并不局限于种族、性别和阶级几个范畴。她的作品几乎涵盖了当今文学评论界关注的所有题材。她写"中国故事"的"目的始终只有一个,那就是表现生活在不同文化之间的美国华裔的真正生活经历,让西方读者了解到华裔也应该拥有和他们平等的权利"。① 她的作品不可避免地会染上那个时代东方主义的观念,但是她清楚地看到当时的美国国家政策和社会价值观中包含的歧视和不公,并且勇敢地奋起反抗。更重要的是,她把压迫她的东西——英国给她的教育和文化培养——化为一种声音,给予那些不允许发声的人们,这些声音还包括华人妇女和儿童的声音,打破了美国主流社会"光棍唐人街"的俗见。她的作品"证实了她试图将真正的美国华裔社会呈现在读者面前的努力","它同时也显示出水仙花为促使华人社会更加进步而勇敢地揭露华人社会的黑暗面,并希望努力加以改善的良苦用心"。② 她是一个在新领域中的开拓者。

作为早期美国华裔作家的杰出代表,水仙花从一种远远超出美国华裔经历的视角,深刻地表现了文化冲突的主题和文化移入的后果。20 世纪六七十年代以后,华裔作家完全融入了美国社会和文化,他们的作品也超越了时代、民族和性别的界限,得到了主流文化的高度认可。《诺顿美国文学选集》入选的汤亭亭就是其中的一个代表。

汤亭亭是美国最早在非小说和小说领域都获得巨大成功的亚裔美国作家之一。其代表作品《女勇士:生活在鬼佬之中的女孩的回忆》(*The Woman Warrior*:*Memoirs of a Girlhood among Ghosts*,1976)获国家图书非小说类批评奖(National Book Critics Circle for nonfiction),《中国佬》(*Chinaman*,1980)获国家图书奖(Nation Book Award)。在这两部描写家族历史的作品中,汤亭亭生动形象地描绘了她的中国祖先的神奇和华裔移民进入美国社会的奋斗,将亚裔美国人的生活生动地展现在读者面前。

汤亭亭的《女勇士:生活在鬼佬之中的女孩的回忆》和《中国佬》都是由一些相互交织在一起的故事构成的,被划分为非小说类文学。在作

---

① 刘海平、王守仁主编:《新编美国文学史》第二卷,朱刚主撰,第 547 页。
② [美] 尹晓煌:《美国华裔文学史》,徐颖果主译,第 117—118 页。

品中汤亭亭使用了历史、奇闻逸事、传说、警世故事、传记和论文等多种文学样式。毫无疑问《女勇士：生活在鬼佬之中的女孩的回忆》和《中国佬》扩展了文学的类别。在《女勇士：生活在鬼佬之中的女孩的回忆》中，汤亭亭以女性特有的敏感和充分的独创性，倾情书写了华裔妇女在文化、历史、社会和地缘政治的错位和重新定位过程中的精神创伤，为华裔妇女寻求自我、发现自我、思考个人认同和种族认同之间的关系提供了新的视角。《女勇士：生活在鬼佬之中的女孩的回忆》的姊妹篇《中国佬》则探索了华裔男性移民在美国的经历。小说颂扬了美国第一批移民美国的中国男人们的力量与成就，控诉了华人男子所遭受的剥削和歧视，凸显了华人在美国历史上的贡献。1997 年 9 月 29 日，美国总统比尔·克林顿在授予汤亭亭"全国人道奖章"（National Humanities Medal）时，赞扬汤亭亭的工作和才能，说她揭示了"一个我们从未见过但是却即刻承认其真实性的世界"。对于她的作品，克林顿说："把亚裔美国人的生活经历生动地展现在百万读者之前，激励了新一代作家，让人们听到了他们自己独特的声音和生活经历。"①

　　《诺顿美国文学选集》选录的汤亭亭的选文《行者和问者》（"Trippers and Askers"）出自她的小说《孙行者》（*Tripmaster Monkey*：*His Fake Book*，1989）。这是其出版时被标为小说的第一部作品。《孙行者》无论在语言的应用上还是在结构的处理上都显得比其前两部作品复杂得多，在写作艺术上更加成熟。对性别和种族的关怀一直是汤亭亭的作品相当重要的内容。在《孙行者》中，汤亭亭借助惠特曼·阿新的戏剧创作，探讨了建构新的华裔身份的可能性：惠特曼·阿新戏剧创作的成功证明了汤亭亭对华裔新身份的信心。这种新身份不是一个种族对另一个种族进行征服和同化的结果，而是像惠特曼·阿新创造出来的那部大戏那样，是文化融合的产物。

　　汤亭亭进入美国文学经典，一方面说明了当代华裔积极融入美国社会，并且用自己的双重背景和文化创造了美国的多元文化，这些都得到了美国主流社会的认同和赞赏。如汤亭亭自己所说的，她是一个"典型的美国佬"，她一直认为自己是美国人，她的作品是美国文学的一部分，而不是为中国读者而写的。她曾说："实际上，我作品中的美国味儿要比中

---

① http://www.answers.com/topic/maxine-hong-kingston，搜索时间 2009 年 10 月 23 日。

国味多得多。我觉得是写我自己还是写其他华人，我都是在写美国人……
虽然我写的人物有着让人感到陌生的中国记忆，但他们是美国人。再说我
的创作是美国文学的一部分，对这点我很清楚。我是在为美国文学添砖加
瓦。评论家们还不了解我的文学创作其实是美国文学的另一个传统。"①
主流社会对汤亭亭创作理念的赞赏和认同，从另一各方面也反映出美国文
学界对以抵抗性话语出现的华裔美国作家，如赵健秀等人的抵触与排斥。
由此可见西方文化霸权对经典的制控。

　　像汤亭亭一样，华裔作家在诗歌创作的时候也很好地利用了家族的历
史。当代华裔女诗人凯茜·宋，其母亲是中国人，父亲是第二代韩裔美国
人。她的第一本书《照片新娘》（*Picture Bride*，1983）就是从其祖母和母
亲"照片新娘"的故事中获取的灵感。该书获得 1983 年耶鲁系列青年诗
人奖（the Yale Series of Younger Poets）；此外其著作还有《无框窗户》
（*Frameless Window*，*Squares of Light*，1988）、《校园人物》（*School Fig-
ures*，1994）、《福佑之地》（*The Land of Bliss*，2001）等。

　　文学批评家和诗人林玉玲（Shirley Geok-lin Lim）将《照片新娘》中
的 31 首诗描述为"自传性质的、像肖像一样、带有浓重的突出的地方和
种族色彩"。② 在这本诗集中，宋关心的主要问题是家庭关系、世代联系
的纽带、妇女的声音和性别的复杂性。里查德·雨果（Richard Hugo）指
出宋的作品栩栩如生，有一种可视的效果。她的"诗歌是鲜花：色彩鲜
艳，娇艳欲滴和安静从容，它们像花束一样几乎是羞羞答答地呈现出来的
生活中的那些瞬间，看起来微不足道，其实回忆起来拥有巨大的价值。她
提醒人们在一个喧嚣的、冷漠的、艰辛的世界中什么是对人类精神真正重
要的东西"。③ 在《无框窗户》中宋仍然继续着一直关心的主题——家庭
问题，继续"疏通着孩子与父母、兄弟姐妹之间、母亲与孩子之间的关
系"。④

　　李立扬，父母是中国人。李立扬出生在印度尼西亚，曾因政治原因被

---

① 泼拉·莱宾诺维兹：《不同的记忆：与汤亭亭谈话》，转引自郭英剑《命名·主题·认
同》，载程爱民主编《美国华裔文学研究》，北京：北京大学出版社 2003 年版，第 69—70 页。

② Shirley Geok-lin Lim, ed. *Asian-American Literature：An Anthology.* Lincolnwood, Illinois
USA：NTC Publishing Group, 2000. p. 387.

③ http：//en. wikipedia. org/wiki/Cathy_ Song，搜索时间 2008 年 12 月 2 日。

④ Shirley Geok-lin Lim, ed. *Asian-American Literature：An Anthology.* Ibid. p. 387.

独裁者苏加诺判入狱 19 个月。1959 年举家逃离印度尼西亚到远东地区
（中国香港、澳门和日本），最后定居美国。其父成为西宾夕法尼亚一个
小镇上长老会的牧师。1986 年李立扬出版了《玫瑰》（*Rose*）获得纽约大
学“德尔摩·斯瓦茨纪念诗歌奖”（Delmore Schwartz Memorial Poetry A-
ward），并获得宾夕法尼亚州文艺理事会（Pennsylvania Council on the
Arts）的赞助和国家文艺基金会（National Endowment for the Arts）的赞
助。1990 年他出版了《我爱上你的那座城市》（*The City in Which I Love
You*），1995 年出版了散文论文集《带翅膀的种子：回忆录》（*The Winged
Seed: A Remembrance*）。他曾三次荣获“手推车奖”（Pushcart Prize win-
ner），并获得“美国图书奖”（American Book Award）。入选《诺顿美国
文学选集》的诗作有：《礼物》（“The Gift”）、《柿子》（“Persimmons”）、
《独自吃》（“Eating Alone”）、《一起吃》（“Eating Together”）、《记忆》
（“Mnemonic”）和《这个房间和里面的一切》（“This Room and Everything
in it”）。

　　李立扬通过诗人的眼光、感受、视角、语言、意象、象征以及他们对
文化传承的态度等，表现他们对文化边际人这个问题的思考。正如林玉玲
在《移民与散居》一文中指出的那样，他们“通过移民者的经历和回忆，
来定位诗歌中人物与其所处的生活背景的关系。因而，这也不可避免地需
要涉及某个亚洲国家的历史、美国移民史以及文化的流失和改变”。① 李
立扬巧妙地运用了自己所了解的中国诗歌传统以及家族历史，并将这些作
为探寻华裔族群文化认同的基本参照。正如李贵苍指出的那样：

　　　　在《玫瑰》中，诗人围绕“永恒的回忆”梳理自己与父亲的关
　　系，并试图揭示“自我”建构与文化认同的关系；在《我爱上你的
　　那座城市》里，以一种更加宽泛的方式对这种关系加以扩展。在这
　　里，他的视野已不再局限于自己和自己有关的家庭历史，而是包括所
　　有移居在外的中国人、所有生活在社会下层的人和与华裔有着相同命

---

① 　Shirley Geok-lin Lim, “Immigration and Diaspora” in *An Interethnic Companion to Asian Ameri-
can Literature.* Ed. King-Kok Cheung. New York: Cambridge UP, 1997. p. 292. 转引自李贵苍《文化的
重量：解读当代华裔美国文学》，北京：人民文学出版社 2006 年版，第 258—259 页。

运的其他少数民族。①

凯茜·宋、李立扬以及其他华裔诗人接受并利用中国文化传统和文学的影响,在当代美国诗坛找到了一种属于自己的声音,在某种程度上确立了自己的地位,进入了美国主流文学的经典行列。但放在族裔文学和文化建设的宏观背景下考察,华裔诗歌的创作和研究已经明显地被边缘化了,在最近十几年华裔小说创作和批评日益繁荣的衬托下更显出了诗歌的式微。

总之,当代华裔美国作家已经在驾驭更加广阔、具有普遍意义的文学主体,这在他们的诗歌创作中尤为突出。

卡洛斯·布洛森(Carlos Bulosan,1911—1956)是第一个,也仍然是最重要的菲律宾裔美国作家。是亚裔美国文学传统中最早的声音之一。他是一个多产的作家,发表的作品包括诗歌、小说和散文。他主要的作品有《美国来信》(*Letter from America*,1942)、《巴丹半岛的声音》(*The Voice of Bataan*,1944)、《父亲的笑声》(*Laughter of My Father*,1944)、《黑皮肤人民》(*The Dark People*,1944)和《心系美利坚》(*America is in the Heart*,1946)。《心系美利坚》是自传性质的作品,是在汤亭亭的《中国佬》出版前唯一的一部反映亚裔劳工苦难遭遇的作品。布洛森是个自学成材的菲律宾移民工人,他写书的目的是为了"用书面文字替十来万在美国、夏威夷和阿拉斯加的沉默无辜的菲律宾人传达出他们的呼声"。②这部作品已被译成多种欧洲文字,被《观察》(*View*)杂志称赞为迄今已出版的50本最重要的美国书籍之一。《诺顿美国文学选集》录入的两篇选文《成为美国人》(*Be American*)和《回家》(*Homecoming*)出自《成为菲律宾人》(*On Becoming Filipino*,1995),是由小 E. 森·简(E. San Juan Jr.)编辑的。然而,布洛森作为菲律宾裔美国人的处境和地位并没有随着他组织的罐装鱼工人联盟的斗争和发表有关菲裔生活经历的作品而改变,他生活贫困,并得了肺结核。他去世的时候,既没有改善菲裔在美国的地位,也没有得到美国的承认成为一个美国人。

---

① 李贵苍:《文化的重量:解读当代华裔美国文学》,第289页
② [美]埃默里·埃利奥特主编:《哥伦比亚美国文学史》(1988),朱通伯等译,第677页。

"《心系美利坚》致力于促进文化友好和文化理解，在许多方面显示了典型的亚裔美国人的自传或者个人历史叙事的文体特征。"① "自传"这种体裁在亚裔美国作家当中一直是十分流行的，这主要是因为自传和个人历史纪录这类体裁的作品能获得比较好的市场。亚裔美国人在一般人眼中是一个"老外"的形象，而一些出版商只愿意出版那些具有人类学趣味的书，而不愿接受虚构的小说。另外一些出版商则鼓励亚裔美国作家尽可能将作品以自传体的形式发表，即便他们的作品并非自传也是如此。卡洛斯·布洛森就曾被说服把《心系美利坚》写成一部个人历史的传记作品，因为那样能畅销。② 基于同样的原因，汤亭亭的《女勇士：生活在鬼佬之中的女孩的回忆》本来也是一部纯虚构的小说，也被归入自传体作品一类，甚至作为非小说类作品来发行销售。

布洛森的文学声望曾随着政治气候而起伏，在二战期间，他的声誉达到了顶峰。后逐渐被人遗忘，最后在孤独、贫困中逝去。金惠经在《亚裔美国文学》中对卡洛斯·布洛森及作品所作出的总结很好地说明了布洛森及作品的文学地位和他进入主流经典的原因："……卡洛斯·布洛森的作品表明作家不再将自己视为美国的客人和访问者，而是想在美国社会中为自己寻找一个位置。所以我们现在读到的东西，不再是一个理想化了的旅行导游的解说词，或者一个言辞流利的亚洲外交官的有礼貌的报告，而是劳动力移民渴望新生活和如何接受美国生活现实的过程的个人表述。因为……布洛森参与了从……一个菲律宾人转变为菲裔美国人的过程，所以［他］是亚裔美国文学的真正代表。"③

亚裔作家的作品具有浓重的弱势族裔色彩。美国的种族主义一直在华裔、日裔、韩裔和菲裔美国人的美国经历中起着重要的作用：无一例外这些族群的作家在写作的时候都非常关注这方面的内容。④ 在主题方面，作

---

① Elaine H. Kim, *Asian American Literature：An Introduction to the Writing and Their Social Context.* Ibid. p. 47.

② 参见 Elaine H. Kim, *Asian American Literature：An Introduction to the Writing and Their Social Context.* Ibid. pp. 47 – 48. 另参见［美］埃默里·埃利奥特主编《哥伦比亚美国文学史》（1988），朱通伯等译，第 677 页。

③ Elaine H. Kim, *Asian American Literature：An Introduction to the Writing and Their Social Context.* Ibid. pp. 32 – 33.

④ Ibid. p. v

家和作品主要表现移民的经验，亚洲的联盟，斗争与被承认，个人置身于或者反抗种族社区，文化冲突意识与自我觉醒，探寻自己在美国的身份，美国人的位置与错位，语言和视角等问题。入选的作家和作品，构成了一种叙述和时间的进程，以移民和亚洲的历史开头，逐步过渡到在美国的社会冲突和重建，聚焦于个人、社区和民族身份、性属，以及家庭等问题，体现出独特的审美价值和文化实践。

亚裔美国文学是亚裔美国人对世界发出的声音，"它帮助我们定义我们的身份、文化和社区，我们的统一性和多样性。这样，它才有能力对我们的自主性和文化完整性的保存作出贡献，避免亚裔美国人和美国社会隔离，为积极参与社会建设作出贡献，提供基础，因为多样性和唯一性都能够和应该受到鼓励，而不仅是将其当成为不平等辩护的工具。"[1] 当代亚裔美国作家仍然在挑战亚裔美国人建构的人性神话和思维定式，"时至今日，几乎每个月都有亚裔美国人写的佳作问世。……作品多得我都来不及读。我在 20 世纪 40 年代开始阅读、写作时，很幸运有黄玉雪和赛珍珠。我认为自己在亚裔美国文学的角色:我写作的方式促使我们的作品被当成文学作品严肃对待，而不只是当成人类学、娱乐之作、异国情趣"。[2] 如汤亭亭所言:亚裔美国文学因其"作品与质量足以建立课程和学系"。[3] 但主流文学界对亚裔文学的重视仍显不够。《诺顿美国文学选集》没有收录一个日裔美国作家及作品，而他们在金惠经的《亚裔美国文学》一书中占有很大的比重。至于亚洲其他国家美国移民的作品更是没有提到。主流文学界对于直接以对抗话语出现的亚裔作家的作品仍然非常抗拒和排斥。我们期待这些问题在今后经典建构的过程中能得到进一步的修正。

第四节　拉丁裔(奇卡诺)美国文学

拉丁裔文学（Latino Literature）的称谓和定义比起其他少数族裔文学

---

① Elaine H. Kim, *Asian American Literature: An Introduction to the Writing and Their Social Context.* pp. 278 – 279.

② 单德兴:《"开疆"与"辟土"——美国华裔文学与文化:作家访谈录与研究论文集》，天津:南开大学出版社 2006 年版，第 232 页。

③ 同上书，第 232 页。

来显得多而复杂。拉丁裔文学，又称为墨西哥裔美国人文学（Mexican A-merican Literature），① 或西班牙裔美国文学（Spanish-American Literature），或奇卡诺文学（Chicano Literature），② 国内学界在翻译时，有时也将 Chicano Literature 直接译成拉丁裔美国文学，现在美国学界一般称其为西班牙裔美国文学，或奇卡诺美国文学，或拉丁裔美国文学，而将墨西哥裔美国文学纳入拉丁裔美国文学或奇卡诺美国文学，使其成为其中的一个分支。③ 本书像对待其他少数族裔的称谓一样，采用其政治地理意义上的划分，采用"拉丁裔美国文学"这个称谓，但在具体论述的时候，也会采用"奇卡诺文学"，这个称谓，因为奇卡诺文学这个称谓具有特殊的含义。

　　拉丁裔文学是一个复杂的术语，包含了政治、文化和性别历史的编纂，可以追溯到 20 世纪 40 年代，甚至更早。"Chicano/a"奇卡诺/纳源于 16 世纪的称呼，"Mexicano/a"（墨西哥诺/纳，墨西哥纳 Mexi-cana 表示女性），得自（墨西哥南部和中美洲印第安各族）那瓦特语"Mexica"，意为居住在龙舌兰（Maguey）中心的民族。——龙舌兰（Maguey）一种仙人掌类植物，从语言上来讲，"墨西哥诺/纳"，在 16 世纪的语言中，发音为"Mexicano/a"（墨西哥诺/纳）或者"Mechicano/a"（墨奇卡诺/纳），渐渐地就演变成了 20 世纪的奇卡诺/纳。这个词在 20 世纪 50 年代得到了广泛的传播，并在 60 年代广为流行。从广义上来讲，拉丁裔美国文学随西班牙人在新大陆的出现而诞生，也许更确切地说，是随着西班牙人出现在现今的国家之内而诞生。在这个文化标志下的文化归属，可以追溯到 1848 年 2 月 2 日：是年签定了"瓜达卢佩和伊达尔戈（Guadalupe Hidalgo）

---

　　① 参见［美］埃默里·埃利奥特主编《哥伦比亚美国文学史》（1988），朱通伯等译，第 665 页。

　　② 参见［美］文森特·雷奇《文学的全球化》，王顺珠译，载童庆炳、陶东风主编《文学经典的建构、解构和重构》，第 178 页；常耀信《美国文学简史》（第二版），天津：南开大学出版社 2003 年版，第 579 页；Carl R. Shirley & Paula W. Shirley, *Understanding Chicano Literature.* Columbia, South Carolina, 1988.

　　③ 参见 Carl R. Shirley & Paula W. Shirley, *Understanding Chicano Literature.* Columbia, South Carolina, 1988; Eduardo R. del Rio, ed. *The Prentice Hall Anthology of Latino Literature.* Upper Saddle River, New Jersey: Pearson Education, Inc., 2002；文森特·雷奇《文学的全球化》，王顺珠译，载童庆炳、陶东风主编《文学经典的建构、解构和重构》，第 178 页。

条约",① 将曾是墨西哥的大片领土置于美国的统治之下。留在北美土地上的墨西哥人(在条约上标注出来的),以及"1848 年后"从墨西哥和其他拉丁美洲国家来的移民,为自己选择了各种各样的名字:墨西哥裔美国人,拉丁诺/纳(Latino/a),以及奇卡诺/纳(Chicano/a)。因为这部分人有西班牙血统,操西班牙语,从人种上讲,他们由西班牙血统与其他种族混血而成,所以美国人在区分种族和族裔时,习惯上把他们单独列开,用术语 Hispanic(西班牙的)来标示这样的族群,即,有西班牙血统、操西班牙语的墨西哥人和拉丁美洲人。Hispanic 已经成了美国拉丁族裔中——尤其是奇卡诺/纳族裔中颇有争议的称呼。在 20 世纪 80 年代,美国联邦政府(里根政府)创立制定了"西班牙月",自动地将所有的拉丁裔人(墨西哥裔美国人、波多黎各裔美国人、古巴裔美国人等)都归属在"Hispanic 西班牙的"这个历史背景之下(表示为 Hispania 或 Spain)。政府也设计了人口普查表和其他合法文件来确定所有的拉丁裔人都是西班牙的,而有些族群却主张源自西班牙的纯正的血统。② 有些批评家以 1848 年这一历史年份和事件为标志,来确立拉丁裔美国文学的诞生。《哥伦比亚美国文学史》就指出拉丁裔美国文学诞生在墨西哥战争结束之时,即 1848 年。也就是说,拉丁裔美国文学"是在一个不同人种的混血,即:西班牙人、墨西哥人、印度人以及安哥罗人的混血,以种种日益增强的文化冲突事件为特征的环境条件下逐渐形成"。③ 但更多的批评家将关注点放到了当代,大约是从 1960 年代到现在。

术语"奇卡诺"原本是一个贬义词,是对那些墨西哥裔移民后裔的蔑称,新一代的墨西哥美国人被人们分列开来,认为他们既不是"美国人",也不是"墨西哥人"。在 20 世纪 60 年代,奇卡诺作为一个自主和种族骄傲的标志而广为拉丁裔美国人所接受。就像"黑人(black)",这个曾经用来贬低非裔美国人的标签,在 20 世纪 60 年代的民权运动、黑色权力和黑人文艺运动中成为了专用术语,并得到非裔美国人的重新评价。

---

① 条约名称的翻译参见 [美] 埃默里·埃利奥特主编《哥伦比亚美国文学史》(1988),朱通伯等译,第 665 页。

② 参见王恩铭等编著《当代美国社会与文化》,上海:上海外语教育出版社 2007 年版,第 9 页。

③ [美] 埃默里·埃利奥特主编:《哥伦比亚美国文学史》(1988),朱通伯等译,第 665 页。

西班牙激进主义分子，尤其是大学生和农场工人欢迎奇卡诺这个称谓，并将它作为骄傲的勋章。理查·A. 加西亚（Richard A. García），① 在他的文集《拉丁人在美国，1540—1974》（*The Chicanos in America*，1540—1974）中，为读者提供了以下内容丰富的总结：

> Chicano 这个称谓一直被墨西哥的墨西哥人所使用。它并不是新事物。但是，今天它的使用却有不同的内涵。尽管在过去，它被上层阶级用来特指下层的墨西哥人，现在它用来指称一个具有身份而不关阶级的完整的个人。在过去墨西哥裔美国人并不被认为是一个美国人；他是一个被加上连字符的人——墨西哥裔—美国人。他被盎格鲁人所瞧不起。如果 Chicano 到墨西哥去，他会被视为是"Pocho"，一个不是真正的墨西哥人。他太"agringado"（盎格鲁化了）。所以，墨西哥裔美国年轻人用"奇卡诺"这个术语来称呼自己。基本上，任何一个墨西哥族裔的人都称自己是奇卡诺。它为没有获得美国多数民族承认的墨西哥人提供了一种身份。这个词不仅装备了一种身份，并且承载了整个哲学含义。奇卡诺人为自己的传统感到骄傲，奇卡诺人是一个负责任并随时准备帮助本民族兄弟姐妹的人。奇卡诺人可以是一个工人阶级，也可以是一个中产阶级的人。他有可能被激发，对物质产生兴趣，或者拒绝它们；但是他是一个奇卡诺，因为他不以自己的传统为羞耻，不想成为他不是也永远也不可能成为的盎格鲁。一旦这个词语被接受，接受它的人从哲学意义上就毫无羞耻或保留地接受了他的传统、褐色的肤色。②

拉丁裔美国人，曾在美国人和墨西哥人的身份之间遭遇尴尬的处境。他们都或多或少地，共享着西班牙语，一种独特的文化，一种复杂的历史、宗教、传统和价值，这些使他们与在社会中占统治地位的盎格鲁社会有很大的差别。墨西哥和美国之间两千英里长的边界，并没有成为加强文

---

① 理查·A. 加西亚（Richard A. García），美国加州大学族裔研究中心（Ethnic Studies）教授。

② Richard A. García, *The Chicanos in America*, *1540 – 1974*. Dobbs Ferry, NY: Oceana Publication, 1977. p. vii.

化交流的障碍。相反,持续稳定的南来北往的人流,强调了西南部的西班牙传统,于是,大多数的拉丁裔人未曾像其他一些少数族裔那样被完全地"美国化"。他们是较有吸收性和创造性的人民,在过去的岁月里,他们从三种文化(西班牙、印第安和盎格鲁文化)中汲取了养分,形成了具有鲜明特色的拉丁裔美国文化和文学,并以此为骄傲。

"奇卡诺"这个术语最早出现在文学作品中,也许是亚利桑那作家马里奥·苏芮兹(Mario Suárez)发表于 1947 年的短篇小说《洞穴》("El Hoyo",英文译名"The Hole")。他在小说中描写了图森(Tucson,美国亚利桑那州南部城市)社区人们的生活:"〔洞穴〕的居民是奇卡诺人……"[1]

今天,有一些人不满意自己被称作奇卡诺人,认为这是个贬义词(prejorative),或认为该词语与政治和社会运动联系过于密切,但在运动中他们并没有获得身份。然而,在过去的二十年里,它成为一个骄傲的标志而被大多数人所使用,并大受欢迎。它是大多数奇卡诺人使用的一个普通词汇,当他们把自己指称为一个群体时,他们使用该词;他们用该词来指涉他们的历史、文化和文学。大多数作家和学者也都使用该词。奇卡诺和墨西哥裔美国人、拉丁裔美国人是同义词,只是表达的不同而已。

根据不同的观点,决定什么是或者什么不是奇卡诺文学是一项艰巨的任务。朱利欧·A.马丁尼茨(Julio A. Martínez)[2] 和弗兰西斯科·A.洛米利(Francisco A. Lomelí)[3] 给"奇卡诺文学"下了一个最广泛也是最确切的定义,他们认为,奇卡诺文学指"自 1848 年以来墨西哥裔美国人或

---

[1]　Mario Suárez, "El Hoyo", in *Arizona Quarterly* 3 (Summer 1947): 114 - 115.

[2]　朱利欧·A.马丁尼茨(Julio A. Martínez),西班牙语语言和文学书目提要编著人,圣地亚哥大学图书馆奇卡诺收藏品协调人,编撰了《二十世纪古巴文学词典》(*Dictionary of Twentieth-Century Cuban Literature*)。参见 http://www. greenwood. com/catalog/author/M/Julio _ A. _ Martinez. aspx,搜索时间 2009 年 8 月 17 日。

[3]　弗兰西斯科·A.洛米利(Francisco A. Lomelí),加州大学圣巴巴拉分校(UCSB)奇卡诺研究系教授和主席,著有多部奇卡诺研究著作:《世界光亮的一半:新选诗歌集》(*Half of the World Light: New and Selected Poems*);《美国西班牙裔文学手册:文学和艺术》(*Handbook of Hispanic Cultures in the United States: Literature and Art*);《奇卡诺作家第一系列》(*Chicano Writers First Series*);《奇卡诺文学:指导手册》(*Chicano Literature: A Reference Guide*);《奇卡诺素描》(*Chicano Sketches*);《想象的超自然主义:美国拉丁裔文学,文化和身份》(*Imagined Transnationalism: US Latina/o Literature, Culture, and Identity*)。参见 http://www. catalog. ucsb. edu/98cat/profiles/lomeli. htm&ei,搜索时间 2009 年 8 月 17 日。

者美国的墨西哥人所创作的关于墨西哥裔美国人经验的文学作品"。① 路
易斯·李尔（Luis Leal），研究奇卡诺文学的著名学者，相信奇卡诺文学
"有自己的起源，当墨西哥居民在殖民地时期在西南部定居下来以后就产
生了，一直持续到现在没有间断"。② 李尔将奇卡诺文学划分为五个历史
时段：（1）西班牙时期（至 1821），（2）墨西哥时期（1821—1848），
（3）转折时期（1848—1910），（4）互动时期（1910—1942）和（5）奇
卡诺时期（1943 年至现在）。

　　拉丁裔民族的文学传统来源于三种文化和历史时段：（1）墨西哥印
第安时段，主要是 1519 年之前，其标志是西班牙人的到来；（2）西班
牙—墨西哥时段，从 1519 年到 1848 年，是年美国获得了西南部的控制
权；（3）盎格鲁阶段，从 1848 年到现在。当代拉丁裔作家经常从这些时
段提供的口头和书面材料中吸取灵感，创作了神话、寓言、传奇、历史、
散文、诗歌和戏剧作品。历史上，作家一般选择表现共同的主题和题材。
然而，在现代，拉丁裔作家用各种文体表达一些有特别意义的主题和题
材。其中有关于社会抗议和剥削的主题，以及移民生活体验、自我探索或
定义（包括神话和传奇的探索）、在 barrio（在城市或乡镇的拉丁裔社区）
的生活等。另外，还有 La Raza，即种族，这个词语具有精神的内涵，将
美国所有说西班牙语的民族联系了起来。

　　拉丁裔文学复兴和繁荣的动力来自拉丁裔美国人在 1960 年代末期和
70 年代早期发起的"奇卡诺"运动。该运动是 40 年代"墨西哥美国裔人
权运动"（The Mexican American Civil Rights Movement）的延伸，包括许
多广泛的内容——要求归还允诺的土地，主张农场工人的权利、教育的权
利、选举权和政治权，以及不断增长的集体历史的意识。③ 奇卡诺运动起
因于国内和国际政治和经济气候的变化，是生活在美国的墨西哥裔人反对
种族歧视，争取墨西哥民族自由、平等权利的社会和族裔运动。1969 年，
为统一奇卡诺运动的宗旨，在丹佛市召开了"第一届全国奇卡诺青年自

---

① Julio A. Martínez and Francisco A. Lomelí, *Chicano Literature: A Reference Guide.* Westport,
CT: Greenwood Press, 1985. p. x.

② Luis Leal, "Mexican American Literature: A Historical Perspective" in Joseph Sommers and
Tomás Ybarra-Frausto ed. *Modern Chicano Writers.* Englewood Cliff, NJ: Prentice-Hall, 1979. p. 22.

③ 参见 http://www.albany.edu/jmmh/vol3/chicano/chicano.html；http://en.wikipedia.org/
wiki/Chicano_Movement，搜索时间 2009 年 10 月 25 日。

由大会",提出了著名的"阿兹特兰精神计划",认为在19世纪被美国占领的墨西哥土地仍然是墨西哥人的土地,是阿兹特兰(Aztlán)而不是美国,生活在那里的人是操西班牙语的自由人的共同体。墨西哥裔美国人的民权运动将奇卡诺文学推向了一个新的阶段。

在这种社会背景下,出现了拉丁裔文学复兴的时代。20世纪60年代中期开始,许多拉丁裔文学成了社会和政治运动的反映,作品的态度也从提倡完全脱离盎格鲁社会,到呼吁确立墨西哥—美国文化在更大的社会框架中的身份。尽管大多数学者将奇卡诺复兴开始的时间追溯到1965年,但是阿梅利科·帕雷德斯(Américo Paredes)的重要作品《他手里有把枪》(*With A Pistol in His Hand*,1958)和荷赛·安东尼奥(José Antonio Villarreal)的小说《墨西哥裔美国人》(*Pocho*,1959),表明开始的时间更早一些。60年代中期到80年代早期是拉丁裔文学的繁荣时期,与过去相比,有更多的拉丁裔人写作和阅读长篇小说、短篇故事和诗歌。与此相对应,戏剧作品的上演也有所增加,就像早期在梯特罗(El Teatro Campesino)上演的戏剧。作家出版作品的需求和途径得到了满足和解决;其中有一些著名的出版公司,如加州的昆托·索尔出版社(Tonatiuh-Quinto Sol Publisher)、亚利桑那的双语印刷公司(Bilingual Press)和得克萨斯州的艺术出版社(Arte Público Press)等开始发行拉丁裔作家的作品。1969年昆托·索尔出版了《镜子:奇卡诺文学选》(*El Espejo/The Mirror*:*Selected Chicano Literature*),这是第一部由奇卡诺人出版的奇卡诺文学选集。入选的作家有埃斯特拉·波蒂洛·坦普利(Estela Portillo Trambley)、拉奎尔·莫伦诺(Raquel Moreno)和乔治亚·科波斯(Georgia Cobos)等。拉丁裔文学逐步得到了学术界的承认,许多学院和大学面向本科生和研究生开设了拉丁裔研究专业,课程中包括文学课程的学习。这些发展引起了批评家的注意,不仅一些传统的文学期刊,就是一些新的期刊也完全或部分地关注拉丁裔文学。还有,许多著名大学的出版社开始出版包括拉丁裔文学在内的完整的文学批评研究成果。拉丁裔文学的范围也越来越大,如文森特·雷奇指出的那样,"美籍西裔文学包括美籍墨西哥、美籍波多黎各、美籍古巴文学,以及许多中美、南美族群文学"。[①]

---

① [美]文森特·雷奇:《文学的全球化》,王顺珠译,载童庆炳、陶东风主编《文学经典的建构、解构和重构》,第178页。

　　以前，拉丁裔文学的许多方面都不为非拉丁裔的多数民族所了解；像其他少数族裔美国文学一样，拉丁裔文学也被视为二等文学。保罗·劳特指出，在 1958 年现代语言协会（MLA）召开的大会上，就有关于西班牙裔美国人文学的讨论：讨论的议题是关于智利现代主义文学的第二阶段和 19 世纪末期在墨西哥期刊杂志上德国文学的研究。由 35 人组成的讨论小组论述了一个新研究课题——西班牙地区研究（Hispanic area studies）。但是在讨论活动中，还没有任何人关注或涉及奇卡诺（Chicanos）或者波多黎各（Puerto Ricans）的作品。① 拉丁裔作家、作品的入选，迫使美国文学打破限制，扩大文学经典的范围。

　　奇卡诺作家有一种强烈的种族意识，这是他们的文学敏感性中最关键的部分。刻画奇卡诺种族在美国的经历和体验是他们关注的东西。墨西哥裔美国人面对盎格鲁—美国人的优越感，慢慢形成一种奇卡诺意识，并将这种意识变成了某种文学表述。然而，这种文学声音不够响亮，也没有引起多少注意，直到 20 世纪 60 年代中期，奇卡诺运动将其文学推向了一个新的阶段。奇卡诺家庭、奇卡诺社区以及人们为争取民权而进行的斗争都是奇卡诺作家关注的主题。

　　奇卡诺小说在过去的几十年里经历了一个漫长的过程。其中奇卡诺作家表达的一个重要主题就是寻找或声明奇卡诺的身份，与此同时还包括在主流价值的重压之下高举奇卡诺种族文化传统的旗帜，以及努力反抗同化的斗争。"毫无疑问，奇卡诺文学在主题和形式上从其诞生伊始就是对盎格鲁—美国大沙文主义的一种挑战。墨西哥—美国人采用一种文学表达方式来对抗感受到的存在于美国文化方面的反西班牙运动、反墨西哥偏见。"② 荷赛·安东尼奥·维拉瑞尔（Jose Antonio Villarreal）的小说《墨西哥裔美国人》（Pocho）、雷蒙·巴里奥（Raymond Barrio）的《摘李工人》（Plum Plum Pickers）、理查德·瓦茨奎斯（Richard Vasquez）的《奇卡诺人》（Chicano）等是早期奇卡诺文学在这个方面的代表作品。接下来，产生了所谓的奇卡诺文学的三大巨头：托马斯·里维拉（Tomas Rivera）、鲁道夫·阿纳亚（Rudolfo Anaya）和罗兰多·伊诺霍萨（Rolando Hinojosa）。此外还有其他一些著名的奇卡诺作家。

---

① 参见 Paul Lauter, *Canon and Context*. Ibid. p. 5.
② 参见常耀信《美国文学简史》第二版，第 579—580 页。

历经数年时光，奇卡诺的诗歌也经过了一个成长过程。与小说家一样，奇卡诺诗人关注的主题是种族经历的表达和奇卡诺传统的声明。许多作品都有着沉重的政治感和社会感，与奇卡诺人民在盎格鲁—美国人处于宰制地位的环境中争取平等和承认斗争紧密相连。他们的诗歌和主流诗歌不同，诗歌的意象和比喻源自他们的生活，他们使用"双语或代码转换手法"，"分别在两种语言中，挑选最恰当的短语和比喻用入诗句之中"。①荷赛·蒙托亚写的诗歌如《pobre viejo 惠特曼》（"pobre viejo W. Whitman"）、《路易》（"El Louie"）等，生动地说明了他是如何在具备认知与审美力量上实现飞跃，成为一个双语诗人的。奇卡诺诗人试图呈现奇卡诺人民在贫民窟的生存状况，以及对变化的渴望。奇卡诺诗人为爱、尊严和正义而斗争，也为生为奇卡诺人而自豪。后来出现了大批优秀的奇卡诺诗人：路易斯·奥马·萨林纳斯（Luis Omar Salinas）、奥鲁里斯塔（Alurista）、理查德·加西亚（Richard Garcia）、阿贝拉多·迪尔加达（Abelardo Delgado）、米古尔·庞斯（Miguel Ponce）、荷赛·蒙托亚（Jose Montoya）、理查德·桑切斯（Richardo Sanchez）、罗娜·蒂·塞万提斯（Lorna Dee Cervantes）和桑德拉·西斯内罗斯（Sandra Cisneros）等。

《诺顿美国文学选集》对拉丁裔美国作家的收录情况如下：

丹妮斯·查韦斯（Denise Chávez, b. 1948），墨西哥裔双语作家、剧作家、"表演作家"，生于新墨西哥的拉斯克鲁斯（Las Cruces）。20 世纪70 年代开始写作剧本，反映奇卡诺人的社会和经济问题，用双语写作，富有奇卡诺幽默。后来她扩展了主题，展开更广泛的社会和自我反省，尝试更广泛的实验性写作，作品具有戏剧化的情景和风格。她也写作诗歌和小说，1986 年出版的《最后一个菜单女孩》（The Last of the Menu Girls）是她最好的作品。作品由七个故事组成，展现了查韦斯一直以来关注的主题：工作背景、关系、母性和宗教等。1995 年发表了第一部长篇小说《面对天使》（Face of an Angel），书中的主人公索薇达·朵萨曼提斯（Soveida Dosamantes）是一个职业女招待，她通过自己的努力取得成功的故事，起到了号召妇女服务于奇卡诺社会的作用。

丹妮斯·查韦斯是第一批入选《诺顿美国文学选集》的墨西哥裔作

---

① ［美］埃默里·埃利奥特主编：《哥伦比亚美国文学史》（1988），朱通伯等译，第671页。

家，而且是个女作家——奇卡纳作家。80 年代末期的第三版诺顿选集，第一次收录了丹妮斯·查韦斯及作品，接下的第四、五版都收录了该作家及作品《最后一个菜单女孩》。但是第六版文选却没有继续收录该作家。查韦斯的入选也许归功于 80 年代的奇卡纳运动，这是一个颇有生气的女权主义运动的变体，奇卡纳作家发现妇女的权利、女作家的作品和传统没有受到重视和关注，奇卡诺作家发表作品要比奇卡纳容易得多。在奇卡诺运动期间，奇卡诺作家，如小说家托马斯·里维拉发表了《……而地球是否不吃掉他》(……*Y No Se Lo Trago La Tierra*，1971)，奥鲁里斯塔发表了诗集《国家孩子普拉马洛亚》(*Nationchild Plumaroja*，1972)，鲁道夫·阿纳亚发表了《祝福我，创世纪》(*Bless Me*，*Ultima*，1972)，奥斯卡·阿科斯塔 (Oscar Acosta) 发表了《蟑螂人民的反抗》(*The Revolt of the Cockroach People*，1973)，罗兰多·伊诺霍萨发表了《山谷》(*Estampas Del Valle*，1973)。这些奇卡诺作家的作品得到广泛认可，成为了人们顶礼膜拜的经典。是时，奇卡纳作家也在写作，但是她们却长时间被禁声，作品得不到发表。她们发现打破沉默直达公众的行动十分困难。1973 年 9 月奇卡纳小说家埃斯特拉·波蒂洛·坦普利 (Estela Portillo Trambley) 编著了第一本奇卡纳选集《奇卡纳文学和艺术：叫喊》(*Chicanas en La Literary El Arte*：*El Grito*)，就像书名一样，奇卡纳作家发出了响亮的呼喊，引起了人们的注意。之后，奇卡纳陆续发表作品，但是进展很缓慢。在 1975 年，埃斯特拉·波蒂洛·坦普利出版了《蝎子雨》(*Rain of Scorpions*)。这是这段时间的第一部奇卡纳小说。《蝎子雨》出版十年以后，这个国家的奇卡纳文学发生了大爆炸。六年之后，切丽·莫拉加 (Cherríe Moraga) 和格洛丽亚·安札尔杜编辑出版了选集《这桥梁是我的支撑：有色激进妇女的写作》 (*This Bridge Called My Back*：*Writing by Radical Women of Color*，1981)。这部选集不仅突出了奇卡纳的写作，而且包括了来自各种不同社会背景的有色妇女，促成了又一次写作的爆发，它与 20 世纪 70 年代的早期写作有很大的不同。这部选集的作品直接表达了奇卡纳的感受：在奇卡诺的社会中（一个另外的有色社会）总是有各种问题困扰着人们。

在奇卡纳运动的推动下，墨西哥裔诗人罗娜·蒂·塞万提斯 (Lorna Dee Cervants，b. 1954) 也顺利入选 1989 年的第三版《诺顿美国文学选集》，并在随后的选集中一直被收录。塞万提斯的入选确是因为其作品优秀，但似乎更重要的是她和作品具有的政治色彩，这与 80 年代质疑传统经典的讨论中性别、政治、种族等因素被首先考虑有关。如她自己所言，是 "一个奇卡纳作家、女权主义作家和政治作家"（ "a Chicana writer, a feminist writer, a political writer"），并通过诗歌表达这三种角色。[1] 她的作品关注的主题主要有文化异化、妇女的权利，以及城市贫困造成的悲惨境况。她在题为《恩普鲁玛达》（Emplumada, 1981）[2] 的诗集中，广泛地讨论了妇女面临的种种问题，不过她的观点常常失之武断而专横。

在《墨西哥景象——华盛顿的坡特·汤森写作研讨会》（ "Visions of Mexico While at a Writing Symposium in Port Townsend, Washington"）这首诗里，塞万提斯将自己想象成是在移动的，像她诗歌中的海鸟 "煽动着翅膀/以候鸟移动的方式"，在南方和北方、华盛顿和墨西哥之间飞翔。迁移的形象经常出现在此诗作中，暗示着一个象征拉丁裔历史的更大的社会模式。但是塞万提斯与候鸟 "迁徙方式" 的同一性的经验是个人化的。"在内心深处，我是一个翱翔者"，她在诗作《科莫罗·赛恩托》（ "Como lo Siento"）中写道，她的诗作经常在各个不同的世界里盘旋，在她觉察到的社会需要和自己的愿望的间隙间盘旋。[3]

在《恩普鲁玛达》中，诗人发现她的家乡加利福尼亚被高速公路分割得七零八落、支离破碎，她时而抵抗这种情景，时而又在自我与外在的景观之间架起理解的桥梁。她的第二本书《来自种族灭绝的电报》（From the Cables of Genocide, 1991）中，将情况延伸至整个国家，产生一种被 "爱和饥饿" 所鼓动的愤怒的力量，并以此短语来做该著作的副题目。2006 年，她出版了一套雄心勃勃的新文集《驱动：第一四重奏（新诗 1980—2005）》（Drive: The First Quartet（New Poems 1980—2005）），这是受到 T. S. 艾略特的《四个四重奏》（Four Quartet）的第一首诗 "燃烧的诺顿" 中对时间的探索的启迪而写的。

她的诗歌强调口语传统，并将口头传统转化为书写。像其他几个重要的拉丁裔诗人如阿尔贝托·里奥斯（Alberto Ríos）、理查德·桑切斯和伯尼

---

① http://en.wikipedia.org/wiki/Lorna_Dee_Cervantes 搜索时间 2009 年 10 月 25 日。

② 此诗作的题目出自西班牙语，"Emplumada" 意思是 "用羽毛装饰"（ "feathered in plumage"）和 "笔划"（ "the stroke of a pen"）。

③ Nina Baym, et al., eds. The Norton Anthology of American Literature. 6th ed. 5 vols. Vol. E. Ibid. p. 3078.

斯·扎莫拉（Bernice Zamora）一样，她在诗中使用西班牙短语和句式排列的形式来表现她的双重传统，并强调用一种语言来表现一种文化传统的经验的困难性。词语是她的工具和武器，她在第一本书《恩普鲁玛达》的第二部分这样写道："这个世界什么也不了解，除了文字/几乎没有什么东西能使你进入这个世界。"[①] 尽管在她的一些诗歌中模糊的语调暗示着作品与她的经验有着某种程度的距离，但是她作品中感情的张力是不可否认的。

较早入选《诺顿美国文学选集》的奇卡诺作家是阿尔贝托·里奥斯（Alberto Ríos，b. 1952），他是诗人、小说家，已经出版了9本诗集和3部短篇小说集。他的父亲是墨西哥人，母亲是英国人，他继承了西班牙语和英语的传统，他写的诗歌，字面含义需反复推敲。他极具讲故事的才能，其诗歌具有口头文学的传统，包括西班牙的歌谣。他的第一本著作《密谈愚弄风》（*Whispering to Fool the Wind*，1982），荣获惠特曼诗歌奖（Walt Whitman Award），随后出版了《五种轻率的言行》（*Five Indiscretions*，1985）、《酸橙果园里的妇女》（*The Lime Orchard Woman*，1989）、《特奥多拉·鲁纳的两个吻》（*Teodoro Luna's Two Kisses*，1990）等。里奥斯在《诺顿美国文学选集》中的地位比较稳定，从1989年第三版入选，到2003年第六版，一直都被收录，只是收录诗歌作品的数量有所变化。第三版收录其作品6首，第四版是同样的诗歌6首，第五版仍是6首诗，但内容不同，《著名拳手雷斯的生活》（"The Famous Boxer Reies Lives"）被换成了《多明戈·里蒙》（"Domingo Limón"）。第六版，只保留了《索非亚妈妈》（"Madre Sofía"）、《湿营地》（"Wet Camp"）、《把侄女的名字拿走》（"Taking Away the Name of a Nephew"）、《对第一堂兄的建议》（"Advice to a First Cousin"）、《长者》（"Seniors"）。

桑德拉·西斯内罗斯（Sandra Cisneros，b. 1954）是被收录进第五版《诺顿美国文学选集》的墨西哥裔女作家。她既是一位小说家，又是一位诗人，代表作有《芒果街的房子》（*The House on Mango Street*，1984）、《妇人怒吼溪和其他故事》（*Woman Hollering Creek and Other Stories*，1991），主要描写年轻奇卡纳妇女在恶劣的环境中遇到的种种麻烦事。桑德拉·西斯内罗斯在她的《芒果街的房子》里十分出色地运用素描、见闻录的方式，生

---

① Nina Baym, et al. , eds. *The Norton Anthology of American Literature.* 6th ed. 5 vols. Vol. E. Ibid. p. 3079.

动地描写了一个年青姑娘成年时期的经验历程。性别问题是西斯内罗斯所有作品的一个主题,包括她的诗集《我邪恶的,邪恶的方式》(*My Wicked Wicked Ways*,1987),《散漫的妇女》(*Loose Woman*,1994),文风有时温文尔雅,有时傻傻的,有时甚至具有野蛮的攻击力。她的小说和诗歌中保持一致的东西是作者的观点。西斯内罗斯以作家的身份宣扬奇卡纳女权主义,尤其是将文化问题与妇女关注的问题结合起来。她作品的主人公充满活力,生活在墨西哥和美国文化的混合物之中,说着两种语言。作品涉及生活的各个方面:西班牙语,墨西哥节日,富有异国风情的食物。表现方式丰富多彩,地方宗教活动不时穿插在叙述中,角色对各种文化游戏运用自如。她作品中反映的这些内容其他人则需要人类学方面知识才能理解。

2003 年第六版《诺顿美国文学选集》收录了更多的奇卡诺/奇卡纳作家和诗人。"自 1945 年始的美国散文"部分因新入选的拉丁裔男、女作家和作品得到了加强。新入选的拉丁裔作家有:鲁道夫·A. 阿纳亚及短篇小说《圣诞戏剧》("The Christmas Play"),选自格洛丽亚·安札尔杜的富有影响的理论作品《边疆》(*Borderlands/ La Frontera*),以及朱迪丝·奥尔蒂茨·科弗的短篇小说。

鲁道夫·A. 阿纳亚(Rudolfo A. Anaya,1937—),墨西哥裔小说家,更多的时候是用英语而不是西班牙语写作。《祝福我,创世纪》(*Bless Me,Ultima*,1972),以农村为故事的背景,表达了在极其不平等的环境下,保持传统和身份完整的努力。与《阿兹特兰之心》(*Heart of Aztlán*,1976)和《托图加》(*Tortuga*,1979)成为阿纳亚最初的奇卡诺三部曲。作品的背景从农村转移到了城市,最后描写了一个瘫痪的青少年重新站起来的经历。在这三部作品中,作家将现代与古代混杂在一起,具有民间传说色彩,平直散漫而富有寓意,多角度的叙述在同一时间产生许多不同层次的含义。阿纳亚是奇卡诺文化运动的三巨头之一,他最广泛受欢迎的作品是《祝福我,创世纪》。第六版的《诺顿美国文学选集》只收录了他《沉默的平原》(*The Slience of the Llano*,1982)① 中的一则故事《圣诞表

---

① "llano"是西班牙语的形容词,意思是"清晰的,简单的,平滑的,平坦的,水平的"("plain,simple,even,smooth,level");作名词时,其阴性形式是"llana",指的是"瓦匠的泥铲"(a "mason's trowel"),而其阳性"llano"则用来描述草原,平坦的地面的情况。见 Nina Baym,et al.,eds. *The Norton Anthology of American Literature*. 6th ed. 5 vols. Vol. E. Ibid. p. 2348.

演》（"The Christmas Play"）。《圣诞表演》集中显示了阿纳亚的艺术特征，包括造成奇卡诺经历的西班牙的和盎格鲁的事物的混合。故事讲述了1848 年仍属墨西哥的边界地区的人们的生活情形。直到今天，那里的人们仍然保持着墨西哥文化的许多方面，包括西班牙、印第安和"梅斯蒂佐"（"mestizo"，意思是混合种族的，"mixed race"）文化的许多方面。近年来，他的写作从自传性的作品扩展到一种展示更全面的奇卡诺生活的景象。《圣诞表演》肯定不如《祝福我，创世纪》能够代表作者的水平和特点，《诺顿美国文学选集》的选择显得对作家的重视不够。

格洛丽亚·安札尔杜，墨西哥裔奇卡纳作家、女同性恋编辑、小说家、诗人、社会活动家。安札尔杜是一个多才多艺的作家，发表的作品有理论文章、诗歌、短篇小说、自传叙述、访谈、儿童书籍和诗集。安札尔杜帮助有色妇女在美国发表文学作品，她因一直参与重新定义酷儿、妇女和奇卡纳身份并致力于发展一种具有包容性的女权主义运动而闻名。她在女权主义理论、文化研究领域的理论、奇卡纳理论和酷儿理论的建设上作出了很大的贡献。

安札尔杜对美国学界的主要贡献就是将术语"梅斯蒂萨界"（"mestizaje"）（笔者根据读音自译）引入美国学术界。"梅斯蒂萨界"指的是一种超越二元对立状态的情形，既不是这种情况也不是那种情形（"either-or"）。[1] 在她的理论著作里，安札尔杜呼唤"新梅斯蒂萨"，即那些意识到自己的身份冲突和融合的，并使用"新的视角"来挑战西方的二元对立思想的观念。"新梅斯蒂萨"的思维方式在后殖民女权主义理论中得到了很好的阐释。"梅斯蒂萨界"概念表达了紧张、矛盾，以及它在新世界诞生的含糊意义。更重要的是，它是一个具有精神和审美维度的概念。"梅斯蒂萨界"是指美国人和欧洲人的种族和/或文化混合物，但是这个词的字面含义并不阐释说明它的理论运用及其最近的变革。自它在新世界获得承认以来，以及在那些仍然将种族作为衡量社会地位的一个重要因素的时光里，"梅斯蒂萨界"已被援引来解决社会不平等和民主不相称。[2]

《边疆》（*Borderlands/La Frontera: The New Mestiza*）是安札尔杜最出

---

[1] 参见 http://en.wikipedia.org/wiki/Gloria_ E._ Anzald%C3%BAa，搜索时间 2008 年 12 月 5 日。

[2] 参见 http://science.jrank.org/pages/7861/Mestizaje.html，搜索时间 2008 年 12 月 5 日。

名的, 也是得到批评界广泛肯定的一本著作, 是诗歌、回忆录、散文等的
混合物。在《边疆》中, 安札尔杜在诗歌和散文之间, 在语言之间, 来
回移动, 以此来探索美国和墨西哥的关系。1987 年, 格洛丽亚·安札尔
杜的《边疆》第一版出版, 两个具有政治含义的词加入了社会文化的词
典:"奇卡纳" (Chicana), 专指墨西哥裔美国妇女, 尤其是按照她们宣
告的目标和奇卡诺运动所争取的普遍利益而言;"梅斯蒂萨" (mestiza),①
描绘奇卡纳妇女, 尤其是兼有奇卡纳和土著美国人传统的美国人。

　　1981 年格洛丽亚·安札尔杜和切丽·莫拉加一起共同编辑了《这桥
梁是我的支撑:有色激进妇女的写作》, 为有色人种妇女的创作和发表起
到了很大的推动作用。安札尔杜在写作和从事奇卡纳文学研究方面都是先
锋。她主要是用英语写作, 但有时也用西班牙语写作, 因为她想直接对那
些不能或者不愿选择英语进行交流的人说话。她的作品为重塑妇女形象作
出了巨大贡献。

　　朱迪丝·奥尔蒂茨·科弗 (Judith Ortiz Cofer, b. 1952), 波多黎各裔
小说家、诗人。她献身于她的事业, 做一个作家和教育家, 做一个真实的
自我, 在拉丁裔和盎格鲁经验不和谐冲突之间创造出一种和谐的文化。所
有奥尔蒂茨·科弗的作品, 包括小说、诗歌和散文都充满了一种回忆录的
感觉。《默舞:一个波多黎各孩子童年的部分回忆》 (Silent Dancing: A
Partial Remembrance of a Puerto Rican Childhood, 1990), 融合了科弗的小
说《太阳的光线》 (The Line of Sun, 1989), 描绘了最初在波多黎各生活,
后来到纽约, 在双重文化中, 作家对生活的考虑, 尤其是鼓励每一个主人
公必须平衡各种矛盾, 或成为彻底的美国人或保持波多黎各的本质。《拉
丁德里》 (The Latin Deli, 1993) 也是此类主题的故事和诗歌集。《太阳前
的妇女:成为一个作家》 (Woman in Front of the Sun: On Becoming a Writ-
er, 2000) 表明双重文化主义为作者的写作提供了一个新的方式。

　　拉丁裔美国作家并不止《诺顿美国文学选集》 中收录的区区几个。
选集收录的似乎都是以英文写作或以英文写作为主的拉丁裔作家, 没有收
录以西班牙语为主要创作手段的作家。这当然有一个语言的问题, 但似乎
也是一个政治问题, 盎格鲁主流文学排斥其他语言的创作由此也可见一

---

　　① "Mestiza" 是 "mestizo" 的女性形式, 女混血儿, 尤指西班牙或葡萄牙与印第安人的混
血儿。安札尔杜赋予了该词汇新的文化含义。

斑。拉丁裔美国人曾是少数民族中的第二大群体，但已上升为最大的少数民族群体，[①] 在过去的几十年里，在现代美国生活的许多领域，包括音乐、艺术、政治、电影和电视、教育、劳动和文学——散文、诗歌和戏剧等各方面，人们感觉到了他们的存在，他们以各自独特的文化习俗和千差万别的民族多样性，演化和创作出了五彩缤纷、色彩斑斓的美国多元文化。拉丁裔美国作家神奇而富有创造力的文学创作，得到了越来越多人的欣赏和肯定，成为了美国整体文化的一个组成部分，但是这个过程还在进行当中，需要人们作出更多的努力和工作。

　　第二次世界大战之后，美国文学的另一大特色便是少数族裔文学得到了很大的发展和取得丰硕的成果。首先，取得了引人瞩目的成绩的是犹太人文学，以 1976 年索尔·贝娄荣获诺贝尔文学奖为标志。随后是黑人文学的繁荣，黑人文学经历了两个发展阶段，战后普遍称为"非洲裔美国人文学"（African American Literature）引来了又一次发展高潮。黑人女作家托尼·莫里森的作品，以及她 1993 年获得诺贝尔文学奖将非裔文学推向了鼎盛。此外，是亚裔文学、美国拉丁裔文学的兴起和发展。这些族裔作家用自己的言说方式和话语描写和诉说了他们作为少数族裔生活在美国白人主流文化边缘的辛酸、悲苦和尴尬。他们以解构主义作为自己的思想武器，消解白人主流文学这一中心，成为美国文学的重要组成部分，使美国文学和思想界呈现多元色彩。这些变化集中体现在《诺顿美国文学选集》第四版（1994）、第五版（1998）和第六版（2003）中。美国近二十多年来，多元文化趋势增强，特别是社会的民主化与开放性，少数族裔概念已经扩大为少数人概念，这些少数人过去被定义为不正常的、边缘化的弱势群体，社会对他们实行严酷的排斥，过去的文学艺术作品也把他们表现为异类或丑陋的阶层。他们只能认同主流文化或被同化，而不可能有自己的社会声言。80 年代以来，在欧美，特别是在美国，这些少数人的文化受到关注，大众传媒不断以各种方式反映他们的存在和要求。尽管这些群体和阶层未必有多大的社会能量，但作为大学里重新检讨主流文化强权地位的辅助材料则是绰绰有余的。

　　《诺顿美国文学选集》中少数族裔文学的出现和分量的增大，反映出美国多元文化共存的趋势正逐步取代曾占统治地位的一元文化中心主义。

---

　　①　王恩铭等编著：《当代美国社会与文化》，第 9 页。

欧文·豪在 1977 年《犹太美国故事集》的序言中指出：

> 数十年来，现在已经延伸至数世纪，美国文学已经稳定地从地
> 区、亚文化群以及族裔群体中吸取新鲜力量，如果将它们放置在一
> 起，便于组成一种令人高兴的多样性。这些社区在我们大陆不被注意
> 的空间里为自己做好准备，然后，通过一种魅力与侵略闯进国家文
> 学。我说"闯进"是因为常常受到来自那些地位稳固的精英们的抵
> 制。精英们把这些新的作家群看成是文化的，有时候包括物质的群
> 氓，或者看成是对英语语言纯洁性的威胁，或者看成是颠覆思想的
> 载体。①

　　欧文·豪对美国文学所发生的嬗变和对美国文学吸取族裔文学新鲜力
量而产生多样性的精辟分析，以及对今后美国文学大致走向的预言，在今
天看来，已经成为现实，并且为主流社会和学界所承认。《诺顿美国文学
选集》对各少数族裔作家作品的收录证明了各少数族裔作家对美国文学
所作出的巨大贡献，并且成为了美国文学传统的一个有机组成部分。由特
殊的历史原因形成的美国文化，其多元性显示出主体文化、主体社会对少
数民族文化参与的宽容。对少数族裔文学和文化的重视、发现和研究可以
防止文化的标准化和同质化。文森特·雷奇也说："近来，文化研究学者
们对这些边缘文学发现做出了肯定［成绩］，指出：这些文化形式不仅表
现了自身的创造力和创作力，也揭示了社会动力。"② 确实，聚集和兼容
各种文化的优秀素质也许是美国文化生命力、创造力的根源所在。

　　少数族裔文学的发展和繁荣，使得以前被压抑和被遮蔽的东西凸显了
出来，并取得和中心或者主流平起平坐的地位。所以，有学者提出美国不
止存在一个文学，而是几个文学的说法，当然，这几个文学在解构白人传
统中心方面起到了重要的作用，且毫无疑问共同构成了一个大的美国的民
族文学。但同时我们应该注意到，美国当今提倡的所谓政治正确的"族

---

　　① Irving Howe, "Introduction" to *Jewish American Stories*. New York: New American Library, 1977. p. 1. 转引自乔国强：《美国犹太文学》，第 177 页。
　　② ［美］文森特·雷奇：《文学的全球化》，王顺珠译，载童庆炳、陶东风主编《文学经典的建构、解构和重构》，第 178 页。

裔性"和"多元文化主义"等词语和政策中隐含着矛盾性和虚假性。事实上虽然上述少数族裔文学入选主流文学经典是美国强调多元文化共生、共存的种族政策的结果，体现了一定程度上的社会进步，但是实质上"种族"和"族裔"这两个概念之间还是存在着千丝万缕的联系。后殖民理论家霍米·巴巴曾就"文化多样性"和"文化差异"之间的差别进行过深入的分析。他认为文化多样性指的是主流社会能够包容那些于他们无害的、有选择性的他者的文化，即除去了政治色彩、被定格在古老的东方或过去的他者的文化，允许其存在体现的是主流社会对边缘文化的大度与宽容。但这与真正相互平等地尊重每种文化的差异之间还存在着一些本质的不同。① 霍米·巴巴的分析在一定程度上揭开了蒙在族裔或多元文化主义之类词汇上的面纱，使我们看清了有关"族裔"或"多元文化主义"这些听上去"政治正确"的词汇以及类似现象的本质。《诺顿美国文学选集》收录少数族裔作家、作品的情况正好说明了此类现象和本质。

---

① Homi K. Bhabha, *The Location of Culture*. New York：Routledge, 1994.

第四章

文本的价值重估

　　如何判断或裁定一个文学文本的价值是一个困难的问题。因为"价值是一个文化客体或类型或媒介与别的客体、类型或者媒介相比所（应该）具有的抽象作用"。① 它基本上是一个经济概念，指客体具有使用价值和交换价值。文本价值或文化价值从经济学上的意义来说基本上既没有使用价值（根据其有用性来衡量的价值），也没有交换价值（根据它们可以交换或者替换什么来衡量的价值，一般是换钱），文化或文本价值其实是一种比喻。当然不存在衡量文化或文本价值的客观标准，文化也没有像市场那么一种机制，可以通过供求体系来把与金钱价值相对应的可量化的文化（文本）价值交付给客体。所以就价值而言，"一种围绕精选的经典所建立起来的文化是不会对经典之外的文化给予全面的评价的。经典性的东西并不比非经典性的东西具有更多的绝对价值——只不过它所隐含的特定的标准、态度和教养形成了统治阶级的文化"。②

　　确定文本的价值依赖于人们的审美经验。审美，对某些批评家而言，完全独立于社会道德准则；而对另一些批评家来说，审美则与政治与意识形态紧密相连。第二种看法赢得了越来越多的认同，因为人们已经认识到，审美经常利用个人兴趣来培养情感和趣味上的共通感，从而可以在被竞争和自利所分裂的社会中形成一种凝聚力。③ 不同时代产生了不同的对

---

　　① ［美］西蒙·杜林：《高雅文化对低俗文化：从文化研究的视角进行的讨论》，冉利华译，载童庆炳、陶东风主编《文学经典的建构、解构和重构》，第168页。

　　② 同上书，第162页。

　　③ 参见［英］丹尼·卡瓦拉罗《文化理论关键词》，张卫东等译，第166页。

于审美的思考，即不同的文学理论。因为审美的变迁和意识形态的需要都会使人们对文学展开重新的价值评估，以建立"一个共享情感的和谐王国——以抹去现实社会的各种关系中，全然真实的'市场'和'意识形态的统一性'的匮乏"。① 新的思想、理论，使得许多伟大的、重要的、经典作家作品获得全新的阐释和评论，这样一来，就影响到了他们作品在选集中的增补或删减。20 世纪末期"对性别（Sex）和性属（gender）的研究也同样得到了扩充和修正，同性恋理论（queer theory）成为性属研究（gender studies）中最有影响力和最有争议性的新增物"。② 性属研究理论的丰富和发展为同性恋文学的合法性提供了理论依据，诗人惠特曼的一些引起广泛争议的诗歌，由于性属理论研究的深入展开，得到了重新认识和批评，最新的研究成果作为一种新的知识被录入选集，从而使惠特曼的同性恋组诗以接近作者最真实意图的面目出现在读者面前。而时代不同的趣味，对于文学用途的不同目的需要，造成了原来不属于经典行列的某些作家或文学传统进入了经典的序列。而对印第安文学传统的梳理和重视对于彰显美国文学身份具有重要的意义。

第一节　性别研究理论与惠特曼同性恋组诗

1994 年诺顿公司推出了第四版《诺顿美国文学选集》。选集在许多方面都作出了重大的调整和更新。这些变化既体现了文学研究领域的最新动态和研究成果，也预示着该领域内的巨大变革。

新的理论和思潮使得文学批评家们对以前的许多传统经典作家、作品有了新的认识，尤其是对作家们某些曾经被排斥在主流之外的作品的价值给予了重新认识和评价。在第四版《诺顿美国文学选集》中最具有代表性的就是对惠特曼同性恋组诗的录入，以及对该作品在结构编排上的调整。我们探究一下原因就会发现，这些变化都要归功于性别研究理论的发展，以及同性恋文化研究取得的重大突破。

在性别研究理论的影响下，惠特曼的一些诗歌被批评家重新认识和解

---

① 参见［英］丹尼·卡瓦拉罗《文化理论关键词》，张卫东等译，第 83 页。
② Emory Elliott & Craig Svonkin. *New Direction in American Literary Scholarship 1980 – 2002.* Ibid. pp. 5 – 6.

读，并被录入了选集。在《诺顿美国文学选集》第一版、第二版和第三版中，选文部分展现了惠特曼作为一名诗人的成长过程；选文的内容，无一例外是对知识的追求，对美国的土地和英雄的热爱和赞颂，歌颂自然、自由民主的精神、欣欣向荣的城市、废奴运动等符合传统主流思想的诗作。而自 1994 年第四版始，首次收录并以课本的形式刊出了惠特曼写于 19 世纪 50 年代后期的直白地抒发和讲述自己对另一个男人的爱情的组诗 12 首《带苔的活橡树》(*Live Oak，with Moss*)。

这些诗表达了诗人和自己的爱人在一起时私密的喜悦之情，是惠特曼最直接、最明晰的关于同性恋感情的描述，它们如此坦白，以至于在诗歌完成的当时，无法将其出版。这些诗歌在当时并没有公开发表，而是变形为一系列《亚当的子孙》(*Enfans d'Adam*，1867；1892 年标题改为 *Children of Adam*)(大约 15 首)，以描述一个男子对女子的爱慕的面目出现的。而后，又以关于男性友爱的主题出现在《芦笛集》(*Calamus*) 中。1994 年第四版的《诺顿美国文学选集》收录了《带苔的活橡树》组诗，并将它列在《铭言集》(*Inscriptions*) 之下。诗作从隐藏、变形、改变到尽量以体现作者原来的创作意图的面貌出现，这一系列变化反映了时代变迁下性观念的改变，以及对同性恋现象和行为的理解、宽容和接受。

上述变化是美国文化多元主义又一个里程碑式的标志。性别研究理论 (Gender studies)，又译"性属研究理论"，"就是对人类性属进行全面的社会文化构成性的考察和清理"。[①] 该理论的范围很广，涉及的学科很多，诸如社会学、心理学、医学等。在文学及与文学相关的文化层面上，其术语主要指的是"同性恋文化研究"(gay/lesbians/queer studies)，即围绕男性同性恋 (homosexual or gay)、[②] 女性同性恋 (lesbian)，[③] 以及所谓的"酷儿"(queer) 所产生的文化想象和与此相关的文学文化批评理论。近

---

① 王晓路：《性属/社会性别 (Gender)》，载王晓路等著《文化批评关键词研究》，第 252 页。

② 同性恋"homosexual"，源自希腊语"homo"="同一"和拉丁语"sexus"="性"，是匈牙利作家本科特在 1869 年创造的新词，与"异性恋"("heteros"，在希腊语里意为"其他的")相反。名词"同性恋"，尽管最初倾向于既用于男人也用于女人，可现在却主要指男人。

③ 女同性恋者逐渐被"Lesbians"所取代。"Lesbian"来自于"Lesbos"，公元前 6 世纪女诗人萨福原来居住的地方，她的写作常常围绕女性间的性爱展开。

十年来，对性征是复数的认识，使曾隶属于女权主义研究范畴之下的同性恋文化研究逐渐发展成为一门相对独立的理论体系。新的理论产生于适当的政治、经济和文化条件之下，并不可避免地对社会生活的方方面面产生着影响。具体到文学研究方面，性别研究理论或性属研究理论，又或最近对此命名为"酷儿理论"① 的基于性别研究的理论，对文学作家和作品的研读，以及他们的定位起了非常重要的作用。

橡树组诗的主题是关于性和性爱，也是惠特曼诗歌的一个主要且重要的主题。为了创作出真正具有美国民族特征的诗歌，惠特曼告诫自己必须抛弃欧洲文学传统和审美传统，必须推陈出新。他大胆地将性和性爱作为诗歌的主题磊落铺陈，尽管爱默生谆谆劝阻。惠特曼认为性是自然的力量、先于社会生活而存在并造就制度。关于两性问题，惠特曼答复爱默生的"公开信"（附在 1856 年《草叶集》第二版后面）中，有一段是专门批判美国社会以及反映在文学中的错误态度的。他指出，在一种生机勃勃的民主主义文学中理应对这个问题采取诚实坦率的态度，可是"那些作讲演和写文章的人，明明知道它在起作用，却装作视而不见"，仿佛那些男男女女都是"中性人物"，他们"只要换一下服装，男人便可充当女人，女人充当男人"。② 他说在许多人中"流行着性的邪说，而学者、诗人、传记家……长期以来与这条肮脏的法规合谋共事，以致那些构成男女性别的东西……都只能偷偷地在文学领域之外发挥作用了"。③ 他认为："这条肮脏的法规必须撤销——因为它阻碍伟大的改革。在这方面，女人和男人一样，应当充满信心。"④ 同样在回信中

---

① 酷儿理论："酷儿"（queer）一词可以用作名词、形容词或动词，但是不管在哪种情况下，它都与"正常的"（normal）或规范化（normalising）相对立。酷儿理论既不是单一的、系统的概念，也不是方法论的框架，而是对于生物性别、社会性别和性欲望之间关系的思想总称。如果说酷儿理论是一个思想派别的话，那么它就是一门充斥着异端观点的科学。这个术语描绘了各种各样的批评实践和优先性（priorities）：对文学文本、电影、音乐、影像中同性爱欲望之表现的解读；对性的社会权力与政治权力之间关系的分析；对生物性别（sex）——社会性别（gender）体系的批判；对生物性别倒错和社会性别倒错的身份确认的研究，以及对 SM 癖以逾越（transgressive）欲望的研究。参见［英］塔姆辛·斯巴格《福柯与酷儿理论》，赵玉兰译，王文华校，北京：北京大学出版社 2005 年版，第 35 页。

② Walt Whitman. "Letter to Ralph Waldo Emerson" in Nina Baym, eds. *The Norton Anthology of American Literature*, 6th ed. Vol. C. Ibid. p. 89.

③ Ibid.

④ Ibid.

诗人这样写道："这种像温吞水一样、淡淡的、温顺的爱情，在歌曲、小说等之类的东西中有很多，并多到让人们作呕；关于男人之间的友谊，在美国随处可见，却没有在被发现的第一时刻成为铅字。我说男人或者女人的身体，这个主要的事物，迄今为止并没有在诗歌中得到充分的表达；得到表达的只是肉体和性欲。"① 这封信后来成了惠特曼的写作宣言。

　　尽管他勇敢大胆地公开表达其写作理念，也写作出版了许多当时看来有悖伦理的"性诗"，但是对于自己创作的橡树组诗这一感情真挚缠绵的同性恋文本，惠特曼却不敢公开也不打算公开发表，他只是把它们认真地抄在笔记本上，而且注明只"宜于在临近死亡时仔细阅读"。② 这组诗当时题为《带苔的活橡树》，后来改为《菖蒲叶》，最后才定为《芦笛》（或译《菖蒲》）。为了发表，惠特曼将诗的排列方式做了很大的改变并且修改了诗的部分内容，虽然只是稍稍改了一些用词，但是诗作对爱、失爱的叙述以及情感的恢复却被削减抹去，诗作的意图和感情没有得到真实、完整、充分的体现。为了掩饰和模糊这种"病态"感情，他用颅相学中的术语"黏着性"（"adhensiveness"）来表述他发现的美国青年男子之间一种惊人地牢固的友情和挚爱。

　　虽然作者称这些诗为"十四行体"，说是写男性友爱的，但批评家们几乎一致认为其中流露着"同性爱的渴望"。而惠特曼采用"芦笛"这个象征性的名称作为他的这组诗的题目，也无不充满着暗示和象征的意义。诗人于1867年在英国出版诗选时曾作过解释。他说："'芦笛'在这里是个普通的词；它是一种很粗大而带芳香的草，或者草根，叶片高三英尺——一般叫'香菖蒲'，遍生于北部和中部各州……像我在书中借用的那种优美而幽雅的感觉，可能即由此而来，即由那种代表最粗壮最强韧的叶片的香菖蒲而来，以及由于它那新鲜的、芳香的、带刺激性的花球而来。"③ 有的批评家从香菖蒲花穗的形状着眼并加以引申，揭示它就是男人同性爱的象征，这样的文本分析完全是性别研究理论的文本解读策略。

---

　　① Walt Whitman. "Letter to Ralph Waldo Emerson" in Nina Baym, eds. *The Norton Anthology of American Literature*, 6th ed. Vol. C. Ibid. p. 89.

　　② 李野光主编：《惠特曼名作欣赏》，北京：中国和平出版社1995年版，第106页。

　　③ 李野光主编：《惠特曼名作欣赏》，第107页。

英国作家约翰·阿·西蒙兹（John Addington Symonds）对此作了深入的研究，他承认惠特曼在性爱方面存在着某种有异于传统观念的特点。到惠特曼晚年时，西蒙兹还几次写信向他询问《芦笛》组诗的真正意义，老诗人 1890 年 8 月 19 日回信说："《芦笛》居然容许可以作如来信所言的那种解释，真太可怕了——我真希望这些作品本身不要再被谈起，以免产生这样毫无理由的、当初做梦也没有想到过也从未证实过的病态的推测，而这些已由我否定过，并且显然是糟透了。"① 驳斥了所谓《芦笛》有同性恋情绪的说法，并声称自己有过非婚生子女。诗人信中"病态"两字很清楚地揭示了 19 世纪欧美社会对性的严厉控制和不甚科学的认识和理解，以及诗人在此情况下无奈的否认。因为在当时的社会状况下如实承认自己的同性恋身份并承认诗歌中描写的同性之爱就会失宠于公众，招致批评家的敌意。19 世纪后期对同性恋科学的体制化，使得历史上许多的作家如英国作家萨默塞特·毛姆（William Somerset Maugham，1874—1965）② 违心地继续从事写作；而使有的作家如 E. M. 福斯特（Edward Morgan Forster，1879—1970）③ 晚年放弃了发表小说的念头，因为感到无法公开描写同性恋。20 世纪 60 年代以前的文学经典主要是异性恋男性从男性视角描写异性恋经验；即使它们由同性恋男性写成，在被阅读、称赞和推崇之时也肯定不会有任何异常的暗示。所以我们在《芦笛集》里看到"诗人寻找的是一条不通向任何地方，而只通向个人的——而且很可能是同性的——情爱的困惑和担忧的路"。④ 后来的一些作家如美国诗人 W. H. 奥登（Wystan Hugh Auden，1907—1973）、艾伦·金斯伯格，剧作家克里斯托福·伊舍伍德（Christopher Isherwood，1904—1986），小说家霍雷肖·阿尔杰（Horatio Alger, Jr.，1832—1899）等都未在性问题上遮

---

① Walt Whitman. "To John Addington Symonds（August 19，1890）［Calamus：Late Denial of 'Morbid Inferences'］." in Nina Baym，et al.，eds. *The Norton Anthology of American Literature*. 4th ed. 2 vols. Vol. 2. Ibid. p. 2191.

② 毛姆（William Somerset Maugham，1874—1965），英国小说家、戏剧家，作品有《人间的枷锁》（1915）等，1920 年曾到过中国，长篇小说《彩巾》就是以中国为背景。

③ 福斯特（Edward Morgan Forster，1879—1970），英国小说家，以《印度之行》（1924）最著名，批评文集有《小说面面观》（1927）。

④ ［美］埃默里·埃利奥特主编：《哥伦比亚美国文学史》（1988），朱通伯等译，第 370 页。

遮掩掩①，并且都创作了有关同性恋主题的小说、诗歌。田纳西·威廉姆斯（Tennessee Williams，1911—1983）也在其作品中描写了同性恋②，然而与金斯伯格和伊舍伍德不同的是，同性恋主题在他作品中从来没有凸显过，其剧中人物既可演成同性情侣，又可演成异性情侣。随着美国和国际社会对同性恋问题的认识，社会公众的认知也发生了转变。1975 年，美国心理学会声明，不再将同性恋视为心理变态。80 年代，同性恋的存在方式逐渐由隐蔽转为公开，成为常见的社会现象。90 年代，许多城市的书店里，出现了关于男同性恋者、女同性恋者、双性恋（bisexual）和变性作家（transgendered writers）的作品。而学术界从 20 世纪 40 年代后期开始研究《草叶集》中的同性恋倾向，迄今已经得到了公众的理解和接受。1953 年，弗雷德森·鲍尔斯（Fredson Bowers）首次将组诗原稿在《目录学研究》（*Studies in Bibliography*）上发表。手稿来自福吉尼亚大学（University of Virginia）克利夫顿·华勒·贝瑞特图书馆（Library of Clifton Waller Barrett）的情人节诗集。1994 年第四版的《诺顿美国文学选集》首次以课本的形式出版了《带苔的活橡树》组诗，并将它从《芦笛集》抽调出来列在《铭言集》（*Inscriptions*）之下，并且排列在《亚当的子孙》和《芦笛集》等"性诗"集子的前面。

　　《铭言集》起源于《草叶集》第四版（1867），原来是一个序诗性的短章，后来成为《草叶集》中的一个组诗。组诗《铭言集》是对《草叶集》主旨的阐述和主要内容的提示，此诗更是主旨的概括乃至以后诸版的总纲，其核心是：从民主和全体的角度，歌唱一个能够表现其时代和国家的包括肉体与精神两方面的个人。《铭言集》对于了解作者诗歌的中心思想和全部内容与结构非常重要。此外，铭言体例短小精悍，概括性强。橡树组诗就有这样的特点。文本的变化毫无疑问强调了橡树组诗的重要性，体现了文学研究者在新的性别研究理论影响下的立场和行为，体现了性别问题的重新认知对文学研究的重大影响。

---

　　①　艾伦·金斯伯格（Allen Ginsberg, 1926—1997），美国诗人、随笔作家，1948 年毕业于哥伦比亚大学，他的第一本诗集《嚎》是 50 年代"垮掉的一代"的代表作；伊舍伍德（Christopher Isherwood, 1904—1986），英国出生，剑桥大学毕业，1939 年移居美国，创作小说戏剧，和同性恋作家 W. H. 奥登合写过三部剧本，《克里斯托弗及其同类》（1976）反映他本人 1929 年至 1939 年间的生活，大胆暴露了自己的同性恋取向。

　　②　威廉姆斯（Tennessee Williams, 1911—1983），美国南方剧作家，曾两次获得普利策奖。

性属研究理论的发展，要求人们将性的多重性放在它们各自的历史、物质和语境中去理解。解读惠特曼的组诗，我们可以发现组诗反映了西方性观念的变化进程。

《带苔的活橡树》起源于诗人 1859—1860 年试图建立起某种同性关系的一次不成功的尝试。是由 12 首诗歌组成的组诗，组诗的标题来源于其中的第二首诗。这里的活橡树一般叫做活栎树，是美国南部一种常绿的乔木，叶呈椭圆形，深绿色，因耐活而得名；砍伐或受损伤后会长出许多萌发条。作者在路易斯安那看到一棵生机勃勃的橡树，孤孤单单的一树独立，只有青苔与它相伴。诗中的橡树是一个昂然屹立的刚健形象，但它是孤独的，周围"没有一个伙伴"。诗人从这棵树的身上看到了自己。他折下一根上面缠绕着些许青苔的带叶的枝条，"它对于我来说是一个神奇的标记——我写下这组诗并以它命名"。① 诗作的标题，以一棵孤零零的与青苔伴生的橡树这个意象，隐喻了同性恋者在社会中的处境和地位。并以此贯穿全诗。

追溯一下西方的性观念谱系，我们会发现性是西方的一个禁忌，尤其是在以清教主义作为主流思想的美国，禁欲是他们首先提倡的，其次除了生育繁衍以外的性都是不道德的。文学作品是不应该描写和歌颂性的，尤其是正面的、直白的描述，否则这种作品将被视为色情。如经典名著《红字》，没有一个字涉及性。19 世纪是性受到严厉管制和压抑的时代，诗人对于一个男人的情感，被称为同性恋的情感更是另类的，连诗人内心也惴惴不安："内心一些激烈而可怕的东西，我不敢将它诉诸语言——甚至在这些诗歌中表达"。② 并将这种感情保持在秘密状态之下。如 D. A. 米勒（D. A. Miller）③ 在其极富洞见的文章中指出的那样，秘密状态的作用就是：

> 主体的实践，建立起私/公，内/外，主/客的对立，并使这些二元对立的第一项免遭损害。而"公开的秘密"这个现象却不像人们

---

① Walt Whitman. "Live Oak, with Moss" in Nina Baym, et al., eds. *The Norton Anthology of American Literature*, 6th ed. Vol. C. Ibid. p. 91.

② Ibid. p. 94.

③ 米勒（D. A. Miller），加州大学伯克利分校教授，1977 年毕业于耶鲁大学比较文学专业，研究领域为 19 世纪英法文学和性别研究。

想象的那样能打破二元对立及削弱意识形态作用，相反却证明了其奇妙的恢复。①

同性恋在过去常常被称为病态、性变态、精神异常、行为/思维障碍，甚至犯罪。

公元前 5 世纪古希腊哲学家柏拉图在《法律篇》中批评同性恋违反自然，因为没有人性的动物是不会这么做的。基督教哲学家圣·托马斯·阿奎那（1224/5—1274）对同性恋者的交往是如此厌恶，以至于他声称，这是比强奸还要可耻的事：强奸"仅仅是"对另一个人的侵犯，同性恋却违反了自然的法则。受这种意识形态的影响，很大一部分同性恋者也这么看待自己，并惧于社会压力而藏身于密室（closet），不敢公开自己的性身份，所以他们是孤单的、不为人所知的。像诗人眼中的橡树"独自一个站在那儿/青苔从枝条垂下/没有任何同伴，深绿的叶子闪出快乐的光芒/它的外貌、粗犷、不屈和欲望让我想到我自己"。② 虽然时代进步、科技发展揭示了一个世人皆知却久已淡忘的事实：同性恋源远流长，是人类社会独特的文化现象，并不是现代人类学家、精神病学家、法律专家所称的"异端"或"变态"，而是性征的一种外在的表现形式。性学调查（诸如金赛报告，1948—1953，和沃芬顿报告，1957）表明，同性恋事实上很普遍，而它被当作一种性欲倒错现象在伦理上和政治上被妖魔化是完全站不住脚的。生物学和心理分析的发展已进一步证实，那种热衷于把同性恋看作是一件古怪的和微不足道的事情的哲学和宗教的讨论，是荒谬可笑的。但是，关于同性恋的偏好应归之于先天倾向还是环境因素，并没有达成一致的意见。③ 福柯对这一讨论有一个重要的贡献，其力作《性史》更揭示了同性恋是社会意识形态的产物，是被文化所决定的，被主流意识形态用于对常态和非常态进行区分。④ 同性恋的存在方式也逐步转向公开，但即

---

① ［美］伊夫·科索夫斯基·塞奇威克：《壁橱认识论》，载朱刚编著：《二十世纪西方文论》，北京：北京大学出版社 2006 年版，第 549 页。

② Walt Whitman. "Live Oak, with Moss", in Nina Baym, et al., eds. *The Norton Anthology of American Literature*, 6th ed. Vol. C. Ibid. p. 91. 橡树组诗选文均出自此书第 91—94 页。译文参考了李野光主编：《惠特曼名作欣赏》，第 136 页。

③ 参见 ［英］丹尼·卡瓦拉罗《文化理论关键词》，张卫东等译，第 124 页。

④ 参见 ［法］米歇尔·福柯《性经验史》，佘碧平译，上海：上海人民出版社 2005 年版。

使那些最开放的同性恋者，也刻意选择一些对于他们个人，或者在经济及制度方面的重要人物一起隐藏在"壁橱"里。为了避免生活中的种种伤害，他们在其一生中的某些或全部时节选择继续留在或是重新进入"壁橱"，所以几乎对所有的同性恋来说"壁橱"生活仍然主导着他们的生存状态。

性别研究理论使我们得以正视同性恋现象和同性恋的文本，下面我们简略地介绍一下橡树组诗，领略其描写的伙伴之爱的福音赞歌，爱的悲哀、快乐和思索。

组诗第一首是一首艺术上很完整而富有特色的短诗。惠特曼用"火焰"、"海浪"、"高处播雨的云朵"等意象作类比来突出写他炽烈的爱，和他对友爱的追求是多么殷勤而执著不休，并以此隐喻两情相悦的幸福时刻。诗中"燃烧"与"消耗"，"涨潮"与"退潮"，在修辞上形成对称美，更重要的是对照地写出从钟情到内心焦灼的痛苦，追求中不可避免的反复涨落，以及灵魂的高蹈逸举、卓尔不群。诗歌情蕴真挚，气势浩大，意境深远。

第二首，用空旷原野的孤独橡树比拟同性恋者的处境，但诗人却表示了他不能没有"朋友"或"恋人"而生活的想法。诗人失掉了自己所爱的那个人，"那个我一缺少就无法满足自己的人"，而对方却"没有我也怡然自得"。诗人对此极为沮丧、烦忧、苦闷、伤痛，便退隐到一个"人迹罕至的地方"（第八首）独自苦苦思索：

　　　受煎熬的时光——我猜想其他男人会不会经历同样的事情，失去心爱的感情？

　　　有没有像我这样的人——忧心忡忡——因为失去了他的朋友，他的爱人？

　　　他也像我现在这样吗？他早晨起来，会懊丧地想起来他失掉了谁？

　　　他晚上一觉醒来又想起谁已经丧失？

在这种孤独沮丧的心情下，诗人从那株活橡树身上找到了自己的身影。他骄傲地觉得自己也像它那样"粗鲁、刚直而健壮"，但是对于它在孤独的境况中仍能欢乐地吐叶秀发感到难以理解，他需要朋友和他心目中的那种

"伙伴之爱"。

第三首，诗人表达了自己最幸福、最快乐的时刻，"不是自己被国会山表扬"，"不是狂欢"，"也不是最想做的计划完成"，而是"我爱的朋友躺在我身边／在寂静中他的脸侧向我，清澈的月光在脸上闪亮／他的胳膊轻轻地搁在我的胸前——那一晚我快乐无比"。此诗激情饱满，形象真实动人。许多批评家认为此诗中必有诗人的实际经验。如布鲁姆所言："无疑地，他［惠特曼］最深层的冲动是一种同性欲望，他关于异性激情的诗篇打动不了任何人，包括他自己。"① 而诗中最后用的男性代词"他"，在称谓上称他的朋友和恋人，完全是一首情诗。

第四首，表达了一个同性恋者的渴望和思考，无论是德国、法国、西班牙，还是遥远的中国、印度或俄国，诗人能了解他们并像爱他自己同胞那样爱他们。第五首，诗人不再满足歌唱大自然的颂歌，因为"我找到了爱我的他，我和他，完美的爱情／……我和我爱的他一起，他和我一道／我们俩人在一起就足够了——我们永不分离。——"第六首，"你认为我会拿起笔来记录什么呢？／不是战舰，造型完美，庄严，在我当值的那天，视力可及的远处的海上，满帆而行，／不是过去的辉煌——也不是将我包围的黑夜的光亮——更不是环绕我周围的大都市的荣耀和成长，／而是我今天在码头上所见的两个男人，和心爱的朋友告别。一个的手缠绕着另一人的脖子，激情地吻着他——而将离去的人将另一人紧紧抱在他的怀里"。第七首，吟唱诗人的最大的快乐，是"远离人群，在田野里，在树林里，在山冈上，／他和另一半，手牵手徜徉，缠绵，远离人群。／他，像他在街上漫步，将他的手环绕在他朋友强健的肩上——而他朋友的胳膊也搭在他的肩上"。

紧接第八首失恋之痛的描述后，第九首表达了一个同性恋者的向往：

> 我梦想着在一个梦想城市里，那里所有的人都是兄弟，
>
> 哦，我看见他们温柔地爱着对方——我经常看见他们，有许多，
> 手牵手散步
>
> 我希望那是健康朋友的城市——那儿没有什么东西比男人的爱恋

① ［美］哈罗德·布鲁姆：《西方正典：伟大作家和不朽作品》（1994），江康宁译，第211—212页。

更伟大

——它引导着其他的一切，

它每时每刻体现在城市男人间的行为上，在他们的眼神里，在他们的话语中。

同性恋是健康的想法和心愿在诗人写诗的一个世纪以后得以实现。

第十首描写了诗人对恋人的爱恋：

哦，你就是我常悄悄地来到你所在的地方的你，我将和你在一起
当我走到你的身边，或坐在你旁边，或跟你呆在同一个屋子里，
你却不知道因为你的缘故，微弱的电火花在我心中起舞。——

这种感情激烈而可怕，诗人不敢在文学作品中表达（第十一首），正常正当的感情被压抑，被排斥于文学之外，文学作品中的性和性爱只是被肮脏的色情替代。此首诗有作者对当时文学现状的抨击和无奈的反抗，作者不敢诉诸语言，但却仍写下以上的诗行。诗人的感情虽被世俗所否认而备受压抑，但真挚的情感喷薄而出，留在纸笔，历经岁月的冲刷和洗礼，最终成为经典积淀下来。而诗人历经情感的波折，从受挫的感情中恢复过来，写下了平静的思考，感情更加成熟（第十二首）：

对于年轻人来说，有许多东西要去吸收、去灌输、去发展，我教
他使他成为我的精灵，但是如果流遍他身体的不是友谊的血液，炙热
而鲜红——如果他没有悄悄地被爱人们选择，也不悄悄地选择爱人
们——那他寻找着成为我的精灵，又有什么意义呢？

诗歌描写的这种理想的关系颇有古希腊同性恋之风。通常年长者主动表示自己对某个少年的爱慕，开始往往遭到青年的拒绝。后来，年长者通过礼物和爱情诗求爱，而后者在接受了前者的礼物之后，用爱向前者回馈，这样两者以感情为纽带形成亲密的关系。年长者既是恋人又是导师，年轻人在年长者的教诲下增加自己的智慧和知识，并用自己的青春作为回报。

组诗的各篇用模糊暧昧的意象和迂回隐约的暗示来表达诗人的真情实感和思想，这些意象和隐晦足以让人产生各种想象，这些不光是表达感情

的需要，更是诗人在 19 世纪的历史环境下的策略和技巧。诗人那种热烈但却表达温柔的情感，有时含蓄到近似"腼腆"的表达神态，与他那些理智而明快的描写异性的诗相对比，批评家们断言这才是惠特曼真正的"情诗"。

性别和性的内容构成了 19 世纪批评家和读者诟病惠特曼诗歌猥亵粗俗的原因之一。然而时过境迁，进入 20 世纪之后，惠特曼有关性别与性的主题又成为文学创作的主要资源之一。而同性恋如今也已不再被视为一种游离于主流的固定的性形式之外的边缘现象，不再被视为旧式病理模式所谓的正常性欲的变异，也不再被视为北美多元主义所谓的对生活方式的另一种选择，男女同性恋已被重新定义为他们自身权利的性与文化的形式，即使它还没有定形，还不得不以现存的话语方式表达。

揭示、理解和接受惠特曼诗歌中的同性恋情感并不影响其作为美国最重要、最伟大的诗人之一的地位和影响，相反，对于性观念的多重性的理解和揭示，进一步增强了他在美国文学史上的地位与影响，以及对整个美国社会、整个人类社会产生的巨大影响。此组诗如果在写作当时得以发表，无疑会成为一个公开的同性恋宣言，会酿成一场新的高度公共化的性革命。① 不管同性的爱还是异性的爱，它们共同构成了人类真实的存在和感情，对于它们的礼赞和歌颂都如惠特曼理念所表达的，爱是一种凝聚力，是团结美国人民、美国各州和整个联邦的纽带，因而也是民主的基石，所以他要终生加以宣扬和歌颂。这也与惠特曼一贯的理念是一致的。他被认为是"美国经典的核心"，"在过去的一个半世纪里，没有一位西方诗人，包括布朗宁、莱奥帕尔迪或波德莱尔，其影响能超过惠特曼……"②

惠特曼曾经因为在诗歌中涉及性而惨遭开除，曾经因为自己"不正常"的同性感情而被受压抑和责难。今天人们再看橡树组诗，再看《草叶集》，会说这响起于孤独、受伤或禁欲的心灵之中，响起于带有惠特曼色彩的想象性的文学中的声音，雄浑地发出了被主流文化忽视的美国人的声音。

---

① Nina Baym et al. , eds. *The Norton Anthology of American Literature*, 6th ed. Vol. C. Ibid. p. 18.
② ［美］哈罗德·布鲁姆：《西方正典：伟大作家和不朽作品》（1994），江康宁译，第 204 页。

第二节　印第安文学、文学身份与全球化

在当代少数族裔中，土著印第安作家也是一支富有生机的力量，但是美国文学中的传统不仅仅包括现当代印第安作家的创造和贡献，在作为独立民族文学的美国文学出现以前，印第安人的文学便已在新大陆存在，而且它们对美国民族文学的影响深远而巨大。鉴于印第安文学在美国独特的发展情况，我们并不能仅仅将它视为少数族裔文学来看待。印第安人的文学与詹姆斯·费尼莫·库柏的《皮袜子的故事》或者奥利弗·拉·法吉的《笑男孩》中所反映和描写的印第安人是不同的。它们包括了以下三种文学：传统的、转折期的和现代的印第安文学。传统的印第安文学是用印第安语言为印第安听众编写的，那个时候印第安的部落文化保持着自己的完整性，与白人的接触极少。它们由神圣的故事、民间故事和歌谣组成。转折时期的印第安文学是由 19 世纪伟大的印第安口头述者翻译的，表现白人统治下印第安人与白人接触的回忆经历。现代文学包括印第安人用英语写作的小说、短篇故事和诗歌，而这些作家除了英语基本上不说其他语言。①

占统治地位的种族和主流文学团体为了文学以外的目的曾经否定、排斥和抹杀印第安口头文学及传统。在 20 世纪八九十年代的经典讨论中，研究土著印第安文化文学的学者阿诺德·克鲁帕特（Arnold Krupat）对土著印第安文学的价值及其在建制上重建美国文学经典的作用表达了充分的信心："我相信美国原住民文本不但会进入宽广的美国文学典律，而且也会进入正式的、建制的典律。"② 这种信心在《诺顿美国文学选集》中找到了事实支撑。

通过研究《诺顿美国文学选集》收录印第安文学的情况，我们发现，主流文学经典在 20 世纪六七十年代社会政治运动的影响下，首先是将转折期和现当代土著印第安作家作为少数族裔作家而收录，而后在八九十年

---

① 参见 Alan R. Velie, ed. "Preface" in *American Indian Literature: An Anthology.* University of Oklahoma Press, Norman, 1980.

② Arnold Krupat, "An Approach to Native American Texts" in *Critical Inquiry* 9.2, 1982. 转引自单德兴《重建美国文学史》，第 152 页。

代全球化的背景下，将印第安口头文化传统作为身份认同的一种象征而扩大对其的收录。

一　作为少数族裔作家的现当代印第安作家

以前在美国文学界，印第安人的声音总是被忽视，即使是在社会运动此起彼伏的五六十年代，浩瀚而高度文明的美国文学界对印第安作者的呐喊之声也往往是充耳不闻。[①] 造成这种现象的原因与土著印第安人的悲惨命运和稀少的人口有密切关系。美国印第安人是少数民族中最小的一个群体。根据美国人口普查局 2000 年的统计，印第安人和阿拉斯加土著人（Indians and Alaska Natives）共 240 万人，占总人口的 0.9%，印第安人有 200 万人口。他们中一半以上的人仍居住在联邦政府为他们划定的 200 多个印第安人居留地（Indian Reservations），其中最大的在亚利桑那、新墨西哥和犹他等西部和西南部诸州，其余的则散居在美国的各大城市里。美国社会的发展史就是土著印第安人的苦难史。17、18 世纪新大陆的人口急剧增长，但新英格兰的印第安人却遭受重创，到 1600 年估计人数只有 2.5 万人，1616 年到 1618 年的瘟疫使其剧减了三分之一，从那以后人口持续稳定地下降。在这一段时间的东北部扩张时期，许多土著印第安人的社区彻底消失了。在南方殖民地和加勒比海岛屿作种植奴隶的印第安人的命运也同样悲惨。[②] 1830 年，印第安人迁移法案迫使东部的印第安人部落继续向密西西比河以西荒凉的土地迁移，除了爱默生，大多数作家都对此保持沉默。美国的命运显然需要一些冷酷无情的实际措施，许多白人感到，长期以来殖民观念的各种说法，认为将美国印第安人根除是上帝的意愿。1884 年和 1886 年美国最高法院宣布印第安人不具有公民权。直到 1924 年，美国议会才通过了一项法案，承认所有的印第安人都是美国的公民。土生土长的印第安人在 1492 年哥伦布踏上北美新大陆以前就已经在此繁衍生息了两万年，但直到 20 世纪 20 年代才获得合法的地位和公民权利，他们合法文学地位的获得

---

① Andrew Wiget, ed. *Dictionary of Native American Literature*, New York: Garland Publishing, Inc., 1994, p. 312.

② Nina Baym, et al., eds. *The Norton Anthology of American Literature*. 6th ed. 5 vols. Vol. A. Ibid. p. 426.

更是远远落后于美国的其他少数族裔。《诺顿美国文学选集》第一版录入以白人为主的主流文学作家及作品，在第二版和第三版的选集中考虑到性别因素和族裔因素，增加了女性作家以及犹太裔和非裔作家及作品。直到 1989 年第三版才开始收录现当代土著印第安作家及作品。① 而且，因为现当代女作家的优秀表现和突出成绩，亦或在女权主义运动的推动下，抑或是在《诺顿美国文学选集》女主编尼娜·贝姆的主持下，率先引进了三位印第安女作家及作品；诗歌部分增选了土著诗人西蒙·J. 奥提兹及作品，还有被翻译成英语经过改写的《黑麋鹿说》（*Black Elk Speaks*, 1932）。

　　第三、四版选录了土著印第安人研究的重要作品《黑麋鹿说》，这是美国"两次世界大战期间的文学"这一时段比较重要的作品。选集收录了《黑麋鹿说》的中心章节，即关于印第安部落《精灵的仪式》（"Heyo-ka Ceremony"），《黑麋鹿的疗伤》（"The First Cure"）和描述在《受伤膝盖的战役》（"The butchering at Wounded Knee"）的血腥屠杀场景的相关章节。第五版起收录了《伟大的先见能力》（"The Great Vision"）这个章节，描述了黑麋鹿如何在九岁的时候突然获得了一种短暂的先见能力，显示了学界对存在于印第安人文化中超自然现象的兴趣。黑麋鹿（Black Elk, 1863—1950）是奥格拉拉·拉阔塔族人（Oglala Lakota），他被雷电（Thunder beings）赋予了一种强大的先见能力，是"小大角战役"和"受伤膝盖的战役"（battles of Little Big Horn and Wounded Knee）的幸存者。② 《黑麋鹿说》是内布拉斯加州的桂冠诗人约翰·G. 奈哈特（John G. Neihardt, 1881—1973）采访苏族的圣人黑麋鹿的素材改编而成的。奈哈特将黑麋鹿的叙述翻译成英语，改编成一个第一人称叙述的自传，但开头和结尾都是内哈特的东西而不是黑麋鹿的了。心理学家荣格因其神话批评和心理洞察而对其大加赞赏。此书被誉为"一个代表所有部落的北美部落。"③《黑麋鹿说》于 1932 年出版，在当时获得好评，但是鲜有人注意。直到 1961 年重版，才受到极大的关注，曾被翻译成德、法、葡、意、俄等多国语言。人类学家威廉·鲍尔斯（William Powers）曾说："黑麋鹿

---

① 见本书附录六"各版印第安文学的收录情况及变化"。
② "大小角战役"和"受伤膝盖的战役"都是印第安部落之间的战争。
③ 参见 http://www.answers.com/topic/john-g-neihardt，引用日期 2009 年 10 月 20 日。

说话时所有人都在倾听。"①

　　格特鲁德·西蒙斯·邦宁（Gertrude Simmons Bonnin，1876—1938），其印第安语名字是兹特卡拉—萨（Zitkala-Sa），首次入选《诺顿美国文学选集》时，其印第安名字在后面用括号标注出来，从第四版起，以其原名列出。其父亲是白人，母亲是杨克顿·达阔塔族人（Yankton Dakota）。兹特卡拉—萨是"红鸟"（"Red Bird"）的意思。她是一个作家、音乐家和重要的美国土著政治家。按照当时确定的父权制度标准，一个在印第安人保留地上出生的可怜的混血儿，她应该是隐形的、沉默的、被隔离的、顺从的；但是，她通过写作、演讲和音乐技巧创建了声名，并且在追求自我发展和土著美国人的法律、经济和文化权利方面尤其显得高亢和敢作敢为。② 她那勾起人们心酸回忆的自传性散文预示了当今许多印第安作家的写作。莱斯利·马蒙·西尔科（Leslie Marmon Silko，b. 1948）和路易丝·厄德里奇（Louise Erdrich，b. 1954）的作品都反映了兹特卡拉—萨在两种文化中的生活经历和双重视域。

　　土著印第安作家入选《诺顿美国文学选集》反映了"印第安文艺复兴"，但此复兴运动的标志为1968年印第安小说家 N. 司各特·莫马迪（N. Scott Momaday，1934—）的小说《黎明之屋》（House Made of Dawn）的问世。此书翌年荣获普利策文学奖，在美国文学界产生了巨大的轰动。这部小说的成功成为印第安文学发展史上的一个转折点，掀起了一股"新"的印第安文学复兴运动，推动了转型与再生的印第安文学的快速发展。莫马迪本人也被誉为当代印第安小说的"真正开路人"。他作为土著美国文学复兴的重要人物，自1994年第四版起被《诺顿美国文学选集》收录。在莫马迪之后，许多印第安作家也纷纷发表作品，形成了蔚为壮观的印第安文学复兴场景。其中主要的作家作品有：詹姆斯·韦尔奇（James Welch，1940—）的《血色隆冬》（Winter in the Blood，1974）和《罗尼之死》（The Death of Jim Lonely，1979），莱斯利·马蒙·西尔科的《礼仪》（Ceremony，1977），路易斯·厄德里奇的《爱之药》（Love Medi-

---

　　① Nina Baym, et al. , eds. *The Norton Anthology of American Literature.* 6th ed. 5 vols. Vol. D. Ibid. p. 1088.

　　② 参见 Nina Baym, et al. , eds. *The Norton Anthology of American Literature.* 6th ed. 5 vols. Vol. C. Ibid. p. 1008.

cine，1984）、《甜菜王后》（*The Beet Queen*，1986 ）、《轨迹》（*Tracks*，1988）、《哥伦布王冠》（*The Crown of Columbus*，1989）、《宾戈宫》（*The Bingo Palace*，1994）、《羚羊妻》（*The Antelope Wife*，1998）和短篇故事集《燃情故事集》（*Tales of Burning Love*，1996），珀拉·冈·艾伦（Paula Gunn Allen）的《有影子的女人》（*The Woman Who Owned the Shadows*，1983），等等。这些作品大多延续了莫马迪的主题模式，展示了印第安人在白人主流社会中的生活状况，在传统和现实之间所遭遇的民族和个人冲突，以及如何从这些冲突中解脱出来并最终获得自我解放的。诗人西蒙·J. 奥提茨（Simon J. Ortiz，b. 1941）也在其诗歌集《寻找雨水》（*Going for the Rain*，1976）和《欢乐旅程》（*A Good Journey*，1977）中追寻印第安传统。其《来自沙溪》（*From Sand Creek*，1981），则是对发生在 1864 年科罗拉多州沙溪的白人对夏延和阿拉法霍印第安人的屠杀事件的描述和评论。1980 年，奥提茨出版了一部反映普韦布洛（Pueblo）印第安人 1680 年起义反抗事迹的诗集《反击》（*Fight Back*），其中一些诗歌采用了印第安人传统诗歌中渐进重复的表现手法，传达出印第安传统一定会得到发扬的情绪。

"印第安文艺复兴"之后涌现出来的土著作家中被纳入主流经典的还有在第五版进入《诺顿美国文学选集》的杰拉德·维兹诺和乔伊·哈荷。

杰拉德·维兹诺（Gerald Vizenor，b. 1934）是作品数量最丰富、种类最多的当代本土作家之一，他创作了包括诗歌、小说、散文、印第安文学和歌谣选集等。他将土著印第安材料和当代文学策略很好地结合起来，在这方面，他堪称土著印第安作家第一。他认为叙述中的信念是一个动态的过程，创造了多种形式的恶作剧者角色。他发现恶作剧者的形象变化和分裂性行为，有助于将论述带向非传统的方向。

他早期的作品主要是诗歌，但后来他对变形的表现手法着迷，发现最好的表现方式是虚构小说。从《圣路易斯熊心内的黑暗》（*Darkness in Saint Louis Bearheart*，1978）、《忧伤着：一个美国猴王在中国》（*Griever：An American Monkey King in China*，1987）、《自由的恶作剧者》（*The Trickster of Liberty*，1988）、《哥伦布的后裔》（*The Heirs of Columbus*，1991）、《死音》（*Dead Voices*，1992）、《热石灰疗伤者》（*Hotline Healers*，1997）到《机会者》（*Chancers*，2000），维兹诺呈现了广泛而多样的主人公，他们的共同点就是他们在扮演恶作剧者角色方面非常成功。在 1984 年出版的《名叫齐佩瓦的人民》（"The People Named the Chippewa"）一文中写道："恶作剧者在感觉上很滑稽，他不宣扬理想化的伦理，但是作为自然世界的一部分而幸存下来；他在喜剧中代表了一种精神平衡，而不是罗曼蒂克地消灭人性的矛盾和罪恶。"①

乔伊·哈荷（Joy Harjo，b. 1951）是 20 世纪 90 年代以来日益受到重视的女诗人之一。她的作品关注当代印第安人的生活和命运，诗歌中经常出现本土传统与当代价值的冲突，特别是当代生活对印第安传统的毁灭性的影响。她的主要诗集包括《什么月亮把我弄成这个样子?》（*What Moon Drove Me to This?* 1979）、《她有几匹马》（*She Had Some Horses*，1983）和《在疯狂的爱情与战争中》（*In Mad Love and War*，1990）等。她的反叛精神让人想起另外的少数族裔作家理查德·赖特、奥德·劳德和莱斯利·西尔科的作品。

关于独立的土著印第安作家使用的文字，即英文，书写作品的历史最早可以追溯到 18 世纪。1994 年第四版《诺顿美国文学选集》在"1620—1820 年早期美国文学"部分，收录了莫希干传教士山姆逊·奥康姆（Samson Occom，1723—1792）的布道词《处死摩西·保罗》（"Sermon at the Execution of Moses Paul"），② 劝说印第安人要节制。该布道词自出版以来已经是第 19 次印刷了。在奥康姆 16 岁的时候，基督教福音会传教士到印第安部落传教，他受到了深刻影响，最后皈依。从选材来看，布道词属于新英格兰清教主义的文学传统素材。当然奥康姆的印第安族裔身份和对印第安人所作的宗教宣传，也有研究的价值。从 1998 年第五版起，奥康姆的作品被改成了他的《自传》。《自传》写于 1768 年，一直存在达特茅斯的档案馆里，直到 1982 年才得以正式出版。作品描写了一个印第安传教士的日常生活和苦难遭遇。18 世纪白人发现了宗教对印第安人的安抚作用，开始在印第安部落广泛传教，但印第安人的苦难并没有减少。在"1820—1865 年的美国文学"部分，收录选自威廉·埃普斯（William Apess，1798—1839）的传记作品《皮廓特部落五

---

① Nina Baym, et al. , eds. *The Norton Anthology of American Literature*. 6th ed. 5 vols. Vol. E. Ibid. p. 2332.

② Samson Occom，山姆逊·奥康姆，传教士，是莫希干人，属最北部皮廓特部落的一支。莫希干，Mohegan, or Mohican，美国印第安人，以前居住在康涅狄格和麻萨诸塞的西部。

个印第安基督徒的经历》（*The Experiences of Five Christian Indians of the Pequot Tribes*，1833）中的一章，其中宣扬传教的人必须有种族平等的观念。威廉·埃普斯的作品《森林之子》（*A Son of the Forest*，1829）是第一部由土著印第安人出版并被广泛阅读的自传。"1865—1914 年的美国文学"部分，在第一卷土著美国作品的基础上继续构建土著美国文学的篇章。这个部分选录了两位新的土著美国作家：一位是在达特茅斯受教育的苏族（Sioux）① 医生查尔斯·亚历山大·伊斯特曼（Charles Alexander Eastman，又名 Ohiyesa，1858—1939），选文出自他的自传《从密林到文明社会》（*From the Deep Woods to Civilization*，1916）；另一位是约翰·M. 奥斯基森（John M. Oskison，1874—1947），其短篇小说《老哈乔的问题》（*The Problem of Old Harjo*，1907）讽刺了基督教用传教运动"提升"土著印第安美国人的做法。这版选集中增选的女作家戴安·格兰西（Diane Glancy，b. 1941）的作品《推动熊》（*Pushing the Bear*，1996）则描写了 1837 年至 1838 年西进运动中印第安人的血泪之路。

　　《诺顿美国文学选集》在梳理印第安文学的过程中，发现 20 世纪 50 年代到 60 年代末印第安文学的发展经历了一段相对沉寂的时期，出版作品很少，在批评界受到的关注也不多。尽管如此，崛起于 30 年代的小说家达西·麦克尼科尔（D'Arcy McNickle，1904—1977）仍创作并发表了不少重要作品。2003 年出版的第六版选集首次收录了这位属于两次大战之间的作家。达西·麦克尼科尔是小说家、学者和印第安人事业的积极提倡者。他的小说《被包围者》（*The Surrounded*，1936）、《敌空来风》（*Wind from an Enemy Sky*，1978）展示了受白人蔑视和剥削而断裂的土著印第安人的身份，最后他的故事发展到一个暴力的结尾。对此作家的研究还很欠缺，因为他的很多作品都没有得到发表。

　　20 世纪 60 年代的美国国内社会动荡不安，民权运动空前高涨。1964 年美国国会通过了公民权利法第七款，禁止种族歧视。在社会民权运动的带动下，印第安人也展开了轰轰烈烈的争取民族平等和独立的民权运动。在这种社会背景下，印第安作家作为印第安人的代言人，其职责就是"要继续发扬讲故事的传统，讲述印第安人面临的冲突、受到的不公正的

---

① Sioux，北美印第安苏族人。

待遇，让世人都知道我们印第安人并没有忘记［那些冲突和不公正的待遇］"。① 在各少数民族人民的积极争取之下，60 年代的民权运动使得包括印第安人在内的美国少数族裔获得了平等的权利和公平的机会，他们在政治、经济、社会等方面的地位也逐步得到提高。政治、经济、社会地位的提高为文学创作、发展及繁荣奠定了良好的基础。在这种社会背景之下，土著印第安人的文学也进入了一个空前发展的新时期。较之白人主流作家，印第安作家拥有自己所特有的"族裔文化背景"和"文学传统"。② 在他们的作品中有与他们的民族部落密不可分的也是其特有的"神话"、"传说"，同时他们吸取了印第安口头传统文学中所特有的讲述方式，与现代写作方式相结合，使作品自始至终都散发着浓郁的本土印第安文化气息，从而在众多的白人主流文学作品中树起一面民族特色鲜明的文学旗帜，促进了美国多元文化和文学的深入发展，从而成为其不可忽视的重要一员。这一时期的印第安文学作品大多沿袭了麦克尼科尔在《被包围中》中和莫马迪在《黎明之屋》中的"寻源"主题。

土著印第安作家如戴安·格兰西、莱斯利·西尔科和路易丝·厄德里奇等描写的土著印第安人的世界，不仅仅是从"社会学意义上展现这个特殊的族群，而且每一位作家都使用了异质的技巧来描绘原先作品中存在过的经验，以事件所感知的本质来反对对事物本身做出的任何还原性的解释"。③ N. 司各特·莫马迪、路易丝·厄德里奇、莱斯利·马蒙·西尔科、谢尔曼·埃里克斯（Sherman Alexie）发起运动，呼吁印第安作家重新挖掘土著人生活、历史和文化的价值和意义，在这样的世界里，作品拥有不同以往的分量，一种过去的历史里从未有过的历史感。土著印第安人作家取得的成就开始受到主流文化的关注，人们首先注意到的是土地的生态学（land ecology），承认美国历史上"野蛮西部"的观点是一种策略，将印第安人陷入了定式。④ 接着，人们发现印第安作家书面文学延续了印第安的口头文学传统，由于现当代印第安作家的努力，20 世纪 90 年代学

---

① ［美］莱斯利·马蒙·西尔科来华时接受记者采访的内容，载《外国文学研究》1985 年第 8 期，第 130 页。

② 刘海平、王守仁主编：《新编美国文学史》第四卷，王守仁主撰，第 5 页。

③ Nina Baym, et al. , eds. *The Norton Anthology of American Literature*. 6th ed. 5 vols. Vol. E. Ibid. p. 1963.

④ Ibid. p. 1960.

界开始重新发现和重视印第安口头文学传统。

二 美国文学中的印第安因素和民族文学

《诺顿美国文学选集》从 1994 年的第四版起开始大量地录入印第安口头文学，第五版除持续录入印第安口头文学外，还增加了当代印第安作家。第六版在编排上做出了调整，使之更加符合历史发展的顺序和真实。

1994 年第四版的选集，在"1620 年之前的文学"部分，大幅度地增加了土著美国人口头和书写的传统。其中有三部分新的口头材料，关于世界之初的故事，包括来自于易洛魁人（Iroquois）和比马人（Pima）的创世故事。选集标示了头注（headnotes），特地用以说明在抄录和翻译印第安语言方面政治、文化和语言的复杂性。在"1820—1865 年的美国文学"部分，依据不断变化的批评兴趣和教学兴趣，也有许多改变。一篇强有力的关于印第安切罗基族（Cherokee）民族自治的文章《切罗基人的请愿书》（"The Cherokee Memorials"）选入了文集。① 请愿书将土著美国人的口头传统和欧美政治抗议的书写传统很好地结合了起来。第二卷继续关注土著美国口头传统，增加了两个新的部分——土著美国修辞术、演讲术或雄辩术（Oratory），土著美国人祷词（Chants）和诗歌（Songs）——并为几个复杂的文学形式提供了内容丰富的介绍。选入的《夜晚祝词》（*Night Chant*）以及奇帕维安族（Chippewa）的诗歌和鬼魂舞的歌谣，② 翻译过来后就能像诗那样读，为了强调其最本质的表演的功能和角色，编者还在文本部分标注了音符，并用句号标注了舞蹈。

第五版的选集在第四版的基础上增加了以下内容：第一卷，"1620 年之前的文学"部分增选来自纳瓦霍（Navajo）、克莱特索普·切努克人（Clatsop Chinook）、寇萨提（Koasati）、温尼贝戈（Winnebago）和奥克奴干（Okanogan）部落的恶作剧者的故事（trickster tales）。第六版的选集增加了一个苏族（Sioux）恶作剧者的故事，同时调整了印第安文学在选集中的编排秩序。在第五版的选集中，入选的印第安创世故事被排在殖民探险文学之后，这显然不符合历史发展的规律和事实。第六版选集将印第

---

① Cherokee，切罗基族，北美易洛魁人的一支。

② Chippewa，又拼写 Chipewyan，奇帕维安族，北美印第安之一族，在加拿大西北部阿塔帕斯坎。

安创世的传说赫然列在了选集第一卷的最前面并且在新增加的时间列表中，记录了印第安人在哥伦布到达新大陆之前的种种情况。肯定和明确地指出了印第安人文学传统、移民的探险文学和早期殖民地定居者的文学交织起来发展的这一事实。

　　上述这些举措反映了文学批评界和教育界的新动向，口头文学在文学发展史上有着极其重要的意义："口头文学的研究是整个文学学科的组成部分，因为它不可能和书面作品的研究分割开来；不仅如此，它们之间，过去和现在都在继续不断地互相发生影响。……很多基本的文学类型及主题都起源于民间文学……对于每一个想了解文学发展过程及其文学类型和手法的起源和兴起的文学家来说，口头文学研究无疑是一个重要的领域。"① 口头文学和书面文学之间的连续性也没有间断过，土著美国印第安文学的发展历程就是很好的明证。两万多年前，土著印第安人创造了辉煌的口头文学，但是随着欧洲殖民者的到来，加之口头文学本身存在的缺陷，灿烂的印第安口头文学受到了前所未有的打击，绝大多数的印第安口头文学在这一过程中遭到了毁灭。然而随着"白人对印第安土地的侵占和随后印第安子女在白人开办的学校接受教育，美国印第安土著作家也随之产生"，② 从此印第安文学进入了一个转型和再生的发展阶段。尽管没有自己的文字，印第安人学会了使用外来文字传承自己优秀的传统文学。与此同时，他们结合新时代的特点，继续发展这种优秀的传统文学，使其在经历了数千年甚至是上万年的"主流文学"的演变之后，在 18 世纪末形成了美国文学中的以英语书面文学为主要形式的"弱势文学"。印第安文学作为"弱势文学"在白人主流文学的冲击中艰难前行。此时大多数的印第安英语作品都突出地表明，在新的白人外来文明的冲击下，多数印第安人把握不住印第安民族传统的精髓所在，他们想融入而无法融入白人主流社会。从这些作品中，我们窥见了印第安人内心深处那种欲说不能、欲罢不忍的矛盾心理。于是他们开始重新审视社会，审视自我。19 世纪小说作为一种表达生活存在、经历与历史的文学创作模式开始为土著印第安作家采用。转型期的创作为印第安人自觉时期的到来铺平了道路，为印

---

　　① ［美］勒内·韦勒克、奥斯汀·沃伦：《文学理论》，刘象愚、邢培明、陈圣生、李哲明译，第 41 页。

　　② Andrew Wiget, ed. *Dictionary of Native American Literature.* Ibid. p. 145.

第安作家更好地表达自我做出了初步的卓有成效的尝试和探索。20 世纪 60 年代的印第安文艺复兴，富有特色的印第安文学的兴起，以及发行量的增加和作品获得各类奖项，说明文学界对印第安文学的研究也日益广泛而深入。

（一）辉煌的印第安口头传统文学

"当人类第一次在这块后来成为美利坚合众国的土地上创造性地使用语言的时候，这个国家就开始有了自己的文学史。"① 早在哥伦布于 1492 年踏上北美新大陆之前，印第安人已经在此繁衍生息了两万年。散居在美洲大陆各地的印第安人归属不同的部落，他们在这片辽阔的土地上，在与自然万物接触的过程中，在自我生存的斗争中，创造了大量的神话传说、民间故事等形式的灿烂的口头文学传统，使之成为北美大陆乃至整个人类历史与文化遗产中光彩夺目的一环。"在没有'文字'的口语社会中，文学是指任何值得反复吟唱，最终能被广泛记忆和流传的语言。"② 这些口头文学世代相传，反复吟诵，在白人的英语文学在北美大陆占统治地位之前一直处于主流的地位。印第安口头传统文学主要包括部落神话、民间传说故事以及典仪歌唱、祝词和劳动歌唱等，这些文学形式在《诺顿美国文学选集》中都得到了比较好的呈现和反映。这些口头文学的形成及其发展，与印第安人生于斯长于斯的北美大陆以及他们特定的生活时代和地域环境等因素密不可分，它因此被赋予一种不同于其他文学的独特品质和特点，成为当下多样化的美国文学中的一部分。印第安口头文学是美国文学的先驱，并且为以后美利坚合众国文学的发展树立了一座丰碑。它是"美国文学不可分割的一部分，没有它就没有真正的美国文学史"。③ 印第安人的口头文学元素不断地渗透到后来出现的以英语文学为主流的美国文学的发展之中。美国文学，尤其是美国小说所呈现出的多元化、多样性和多维度都离不开印第安因素的滋养。④ 土著印第安口头文学是美国民族文学的源泉之一，为美国文学的发展提供了丰富的养分。但是，它们的影响、作用和地位一直得不到应有的承认，长期被排除在主流文学之外，其

---

① ［美］埃默里·埃利奥特：《总序》，见［美］埃默里·埃利奥特主编：《哥伦比亚美国文学史》，朱通伯译，第 9 页。

② Andrew Wiget, ed. *Dictionary of Native American Literature*. Ibid. p. 3.

③ ［美］埃默里·埃利奥特主编：《哥伦比亚美国文学史》，朱通伯译，第 5 页。

④ 参见朱振武等《美国小说本土化的多元因素》，第 1—36 页。

入典的过程也远远落后于美国其他民族的文学。

由于"缺乏文字书写系统"，白人殖民者认为印第安人的"与其文化相关的一切都是初等的，而且，由于是未被写成文字的，也是稍纵即逝的"。① 随着殖民程度的加深，土著印第安人受到的压迫越来越严重，除北部少数几个部落创造了自己的文字使其口头文学传承下来外，② 绝大多数印第安传统文学在遭受殖民者冲击的同时又受自身口头文学的局限，在白人的殖民扩张过程中遭到毁灭。熟悉《伊利亚特》和《奥德赛》的人都知道口头文学并不一定比书面文学低劣；他们只是传播的方式不同而已。其实与书面文学相比较，口头文学自有其长处：口头传统很少受到一个文本的神圣性的困扰，更多的是关注文本的功能，有时候也包括它的神圣性，有时候它的功能性包括抵抗持续的流行文化对意识形态的控制；口头的故事如果很好，很传统，也就值得重复，并以此为准立桩标界，而且其中的优秀元素也会进入书面文体继续反映这些口头传统。虽然现在美国所有种族的作家、少数民族和工人阶级的文学都是采用书写的形式。但是我们应该看到：所有书面的文化都体现了早期口头文化的变化；一旦一个民族发展了书写，口头文化就逐渐伸展进了书写形式。这对美国文学中英国文学传统、欧洲文学传统和那瓦霍部落文学传统来讲，都是一样。关于印第安文学研究的主要作品有苏珊·斯嘉贝里—加西亚（Susan Scarberry-Garcia）的《疗伤的里程碑：关于〈黎明之屋〉的研究》（*Landmarks of Healing：A Study of House Made of Dawn*）、《〈黎明之屋〉中的疗伤的原始来源》（*Sources of Healing in House Made of Dawn*），③ 伊迪丝·斯万（Edith Swan）的《西尔科〈礼仪〉中沿太阳运行轨迹的疗伤》（*Healing via the Sunwise Cycle in Silko's Ceremony*）等，④ 揭示了口头传统得到书面形式延续这一事实。印第安文学在新的时代背景之下达到了一个新的发展高度，

---

① ［美］萨克文·伯柯维奇主编：《剑桥美国文学史》（第一卷）（1994—），蔡坚主译，北京：中央编译出版社 2008 年版，第 028、029 页。

② 例如，切诺基印第安人塞阔亚发明了切诺基印第安语以记载他们的传统文化。

③ Susan Scarberry-Garcia, *Landmarks of Healing：A Study of House Made of Dawn*. Albuquerque：University of New Mexico Press, 1990；"Sources of Healing in *House Made of Dawn.* " DAI 47 （6）（1986）：2161A. University of Colorado at Boulder.

④ Edith Swan. "Healing via the Sunwise Cycle in Silko's *Ceremony.* " In *American Indian Quarterly* 12. 4 （1988）：pp. 313 – 328.

其中"印第安口头传统作为抵抗西方文明的侵蚀、治疗印第安人民精神创伤的唯一良药",在这一发展当中一直体现着伟大的力量。① 中国学者石坚的英文著作《印第安神话与文学》(*Native American Mythology and Literature*, 1999),就主要论述了土地、观念、语言和倾听是如何共同作用,起到疗伤的作用……以及讲故事在疗伤和构建本土印第安人的小说中是如何起到控制作用的。②

西尔科的《仪式》(*Ceremony*, 1977)强调了印第安人讲故事的作用。"这部小说(《仪式》——作者注)本质上是关于讲故事的过程中与生俱来的力量……吟唱或讲述自古以来的故事可以达到一定的治疗或者预防疾病和伤害的效果,这些一直是普韦布洛疗伤仪式的一部分。"③ 正如西尔科,以及其他当代土著美国作家所强调的、坚持的,讲故事的能力将个人和部落联系了起来,并且经常使面临消失威胁的文化得以持续。④

讲故事便是讲述一个民族的历史,创造人类自己的精神世界;这个历史与曾经发生的事情不可同日而语,因为讲述故事者用自己的观点、自己的人生经验和想象力对"史料"与"史实"进行了富有个性特征的重构,其中"虚构"是必不可少的因素,因此,"虚构"绝不仅仅存在于文学创作之中,而是普遍地存在于人类的一切活动中。在一个更高的层次上,文学与我们的生命结下不解之缘。讲述故事是人类的基本生存方式,人类需要不断讲述自己的故事,肯定与认可自我生命的律动;同样,剥夺一个人讲述自己故事的权利是对他最残忍的行径;被剥夺讲述故事的权利就等于剥夺生命,甚至比剥夺生命更糟糕。"没有故事,人就无从将自己的生存状态与其他人(无论虚构的还是现实的)加以比较,也就无从对自己的生存状态进行反思和评价。"⑤ 人的生存其实就降到了"活着"的层次。人类自诞生之日起,讲述自己的故事就成了人类生存的基本需要和基本权

---

① 刘玉:《美国印第安女作家波拉·甘·艾伦与后现代主义》,载《外国文学》2004 年第 4 期,第 4 页。

② 石坚:《美国印第安神话与文学》,成都:四川人民出版社 1999 年版。

③ Nina Baym, et al. , eds. *The Norton Anthology of American Literature*. 6th ed. 5 vols. Vol. E. Ibid. p. 2543.

④ Nina Baym, et al. , eds. *The Norton Anthology of American Literature*. 6th ed. 5 vols. Vol. C. Ibid. p. 1008.

⑤ 高小康:《人与故事》,北京:东方出版社 1993 年版,第 20 页。

利，它与人类的命运息息相关。在一次访问中，奥提兹被问到："你为什么写作？"他回答道："因为印第安人总是在讲故事……延续的唯一方式就是讲故事，除此之外别无他法。你的孩子将无法生存，除非你告诉他们一些关于他们的事情——他们是如何出生的，如何到达这个特定的地方，他们应该如何继续生活。"① 为了更有力地说明这个问题，他将此评论在著作《欢乐旅程》（*A Good Journey*，1977）的开头部分重印出来。他的诗作所讲述的故事就是土著美国人生活方式存续的证明，不管所有力量是如何试图根除它；他的诗作也讲述了得以幸存所付出的痛苦代价。

（二）西部文学

美洲印第安人幸存者中的作家们（包括传承口头文学传统的讲故事者）并没有随着欧洲人的到来而沉默下来，也没有因为各种力量的摧残而灭亡；他们继续产生出自己的文学，而且还影响了许多新来的人们，从罗杰·威廉斯（Roger Williams，c.1603—1683）、约翰·艾略特（John Eliot，1604—1690）、② 亨利·梭罗（1817—1862）、③ 詹姆斯·费尼莫·库柏、马克·吐温、哈特（Francis Bret Harte，1836—1902）、加兰（Hamlin Garland，1860—1940），一直到加里·斯奈德（Gary Snyder，1930—）。④

莱斯利·菲尔德（Leslie A. Fielder）曾经说过："西部小说的核心不在于与这片土地的接触，而在于与印第安人的相遇……印第安人诠释了神话般的美丽西部。"⑤ 在美国历史上，"西部"以及"西部"所派生和诞

---

① Nina Baym, et al. , eds. *The Norton Anthology of American Literature*. 6th ed. 5 vols. Vol. E. Ibid. p. 3023.

② 17世纪殖民地时期，几乎所有牧师在移民船出发时宣讲的布道文中包含了这样一个思想——在美洲殖民的一个主要原因是为了把上帝的福音带给北美土著人。而约翰·艾略特比其他任何人都强调这点。他不仅布道，而且还把《圣经》翻译成北美艾尔甘克印第安语。此后还编写了《印第安语法入门》和《印第安语初级读本》等著作。罗杰·威廉斯也写了类似的著作，且被《诺顿美国文学选集》收录，作家、作品介绍参见《诺顿美国文学选集》。参见［美］埃默里·埃利奥特主编《哥伦比亚美国文学史》，朱通伯译，第50、68—69、75页。

③ 主要关于印第安的作品有《缅因森林》（*The Maine Woods*）。

④ 诗人、东方宗教学者、生态主义提倡者，呼吁人们要以一种"温和的管理者"的态度去对待自然，要更加敏感地意识到我们在"生态系统"中的位置。作品《神话和文本》（*Myths and Texts*，1960）充满了西北海岸印第安神话和传说，其他作品也深受印第安文化影响。

⑤ Leslie A. Fielder, *The Return of the Vanishing American*. New York: Stein and Day Publishers, 1969. 转引自朱振武等：《美国小说本土化的多元因素》，第15页。

生出来的诸多词汇是了解美国文学，尤其是美国早期文学的不可回避的关键。在 19 世纪下半叶，美国文学，尤其是小说获得了前所未有的巨大发展。众所周知，美利坚民族由来自世界各个地方的不同民族和种族汇集而成，所以美国文学的发展也必然受到民族多样性的直接影响。这个时期的美国小说伴随着这种多样性，伴随着现实主义、地方色彩和自然主义等文学思想的兴起与发展，涌现出一大批地地道道的美国小说家。其中的西部小说也充分体现了美国西部以及与西部紧密相连的印第安人和印第安文化对美国小说的影响和贡献。

西部小说是美国文学中的一个很重要的组成部分，也是美国文学乃至世界文学宝库中的一朵奇葩。它根植于美国西部广袤的大地，具有浓郁的美国地方特色和浓厚的生活气息，并且形成了评论界公认的独特的文学样式。"直到二十世纪，白人才开始懂得珍惜当时差点被他们彻底毁灭的美国印第安人文化传统。"① 20 世纪初学界开始出现对西部生活描述的评论，② 在 20 世纪 20 年代和 30 年代，学者们试图将美国文学从庞大的英国文学实体中分离出来。首先揭示完全本土特征的是具有民族特色的诗歌和散文，于是人们将注意力转向了美国边疆。③ 20 世纪 50 年代，标志着西部文学评论的年代正式到来。亨利·纳什·史密斯（Henry Nash Smith）的著作《处女地：作为象征与神话的美国西部》（*Virgin Land：The American West as Symbol and Myth*）出版，成为当时最重要的事件和著作。《处女地》肯定了边疆，即西部，在美国文学发展史中所起的作用，揭示了作为象征与神话的美国西部对美国文化思想主题的影响。④ 西部不但产生了马克·吐温、哈特、加兰、弗兰克·诺利斯和杰克·伦敦等伟大的西部小说家，而且还催生了一大批通俗西部小说作家作品。诞生于独特地理环境和文化氛围的西部文学，主要是小说，是真正的民族文学。

---

① ［美］Robert E. Spiller：《美国文学的周期——历史评论专著》，王长荣译，上海：上海外语教育出版社 1990 年版，第 108 页。

② 参见陈许《美国西部小说研究》，北京：北京大学出版社 2004 年版，第 1—2 页。

③ Joseph Csicsila, *Canons by Consensus：Critical Trends and American Literature Anthologies*. Ibid. pp. 12 – 13.

④ 参见［美］Henry Nash Smith《处女地——作为象征和神话的美国西部》（*Virgin Land：The American West as Symbol and Myth*），薛蕃康、费翰章译，上海：上海外语教育出版社 1991 年版。

西部小说与边疆概念密切相关。詹姆斯·费尼莫·库柏比他同时代的任何人都更清楚地认识到美国边疆生活可以作为小说题材，并且对这种可能性进行了充分的利用。他创作的系列"皮袜子"故事，生动形象地反映了西部边疆在不断开拓的过程中惊心动魄的斗争和历史性的变化。库柏为后来西部小说的创立、发展奠定了基础，以致后来西部小说中所使用的几乎全部要素在库柏的作品中都曾出现过，难怪后来的评论家把他尊为"西部小说之父"。库柏的影响远不止于此，作为一个具有划时代意义的作家，他称得上是地地道道的美国本土作家，正是他通过"皮袜子"这一系列形象，展现了"美国西部边疆和边疆开拓者们的浪漫精神，从而使美国文学明显地走上了本土化的道路"。[①] 继库柏之后，19世纪，印第安题材几乎成为美国小说的创作重心。作家纳撒尼尔·霍桑、梅尔维尔和马克·吐温的创作都体现了印第安因素对作家及作品的影响。[②]

印第安文明不仅对美国文学主题、体裁产生了影响，而且对美国小说语言、结构乃至文化观念都产生了影响，尤其是对美国文学走向独立产生了重大而深远的影响。

（三）文学身份与全球化

美国文学的身份，并不是随着移民定居美国海岸而自动产生的，而是在回应英国和欧洲嘲笑美国国家文化低劣的过程中发展起来的。独立战争使美国获得了政治上的新生，但是就民族文化而言，美国文学"一直就是英国文学的一个分支——而且还是很不稳定的一个分支"。[③] 美国独立以来，大洋彼岸的英国人不甘心失去"宗主国"的地位，力图维护其"宗主文化"的荣耀。1818年11月号的《爱丁堡评论》上，有一个名叫西德尼·史密斯的评论家带着一种不可名状的仇恨和鄙视表达了这样的观点："所谓的美国文学是不存在的——我们的意思是说这个文学还没有诞生。"[④] 正如史密斯询问的那样："在地球的四周，有谁读过一本美国书？

---

① 陈许：《美国西部小说研究》，第14页。另可参见自朱振武等《美国小说本土化的多元因素》，第18—22页。

② 参见朱振武等《美国小说本土化的多元因素》，第22—24页。

③ Paul Lauter, *Canon and Context*. Ibid. p. 27.

④ 曹顺庆主编：《世界文学发展比较史》，第413页。

或者去看过一部美国戏剧?"① 直到 19 世纪后半叶,马修·阿诺德还不屑一顾地说:"我们都是一个伟大的文学——英国文学的撰稿人啊。"② 这种评论,以及当时的历史现实,使得美国的那些"文学中的民族主义者们在某种程度上被文化上的自卑情结所困扰"。③

宗主国的批评和嘲弄,激发了像爱默生那样呈现出来的爱国热情。爱默生 1822 年在题为《美国精神》("The Spirit of America")的文章中写道:"然而被认为在孩童时期成长缓慢的天才,在黎明的时分仍不被人所注意,但是他慢慢地积聚力量,直到他突破了云层才显示出庞大的青春和用他的翅膀覆盖着苍天。"④ 这个巨人般的美国诗人将创造一种与广阔的大地和它的梦想的范围相当的艺术。爱默生于 1837 年发表了《美国学者》("The American Scholar"),在文中,他说美国人应写自己的生存地,而不是模仿和进口其他国家的东西。因为美国和其他任何一个国家一样享受大自然赐予的一切:"那些最有希望的年轻人在这片国土上开始生活,山风吹拂着他们,上帝的星辰照耀着他们"。他又说:"我们依赖旁人的日子,我们师从它国的长期学徒时代即将结束。在我们四周,有成百上千上万的青年正在走向生活,他们不能老是依赖外国学识的残余来获得营养。"所以"我们要用自己的脚走路;我们要用自己的手来工作;我们要发表自己的意见"。这份堪称"美国文化独立宣言"的文章,鼓舞和激励了一个新国家为取得自己身份而斗争。⑤ 当他们脱离英国传统,美国作家便开始编写自己国家独一无二的神话。回顾美国文学的发展历程,我们可以清晰地看到,美国作家一直都致力于建立具有美国特色的文学。18 世纪后期,像汉密尔顿(Hamilton)、约翰·杰伊(John Jay)和詹姆斯·麦迪逊(James Madison)在纽约的报纸上写文章支持新的联邦政府,所有的文章集成《联邦制拥护者的文章》(The Federalist Paper)。这些政治文

---

① *Works of the Rev. Sydney Smith*. Boston:Phillips,Sampson & Co.,1856. p. 141. Quoted in Elaine Showalter,*Sister's Choice:Tradition and Change in American Women's Writing*. Ibid. p. 10.

② 马库斯·坎利夫:《美国的文学》,第 1 页;转引自朱振武等《美国小说本土化的多元因素》,第 25—26 页。

③ [美]埃默里·埃利奥特主编:《哥伦比亚美国文学史》,朱通伯等译,第 12 页。

④ Quoted in Elaine Showalter,*Sister's Choice:Tradition and Change in American Women's Writing*. Ibid. p. 10.

⑤ [美] R. W. 爱默生:《美国学者—爱默生讲演集》,赵一凡译,北京:生活·读书·新知三联书店 1998 年版,第 2、29 页。

章成为最重要的文学作品，他们为公共体制的框架提供流利的辩护，提醒人们新的美利坚合众国的独特性/唯一性充分地存在于文件、词汇的基础之上。此外，还有一些自我意识觉醒的美国人写了一些作品，如本杰明·富兰克林的《自传》和圣·约翰·德·克雷夫库尔的《美国农夫的来信》，标志着一种新的国家身份的意识，作为殖民者，他们来自完全不同的背景和不同的民族、国家，他们现在找到了充分的理由称呼自己为"美国人"。因革命引发的美国人民生活中的危机，使艺术家意识到应该关注美国主题。"19 世纪下半叶的美国文学最突出的是'身份'（identity）问题：一是美国文学自身的身份形成，出现了马克·吐温、惠特曼、迪金森①等美国文学的代表性作家……"② 在小说方面作家们尤其探索和发展了一条具有美国特色的文学之路。从华盛顿·欧文、库柏到霍桑、梅尔维尔，从马克·吐温到海明威、福克纳，这是一条美国小说家开创的本土特色的独立之路。而在这条路上，印第安文化作为美国本土异于欧洲大陆的特色起到了重要的引领作用，对美国文学的独立产生了重大而深远的影响，尤其是印第安口头文学对美国语言、文学的影响。

印第安语词汇是美国英语的一个重要组成部分。踏上新大陆的人们对这个世界的一切都感到新鲜而陌生，特别是面对许多迥异于旧大陆的事物，他们就直接采用了当时当地土著人对这些东西的称呼，随后这些词汇逐渐融入他们的词汇中，成为鲜活的部分。例如，西红柿、马铃薯、南瓜（"tomato，potato，pumpkin"）等常见词汇，还有美国 27 个州名也来自印第安语。③ 总之，"印第安人对美国语言的形成和发展起到了重要作用，使美国英语具备了美国自身的特点，而这种特点在美国政治独立之后对文学在语言上的独立发展起到重要作用"。④ 承载着土著印第安人几千年甚至几万年来形成的文化、历史、民族等方面优秀传统的神话传说、民间故事、典仪歌唱等形式的口头文学传统，也渗透到了美国作家的创作中，对作家们的语言、创作风格（如边疆小说、地方色彩小说、西部小说的创作）、小说文体结构，以及作品中所体现的世界观、价值观和文化观等都

---

① Emily Dickson，Dickson 有的译为"迪金森"、"狄金森"，本书采用译名"狄金森"，引用时尊重原著者的译名。

② 刘海平、王守仁主编：《新编美国文学史》第二卷，朱刚主撰，第 354 页。

③ 详情见自朱振武等《美国小说本土化的多元因素》，第 27—28 页。

④ 同上书，第 28 页。

产生了不同程度的影响，有的甚至是重大影响。① 总之，在美国文学发展史上，印第安口头文学传统给美国文学发展带来了动力，为美国文学的独立之路铺平了道路，为美国文学取得独立的身份提供了强大的物质保障。

关于"民族文学"的问题，韦勒克和沃伦曾指出："要确定从什么时候开始在美国写的文学作品不再是'英国殖民地'文学而变成独立的民族文学，这并不很容易。是仅仅根据政治上的独立这个事实，还是根据作家本身的民族意识，还是根据采用民族的题材和具有地方色彩，或者根据出现明确的民族文学风格来确定?"② 韦勒克和沃伦的问题其实就是涉及了美国民族文学的身份问题。而"文学批评中的身份认同，将文学、文化、历史、语言等问题有机地结合在一起，进而更将经典与通俗、高雅与大众、大众与批评家等问题纳入批评视野"。③ 可见文学身份认同是个复杂的问题。随着全球化进程的发展，"文化也将进入跨国化的过程，形成所谓全球文化；也可以说跨国资本主义将使各种文化更加接近，通过传媒相互交流、渗透乃至融合，改变各种文化原有的特点"。④ 所谓"全球化"（globalization）这个词，是指晚近随着族群、影像、科技、财经、意识形态等实体、象征资本的流动以及跨国的移动所形成的文化经济现象。这个现象已经成为文化研究、社会研究与文学研究的重点研究对象之一。⑤ 按照弗雷德里克·詹明信（Fredric Jameson）的看法，"全球化"的影响有五种不同的形式：技术的、政治的、文化的、经济的、社会的。⑥ 全球化的趋势似乎不可逆转。当前，全球化进程几乎使每一个国家都进入了它的轨道。全球化以前只是作为交流的概念，但现在已经被作为全球资本主义的逻辑和战略，在它具有决定性的影响下，民族—国家的生产和市场正在被纳入单一的范畴，全球资本主义的欲望对传统的人类交往和再现形式构成了挑战和破坏，跨国资本以其统治的意识形态和技术似乎正在全世界消除差异，把一致性和标准化强加给人们的意识、情感、想象、动机、欲望

---

① 参见自朱振武等《美国小说本土化的多元因素》，第27—36页。

② ［美］勒内·韦勒克、奥斯汀·沃伦：《文学理论》，刘象愚、邢培明、陈圣生、李哲明译，第48页。

③ 陶家俊：《身份认同》，载赵一凡等主编《西方文论关键词》，第473页。

④ 王逢振：《全球化》，载赵一凡等主编《西方文论关键词》，第459页。

⑤ 廖炳惠编著：《关键词200：文学与批评研究的通用词汇编》，第119页。

⑥ 参见王逢振《全球化》，载赵一凡等主编《西方文论关键词》，第460页。

和兴趣。随着跨国资本的发展，文化的同一性被置于一种新的语境之中。后现代的人们又赞赏差异和区别，致使一系列的群体、种族、性别、族裔等进入了话语和公共领域，人们有了更广泛的交流空间，一度沉默的边缘群体发出了自己的声音。美国文学在当代也强调多元共生、共存，广泛地将少数族裔的文学纳入主流文学经典，但是全球化的发展又将同一性变成它的核心，这就形成了一个矛盾。

在全球化的语境下，人们不禁担心，按照这样的发展前景，民族—国家是否会消亡？那么民族文学是否也会不再存在？而一个国家的民族文学往往是由文学经典来表征和说明的。经典与民族文化认同构成了一种双向建构关系，如莎士比亚作品的经典化和英国性的建构就是一个明显的例子，美国文学及美国性在全球化的语境下，如何构建自己的身份和文化认同？这个问题同样摆在目前强势文化的美国文化面前。其实这个问题也是美国作为一个独立国家民族身份问题的延续。克鲁帕特指出，早在 20 世纪 20 年代中期，威廉思在作品《美国种》（William Carlos Williams, *In the American Grain*），劳伦斯在作品《美国经典文学研究》（D. H. Lawrence, *Studies in Classic American Literature*）中①就已认为，了解"美国"之道要透过本土的传承，即在欧洲人来之前就"已经"存在于此的事物。② 学界、学者注意到了民族文学身份的危机，看到并开始重视这种传承，将"最初的美国文学"——印第安口头文学传统③收录进主流文学经典。这样，不但尊重了历史，还原了真相；同时从时间上说，本土的声音为最早，就地理空间而言，为真正的本土，突出了美国文学的地域性和特色；为进一步摆脱欧洲殖民文化的身份，或防止在全球化进程中再次丧失自身文化身份起到了重要作用。

D. H. 劳伦斯曾把美国称为一个逃离欧洲文明的国家。美国的各民族首先将生存经验作为确立自己身份的重要依据，"对我们来说，已经成为认识和身份源泉的是经验，而不是传统、权威和天启神谕。甚至也不是理性。经验是自我意识——个人同其它人相形有别——的巨大源泉。一个人

---

① 参见中译本［英］D. H. 劳伦斯《劳伦斯论美国名著》，黑马译，上海：上海三联书店 2006 年版。

② 阿诺德·克鲁帕特：《自传性短文》，载单德兴《重建美国文学史》，第 173 页。

③ Alan R. Velie, ed. *American Indian Literature*：*An Anthology*. Ibid. p. 7.

把自己的经验当作检验真理的标准，他便寻求那些与他有共同经验的人，以便发现共同的意义。"① 美国文学，也在美国各民族生存发展的过程中不断地成长、发展，曾经处于宰制地位的欧裔美国人和各个少数族裔，如犹太裔、非裔、亚裔、拉丁裔、土著印第安等族裔都参与了对美国的建构和美国文学身份的建构，其中，土著印第安文学地位的确立和突出，对美国文学在全球化背景下彰显自身民族文学的特征有着更为重大和实际的意义。

---

① ［美］丹尼尔·贝尔:《资本主义文化矛盾》，赵一凡、蒲隆、任晓晋译，北京:生活·读书·新知三联书店 1989 年版，第 137—138 页。

第五章

美国文学的重建

从 20 世纪 20 年代早期开始，美国文学成为一个研究领域，美国文学选集和单独的美国作家的批评、文学史的撰写和改写，以及作家和作品在学院的教授的情况，基本上是交织在一起发展的，在很大程度上是相互影响的。例如对于诗人惠特曼的评论总是会影响到文学选集对他的呈现，影响到文学史对他的定位以及他的作品在文学课程中的教授；与此同时，他的学术接受情况也会鼓励更多的后来学者去研究他的作品。一方面文学经典其意义随语境、视角的更替而变换，这个过程似乎永远不会穷尽；另一方面，文学经典的价值又不断处于被离析、被解构、被重释的过程中，它往往导致对文学史的重写。而且，文学经典并不是先验地存在的，它必须并且也只有在一个广泛的话语知识谱系中才能被表述出来；文学经典实际上是一个在历史中不断分拆和建构的过程："纯经典"的观念是在与"非经典"性的话语知识的不断区分之中建立和凸显的。鉴于文学经典与文学史、文学课程教学的密切关系。下面将讨论《诺顿美国文学选集》与美国文学史、美国文学课程设置与教学情况的相互影响。

第一节　经典与文学史的写作

第一次世界大战之后，美国文学成为一个独立的、合法的科目以来，美国文学选集的编撰、文学史的写作、修订都成为文学研究的重要课题。经典与文学史联系密切，通过对经典的界定和论述——就文学意义而言，所谓经典必定是指那些已经载入史册的优秀文学作品，——它一定会要涉及文学史的写作问题；而文学史的写作和重写，也必然涉及对以往的文学经典作品的重新审视甚至质疑。

与《诺顿美国文学选集》的经历一样，从 20 世纪 60 年代中、后期开始，风云变幻的政治社会运动，以及欧美文学批评理论的深刻变化对文学史的编写和研究产生了极大影响。学界指出：

> 结构主义、读者反应批评、新精神分析、解构主义、女权主义、新历史主义、后殖民主义等理论从新的角度审视文学，在文学批评的观念和方法上引起一场革命，也给文学史论的发展带来理论上的不断突破，使人们对文学史实的客观性、典律的权威性、文学传统的构建、弱势文学的地位、跨学科研究等问题不断有新的认识。①

历经各种政治运动、民权运动、妇女运动、弱势族裔运动等社会变迁，以及风起云涌的文学理论洗礼的学者发现，这个时代不可能有一致的意见。在历史方面，客观存在的历史或过去也遭到了质疑，取而代之的是"建构历史"（history as construct）的观念：

> 历史学家的研究对象，过去的笔录、笔记、书信、报纸、官方的原始文件、统计数字等等，也不再被认为是反映了一个唯一的过去了。不如说过去就是那些带着某种特定的目光和兴趣去使用这些材料的历史学家透过它们所看到的东西，除此而外就无所谓过去了。因此历史学家的作用不是宣布真理，而是讲述故事。他使读者相信关于过去的某一种说法是"真实"的，靠的不是事实，而是动人的辞令和引人入胜的情节。②

也就是说，历史是意识形态、立场、修辞、叙事的产物。这个看法与海登·怀特（Hayden White）发展出的历史哲学吻合。

按照新历史主义者的看法，历史的叙述并不等同于历史的事件本身，

---

① 刘海平、王守仁：《总序》，刘海平、王守仁主编：《新编美国文学史》，第 vi 页。
② ［美］埃默里·埃利奥特：《总序》，载［美］埃默里·埃利奥特主编《哥伦比亚美国文学史》，朱通伯等译，第 10 页。

任何一种对历史的文字描述都只能是一种历史的叙述（historical narrative）或撰史，或元历史（metahistory），其科学性和客观性是大可值得怀疑的。因为在撰史的背后起着主宰作用的是一种强势话语的霸权和权力的运作机制。按照海登·怀特的说法，"事实"是"在想象中比喻地构成的，它只存在于思想、语言或话语中"。① 所以，所谓的历史事实就仅仅且全部地与历史编纂相关。在这一意义上，被叙述出来的历史事实是否"可信"（believable），或判定历史叙述是"虚构的"（fictional）还是"真实的"（factual）标准就将归纳为该历史叙述是否是"可解释的"（accountable）。可见，在新历史主义的观念下，我们对于历史的讨论已经几乎完全地进入了话语、叙述乃至修辞层面。既往的美国文学史就是一个被叙述出来的文本。这个文本"告诉"我们曾发生过"什么样"的事情，并明言或暗示应当怎样理解它们，从而赋予历史事实以某种意义。② 所以"每一代人至少应当编写一部美国文学史，因为，每一代人都理应用自己的观点去阐释过去"。③

　　1829 年那普的《美国文学讲话》（Samuel L. Knapp, *Lectures on American Literature, with Remarks on Some Passages of American History*）问世，开启了美国文学史著作的先河，此后类似的美国文学史著作屡见不鲜，不胜枚举。④ 历史上有名的四部美国文学史都是在 20 世纪至 21 世纪

---

① ［美］海登·怀特：《中译本前言》，载《元史学：十九世纪欧洲的历史想象》，陈新译，彭刚校，第 6 页。

② 参见［美］海登·怀特：《当代历史理论中的叙事问题》，载《后现代历史叙事学》，陈永国、张万娟译，北京：中国社会科学出版社 2003 年版。

③ ［美］埃默里·埃利奥特主编：《哥伦比亚美国文学史》"前言"，袁德成译，第 5 页。

④ 那普以后美国文学史论著作，有 1847 年葛里斯伍德的《美国散文作家》（Rufus Wilmot Griswold, *Prose Writers of America*）、1855 年杜金克氏的《美国文学百科》（Evert A. and George L. Duyckinck, *Cyclopaedia of American Literature*）、1878 年泰勒的《美国文学史，1607—1885》（Moses Coit Tyler, *A History of American Literature, 1607—1765*）、1886 年至 1888 年李察森的《美国文学：1607—1885》（Charles F. Richardson, *American Literature, 1607—1885*）、1900 年温德尔的《美国文学史》（Barrett Wendell, *Literary History of America*）等。从以上著作的书名看出，"美国文学史"的英文名称有"history of American literature"，"American literary history"，"Literary History of America"，以及后来的"literary history of the United States"等。为了方便起见，本书以"美国文学史"一词概括，暂不细分这三个英文名称的含义，但将视情况需要在文中附带讨论。参见单德兴《重建美国文学史》，北京：北京大学出版社 2006 年版，第 37、49 页。

完成的，① 分别是 1917 年至 1921 年由威廉·彼得菲尔德·特伦特（William Peterfield Trent）主编的《剑桥美国文学史》（*The Cambridge History of American Literature*）、1948 年出版的由罗伯特·E. 斯皮勒（Robert E. Spiller）主编的《美利坚合众文学史》（*Literary History of the United States*）、1988 年由埃默里·埃利奥特（Emory Elliot）② 主编的《哥伦比亚美国文学史》（*Columbia Literary History of the United States*），以及由萨克文·伯科维奇（Sacvan Bercovitch）于 20 世纪 80 年代开始策划的八卷本的鸿篇巨制——新《剑桥美国文学史》（*The Cambridge History of American Literature*）。这四部美国文学史，前后相隔 70 年，各自代表了主编及撰稿人当时认可的文学经典、文学史观等。③

　　20 世纪初普遍的历史观是主张政治、历史和文学之间存在着一种因果关系。1917 年的第一部《剑桥美国文学史》强调文学作品对生活的写照，"序言"称这部文学史"与其说完全是一部纯文学的历史，还不如说是对文学作品所反映的美国人民的生活的一种概述"。④

　　1948 年的文学史是第二次世界大战之后的美国意识形态的产物，强

---

　　① 这四部文学史论著主要是指美国学界编撰的。中国学界在 2000 年出版了四卷本《新编美国文学史》，规模宏大，材料丰富新颖，但是该书从"中国人的角度对美国文学作出较为深刻的评述，凸显中国学者的主体意识"（"总序"，第 xi 页），所以本书暂时不将其纳入对美国文学经典建构的讨论。但是在写作时，参考了此书的许多内容。

　　② Emory Elliot，中文译名有爱默里·埃略特、埃默里·埃利奥特、爱默里·艾理特等，本书采用朱通伯等译的《哥伦比亚美国文学史》上的译名埃默里·埃利奥特，引用时尊重原著者译名。

　　③ 这四部文学史书的书名有的用了 "Literary History of the United States"，有的是用 "History of American Literature"。伯科维奇认为 "American" 一词 "本质上是个意识形态的说法，相形之下 the United States 是个谦卑的描述词"，而且 "America" 在地理上涵盖了 "由加拿大到巴西的其他美洲人（Americans）群体"。埃利奥特则说，过分强调美国，就是忽略了 "America" 一词除了美国之外，还包括了 "加拿大、墨西哥和加勒比海的文学"，因此，他把书名取为 "Literary History of the United States"，而不是 "History of American Literature"，以 "区分其内容与南北美洲国家的文学的不同"。其实，温德尔在 1900 年出版的美国文学史中就明确指出 "Americans" 一词就地理上正确地说应该包含 "西半球从加拿大到南美南端的所有住民"，而他的书关注的 "只限于美洲的一部分——由说英文的人占优势，现今在美国的管辖之下"。由此可见，把 "American literature" 视为 "美国文学"，不但就时间或空间上都颇有可议之处，其中透露出以美国为中心（美国就是美洲）的霸权心态，也是不言而喻。参见单德兴《重建美国文学史》，前引书，第 43—44 页。

　　④ William Peterfield Trent, "Preface" in *The Cambridge History of American Literature.* Cambridge University Press, 1917, p. iii. 转引自刘海平、王守仁主编:《新编美国文学史》"总序"，第 v 页。

调视域的统一（unity of vision），即对于"什么是美国人"的了解的统一，对于"什么是美国文学史"的认知的统一。是一种以历史为基础的学术，对文本采取新的批评手法。体现了斯皮勒关于文学和历史有机统一的理论，以及美国文学的周期论。该文学史是"一个一贯的叙事，在个别观点上有着可贵的不同意见"。① 此书的目的在于巩固诠释、树立经典。

在接下来的时间里，文学史都受到传统观念的影响：

> 20 世纪 40、50 和 60 年代，传统的美国文学和历史对文学经典和主题、神话和美国文学的元叙述都产生了深刻的影响。从马修森（Matthiessen）的《美国复兴》（*The American Renaissance*）（1941）到亨利·纳什·史密斯（Henry Nash Smith）的《处女地》（*Virgin Land*）（1950），再到 R. W. B. 刘易斯（R. W. B. Lewis）的《美国亚当》（*American Adam*）（1955）、理查德·蔡斯（Richard Chase）的《美国的小说及其传统》（*The American Novel and Its Tradition*）（1957）、莱斯利·菲德勒（Leslie Fiedler）的《美国小说中的爱与死》（*Love and Death in the American Novel*）（1960），以及尼奥·马克思（Leo Marx）的《花园里的机器：美国的科技和田园生活的理想》（*The Machine in the Garden*：*Technology and Pastoral Ideal in America*）（1964）等，这一阶段的文学史都在创造具有美国特色的强大神话，宣扬与众不同的美国主题和颇有争议的宏大叙事。然而，70 年代，美国文学界受到解构主义、女权主义，以及少数民族话语的影响，这些早期文学史的单一主题和元叙述开始受到质疑。贯穿 80 年代的大部分时间，文学史都是一个令人怀疑的领域。②

六七十年代的政治和文化运动产生了新的文学理论。在后现代主义理论的影响下，以前强调观点一致、线性发展的传统文学史写作模式受到了严重的挑战：

---

① Robert E. Spiller, et al. , eds. *Literary History of the United States.* 4th rev. ed. New York：Macmillan, 1974, p. viii. 转引自单德兴《重建美国文学史》，第 9 页。

② Emory Elliott & Craig Svonkin, *New Direction in American Literary Scholarship 1980 – 2002. Ibid.* p. 7.

　　80 年代的理论发展，对文学史的合法性产生了高度的怀疑，包括挑战这样的设想，即学者可以追踪社会事件和文学作品的内容，以及人物之间的因果关系。格雷格里·S. 盖伊（Gregory S. Jay）和大卫·伯金斯（David Perkins）两位批评家是这种怀疑论的代表；他们怀疑，如果没有将历史学家们的主题具体化，或者没有将女作家和少数族裔作家们的作品边缘化和排除在外，还能产生文学史的可能性。大卫·伯金斯在他的著作《文学史可能吗？》（*Is Literary History Possible ?*）（1992）中承认文学史在传统上起到的重要作用，但是对其合法性表示了怀疑。格雷格里·S. 盖伊在《美国文学和文化战争》（*American Literature and the Culture Wars*）（1996）中认为以是否宣扬"美国主题"来建构美国经典是有问题的，他指出在经典建构过程中对女作家和少数族裔作家的排斥："主题批评尤其会产生歧视，因主题通过定义来重复总体元素或历史性地聚焦于一个有限视角的元叙述，尽管主题批评经常将上述观点普遍化，并由此变形产生一种深入被压迫者意识形态构造物的新视角。"①

以往的美国文学史强调"清教思想"（"Puritanism"）、"边疆精神"（"Frontier Spirit"），说明了他们所重视和排除的成分。这种美国主流文学观的"模式本身基本上是误导的"，因为这种"规范性的模式（normative model）"把有别于主流的其他文本都视为"反常的、歧出的、次要的，或许根本就是不重要的"。②

　　尽管人们质疑文学史，但是学生、出版商和普通读者还是需要一种历史框架来定位文学文本、文学思潮和创作方法，并以此来认识、理解它们。所以文学史并没有因为遭受哲学上的怀疑论而消失（将文学史这类文体标注为"不可能的"文体）。于是，1982 年，哥伦比亚和剑桥大学的学术出版社委托相关学者写作新的美国文学史。《哥伦比亚美国文学史》是一部包含 60 多篇文章的由多人合作完成的单卷本著作，而新《剑桥美国文学史》是由多卷本构成，每一卷的内容是由 2 位到 5 位编写者撰写的

---

　　①　Emory Elliott & Craig Svonkin, *New Direction in American Literary Scholarship 1980 – 2002.* Ibid. p. 7

　　②　Paul Lauter, *Canon and Context.* Ibid. p. 48.

专题研究构成的。两部文学史具有许多当前文学史的特征，作品试图锻造一种新的多元文化和后殖民形式的文学史，用埃利奥特的话来说，"承认多样性、复杂性和矛盾性，使他们成为结构法则，那样也就锻造出了封闭与同一"。①

1988 年的《哥伦比亚美国文学史》与当代文学批评有许多共同之处：怀疑自己的意识形态假说，质疑自己的政治观的本质，质疑这些政治观如何影响文学的批评和生产。它和当代批评及哲学一样承认诠释的不确定性（uncertainty of interpretation），了解一篇文本可以从不同角度诠释。因此"历史学家的作用不是宣布真理，而是讲述故事"。②《哥伦比亚美国文学史》和当前的时代也有一种共同的体认：体认到美国这个国家在族裔、种族、性别、政治上的多样性，以及这些不同的多样性对于文学的影响，以致以往某些文学因素因政治而得利、某些文学因政治而几乎被抹杀。由于这种觉察的结果，编辑们和多位撰稿人都尝试在以往单一的经典和晚近三十年来得势或被忽略的文本之间寻求平衡。《哥伦比亚美国文学史》的目的在于合并近来在学术和经典重估上的新见，使此书能公允地呈现文学的歧异和当前批评意见的多样性，以达到颠覆国家文学的统一叙事这种观念。《哥伦比亚美国文学史》尽管是"后现代"的，但有学者指出，它仍然采用了跟旧版《剑桥美国文学史》和《美利坚合众文学史》一样的传统写作模式：每章 20 页，每个章节都以某个题材或作家名作为标题。③新版《剑桥美国文学史》则有意打破这种模式。

1994 年起开始出版的八卷本新《剑桥美国文学史》是"第一部着力展示一个意见分歧的时代而不是特意表述一种正统观念的巨著"。④ 伯科维奇等在新版《剑桥美国文学史》中对包括《哥伦比亚美国文学史》在内的以往所有美国文学史的编写模式提出了挑战。该书扩大和重新界定了

---

①　Emory Elliott & Craig Svonkin, *New Direction in American Literary Scholarship 1980 – 2002*. Ibid. p. 8

②　［美］埃默里·埃利奥特主编：《哥伦比亚美国文学史》"总序"，朱通伯等译，第10页。

③　Jonathan Arac, "What is the History of Literature" in Marshall Brown, ed. *The Uses of Literary History*. Durham：Duke University Press. 1995. p. 26. 转引自刘海平、王守仁主编：《新编美国文学史》"总序"，第 viii 页

④　［美］萨克文·伯科维奇主编：《剑桥美国文学史》"中文版序"，蔡坚主译，第 II 页。

文学史的疆域。在"序言"中，伯科维奇指出它的"权威"并不是来自于同一而在于区别，"完全来自于各种相互差别却又相互联系的知识体系"，各个研究领域的专家权威在不同但又相关的问题上发表各自的看法。因此"这部文学史的视角是多元的，它描述的是美国各类文学形式的综合历史"，^① 而且"这部文学史代表了一代美国学者的独特观点（一种多元主义，有时互相矛盾，常常变化无常的观点），一种已经从本质上对这个领域的边界加以拓展和重新确定的观点"。^②"序言"还指出，美国文学的多样性、复杂性要求采用"多种多样的评论方法和途径"，^③"从多个视角展现给大家丰富的故事性材料"。^④"每一位撰稿人都可以要求用足够的篇幅对他或她所采取的特殊途径进行解释。仅仅'充分地论述这个题目'（涵盖各种文本、运动和体裁等）是不够的；我们必须考虑到不同见解的形成，其中每一种见解都是专家的声音，然而对于声称代表最终的权威又都持怀疑态度。所以，我们在每卷里提供的都不是一系列权威的宣言，而是一组各不相同而又相互关联的叙述；它们一起构成了两种这个时期具有连贯性的对话式记叙文——一种没有确定答案的记叙文，其中的各个部分多彩多姿，有助于增进全书的深度和广度。"^⑤ 另外，新《剑桥美国文学史》还强调了读者对文学作品的接受因素："读者将会发现他们自己在和各具特色的美国文学史专家对话"。^⑥ 汉斯·罗伯特·尧斯（Hans Robert Jauss）认为只有考虑到读者的接受因素在构成一部文学史的过程中发挥的重要作用，这部文学史才是可信的和完备的。毫无疑问，接受美学为我们从一个新的角度建构一种新文学史奠定了基础。^⑦

《诺顿美国文学选集》是 20 世纪六七十年代政治文化运动的产物，所以本书结合同样诞生于六七十年代以后的《哥伦比亚美国文学史》和

①　［美］萨克文·伯科维奇主编：《剑桥美国文学史》"序言"，蔡坚主译，第 XII 页。

②　［美］萨克文·伯科维奇主编：《剑桥美国文学史》"中文版序"，蔡坚主译，第 II 页。

③　同上。

④　［美］萨克文·伯科维奇主编：《剑桥美国文学史》"序言"，蔡坚主译，第 XIV 页。

⑤　［美］萨克文·伯科维奇主编：《剑桥美国文学史》"中文版序"，蔡坚主译，第 III 页。

⑥　同上。

⑦　Hans Robert Jauss，"Literaturgeschichte als Provokation"，1967；英译文刊载于《新文学史》（*New Literary History*）第二卷［1970］，题为"Literary History as a Challenge to Literary History"．见王宁《文学经典的形成与文化阐释》，载童庆炳、陶东风主编《文学经典的建构、解构和重构》，第 193 页。

90 年代新版的《剑桥美国文学史》，论述文学史对美国文学经典重构的影响，或者相互影响。另外，《哥伦比亚美国文学史》诞生于 1988 年，第一卷新版《剑桥美国文学史》诞生于 1994 年，所以可以从时间上来讨论选集受到的影响。

1. 文学概念

20 世纪 80 年代后期，人们开始用新方法撰写文学史——后现代、后结构主义的方法，试图融合被排斥的或者没有经过检验的范式、修辞、结构、或者文艺形式，包括文学史开始将目光投向那些口头文学、修辞（学）、哲学和边缘化的或者"低等"的文学形式。

20 世纪 80 年代撰写《哥伦比亚美国文学史》的文学史家发现文学观念的复杂性，没有给予"文学"任何确定的定义，而是由个别的撰稿人和编辑者商量决定那部作品是否为"文学的"，并提醒读者/消费者留意自己的权益："这些结论总是可以讨论的"。然而，由于近来文学观念的演变，在讨论殖民地时期的散文与诗歌时，编辑们已经将传记和自传作为文学的一种，特辟一章"传记和自传"（"Biography and Autobiography"）加以讨论。同时，在"总序"中指出："文学"的定义"已经扩展到包含各种表现形式，包括日记、笔记、有关科学的文字、新闻、自传，甚至包括电影"。①

1984 年的第二版《诺顿美国文学选集》增加了日记以及作家信件的材料，并指出"塞缪尔·西沃（Samuel Sewall）（我们的第五十个新作家）的日记选文，以及温思诺普（Winthrop）和伯德（Byrd）现有和我们新增选的日记，使得日记传统能在更深的层面上得到研究"。② 1994 年，新《剑桥美国文学史》第一卷出版，同年《诺顿美国文学选集》第四版出版。正如新《剑桥美国文学史》在序言中指出的那样，"学者们还在史无前例地开发着一些以前从未被重视的文学体裁"。③《诺顿美国文学选集》第四版文选增加了一个完全崭新的部分，"到 1620 年的文学"，收集了记录各种各样人们经历的写作——第一批欧洲探险者的日记和信件。而

① ［美］埃默里·埃利奥特主编：《哥伦比亚美国文学史》"总序"，朱通伯等译，第 12 页。

② Nina Baym, et al., eds. "Preface to the Second Edition", in *The Norton Anthology of American Literature*. 2nd ed. 2 vols. Vol. 1. Ibid. p. xxvii.

③ ［美］萨克文·伯科维奇主编：《剑桥美国文学史》"序言"，蔡坚主译，第Ⅻ页。

在第六版选集中"1700—1820年的美国文学"部分新增选了许多演讲稿。这样使得读者"比从前任何时候都更加了解美国文学这一名称的含义，其内涵根植在具有不同传统、不同审美观甚至对文学有着不同理解的美国各民族之中"。①

文学体裁的变化，在某种程度上告诉人们文学领域已经不是以往那个有着浓厚的精英气息的封闭的、狭窄的领域，而成为一个开放的、广阔的、跨学科和跨文化的领域。

2. 文学起源

在规定了"文学"的概念之后，文学史家们面临着美国文学的起源问题。《哥伦比亚美国文学史》对于美国文学的起源不再完全局限于欧洲中心说，而是比较如实地着重于美洲印第安原住民的声音及其意义。该书呈现了"四个平行开端"（"four parallel beginnings"，即美洲土著传统、英国传统、西班牙传统和清教传统），也特意开辟三章讨论非裔美国文学（Afro-American Literature）、墨西哥裔美国文学（Mexican American Litera-ture）和亚裔美国文学（Asian American Literature），以及反映美国文化与文学的多元化、多族裔的特征，达到"强调一个国家之内的许多个不同的声音"之目的。② 这种多音、多元、多族裔的现象，原本是美国历史与文化的特色，然而以往在强势团体的宰制下，一直都被排斥、压抑，直到受60年代政治、社会运动洗礼的学者，在学术体制中逐渐掌握较稳固的地位和较大的发言权时，才纷纷重见天日，在重写美国文学史、重建美国文学的活动中，逐渐得到尊重。

《哥伦比亚美国文学史》强调美国文学和民族的多样性，大胆指出："当人类第一次在这块后来成为美利坚合众国的土地上创造性地使用语言的时候，这个国家就开始有了自己的文学史了。那应当是在很久以前，当美洲许许多多土著部落中的某个成员说出一句有诗意的话，或者讲述一个趣闻故事的时候。"③ 这个论断纠正了以往人们的普遍看法，即美国文学史始于欧洲到北美的移民，指出美国文学史始于美国西南部"印第安人

---

① 〔美〕萨克文·伯科维奇主编：《剑桥美国文学史》"序言"，蔡坚主译，第XII页。

② 〔美〕埃默里·埃利奥特主编：《哥伦比亚美国文学史》"总序"，朱通伯等译，第14页。

③ 同上书，第9页。

刻写在岩洞壁上的叙事文字"。[①]

受学界气候的影响，紧随《哥伦比亚美国文学史》之后，1989 年出版的第三版《诺顿美国文学选集》增选了现当代作家格特鲁德·西蒙斯·邦宁、莱斯利·马蒙·西尔科的作品，以及《黑麋鹿说》。值得注意的是，这些作家作品都是 1865 年内战以后的，而选集仍将殖民者踏上新世界之前的土著印第安人的声音排斥在经典之外。

1994 年的新《剑桥美国文学史》也强调了多种多样的历史语境和文化语境。但在描述文学起源时，将对"自然居民"——美洲原住民作品和声音的缺失进行探讨的章节安排在第二章，即"帝国时期的文献"之后，仍然突出和彰显了欧洲中心主义。同年出版的第四版《诺顿美国文学选集》为了满足读者对土著印第安口头和书写传统的急剧增长的兴趣，在"到 1620 年的文学"部分增加了三部分印第安口头文学的材料，但在材料安排顺序上也步入了新《剑桥美国文学史》的俗套，直到第六版才得以纠正。随后在各个历史时段印第安文学作品也进行了扩容。第五版、第六版选集是增加了更多的口头文学传统的材料和当代印第安作家作品。土著印第安人的文学作品对于美国文学的起源和西进运动的历史都显得非常重要。

3. 文学时段划分

对美国文学起源的重新界定，毫无疑问地影响了选集对文学时段的划分。《诺顿美国文学选集》第一版至第三版对历史时段的划分，除了第三版在语言表述上有些调整外，没有什么变化，上下两卷将美国文学划为六个时期：第一卷的"1620—1820 年的早期美国文学"（"Early American Literature 1620—1820"）、"1820—1865 年的美国文学"（"American Literature 1820—1865"），第二卷的"1865—1914 年的美国文学"（"American Literature 1865—1914"）、"1914—1945 年战争期间的美国文学"（"American Literature between the Wars 1914—1945"）、"1945 年［迄今］的当代美国散文"（"Contemporary American Prose 1945—"）和"1945 年［迄今］的当代美国诗歌"（"Contemporary American Poetry 1945—"）。其中第三版选集将第二次世界大战之后时期的文学在文字表述上修改为"自 1945 年以来的美国散文"（"American Prose since 1945"）和"自 1945 年

---

① ［美］埃默里·埃利奥特主编：《哥伦比亚美国文学史》"总序"，朱通伯等译，第 9 页。

以来的美国诗歌"（"American Poetry since 1945"）。这些历史时期的划分都对应了相应的历史事件。1620 年"五月花号"抵达普利茅斯港，1820年华盛顿·欧文出版了《见闻札记》（*The Sketch Book*）赢得国际声誉。1865 年美国内战结束，1914 年第一次世界大战结束，1945 年第二次世界大战结束。第四版和第五版选集，增加了"到 1620 年的文学"（"Literature to 1620"）这一全新的部分。但在内容安排方面仍然将欧洲探险家和殖民地定居者的文学放在土著美国人的前面。到 2003 年第六版 A 卷，关于美国文学的起源和分段已不再以殖民者登上新大陆为起点，而是以一个不确定的，或者无法确定具体时间段的印第安创世等神话为起始，第二阶段则以浪漫主义文学为定位标记，将时段分为"到 1700 年的文学"（"Literature to 1700"）和"1700—1820 年的美国文学"（"American Literature 1700—1820"）。其他文学时段的划分则变化不大。

选集对文学时段的划分舍弃了传统的文学阶段名称，也没有继续将作家按照"影响"和"派别"进行安排，只是简单地按时间顺序标题（例如，"1620—1820 年早期的美国文学"），同时所有的作家按照他们出生的时间顺序进行排列。这样的变化，消除了使学生形成文学偏见的阶段标签、派别标签和主题标签，也让老师有更大限度的自由去组织他们的教学课程。

"文学史的分期往往是为了遂行某个目的而采取的策略或权宜之计"，[1] 但是我们发现许多文学运动和生涯逾越了时期的界限。所以《哥伦比亚美国文学史》在确定时间段方面除了第一个时期外，也分别系以特定的年份，如"从最早的开端至 1810 年"（"Beginning to 1810"）、"1810—1865 年"（"1810—1865"）、"1869—1900 年"（"1869—1900"）、"1910—1945 年"（"1910—1945"）、"1945 年至现在"（"1945 to the Present"）。新《剑桥美国文学史》更是不划分时段，而且各个不同时段的文学在论述中有交叉、重叠，力求从不同的角度呈现历史的原貌。

4. 创造新历史

解构主义、女权主义、"同性恋"理论、新马克思主义、读者反映理论、新历史主义、多元文化主义等使传统的文学批评中心权威崩溃，要求人们创造一种新的文学历史。哈特索克（Nancy C. M. Hartsock）曾说过，

---

① 单德兴：《重建美国文学史》，第 17 页。

一种新的文化历史的创造，是一个较大的构建"从边缘看世界的报道"的一部分，一个必要的先决条件就是将"边缘转移到中间"。哈特索克还说道："当'少数民族'体验的多样性被描述出来，当这些经验的意义被用来作为批评占统治地位的社会体制和意识形态并获得较好的公众认同时，我们至少会有工具开始构建一种对种族、性别还有阶级敏感的世界报告。"①

美国文学自身的发展从一开始就经历了从边缘走向中心的过程。因为在很长时间的发展过程中，美国文学"一直就是英国文学的一个分支——而且还是不稳定的一个分支"，② 所以在美国文学史发展的历史上，这种"从边缘看世界"的精神应该说是得到了继承的。虽然在 1988 年《哥伦比亚美国文学史》出版之前，主流的美国文学史从未收入过包括华裔美国文学在内的亚裔美国作家和作品，但 80 年代之后，在新历史主义、女权主义、文化研究和后殖民主义等 20 世纪西方文学理论的推动下，在社会环境发生巨大变化的背景下，《哥伦比亚美国文学史》和新《剑桥美国文学史》这两部最具影响的美国文学史都在种族、性别和阶级的层面上，从边缘的角度对原有的文学史进行了改写。埃利奥特是这样解释这个变化的，他认为任何一部文学史都是"当时意识形态和方法论的产物"。他自己主编的《哥伦比亚美国文学史》，以及他后来作为撰稿人之一参与编写的新《剑桥美国文学史》都贯彻了具有他们那个时代特色的编写原则，那就是"欢呼差异"（celebrating dissensus），提倡文化多样化和多元化，因为他们这一代人"都是二十世纪六十年代的产物，是亲身经历过越战时期民权运动等政治波涛的人"，他们都"亲身参与了下列的过程：质疑美国世界强权的宰制，那种强权的合法性和美国在经济上的争利"。从那时开始，他们都开始"带着那些问题来重读美国文学史，更加注意对有色人种的排斥、妇女的屈从、以及将美国视为上帝的选国、最好的国家，把美国当成衡量所有国家的标准等想法的危险和狂妄"。③《哥伦比亚

---

① Nancy C. M. Hartsock, "False Universalities and Real Differences: Reconstituting Marxism for the Eighties" in *New Politics* 1, Winter 1987: pp. 94 – 95.

② Paul Lauter, *Canon and Context*. Ibid. p. 27. 另，1917 年出版的《剑桥美国文学史》也是将美国文学介绍成英文写作的一个新的分支。

③ 单德兴：《多元的美国文学史：埃略特访谈录》，载单德兴《对话与交流：当代中外作家、批评家访谈》，台北：麦田出版公司 2001 年版，第 225—235 页。

美国文学史》在美国文学史的历史上第一次收入包括华裔美国文学在内的亚裔、非裔、西裔和土著印第安文学的做法，正体现了 20 世纪 80 年代之后美国主流文学界在族裔时代对社会和文学关系的再思考。新《剑桥美国文学史》也将少数族裔作家的文学创作视为美国文学文化历史中不可或缺的组成部分，指出新兴作家们，包括黑人、犹太裔、印第安人、亚裔等具有多个身份认同的群体，应该在以往不属于他们的文学史中进行汇流，因为"他们（的创作）同样是美国文学精华的一部分"。①

以上事实从一个侧面说明了文学史的书写和改写的一些普遍规律：正如许多学者所一致认为的，文学史事实上就是文学作品不断经典化、去经典化和再经典化的过程。在这个构建过程中，有色人种的作家、白人妇女作家、工人阶级作家早已开始了这样的工作，从最早响应"美国文化"，到迫切要求为他们自己，也为像他们一样在历史上沉默的其他人而发言。

女性作家的作品、少数族裔的文学，它们逐渐进入了"主流的"核心，它们不仅使自身被人们所理解，作家们表述和塑造的经验，也使得年青一代能更好地理解他们自己和这个世界。

在过去约三十年中，少数民族和不同族裔的作家持续不断地、有意识地调用历史的、地理的、语言的和典仪的细节，这些很有可能超越许多读者的文化界限。这样就使读者不仅要面对特定的文本，而且要面对它所产生出来的文化背景。在 20 世纪 60 年代和 70 年代，各种社会变革运动挑战艺术家，促使他们成为时代变化的代言人，而不是最多成为一个时代的记录者。

5. 性别问题

1979 年第一版《诺顿美国文学选集》从一开始就表明自己在对待女作家问题上的开放程度，并在随后的五个版本中不断修正和补充女作家及作品。详细的讨论见本书第二章。

台湾学者单德兴在其著作《重建美国文学史》中，对《哥伦比亚美国文学史》在女性作家问题方面的修正作了一个很好的总结：

　　《哥》书特别留意以往这方面的偏失，并在可能的范围内加以修

---

① 萨克文·伯科维奇主编：《剑桥美国文学史》第七卷，孙宏译，北京：中央编译出版社 2005 年版，第 560—566 页。

订。因此，狄瑾荪①史无前例地与其他十位男性作家一样获得了独辟一章的待遇（在《剑》② 书中，她与其他诗人并入一章，分得三页的篇幅，Ⅲ：32—34；在 1948 年《美》③ 书中，与雷尼尔合为一章，分得十页左右的篇幅）。而史坦茵④也首次与海明威、费滋杰罗⑤合占成一章。《哥》书更特辟三章专门讨论女性作家，即《女作家的兴起》（"The Rise of the Women Authors"，289—305）、《女作家与新女性》（"Women Writers and the New Women"，589—606）以及《两次大战之间的女作家》（"Women Writers between the Wars"，822—841)，其他章节也特别强调女权运动与女性作家。这三章以及撰写狄瑾荪与史坦茵两章的五位撰稿人全是女性，其中包括了以研究女性主义及文学闻名的萧华德（Elaine Showalter）、贝恩（Nina Baym）、马汀（Wendy Martin）。4 位顾问中有 1 位女性，5 位副编（associate editor）中有 2 位女性，总共 74 位合作者中（包括撰稿人、顾问编辑、副编），女性占了 16 位。这种比列的女性参与，与七十年前《剑》书 64 位撰稿人中的 4 位女性，及四十年前《美》书 55 位撰稿人中的 1 位女性，真不可同日而语。艾略特还说："四分之一的［女性］撰稿人虽然仍称不上是个公平的比例，但这的确显示了进步。最重要的是，这本书将反映女性学术对文学研究领域所带来的刺激，以及这类作品对文学典率和形式所产生的修正主义的观念。"⑥

新《剑桥美国文学史》在这方面做得更好，它没有刻意地为女作家开辟专门章节，但是在论述美国文学起源、发生、形成、发展、繁荣以及持续发展的各个历史时段时对参与其中的女作家都有论述。当然，在涉及相关情况的时候，有的章节也出现了"女性"等字眼，或者以女作家名字命

---

① 狄瑾荪，即艾米莉·狄金森（Emily Dickinson）——作者注。

② "《剑》书"，即特伦特等编辑的《剑桥美国文学史》（William Peterfield Trent, et al., eds. *The Cambridge History of American Literature*. 3 vol. New York：Macmillan，1917—1921. ）——作者注。

③ "《美》书"，即 1948 年斯皮勒主编的《美利坚合众国文学史》（Robert E. Spiller, et al.，eds. *Literary Hisitory of the United States*. ）——作者注。

④ 史坦茵，即格特鲁德·斯坦因（Gertrude Stein）——作者注。

⑤ 费滋杰罗，即弗·斯科特·菲茨杰拉德（F. Scott Fitzgerald）——作者注。

⑥ 单德兴：《重建美国文学史》，第 22 页。

名的章节。如果我们说，女权主义运动的发展，使女性文学从边缘走向了
中心（《哥伦比亚美国文学史》对女作家的描述，反映了这一变化），而
近三十年里，女权主义的发展、变化和复杂性，在新《剑桥美国文学史》
中有很好的体现与反映，即如何衡量女权主义所取得的成就：是将每位职
业批评家变为某种意义上的女权主义者，还是女权主义对其他流派的吸收
和同化？女权主义批评成功的标准是被主流文学研究所同化，还是游走在
反叛刀刃的边缘？是修订经典还是重新界定这一学科？是使女性作家和艺
术家重见光明还是解构"女性"的象征？是消除学术界的性别歧视，还
是改变意识或改革世界的社会和经济关系？对这些问题，新《剑桥美国
文学史》提供了一个开放的答案，让读者从材料和论述中自己去发现和
找寻答案。

6. 族裔文学

族裔的异质性（heterogeneity）一直是美国的一大特色。但是早期的
文学史对多族裔（multiethnicity）的现象反映不多。虽然斯皮勒对美国文
化与文学异质性有深刻的认识：

> 美国文化明显的同族性随着欧洲影响的增长，1870 年至 1924 年
> 之间移民的急剧流入与承认长期居住在美国的少数民族集团思潮的抬
> 头，也开始解体。它在十九世纪后期最多只不过保持着岌岌可危的平
> 衡。……美国文化的真正世界性只有到第二次世界大战以后……才得
> 到了充分的表现。尤其是犹太人、黑人和其他少数民族成为主要的文
> 化因素并将长期沉默的民族与宗教压抑释放出来成为艺术上美国和国
> 际的表达方式。1950 年以后美国文学再也不会像以前那样属于单一
> 种族。[1]

但是斯皮勒在其主编的《美利坚合众国文学史》中，对非盎格鲁－撒克
逊人在美国文学史上的发展及意义，以及黑人、印第安等少数族裔在美国
文学史上的发展只作了简略的描述。[2]

---

[1]　[美] Robert E. Spiller：《美国文学的周期——历史评论专著》，王长荣译，第 241—242
页。

[2]　参见单德兴《重建美国文学史》，第 23 页。

随着时代的发展变化，《哥伦比亚美国文学史》加强了对少数族裔文学的描述和讨论，在书中有专门的章节讨论"非裔美国文学"（"Afro-American Literature"）、"墨裔美国文学"（"Mexican American Literature"）和"亚裔美国文学"（"Asian American Literature"）。

新《剑桥美国文学史》也采取了类似对女性作家讨论的策略，用多重声音记述族裔文学参与美国整体文学的建构，有讨论少数族裔声音是如何缺失的、如何被噤声的、如何抗争的、如何展现的、如何被发掘的、如何进入主流的，等等。新《剑桥美国文学史》在论述1910年至1950年美国现代主义文学部分，更将此部分冠名为"少数族裔文学现代主义"，并指出，"把美国重新表现为一个多民族国家的文化工作是由这个时期美国少数族裔作家所承担的"。① 少数族裔各自的文化、文学传统早已浸入了美国文学、文化，并对美国产生了或巨大的，或潜移默化的影响。

"文学史是不断使某些文本成为经典的历史，也是不断放逐某些文本的历史，因此它肩负着提炼经典的功能。"② 在新文学史的影响下，《诺顿美国文学选集》对少数族裔作家作品也敞开了大门，并自1989年第三版开始逐步增加开放的力度，肯定了少数族裔作家对美国文学所作的贡献。

涉及文学史和文学选集的问题很多，非常复杂，也不仅仅是上述这些问题和现象。但本书只是就60年代后期学界主要浮现出来的问题进行了讨论和研究，对于一些已经入典的文学大家，他们在不同时期呈现出来的变化等问题就没有被列入讨论。

亨利·路易斯·盖茨曾说过："一部清楚明晰的文学选集在学术界的作用是创造一种传统，同时也定义和保存这种传统。"③ 在文学的历史秩序中，经典的存在显示出文学秩序的来源和整一，也显示出现代的文学在由经典主导的文学史秩序中的地位、传承及文化合法性；同时，在一个民族文化总体格局形成阶段，它通过对经典的认定建构了本民族文化的历史叙述，而以后时代的人们又在不同方面不同程度地不断重构经典的历史叙

---

① ［美］萨克文·伯科维奇主编：《剑桥美国文学史》第六卷，张宏杰、赵聪颖译，蔡坚校译，北京：中央编译出版社2002年版，第372页。

② 季广茂：《经典的由来与命运》，载童庆炳、陶东风主编《文学经典的建构、解构和重构》，第129页。

③ Henry Louis Gates, *Loose Canons: Notes on the Culture Wars*. Ibid. p. 31.

述，或者改写经典作品的意义，为现代主导文学潮流的文化合法性提供历史的证明。对文学经典的讨论，不管是否认可，无论自觉或不自觉，客观上都是对文学史的重写，都试图对不可还原的文学的历史事实进行一种还原性的叙事重构。人们从历史遗留下来的大量文学作品中，经过筛选所确定下来的经典，已经在用一种尺度和标准改变或者叙述文学的历史面貌，创造着现代的文学环境。

所以每一代人应该书写自己的文学史，每一代的文学史家都扮演着承上启下的角色，处于不同的时空，试图回答不同的问题，或者赋予相同的问题以不同的答案。每个文学史的写作或者重写，多少都带来文学经典的修订；经典是当时得势的"诠释团体"的产物，也必然会受到其他异议的"诠释团体"的挑战甚至颠覆。每一代都以各自的经典来重新创造文学史，"要衡量这些［重新创造文学史的］计划的成功，并不在于它们所给予的终极看法，而在于他们成功地提供咨询及认知的技巧，使读者得以欣赏比现在构成我们经典更广泛的作品"。[①]《哥伦比亚美国文学史》和新《剑桥美国文学史》都指出它们不是终极的"权威的裁决书"，[②]而《诺顿美国文学选集》也一直强调每一版新选集都是为了"缩小不断扩大的当今观念和美国文学传统的评估与美国文学在现存选集中的方式之间的距离"。

每一代人都得重新诠释过去，以符合自己的需要。文学史家应该结合不断发展的语言、逻辑、科学等方面知识的新成果检视过去，并把结果传达给与文学史家同时代的人。撰写一个国家全面的文学史，需要对不同的文学传统以及不同的或改变的社会现实进行协调和整合。凸显并重视多样的文本和社会背景，一方面要了解、尊重差异，另一方面应尝试求取某种程度的交集，或纳入更大的架构。简而言之，就是"重异求同"。这个想法有些理想化，但是经过一代代人的努力，美国文学的经典和美国文学史将会更加接近事物的本来面貌。

---

① Annette Kolodny, "The Integrity of Memory: Creating a New Literary History of the United States" in *American Literature* 57.2 (1985): pp. 291 – 307. 转引自单德兴《重建美国文学史》，第30页。

② ［美］埃默里·埃利奥特主编：《哥伦比亚美国文学史》"总序"，朱通伯等译，第15页。

第二节　经典与美国文学的教学

　　文学史、作家、作品选读是高等学校文学教学的主要内容，对经典作品的重新定义和文学史的改写直接影响到学校文学专业教学的内容和课程设置。本节旨在探讨在美国文学经典论争和修正以及重写美国文学历史的运动中，美国文学教学的情况，重点结合《诺顿美国文学选集》，讨论选集各个修订版本呈现出来的多元化、性别平等、种族正义等理念，在改造美国文学教学方面的实践与成果。

　　正如约翰·吉约里和其他一些人指出的那样："经典的问题是课程大纲和课程设置的问题。"① 美国文学课程的教学历史为此提供了很好的例证。美国宣布独立后，还没有形成独立的民族文学，更不用说文学经典集合了。大学里的文学课程教学，主要以教授曾经是宗主国的英国文学为主，偶尔讲授一些 19 世纪末美国的作家作品。其原因主要是年轻的共和国在文学审美艺术上无法与旧大陆相媲美。与大学设置的其他课程相比，比如与历史等课程相比，文学课程的发展非常缓慢。根据柯米特·万达比尔特（Kermit Vanderbilt）的研究显示，到 1900 年为止，美国 150 多所高校只有不到十分之一的学校开设了稚嫩的美国文学本科课程。而且"该领域只出现了四个博士"。与此相对照的是历史课程的情况，美国历史学研究的学者指出，"18、19 世纪美国大学中的历史论文几乎十分之九是关于本土的主题"。到 19 世纪 90 年代末，大多数的大学公平地提供可供选择的历史学课程，有古代的欧洲史和美洲史。但是美国文学的教授情况与历史课程不可同日而语，甚至在有限的几所教授美国诗歌和散文的大学里，也是英国和其他现代欧洲语言的文学课程，更能得到广泛的重视。随后学者组织起来，于 1883 年成立了美国现代语言协会（the Modern Language Association of America），使美国文学的教学走向专门化和组织化。但在教学中，常被提及的也只有二三十位主要白人男性作家。②

---

　　① 　John Guillory, "Canon", in Frank Lentricchia and Thomas McLaughlin eds. *Critical Terms for Literary Study.* Chicago：University of Chicago Press，1990. p. 240.

　　② 　Joseph Csicsila, *Canons by Consensus：Critical Trends and American Literature Anthologies.* Ibid. pp. 1 – 2.

这样的情况延续至 20 世纪 60 年代以前，劳特指出：

> 根据 20 世纪 50 年代美国国家英语教师委员会（National Council of Teachers of English，简称 NCTE）的调查报告：一个人不读黑人作家的作品，不读除了狄金森，或者也许是玛丽安·莫尔或凯瑟琳·安·波特以外女性作家的作品，不读反映工人阶级的生活或经历的作品，就可以学习和研究美国文学。[①]

报告中的性别排斥和种族歧视等意识形态一目了然。文学课程的安排和设计，毫无疑问与政治密切相关，一个与政治因素无关的文学课程只能在真空中存在。20 世纪 60 年代末期和 70 年代早期的学生开始阅读和学习凯特·肖班和夏洛特·伯金斯·吉尔曼等 19 世纪女作家的作品，以及查尔斯·切斯纳特和波琳·霍普金斯等非裔美国作家的作品，人们意识到之前的文学史否定了这些作家，于是呼唤更多的文本和课程，以此来恢复失落的历史。80 年代初期，没有几所大学或中学的文学教师们愿意被指控为只按囊括了主流 DWM（过世的白人男性）作家的书单来进行教学。大多数学生乐意学习始于道格拉斯的奴隶文学，以及其他奴隶的自传文学，学习更多的健在的女作家和有色人种作家的作品来了解 20 世纪的女性和少数民族人们的生活经验。

　　20 世纪 80 年代的美国文学史家与美国文学从业人员的首要课题之一，就是从多元化的角度来反省、重估现存的美国文学经典、主流作家与作品、美国文学史的书写与重写，以及美国文学的研究与教学。众多的学术刊物与专门论著对文学经典、主流作家及作品进行了重估与研讨，在此基础之上对美国文学史也进行了重新书写，主要成果有埃利奥特主编的《哥伦比亚美国文学史》和伯科维奇主编的新《剑桥美国文学史》。[②] 而美国文学的教学（教材与教法）、体制化，以及相关的措施，所涉及的范围更加广泛，影响也更为深远——可以说关系着各个层面的美国文学的教师和学生，以及相关的文化和出版事业。所以美国大学里的美国文学教学所占的主导地位，更是不容否认与忽视的。

---

① Paul Lauter, *Canon and Context.* Ibid. p. 27.
② 详情参见本书第五章第一节。

美国现在已经是，而且很久以来就一直是有着多元文化、使用多种语言的国家。"美国文学研究和教学有一个长期策略，就是用一元化的民族主义和公民培训与以种族、民族、阶级、性别、地区、宗教和性别取向的多元传统与社区相抗衡。"① 然而，当今的国民在这个问题上的分歧似乎比以往任何时候都更大、涉及更多层面，因而这些分歧也更明显地反映在课本里和课堂上。因为它涉及当下多元文化主义、后现代主义和全球化视角的、复杂的美国叙事。②

劳特也在其著作《经典和背景》中的"重建美国文学：课程问题"（"Reconstructing American Literature：Curricular Issues"）部分论述了多元化诉求，质疑以往美国文学经典的代表性，以及如何在课堂上的实际教学中公平合理地体现当前的境况和需求。以往美国文学史的主流及美国文学教学的主要对象，都是白人、盎格鲁—撒克逊、新教徒、中产阶级、东岸、以英文写作的男性作家，呈现出种族的、宗教的、阶级的、区域的、语言的、性别的偏见或偏重，不足以代表自建国以来就由众多种族合组而成并标榜自由、平等的美国。此外，以往这方面的讨论多偏重于个人式、理论式，观念式的讨论，较少触及教材与教法的务实层面，以及大规模集体合作、改进的可能性。③ 这些诉求和质疑，都表现在 1983 年劳特负责编辑的《重建美国文学》一书中的 67 个课程设计以及书末的 16 页"示范编年"（"Model Chronology"，231 – 246）和 3 页"书单"（"Reading List"，247 – 249）之中。根据劳特的说法，这些课程的目的在于"反映教学者努力在教学中纳入近二十年（自 60 年代——作者注）来在弱势团体和女性历史、艺术、文学、文化方面的学术"。④

劳特在 1981 年收集了大约 100 个介绍美国文学课程的教学大纲，来看课程教学是否真正反映了在黑人研究和女性研究方面的学术发展。结果

---

① ［美］文森特·雷奇：《文学的全球化》，王顺珠译，童庆炳、陶东风主编：《文学经典的建构、解构和重构》，第 179 页。

② 同上书，第 179—180 页。

③ 参见 Paul Lauter，"Reconstructing American Literature：Curricular Issues"，in *Canon and Context.* Ibid. pp. 97 – 112. 此文曾为序言在其 1983 年负责编辑的《重建美国文学》（*Reconstructing American Literature：Courses，Syllabi，Issues*）一书中首先刊出，后来经过充分改写在其著作《经典和背景》中刊出。

④ Paul Laute, ed. *Reconstructing American Literature：Courses，Syllabi，Issues.* Old Westbury, NY：Feminist Press, 1983. p. xi.

却令人失望。在调查中劳特比较了 50 个概况课程：黑人妇女作家根本就没有出现在这 50 门课程中，除了一门课程中有一个时段的教学讲授了菲利斯·惠特利的一首诗。白人女作家和黑人男作家明显要多一些。当然，传统主流的 42 位白人男性作家统治了每一门课程。只有一位女性，艾米莉·狄金森，出现在最受欢迎的 20 位作家之列，这其中没有一位黑人男作家。马克·吐温，在 50 门课程中出现了 30 次（其他 20 位作家也主要涵盖了不同的时期）；狄金森出现了 20 次。其次最受欢迎的女性作家为伊迪丝·沃顿、凯特·肖班，在 50 门课程中，她们出现了 8 次；最受欢迎的黑人作家拉尔夫·埃里森（Ralph Ellison），出现 7 次。在 53 名被广泛教授的作家中，只有 6 名是女性（除狄金森、沃顿和肖班外，加上莎拉·奥恩·朱厄特和安妮·布拉德斯特里特出现在 6 门课程中，弗兰纳里·奥康纳出现了 4 次），4 个黑人男作家（已提到过的埃里森，加上理查德·赖特、查尔斯·W. 切斯纳特、朗斯顿·休斯，每人都出现在四门课程中）。[1] 在 80 年代初，就是使用包括了道格拉斯的关于自己生活的《弗雷德里克·道格拉斯，一个美国奴隶自己写的生活叙述》(*Narrative of the Life of Frederick Douglass, An American Slave, Written by Himself*, 1845) 的最新版本《诺顿美国文学选集》的教师，也没有讲授道格拉斯。[2]

　　1991 年劳特进一步指出："1981 年我曾经调查本国学院和大学选定的美国文学入门课程。在后续的调查中，又搜集了 500 个以上课程的美国文学教学大纲。对这个更宽广的样本的分析只不过证实了原先研究的发现。我发现在起初调查的 50 个课程中，有 61 位作家在 3 个或以上的课程中被讲授，其中 8 位是女性，5 位是黑人男性，没有一位黑人女性；其他少数弱势或少数族裔作家在课程中出现的次数不到 3 次。"[3] 与 1950 年 NCTE（美国国家英语教师委员会）的调查报告相比，有进步但是很微小。

　　20 世纪 80 年代初期，美国高校在文学课程设计方面也依然存在着白人男性霸权。劳特在《经典和背景》中以分别属于加州和俄亥俄州的两所著名大学的两份美国文学课程设计为例说明，"这样的课程完全是不符

---

① 参见 Paul Lauter, *Canon and Context.* Ibid. p. 8. 以及第 19 页 "Notes"，第 2 条。

② 参见 Paul Lauter, *Canon and Context.* Ibid. p. 8.

③ Paul Lauter, *Canon and Context.* Ibid. p. 99.

合实情的，或者从专业上来说是赶不上潮流的"。① 这两门课程名称分别为"美国文学的想象"（"The American Literary Imagination"）以及"美国文学中的生活与思想"（"The Life and Thought in American Literature"）。"美国文学的想象"，课时一个学期，选讲 32 位作家，涵盖了菲利普·弗瑞诺（Philip Freneau）、威廉·卡伦·布赖恩特（William Cullen Bryant）、华盛顿·欧文（Washington Irving）、约翰·格林利福·惠蒂尔（John Greenleaf Whittier）、约翰·克罗·兰塞姆（John Crowe Ransom）和埃兹拉·庞德（Ezra Pound）等作家，除了一个单元讲授艾米莉·狄金森和一首玛丽安·摩尔（Marianne Moore）的诗以外，所有的作家都是男性白人。另一门课程名为"美国文学中的生活和思想"，是两学期的课程，包括 23 位白人男性作家和艾米莉·狄金森。② 这两门课程"呈现给学生关于美国文学的想象或关于美国生活和思想的图画是不完整、不正确的，十分可悲"。③ 劳特进一步指出，这种现象"在文学研究的专业中，这些课程，在心理学上，普遍代表了接受采访的大学二、三年级白人男生的道德发展状况；或者在历史学上，展现了杰克逊民主政策下的机会'扩张'，而实际上，白人妇女和黑人的机会被大规模地缩小的结果。……随着时代的发展，新的学术体制改变了我们的思想基础。为了回应这种学术制度，呈现美国文学文化发展的精确图画，文学课程的教学也已做出改变"。④

劳特认为，这些变化得益于"种族正义和性别平等的社会运动"。这些社会运动，尤其是黑人民权运动和女权运动，促使师生们开始询问一些问题："……像我们一样的人们在过去是如何看待种族主义和性别歧视的？我们学习的课程对像我们一样的人，以及对那些经历、种族、性别和性倾向与我们完全不同的人都宣讲了些什么？"这些问题引起了人们对现有课程的密切关注，于是就有人尝试重新设计课程。因此在"1960 年代末期和 1970 年代初期的第一阶段课程改革中"，开始出现了一些美国黑人作家和女性作家，以及致力于研究文学中的女性形象的课程，以适应

① Paul Lauter, *Canon and Context*. Ibid. p. 97.

② Ibid.

③ Ibid.

④ Ibid.

"在少数族裔及女权主义学术丰富的新发展中的第一个阶段",但是这些课程还处于"学术知识结构的边陲"。"与此同时,主流的入门课程和主修课程,以及大多数学生——一个在文学中逐渐减少的群体——几乎没有遭遇什么变化"。① 而资料欠缺、教学课本选文不足、院系的同事和院长们,尤其是白人男性教授的无知、疑虑和保守更是美国文学课程改革不得不实际面对的问题。②

造成改革进展缓慢的原因,劳特认为首先就是没有可供使用的有关女性作家和少数族裔作家的课本,这也是最实际的一个问题。单行本的作品由于是"非主流"的,所以经常脱销;文学选集会给学生造成很大的经济压力,而且固有的选集所呈现出来的内容也很有限,而所谓"新"选集的内容也陈旧落后。

1982 年,威斯利妇女研究中心(the Wellesley Centre for Research on Women)的佩琪·麦肯托什(Peggy McIntosh)和伊丽莎白·贾尼克(Elizabeth Janick)对当时七本领军性的文学选集中的妇女情况进行了研究,指出,女性作家的情况在 1952 年本·福森(Ben Fuson)研究了 27 部美国文选的文本后,几乎没有什么改变。1982 年的研究发现,19 世纪作家所占的篇幅中,女作家的占有率只有 2%—8%。在 1982 年销量最好的三种选集中,其中《诺顿美国文学选集》在 41 位 19 世纪的作家中,只选了 8 位女性作家;③ 麦克米兰和兰顿书屋出版的文学选集中,入选了 40 位 19 世纪的作家,其中女作家只有 6 位。然而,自 1948 年以来,女性作家的比例逐渐增加,但是分配给她们的空间却没有增加。换而言之,女性和少数族裔作家(包括男性和女性两方面)在这些选集中的呈现都极其薄弱——最多只有一个故事或者几首诗。④

将 1979 年第一版和 1985 年第二版的《诺顿美国文学选集》进行纵向比较,也能发现这种现象。1979 年号称"崭新的"(entirely new)美国文学选集自豪地在广告和前言中宣称,这本新选集的"主要责任就是重新包装长期以来在美国被忽略的女性作家"和"公正地对待黑人作家对美

---

① Paul Lauter, *Canon and Context.* Ibid. p. 98.

② Ibid. pp. 99 – 101.

③ 此处指 1979 年出版的第一版《诺顿美国文学选集》。Ronald Gottesman, et al., eds, *The Norton Anthology of American Literature.* 1st ed. 2 vols. New York：W·W· Norton & Company, 1979.

④ 参见 Paul Lauter, *Canon and Context.* Ibid. pp. 99 – 100.

国文学和文化的贡献"。① 当时的少数族裔作家就是指黑人作家，根本还没有亚裔美国作家和拉丁裔美国作家等其他少数族裔作家的概念。这两卷选集收录了 29 位女作家的作品，包括两位黑人女作家，以及 14 位黑人作家。这些数据分别表示，女性作家占选集全部收录的作家的 22%，黑人作家占 10.6%；在空间方面，女性作家的介绍和作品只占 13.9%，黑人作家的作品只占 4953 页的 3.9%。就这些很保守的数字在当时的情况下也是一种突破，于是才有了后来的更大的变化。1985 年的第二版收录了 35 位女性作家和 16 位黑人作家，数量比第一版有所增加。但反讽的是，在比例方面与 1979 年的第一版相比，并没有什么变化：女性作家只占收录人数总额的 22%，文章收录空间的 15%；黑人作家占收录人数的 10%，文本空间的 4.5%。在这种情形下，诺顿文本收录的数量远远领先于同时期的一些文学选集，如麦克米兰公司的选集等。在诺顿的两卷选集中，作家的人数与女作家和黑人作家相对较少的页数相比，呈现这样一个事实：选集着重介绍了 11 位白人男作家的作品，他们占《诺顿美国文学选集》总页数的 41%，其中霍桑、梅尔维尔和马克·吐温所占的篇幅比所有女作家之和还要多。

1989 年第三版《诺顿美国文学选集》激增了女作家的数量，收录了 50 位女作家，21 位非裔美国作家，并首次引入了其他少数族裔作家作品，如土著印第安作家、亚裔作家。但是这种改革力度与劳特主编、1990 年出版的《希斯美国文学选集》相比还是有距离的。《希斯美国文学选集》囊括了所有族裔的 109 位女作家，25 位独立的土著印第安作家（还有 17 个来自部落的文本），53 位非裔美国作家，13 位西班牙裔作家（以及 12 个早期西班牙来源的文本和 2 个法语文本），9 个亚裔作家。《诺顿美国文学选集》面对如此巨大的冲击，在后续的几个版本中，也进一步加大了改革的范围和力度。

为适应现实需要而不断进行调整的《诺顿美国文学选集》和《希斯美国文学选集》为学校师生解决了教材问题。高校的文学课程，自经典论争以来，不仅有主流文学作家、作品的教学，更出现了女性文学课程、

---

① Ronald Gottesman, et al., eds. *The Norton Anthology of American Literature*. 1st ed. 2 vols. Vol. 1. Ibid. p. xxv.

少数族裔文学课程等分支学科。① 而且这些学科发生着戏剧性的变化。可以以黑人文学为例，来推断其他少数族裔文学课程的情况。根据《现代语言协会工作信息表》（*MLA Job Information Lists*）的内容显示，自 1985 年以来，几乎所有的英文系都在从事，或者继续从事中级或者高级的非裔美国文学、非洲文学、或者后殖民文学的教学和研究。② 因为急剧增长的需要，又加上在这些领域缺乏博士，研究非裔美国文学的学者普遍地发现自己被好几个院系追逐，并被竞相提供可以想象的优厚的工作条件——尤其是那些因为要开展黑人研究而备受困惑而积极采取行动的学院。③ 而且好几个主要的非裔美国文学和非洲文学学者——批评家都是白人。非裔美国文学和非洲文学从来没有像今天这样受到学界的关注。回溯历史，可以看到非裔美国文学走过了漫长的道路。20 世纪 20 年代早期以来，哈佛大学英文系主席查尔斯·伊顿·伯奇（Charles Eaton Burch，1891—1941）率先在课程中引进了"黑奴生活诗歌和散文"（Poetry and Prose of Negro Life）。在 30 年代中期，詹姆斯·威尔顿·约翰逊（James Weldon Johnson）及后来的亚当·K. 思彭斯（Adam K. Spence），成为最初在白人学院引进黑人文学的学者。在纽约大学，亚当·K. 思彭斯开设了年度的系列讲座"黑奴文学"（"Negro Literature"）④。这些较大的变化，还延续到了中学。70 年代或之前，在大多数校园里，非裔美国文学只是研究黑人历史、社会和政治的合适的入口，而非裔美国语言、文学和文化则没有得到很好地教授。70 年代以后非裔美国文学成为了少数族裔文学中的显学，其他少数族裔瞠乎其后。非裔美国文学的理论探索与实际批评，在许多方面都可以作为其他弱势族裔文学的奥援。

　　文学选集作为课本，具有一定的工具性。在《诺顿美国文学选集》的前言中，编辑者开宗明义地指出了这部选集的目标和"工具性"意义：

---

　　① 参看美国一些大学的网站中的"课程安排"（"courses"）。因劳特曾以位于加州的一所大学为例，所以此处以加州大学伯克利分校为例。现伯克利大学英文系课程有包括女性文学在内的性别特征/性属研究（Sexual Identities/Gender Studies）、包括各少数族裔文学在内的母语英语和多元文化研究（Anglophone and Multicultural Studies）。参见 http://sis. berkeley. edu/catalog/gcc_view_ req? p_ dept_ cd = ENGLISH，搜索时间 2009 年 11 月 25 日。

　　② Henry Louis Gates, *Loose Canons*: *Notes on the Culture Wars.* Ibid. p. 89.

　　③ Ibid. p. 90.

　　④ Ibid.

"为教师提供丰富而翔实的各种作品，以便于老师按照自己的想法构建教学课程；使选集成为一个自足体，入选了许多完整的长篇大作，使入选的每个作家体现出他的深度；在传统的兴趣和不断变化的批评关注点之间取得平衡。"① 由此可见，这部选集的目的或作用在于为美国大学课堂中美国文学教学与课程设计提供参考，激励美国文学的师生以自己的独特的眼光和视角来观察、反省以往的美国文学经典、文学史、文学教学，等等。

　　文学选集或者经典体现了一定的文学/文化观念，这需要进一步"展现在特定的社会和教育实践中"，② 因为课堂教学的实践可以检验"知识的和教学的假设之有效性"。③ 在教学中，"改变（原文为斜体字——作者注）经典的努力必然会涉及重塑当地的课程大纲、课程要求、阅读书单、国家考试、研究生院入学许可的要求等，诸如此类的事。……经典和课程绝不相同；课程与圣经般经典的确立可能有关。但今天鉴于学术体制塑造文化优先顺序的力量，类似课程的建制形式对于经典的维持或修订，不只在文学研究中，甚至在整个教育系统中，都具有核心的重要性"。④ 代表性将文学经典构想为一种社会多样性的假想形象，像一面镜子，各社会成员在其中或者看见自己，或者看不见自己，被反映。就像小亨利·路易斯·盖茨所说，"文学教学"总是意味着"教授一种审美或者政治秩序，在这种秩序中没有女性和有色人种能发现他们的形象得到反映或表达，或者听到他们文化声音的回响"。⑤ 由于学生的多元性、异质性越来越高，所面对的社会的多元性、异质性也愈来愈高，所以学校教育应该根据实际和需要扩大课程以传达给学生更丰富的经验，来面对更复杂多样的社会、人生："学习文学能再一次成为学术事业的中心，正是因为它给学生提供想象的机会，学生由此学习这些不是自己的经验和文化，面对不同的价

---

　　① 　这三个目标是《诺顿美国文学选集》自 1979 年第一次出版以来一贯秉承宗旨，每一版的前言都反复重申这些目标。此处引文出自 Nina Baym, et al. , eds. *The Norton Anthology of American Literature*. 6th ed. 5 vols. Ibid. p. xix.

　　② 　Paul Lauter, *Canon and Context*. Ibid. p. 149.

　　③ 　Ibid. p. 160.

　　④ 　Ibid. p. 149.

　　⑤ 　Henry Louis Gates, Jr. , "The Master's Pieces: On Canon Formation and the African-American Tradition," *South Atlantic Quarterly* 89 （1990）, 105. 转引自 John Guillory, *Cultural Capital: The Problem of Literary Canon Formation*. Ibid. P. 7.

值。"① 基于此，文学研究和教学不该只重视文本的语言形式，更应该考虑选用的教材对学生可能产生的效果和影响。

传统的经典与当代的文学研究成果相结合，最终落实到教育的实践上。如何在有限的篇幅中呈现或再现美国文学及文化的多样性，《诺顿美国文学选集》给我们提供了一些基本原则：这些原则可以用历史性、比较法和多面性加以概括。也就是说，在面对文学选集必须决定纳入或排除的选择时，本选集的选择标准在于不但重视文学的建构价值，也重视其历史意义，并挖掘和发现以往被忽略或排斥的作家和作品，以便与既存的经典作家和作品并存，在这种比较及对照的方式下，使读者有机会更清楚领略美国文学与文化的繁复多样。

美国文学课程的改革对于美国这个复杂多样的国家的过去、现在与未来有着极其重要的意义。借着这个行业的自省及改革，来修订美国文学的课程、教学内容（课本，即经典）及其教学策略，可以重建美国的过去，借此在现实中更多元且公正地呈现美国社会的状况，并谋求更公平合理的未来。劳特指出："重建美国文学的工作就是平等、充分发挥潜能的教育大运动之一部分。其重要性就在于把研究我们国家的不同文化置于教育革新的核心。"②

---

① Paul Lauter, *Canon and Context*. Ibid. p. 103.
② Paul Lauter, ed. *Reconstructing American Literature*：*Courses*，*Syllabi*，*Issues*. Ibid. p. xxiv.

结　　论

　　1979 年至 2003 年期间出版的六版《诺顿美国文学选集》呈现出来的变化和差异，揭示了 20 世纪 60 年代以来美国文学发生的巨大变化，尤其是近期的变化更是惊人，具有一种启迪性力量，犹如一场大解放，反映了美国文学话语更宽广的历史、范畴与性质。在这种话语中，"文学"不再像 20 世纪中叶那样被限制在一个狭窄的问题范围内，限制在那号称已被当今审美标准与品位严格印证为"最好"的言论与思想中。新的标准所涉猎的范畴不仅远远超出审美尺度、对传统的突破、感染力和理性深度，它还包括了社会和历史的再现。①

　　在各种社会、政治、文化运动的推动下，且受到后现代主义、后殖民主义、女权主义、文化多元论等思想的影响，美国文学研究的专家学者们采用了解构主义、历史主义、特殊主义乃至相对主义的视角，关注和揭示了具体的社会文化语境在经典建构过程中的作用，关注和分析了经典与权力之间的纠葛，在经典的重构与修正中，突出了其时代性、族裔性、阶级性、性别差异以及性别取向，等等。在女权主义、族裔研究、后殖民研究等力量作用下，女作家、少数族裔作家纷纷进入美国主流文学经典；他们作为读者和作者参与民族文学形成的过程，为一种力量作出贡献，被承认，并获得了一种比较平等的声音。但是"经典战争"并没有彻底推翻和颠覆传统的经典，相反使传统经典作家得到了新的关注，对原来经典作家作品的研读，使他们的作品焕发新光彩，更加巩固了其经典的地位，在当今关于经典的研究中占据了更独立的位置。"很多近期的英语文学的学术研究都比 20 世纪 60 年代更果断地采用历史的（而不是形式主义的）、

---

① 参见 Vincent B. Leitch, *American Literary Criticism from the Thirties to the Eighties*. Ibid.

多文化的和全球化的视角。"① 《诺顿美国文学选集》的一再改版就说明了在上述因素影响下美国文学经典和经典形成中的一些发展和变化。这种变化将对美国文学的经典构建和教学产生巨大的影响。其结果将可能从整体上改变美国文学的焦点和优先次序。美国文学史也正经历着一个重建的过程。美国文学的经典也和国家多样性的经历越来越贴近。

学者们对经典问题也达成了一定的共识："一部经典，简而言之，是一种构建，像历史文本一样，表述了一个社会如何反复阅读校验着过去，以及同样重要的它的未来。"② 修订和重建文学经典，"不只是（建立）一个更具代表性、更正确的文学经典，而且是从基本上改变已形成并使之久远的建制的、知识的各种安排"。③

> ……女性文学、有色人种文学以及土著族群和移民文学被纳入公认的经典……曾经被忽略或者受怀疑的文类，如日记、奴隶录、游记以及土著神话等，在近期都已重新受到重视，被接纳为重要的文学体裁。而且，迄今为止一直遭排斥的但却日渐壮大的大众文化的文体，如浪漫/传奇小说、哥特式恐怖小说、侦探和科技幻想小说等，也都被重新接纳，得到肯定，虽然这些体裁被接纳、受肯定的程度不如前者。另外，以前没有受到应有的重视的区域，比如黑色大西洋、太平洋盆地以及"美洲"（从阿拉斯加至阿根廷），很长一段时间以来已经产生了跨国文学。而对这些跨国文学的欣赏与研究只是最近才开始的。最后，当代的全球化已经使人们注意到一种"后民族文学现象"，比如英语文学、法语文学、以西班牙语和汉语为母语的族裔文学。④

上述文学现象和原因，如文森特·雷奇指出的那样，致使自 20 世纪 60 年代起民族文学的概念，如美国文学，已经发生了戏剧性的变化，而

---

① 〔美〕文森特·雷奇：《文学的全球化》，王顺珠译，载童庆炳、陶东风主编《文学经典的建构、解构和重构》，第 182 页。

② Paul Lauter. *Canon and Context*. Ibid. p. 58.

③ Ibid. pp. 40 – 41.

④ 〔美〕文森特·雷奇：《文学的全球化》，王顺珠译，载童庆炳、陶东风主编《文学经典的建构、解构和重构》，第 176 页。

且这种变化今天仍然在继续。①

美国文学发生的重大的"内在"和"外在"的变化也引发了许多问题。"内在"的变化包括对美国文学的不断增补。这些增补的作品，从女性作品和黑人作品开始，到西班牙裔美国人、亚裔美国人和土著印第安人的作品，在美国的高校里广为采用，② 由此产生出许多复杂的问题。雷奇认为突出的例子就有两个：其一，美国土著印第安人的语言和非文字的口头"文学"（往往是宗教性的）形式就有数百种之多，那么经典是不是必须进一步扩充以包括非英语语言以及新的文学体裁？其二，文学的定义迄今为止是纯文学性的，这是不是需要进一步补充或者摒弃以接纳其他意义上的定义，比如社会学、人类学，当然还有历史学意义上的定义？③ 20 世纪 60 年代美国文学的语言构成绝对只有英语，而今天的美国文学已增添了新体裁、新语言和方言，因而正在被重构为一种多语言多文体的实体。④

美国文学的外围也发生着变化，其"外在"变化，反映了新的地理现实和意识。全球化语境中形成的区域文学，诸如黑大西洋、太平洋盆地以及内美洲本土文学，已经改变了美国文学经典，特别是它的地理范围、文体以及语言，从而取代了历史上美国文学一直以英语和东岸（波士顿—纽约—费城轴区）密不可分的欧洲传统为主的基础核心。毫无疑问这种改变和取代还将进行下去。⑤

上述变化，在《诺顿美国文学选集》中已经都得到了一定程度的反映。诺顿选集将书信、日记、游记、奴隶叙事、土著神话、修辞术、雄辩术、祷辞、歌谣、典仪歌唱等土著口头文学的各种形式用文字的形式呈现出来。另外哥特式小说、科幻小说也被收录进选集。但

---

① 参见 ［美］文森特·雷奇《文学的全球化》，王顺珠译，载童庆炳、陶东风主编《文学经典的建构、解构和重构》，前引书。正是由于这种不断变化的势态，《诺顿美国文学选集》才有了再版的基础。而且笔者完成本书时，发现最新的一版，第七版《诺顿美国文学选集》已经出版发行，鉴于时间问题，本书没有将其纳入讨论。这也为研究者提供了新的研究素材。

② 参见 Vincent B. Leitch, et al. , eds. *The Norton Anthology of Theory and Criticism.* New York: W・W・Norton & Company, 2001. p. 2532.

③ 参见 ［美］文森特·雷奇：《文学的全球化》，王顺珠译，载童庆炳、陶东风主编《文学经典的建构、解构和重构》，第 176—177 页。

④ 同上书，第 177 页。

⑤ 同上书，第 178 页。

是《诺顿美国文学选集》始终坚持比较纯正的英文文学的主体构成，并没有将少数族裔母语创作的作品收录进选集，甚至连获得诺贝尔文学奖的艾萨克·辛格及作品都未被收录。在美国文学的外围方面，也有所扩展，包括加勒比海沿岸的一些文学材料，但还没有扩展到如雷奇指出的那么大的范围。这种趋势，也有所表现，也许会如雷奇指出的那样"这种改变和取代还将进行下去"。那么让我们密切关注以后选集的变化吧。

　　女性文学和少数族裔文学的划分是因为在文学研究中强调差异的结果。但随着学界研究的不断发展，20 世纪 90 年代末期有的学者开始倡导取消性别二元划分，认为女性文学"不再是一个单独的领域"（"No More Separate Sphere"），同时避免种族、性征、阶级、地区、宗教、职业等变量事物产生单独的研究范式。① 利维斯早先在宣告他关于经典的判断标准时，似乎完全没有思考性属的因素。F. R. 利维斯（F. R. Leavis）在其《伟大的传统》（The Great Tradition，1948）中，用其开篇句子，明确地表达了他关于经典的标准："简·奥斯丁、乔治·艾略特、亨利·詹姆斯、约瑟夫·康拉德……都是英国小说家里堪称大家之人。"② 混杂的研究方式仍然能产生伟大的女作家。而混杂研究也将促使"多种族的"这个术语，随着"主流"文化与"非主流"文化之间差异的最终消失而消亡。这需要时间，但是情况已经开始发生改变。20 世纪 90 年代美国文学研究界开始提倡取消种族概念和种族划分，建议用混合方式研究种族问题。这种研究文化和种族的新方法，聚焦混杂性和跨文化性，不仅被用于研究非洲和欧洲的混血人种的作品，与此同时，出现了许多聚焦于拉丁裔/美国，亚裔/美国，土著印第安人/美国人研究的硕硕成果，以及用于其他人种或种族混杂的研究。还有一些著作，以激进的方式修正和重新诠释欧洲/美国文化相互影响的方式，拒绝在早期学术界形成的单向的欧洲影响美洲的理论。这种聚焦跨大西洋两岸的新研究方法倾向于认为影响是多向性的观点。此观点认为双方的文化形式和观念在大西洋两岸以一种丰富、复杂的

---

① 参见 Emory Elliott & Craig Svonkin, New Direction in American Literary Scholarship 1980 – 2002. Ibid. p. 16.

② ［英］F. R. 利维斯：《伟大的传统》，袁伟译，北京：生活·读书·新知三联书店 2002 年版，第 1 页。

异地授粉的方式在两岸流动。① 美国 19 世纪浪漫主义文学时期作家们的创作既是出自建立独立本民族文学身份的焦虑，更是为了摆脱和超越欧洲影响，尤其是英国影响的焦虑。而在 20 世纪八九十年代对土著印第安文学的重新认识和强调，无疑进一步彰显了民族文学的独特身份。

不断发展的美国文学形成了一个不断扩展的庞大的集合体，如何从中挑选出人们应该阅读和写作的"正确"的文学知识，这将是一个难题。开放和扩展原有的经典，并增添上女性作家、少数族裔作家是否就能使之构建成一种更具有代表性、更正确、更公平的经典？这仍然是一个值得探讨的问题。

文化研究的介入使得经典的确立和发展呈无限蔓延和扩张的势态。所以布鲁姆指出："如今学界是万物破碎、中心消解，仅有杂乱无章在持续地蔓延。"② 1994 年，当美国人从认为某些经典具有永久价值的传统观念中解放出来时，布鲁姆出版了一本有关他自己阅读体验的书《西方正典》(*The Western Canon*)。许多读者对书名中的"正典"一词感到震惊，因为这个词含有正确指导或者至少是推荐的含义。他们由此怀疑后现代主义者、后殖民主义者、女权主义者以及边缘群体所发动的对传统文学经典的抵制是否是一场徒劳。

布鲁姆充分意识到了存在于"政治正确"的美国同行中的这股反经典潮流。他写道，他觉得"在维护审美自主性时颇感孤单"，③ 还认为他的读者应该是大众或一般的读者而不是什么学术圈的人物。在他的背后并没有权威支持他提出的继续阅读那些真正伟大作家作品的建议，这些伟大的作家包括：莎士比亚、塞万提斯、歌德、华兹华斯、艾米莉·狄金森、乔治·爱略特、托尔斯泰、乔伊斯、普鲁斯特、沃尔夫和博尔赫斯(Borges) 等。除了关于这些作家的论文外，他还讨论了许多其他作家。布鲁姆的文学研究具有鲜明的针对性，他认为在现今大学里文学教学已被政治化了：我们不再有大学，只有"政治正确"的庙堂；文学批评如今已被"文化批评"所取代：这是一种由伪马克思主义、伪女性主义以及

---

① Emory Elliott & Craig Svonkin, *New Direction in American Literary Scholarship 1980 – 2002*. Ibid. p. 20.

② ［美］哈罗德·布鲁姆《西方正典》，江宁康译，第 1 页。

③ 同上书，第 7 页。

各种法国/海德格尔式的时髦东西所组成的奇观。西方经典已被各种诸如此类的十字军运动所代替，如后殖民主义、多元文化主义、族裔研究，以及各种关于性倾向的奇谈怪论。随着"经典的历史不断延伸，竞争和侵染中的黑暗一面也日益增强"。①

布鲁姆认为过去建立的典范可以作为当代作家写作的参考坐标。因此，他写道：

> 世俗经典的形成涉及一个深刻的真理：它既不是由批评家也不是由学术界，更不是由政治家来进行的。作家、艺术家和作曲家们自己决定了经典，因为他们把最出色的前辈和最重要的后来者联系了起来。②

《西方正典》其用意正是通过对 26 位西方经典作家的深入解析，整理出一个连贯而紧密的经典谱系，建立起文艺复兴以来西方文学的"道统"，从而在当今文学式微的世界收到正本清源、拨乱反正之功效。《西方正典》的出版揭示了当代美国文学批评的内在矛盾：以布鲁姆为代表的坚持审美理想和精英道路的批评倾向与当代各种介入社会人生的批评倾向在理论和方法上的冲突。布鲁姆执著的审美理想及其批评实践在美国学界仍有一定的影响。他的"对抗性批评"也有着重要的现实意义。

在捍卫传统经典方面，布鲁姆并不像他声称的那样孤独，他的观点还是很有影响力的。在吉约里（John Guillory）提出意识形态（文化资本）与经典形成（canon formation）理论造成了较大反响之后，③ 在更为繁杂的批评话语中，文学经典的辩护者之一瑞克斯（Christopher Ricks）的主张实际上也是对布鲁姆的这一观点的支持和引申。瑞克斯批评吉约里过分专注经典与教学的关系而忽略了经典在学术圈外被很好地构建的因素，他认为，对一本书或一个作者的最重要的和持久的再发现和再创造，只有当一个后继创作者在某一方面受到它的启发的时候才实现。经典不是由学院和批评家，而是由有创造力的作家创造的，他们的作品"不是在精巧的

---

① ［美］哈罗德·布鲁姆《西方正典》，江宁康译，第 8 页。
② 同上书，第 412 页。
③ 参见 John Guillory, *Cultural Capital*：*The Problem of Literary Canon Formation*. Ibid. .

经典形成中或公正的课程中"活着，而是通过"后继文学作品的繁衍"显示出强大的生命力。①

布鲁姆的思想既可以在艾略特（T. S. Eliot）《传统与个人才能》（*Tradition and Personal Talent*）里找到影子（布鲁姆反对艾略特的神权式的意识形态），也与利维斯的大作《伟大的传统》的基本思路如出一辙。艾略特认为："诗人，任何艺术家，谁也不能单独地具有他完全的意义。他的重要性以及我们对他的鉴赏就是鉴赏对他和已往诗人以及艺术家的关系。"② 而利维斯以颇有霸气的口吻为英国小说描绘了自简·奥斯汀以降的一脉相传的传统。③ 文学的经典地位通过既在经典的知识系统里又有所超越和创作而获得，这是从艾略特到哈罗德·布鲁姆以来相当一批批评家的观点。当然，有这样一批具有远见卓识的批评家底气十足地描述一种文学传统并极力去推崇它，也是文学经典的地位得以巩固的重要因素。这也是为什么会有这种情况的原因：80年代文学经典论争以来，作为论争的成果，女性作家、少数族裔作家和有色人种作家的作品逐渐进入英美大学课堂，但其产生的效果远远低于人们的期待。这很大程度上是因为，由于长期的被忽视，没有一个传统，或者说不曾有人为他们描述和建构一个传统——更不用说"伟大"的了——来上下左右支撑他们，并形成一股凝聚力。

最近一个时期以来，美国的文学研究领域推出了一大批重新审视传统美国文学经典的新著，颇引人瞩目。这些论著中，有的是对某一个经典作家的专论，如德尔班科（Andrew Delbanco）对麦尔维尔的评论《麦尔维尔的世界及其作品》（*Melville*：*His World and Work*，2005），加里·威尔斯（Garry Wills）对亨利·亚当斯在建构美国文化方面所发挥作用的专论《亨利·亚当斯与美国的建构》（*Henry Adams and the Making of America*，2005），戴维·雷诺兹（David Reynolds）突出传主同性恋倾向的《惠特曼传》（*Walt Whitman*〔*Live and Legacies*〕），威恩·托马斯（Wynn Thom-

① Christopher Ricks，"What is at stake in the 'battle of the books'?" *The New Criterion* (Sep. 1989)，p. 44. 转引自阎景娟《试论文学经典的永恒性》，见童庆炳、陶东风主编《文学经典的建构、解构和重构》，第57页。

② T. S. 艾略特：《传统与个人才能》，载赵毅衡编选《新批评文集》，北京：中国社会科学出版社1988年版，第26页。

③ 参见［英］F. R. 利维斯《伟大的传统》。

as）的《惠特曼：跨越大西洋的比较》（*Transatlantic Connections：Whit-man U. S.，Whitman U. K*，2005）等；有的则是对美国 19 世纪浪漫主义经典作家的合论，如纽约大学资深教授丹尼斯·多诺霍（Denis Dono-ghue）的新著《美国文学经典刍议》（*The American Classics：A Personal Essay*，2005），哈佛大学海伦·文德勒教授（Helen Vendler）的《看不见的听者：赫伯特、惠特曼和阿什伯里研究》（*Invisible Listeners：Lyric Inti-macy in Herbert，Whitman and Ashbery*，2005）等。评论指出，出现这么多关注文学经典的论著是否构成了一个新的动向，即在经历了一个时期的更多地强调多元文化价值观、关注少数族裔等所谓弱势群体的文学之后，又出现了某种向传统的美国文学经典倾斜的苗头，则还无法定论。抑或美国学界对传统文学经典的研究从来就没有松懈，只因我们过去关注不够而产生了某种误解也未可知。而另一方面，在这些新论中，也有一些因急于与当下政治挂钩而出现了某些偏激。①

　　纵贯 20 世纪 30、40 年代和 50 年代美国文学界的两个重要区域是文学影响和美学或诗学。但是这些领域却在 80 年代很大程度上遭到了边缘化，而最近这些领域得到了回归，但是其中的大部分内容经过过去 20 年的理论发展，发生了转变。学界已意识到美国文学研究的新方法，如，运用差异、多声音的方法和后结构主义的方法，要求人们重新考虑这些传统领域的研究。当代学者继续对那些尝试性的、公开的、包容的原则持怀疑态度。批评家反抗那些普遍性或出类拔萃的观念，他们现在在考察美学和文学影响的时候，会联系所有文本提供的文化差异和大量的多种文化和多种声音的影响。布鲁姆关于单一声音影响的观念现在被超越了，当代批评家欢迎巴赫金和德里达的理论，以此来考察意识形态和身份的交叉点，包括诸如生态批评等意识形态的研究。其他对美学的探查也挑战了传统美学的设想，试图塑造一种多元文化的、后现代的、跨学科的美学理论。学者们探索了所谓"经典战争"中的各种各样问题，包括在一个多元文化的社会尝试建立一种美学理论这样一个重要问题。它要回答这样的问题，即美学标准怎样才能真正避免沦为起着排斥或边缘化作用的压迫工具的危险。在探索建立多元文化审美评价的可能性的时候，需要新的术语、范畴和评估过程。雷奇指出："一种批评性的多元文化主义，这不仅是后现代

---

① 参见《对美国文学经典的再审视》，载《外国文学评论》2006 年第 1 期，第 149 页。

的民族身份、民主和历史的意义与内容所在，也是后现代教育的意义与内容所在。"①

关于美国文学的产生和发展，即美国人是如何创造自己民族文学经典的，学者常耀信曾用这样一段话进行了很好的概括：

当亨利·詹姆斯（Henry James）写《美国人》（*The American*）的时候，他将他的主人公命名为克里斯托弗·纽曼（Christopher Newman），这并非巧合，而是有意为之。"克里斯托弗"显然使人联想到发现美国——新大陆的克里斯托弗·哥伦布。他的名字获得了这样的内涵，即探索未知的领域。"纽曼"这个名字则可能是赫克托·圣约翰·德·克雷夫科尔（Hector St. John de Crevecoeur）在他著名的书信《美国农人书简》（*Letter From an American Farmer*）中指代美国人的"新人"（"New Man"）这两个字的结合体。"新人"，正像克雷夫科尔所定义的那样，没有传统和过去的牵绊。自第一批美国人踏上新大陆后的三百多年里，一代一代后续美国作家设法成为克里斯托弗·纽曼，用他们自己的方式不停地探索和试验，从不满足躺在他们祖先传承下来的遗产上，总是设法用新发现改进和增加他们的传统。于是殖民地时期的作家为了文学的独立而斗争，美国浪漫主义作家最后的胜利就是美国文学的第一次繁荣。随着时间的推移，地方色彩作家和现实主义作家出现了，他们的唯一清晰的目标就是呈现普遍的标准的美国经验。十九世纪九十年代和二十世纪初期残酷的生活，需要一种更直率的而非温文尔雅的表达方式，于是自然主义文学便应运而生了。接着，在二十世纪二十年代，人们深切地感受到信仰的缺失和生活的喧嚣和碎片化，于是产生了历史现实主义的第二次复兴。二十世纪三十年代的作家敏感地回应了大萧条时期苛刻的需求，两次世界大战期间的所有作家的作品使美国文学成为世界文学史上最伟大的一段时光。战后，美国文学持续发展，成为最伟大的文学产出国之一，在试验方面更充满了活力。后现代主义在美国也得到了充分地表达。不到一年的时间，一些新人又脱颖而出，给读者和批评家带来惊喜。少

① 　［美］文森特·雷奇：《文学的全球化》，王顺珠译，载童庆炳、陶东风主编《文学经典的建构、解构和重构》，第182页。

数族裔作家的出现更为美国已有的传统增添了价值，增长了多样性文化的表达的数量和质量，尤其是在过去的几十年里。美国文学保持了其一开始就有的动力，并且获得了新的成功。每一天都比过去的一天是更新的一天，每一代的新人都从部分地反对过去中获得新的活力。有些当代作家也许太自我放纵和自我为中心，有的也许太颓废了；但是所有作家总是努力创新。从根本上讲，这种努力保持创新，值得我们关注和钦佩。①

《诺顿美国文学选集》作为处于不断更新和被修正中的经典书目，在承认历史现实，承认特定的历史时期出现的文学创作方面起到了不容忽视的、重要作用。它所收录的作家作品比传统的选集内容更丰富，更多样化，传达出来的信息更有概括性和指导性意义，更接近全面的美国文学的真实面貌，并赋予美国文学这个概念新的特征和内涵。

综观近 40 年来西方当代这场有关文学经典问题的论战，其焦点集中在文学经典与政治、文学经典与经济以及文学经典与艺术审美价值等关系问题上，归根结底是一个文学价值问题。究其实质，体现了西方学界对文学经典的文化反思。文学的"经典性"究竟是文学的"代表性"（作为利益、身份的代表），还是一个文化、艺术和审美的"价值"问题；挑选被传统经典遮蔽的文学作品时，究竟是仅仅从政治角度给每个少数人群体以公正表达其文化的机会，还是应当依某种文学标准和艺术价值来作出决定。简言之，文学经典争论是对于文学理想和审美规范的争议。离开价值规范，既无助于正确评价传统经典，也无助于确认新的经典。文学的社会性和文学的审美性实际上是相辅相成的，文学经典的构成和意义也会随着社会变革而变动和发展。

经典及其意义会随语境、视角的更替而变换，这是一个不争的客观事实；所以，文学经典的价值也会不断处于被离析被解构被重释的过程中，它往往导致对文学史的重写。而且，文学经典并不是先验地存在的，它必须并且也只有在一个广泛的话语知识谱系中才能被表述出来；文学经典实际上是一个在历史中不断分拆和建构的过程："纯经典"的观念是在与"非经典"性的话语知识的不断区分之中建立和凸显的。而在这些区分的

---

① 常耀信：《美国文学简史》（第二版），第 583—584 页。

背后隐含着一整套有关经典的现代话语知识的建制。通过对《诺顿美国文学选集》的研究，分析和认识美国文学经典的建构与修正，从而揭示其经典建构与修正背后隐含的一整套有关经典的现代话语知识的建制，有助于我们认清美国文学的特征与实质，进而在教学和研究实践中采取相应的、适当的批评立场，更好地开展美国文学的教学与研究。

参 考 文 献

（一）英文文献

1. 《诺顿美国文学选集》 （*Norton Anthology of American Literature*）
（按选集出版时间顺序排列）

Gottesman, Ronald, et al. , eds. *The Norton Anthology of American Literature.* 1ˢᵗ ed. 2 vols. New York: W・W・ Norton & Company, 1979.

Baym, Nina, et al. , eds. *The Norton Anthology of American Literature.* 2ⁿᵈ ed. 2 vols. New York: W・W・ Norton & Company, 1985.

Baym, Nina, et al. , eds. *The Norton Anthology of American Literature.* 3ʳᵈ ed. 2 vols. New York: W・W・ Norton & Company, 1989.

Baym, Nina, et al. , eds. *The Norton Anthology of American Literature.* 4ᵗʰ ed. 2 vols. New York: W・W・ Norton & Company, 1994.

Baym, Nina, et al. , eds. *The Norton Anthology of American Literature.* 5ᵗʰ ed. 2 vols. New York: W・W・ Norton & Company, 1998.

Baym, Nina, et al. , eds. *The Norton Anthology of American Literature.* 6ᵗʰ ed. 5 vols. New York: W・W・ Norton & Company, 2003.

2. 诺顿系列文学丛书（按著者姓氏排列）

Abrams, M. H. , et al. , eds. *The Norton Anthology of English Literature.* New York: W・W・ Norton & Company, 1979 (4ᵗʰ ed.), 1986 (5ᵗʰ ed.), 1993 (6ᵗʰ ed.), 2000 (7ᵗʰ ed.), 2006 (8ᵗʰ ed.) .

Andrews, William L. , ed. *Literature of the American South: A Norton Anthology.* New York: W・W・ Norton & Company, 2002.

Bain, Carl E. , et al. , eds. *The Norton Introduction to Literature.* New York: W・W・ Norton & Company, 1973.

Beaty, Jerome. *The Norton Introduction to the Short Fiction.* 3rd ed. New York: W · W · Norton& Company, 1999.

Cassill, R. V. , et al. , eds. *The Norton Anthology of Contemporary Fiction.* New York: W · W · Norton & Company, 1988.

Chametzky, Jules. ed. *Jewish American literature: A Norton Anthology.* New York: W · W · Norton & Company, 2001.

Cooley, Thomas. *The Norton Sampler: Short Essays for Composition. .* New York: W · W · Norton & Company, 1979, 2003.

Ellmann, Richard & O' Clair Robert, et al. , eds. *The Norton Anthology of Modern Poetry.* New York: W · W · Norton & Company, 1973.

Ferguson, Margaret, et al. , eds. *The Norton Anthology of Short Fiction.* New York: W · W · Norton & Company, 1990 (4th ed.) .

Gates, Henry Louis & Nellie Mckay, et al. , eds. *The Norton Anthology of African American Literature.* New York: W. W. Norton & Company, 1997, 2002.

Geyh, Paula, et al. , eds. *Post American Fiction: A Norton Anthology.* New York: W. W. Norton & Company, 2002.

Gilbert, Sandra M. , & Susan Gubar. *The Norton Anthology of Literature by Women: The Tradition in English.* New York: W. W. Norton & Company 1985, 1996.

Hinman, Charlton. *The Norton Facsimile of the First Folio of Shakespeare.* New York: W · W · Norton & Company, 1968.

Lawall, Sarah, et al. , eds. *The Norton Anthology of World Masterpieces : The Western Tradition.* New York: W · W · Norton & Company, 1999.

Leitch, Vincent B. , et al. , eds. *The Norton Anthology of Theory and Criticism.* New York: W · W · Norton & Company, 2001.

Mack, Maynard, et al. , eds. *The Norton Anthology of World Masterpieces: Expanded Edition.* New York: W · W · Norton & Company, 1973 (4th ed.) , 1987 (5th ed.) , 1992 (6th ed.) .

Owen, Stephen, ed. & trans. *An Anthology of Chinese Literature: Beginnings to 1911.* New York & London: W. W. Norton & Company, 1996.

Peterson, Linda H. , et al. , eds. *The Norton Reader: An Anthology of Nonfic-*

tion. New York： W · W · Norton & Company, 1996, 2000, 2003.

Ramazani, Jahan. *The Norton Anthology of Modern and Contemporary Poetry.* 2 Vols. New York： W · W · Norton & Company, 2003.

Zipes, Jack, et al. , eds. *The Norton Anthology of Children's Literature*： *The Traditions in English.* New York： W · W · Norton & Company, 2004.

3. 其他参考文献（按作者姓氏字母顺序排列）

A Guide to 20th Women Novelists. Oxford： Kathleen Wheeler Ltd. Blackwell Publishers, 1997.

Abrams, M. H. *A Glossary of Literary Terms.* Beijing： Foreign Language Teaching and Research Press, 2004.

Alter, Robert. *Canon and Creativity.* New Heaven and London： Yale University Press, 2000.

Altieri, Charles. "An Idea and Ideal of a Literary Canon" in *Critical Inquiry.* Chicago： University of Chicago Press, Sept. , 1983.

Antonette, Lesliee. *The Rhetoric of Diversity and the Traditions of American Study*： *Critical Multiculturalism in English.* Westport, Connecticut and London： Bergin & Garvey, 1998.

Baldick, Chris. *Oxford Literary Terms.* Shanghai： Shanghai Foreign Language Education Press, 2000.

Barry, Peter. *Beginning Theory*： *An Introduction to Literary and Cultural Theory.* Manchester and New York： Manchester University Press, 1995.

Bauer, Dale M. & Philip Gould, eds. *The Cambridge Companion to Nineteenth-Century American Women's Writing.* UK： Cambridge University Press, 2001.

Bell, Bernard W. *The Afro-American Novel and Its Tradition.* Massachusetts： The University of Massachusetts Press, Amherst, 1989.

——. *The Contemporary African American Novel*： *Its Folk Roots and Modern Literary Branches.* Beijing： Foreign Language Teaching and Research Press, 2007.

Bellow, Saul, ed. *Great Jewish Short Stories.* New York： Dell, 1963.

Bercovitch, Sacvan, ed. *Reconstructing American Literary History.* Cambridge, Massachusetts： Harvard University Press, 1986.

Bhabha, Homi K. *The Location of Culture.* New York: Routledge, 1994.

Booth, Wayne C. *The Rhetoric of Fiction.* Middlesex: Penguin Books, 1983.

Brooks, Cleanth, et al. *American Literature: The Makers and the Making.* Volume I, II. New York: St. Martin's Press, Inc., 1973.

Busby, Mark. *United States Authours Series—— Ralph Ellison.* Woodbridge: Twayne Publishers, 1991.

Cain, William E., ed. *Reconceptualizing American Literary /Cultural Studies: Rhetoric, History, and Politics in the Humanities.* New York and London: Garland Publishing, Inc., 1996.

Carter, Everett. *The American Idea.* Chapel Hill, 1977.

Chang Yaoxin. *A Survey of American Literature.* 2nd ed. Tianjin: Nankai Univerisity, 2003. (常耀信《美国文学简史》(第二版),天津:南开大学出版社 2003 年版。)

Csicsila, Joseph. *Canons by Consensus: Critical Trends and American Literature Anthologies.* Tuscaloosa, Alabama: The University of Alabama Press, 2004.

Conforti, Joseph A. *Jonathan Edwards, Religion, Tradition, and American Thought.* Chapel Hill: The University of North Carolina Press, 1995.

Cremin, Lawrence Arthur. *American Education: The National Experience,* 1783—1876. New York: Harper Collins Publishers, 1980.

Delany, Sheila. *Counter-Tradition: A Reader in the Literature of Dissent and Alternatives.* New York: Basic Books, 1971.

Deleuze, Gilles. *Foucault.* Trans. by Sean Hand. Minneapolis: University of Minnesota Press, 1988.

Eagleton, Terry. *Literary Theory: An Introduction.* Beijing: Foreign Language Teaching and Research Press, 2004.

Elliott, Emory, et al., eds. *Columbia Literary History of the United States.* New York: Columbia University Press, 1988.

——, eds. *The Columbia History of the American Novel.* Beijing: Foreign Language Teaching and Research Press, 2005.

——& Craig Svonkin. *New Direction in American Literary Scholarship* 1980 – 2002. California: University of California, Riverside, 2004.

Ermarth, Elizabeth Deeds. *Sequel to History*, *Postmodernism and the Crisis of Representational Time*. Princeton, NJ, 1992.

Evans, Mari. *Black Women Writers* 1950 – 1980. London: Pluto, 1985.

Evans, Mary. *Introducing Contemporary Feminist Thought*. Cambridge: Polity Press, 1997.

Fielder, Leslie A. *The Return of the Vanishing American*. New York: Stein and Day Publishers, 1969.

Fisher, Dexter & Robert B. Stepto, eds. *Afro-American Literature*: *The Reconstruction of Intruction*. New York: The Modern Language Association of America, 1979.

Foucault, Michel. *The Archaeology of Knowledge & the Discourse on Language*. trans. by A. S. Smith, New York: Pantheon Books, 1972.

Fricker, Miranda, and Jennifer Hornsby, eds. *The Cambridge Companion to Feminism in Philosophy*. 北京：生活·读书·新知三联书店, 2006.

García, Richard A. *The Chicanos in America*, 1540 – 1974. Dobbs Ferry, NY: Oceana Publication, 1977.

Gates, Henry Louis, Jr. *Loose Canons*: *Notes on the Culture Wars*. New York and Oxford: Oxford University Press, 1992.

——, ed. *Black Literature and Literary Theory*. New York and London: Methuen, 1984.

——. *Colored People*. Knopf, 1993.

Gerard, Alexander. *An Essay on Taste*. Walter J. Hipple, Jr. Gainesville, etc. ed. FL: Scholars' Facsimiles and Reprints, 1963.

Gilbert, Sandra M. , & Susan Gubar. *The Madwoman in the Attic*: *The Woman Writer and the Nineteenth Century Literary Imagination*. New Haven: Yale University Press, 1979.

Graff, Gerald and Michael Warner, eds. *The Origins of Literary Studies in America*, London and New York: Routledge, 1989.

Greenblatt, Stephen & Giles Gunn. *Redrawing the Boundaries*: *The Transformation of English and American Literary Studies*. Beijing: Foreign Language Teaching and Research Press, 2007.

Guillory, John. *Cultural Capital*: *The Problem of Literary Canon Forma-*

tion. Chicago and London: The University of Chicago Press, 1993.

——. "The Ideology of Canon-Formation: T. S. Eliot and Cleanth Brooks" in *Critical Inquiry*. Chicago: University of Chicago Press, Sept. , 1983.

Hall, Stuart. "Culture Identity and Disspora", Cf. William, Patrick and Chrisman, Laura ed. *Colonial Discourse and Post-colonial Theory: A Reader*. New York: Columbia University Press, 1994.

Hallberg, Robert von. "Editor's Introduction" in *Critical Inquiry*. Chicago: University of Chicago Press, Sept. , 1983.

Hartsock, Nancy C. M. "False Universalities and Real Differences: Reconstituting Marxism for the Eighties" in *New Politics* 1, Winter 1987.

Harvey, David. *The Condition of Postmodernity: An Enquiry into the Origins of Cultural Change*. Cambridge, MA, 1989.

Hawthorn, Jerermy. *A Glossary of Contemporary Literary Theory* (2nd ed.) London and New York: Routledge, Chapman and Hall, Inc. , 1994.

Holland, Sharon Patricia. *Raising the Dead: Readings of Death and (Black) Subjectivity*. Durham, NC: Duke University Press, 2000.

Horton, R. W. *Background of American Literary Thought*. Englewood Cliffs, N. J. , 1974.

Hsu, Kai-yu (许芥昱) & Helen Palubinskas, eds. *Asian-American Authors*. Boston: Houghton Mifflin, 1972.

Hu Jun. A Study of the Identity Pursuit of African Americans in Toni Morrison's Fiction. Beijing: Beijing Language and Culture University Press, 2007. (胡俊：《非裔美国人探求身份之路——对托妮·莫里森的小说研究》，北京：北京语言大学出版社 2007 年版。)

Huang Zongying, ed. *Reading for the New Millennium: Selected Essays from PKU-SUNYA International Conference on American literature and Culture (October 24 – 27, 2001, Beijing, China)*. Beijing: Petroleum Industry Press, 2003.

Hume, Kathryn. *American Dream, American Nightmare, Fiction Since* 1960. Beijing: Foreign Language Teaching and Research Press, 2006.

Hutcheon, Linda. *A Poetics of Postmodernism, History, Theory, Fiction*. New York and London: Routledge, 1988.

Jackson, Blyden, ed. *A History of Afro-American Literature*, Vol. 1: *The Long Beginning* 1746—1895. Louisiana State University Press, 1989.

Kartiganer, Donald M. , and Malcolm A. Griffith, eds. *Theories of American Literature*. New York, 1972.

Kampf, Louis and Paul Lauter, eds. *The Politics of Literature*: *Dissenting Essays on the Teaching of English*. New York: Pantheon Books, 1973.

Kerman, Joseph. "A Few Canonic Variations" in *Critical Inquiry*. Chicago: University of Chicago Press, Sept. , 1983.

Kermode, Frank. *Forms of Attention*. Chicago: The University of Chicago, 1985.

Kim, Elaine H. *Asian Amercian Literature*: *An Introduction to the Writing and Their Social Context*. Beijing: Foreign Language Teaching and Research Press, 2007.

Knight, Denise D. , ed. *Nineteenth-Century American Women Writers*: *A Bio-Bibliographical Critical Sourcebook*. Westport & London: Greenwood Press, 1997.

Kopley, Richard, ed. *Prospects for the Study of American Literature*. New York and London: New York University Press, 1997.

Kramer, Michael P. & Hana Wirth-Nesher, eds. *The Cambridge Companion to Jewish American Literature*. Shanghai: Shanghai Foreign Language Education Press, 2004.

Kristeller, Paul Oskar. *Renaissance Thought and Its Sources*. ed. Michael Mooney. New York: Columbia UP, 1979.

Kristeva, Julia. *The Kristeva Reader*. Basil Blackwell, 1986.

Krupat, Arnold. "Native American Literature and the Canon" in *Critical Inquiry*. Chicago: University of Chicago Press, Sept. , 1983.

Lauter, Paul. *Canon and Context*. New York: Oxford University Press, 1991.

——, et al. , eds. *The Heath Anthology of American Literature*. D. C. Heath, 1990, 1994.

——, ed. *Reconstructing American Literature*: *Courses, Syllabi, Issues*. Old Westbury, NY: Feminist Press, 1983.

Lechte, John. *Fifty Key Contemporary Thinkers*: *from Structuralism to Postmo-*

dernity. London and New York: Routledge, 1994.

Leitch, Vincent B. *American Literary Criticism from the Thirties to the Eighties*. New York: Columbia University Press, 1988.

Lentricchia, Frank and Thomas McLaughlin eds. *Critical Terms for Literary Study*. Chicago: University of Chicago Press, 1990.

Lim, Shirley Geok-lin, ed. *Asian-American Literature: An Anthology*. Lincolnwood, Illinois USA: NTC Publishing Group, 2000.

Lipking, Lawrence. "Aristotle's Sister: A Poetics of Abandonment" in *Critical Inquiry*. Chicago: University of Chicago Press, Sept. , 1983.

Liu Yu. *Resistance Between Cultures: Three Contemporary Native American Women Writers in the Postcolonial Aura*. Xiamen: Xiamen University Press, 2008.

Madsen, Deborah L. *Feminist Theory and Literary Practice*. Beijing: Foreign Language Teaching and Research Press, 2006.

Malin, Irving, ed. *Contemporary American-Jewish Literature, Critical Eassays*. Bloomington: Indiana University Press, 1973.

Martínez, Julio A. and Francisco A. Lomelí. *Chicano Literature: A Reference Guide*. Westport, CT: Greenwood Press, 1985.

McGann, Jerome J. "The Religious Poetry of Christina Rossetti" in *Critical Inquiry*. Chicago: University of Chicago Press, Sept. , 1983.

McMicheal, George, et al. , eds. *Anthology of American Literature*. 2 vols. California State University, Hayward, New York: Macmillan Publishing Co. , Inc. 1974, 1980.

McQuade, Donald, et al. , eds. *The Harper American Literature*. 2 vols. University of California, Berkeley, New York: Harper & Row Publisher, 1987.

Millard, Kenneth. *Contemporary American Fiction: An Introduction to American Fiction Since* 1970. Beijing: Foreign Language Teaching and Research Press, 2006.

Miller, James E. , Jr, et al. , eds. *US in Literature*. Scott, Foresman and Company, Glenview, Illinois. 1979.

Morrison, Toni. *Playing in the Dark: Whiteness and the Literary Imagination*. New York: Vintage, 1992.

Munns, Jessica and Gita Rajan, eds. *A Cultural Studies Reader: History, Theory, Practice*. London and New York: Longman Group Ltd. , 1995.

Neufeldt, Victoria, et al. *Webster's New World Dictionary of American English*. Third College Edition, New York: Simon & Schuster, 1988.

Nye, Russel B. , and Norman S. Grabo, eds. *American Thought and Writing, The Colonial Period*. Boston, 1965.

Ohmann, Richard. "The Shaping of a Canon: U. S. Fiction, 1960 – 1975" in *Critical Inquiry*. Chicago: University of Chicago Press, Sept. , 1983.

Olson, Gary and Lynn Worsham eds. *Race, Rhetoric, and the Postcolonial*. Albany: State University of New York Press, 1999.

Parini, Jay & Brett C. Millier, eds. *The Columbia History of American Poetry*. Beijing: Foreign Language Teaching and Research Press, 2005.

Pearce, Roy Harvey. *Savagism and Civilization*. Berkeley and Los Anglos: University of California Press, 1988.

Pearsall, Judy, et al. , eds. *The New Oxford Dictionary of English*. Shanghai: Shanghai Foreign Language Education Press, 2001.

Perkins, David, ed. *Theoretical Issues in Literary History*. Cambridge, Massachusetts: Harvard University Press, 1991.

Porter, Joy, and Kenneth M. Roemer, eds. *The Cambridge Companion to Native American Literature*. Cambridge: Cambridge University Press, 2005.

Reising, Russell J. *The Unusable Past: Theory and the Study of American Literature*. New York and London: Methuen, 1986.

Rio, Eduardo R. del, ed. *The Prentice Hall Anthology of Latino Literature*. Upper Saddle River, New Jersey: Pearson Education, Inc. , 2002.

Rosenthal, M. L. *The Modern Poets: The Critical Introduction*. Beijing: Foreign Language Teaching and Research Press, 2007.

Rubinstein, Annette T. *American Literature Root and Flower: Significant Poets, Novelists & Dramatists* 1775—1955. 2 vols. Bejing: Foreign Language Teaching and Research Press, 1988.

Rutherford, Jonathan, ed. *Identity, Community, Culture, Difference*. London: Lawrence and Wishart, 1990.

Scarberry-Garcia, Susan. *Landmarks of Healing: A Study of House Made of*

Dawn. Albuquerque: University of New Mexico Press, 1990.

——. "Sources of Healing in *House Made of Dawn*." DAI 47 (6) (1986): 2161A. University of Colorado at Boulder.

Schultheiss, Flory Jones, ed. *America in Literature: the Small Town*. New York: Charles Scribner's Son, 1979.

Sellers, Susan, ed. *Feminist Criticism: Theory and Practice*. New York: Harvester Wheatsheaf, 1991.

Shirley, Carl R. & Paula W. Shirley. *Understanding Chicano Literature*. Columbia, South Carolina, 1988.

Showalter, Elaine. *A Literature of Their Own: British Women Novelists from Brontë to Lessing*. Beijing: Foreign Language Teaching and Researching Press, 2004.

——. *Sister's Choice: Tradition and Change in American Women's Writing*. Oxford: Clarendon Press, 1991.

——. *New Feminist Criticism: Essays on Women, Literature, Theory*. New York: Pantheon, 1985.

Smith, Alan Lloyd. *American Gothic Fiction: An Introduction*. Shanghai: Shanghai Foreign Language Education Press, 2009.

Smith, Barbara Herrnstein. "Contingencies of Value" in *Critical Inquiry*. Chicago: University of Chicago Press, Sept. , 1983.

Smith, Henry Nash. *Virgin Land*. Cambridge, MS: Harvard University Press, 1978.

Sommers, Joseph and Tomás Ybarra-Frausto eds. *Modern Chicano Writers*. Englewood Cliff, NJ: Prentice-Hall, 1979.

Spiller, Robert E. , et al. , eds. Literary History of theUnited States. (1948) 4th rev. ed. New York: Macmillian, 1974.

Suárez, Mario, "El Hoyo", in *Arizona Quarterly* 3, Summer, 1947.

Sundquist, Eric J. *To Wake the Nations: Race in the Making of American Literature*. Cambridge, Massachusetts: The Belknap Press of Harvard University Press, 1993.

Swan Edith. "Healing via the Sunwise Cycle in Silko's *Ceremony*". In *American Indian Quarterly* 12. 4 (1988) .

Toming. *A History of American Literature*. Nanjing：Yilin Press，2002. （童明：《美国文学史》，南京：译林出版社 2002 年版。）

Tyler, Stephen. *The Unspeakable*，*Discourse*，*Dialogue*，*and Rhetoric in the Postmodern World*. Madison，1987.

Vechten, Carl Van. "Introduction" to *Three Lives* by Gertrude Stein. New York：New Direction，1933.

Velie, Alan R. , ed. *American Indian Literature*：*An Anthology*. University of Oklahoma Press，Norman，1980.

Vinson, James, ed. ntroduction by Warren French. *20th Century American Literature*. HongKong：Macmillan Reference Books. 1980.

Warren, K. , ed. *Ecofeminism*：*Women*，*Culture*，*Nature*. Bloomington，IN and Indianapolis，IN：Indiana University Press，1997.

王恩铭编：《美国文化与社会》，上海：上海外语教育出版社 2003 年版。

王逢振、王晓路、张中载编：《文化研究选读》，北京：外语教学与研究出版社 2007 年版。

王晓路、石坚、肖薇编著：《当代西方文化批评读本》，成都：四川大学出版社 2004 年版。

Warren, Robert Penn ed. *Katherine Anne Porter*：*A Collection of Critical Essays*. Englewood Cliffs：Prentice，1979.

Wiget, Andrew, ed. *Dictionary of Native American Literature*. New York and London：Garland Publishing, Inc. , 1994.

Wisker, Gina. *Post-Colonial and African American Women's Writing*：*A Critical Introduction*. New York：Macmillan Press Ltd. , 2000.

Wolfreys, Julian, Ruth Robbins & Kenneth Womack. *Key Concepts in Literary Theory* (Second Editon) . Qingdao：China Ocean University Press，2006.

Wolfreys, Julian, ed. *Introducing Criticism at the 21st Century*. Qingdao：China Ocean University Press，2006.

——. *Modern North American Criticism and Theory*：*A Critical Guide*. Qingdao：China Ocean University Press，2006.

Zetzel, James E. G. "Re-creating the Canon：Augustan Poetry and the Alexandrian Past" in *Critical Inquiry*. Chicago：University of Chicago Press，Sept. , 1983.

Zhang Qiong. *Ambivalence & Ambiguity*：*Chinese-American Literature Beyond Politics and Ethnography.* Shanghai：Fudan University Press，2006. （张琼：《矛盾情结与艺术模糊性：超越政治和族裔的美国华裔文学》，上海：复旦大学出版社 2006 年版。）

（二）中文文献

1. 专著（按作者姓氏字母顺序排列）

［美］埃默里·埃利奥特主编：《哥伦比亚美国文学史》，朱通伯等译，成都：四川辞书出版社 1994 年版。

［美］R. W. 爱默生：《美国学者—爱默生讲演集》，赵一凡译. 北京：生活·读书· 新知三联书店 1998 年版。

［苏联］巴赫金：《小说理论》，白春仁、晓河译，石家庄：河北教育出版社 1998 年版。

［美］朱迪斯·巴特勒：《性别麻烦：女性主义与身份的颠覆》，宋素凤译，上海：上海三联书店 2009 年版。

［美］欧文·白璧德：《文学与美国的大学》，张沛、张源译，北京：北京大学出版社 2004 年版。

［美］洛伊斯·班纳：《现代美国妇女》，侯文蕙译，北京：东方出版社 1987 年版。

［美］丹尼尔·贝尔：《资本主义文化矛盾》，赵一凡、蒲隆、任晓晋译，北京：生活·读书·新知三联书店 1989 年版。

［美］伯纳德·W. 贝尔：《非洲裔美国黑人小说及其传统》，刘捷等译，成都：四川人民出版社 2000 年版。

［英］卡尔·波普尔：《历史主义贫困论》，何林、赵平等译，北京：中国社会科学出版社 1998 年版。

［法］西蒙娜·德·波伏娃：《第二性》（全译本），陶铁柱译，北京：中国书籍出版社 1998 年版。

［美］萨克文·伯科维奇主编：《剑桥美国文学史》（八卷本）（1994—），蔡坚主译，北京：中央编译出版社，2008 年。

［美］马歇尔·伯曼《一切坚固的都烟消云散了——现代性体验》，徐大建、张辑译，北京：商务印书馆 2003 年版。

［美］Brooks, Van Wyck：《华盛顿·欧文的世界》，林晓帆译，上海：上

　　海外语教育出版社 1992 年版。

［法］皮埃尔·布迪厄：《艺术的法则：文学场的生成和结构》，刘晖译，
　　北京：中央编译出版社 2001 年版。

［美］丹尼尔·J·布尔斯廷：《美国人——殖民地的经历》，时殷弘等译，
　　上海：上海译文出版社 1989 年版。

［美］哈罗德·布鲁姆：《西方正典》，江宁康译，南京：译林出版社
　　2005 年版。

［美］哈罗德·布鲁姆：《影响的焦虑：一种诗歌理论》，徐文博译，南
　　京：江苏教育出版社 2005 年版。

［美］哈罗德·布鲁姆：《批评、正典结构与预言》，吴琼译，北京：中国
　　社会科学出版社 2000 年版。

曹顺庆主编：《世界文学发展比较史》，北京：北京师范大学出版社 2001
　　年版。

曹顺庆等：《比较文学论》，成都：四川教育出版社 2002 年版。

柴惠庭：《英国清教》，上海：上海社会科学院出版社 1994 年版。

陈许：《美国西部小说研究》，北京：北京大学出版社 2004 年版。

陈启能主编：《二战后欧美史学的新发展》，济南：山东大学出版社 2005
　　年版。

程爱民主编：《美国华裔文学研究》，北京：北京大学出版社 2003 年版。

程锡麟、王晓路：《当代美国小说理论》，北京：外语教学与研究出版社
　　2001 年版。

辞海编辑委员会编：《辞海》（缩印本），上海：上海辞书出版社 1979 年
　　版，1988 年第 9 次印刷。

［美］Cowley, Malcolm：《流放者的归来——二十年代的文学流浪生涯》，
　　张承谟译，上海：上海外语教育出版社 1986 年版。

［美］Dickstein, Morris：《六十年代伊甸园之门》，方晓光译，上海：上
　　海外语教育出版社 1985 年版。

董小川著：《美国文化概论》，北京：人民出版社 2006 年版。

董学文主编：《西方文学理论史》，北京：北京大学出版社 2005 年版。

［美］约瑟芬·多诺万：《女权主义的知识分子传统》，赵育春译，南京：
　　江苏人民出版社 2002 年版。

［法］弗朗兹·法农：《黑皮肤，白面具》，万冰译，南京：译林出版社

2005 年版。

［荷兰］D. 佛克马、E. 蚁布思：《文学研究与文化参与》，俞国强译，北京：北京大学出版社 1996 年版。

［法］米歇尔·福柯：《知识考古学》，谢强、马月译，北京：生活·读书·新知三联书店 2003 年版。

［法］米歇尔·福柯：《规训与惩罚》，刘北成、杨远婴译，北京：生活·读书·新知三联书店 2003 年版。

［法］米歇尔·福柯：《疯癫与文明》，刘北成、杨远婴译，北京：生活·读书·新知三联书店 2003 年版。

［法］米歇尔·福柯：《古典时代疯狂史》，林志明译，北京：生活·读书·新知三联书店 2005 年版。

［法］米歇尔·福柯：《性经验史》，佘碧平译，上海：上海人民出版社 2005 年版。

［美］贝蒂·弗里丹：《女性的奥秘》，程锡麟、朱徽、王晓路译，哈尔滨：北方文艺出版社 1999 年版。

［美］贝蒂·弗里丹：《第二阶段》，小意译，南京：江苏人民出版社 2007 年版。

［英］简·弗里德曼：《女权主义》，雷艳红译，长春：吉林人民出版社 2007 年版。

［美］乔纳森·弗里德曼：《文化认同与全球性过程》，郭建如译，北京：商务印书馆 2003 年版。

高小康：《人与故事》，北京：东方出版社 1993 年版。

［美］乔安妮·格兰特：《美国黑人斗争史》，郭瀛、伍江、杨德、翟一我译，中国社会科学出版社 1987 年版。

广东、广西、湖南、河南辞源修订组、商务印书馆编辑部编：《辞源》（第一册），北京：商务印书馆 1979 年版。

广东、广西、湖南、河南辞源修订组、商务印书馆编辑部编：《辞源》（第三册），北京：商务印书馆 1982 年版。

郭继德主编：《美国文学研究》（第二辑），济南：山东大学出版社 2004 年版。

何顺果：《美国史通论》，上海：学林出版社 2001 年版。

［美］赫施：《解释的有效性》，王才勇译，北京：三联书店 1991 年版。

［美］海登·怀特：《元史学：十九世纪欧洲的历史想象》，陈新译，彭刚校，南京：译林出版社 2004 年版。

［美］海登·怀特：《后现代历史叙事学》，陈永国、张万娟译，北京：中国社会科学出版社 2003 年版。

黄华：《权力，身体与自我——福柯与女性主义文学批评》，北京：北京大学出版社 2005 年版。

［美］罗德·霍顿、赫伯特·爱德华兹：《美国文学思想背景》，房炜、孟昭庆译，北京：人民文学出版社 1991 年版。

［英］斯图尔特·霍尔编：《表征：文化表象与意指实践》，许亮、陆兴华译，北京：商务印书馆 2003 年版。

［德］汉斯—格奥尔格·伽达默尔：《真理与方法——哲学诠释学的基本特征》，洪汉鼎译，上海：上海译文出版社 2004 年版（2005 年重印）。

江宁康：《美国当代文学与美利坚民族认同》，南京：南京大学出版社 2008 年版。

［美］霍华德·津恩：《美国人民的历史》，许先春、蒲国良、张爱平译，上海：上海人民出版社 2000 年版。

［意］伊塔洛·卡尔维诺：《为什么读经典》，黄灿然、李桂蜜译，南京：译林出版社 2006 年版。

［英］丹尼·卡瓦拉罗：《文化理论关键词》，张卫东等译，南京：江苏人民出版社 2005 年版。

康正果：《女权主义与文学》，北京：中国社会科学出版社 1994 年版。

［美］柯恩：《文学理论的未来》，程锡麟、王晓路、林必果、伍厚恺译，北京：中国社会科学出版社 1993 年版。

［英］伊丽莎白·赖特：《拉康与后女性主义》，王文华译，北京：北京大学出版社 2005 年版。

［英］D. H. 劳伦斯：《劳伦斯论美国名著》，黑马译，上海：上海三联书店 2006 年版。

［英］F. R. 利维斯：《伟大的传统》（*The Great Tradition*），袁伟译，北京：生活·读书·新知三联书店 2002 年版。

李定仁、徐继存：《课程理论研究二十年》，北京：人民教育出版社 2004 年版。

李贵苍：《文化的重量：解读当代华裔美国文学》，北京：人民文学出版社 2006 年版。

李公昭主编：《20 世纪美国文学导论》，西安：西安交通大学出版社 2001 年版。

李杨：《美国南方文学后现代时期的嬗变》，济南：山东大学出版社 2006 年版。

李野光主编：《惠特曼名作欣赏》，北京：中国和平出版社 1995 年版。

李银河：《女性主义》，济南：山东人民出版社 2005 年版。

李银河：《中国女性主义》，桂林：广西师范大学出版社 2006 年版。

廖炳惠编著：《关键词 200：文学与批评研究的通用词汇编》，南京：江苏教育出版社 2006 年版。

林燕平、董俊峰：《英美文学教育研究》，上海：上海外语教育出版社 2006 年版。

［美］凌津奇：《叙述民族主义：亚裔美国文学中的意识形态与形式》，吴燕日译，北京：中国社会科学出版社 2006 年版。

刘海平、王守仁主编：《新编美国文学史》（4 卷本），上海：上海外语教育出版社 2000 年版。

刘洪一：《走向文化诗学——美国犹太小说研究》，北京：北京大学出版社 2002 年版。

刘建军：《基督教文化与西方文学传统》，北京：北京大学出版社 2005 年版。

龙文佩、庄海骅编：《德莱塞评论集》，上海：上海译文出版社 1989 年版。

刘明翰、张志宏：《美洲印第安人史略》，北京：生活·读书·新知三联书店 1982 年版。

陆薇：《走向文化研究的华裔美国文学》，北京：中华书局 2007 年版。

［美］查尔斯·鲁亚斯：《美国作家访谈录》，粟旺、李文俊等译，北京：中国对外翻译出版公司 1995 年版。

［美］卢瑟·S·路德克主编：《构建美国：美国的社会与文化》，王波等译，南京：江苏人民出版社 2006 年版。

［美］葛尔·罗宾等：《酷儿理论》，李银河译，北京：文化艺术出版社 2003 年版。

［美］卡尔·罗利森、莉萨·帕多克：《铸就偶像：苏珊·桑塔格传》，姚君伟译，上海：上海文艺出版社 2009 年版。

［美］罗杰·罗森布拉特：《美国黑人小说研究》，哈佛文学出版社 1974 年版。

罗钢等编：《后殖民主义文化理论》，北京：中国社会科学出版社 1999 年版。

罗纲、刘象愚主编：《文化研究读本》，北京：中国社会科学出版社 2000 年版。

罗婷等：《女性主义文学批评在西方与中国》，北京：中国社会科学出版社 2004 年版。

［美］佩吉·麦克拉肯主编、艾晓明、柯倩婷副主编：《女权主义理论读本》，桂林：广西师范大学出版社 2007 年版。

［挪威］陶丽·莫依：《性与文本的政治：女权主义文学理论》，长春：时代文艺出版社 1992 年版。

［美］沃侬·路易·帕灵顿：《美国思想史》，陈永国译，长春：吉林人民出版社 2002 年版。

［美］Pells, Richard H.：《激进的理想与美国之梦——大萧条年月的文化和社会思想》，卢允中、严撷芸、吕佩英译，上海：上海外语教育出版社 1992 年版。

［美］唐纳德·皮泽尔主编：《美国现实主义和自然主义——豪威尔斯到杰克·伦敦》，张国庆译，武汉：武汉大学出版社 2009 年版。

乔国强：《美国犹太文学》，北京：商务印书馆 2008 年版。

［美］爱德华·W. 萨义德：《东方学》，王宇根译，北京：生活·读书·新知三联书店 1999 年版（2007 年重印）。

［美］爱德华·W. 萨义德：《赛义德自选集》，谢少波等译，北京：中国社会科学出版社 1999 年版。

［美］爱德华·W. 萨义德：《文化与帝国主义》，李琨译，北京：生活·读书·新知三联书店 2003 年版。

［美］爱德华·W. 萨义德：《知识分子论》，单德兴译，北京：生活·读书·新知三联书店 2002 年版（2007 年重印）。

［英］拉曼·塞尔登编：《文学批评理论——从柏拉图到现在》，刘象愚、陈永国等译，北京：北京大学出版社 2000 年版。

［美］苏珊·桑塔格：《反对阐释》，程巍译，上海：上海世纪出版集团2003年版。

［美］苏珊·桑塔格：《床上的爱丽斯（八幕剧）》，冯涛译，上海：上海译文出版社2007年版。

单德兴：《重建美国文学史》，北京：北京大学出版社2006年版。

单德兴：《"开疆"与"辟土"——美国华裔文学与文化：作家访谈录与研究论文集》，天津：南开大学出版社2006年版。

单德兴：《对话与交流：当代中外作家、批评家访谈》，台北：麦田出版公司2001年版。

盛宁：《二十世纪美国文论》，北京：北京大学出版社1993年版。

施袁喜编译：《美国文化简史》，北京：中央编译出版社2006年版。

石坚：《美国印第安神话与文学》（*Native American Mythology and Literature*），成都：四川人民出版社1999年版。

史志康主编：《美国文学背景概况》，上海：上海外语教育出版社1998年版。

［英］塔姆辛·斯巴格：《福柯与酷儿理论》，赵玉兰译，王文华校，北京：北京大学出版社2005年版。

［美］Smith, Henry Nash：《处女地——作为象征和神话的美国西部》，薛蕃康、费翰章译，上海：上海外语教育出版社1991年版。

［美］Spiller, Robert E.：《美国文学的周期——历史评论专著》，王长荣译，上海：上海外语教育出版社1990年版。

［美］罗兰·斯特龙伯格：《西方现代思想史》，刘北成，赵国新译，北京：中央编译出版社2004年版。

［美］戴维·斯沃茨：《文化和权力：布尔迪厄的社会学》，陶东风译，上海：上海译文出版社2006年版。

陶洁：《灯下西窗——美国文学和文化》，北京：北京大学出版社2004年版。

童庆炳、陶东风主编：《文学经典的建构、解构和重构》，北京：北京大学出版社2007年版。

［美］伊恩·P. 瓦特：《小说的兴起》，高原、董红钧译，北京：生活·读书·新知三联书店1992年版。

汪民安主编：《文化研究关键词》，南京：江苏人民出版社2007年版。

王恩铭：《20 世纪美国妇女研究》，上海：上海外语教育出版社 2002
　　年版。

王恩铭等编著：《当代美国社会与文化》，上海：上海外语教育出版社
　　2007 年版。

王加丰、周旭东主编：《美国历史与文化》，杭州：浙江大学出版社 2005
　　年版。

王家湘：《20 世纪美国黑人小说史》，南京：译林出版社 2006 年版。

王宁：《文化翻译与经典阐释》，北京：中华书局 2006 年版。

王美秀等：《基督教史》，南京：江苏人民出版社 2006 年版。

王晓路等：《文化批评关键词研究》，北京：北京大学出版社 2007 年版。

［德］马克斯·韦伯：《新教伦理与资本主义精神》，于晓、陈维纲等译，
　　西安：陕西师范大学出版社 2005 年版。

［美］勒内·韦勒克、奥斯汀·沃伦：《文学理论》，刘象愚、邢培明、陈
　　圣生、李哲明译，南京：江苏教育出版社 2005 年版。

［美］勒内·韦勒克：《近代文学批评史》1—5 卷，杨岂深、杨自伍译，
　　上海：上海译文出版社 1987、1996 年版。

［英］彼得·威德森：《现代西方文学观念简史》（*Literature*），钱竞、张
　　欣译，北京：北京大学出版社 2006 年版。

［英］雷蒙·威廉斯：《关键词：文化与社会的词汇》，刘建基译，北京：
　　生活·读书·新知三联书店 2005 年版。

魏啸飞：《美国犹太文学与犹太性》，桂林：广西师范大学出版社 2009
　　年版。

［美］Wilson, Edmund.：《爱国者之血——美国南北战争时期的文化》，
　　胡曙中等译，上海：上海外语教育出版社 1993 年版。

［英］玛丽·沃斯通克拉夫特：《女权辩护》；［英］约翰·斯图尔特·穆
　　勒：《妇女的屈从地位》（合订本），北京：商务印书馆 2007 年版。

［英］弗吉尼亚·伍尔夫：《一间自己的屋子》，王还译，上海：上海人民
　　出版社 2008 年版。

［英］弗吉尼亚·伍尔芙：《伍尔芙随笔集》，孔小炯等译，深圳：海天出
　　版社 1995 年版。

吴冰、郭棲庆主编：《美国全国图书奖获奖小说评论集》，北京：外语教
　　学与研究出版社 2001 年版。

［美］爱德华·希尔斯：《论传统》，傅铿、吕乐译，上海：上海人民出版社 2009 年版。

肖薇：《异质文化语境下的女性书写——海外华人女性写作比较研究》，成都：巴蜀书社 2005 年版。

徐葆耕：《西方文学：心灵的历史》，北京：清华大学出版社 2002 年版。

薛晓源、曹荣湘主编：《全球化与文化资本》，北京：社会科学文献出版社 2005 年版。

［德］H. R. 姚斯、［美］R. C. 霍拉勃《接受美学与接受理论》，周宁、金元浦译，沈阳：辽宁人民出版社 1987 年版。

杨仁敬：《20 世纪美国文学史》，青岛出版社 1999 年版。

杨雪冬：《全球化：西方理论前沿》，北京：社会科学文献出版社 2002 年版。

［英］玛丽·伊格尔顿编：《女权主义文学理论》，胡敏等译，长沙：湖南文艺出版社 1989 年版。

［英］泰瑞·伊果顿：《文学理论导读》，吴新发译，台北：书林出版有限公司 1993 年版。

［美］尹晓煌：《美国华裔文学史》，徐颖果主译，天津：南开大学出版社 2006 年版。

虞建华等：《美国文学的第二次繁荣》，上海：上海外语教育出版社 2003 年版。

［美］詹明信：《晚期资本主义的文化逻辑》，张旭东编，陈清侨等译，北京：生活、读书、新知三联书店 1997 年版。

［美］詹姆逊：《快感：文化与政治》，王逢振等译，北京：中国社会科学出版社 1998 年版。

［美］詹姆逊：《政治无意识》，王逢振等译，北京：中国社会科学出版社 1999 年版。

［美］詹姆逊：《语言的牢笼、马克思主义与形式》，钱佼汝、李自修译，南昌：百花洲文艺出版社 1995 年版。

赵一凡等主编：《西方文论关键词》，北京：外语教学与研究出版社 2006 年版。

赵毅衡编选：《新批评文集》，北京：中国社会科学出版社 1988 年版。

张隆溪：《走出文化的封闭圈》，北京：三联书店 2004 年版。

张隆溪:《中西文化研究十论》,上海:复旦大学出版社 2005 年版。

张隆溪选编:《比较文学论文集》,北京:北京大学出版社 1982 年版。

张京媛主编:《当代女性主义文学批评》,北京:北京大学出版社 1992
　　年版。

张琼:《从族裔声音到经典文学——美国华裔文学的文学性研究及主体反
　　思》,上海:复旦大学出版社 2009 年版。

张旭东:《批评的踪迹:文化理论与文化批评 1985—2002》,北京:三联
　　书店 2003 年版。

张旭东:《全球化时代的文化认同》,北京:北京大学出版社 2005 年版。

张岩冰:《女权主义文论》,济南:山东教育出版社 1998 年版。

中国社会科学院语言研究所词典编辑室编:《现代汉语词典》,北京:商
　　务印书馆 1986 年版。

中国基督教协会:《圣经》,南京:爱德印刷有限公司 1995 年版。

周采:《美国教育史学:嬗变与超越》,北京:人民教育出版社 2005
　　年版。

朱刚编著:《二十世纪西方文论》,北京:北京大学出版社 2006 年版。

朱世达:《当代美国文化》,北京:社会科学文献出版社 2001 年版。

朱振武等:《美国小说本土化的多元因素》,上海:上海外语教育出版社
　　2006 年版。

[美] Ziff, Larzer:《1890 年代的美国——迷惘的一代人的生涯》,夏平、
　　嘉彤、董翔晓译,上海:上海外语教育出版社 1998 年版。

　　2. 期刊论文 (按作者姓氏字母顺序排列)

[美] 艾莉丝·沃克、嵇敏:《书写〈紫色〉》,《译林》2004 年第 4 期。

鲍维娜:《美国黑人文学的两种思潮》,《甘肃社会科学》1998 年第 3 期。

曹红霞、范谊:《多元文化与当代美国文学》,《宁波大学学报》(人文科
　　学版) 2005 年第 1 期。

程锡麟:《美国黑人美学述评》,《当代外国文学》1994 年第 1 期。

程锡麟:《谈〈他们的眼睛望着上帝〉的女性主义意识》,《四川大学学
　　报》(哲学社会科学版) 2003 年第 4 期。

程锡麟:《评〈新编美国文学史〉》,《英美文学研究论丛》2004 年。

程锡麟:《论布思的小说伦理学》,《四川大学学报》(哲学社会科学版)
　　2000 年第 1 期。

程锡麟：《J. 希利斯·米勒解构主义小说批评理论》，《当代外国文学》
　　2000 年第 4 期。

程锡麟：《谈米勒的前期小说批评》，《英美文学研究论丛》2001 年。

程锡麟：《天使与魔鬼——谈〈阁楼上的疯女人〉》，《外国文学》2001 年
　　第 1 期。

程锡麟：《小说理论的里程碑——谈布思的〈小说修辞学〉》，《四川大学
　　学报》（哲学社会科学版）1997 年第 3 期。

程锡麟：《试论布思的〈小说修辞学〉》，《外国文学评论》1997 年第
　　4 期。

程锡麟：《肖沃尔特与〈姐妹的选择〉》，《外国文学》1998 年第 5 期。

程锡麟：《试论战后美国非虚构小说》，《当代外国文学》1998 年第 1 期。

程锡麟：《一种新崛起的批评理论：美国黑人美学》，《外国文学》1993
　　年第 6 期。

程锡麟：《当代美国文学理论》，《外国文学评论》1990 年第 1 期。

程锡麟、秦苏珏：《美国文学经典的修正与重读问题》，《当代外国文学》
　　2008 年第 4 期。

丛郁：《现实主义美国文学的渊源与传统美国现实主义再审视》，《山东外
　　语教学》1995 年第 1 期。

[美] 安德鲁·迪尔班科：《论美国的黑人文学——兼评路易斯·盖茨的
　　〈象征的猴子〉》，《当代文坛》1995 年第 6 期。

丁则民：《20 世纪以来美国西部文学的发展趋势》，《东北师大学报》
　　1995 年第 5 期。

董洪川：《经典与帝国：萨义德的经典观》，《外国文学研究》2008 年第
　　4 期。

《对美国文学经典的再审视》，《外国文学评论》2006 年第 1 期。

冯金一：《从惠特曼到 T. S. 艾略特的美国诗歌流变》，《山东外语教学》
　　1994 年第 1 期。

郭芳云：《带着镣铐跳舞的"妖女"——论西方早期女性双重书写策略的
　　缘由与具象》，《国外文学》2005 年第 4 期。

郭继德：《对当代美国文学发展历程的回顾与展望》，《山东师大外国语学
　　院学报》1999 年第 1 期。

郭继德：《当代美国文学中的新现实主义倾向》，《百科知识》1995 年第

2 期。

郭洋生：《当代美国印第安小说：背景与现状》，《国外文学》1995 年第
1 期。

何群：《走向"经典"的大众文本》，《河南社会科学》2006 年第 2 期。

洪增流、尚晓进：《论美国文学中回归自然的倾向》，《安徽大学学报》
1996 年第 5 期。

黄晖：《20 世纪美国黑人文学批评理论》，《外国文学研究》2002 年第
3 期。

江宁康：《通俗小说与当代美国文化》，《译林》2004 年第 4 期。

嵇敏：《〈娇女〉的"召唤－回应模式"及其黑人美学思想》，2008 年第 4
期。

嵇敏：《"黑人文学复兴运动"中的黑人女剧作家》，《外国文学研究》
2007 年第 1 期。

嵇敏：《佐拉·尼尔·赫斯特》，《四川师范大学学报》（社会科学版）
2006 年第 3 期。

嵇敏：《论 19 世纪美国黑人女性书写的社会性与政治性》，《外国文学研
究》2004 年第 3 期。

嵇敏：《托妮·莫尼森的〈天堂〉》，《四川师范大学学报》（社会科学版）
2002 年第 3 期。

嵇敏：《美国黑人女权主义批评概观》，《外国文学研究》2000 年第 4 期。

金惠敏：《作为哲学的全球化与"世界文学"问题》，《文学评论》2006
年第 5 期。

孔建平：《美国黑人妇女文学的奇葩——评长篇小说〈紫颜色〉》，《宁波
大学学报》（人文科学版）1995 年第 4 期。

蓝仁哲：《高校外语专业的学科属性与培养目标——关于外语专业改革与
建设的思考》，《中国外语》2009 年第 6 期。

蓝仁哲：《〈野棕榈〉：音乐对位法的形式，自由与责任错位的主题》，《四
川外语学院学报》2006 年第 3 期。

蓝仁哲：《新批评》，《外国文学》2004 年第 6 期。

蓝仁哲：《福克纳小说文本的象似性——福克纳语言风格辨析》，《外国
语》（上海外国语大学学报）2004 年第 6 期。

蓝仁哲：《〈雨王亨德森〉：索尔·贝娄的浪漫主义宣言》，《四川外语学院

学报》2004 年第 6 期。

蓝仁哲:《浪漫主义·大自然·生态批评》,《四川外语学院学报》2003
　　年第 5 期。

李安斌:《清缴主义对美国文学的影响》,《求索》2006 年第 6 期。

李亚光、脱剑鸣:《美国南方文学的流变》,《兰州大学学报》1998 年第
　　1 期。

李杨:《九十年代的美国南方小说》,《外国文学评论》1999 年第 4 期。

林精华、王帆:《九十年代美国文学一瞥》,《世界文化》1996 年第 3 期。

刘海平:《一位需要重新认识的美国女作家——试论赛珍珠的女性主义特
　　征》,《当代外国文学》1996 年第 3 期。

刘树森:《21 世纪惠特曼研究管窥——兼评〈致惠特曼,美国〉》,《国外
　　文学》2004 年第 4 期。

刘树森:《近期与惠特曼研究相关的重要发现及其意义》,《国外文学》
　　1995 年第 3 期。

刘玉:《美国印第安女作家波拉·甘·艾伦与后现代主义》,《外国文学》
　　2004 年第 4 期。

刘玉:《美国印第安女性文学述评》,《当代外国文学》2007 年第 3 期。

[美] 唐纳德·E. 皮斯:《新美国学家:对经典的修正干预》,袁伟摘译,
　　《国外文学》1999 年第 2 期。

陆薇:《华裔美国文学对文学史的改写与经典重构的启示》,《当代外国文
　　学》2006 年第 4 期。

马伶、赵炎秋:《探寻经典童话魅力——解读安徒生与儿童的对话途径》,
　　《湖湘论坛》2009 年第 4 期。

[美] J. 希利斯·米勒、王逢振:《文学中的后现代伦理:后期的德里达、
　　莫里森和他者》,《外国文学》2006 年第 1 期。

倪大昕:《华裔美国文学一瞥》,《世界文化》1996 年第 3 期。

浦若茜:《西丽的新生命仪式——〈紫颜色〉西丽与莎格情感关系之透
　　视》,《暨南学报》(哲学社会科学版)2001 年第 1 期。

单永军:《文学史中的经典建构》,《前沿》2009 年第 4 期。

石磊:《离开男人的世界——谈〈紫色〉》,《外国文学研究》1988 年第
　　7 期。

司建国:《美国非虚构小说简论》,《西北师大学报》(社会科学版)1996

年第 6 期。

孙胜钟：《美国地方色彩文学主题探得——从马克·吐温、安德森和福克纳谈起》，《山东外语教学》1999 年第 1 期。

孙筱珍：《女性的自我确定——当代美国妇女文学简述》，《山东外语教学》1994 年第 3—4 期。

孙筱珍：《美国文学中的共生现象》，《山东大学学报》（哲学社会科学版）2001 年第 1 期。

陶东风：《精英化——去精英化与文学经典建构机制的转换》，《文艺研究》2007 年第 12 期。

陶洁：《六十年代以来的美国妇女文学》，《国外文学》1996 年第 3 期。

陶洁：《谈谈〈新编美国文学史〉》，《英美文学研究论丛》2004 年。

汤烽岩：《论犹太文化与美国犹太文学》，《青岛海洋大学学报》1999 年第 1 期。

田俊武：《略论美国遁世文学的构建》，《国外文学》1999 年第 3 期。

王成宇：《〈紫色〉的空白语言艺术》，《外国文学研究》2000 年第 4 期。

王成宇：《〈紫色〉与艾丽丝·沃克的非洲中心主义》，《外国文学研究》2001 年第 4 期。

王逢振：《全球化》，《外国文学》2003 年第 5 期。

王逢振：《文学研究与知识分子角色》，《文艺研究》2002 年第 4 期。

王逢振：《文学研究与文化研究的关系》，《天津社会科学》2000 年第 4 期。

王逢振：《〈看不见的人〉仍令人震撼》，《外国文学研究》1999 年第 3 期。

王逢振：《全球化和文化同一性》，《马克思主义与现实》1998 年第 6 期。

王逢振：《女权主义批评数面观》，《文学评论》1995 年第 5 期。

王家湘：《美国文坛上的一支新军——印第安文学》，《外国文学》1996 年第 6 期。

王家湘：《诺顿文选家族中的新成员——〈诺顿美国黑人文学选集〉评介》，《世界文学》1998 年第 2 期。

王军、陈雅洁：《当代美国黑人女性文学与批评研究》，《吉林师范大学学报》（人文社会科学版）2006 年第 3 期。

王平：《试析〈紫色〉的语言策略》，《外国文学研究》2002 年第 3 期。

王庆勇：《十七世纪美国女性文学评述》，《社会科学家》2007 年 9 月第 5 期。

王晓路：《简评〈诺顿文学理论与批评选集〉》，《外国文学评论》2002 年第 2 期。

王晓路：《性属理论与文学研究》，《文艺理论与批评》2003 年第 2 期。

王晓路：《事实·学理·洞察力——对外国文学传记式研究的质疑》，《外国文学研究》2005 年第 3 期。

王晓路：《表征理论与少数族裔书写》，《南开学报》2005 年第 4 期。

王晓路：《文学研究与文化语境——兼评〈文化研究读本〉》，《外国文学评论》1999 年第 1 期。

王晓路：《差异的表述——黑人美学与贝克的批评理论》，《国外文学》2000 年第 2 期。

王晓路：《范式的迁移与文字意义的扩延——评〈当代文学批评〉的改编》，《外国文学研究》2000 年第 1、2 期。

王晓路：《历史与审美的跨度——读 90 年代美国黑人文学研究》，《外国文学评论》1994 年第 2 期。

王晓路、石坚：《文学观念与研究范式——美国少数族裔批评理论建构的启示》，《当代外国文学》2004 年第 2 期。

王育平、杨金才：《从惠特莉到道格拉斯看美国黑人奴隶文学中的自我建构》，《外国文学研究》2005 年第 2 期。

吴松江：《美国传记文学评述》，《福州大学学报》1996 年第 4 期。

吴松江：《美国纪实文学评述》，《外国文学研究》1996 年第 4 期。

［美］莱斯利·马蒙·西尔科来华时接受记者采访的内容，《外国文学研究》1985 年第 8 期。

肖明翰：《金斯伯格的遗产——探索者的真诚与勇气》，《外国文学》2002 年第 3 期。

肖明翰：《英美文学中的哥特传统》，《外国文学评论》2001 年第 2 期。

肖明翰：《垮掉的一代的反叛与探索》，《外国文学评论》2000 年第 2 期。

肖明翰：《再谈〈献给爱米莉的玫瑰〉——答刘新民先生》，《四川师范大学学报》（社会科学版）2000 年第 1 期。

肖明翰：《美国南方文艺复兴的动因》，《美国研究》1999 年第 2 期。

肖明翰：《现代主义文学与现实主义》，《外国文学评论》1998 年第 2 期。

肖明翰：《〈押沙龙，押沙龙!〉的多元与小说的写作》，《外国文学评论》
　　1997 年第 1 期。

肖明翰：《美国南方文艺复兴与现代主义》，《当代外国文学》1996 年第
　　4 期。

修树新：《当代美国黑人女权主义文学批评理论》，《学术交流》2003 年
　　第 12 期。

徐崇亮：《论美国犹太"大屠杀后意识小说"》，《当代外国文学》1996 年
　　第 3 期。

姚乃强：《美国文学史的变迁及其启示——兼评〈哥伦比亚美国文学
　　史〉》，《外国文学评论》1996 年第 3 期。

杨金才、丁晓红：《沃尔特·惠特曼：肉体的诗人和灵魂的诗人》，《国外
　　文学》2005 年第 1 期。

杨金才：《19 世纪美国自传文学与自我表现》，《国外文学》1999 年第
　　3 期。

杨金才：《书写美国黑人女性的赫斯顿》，《外国文学研究》2002 年第
　　4 期。

杨金才：《惠特曼的后殖民迷情与国族建构》，《南京社会科学》2006 年
　　第 2 期。

杨金才：《玛格丽特·福勒及其女权主义思想》，《国外文学》2007 年第
　　1 期。

叶云山：《爱的拯救：茜莉的精神再生——试析〈紫色〉中的女性形象》，
　　《外国文学》1994 年第 6 期。

曾艳钰：《美国黑人文学中女性形象的嬗变》，《福建外语》1999 年第
　　2 期。

曾令富：《美国犹太文学发展的新倾向》，《四川教育学院学报》1995 年
　　第 3 期。

赵璠：《美国女权主义文学批评》，《社科纵横》1995 年第 5 期。

赵炎秋：《从"被看"到"示看"——女性身体写作对意识形态的冲
　　击》，《理论与创作》2007 年第 1 期。

赵炎秋：《生产与生存：男女不平等的终极根源及其解决——重读德·波
　　伏瓦的〈第二性——女人〉》，《湖南文理学院学报》（社会科学版）
　　2007 年第 1 期。

赵毅衡：《两种经典更新与符号双轴位移》，《文艺研究》2007 年第 12 期。

张冲：《美国十九世纪印第安典仪文学与曲词文学》，《外国文学评论》1998 年第 2 期。

张芙鸣、肖华锋：《美国镀金时代的政治小说 1865—1900》，《山东外语教学》1999 年第 3 期。

张和珍：《美国自然主义文学在中国》，《国外文学》1994 年第 1 期。

张立新：《白色的国家，黑色的心灵——论美国文学与文化中黑人文化身份认同的困惑》，《国外文学》2005 年第 2 期。

张荣翼：《文学史述史秩序：原型、经典和进化》，《齐鲁学刊》1999 年第 1 期。

张玉兰：《冲破"社会道德守护人"樊篱的文学思潮——二十世纪美国妇女戏剧一瞥》，《当代外国文学》1994 年第 2 期。

张子清：《王蒙谈美国文学》，《当代外国文学》1994 年第 3 期。

张子清：《美国现代黑人诗歌》，《南京理工大学学报》（哲学社会科学版）1994 年第 3 期。

周珏良：《一本入门的好书——评〈诺顿美国文学选〉》，《外国文学》1981 年第 1 期。

周宪：《文化研究的"去经典化"》，《博览群书》2002 年第 2 期。

邹惠玲：《19 世纪美国白人文学经典中的印第安人形象》，《外国文学研究》2006 年第 5 期。

邹智勇：《从斯蒂芬·克莱恩到杰克·伦敦——试论 19 世纪末 20 世纪初的美国早期自然主义文学》，《武汉大学学报》1995 年第 4 期。

朱国华：《文学"经典化"的可能性》，《文艺理论研究》2006 年第 2 期。

3. 学位论文（按作者姓氏字母顺序排列）

阎景娟：《文学经典论争面面观》，博士学位论文，首都师范大学，2006 年。

（三）网络资料（按在论文中出现的先后顺序）

"诺顿选集与高校师生的密切联系"，参见诺顿公司网页：http：//W. W. Norton & Company. XHTML，CSS，508. 搜索时间 2007 年 9 月 20 日。

南加州大学网页 http：//alumni. usc. edu/travel/prof_ bio. php？prof_ id =
12，搜索日期 2008 年 9 月 21 日。

史密斯大学网页 http：//www. smith. edu/english/faculty. php；搜索日期
2008 年 10 月 20 日

企鹅出版社网页 http：//www. penguinclassics. co. uk/nf/.../0，10000
64990，00. html；搜索日期 2008 年 10 月 20 日

亚马逊网页 http：//www. amazon. com/exec/obidos/search-handle-url/ref = ntt_
athr_ dp_ sr_ 2?% 5Fencoding = UTF8&sort = relevancerank&search-type =
ss&index = books&field-author = Francis% 20Murphy，搜索时间 2008 年 10 月
20 日。

亨利·詹姆斯网站 http：//www. henryjames. org. uk/bibliog. htm，搜索日期
2008 年 10 月 20 日

巴恩斯 & 贵族网站 http：//search. barnesandnoble. com/Herman-Melville/
Hershel-Parker/e/9780801868924，搜索日期 2008 年 10 月 21 日。

公民网站 http：//www. citizendia. org/David_ Kalstone，搜索日期 2008 年
10 月 22 日。

艾姆赫斯特学院网站 https：//www. amherst. edu/aboutamherst/magazine/is-
sues/2007_ summer/my_ life，搜索日期 2008 年 10 月 23 日。

哈贝尔委员会报告 "Report of the Hubbell Committee" http：//als-mla.
org/HMBaym. htm，搜索时间 2007 年 5 月 12 日。

诺顿公司网页 http：//books. wwnorton. com/books/Author. aspx？id = 4640，
搜索日期 2007 年 12 月 23 日。

"奇卡诺运动" http：//en. wikipedia. org/wiki/Chicano_ Movement

http：//www. albany. edu/jmmh/vol3/chicano/chicano. html

http：//www. english. illinois. edu/MAPS/poets/s_ z/stein/patriarchal. htm，
搜索时间 2009 年 11 月 25 日。

颜敏《经典的含义和经典化问题》，出自 "中评网"，http：//www. china-
review. com/cath. asp？id = 14672

斯坦因的 "父权制诗歌"，见 Krzysztof Ziarek，et al. "On 'Patriarchal Po-
etry'"，on http：//www. english. illinois. edu/MAPS/poets/s_ z/stein/
patriarchal. htm，搜索时间 2009 年 11 月 25 日。

犹太女诗人鲁凯泽 http：//www. answers. com/topic/muriel-rukeyserz，搜索

时间 2009 年 5 月 12 日。

犹太作家索尔·贝娄："诺贝尔奖网站"："Press Release：The Nobel Prize for Literature 1976" by Swedish Academy The Permanent Secretary，in http：//nobelprize. org/nobel ＿ prizes/literature/laureates/1976/press. html，引用时间 2008 年 10 月 28 日。

非裔女剧作家肯尼迪："Ms Kennedy" 出自 http：//en. wikipedia. org/wiki/ Adrienne＿ Kennedy，搜索时间 2009 年 6 月 15 日。

非裔女诗人丽塔·达夫：http：//www. answers. com/topic/rita-dove，搜索时间 2009 年 8 月 3 日。

格温多琳·布鲁克斯《街角的黄房子》参见 http：//www. answers. com/ topic/rita-dove，搜索时间 2009 年 8 月 3 日。

"格里姆克" http：//www. glbtq. com/literature/grimke＿ aw. html，搜索时间 2009 年 9 月 23 日。

"莫里森" 的获奖宣言出自诺贝尔奖网站 Press Release，http：//nobel-prize. org/nobel＿ prizes/literature/laureates/1993/press. html，搜索时间 2009 年 9 月 20 日。

"汤亭亭" http：//www. answers. com/topic/maxine-hong-kingston，搜索时间 2009 年 10 月 23 日。

"凯茜·宋" http：//en. wikipedia. org/wiki/Cathy＿ Song，搜索时间 2008 年 12 月 2 日。

朱利欧·A. 马丁尼茨（Julio A. Martínez），参见 http：//www. greenwood. com/catalog/author/M/Julio＿ A. ＿ Martinez. aspx，搜索时间 2009 年 8 月 17 日。

弗兰西斯科·A. 洛米利（Francisco A. Lomelí）http：//www. catalog. ucsb. edu/98cat/profiles/lomeli. htm&ei，搜索时间 2009 年 8 月 17 日。

"奇卡诺运动" http：//www. albany. edu/jmmh/vol3/chicano/chicano. html；http：//en. wikipedia. org/wiki/Chicano＿ Movement，搜索时间 2009 年 10 月 25 日。

"塞万提斯" http：//en. wikipedia. org/wiki/Lorna＿ Dee＿ Cervantes，搜索时间 2009 年 10 月 25 日。

"新梅斯蒂萨" http：//en. wikipedia. org/wiki/Gloria＿ E. ＿ Anzald％ C3％ BAa，搜索时间 2008 年 12 月 5 日，http：//science. jrank. org/pages/

　　　7861/Mestizaje. html，搜索时间 2008 年 12 月 5 日。

"《黑麋鹿说》" http：//www. answers. com/topic/john-g-neihardt，引用日期
　　　2009 年 10 月 20 日。

"伯克利大学分校课程安排" http：//sis. berkeley. edu/catalog/gcc_ view_
　　　req？p_ dept_ cd = ENGLISH，搜索时间 2009 年 11 月 25 日。

附录一

美国文学选集

美国文学选集（American Literature Anthologies）（以囊括整个美国文学的选集为主，没有包括分段历史的文学选集）（*按作者姓氏顺序排列*）

Allen, Gay Wilson, and Henry A. Pochmann, eds. *Masters of American Literature.* 2 vols. New York： Macmillan, 1949.

Anderson, Charles R. , ed. *American Literary Masters.* 2 vols. New York： Holt, 1965.

Baker, Carlos, Merle Curti, and Willard Thorp, eds. *American Issues.* Chicago： J. B. Lippincott, 1941.

Beatty, Richard, Sculley Bradley, andE. Hudson Long, eds. *The American Tradition in Literature.* 2 vols. New York： Norton, 1956.

——, eds. *The American Tradition in Literature.* Rev. ed. 2 vols. New York： Norton, 1961.

——, eds. *The American Tradition in Literature.* 3rd ed. 2 vols. New York： Norton, 1967.

Beatty, Richard, Sculley Bradley, E. Hudson Long, and George Perkins, eds. *The American Tradition in Literature.* 4th ed. 2 vols. New York： Grosset and Dunlap, 1974.

——, eds. *The American Tradition in Literature.* 5th ed. 2 vols. New York： Random, 1981.

——, eds. *The American Tradition in Literature.* 6th ed. 2 vols. New York： Random, 1985.

——, eds. *The American Tradition in Literature.* 7th ed. 2 vols. New York：

McGraw-Hill, 1990.

Brooks, Cleanth, R. W. B. Lewis, and Robert Penn Warren, eds. *American Literature*: *The Makers and the Making*. 2 vols. New York: St. Martin's, 1973.

——, eds. *American Literature*: *The Makers and the Making*. 4 vols. New York: St. Martin's, 1974.

Hubbell, Jay B. , ed. *American Life in Literature*. New York: Harper, 1936.

Jones, Howard Mumford, Ernest E. Leisy, eds. *Major American Writers*. 3rd ed. 2 vols New York: Harcourt, 1935.

——, eds. *Major American Writers*. Rev. ed. New York: Harcourt, 1945.

Jones, Howard Mumford, Ernest E. Leisy, and Richard M. Ludwig, eds. *Major American Writers*. New York: Harcourt, 1952.

Lauter, Paul, et al. , eds. *The Heath Anthology of American Literature*. 2 vols. Lexington, Mass: Heath, 1990.

——, eds. *The Heath Anthology of American Literature*. 2nd ed. 2 vols. Lexington, Mass: Heath, 1994.

——, eds. *The Heath Anthology of American Literature*. 3rd ed. 2 vols. Lexington, Mass: Heath, 1998.

——, eds. *The Heath Anthology of American Literature*. 4rd ed. 2 vols. Boston: Houghton Mifflin, 2002.

——, eds. *The Heath Anthology of American Literature*. 5th ed. 2 vols. Boston: Houghton Mifflin, 2005.

McQuade, Donald, et al. , eds. *The Harper American Literature*. 2 vols. New York: Harper, 1987.

——, eds. *The Harper American Literature*. 2nd ed. 2 vols. New York: Harper, 1994.

——, eds. *The Harper American Literature*. 3rd ed. New York: Harper, 1999.

Pattee, Fred Lewis, ed. *Century Readings for a Course in American Literature*. New York: Century, 1919.

——, ed. *Century Readings for a Course in American Literature*. 2nd ed. New York: Century, 1922.

——, ed. *Century Readings for a Course in American Literature*. 3rd ed. New

York： Century， 1926.

——， ed. *Century Readings for a Course in American Literature.* 4th ed. New York： Century， 1932.

Perkins， Barbara， and George Perkins， eds. *The American Tradition in Litera-ture.* 8th ed. 2 vols. New York： McGraw-Hill， 1994.

——， eds. *The American Tradition in Literature.* 9th ed. 2 vols. New York： McGraw-Hill， 1999.

附录二

诺顿出版社及《诺顿美国文学选集》
主编简介

威廉·沃德·诺顿（William Warder Norton）

1. 诺顿公司简介

诺顿及其合伙人公司（W. W. Norton & Company），是美国最老最大的出版社。致力于实施其创建者的愿望："不为某个原因，而为长久的影响力出版书"。公司出版小说、非小说、诗歌、大学课本、烹饪书、艺术类书和专门职业书籍。

公司成立于 1923 年，威廉·沃德·诺顿和他的妻子玛丽 D. 赫特·诺顿开始出版纽约市库柏联盟的成人教育学院——人民学院课程的讲义。诺顿夫妇很快将他们的出版项目扩展出了学院，向美国国内外知名学者征稿。

多年来，诺顿公司因在商业和大学课本领域出色的出版项目而闻名。在公司发展的早期，诺顿公司便进入了哲学、音乐和心理学的领域，出版了罗素、保罗·亨利·朗和弗洛伊德的作品，成为他们在美国的主要出版商。

19世纪40年代，诺顿公司扩展了历史课本的发行，发行了爱德华·麦克诺·彭斯的《西方文明》，现在已出了15版。50年代引入了国际性人物，例如，人类学发展方面的知名专家爱瑞克·爱瑞克森。诺顿公司还发行了一系列可改变文学教学的丛书：诺顿文选系列。总的来讲，这些文学选集已经超过了两千万册。

19世纪60年代，公司开始出版诗歌作品，包括普利策奖获得者丽塔·达夫、斯蒂芬·唐恩和马克西姆·库敏，国家图书奖批评界奖获得者B. F. 费尔乔德，国家图书奖获得者艾德丽安·里奇、A. R. 安蒙斯、吉拉德·斯坦恩、斯坦利·库尼茨和艾的作品。2001年，诺顿公司出版了西缪司·希尼翻译的史诗《贝尔武夫》，成为畅销书，并获得"白面包奖"翻译类奖项。

在过去的几十年中，公司发行各种畅销书，诸如经济学家鲍尔·克如格曼和约瑟夫·斯蒂格利茨的著作，古生物学家斯蒂芬·盖·苟德的著作，物理学家理查德·费恩蔓的著作，历史学家彼得·盖、乔纳森·史朋斯、克利斯托夫·拉斯克和乔治 F. 肯南的著作等。诺顿公司还出版了诸如文森特·巴格洛艾斯的《赫尔特·斯盖尔特》和库特·金翠这些知名人士的书，贾德·戴蒙德的普利策获奖畅销书《枪》和《钢铁》，裘德·罗杰斯的《祖尼咖啡烹饪书》，派崔克·奥布莱恩的获得好评的海上冒险小说，国家图书奖获得者、小说家安瑞尔·白瑞德的作品，迈克尔·刘易斯的《撒谎者的火钳》和《钱球》，法瑞德·扎卡里尔的《自由的未来》，以及塞巴斯汀·荣格的《完美风暴》等。

与此同时，公司在经济学、心理学、政治学和社会学等学科方面加强了与大学院系的出版联系。出版了诸如西奥多·J. 罗威和本杰明·金斯伯格合著的《美国政府》，霍尔·R. 威瑞恩的《中级微观经济》，安索尼·吉登斯、米歇尔·杜尼艾尔和理查德·P. 艾坡鲍恩合著的《社会学》，斯蒂芬·格林布莱特等编著的《诺顿莎士比亚选集》，并将约瑟夫·马克力斯和克丽斯汀·福尼的《享受音乐》，唐纳德·J. 格劳特和克劳德·帕里斯科的《西方音乐史》加入了诺顿选集家族和诺顿批评书籍系列，以及出版了其他多年持续畅销的书和在某些领域领袖人物的书。与此同时，还出版了许多新秀的书，例如宝琳·梅尔等著的《创造美国》，迈克尔·S. 盖冉尼格和托德·F. 海热顿合著的《心理科学》，以及斯蒂夫·马沙克的《地球：行星肖像》等，获得了广泛的赞誉和国内极大关注，并逐步成为课堂的基本用书。

1985 年，诺顿公司扩展了自己的业务，出版了诺顿专业书籍，主要是心理病理学和较新的神经学方面的书籍。职业用书还涉及建筑和设计方面。

1996 年，诺顿公司又开始在另一个领域扩张，诺顿合并了威梦特公司属下康萃曼发行公司，并增加了自然、历史、户外娱乐等方面的出版项目。2003 年，伯克歇尔房屋出版社加入诺顿公司，成为威梦特公司的一个部门。

此外，公司已是国际知名企业，1984 年成立伦敦诺顿公司，在加拿大、澳大利亚、新西兰、中国台湾和香港、日本、朝鲜和拉丁美洲等地设立了代理机构。

诺顿公司现在每年发行大约 400 种精装书和简装书。

2.《诺顿美国文学选集》的主编
（1）第一版《诺顿美国文学选集》总编

罗纳德·戈特斯曼（Ronald Gottesman）

罗纳德·戈特斯曼（Ronald Gottesman），第一版《诺顿美国文学选集》的总编；此后几版《诺顿美国文学选集》分段文学"1865—1914 年的美国文学"的编辑。印第安纳大学博士，南加利福尼亚大学英语教授。出版了多部学术性课本，以及有关电影、流行文化、文体和美国文学的著作。《美国暴力：一部百科全书》的总编。

（2）第二版至第六版《诺顿美国文学选集》总编

尼娜·贝姆（Nina Baym）

尼娜·贝姆：（Nina Baym），第二版至第六版《诺顿美国文学选集》总编；"1914—1945 年两次世界大战期间的美国文学"的分段编辑。哈佛大学博士，斯万朗德捐赠主席（Swanlund Endowed Chair），高级英语学习中心荣誉退休教授（Center for Advanced Study Professor Emerita of English），伊利诺伊大学文理学院周年纪念教授（Jubilee Professor of Liberal Arts and Sciences at The University of Illinois at Urbana-Champaign）等。她的许多文章都收入《女性主义和美国文学史》。代表著作有《霍桑事业的类型》（*The Shape of Hawthorne's Career*）；《妇女小说：美国女性和女性写作小说导读》（*Woman's Fiction：A Guide to Novels by and About Women in America*）、《小说，选读和评论：对内战以前的小说的反应》（*Novels，Readers，and Reviewers：Responses to Fiction in Antebellum America*）；《美国女性作家和历史作品，1790—1860》（*American Women Writers and the Work of History，1790—1860*）；以及《文学和十九世纪科学著作的女性作家》（*American Women of Letters and the Nineteenth-Century Sciences*）等。通过她的编辑和介绍，许多美国早期女作家的作品得以重新出版发行。2000 年她获得现代语言协会哈贝尔奖章（the MLA's Hubbell medal），以表彰她终生为美国文学研究所作出的贡献。

附录三

入选《诺顿美国文学选集》女作家情况统计

1. 各版入选女作家数量及比重

	作家总数	男作家	女作家	女作家占的比重
第一版	132	103	29	22%
第二版	154	119	35	22.7%
第三版	180	130	50	27.8%
第四版	201	146	63	31.3%
第五版	223	156	77	34.5%
第六版	237	157	80	33.8%

2. 第一版至第六版入选女作家及所在的版本（按选集编排的时间顺序）

莫宁·达夫（Mourning Dove, c. 1888 – 1936）[ed. 5、6]

安妮·布拉德斯特里特（Anne Bradstreet, c. 1612 – 1672）[ed. 1、2、3、4、5、6]

玛丽·罗兰森（Mary Rowlandson, c. 1636 – 1711）[ed. 1、2、3、4、5、6]

萨拉·肯布尔·奈特（Sarah Kemble Knight, 1666 – 1727）[ed. 1、2、3、4、5、6]

伊丽莎白·阿希布里奇（Elizabeth Ashbridge, 1713 – 1755）[ed. 3、4]

梅茜·奥蒂斯·沃伦（Mercy Otis Warren, 1728 –1814）[ed. 5]

安妮丝·布迪诺特·司多克顿（Annis Boudinot Stockton, 1736 –

1801）［ed. 6］

阿比盖尔·亚当斯（Abigail Adams, 1744—1818）［ed. 3、4、5、6］

朱迪丝·萨金特·默里（Judith Sargent Murray, 1751 – 1820）［ed. 5、6］

菲利斯·惠特利（Phillis Wheatley, c. 1753 – 1784）［ed. 1、2、3、4、5、6］

萨拉·温特华斯·莫顿（Sarah Wentworth Morton, 1759 – 1846）［ed. 5、6］

苏珊娜·罗森（Susanna Rowson, c. 1762 – 1824）［ed. 5、6］

凯瑟琳·玛丽亚·塞奇威克（Catharine Maria Sedgwick, 1789 – 1867）［ed. 5、6］

卡罗琳·斯坦斯伯里·柯克兰（Caroline Stansbury Kirkland, 1801 – 1864）［ed. 5、6］

莉迪娅·玛丽亚·蔡尔德（Lydia Maria Child, 1802 – 1880）［ed. 5、6］

玛格丽特·富勒（Margaret Fuller, 1810 – 1850）［ed. 1、2、3、4、5、6］

哈丽特·比彻·斯托（Harriet Beecher Stowe, 1811 – 1896）［ed. 1、2、3、4、5、6］

范妮·费恩（萨拉·威利斯·帕顿）（Fanny Fern（Sarah Willis Parton）, 1811 – 1872）［ed. 5、6］

哈丽特·雅各布斯（Harriet Jacobs, c. 1813 – 1897）［ed. 4、5、6］

露易丝·阿梅莉亚·史密斯·克拉普（Louise Amelia Smith Clappe, 1819 – 1906）［ed. 6］

伊丽莎白·德鲁·斯托达德（Elizabeth Drew Stoddard, 1823 – 1902）［ed. 2、3、4］

艾米莉·狄金森（Emily Dickinson, 1830 – 1886）［ed. 1、2、3、4、5、6］

丽贝卡·哈丁·戴维斯（Rebecca Harding Davis, 1831 – 1910）［ed. 2、3、5、6］

路易莎·梅·奥尔科特（Louisa May Alcott, 1832 – 1888）［ed. 5、6］

哈丽特·普利斯科特·斯堡伏特（Harriet Prescott Spofford, 1835 –

1921）［ed. 5、6］

爱玛·拉扎勒斯（Emma Lazarus, 1849 – 1887）［ed. 6］

萨拉·摩根·布赖恩·派亚特（Sarah Morgan Bryant Piatt, 1836 – 1919）［ed. 6］

康斯坦斯·费尼摩尔·乌尔森（Constance Fenimore Woolson, 1840 – 1894）［ed. 6］

萨拉·奥恩·朱厄特（Sarah Orne Jewett, 1849 – 1909）［ed. 1、2、3、4、5、6］

凯特·肖班（Kate Chopin, 1850 – 1904）［ed. 1、2、3、4、5、6］

玛丽·E. 威尔金斯·弗里曼（Mary E. Wilkins Freeman, 1852 – 1930）［ed. 1、2、3、4、5、6］

夏洛特·帕金斯·吉尔曼（Charlotte Perkins Gilman, 1860 – 1935）［ed. 2、3、4、5、6］

简·亚当斯（Jane Addams, 1860 – 1935）［ed. 4］

伊迪丝·沃顿（Edith Wharton, 1862 – 1937）［ed. 1、2、3、4、5、6］

水仙花（伊迪丝·莫德·伊顿）（Sui sin Far（Edith Maud Eaton）, 1865 – 1914）［ed. 6］

玛丽·奥斯汀（Mary Austin, 1868 – 1934）［ed. 4、5］

爱玛·高曼（Emma Goldman, 1869 – 1940）［ed. 1］

兹特卡拉—萨（格特鲁德·西蒙斯邦宁）（Zitkala Ša（Gertrude Simmons Bonnin）, 1876 – 1938）［ed. 3、4、5、6］

威拉·凯瑟（Willa Cather, 1873 – 1947）［ed. 1、2、3、4、5、6］

埃伦·格拉斯哥（Ellen Glasgow, 1873 – 1945）［ed. 2、3］

艾米·洛厄尔（Amy Lowell, 1874 – 1925）［ed. 4、5、6］

格特鲁德·斯坦因（Gertrude Stein, 1874 – 1946）［ed. 1、2、3、4、5、6］

苏珊·格拉斯佩尔（Susan Glaspell, 1876 – 1948）［ed. 6］

安齐娅·叶捷斯卡（Anzia Yezierska, 1880? – 1970）［ed. 3、4、5、6］

安吉丽娜·韦尔德·格里姆克（Angelina Weld Grimké, 1880 – 1958）［ed. 4、5］

埃莉诺·怀利（Elinor Wylie，1885 – 1928）[ed. 1、2、3]

希尔达·杜利特尔（H. D. （Hilda Doolittle），1886 – 1961）[ed. 1、2、3、4、5、6]

玛丽安娜·穆尔（Marianne Moore，1887 – 1972）[ed. 1、2、3、4、5、6]

凯瑟琳·安妮·波特（Katherine Anne Porter，1890 – 1980）[ed. 1、2、3、4、5、6]

佐拉·尼尔·赫斯顿（Zora Neale Hurston，1891 – 1960）[ed. 2、3、4、5、6]

内拉·拉森（Nella Larsen，1891 – 1964）[ed. 6]

埃德娜·圣·文森特·米莱（Edna St. Vincent Millay，1892 – 1950）[ed. 1、2、3、4、5、6]

多萝西·帕克（Dorothy Parker，1893 – 1967）[ed. 2、3、4、5、6]

吉纳维夫·塔格德（Genevieve Taggard，1894 – 1948）[ed. 4、5、6]

露易丝·博根（Louise Bogan，1897 – 1970）[ed. 3、4、5、6]

穆丽尔·鲁凯泽（Muriel Rukeyser，1913 – 1980）[ed. 4、5、6]

尤多拉·韦尔蒂（Eudora Welty，1909 – 2001）[ed. 1、2、3、4、5、6]

玛丽·麦卡锡（Mary McCarthy，1912 – 1989）[ed. 1]

格蕾丝·佩利（Grace Paley，b. 1922）[ed. 5、6]

弗兰纳里·奥康纳（Flannery O'Connor，1925 – 1964）[ed. 1、2、3、4、5、6]

厄休拉·K. 勒吉恩（Ursula K. Le Guin，b. 1929）[ed. 5、6]

保拉·马歇尔（Paule Marshall，b. 1929）[ed. 5、6]

阿德里安娜·肯尼迪（Adrienne Kennedy，b. 1931）[ed. 3]

托尼·莫里森（Toni Morrison，b. 1931）[ed. 5、6]

乔安娜·拉斯（Joanna Russ，b. 1937）[ed. 5]

乔伊丝·卡萝尔·奥茨（Joyce Carol Oates，b. 1938）[ed. 3、4]

托妮·凯德·邦芭拉（Toni Cade Bambara，1939 – 1995）[ed. 5、6]

鲍比·安·梅森（Bobbie Ann Mason，b. 1940）[ed. 3、4]

汤亭亭（Maxine Hong Kingston，b. 1940）[ed. 5、6]

戴安娜·格兰西（Diane Glancy，b. 1941）[ed. 5、6]

格洛丽亚·安札尔杜（Gloria Anzaldúa, 1942－2004）［ed. 6］

爱丽丝·沃克（Alice Walker, b. 1944）［ed. 2、3、4、5、6］

安妮·迪拉德（Annie Dillard, b. 1945）［ed. 5、6］

安·贝蒂（Ann Beattie, b. 1947）［ed. 3、4、5、6］

丹妮斯·查韦斯（Denise Chávez, b. 1948）［ed. 3、4、5］

莱斯利·马蒙·西尔科（Leslie Marmon Silko, b. 1948）　［ed. 3、4、5、6］

朱迪·奥尔蒂茨·科弗（Judith Ortiz Cofer, b. 1952）［ed. 6］

桑德拉·西斯内罗斯（Sandra Cisneros, b. 1954）［ed. 5、6］

露易丝·厄德里奇（Louise Erdrich, b. 1954）［ed. 3、4、5、6］

苏珊—洛丽·帕克斯（Suzan—Lori Parks, b. 1964）［ed. 6］

洛林·尼德克（Lorine Niedecker, 1903－1970）［ed. 3、4、5、6］

伊丽莎白·毕肖普（Elizabeth Bishop, 1911－1979）　［ed. 1、2、3、4、5、6］

格温多琳·布鲁克斯（Gwendolyn Brooks, 1917－2000）　［ed. 1、2、3、4、5、6］

黛妮丝·莱福托夫（Denise Levertov, 1923－1997）［ed. 1、2、3、4、5、6］

安妮·塞克斯顿（Anne Sexton, 1928－1974）　［ed. 1、2、3、4、5、6］

艾德丽安·里奇（Adrienne Rich, b. 1929）［ed. 1、2、3、4、5、6］

西尔维亚·普拉斯（Sylvia Plath, 1932－1963）［ed. 1、2、3、4、5、6］

苏珊·商塔格（Susan Sontag, 1933－2004）［ed. 1］

奥德·罗德（Audre Lorde, 1934－1992）［ed. 2、3、4、5、6］

玛丽·奥利弗（Mary Oliver, b. 1935）［ed. 5、6］

露易丝·格卢克（Louise Glück, b. 1943）［ed. 2、5、6］

乔里·格雷厄姆（Jorie Graham, b. 1950）［ed. 6］

乔伊·哈荷（Joy Harjo, b. 1951）［ed. 5、6］

丽塔·达夫（Rita Dove, b. 1952）［ed. 3、4、5、6］

罗娜·蒂·塞万提斯（Lorna Dee Cervantes, b. 1954）［ed. 3、4、5、6］

凯茜·宋（Cathy Song, b. 1955）［ed. 3、4、5、6］

附录四

少数族裔作家收录情况

1. 犹太裔美国作家收录情况（按作家的出生年份排列）

爱玛·拉扎勒斯（Emma Lazarus, 1849－1887）［ed. 6］

亚伯拉罕·卡恩（Abraham Cahan, 1860－1951）［ed. 6］

格特鲁德·斯坦因（Gertrude Stein, 1874－1946）［ed. 1－6］

安齐娅·叶捷斯卡（Anzia Yezierska, 1880？－1970）［ed. 3－6］

纳撒尼尔·韦斯特（Nathanael West, 1903－1940）［ed. 1］

克利福德·奥德茨（Clifford Odets, 1906－1963）［ed. 2］

穆丽尔·鲁凯泽（Muriel Rukeyser, 1913－1980）［ed. 4－6］

伯纳德·马拉默德（Bernard Malamud, 1914－1986）［ed. 2－6］

索尔·贝娄（Saul Bellow, b. 1915）［ed. 1－6］

阿瑟·米勒（Arthur Miller, 1915－2005）［ed. 2－6］

诺曼·梅勒（Norman Mailer, 1923－）［ed. 1－4］

菲利普·罗思（Philip Roth, b. 1933）［ed. 1－6］

苏珊·商塔格（Susan Sontag, 1933－）［ed. 1］

艾伦·金斯堡（Allen Ginsberg, 1926－1977）［ed. 1－6］

2. 非洲裔美国作家收录情况（按选集收录的先后顺序排列）

（1）第一版收录 14 位黑人作家

菲利斯·惠特利（Phillis Wheatley, c. 1753－1784）［ed. 1－6］

弗雷德里克·道格拉斯（Frederick Douglass, 1818－1895）［ed. 1－6］

布克·T. 华盛顿（Booker T. Washington, 1856？－1915）［ed. 1－6］

查尔斯·W. 切斯纳特（Charles W. Chesnutt, 1858 – 1932）［ed. 1 –
6］

W. E. B. 杜波伊斯（W. E. B. Dubois, 1868 – 1963）［ed. 1 – 6］

吉恩·图默（Jean Toomer, 1894 – 1967）［ed. 1 – 6］

兰斯顿·休斯（Langston Hughes, 1902 – 1967）［ed. 1 – 6］

康蒂·卡伦（Countee Cullen, 1903 – 1946）［ed. 1 – 6］

理查德·赖特（Richard Wright, 1908 – 1960）［ed. 1 – 6］

拉尔夫·埃里森（Ralph Ellison, 1914 – ）［ed. 1 – 6］

格温多琳·布鲁克斯（Gwendolyn Brooks, 1917 – 2000）［ed. 1 – 6］

詹姆斯·鲍德温（James Baldwin, 1924 – ）［ed. 1 – 6］

马尔科姆·X（Malcolm X, 1925 – ）［ed. 1］

艾玛姆·阿米里·巴拉克（Imamu Amiri Baraka, 1934 – ，又名莱罗
伊·琼斯（Leroi Jones））［ed. 1 – 6］

（2）第二版增加的作家

佐拉·尼尔·赫斯顿（Zora Neale Hurston, 1891 – 1960）［ed. 2 – 6］

爱丽丝·沃克（Alice Walker, b. 1944）［ed. 2 – 6］

（3）第三版增加的作家

奥拉达·依奎阿诺（Olaudah Equiano, 1745？– 1797）［ed. 3，4，5，
6］

阿德里安娜·肯尼迪（Adrienne Kennedy, b. 1931）［ed. 3］

迈克尔·哈珀（Michael S. Harper, b. 1938）［ed. 3，4，5，6］

丽塔·达夫（Rita Dove, b. 1952）［ed. 3、4、5、6］

（4）第四版增加的作家

哈丽特·雅各布斯（Harriet Jacobs, c. 1813 – 1897）［ed. 4，5，6］

安吉利娜·韦尔德·格里姆克（Angelina Weld Grimké, 1880 – 1958）
［ed. 4，5］

斯泰林·A. 布朗（Sterling A. Brown, 1901 – 1989）［ed. 4，5，6］

（5）第五版增加的作家

克劳德·麦凯（Claude McKay, 1889 – 1948）［ed. 5 – 6］

保拉·马歇尔（Paule Marshall, b. 1929）［ed. 5 – 6］

托尼·莫里森（Toni Morrison, 1931 – ）［ed. 5 – 6］

伊什梅尔·里德（Ishmael Reed, 1938 – ）［ed. 5 – 6］

托妮·凯德·邦芭拉（Toni Cade Bambara, 1939 – 1995）［ed. 5 – 6］

（6）第六版增加的作家

摩西·邦·萨姆（Moses Bon Sàam, fl. 1735）

内拉·拉森（Nella Larsen, 1891 – 1964）

苏珊—罗里·帕克斯（Suzan-Lori Parks, 1964 – ）

3. 亚洲裔美国作家收录情况（按作家的出生年份排列）

水仙花（Sui Sin Far, Edith Maud Eaton, 1865 – 1914）［ed. 6］

汤亭亭（Maxine Hong Kingston, b. 1940）［ed. 5 – 6］

凯茜·宋（Cathy Song, b. 1955）［ed. 3 – 6］

李立扬（Li-Young Lee, b. 1957）［ed. 4 – 6］

卡罗斯·布洛森（Carlos Bulosan, 1911 – 1956）［ed. 6］

4. 拉丁裔（奇卡诺）美国作家收录情况（按作家的出生年份排列）

丹妮斯·查韦斯（Denise Chávez, b. 1948）［ed. 3 – 5］

罗娜·蒂·塞万提斯（Lorna Dee Cervants, b. 1954）［ed. 3 – 6］

阿尔贝托·里奥斯（Alberto Ríos, b. 1952）［ed. 3 – 6］

桑德拉·西斯内罗斯（Sandra Cisneros, b. 1954）［ed. 5 – 6］

鲁道夫·A. 阿纳亚（Rudolfo A. Anaya, 1937 – ）［ed. 6］

格洛丽亚·安札尔杜（Gloria Anzaldúa, 1942 – 2004）［ed. 6］

朱迪丝·奥尔蒂茨·科弗（Judith Ortiz Cofer, b. 1952）［ed. 6］

附录五

各版印第安文学的收录情况及变化

文学时段 收录信息	1620 年前的文学（4th–5th ed.）；到 1700 年的文学（6th ed.）	1620—1820 年的早期美国文学（1st–5th ed.）；1700—1820 年的美国文学（6th ed.）	1820—1865 年的美国文学	1865—1914 年的美国文学	1914—1945 年两次世界大战之间的美国文学	1945 年以后当代美国散文；1945 年以后当代美国诗歌
第一版	无	无	无	无	无	无
第二版	无	无	无	无	无	无
第三版	无	无	无	格特鲁德·西蒙斯·邦宁（兹特卡拉-萨），[Gertrude Simmons Bonin (Zitkala-Sa)，(1876–1938)]	黑麋鹿（Black Elk, 1863–1950）；约翰·G. 奈哈特（John G. Neihardt, 1881–1973）；	莱斯利·马蒙·西尔科（Leslie Marmon Silko, b. 1948）；露易丝·厄德里奇（Louise Erdrich, b. 1954）；

续表

文学时段 收录信息	1620 年前的文学(4th–5th ed.); 到 1700 年的文学(6th ed.)	1620—1820 年的早期美国文学(1st–5th ed.); 1700—1820 年的美国文学(6th ed.)	1820—1865 年的美国文学	1865—1914 年的美国文学	1914—1945 年两次世界大战之间的美国文学	1945 年以后当代美国散文; 1945 年以后当代美国诗歌
第四版	创世故事(STORYS OF THE BEGINNING OF THE WORLD)	山姆逊·奥康姆(Samson Occom,1723–1792)	威廉·埃普斯(William Apess,1798–1839)	土著印第安讲演术(NATIVE AMERICAN ORATORY); 查尔斯·亚历山大·伊斯特曼[Charles Alexander Eastman(Ohiyesa),1858–1939]; 切诺基族纪念仪式(THE CHEROKEE MEMORIALS); 约翰 M. 奥斯基森(John M. Oskison,1874–1947); 土著印第安辞辞和歌谣(NATIVE AMERICAN CHANTS AND SONGS); 格特鲁德·西蒙斯·邦宁(兹特卡拉—萨)[Gertrude Simmons Bonin(Zitkala-Sa),1876–1938]	黑糜鹿(Black Elk,1863–1950)和约翰·奈哈特(John G. Neihardt,1881–1973)	N. 司各特·莫马迪(N. Scott Momaday,b. 1934); 西蒙·J. 奥提茨(Simon J. Ortiz,b. 1941) 莱斯利·马蒙·西尔科(Leslie Marmon Silko,b. 1948); 露易丝·厄德里奇(Louise Erdrich,b. 1954)

续表

文学时段　　收录信息	1620 年前的文学 (4th–5th ed.); 到 1700 年的文学 (6th ed.)	1620—1820 年的早期美国文学 (1st–5th ed.); 1700—1820 年的美国文学 (6th ed.)	1820—1865 年的美国文学	1865—1914 年的美国文学	1914—1945 年两次世界大战之间的美国文学	1945 年以后当代美国散文; 1945 年以后当代美国诗歌
第五版	创世故事 (STORYS OF THE BEGINNING OF THE WORLD); 土著印第安恶作剧者故事 (NATIVE AMERICAN TRICKSTER TALES); 莫宁·达夫 (Mourning Dove, c. 1888–1936)	山姆逊·奥康姆 (Samson Occom, 1723–1792)	切诺基族纪念仪式 (THE CHEROKEE MEMORIALS); 威廉·埃普斯 (William Apess, 1798–1839)	土著印第安讲演术 (NATIVE AMERICAN ORATORY); 查尔斯·亚历山大·伊斯特曼 [Charles Alexander Eastman (Ohiyesa), 1858–1939]; 约翰 M. 奥斯基森 (John M. Oskison, 1874–1947); 土著印第安辞章和歌谣 (NATIVE AMERICAN CHANTS AND SONGS); 格特鲁德·西蒙斯·邦宁 (兹特卡拉一萨) [Gertrude Simmons Bonin (Zitkala-Sa), 1876–1938]	黑麋鹿 (Black Elk, 1863–1950) 和约翰·G. 奈哈特 (John G. Neihardt, 1881–1973)	N. 司各特·莫马迪 (N. Scott Momaday, b. 1934); 杰拉德·维兹诺 (Gerald Vizenor, b. 1934); 西蒙·J. 奥提茨 (Simon J. Ortiz, b. 1941); 戴安·格兰西 (Diane Glancy, b. 1941); 莱斯利·马蒙·西尔科 (Leslie Marmon Silko, b. 1948); 乔伊·哈荷 (Joy Harjo, b. 1951); 露易丝·厄德里奇 (Louise Erdrich, 1954)

续表

文学时段　收录信息	1620 年前的文学（4th-5th ed.）；到 1700 年的文学（6th ed.）	1620—1820 年的早期美国文学（1st-5th ed.）；1700—1820 年的美国文学（6th ed.）	1820—1865 年的美国文学	1865—1914 年的美国文学	1914—1945 年两次世界大战之间的美国文学	1945 年以后当代美国散文；1945 年以后当代美国诗歌
第六版	创世故事（STORYS OF THE BEGINNING OF THE WORLD）；土著印第安恶作剧者故事（NATIVE A-MERICAN TRICK-STER TALES）	山姆逊·奥康姆（Samson Occom, 1723-1792）	切诺基族纪念仪式文（THE CHEROKEE MEMORIALS）；威廉·埃普斯（William Apess, 1798-1839）	土著印第安演术（N-ATIVE AMERICAN OR-ATORY）；查尔斯·亚历山大·伊斯曼 [Charles Alexander Eastman（Ohiyesa），1858-1939]；约翰 M. 奥斯基森（John M. Oskison,1874-1947）-土著印第安蒋辞和歌谣（NATIVE AMERICAN CHANTS AND SONGS）-格特鲁德·西蒙斯·邦宁（兹特卡拉一萨）[Ger-trude Simmons Bonin（Zit-kala-Sa），1876-1938]	黑麋鹿（Black Elk, 1863-1950）和约翰·G. 奈哈特（John G. Neihardt, 1881-1973）；达西·麦克尼克（D'Ar-cy McNickle, 1904-1977）	N. 司各特·莫马迪（N. Scott Momaday, b. 1934）；杰拉德·维兹诺（Gerald Vi-zenor, b. 1934）；西蒙·J. 奥提茨（Simon J. Ortiz, b. 1941）；戴安·格兰西（Diane Glancy, b. 1941）；莱斯利·马蒙·西尔科（Les-lie Marmon Silko, b. 1948）；乔伊·哈荷（Joy Harjo, b. 1951）；露易丝·厄德里奇（Louise Erdrich, b. 1954）

后　记

此书是在我博士学位论文的基础上修改而成的。

回首以往岁月，从工作中抽身而出，埋头于学术空间，既紧张又充实，实为人生中一段难得的经历。在此期间，老师、家人、朋友和同学给予了大力的支持和鼓励，没有他们的帮助，要完成博士学位学习是不可想象的。

首先，我要特别感谢我的导师王晓路教授。论文是在老师亲切的鼓励和悉心的指导下完成的。从论题论证伊始、及至开题到论文撰写，每一步都留下了老师关怀的痕迹。在学习期间，老师给我的指导、建议和帮助将使我终生受益。老师为人为学，都是我的榜样，师从老师是我毕生的幸事。

感谢曹顺庆教授、冯宪光教授等开设的高水平的学术课程，使我受益匪浅。感谢石坚教授和程锡麟教授在开题报告时给我提出的贴切而中肯的意见和建议，这些意见和建议对我后来的论文写作大有裨益。感谢各位同门在学业与生活上对我的无私帮助和支持，学习期间大家相处十分融洽、快乐，和他们一起多次的交流和讨论，给了我很多的启发。

在论文写作的过程中，许多同学和朋友都给予了我无私的帮助和支持。同事兼同道秦苏珏慷慨地提供相关书籍和资料；好友李晓珂不厌其烦地帮忙联系我去香港大学查阅资料事宜，并热心地提供住宿和无私的帮助；大学室友谢玲丽多次在美国帮助购买书籍并邮寄；同门学友段俊晖、李卫华、任显楷、史冬冬、向琳、张翎在学习期间无私热心地提供各种帮助和支持，在此，我都致以真挚衷心的感谢。

感谢我的硕士生导师蒙雪琴教授，她对我的指导和影响，使我坚定地走上了文学研究的道路；感谢她在我学习期间，关心我的学业进展，并经常和我讨论各类学术问题，热心地提供意见和建议；更感谢她及其先生在我生活上遭遇困难和挫折时给予了家人般的关心、支持和帮助。

感谢我的家人，一直以来，他们对我的关心、支持和鼓励是支持我完成学业的最大动力，同时也是我继续今后研究和探索的坚强后盾和力量源泉。

本书付梓在即，在此还要感谢答辩委员会老师们的帮助和指教；感谢博士论文校外评审专家；感谢重庆工商大学和外语学院的关心和支持。

最后，但绝非不重要，要感谢中国社会科学出版社，尤其是罗莉老师为本书出版所给予的关心、支持和帮助。

本书记录了我在文学研究道路上的努力与探索，以及某个阶段的点滴感悟。文中难免有肤浅，错漏之处，恳请方家学者和各位读者不吝指正。

季　峥

2012 年春于南山学府苑